क़रीब से

मंच और फ़िल्मी पर्दे से जुड़ी यादें

[आत्मकथा]

क़रीब से

मंच और फ़िल्मी पर्दे से जुड़ी यादें

ज़ोहरा सहगल

अनुवाद

दीपा पाठक

राजकमल प्रकाशन

ISBN : 978-81-267-2425-3

मूल्य : ₹895

पहला संस्करण : 2013
पहली आवृत्ति : 2024

प्रकाशक : राजकमल प्रकाशन प्रा. लि.
1-बी, नेताजी सुभाष मार्ग, दरियागंज
नई दिल्ली-110 002

शाखाएँ : अशोक राजपथ, साइंस कॉलेज के सामने, पटना-800 006
पहली मंजिल, दरबारी बिल्डिंग, महात्मा गांधी मार्ग, प्रयागराज-211 001
1, अनमोल सोराबजी संतुक लेन, धोबी तलाव, मरीन लाइंस, मुम्बई-400 002

वेबसाइट : www.rajkamalprakashan.com
ई-मेल : info@rajkamalprakashan.com

मुद्रक : राजकमल प्रकाशन प्रा. लि.
नई दिल्ली-110 002

QAREEB SE
Manch Aur Filmi Parde Se Judi Yaaden
Autobiography by Zohra Segal
Translated by Deepa Pathak

मेरे मामा 'मेमफिस'
पिता 'अब्बाजान' और
मेरे दो गुरुओं 'दादा' और 'पापाजी'
की प्यारी स्मृति में...
मुझे अपने जीवन और कैरिअर में जो मिला
उसका श्रेय इन्हीं चार लोगों को जाता है

तीसरी घंटी

अपराह्न में अपनी बालकनी में बैठकर डूबने जा रहे सूरज को देखते हुए मुझे महसूस होता है कि मेरी पीढ़ी के तमाम लोग ऐसे तड़कते जा रहे हैं जैसे सिनेमा स्टॉल में भुट्टे। लेकिन जैसा कि एक डॉक्टर ने आँख के ऑपरेशन के बीचोबीच हाजत के लिए जाना चाह रहे मरीज से कहा, ''अब अगर जाना है तो जाना ही पड़ेगा!''

एक फ्रांसीसी कहावत में कितनी सच बात कही गई है, ''हर चीज़ फीकी पड़ती है, टूटती है और ख़त्म होती है!''

मैं कभी सोचती हूँ कि ज़िन्दगी एक बहुत बड़ा मज़ाक है। एक मैं हूँ जिसने रोज़ अपने दाँत ब्रश किए, रोज़ नहाया, बिल्कुल धर्म की तरह बालों में तेल डालने, कंघी करने और उन्हें धोने का नियम निभाया, साँसों की और बदन की कसरत पूरे नियम से की, सच को जैसा देखा वैसा ही बोला...खुद से भी...लेकिन फिर भी, क्या है ज़िन्दगी? दिन-ब-दिन कमज़ोर होता शरीर, चलने में होती लड़खड़ाहट की वजह से मैं लगभग रुक सी गई हूँ, दाँत एक-एक करके साथ छोड़ रहे हैं, आँखों की रोशनी इतनी धीमी पड़ती जा रही है कि अक्सर लिखते वक़्त मैं पंक्तियाँ और शब्द देख नहीं पाती।

अगर मैं धार्मिक होती तो यही समय था जब मैं ईश्वर पर विश्वास करना शुरू करती, लेकिन मैं नहीं हूँ और इस बारे में बेईमान नहीं हो सकती। मैं मानती हूँ कि कहीं कोई ऊर्जा है, कोई क़ानून है, कोई एक ऐसा न बदलनेवाला नियम जिसमें लाल और पीले रंग को मिलाने पर नारंगी रंग बनता है। लेकिन बहुत लुभावना लगने के बावजूद मैं इस नियम की पूजा करने से इनकार करती हूँ। कामेश्वर कहा करते थे, ''ज़िन्दगी का राज़ एक पानी की बूँद में घुला हुआ है।'' जबकि मैं इस नतीजे पर पहुँची हूँ कि ''ईश्वर का राज़ माइक्रोचिप में मिलेगा।'' लेकिन उन लोगों से कोई नाराज़गी या दुश्मनी नहीं है जो किसी दैवी शक्ति के होने पर आस्था रखते हैं, अगर इससे उन्हें शान्ति मिलती है तो। आख़िरकार धर्म एक खूँटी ही तो है जिस पर ज़रूरत के समय टँगा जा सके। लेकिन मेरा विश्वास है कि यह खूँटी, यह सहारा इनसान को अपने भीतर ही ढूँढ़ना चाहिए। ख़ुद से कहो कि तुममें तमाम मुसीबतों से पार पाने की ताक़त है और तुम पाओगे कि तुम्हारे अन्दर की ताक़त हर मुश्किल का सामना करने में मदद करेगी।

अपनी वसीयत में मैंने लिखा है कि जब मैं मरूँ तो मैं नहीं चाहती कि तब किसी तरह का धार्मिक या कला से जुड़ा कार्यक्रम हो। अगर शवगृह के लोग मेरी राख रखने से मना करें तो मेरे बच्चे उसे घर लाकर टॉयलेट में बहा दें। ...इससे ज़्यादा घिनौना कुछ नहीं हो सकता कि किसी मरे हुए आदमी का कोई हिस्सा किसी जार में रखकर सजाया गया हो। अगर ज़िन्दगी के बाद कुछ नहीं है तो फिर किसी चीज़ की चिन्ता करने की ज़रूरत नहीं है, लेकिन अगर उसके बाद कुछ है तो...मेरी तथाकथित आत्मा जन्नत में घूमेगी। मैं अपने प्यारे कामेश्वर, अपने बहुत बूढ़े हो चुके अब्बाजान और अपने गुरुओं, जिन्हें मैं बहुत चाहती हूँ, दादा और पापाजी से मिलूँगी।

लगता है, बातें कुछ ज़्यादा ही उदासी-भरी होती जा रही हैं, मैं यह सब नहीं कहना चाहती।

सच पूछो तो मैं बहुत ख़ुशकिस्मत रही हूँ। मुझे दो बहुत ही प्रतिभाशाली लोगों, उदय शंकर से डांस और पृथ्वीराज कपूर से अदाकारी के गुर सीखने के मौक़े मिले। और जैसा कि एक पारसी कहावत में कहा गया है, "वह इत्र और तेल हम्माम के फर्श की मिट्टी में भी जमा हो जाता है जो उसमें नहानेवाली सुन्दरियाँ इस्तेमाल करती हैं, और उनके गुण हम्माम की अपनी ख़ासियत का हिस्सा बन जाते हैं।"

अपने कैरियर की शुरुआत में मैं काफ़ी अच्छी डांसर और हुनरमंद डांस निर्देशक थी, लेकिन जैसा कि कहा जाता है कि, "जवानी में और चाँदनी में तो गधी भी सुन्दर दिखती है।" मैं ठीकठाक अच्छी अदाकारा थी, हालाँकि उतनी अच्छी नहीं जितनी कि कुछ दूसरी भारतीय कलाकार जिनके नाम मशहूर नहीं हो सके। जिस चीज़ में मैंने महारत हासिल की वह थी डांस सिखाना।

मैंने अपनी जवानी में जर्मनी से डांस सिखाने का डिप्लोमा कोर्स किया था जो मेरे मिज़ाज से पूरी तरह मेल खाता था। लेकिन अल्मोड़ा में उदय शंकर के डांस सेंटर में पढ़ाने के बाद मैंने डांस सिखाने का काम जारी नहीं रखा। लाहौर में ज़ोरेश डांस इंस्टीट्यूट में मैं अपने पति के साथ सह-निर्देशक थी और बाद में बॉम्बे में पृथ्वी थिएटर में 14 साल तक डांस निर्देशक रही। उस दौरान मैंने गुरु दत्त, चेतन आनन्द, विजय आनन्द और राज खोसला जैसे निर्देशकों की फ़िल्मों के लिए कामयाबी के साथ डांस निर्देशित किए। अगर मैंने अपना स्कूल खोला होता तो शायद डांस अध्यापक के तौर पर अपनी कुछ पहचान बना सकती थी, लेकिन मुझमें कभी भी ऐसा करने की न तो हिम्मत हुई और न ही इच्छा।

जबकि इस लिहाज़ से देखा जाए तो मेरी बेटी किरण ने अपनी डांस एकेडमी 'पलय' में काफ़ी शिद्दत के साथ काम किया है, जिसे वह काफ़ी सालों से कामयाबी के साथ चला रही है।

मेरे दो बहुत प्यारे बच्चे हैं, किरण और पवन, जिन्हें मैं दिलोजान से चाहती हूँ और जिन पर मुझे फ़ख्र है। ये दोनों अपनी अपनी काम की जगहों पर बहुत कामयाब हैं, जिसे उन्होंने पूरी तरह से अपनी मेहनत से हासिल किया है। किरण एक मशहूर

ओडिसी डांसर है, जिसे पद्मश्री के अलावा और भी बहुत सारे इनाम मिले हैं। पवन डब्लूएचओ (विश्व स्वास्थ्य संगठन) में बड़ा अफ़सर है और अभी अफ्रीका में बुरकिना फासो में काम कर रहा है। वह मेरे दिल की धड़कन है, उसके लिए मैं कुछ भी कर सकती हूँ। लेकिन वह अपने काम और अपने तीन बच्चों के प्यार में इस क़दर उलझा हुआ है कि मुझ पर ध्यान देने के लिए उसके पास फ़ुरसत कम है। जबकि दूसरी ओर किरण, मेरी पहली सन्तान जो मेरी ज़िन्दगी की 'सूरज की रोशनी' और 'चाँदनी' है, अपने काम, डांस क्लास, लेक्चर-प्रदर्शन और शो की मशरूफ़ियतों और अपनी किशोरवय पोती मध्यमा की जिम्मेदारियों के बावजूद मेरे हर अच्छे-बुरे समय में मेरे साथ रही है। इन सबके बावजूद किरण अपनी नकचढ़ी और कच्ची उम्र वाली माँ, जो अब भी मंच के बीचोबीच खड़े होने की ज़िद करती है, पर प्यार और देखभाल की बौछार करती रहती है !

यह सच है कि रुपए-पैसे के लिहाज़ से मैं कभी उस पर बोझ नहीं बनी। घर के ख़र्च हम मिल-बाँटकर करते थे और मैं कभी भी कोई बड़ा ख़र्च करने से पीछे नहीं हटी, चाहे वह नए फ़्लैट के लिए एडवांस देना हो, नया फ्रिज़ हो या नई कार, अपने सारे ऑपरेशनों का ख़र्च भी मैंने ही चुकाया। लेकिन मेरे लिए उसके दिल में जो चिन्ता की सच्ची भावना है उसके सामने यह सब कुछ भी नहीं, इसके लिए मैं उसे इतना प्यार करती हूँ और उसकी क़द्र करती हूँ जो किसी भी सीमा से परे है। मैंने कब सोचा था कि बेटी के रूप में ऐसा हीरा मिलेगा! मेरे सारे ऑपरेशनों में किरण साथ रही, और मेरे कई सारे ऑपरेशन हुए हैं। जब भी मैं तक़लीफ़ या ज़रूरत में होती हूँ तो मैं किरण की ओर ही देखती हूँ।

कुल मिलाकर देखा जाए तो मैंने एक जोशीली और मज़ेदार ज़िन्दगी जी है। मैंने बहुत सी यात्राएँ की हैं, नॉर्थ केप से जावा-बाली तक, सैन फ्रांसिस्को से क्वाला लंपुर, उत्तरी और दक्षिण अमेरिका, अफ्रीका दक्षिण से भूमध्य सागर से जुड़े शहरों तक। मैंने दुनिया की तक़रीबन सारी बड़ी राजधानियों में डांस या एक्टिंग की है (केवल चीन, जापान, ऑस्ट्रेलिया और न्यूज़ीलैंड को छोड़कर), मैं अपनी पीढ़ी के बहुत से मशहूर लोगों से मिली हूँ, मैंने दो विश्वयुद्धों का अनुभव किया है और ७इंग्लैंड में दो बार राजतिलक देखा, जिसमें रेडियो पर प्रिंस एडवर्ड का इस्तीफ़े के वक़्त दिया भाषण सुनना भी शामिल है। मैंने कई मशहूर कलाकारों के साथ काम किया, चाहे वह पूर्व हो या पश्चिम। भला इससे ज़्यादा कोई और क्या चाहेगा?

'द सिटी ऑफ़ जिंस' की रिहर्सल के दौरान एक पत्रकार ने मुझसे मेरी ऊर्जा का राज जानना चाहा। इस पर शो के मुख्य कलाकार टॉम ऑल्टर, जिनका इंटरव्यू भी साथ-साथ चल रहा था, ने जवाब दिया, "ज़ोहरा की ज़िन्दगी बहुत क़ायदे-क़ानून वाली है। उनका अनुशासन ही उनकी ताक़त का राज़ है।" रोज़ नियम से काम करने के अलावा, मुझे ख़ुशी के एक सदाबहार सोते की बख़्शिश मिली है जो मेरे अन्दर लगातार बहता है और मुझे तमाम दुखों, चाहे वह कितने ही गहरे क्यों न हों,

उबार लेता है। लेकिन विलियम डालरिंपल का यह नाटक दो साल पहले हुआ था और मेरे अन्दर ख़ुशी का वह जादुई सोता ज़रूर धीमा पड़ गया है। बहरहाल, जैसा कि इंदिराजी लोगों से कहा करती थीं कि हालात का सामना 'हिम्मत और मज़बूत इरादों' के साथ करना चाहिए, मुझे भरोसा है और मैं चाहती हूँ कि बाक़ी की ज़िन्दगी उसी हिम्मत और मज़बूत इरादों के साथ हँसते-हँसाते बिताऊँ जैसा कि मैंने अब तक किया है।

–ज़ोहरा सहगल

दिल्ली
अक्टूबर, 2009

अनुक्रम

ज़ोहरा सहगल उर्फ़ मुमताज़ के ख़ानदान का लेखा-जोखा

नवाब नजीब-उद-दौला (1708-1770) के ख़ानदानी

नजीबाबाद के आख़िरी हुक्मरान नवाब जलालुद्दीन ख़ान 1857 की बग़ावत के दौरान अंग्रेज़ों की गोली से मारे गए थे। उनकी विधवा बेग़म, दो जवान बेटे और दो कमउम्र बेटियाँ बैलगाड़ी में छुपकर मुरादाबाद पहुँचे, जहाँ बेग़म के भाई फ़ौज में कमांडर थे।

बाद में बड़े बेटे अज़ीमुद्दीन ख़ान रामपुर के जवान नवाब के रीजेंट के साथ-साथ वहाँ की फ़ौज के जनरल बन गए। कई सालों बाद उनकी पोती असकरी बेग़म की शादी रामपुर नवाब के वारिस राज़ा अली ख़ान से हुई और उन्हें रिफ़त ज़मानी बेग़म की पदवी दी गई।

छोटे बेटे, साहेबज़ादा हमीदुज़्ज़फ़र ख़ान को देश की कई रियासतों का रीजेंट बनाया गया। उनकी छोटी बहन जाफ़री बेग़म की शादी रामपुर के एक इज़्ज़तदार और अमीर आदमी अताउल्लाह ख़ान से हुई। उनके सबसे छोटे बेटे मुमताज़ुल्लाह ख़ान ने अपनी रिश्ते की बहन, साहेबज़ादा हमीदुज़्ज़फ़र ख़ान की बेटी नातिक़ा बेग़म से शादी की। उनके सात बच्चे हुए जिनमें से ज़ोहरा सहगल तीसरे नम्बर की सन्तान थीं।

जलालुद्दीन ख़ान की सबसे बड़ी बेटी ज़ुबैदा बेग़म (?) की शादी लोहारू के नवाब से हुई, जिनकी बहुत सारी बेटियाँ पैदा हुईं, जिनकी बाद में अलग-अलग नवाबों से शादियाँ हुईं, जैसे—मलेर कोटला, पटौदी और फ़ख़रुद्दीन अली अहमद का रंगून ख़ानदान।

पिता का ख़ानदान

क्वास अब्दुल राशिद (631 ईसवी सन् में मुसलमान बने)
↓
इब्राहिम 'सातरबान ख़ान'
↓
ख़ैरुद्दीन ख़ान
↓
कुंद ख़ान
↓
खाशी ख़ान
↓
मदय ख़ान
↓
यूसुफ ख़ान
↓
मलय ख़ान
↓
दौलत ख़ान
↓
बारका ख़ान
↓
इब्राहिम ख़ान
↓
मारूफ ख़ान
↓
बेहराम ख़ान
↓
सारकीन ख़ान
↓
हसन अली ख़ान
↓
शेरू ख़ान
↓
पांडू ख़ान
↓
दाऊद ख़ान
↓
मौलवी लुकमान ख़ान
↓
मौलवी ग़ुलाम जिलानी ख़ान (1760 में हिन्दुस्तान आए)
↓
रिसालदार ग़ुलाम हसन ख़ान
↓
रिसालदार ग़ुलाम अकबर ख़ान
↓
रिसालदार ग़ुलाम इनायतुल्लाह ख़ान
↓
कामादान अताउल्लाह ख़ान
↓

↓	↓	↓
इमादुल्लाह ख़ान	मौलवी ज़ियाउल्लाह ख़ान	मोहम्मद मुमताजुल्लाह ख़ान (मेरे अब्बा)

माँ का ख़ानदान

उमर ख़ान (1760 में भारत आए और नजीबाबाद के नवाब नियुक्त हुए)
↓
नवाब ज़ाब्ते ख़ान
↓
- नवाब ग़ुलाम क़ादिर ख़ान
- मोहिनुद्दीन ख़ान 'भम्बू'
  - नवाब जलालुद्दीन (विद्रोह में गोली से मारे गए)
    - जाफ़री बेगम (मेरे दादा कामरान अताउल्लाह ख़ान से इनकी शादी हुई)
    - हमीदुदुज़्ज़फ़र ख़ान
      - औरांग बेगम
      - अनवरी बेगम
      - बटूली बेगम
      - नातिक़ा बेगम
        - (मेरी माँ)
          - जकाउल्लाह ख़ान
          - हाजरा बेगम
          - ज़ोहरा बेगम (विवाह कामेश्वर सहगल से)
            - किरण सहगल
            - पवन सहगल
          - इकरामुल्लाह ख़ान
          - उज़रा बेगम
          - अमिना बेगम
          - साबरा बेगम
      - कुलसूम बेगम
      - मसूदुज़्ज़फ़र
      - मुईनुज़्ज़फर
      - रशीदुज़्ज़फ़र
      - सईदुज़्ज़फ़र
        - महमूद
        - हामिदा
    - जेन. अज़ीमुद्दीन ख़ान
      - पोती असकरी बेगम (रामपुर के नवाब मुर्तज़ा अली ख़ान से इनकी शादी हुई)
  - नवाब महमूद ख़ान (नेपाल चले गए)

परिवार का इतिहास

हमारे परिवार के इतिहास के बारे में लिखी एक छोटी-सी किताब, जो मेरे एक मरहूम चचाजात भाई इर्शादुल्लाह ख़ान ने लिखी थी और जो 1955 में प्रकाशित हुई थी, कहती है कि :

> रामपुर (उत्तर प्रदेश) में हमारी पुश्त की शुरुआत ख़ान साहेब मौलवी ग़ुलाम जिलानी ख़ान से होती है। मौलवी साहेब के पोते मौलवी इमामुद्दीन ख़ान अनवर ने अपनी किताब 'मजमा-उल-कारामत' में परिवार का लेखा-जोखा समेटा है जिसके मुताबिक़; मौलवी ग़ुलाम जिलानी ख़ान, वल्द लुकमान ख़ान, वल्द दाउद ख़ान, वल्द पांडु ख़ान, वल्द शेरू ख़ान, वल्द हसल अली ख़ान, वल्द सारकीन ख़ान, वल्द बेहराम ख़ान, वल्द मारूफ ख़ान, वल्द इब्राहिम ख़ान, वल्द बारका ख़ान, वल्द दौलत ख़ान, वल्द मलय ख़ान, वल्द यूसुफ ख़ान, वल्द मदय ख़ान इब्राहिम, वल्द खाशी ख़ान, वल्द कुंद ख़ान, वल्द ख़ैरुद्दीन ख़ान, वल्द इब्राहिम जो सातरबान ख़ान के नाम से जाने जाते थे, वल्द क्वास अब्दुल राशिद।
>
> ख़ान साहेब मौलवी ग़ुलाम जिलानी की पुरानी रिहाइश कलपाने नाम के एक गाँव की थी जो अफ़ग़ानिस्तान की मौजूदा सीमा में पड़नेवाले बुनेर ज़िले में था। हालाँकि कुछ शताब्दियों पहले तक इस इलाक़े पर ज़रूर अफ़ग़ानिस्तान की हुकूमत रही होगी लेकिन अब यह पाकिस्तान की उत्तरी-पश्चिमी सीमा है।
>
> मौलवी साहेब एक बारका ज़इ रोहिला पठान थे, जो यूसुफ ज़इ कबीले के दौलत ज़इ ख़ानदान की एक शाखा थी।

बहरहाल, इस सबकी शुरुआत हुई क्वास अब्दुल राशिद से जो बनी इजराइल ख़ानदान के एक अफ़ग़ान थे। कहा जाता है कि नौवीं हिजरी (ईसा बाद 631) में राशिद साहब मदीना गए, जहाँ उन्होंने यहूदी मज़हब छोड़कर ख़ुद पैग़ंबर के हाथों इस्लाम अपना लिया। अगर यह तारीख़ सही है तो क्वास अब्दुल राशिद और मौलवी ग़ुलाम जिलानी ख़ान,जो ईसा बाद 1760 के क़रीब भारत आए थे, के बीच कम से कम तैंतीस पीढ़ियाँ होंगी। लेकिन ऊपर दिए पुश्तैनी ब्योरे में केवल उन्नीस पीढ़ियों का ज़िक्र है। जब मैंने इस बारे में पूछताछ की तो मुझे बताया गया कि पुराने ज़माने में केवल मशहूर (या बदनाम) नाम ही याद रखे जाते थे और उन्हें ख़ानदानी ब्योरों में लिखा जाता था। मेरे चचाज़ात भाई की इस किताब के मुताबिक़ :

> उन्नीस पीढ़ियों के बाद अब्दुल राशिद के वंशज मौलवी ग़ुलाम जिलानी ख़ान मुग़ल बादशाह अहमद शाह (साल 1760 ईसा बाद) के दरबार में पहुँचे, जहाँ उन्हें अपनी मजहबी जानकारी और साहस के लिए ख़ूब ख्याति मिली। बादशाह ने उन्हें 3000 सिपाही और 1000 घुड़सवारों के साथ ख़ान साहेब की पदवी और बिहार में छितरगाँव परगना तोहफ़े में दे दिया। लेकिन

चूँकि यह वह दौर था जब अंग्रेज़ बिहार और बंगाल पर अपना क़ब्ज़ा जमा रहे थे लिहाज़ा मौलवी साहब को अपनी जायदाद छोड़नी पड़ी।

वह भागकर आँवला, रोहेलखंड की राजधानी, पहुँचे, जहाँ वह रामपुर के सरदारों, नवाब अली मोहम्मद ख़ान और हाफ़िज़ रहमत ख़ान से मिले। इन तीनों ने एक साथ कई मौक़ों पर अवध के नवाब सुजाउद्दौला से सामना किया। दोनों सरदारों की लड़ाई के दौरान मौत हो गई तो मौलवी साहेब ने फ़ैज़ुल्लाह ख़ान को रामपुर का शासक बनाने का ऐलान किया। इसके बाद उन्होंने सारे रोहिला सरदारों को इकट्ठा कर रामपुर को उनकी राजधानी और इलाक़ा बना दिया।

मौलवी साहेब की अगली पुश्त में रिसालदार (स्क्वाड्रॉन कमांडर) ग़ुलाम हसन ख़ान हुए, उनके बाद रिसालदार ग़ुलाम अकबर ख़ान, उनके बाद रिसालदार इनायतुल्लाह ख़ान, फिर कामादान (कमांडर) अताउल्लाह ख़ान और फिर उनके तीन बेटे–इमादुल्लाह ख़ान, मौलवी ज़ियाउल्लाह ख़ान और मेरे अब्बा मोहम्मद मुमताज़ुल्लाह ख़ान हुए। अब्बा की सात बहनें भी थीं।

मेरी माँ की ओर से परिवार की जो जानकारी मेरे बड़े भाई ज़काउल्लाह ख़ान ने भेजी, उसके मुताबिक़ :

सन् 1761 में नवाब नजीबुद्दौला (जो ख़ुद भी रोहिला पठान थे) हिमालय के तराई वाले इलाक़े से अलीगढ़ ज़िले तक के गंगा किनारे के मैदानी इलाक़े पर शासन करते थे। इसमें देहरादून, सहारनपुर, नजीबाबाद, मेरठ, मुज़फ़्फ़रनगर, बदायूँ, बिजनौर और बुलन्दशहर शामिल थे। दस्तावेज़ों के मुताबिक़ मराठाओं से लड़ाई के बाद नजीबाबाद की रियासत धीरे-धीरे सिकुड़कर एक छोटा-सा इलाक़ा भर रह गई, इसलिए 1857 की गदर तक आख़िरी नवाब महमूद ख़ान के पास नजीबाबाद का एक ज़िला भर रह गया था। उन्होंने गदर में हिस्सा लिया था और कई अंग्रेज़ों को मारा, और बचकर नेपाल चले गए। नजीबाबाद छोड़ने से पहले उन्होंने अपने भाई जलालुद्दीन ख़ान को वहाँ का नवाब बना दिया। जलालुद्दीन ख़ान ने गदर में हिस्सा नहीं लिया था, लेकिन अंग्रेज़ों ने जब रियासत को अपने क़ब्ज़े में लिया तो उन्होंने जलालुद्दीन को गोली मार दी। उनकी विधवा, दो बेटे, अज़ीमुद्दीन ख़ान और हमीदुज़्ज़फ़र ख़ान और तीन बेटियाँ बचते हुए भागकर मुरादाबाद अपने मामा अली असगर ख़ान के घर पहुँचे, जो रामपुर की फ़ौज में जनरल थे। बड़े होने पर अज़ीमुद्दीन ख़ान रामपुर फ़ौज में अफ़सर बन गए, जल्दी ही वह अपने मामा की जगह जनरल और सिपहसालार (कमांडर-इन-चीफ़) बन गए। वह रीजेंसी काउंसिल के उपप्रधान भी बनाए गए थे, जो 14 साल के नवाब हामिद अली ख़ान के कामकाज को सँभालती थी।

जनरल अज़ीमुद्दीन ने, काफ़ी कम अरसे में जिसमें उन्होंने रियासत की जिम्मेदारी सँभाली, कई सारे सुधार लागू किए। मसलन उन्होंने कई स्कूल शुरू किए जहाँ अंग्रेजी पढ़ाई जाती थी, साथ ही लड़कियों की पढ़ाई-लिखाई को बढ़ावा दिया। उन्होंने कई नहरें, अस्पताल और सड़कें बनवाईं। रामपुर के परिवारों के बच्चों को पश्चिमी तरीक़े की पढ़ाई का मौक़ा

देने की उनकी इच्छा को पुराने विचारोंवाले रोहिला पठान नीची निगाहों से देखते थे, आसपास की रियासतों के अंग्रेज़ अफ़सरों के साथ उनकी दोस्ती से भी वे लोग नाराज़ रहते थे। लोगों को उनसे सबसे बड़ी शिकायत यह थी कि उन्होंने कमउम्र नवाब के रिश्तेदारों को बड़े क़र्ज़ देने पर रोक लगा दी थी, जिसे वो लोग कभी वापस नहीं करते थे, जबकि रियासत के ख़ज़ाने से उन्हें बहुत पैसा मिलता था। अज़ीमुद्दीन से जलन और नफ़रत के चलते उनके ख़िलाफ़ साजिश रची गई। वह एक शादी की दावत में शामिल होने गए थे। जब उनकी बग्गी बुलाई गई और उनका नाम पुकारा गया तो भाड़े के एक हत्यारे ने बड़ी बेदर्दी से उन्हें गोली मार दी—उस वक़्त वह केवल 37 साल के थे।

इस वाक़ये के कई साल बाद उनकी पोती असकरी बेग़म, जो 'रिफ़त ज़मानी बेग़म' के नाम से जानी जाती थीं, की शादी नवाब हामिद अली ख़ान के बेटे और वारिस रामपुर के नवाब मुर्तज़ा अली ख़ान से हुई।

इस बीच उनके छोटे भाई, हमीदुज़्ज़फ़र ख़ान मुरादाबाद में अपनी पढ़ाई पूरी करने के बाद ब्रिटिश प्रोविंसियल सर्विस में डिप्टी कलेक्टर बन गए। रिजेंसी काउंसिल में कर्नल विंसेंट के नीचे उन्हें वाइस चेयरमैन भी बनाया गया। जब विंसेंट ने रामपुर छोड़ा तो हमीदुज़्ज़फ़र ख़ान काउंसिल के चेयरमैन बना दिए गए। जब तक नवाब अपने विदेश के सफ़र से वापस लौटे, हमीदुज़्ज़फ़र ख़ान ब्रिटिश प्रोविंसियल सर्विस में आ गए थे और उन्हें अलवर, बीकानेर वग़ैरह रियासतों का ख़ास अफ़सर बना दिया गया था। उनकी नौ औलादें थीं जिनमें मेरी माँ चौथी थी। मेरे नाना जी की बहन जाफ़री बेग़म की शादी मेरे दादा जी, कामादान अताउल्लाह ख़ान से हुई; इस तरह मेरे अब्बा और माँ रिश्ते में भाई-बहन थे।

यहाँ मैं अपने परिवार के इतिहास से जुड़े कुछ दिलचस्प वाक़ये दे रही हूँ जिन्हें समय-समय पर कहा-सुना जाता रहा है।

मेरे मामा डॉ. सैदुज़्ज़फ़र एक अंग्रेज़ इंजीनियर लेफ़्टिनेंट कर्नल सी.जे.सी. डेविडसन की डायरी का एक हिस्सा बहुत मज़े लेकर पढ़ा करते थे, जो उसने अपने हिन्दुस्तान के सफ़र के दौरान लिखी थी। इसमें वह 1843 में नवाब मोइनुद्दीन से हुई मुलाक़ात का ज़िक्र करते हैं, जो मेरे परनाना के परदादा थे। नवाब साहब को अंग्रेज़ी हुकूमत से पेंशन मिलती थी, उनके मोटापे और बढ़िया रहन-सहन के शौक के चलते उन्हें 'बम्बू खान' का नाम दे दिया गया था। तो इन नवाब साहब के घर का तर माल खाकर बेचारे डेविडसन की जो बुरी हालत हुई उसका बयान उन्होंने अपनी डायरी में कुछ इस तरह से किया :

> सुबह नौ बजे हरिद्वार पहुँचा, और शहर की शुरुआत में ही एक पहाड़ी पर एक बड़े आम के पेड़ के नीचे बैठने के बाद मैंने नाश्ता शुरू किया। मैं कभी भी, अगर मैं हजार साल भी ज़िन्दा रहा (हालाँकि इसकी उम्मीद है नहीं) तब भी वह दहशत-भरा दिन भूल नहीं सकता। सुबह से लेकर आधी रात तक मुझे बम्बू ख़ान का साथ और उनका स्वादिष्ट बाकुर खाना (एक क़िस्म का स्थानीय केक) मिलता रहा, जो मैं पिछली रात को भोगपुर में बिना कुछ सोचे-समझे तला हुआ पहले ही खा चुका था। ज़्यादा कुछ न कहते हुए बस इतना ही कहूँगा

कि (यह पेट ख़राब होने का मेरा पहला मौक़ा था) मैं मन और शरीर दोनों ही लिहाज़ से बहुत बुरी हालत में था। मैं कभी भी, ओह, बम्बू ख़ान को नहीं भूलूँगा। नुजीब-आबाद में मेरी कही बात कुछ ज़्यादा ही सच साबित हुई; बरेली छोड़ने के बाद पहली बार मैंने जुनिपर जिन का आधा गिलास गटक लिया, लेकिन उससे मुझे कुछ आराम नहीं मिला, मेरा जोश बुरी तरह से पस्त हो चुका था।

–डायरी ऑफ़ ट्रेवल्स एंड एडवेंचर इन अपर इंडिया

(रोहिलखंड में बरेली से हरिद्वार और ननाह, हिमालय के पहाड़ों पर, साथ में बुन्देलखंड, अवध की रियासत और गंगा तटीय इलाक़ों का सफ़र)

सी.जे.सी. डेविडसन, लेफ्टिनेंट कर्नल ऑफ़ इंजीनियर्स, बंगाल। सर बेंजामिन ब्रुनेल को समर्पित (टेम्स सुरंग का डिज़ाइन करनेवाले बिल्डर), 1843 में हेनरी कोलबर्न द्वारा प्रकाशित, प्रकाशक, ग्रेट मार्लबरो स्ट्रीट, लन्दन।

–स्टॉकवेल में लिखा गया, जुलाई 1843

दूसरी जो बात याद आ रही है वह मेरे नाना जी के भाई जनरल अज़ीमुद्दीन ख़ान के उस बेदर्द अन्दाज़ की है जिसे वह परिवार के कमउम्र लड़कों को सख़्तमिज़ाज बनाने के लिए इस्तेमाल करते थे। वह हाथी पर सवार होकर शेर का शिकार करते थे, जानवर को पूरी तरह से मारने से पहले वह परिवार के किसी छोटे लड़के से घायल शेर को लकड़ी से कोंच कर छेड़ने के लिए कहते थे। उनका मानना था कि ऐसा करने से लड़के का साहस और फुर्तीलापन बढ़ेगा। एक बार उन्होंने कमउम्र लड़कों को हिम्मती बनाने की अपनी इस कवायद का नज़ारा कनॉट के ड्यूक और डचेज़ के सामने भी पेश कर दिया, जब वे नैनीताल के तराई इलाक़े में शिकार कर रहे थे। ज़ाहिर है, डचेज़ के लिए यह सब देखना दहशतनाक़ था!

जनरल अज़ीमुद्दीन ख़ान के बारे में यह भी कहा जाता है कि उन्होंने अपने एक भतीजे को एक गज़ की ऊँचाई वाली बालकनी से मय कुर्सी के नीचे कूदने को कहा। दूसरे भतीजे को छत से छलाँग लगाने को कहा ताकि साबित हो सके कि वह असली पठान है। बेचारा लड़का बदन की तक़रीबन सारी हड्डियाँ चटका चुका था! मैं कभी-कभी सोचती हूँ कि कहीं ख़ानदान में एक मशहूर डॉक्टर के कैरियर की शुरुआत की वजह यही तो नहीं थी, क्योंकि मेरे मामा डॉक्टर सैदुज़्ज़फ़र न केवल बहुत नामी सर्जन बने बल्कि वह लखनऊ के मेडिकल कॉलेज के पहले भारतीय प्रिंसिपल भी बने।

अगला वाक़या जाने-माने उर्दू शायर डॉ. मोहम्मद इक़बाल की एक कविता है, जो मेरे परनाना के दादा जी के भाई अब्दुल ग़ुलाम क़ादिर के बारे में है जिन्होंने मुग़ल बादशाह शाह आलम (द्वितीय) की आँखें निकाल ली थीं। मेरे बड़े भाई ने इस बारे में जो लिखकर भेजा उसके मुताबिक़ :

ग़ुलाम क़ादिर ख़ान, जिनके बारे में यह कविता लिखी गई, ज़िब्ते ख़ान के बेटे थे। ज़िब्ते ख़ान नजीबुद्दौला के बेटे थे जो मेरी माँ की ओर से हमारे पूर्वज होते हैं। मराठा और रोहिला नवाबों के बीच कई सालों तक दुश्मनी रही, जिसमें अवध के नवाब सुजाउद्दौला मौक़ापरस्त की तरह जो जीत रहा होता था, उसी का साथ देने लगते थे। बहरहाल मराठाओं

का मुख्य निशाना नजीबुद्दौला का परिवार था, इसलिए वह केवल नाम के मुग़ल बादशाह शाह आलम सानी (द्वितीय) के नाम पर ज़िब्ते ख़ान और उनके बाद ग़ुलाम क़ादिर ख़ान को तंग करते रहते थे। इसी तरह की एक लड़ाई के दौरान ग़ुलाम क़ादिर ख़ान की हार हुई और उन्हें बन्दी बनाकर दिल्ली लाया गया। मराठाओं ने फ़ैसला किया कि अगर मुग़ल बादशाह ग़ुलाम क़ादिर ख़ान का जननांग काटकर नपुंसक बनाने का आदेश कर दें तो एक ही झटके में नजीबुद्दौला के ख़ानदान का सफाया हो जाएगा।

लेकिन जल्दी ही रोहिला नवाब बचकर भाग निकले और उन्होंने अपनी फ़ौज इकट्ठी की। कुछ समय बाद बहुत ही साहसिक और चौंका देनेवाला क़दम उठाते हुए दिल्ली की हिफ़ाज़ती फ़ौज को हराकर अन्दर पहुँच गए। और बादशाह की आँखें निकालकर अपना बदला लिया।

मुझे लगता है कि मोटे बम्बू ख़ान, जिनका ज़िक्र पहले किया जा चुका है, ने ही विरासत को आगे बढ़ाया। यहाँ डॉ. इक़बाल की कविता 'ग़ुलाम क़ादिर जिलानी' का हल्का-फुल्का तर्जुमा दिया जा रहा है;

वह रोहिला कितना ज़ालिम और वहशी था,
जिसने अपने ख़ंजर की नोक से तिमूरी बादशाह की आँखें निकाल लीं।
उस तानाशाह ने हरम की औरतों को अपने सामने नाचने का हुक्म दिया,
ग़ुस्से का वह उबाल क़यामत के अपशकुन से कुछ कम नहीं था।
चाँदी से बदनवाली वो ख़ूबसूरत औरतें भला इस बेशर्मी भरे हुक्म को कैसे मानतीं?
उस बेदर्दी ने उन्हें अपने शौक का जरिया बना दिया,
वो, जिनकी ख़ूबसूरती अब तक सूरज, चाँद, सितारों से भी छिपकर रही थी!
धड़कते दिलों के साथ उन्होंने जबरदस्ती पैर हिलाए,
जबकि शहजादी की आँखों से ख़ून के आँसुओं का सैलाब उमड़ रहा था।
कुछ देर वह इस नज़ारे को देखकर खोया रहा,
फिर उसने अपने सिर से ताज का भार उतारा।
उसने कमर से ख़ूनी ख़ंजर को निकालकर अपनी बग़ल में रखा
और एक पल की हिचकिचाहट के बाद आराम के लिए लेट गया।
जैसे नींद ने उसकी लाल आँखों को सो जाने को कहा हो।
सपनों ने उसकी आँखों में जलते अँगारों को बुझा दिया।
अपने सामने का नज़ारा देखकर उसकी निगाह शरमाई।
वह उठा और उसने दरबार की औरतों से कहा,
तुम्हें अपनी किस्मत पर रोना नहीं चाहिए।
मेरा इस तरह सो जाना सिर्फ़ एक बहाना था, महज़ एक तक़ल्लुफ़,
क्योंकि सोना एक फौजी कप्तान की शान के ख़िलाफ़ है
इस लिहाज़ से मैं तुममें से किसी एक मुग़ल शहजादी को यह मौक़ा देता हूँ कि,
मेरी लापरवाही को देखते हुए वह मुझे मेरा ही ख़ंजर घोंप दे।
लेकिन बाहर की दुनिया तक यह राज़ पहुँच चुका है कि
आत्म-सम्मान ने तिमूर सल्तनत को छोड़ दिया है।

एक आख़िरी वाक़या 1857 के गदर का है, जब मेरी परनानी दरबार की दूसरी औरतों के साथ अपने बच्चों और ज़ेवर वग़ैरह लेकर पास के जंगल में जा छिपी थीं। परदा करने की वजह से वे सब एक ढकी हुई बैलगाड़ी में एक साथ बैठी हुई थीं। उनका डर दूर करने के मक़सद से उनका वफ़ादार ड्राइवर कई दिनों तक एक ही जगह पर गोल-गोल चक्कर लगाते हुए दिलासा देता रहा कि वह उन्हें उनकी जगह ज़रूर पहुँचा देगा, जो कि मुरादाबाद थी!

एक बात है जो परिवार से वाबस्ता तमाम लिखी और सुनी हुई बातों में मुझे समझ नहीं आती। वह यह कि सब जगह हमारे यहूदी और पठान मूल के होने का दावा किया गया है लेकिन कहीं भी यह नहीं कहा गया कि हमारी नसों में चीनी ख़ून है, जबकि मौजूदा पीढ़ी के तमाम बच्चे और नाती-पोतों की चीनियों की तरह छोटी आँखें हैं। मुझे ही देख लो, मैं हो चि मिन्ह की भद्दी छाया लगती हूँ! कहीं ऐसा तो नहीं कि हमारे पूर्वज इस्राइल से अफ़ग़ानिस्तान के बीच आते-जाते अपनी बीवियाँ बनाने के लिए तातार औरतों को ले आते हों? या बाद में भारत आने के बाद? शायद बाद की पुश्तों में से कोई इस पहेली का हल निकाल पाने में कामयाब हो।

1
1919–1929
बचपन और लाहौर

जीवन... ख़ुद के साथ अन्तहीन बातचीत; होश के आलम में चुप और पागलपन में सुनाई देनेवाली

कोई अपने बारे में किताब क्यों लिखता है? सबसे बड़ी वजह तो यह कि इनसान मरने के बाद जीवन से अपनी पकड़ छूटने की कल्पना से डरता है। ऐसे में आत्मकथा उसे मरने के बाद भी अपने होने के भ्रम को बनाए रखने का ज़रिया लगता है। मुझे लगता है कि यह एक तरह की आत्ममुग्धता है, भला किसे परवाह है तुम्हारी भावनाओं की, तुम्हारे संघर्ष की, तुम्हारे सुख या दुख की? हाँ, शायद तुम्हारे बच्चों के लिए उनकी कुछ अहमियत हो। हालाँकि वो भी दिल से तुम्हें प्यार करने और तुम्हारी देखभाल करने के बावजूद कभी-कभी ऐसा अहसास दिलाते हैं जैसे तुम उनकी ज़िन्दगी से जुड़ा एक फालतू हिस्सा हो और तुम्हारे हटने से उन्हें राहत मिलेगी...पता नहीं पर मुझे ऐसा लगता है!

मेरे लिए इस किताब को लिखने की ख़ास वजह एक ऐसा काम हाथ में लेना था जिसमें मैं ख़ुद को डुबा सकूँ, साथ ही मैं अपनी ज़िन्दगी में जो कुछ हुआ उन सब बातों को पूरी तरह से भूल जाने से पहले ही लिख डालना चाहती थी। इसमें से बहुत सारी बातें बहुत पुरानी हैं, ऐसा लगता है वो सब किसी और जन्म में हुआ था, इसके बावजूद कुछ यादें इतनी जीवन्त हैं जैसे कल ही की बात हो।

मैं 27 अप्रैल, 1912 में संयुक्त भारतीय प्रान्त, जो अब उत्तर प्रदेश कहलाता है, में सहारनपुर में पैदा हुई। मेरे पिता एक पठान सरदार, मौलवी ग़ुलाम जिलानी ख़ान साहेब के वंशज थे। मौलवी साहेब की नस्ली जड़ें अफ़ग़ानिस्तान के अब्दुल राशिद नाम के एक यहूदी से जुड़ी थीं, जिन्होंने सन् 631 ईसवी में मुस्लिम धर्म अपनाया था। 1760 में ग़ुलाम जिलानी, जो विद्वान और प्रसिद्ध योद्धा थे, दिल्ली में अहमद शाह के दरबार में आए जहाँ उन्हें बहुत सम्मान दिया गया। बाद में वे अन्य रोहिला सेनापतियों के साथ सेना में शामिल हुए। उन्हें नवाब फ़ैज़ुल्लाह ख़ान की सेना की कमान सौंप दी गई। नवाब साहब के साथ वे कोसी नदी के किनारे बसे 'रामपुरा' नाम के एक गाँव में पहुँचे। इस तरह से रामपुर एक शहर और राज्य के रूप में विकसित हुआ। ग़ुलाम जिलानी और बाक़ी ग्यारह रिसालदारों को यहाँ ज़मीन

आवंटित की गई। मेरी माँ के दादा जी नवाब जलालुद्दीन ख़ान थे, जो नवाब ज़ेब्ते ख़ान के पोते थे। नवाब ज़ेब्ते ख़ान नजीबाबाद के संस्थापक और नवाब नजीबुद्दौला के बेटे और उत्तराधिकारी थे। मुझे अचरज होता है यह सोचकर कि हमारे पूर्वजों के जीवन का हम पर कितना प्रभाव पड़ता है। कभी सोचती हूँ कि मेरे पूर्वजों के विद्वत्ता और साहसिक गुणों का मेरे जीवन के अलग-अलग पड़ावों पर बहुत गहरा प्रभाव रहा है।

मेरे पिता ने युवावस्था में ही रामपुर छोड़ दिया। मेरी पैदाइश के दौरान वह ब्रिटिश प्रोविंसियल सर्विस में कनिष्ठ अधिकारी थे। (एक बहुत हास्यास्पद सी बात यह थी कि बाद के वर्षों में अंग्रेज़ी हुकूमत ने उन्हें नौकरी में अच्छे प्रदर्शन के लिए ख़ान साहेब का दर्ज़ा दिया, जबकि नवाबी ख़ानदान से जुड़े होने के चलते यह तमग़ा तो जन्म के साथ ही उनके नाम से जुड़ा था।)

मैं अपने परिवार में तीसरे नम्बर की सन्तान थी। क्योंकि भारतीय किसी भी और देश के मुक़ाबले ज़्यादा रंगभेदी होते हैं, मैं घरवालों की काफ़ी चहेती थी। सिर्फ़ इस वजह से कि मेरा रंग मेरे बड़े भाई और बहन के मुक़ाबले थोड़ा गोरा था। हालाँकि मुझे लगता है कि मुझसे छोटे दो भाई-बहन के आने के साथ ही मेरी कद्र कम हो गई क्योंकि दोनों का रंग एंग्लो-इंडियन की तरह गोरा था। मेरी छोटी बहन की तो बचपन में घुँघराली सुनहरी लटें भी थीं, जैसे अक्सर पठानों में होती हैं।

मेरी सबसे पुरानी याद अपने ऊपर छाए नीले आसमान की है, हाँफने की आवाज़ के साथ-साथ बहुत धीमी गति के साथ आसमान के इस टुकड़े का फ्रेम बदलता जा रहा था। साथ में थी पसीने की गंध और मेरी पीठ किसी कठोर सतह पर टिकी थी। मैंने अपने पिता से जब यह बात की तो उन्होंने अन्दाज़ा लगाया कि शायद यह 1914 में नैनीताल जाते समय की बात होगी, जब मुझे एक कुली कन्धे पर बँधी बेंत की टोकरी में बैठाकर ले गया था। उन दिनों बसें नहीं चला करती थीं। आपको पहले ताँगे या घोड़ागाड़ी पर चढ़ाई करनी पड़ती थी, यात्रा का अन्तिम हिस्सा घोड़े की पीठ पर करना होता था। बच्चे बेंत की टोकरियों में बैठाकर ले जाए जाते थे।

मुझे पहाड़ी पर स्थित एक कॉटेज की भी याद है, जिसके आँगन में बनी कोठरियों में से एक में लोहे का बड़ा-सा दरवाज़ा था। जब भी यह दरवाज़ा खुलता उसमें से ढेर के ढेर अखरोट लुढ़कने लगते थे, वो इतनी तेज़ी से आते थे कि अगर आप रास्ते से नहीं हटे तो आपको दबा ही दें। इस कॉटेज में ऊपरी हिस्से में बने कमरों के बाहर गुलाब लगे हुए थे।

एक दिन मेरी माँ सुपारी काट रही थीं, मैंने उनसे सुपारी का बीच का नरम वाला हिस्सा माँगा, जो बच्चों का पसन्दीदा होता है। मेरे पिता जी पास ही बैठकर माँ के साथ बातचीत कर रहे थे। पीछे मुड़कर उन्होंने कहा, ''ये लो,'' सुनते ही मैंने मुँह खोल दिया। उन्होंने कुछ फेंका जिसे मैं सुपारी का नरम गूदा समझकर खा गई। 'वो एक मक्खी थी,' उन्होंने हँसकर मुझे चिढ़ाया। मैं इस बात की वजह से काफ़ी दिनों तक उनसे नफ़रत करती रही। जब मैंने 1968 में उन्हें यह क़िस्सा सुनाया तो वो हँसे और कहा कि उन्हें यह वाली शरारत याद नहीं है, लेकिन शायद यह तब की बात है जब मैं दो साल की रही होऊँगी और तब वे चकराता में तैनात थे।

उसके बाद उन्होंने उस समय का एक मज़ेदार क़िस्सा सुनाया। चकराता में एक अंग्रेज़ अधिकारी कर्नल प्रिंस एक शिकार यात्रा से अपनी पत्नी के लिए भालू का बच्चा साथ लेते आए। जब यह बच्चा बड़ा हुआ तो ख़तरे का सबब बन गया, इसलिए कर्नल की पत्नी की अनिच्छा के बावजूद भालू को मेरे पिता की निगरानी में मैदानी जगंल में ले जाकर छोड़ा गया। मुझे याद है कि उन्हीं दिनों गवर्नेस जैसी एक अंग्रेज़ महिला, मेरी माँ से मिलने आती थीं। उन्होंने माँ को एक लोरी सिखाई थी, ''किंग बेबी, डियर बेबी, डिकी बर्ड सिंग्स/ हाऊ लवली आर द शैडोज ऑफ़ योर आई!'' मैंने माँ को कई बार बाहर पिंजरे में बन्द चहचहाती बंगाली मैना के आगे यह लोरी गाते हुए सुना।

उस समय की सबसे नाटकीय घटना देहरादून में मेरे भाई के जन्म की थी। तब मैं तीन साल की थी। माँ-पिताजी के कमरे के दरवाज़े बन्द थे और मैं बंगले के बरामदे में निढाल सी यूँ ही घूम रही थी। मुझे कुछ ख़बर नहीं थी कि हो क्या रहा है। तभी अन्ना बुआ (मेरी माँ की नर्स, जो हमारी देखभाल भी करती थी) पीछे से आकर मुझसे चिपट गईं और बोलीं, ''लड़का हुआ है! तुम भाग्यशाली हो जो अपने पीछे भाई लेकर आई हो, चलो, मैं तुम्हारी पीठ पर नारियल फोड़ती हूँ!'' उन्होंने जैसे ही कहा मैं फ़ौरन झुक गई और फिर मैंने ज़ोर से कुछ टूटने और छलकने की आवाज़ सुनी। पीछे मुड़कर देखा तो फ़र्श पर नारियल के टुकड़े बिखरे थे और उसका दूध फैला हुआ था। उस समय मुझे यह लगा था कि यह नारियल मेरी पीठ पर लगने से ही टूटा है। और फिर मैंने दो बार बन्दूक़ चलने और पास के अमरूद के पेड़ पर बैठे तोतों के उड़ने से पंखों के फड़फड़ाने की आवाज़ें सुनीं। बाद में मुझे पता चला कि पठानों में बेटा पैदा होने पर बन्दूक़ चलाकर सलामी देने की परम्परा पहले से ही है।

घृणा से गनगना देनेवाला एक अनुभव जो मुझे याद है वो था पहली बार सेक्स के बारे में पता चलना। हमारे बँगले में एक एंग्लो-इंडियन मेमसाहब भी रहती थीं जिन्होंने अपने आँगन में ढेर सारे टर्की पाल रखे थे। उनके और हमारे बरामदे के बीच तार की जाली लगी हुई थी। एक बार मैं इसी जाली से टर्की देख रही थी तो मैंने उनके आँगन में एक अंग्रेज़ को खड़े देखा। मैं खाना खाने अपने घर के अन्दर जाने के लिए मुड़ने लगी तो मैंने देखा कि उस आदमी ने अपने कपड़े उतार दिए थे और खीसें निपोरते हुए नंगा खड़ा था। उसका अंग विशेष दिखने में टर्की की गर्दन की तरह लगता था। उस घृणित दृश्य ने मुझे दहशत, शर्म और अपराधी होने की सी अनुभूति से भर दिया था।

मेरी यादों में माँ की छवि एक कोमल, गोरी और भरवाँ बदन वाली महिला की है जिनके लम्बे काले बाल उनकी कमर तक पहुँचते थे, हमेशा हँसती, गाती हुई। मुझे वह रात याद है जब उनकी मौत हुई थी। उन्होंने हम सबको अपने बिस्तर के पास बुलाया और मेरी बड़ी बहन से कहा कि अब से हमारी देखभाल उन्हें करनी होगी क्योंकि वो ख़ुद हमारे बीच नहीं रहेंगी। वो बहुत निस्तेज और बीमार दिख रही थीं। उनके ख़ूबसूरत बाल तकिए पर आभामंडल बनाते हुए से फैले थे। उन्हें खोने का दर्द भरा अहसास मेरी युवावस्था तक हमेशा बना रहा जब तक कि मैं ख़ुद ज़िन्दगी में पहली बार पूरी शिद्दत के साथ प्यार में डूब नहीं गई।

शुरू के उन सालों में मेरे पिता थोड़े अलग-थलग रहते थे जिनसे हमें डर सा लगता था। हमारी स्कूली पढ़ाई ख़त्म होने के बाद उनके तेवर में ढिलाई आई और फिर हमने ऐसे

शानदार पिता को पाया जिन्हें हम प्यार करते थे और जिन पर हमें गर्व था। उनके व्यक्तित्व की ख़ास विशेषता थे उनके हाथ। प्राकृतिक चमक लिये नाख़ूनों के साथ लम्बी, मज़बूत अँगुलियों वाले वो हाथ बहुत सक्षम और सुरक्षा का अहसास दिलाते थे। लेकिन उनके बारे में बाक़ी बातें बाद में।

बचपन में मेरे हीरो हुआ करते थे मेरे मामा, डॉ. साहेबज़ादा सैदुज़्ज़फ़र ख़ान। हमारे परिवार को पश्चिमी तौर-तरीक़ों से परिचित कराने का श्रेय उन्हीं को जाता है, क्योंकि उन्होंने एडिनबर्ग में सर्जरी की पढ़ाई की थी। सम्पन्न होने की वजह से वह बिल्कुल नवाबी अन्दाज़ में रहा करते थे। देहरादून में बड़े से बगीचे वाला उनका घर फ़ारसी क़ालीनों, चीन के बने चीनी मिट्टी से बने चाय के बर्तनों और गोल्डफिश से भरे एक तालाब से सुसज्जित था। वास्तव में 1957 में हुए सैन्य विद्रोह के बाद अंग्रेज़ों ने अगर उनके दादा की हत्या नहीं की होती तो नजीबाबाद की रियासत विरासत में मामा जी को ही मिलती।

रंग-रूप, कद-काठी, पहनावा हो या उनका हँसी-मज़ाक़, हर चीज़ में मामू साहेब हमारे आदर्श थे। वह जब भी हमारे घर आते थे हमारे लिए उत्सव का मौक़ा होता था क्योंकि वो नायाब खिलौने लाते थे, उनके चुटकुले हमें हँसा-हँसाकर लोट-पोट कर दिया करते थे। लखनऊ मेडिकल कॉलेज के प्रिंसिपल बननेवाले वह पहले भारतीय थे, बाद के सालों में मैं जितने भी सर्जनों से मिली वो मामू साहेब के छात्र रह चुके थे। मेरे लिए वह बहुत बड़े प्रेरणास्रोत थे। उनके उदाहरण और प्रोत्साहन की वजह से ही स्कूली पढ़ाई ख़त्म करने के बाद जल्दी शादी करने की बजाय मैंने अपने लिए एक कैरियर चुनने का फ़ैसला किया। मेरी पीढ़ी की सभी लड़कियों के लिए स्कूल के बाद शादी पहले से ही तय भाग्य हुआ करता था।

अपनी बेटियों की पढ़ाई को लेकर मेरे माँ-बाप की दूरदर्शिता तारीफ़ के काबिल थी। उन दिनों मुस्लिम परिवारों के सभी लड़कों को अलीगढ़ मुस्लिम विश्वविद्यालय में भेजा जाता था, लेकिन लड़कियों को स्कूल भेजने की बात कोई सपने में भी नहीं सोचता था, बोर्डिंग स्कूल भेजना तो असम्भव ही था। इसके बावजूद, हमें घर से मीलों दूर लाहौर के क्वीन मैरी'ज कॉलेज में भेजा गया जो दूसरे प्रांत में था। उन दिनों यह एक दूसरे देश में जाने जैसी बात थी। जब मेरी माँ की मृत्यु हुई तो वो साफ़-साफ़ निर्देश छोड़कर गईं थी कि उनकी सम्पत्ति से मिलनेवाले पैसों का उपयोग उनके बच्चों, ख़ासतौर पर उनकी बेटियों की पढ़ाई के लिए किया जाए।

क्वीन मैरी'ज की स्थापना 1908 में मिस वेस्टर्न ने उत्तरी भारत के 'सम्भ्रान्त घरानों की लड़कियों' के लिए की थी। इसकी कुछ ख़ासियतों में से एक यह थी कि किसी भी ईसाई या आम परिवारों की लड़कियों को बोर्डिंग में दाख़िला नहीं दिया जाता था। कम से कम मिस कोक्स के प्रिंसिपल बनने तक तो यह नियम लागू था। मिस कोक्स मेरे स्कूल छोड़ने से पहले अन्तिम प्रिंसिपल थीं, जिन्होंने स्कूल के मौजूदा क़ायदे-क़ानून में काफ़ी बदलाव किए। एक बिल्डिंग ठेकेदार की बेटी को स्कूल में दाख़िला दिए जाने से चिढ़कर हम किस तरह अपनी नाराजगी फुसफुसाहटों और व्यंग्य के ज़रिए निकालते थे, मुझे आज भी याद है। बाद में कई बार अपने मामा के घर पर उस लड़की के माता-पिता से मेरी मुलाक़ात हुई।

उसके पिता देहरादून के जाने-माने लोगों में से एक थे, उन्होंने अंग्रेज़ों से मसूरी में एक बड़ा होटल ख़रीदा था।

क्वीन मैरी 'ज परदे वाला स्कूल था, इसका मतलब यह कि स्कूल की चारदीवारी के अन्दर किसी पुरुष को प्रवेश करने की अनुमति नहीं थी। माली और चौकीदार जैसे कुछ पुरुष कर्मचारी स्कूल का समय ख़त्म होने के बाद ही अन्दर जा सकते थे जब सारी लड़कियाँ अपने कमरों में सुरक्षित सो रही होती थीं। स्कूल अपने पहले फ्लश वाले शौचालयों की ख़ूब शान बघारता था। इन दस शौचालयों में से पाँच हिन्दुस्तानी तरीक़े के थे जो छोटी लड़कियों के लिए थे और पाँच यूरोपियन तरीक़े के वरिष्ठ छात्राओं के लिए। यह स्कूल प्रमुख निजी स्कूल था जिसमें टेनिस और बैडमिंटन कोर्ट बने थे और हॉकी और नेटबॉल मैदान थे। मेरे स्कूल छोड़ने से पहले एक स्वीमिंग पूल भी स्कूल के आकर्षणों में शामिल हो चुका था।

उस समय की लगभग सारी रियासतों के शाही परिवार अपनी लड़कियों को इस स्कूल में भेजते थे। एक तो इसलिए कि वो यहाँ एक ख़ास तबक़े की लड़कियों के समूह तक ही सीमित रहती थीं और दूसरा यह स्कूल कला और खेल-कूद के लिए प्रसिद्ध था। एक अमेरिकी लेखिका मिस मेयो ने भारत पर कटाक्ष करती अपनी किताब 'मदर इंडिया' में इस स्कूल का ज़िक्र किया है। हालाँकि क्वीन मैरी 'ज में दसवीं कक्षा तक की स्कूली पढ़ाई होती थी लेकिन फिर भी इसे 'कॉलेज' कहे जाने का सम्मान प्राप्त था। खेल-कूद में यह लाहौर में लड़कियों के अन्य कॉलेजों को बराबर की टक्कर देता था। बाद में इसमें बी.ए तक की पढ़ाई होने लगी थी।

मेरी बड़ी बहन और मैंने अक्टूबर 1919 में क्वीन मैरी 'ज में दाख़िला लिया था। मुझे दो बार दोहरा प्रमोशन मिलने के बावजूद दसवीं में ढाई साल तक रोका गया क्योंकि स्कूल के नियमानुसार किसी छात्रा को 15 साल में मैट्रिक की परीक्षा देने की अनुमति नहीं थी। इसके अलावा मिस कोक्स को मुझसे सहानुभूति थी कि अगर मैंने जल्दी दसवीं पास कर ली तो स्कूल छोड़ते ही इतनी कम उम्र में मेरी शादी हो जाएगी। मैं उनके फ़ैसले से पूरे दिल से सहमत थी और उस मस्ती भरे समय का पूरा आनन्द लिया। मैंने लगातार दो साल तक सर्वश्रेष्ठ छात्रा को दिया जानेवाला लेडी हेली पुरस्कार का चाँदी का मग जीता। स्कूल में बिताए पूरे दस साल मेरी यादों में पूरी स्पष्टता के साथ सुरक्षित हैं। खेल-कूद, इनाम, पिकनिक, हँसी-मज़ाक़, भूख, खाना और छुट्टियाँ। मुझे पहले साल में ही स्कूल के नाटक में शामिल कर लिया गया था। मैं 'द रोज़ एंड द रिंग' नाटक के शेरों में से एक थी। हमने खाकी कमीजें और पाजामे पहने थे। हम लोग अपनी पीठ पर शेर की खाल के रूप में पायदान बाँधे जाने का इन्तज़ार कर रहे थे, तभी मैंने उर्दू के इनाम के लिए अपना नाम सुना। मैं उसी वेशभूषा में गवर्नर की पत्नी के हाथों इनाम लेने के लिए मंच पर पहुँच गई, यह देखकर वहाँ उपस्थित दर्शक हँसने लगे।

बाद में, जब मैं दस साल की थी और 'जैक एंड द बीनस्टॉक' नाटक में जैक की भूमिका कर रही थी तो मैंने अपनी अंग्रेज़ी की अध्यापिका मिस हार्वे को कहते सुना, ''यह लड़की लन्दन में नाटक करके हफ़्ते में दस पाउंड तक कमा सकती है।'' मुझे बिल्कुल भी अन्दाज़ा नहीं था कि दस पाउंड कितने होते हैं लेकिन सुनने में यह रकम बहुत ज़्यादा लग रही थी।

मुझे यह अहसास हुआ कि चाँद तक पहुँचने का आधा रास्ता तो मैंने पार कर लिया! अपनी अध्यापिका की कही यह बात मेरे दिमाग़ में धँसकर रह गई थी, शायद अभिनय को कैरियर के रूप में चुनने के पीछे भी कहीं न कहीं इसी बात का प्रभाव रहा हो।

हमारे सबसे ख़ुशनुमा दिन वो थे जब गरमियों के तीन महीनों के लिए हमारा स्कूल डलहौजी स्थानान्तरित हो गया था। पहाड़ी जगह डलहौजी में वो दिन एक लम्बी पिकनिक की तरह बीते। सब कुछ बदल गया था। लोग, मौसम, प्राकृतिक दृश्य, फूल, चिड़िया और तितलियों के साथ ही हमारी अध्यापिकाओं का व्यवहार भी बदल गया था। हम लोग बाहर खूबानी के पेड़ों के नीचे बैठकर पढ़ते थे और कभी-कभी शाम की सैर के दौरान 7,000 फीट तक की चढ़ाई करते थे। मैंने पहली बार गिरती हुई बर्फ़ और बर्फ़ीली चोटियाँ डलहौजी में ही देखीं। क्वीन मैरी'ज में हमें तमीज़दार और आदर्श लड़की बनना सिखाया जाता था। स्कूल का आदर्श वाक्य था 'सादगी के साथ सेवा', लेकिन स्वास्थ्य और सफ़ाई पर ज़ोर देने के पीछे नेक विचार होने के बावजूद स्कूल ने हमें अंग्रेज़ीदाँ अभिमानी लड़कियों में बदल दिया था। जब मैंने स्कूल छोड़ा तो अपने ही देश के बारे में मेरी जानकारी बहुत कम थी।

किशोरावस्था में मेरे जीवन पर मेरे बड़े भाई ज़काउल्लाह ख़ान का काफ़ी गहरा प्रभाव रहा। छुट्टियों के दौरान जब हम लोग अपने-अपने बोर्डिंग स्कूल से घर लौटते थे तो वह 'बुक ऑफ़ नोलेज' से देखकर शानदार मॉडल बनाया करते थे। वह हमें जो बातें बताते थे वो हमारे लिए एक नई दुनिया देखने जैसा होता था। वही हर हफ़्ते एक नाटक तैयार करवाते थे। ये नाटक बायस्कोप पर देखी 'डॉन पेद्रो' की नाटकीय प्रस्तुतियों पर आधारित होते थे। अब क्योंकि अभिनय के लिए गिने-चुने लोग ही उपलब्ध होते थे, इसलिए भाई हमेशा हीरो बनते थे, मेरी बहन खलनायक और मैं नायिका बनती थी। नायिका बनने के लिए मेरे बाल खुले रहते थे और चेहरा टेलकम पाउडर से पुता रहता था। भाई हमेशा हमें अच्छा आचरण करने और आदर्शवादी बनने का उपदेश देते रहते थे। उनकी कुछ बातें ज़रूर मेरे ज़ेहन में घर कर गई होंगी, हालाँकि उस समय हमें उनके उपदेश बहुत खलते थे। उनकी ऊँचे सुर वाली आवाज़ बहुत अच्छी थी और अगर वह प्रशिक्षित होते तो ज़रूर बड़ा नाम होता उनका, लेकिन उन दिनों इस बारे में कोई सोचता भी नहीं था।

2

1930–1933 यूरोप और डांस स्कूल

आख़िरकार 1929 में दसवीं पास करने के बाद मैंने स्कूल छोड़ा। इसके बाद मैंने तूफ़ान से सीधा मुक़ाबला करने का फ़ैसला किया। मैंने बेधड़क होकर अपने मामा को लिखा कि फ़िलहाल शादी करने का मेरा कोई इरादा नहीं है और मैं कोई काम करना चाहती हूँ। मुझे बहुत ख़ुशी हुई जब उन्होंने जवाब में लिखा कि वह मेरे इस फ़ैसले में पूरी तरह मेरा साथ देंगे, लेकिन मैं करना क्या चाहती हूँ? उसी दौरान मेरे भाई ने इंग्लैंड से मुझे चिट्ठी लिखी, "पहली भारतीय महिला पायलट बनने के बारे में तुम्हारा क्या ख़याल है?" उनके इस सुझाव ने मुझे रोमांचित कर दिया। इस बारे में राय और अनुमति माँगने के लिए मैंने अब्बाजान को चिट्ठी लिखी। जवाब में उन्होंने लिखा, "मेरी ओर से तुम्हें इजाज़त है लेकिन अगर तुम्हें कुछ हो गया तो मैं ख़ुद को कभी माफ़ नहीं कर सकूँगा।" उनकी इस बात ने मुझे इतना भावुक कर दिया कि इच्छा होते हुए भी मैंने पायलट बनने का इरादा छोड़ दिया।

मेरे मामा काफ़ी समय से कार से यूरोप की यात्रा करने के बारे में सोच रहे थे। उन्होंने भोपाल से मुझे चिट्ठी लिखी, "मुझे ऐसा लगता है कि तुम मंच पर जाने की इच्छुक हो और इंग्लैंड में ड्रामा स्कूलों के बारे में पूछताछ कर रही हो। इंग्लैंड जाने के लिए तुम्हारे पास दो रास्ते हैं। तुम्हारे अंकल सर अब्दुस्समद ख़ान तबीयत ख़राब होने की वजह से विदेश जा रहे हैं, या तो तुम बतौर सेक्रेटरी उनके साथ जा सकती हो या फिर कार में मेरे साथ चल सकती हो। लेकिन ध्यान रहे कि कार का सफ़र बिल्कुल आरामदायक नहीं रहेगा। स्वाभाविक ही था कि मैंने उनके साथ जाने का फ़ैसला किया। इस सफ़र में हम दोनों के अलावा एक मेकैनिक और मामूजान के एक दोस्त का भतीजा भी साथ में था जिसे मध्य-पूर्व के किसी इलाक़े तक जाना था।

हम चारों अक्टूबर 1930 में देहरादून से एक खुली डॉज़ टूअरर में सवार होकर इस लम्बे सफ़र के लिए रवाना हुए। सामान वग़ैरह रखने के लिए इसके पीछे एक छोटी गाड़ी जोड़ी गई थी। इस पुछल्ला गाड़ी के साथ चलने में बहुत दिक़्क़त हो रही थी इसलिए उसे मुल्तान में ही छोड़ना पड़ा। हम लाहौर होते हुए मुल्तान पहुँचे थे। मुल्तान से हम देहरा गाज़ी ख़ान और फोर्ट मुनरो होते हुए वजीरिस्तान से आगे बढ़े। अचानक हमने पाया कि हम 9,000 फुट की ऊँचाई पर बसे ज़ियारत में पहुँच चुके थे। वहाँ के राजनीतिक प्रतिनिधि

ख़ान शेरबत ख़ान ने कड़ाकेदार ठंड के बावजूद हर रंग और स्वाद के शर्बतों से हमारा स्वागत किया! लेकिन चमकीली धूप में बाहर बैठकर लज़ीज़ पेशावरी खाने का लुत्फ़ अब तक याद है।

क्वेटा हमारा अगला पड़ाव था। आगे के अनजाने रास्तों के लिए कार और सामान में ज़रूरी फेरबदल और मरम्मत वग़ैरह के लिए हम क्वेटा में रुके थे। यहाँ बुरका पहने एक अनजान औरत मुझसे होटल में मिलने आई। वह बहुत आकर्षक थी और मुझसे हर तरह के सवाल पूछ रही थी जैसे कि मेरी सगाई या शादी हो गई है या नहीं, हम लोग कहाँ जा रहे हैं, मेरे पिताजी कितना कमाते हैं वग़ैरह...वग़ैरह। अब क्योंकि भारत में इस तरह के सवाल-जवाब करना बिल्कुल आम बात है, इसलिए मैं बिना कुछ सोचे-समझे उसके सवालों के जवाब देती रही। मैं इस बात से ही ख़ुश थी कि कोई बात करने के लिए तो मिला आख़िर। जब मेरे मामा गैराज से लौटे तो मैंने पूरा वाक़या उन्हें सुनाया। सुनकर वह बहुत ही नाराज़ हुए और कहा कि मैं अनजान लोगों से बातचीत करते हुए सावधान रहूँ। बाद में पता चला कि वह अगवा करने में उस्ताद औरत थी जिसे क...रियासत के अवैध बेटों में से एक ने भेजा था। अगले दिन जब हम सुबह जल्दी आगे के सफ़र के लिए रवाना हुए तो काला चश्मा पहने एक हट्टे-कट्टे से आदमी ने सीमा से बहुत आगे तक मोटरसाइकिल पर हमारा पीछा किया।

क्वेटा से हम बलूचिस्तान के ख़ुश्क इलाक़े की ओर बढ़े। नौशकी पहुँचने तक हमें रास्ते-भर न आदम न आदम की ज़ात, कोई नज़र नहीं आया। दूर-दूर तक फैले उस इलाक़े में नौशकी ही शायद एकमात्र क़स्बा था। डाकबँगला पहुँचने से ठीक पहले हमें ज़बरदस्त तूफ़ान का सामना करना पड़ा, यह मेरा इस तरह का डरा देनेवाला पहला अनुभव था। धूल-भरी तेज़ आँधी की वजह से हमें रास्ते में ही रुकना पड़ा, नुक़सान ज़्यादा न हो इसके लिए हमने कार का रुख मोड़कर खड़ा कर दिया। सारे दरवाज़े-खिड़कियाँ बन्द होने के बावजूद कार का कोना-कोना धूल से भर गया। धूल-मिट्टी खाने के डिब्बे में बन्द सैंडविच से लेकर शरीर के पोर-पोर में घुस गई थी। घंटों तक इन्तज़ार के बाद तूफ़ान कुछ थमा और हम डाकबँगले तक पहुँचे। उस रात आसमान बिल्कुल शीशे की तरह साफ़ था, चमकता हुआ बड़ा-सा चाँद दूरबीन से देखने पर और भी बड़ा दिखाई दे रहा था।

अगले दिन सुबह हम लोग डलबैंडाइन की ओर बढ़े, जो उस पूरे इलाक़े का एकमात्र रेलवे स्टेशन वाला शहर था। यहाँ हम पेट्रोल ले सकते थे जिसके लिए हमने पहले ही दुज़दाब से ऑर्डर किया हुआ था। एक छोटी ट्रेन हफ़्ते में एक बार दुज़दाब से डलबैंडाइन के बीच आती-जाती थी।

दुज़दाब में प्रवेश करते ही हमने ब्रिटिश सत्ता वाला इलाक़ा पीछे छोड़ दिया था और फ़ारस में प्रवेश कर गए थे। यहाँ से आगे चलते हुए हम पवित्र शहर मेसहद पहुँचे जहाँ बहुत दिनों बाद मुझे अपने बाल धोने का मौक़ा मिला। ऐसा लगा जैसे महीनों बाद मेरे बाल धुले हों। हम रोज़ सुबह आठ बजे से लेकर रात आठ बजे तक सफ़र करते थे। बीच में कार में

ज़ोहरा, मध्य-पूर्व दौरे के दौरान 1931

बैठकर ही खाना खाने के लिए कुछ देर रुकते थे। रात को हम जिन सराय और होटलों में रुकते थे उनमें नहाने के लिए कोई सुविधा नहीं होती थी। क्वेटा छोड़ने के बाद से ही हर सुबह बस जल्दी से हाथ-मुँह धोकर हम आगे के सफ़र के लिए रवाना हो जाते थे। लेकिन असली हमाम में नहाने के मेरे पहले अनुभव ने रास्ते की अब तक की असुविधाओं का रंज पूरी तरह धो दिया। हमाम में एक औरत ने मुझे नहलाने के बाद वो बढ़िया मालिश की कि मैं सो गई। उसके बाद देर तक अलग-अलग हौजों में भरे गरम पानी में डुबकियाँ लगाती रही। वह औरत मेरे नारियल शैंपू को देखकर आश्चर्य में थी और बार-बार उसे मेरे सिर पर उड़ेल रही थी। शैंपू से इतनी जल्दी सिर साफ़ हो जाता है, यह देखना उसके लिए काफ़ी रोमांचकारी था। हमाम में नहाने के बाद जो आराम मिला, उसका बयान नहीं किया जा सकता।

बिना सड़कों वाले ऊबड़-खाबड़ रास्तों पर रोज़ 12 घंटे सफ़र से बेतरह थके शरीर के लिए यह आराम बिल्कुल स्वर्ग में होने का सा अहसास था। मेसहद के बाद हम जिन होटलों में रुके वो काफ़ी बेहतर थे और यहाँ से आगे का सफ़र अब तक के मुक़ाबले काफ़ी आरामदायक रहा। हम तेहरान, इस्पाहन और शायर सादी के जन्मस्थान शिराज़ गए। फ़ारस में अपने सफ़र के दौरान हमने सबसे रसीले फलों और स्वादिष्ट चावल के व्यंजनों का आनन्द लिया। घरों और मीनारों में बजते ईरानी गिटार के तारों से निकलती राग भैरवी से बँधी धुनों को सुनना एक रूमानी अनुभव था।

फ़ारस से आगे बढ़ते हुए हम इराक़ पहुँचे। बग़दाद में हम एक धार्मिक नेता, जिन्हें मुफ़्ती कहा जाता है, के घर पर ठहरे। हर सुबह नाश्ते में हमें नान, क्रीम और उबले अंडे परोसे जाते थे जो स्वादिष्ट तो बहुत लगते थे लेकिन उस खाने को पचा पाना बहुत मुश्किल होता था। यहाँ गाय या भैंस नहीं होतीं, इसलिए दूध मिलना बहुत मुश्किल होता है, लेकिन कॉफ़ी बहुत स्वादिष्ट थी। एक बर्तन में घंटों पकाने के बाद कॉफ़ी को छोटे-छोटे कपों में चम्मच के साथ परोसा जाता है। यह मिश्रण बहुत ज़्यादा मीठा होता है इसलिए पीने से पहले चीनी और कॉफ़ी मिश्रण के अवशेष के कप के तल में बैठने का इन्तज़ार करना पड़ता है।

फ़ारस और इराक़ के पूरे इलाक़े में हमें औरतें पारम्परिक चारशाफ ढके हुए नज़र आईं। यह काला रेशमी चोगेनुमा कपड़ा होता है जिसमें आँखों को छोड़कर पूरा चेहरा और शरीर ढका रहता है। बग़दाद से हमने अरब का रेगिस्तान पार किया। यह रास्ता हमने सेना की गाड़ियों और व्यापारिक ट्रकों के साथ तय किया क्योंकि यहाँ डाकुओं के ख़तरे के अलावा रास्ता भटकने का डर हमेशा बना रहता है क्योंकि हवा के साथ उड़ती रेत ट्रकों के कारवाँ से बने रास्तों के निशान पूरी तरह से मिटा देती है।

इस पूरे रास्ते में डाकुओं से हमारा सामना बस एक बार हुआ। बलूचिस्तान की सीमा के पास तीन हथियारबन्द आदमियों ने हमारी कार रोकी और कहा कि हम उन्हें उनके गाँव तक छोड़कर आएँ जो कि हमारे रास्ते से मीलों हटकर था। मामाजी ने उन्हें गाड़ी में बैठाया और जहाँ सड़क दो रास्तों में बँट रही थी वहाँ तक ले जाकर उन्हें उतरने के लिए कहा। उन्होंने उन लोगों को वहाँ से और आगे ले जाने के लिए पूरी तरह इनकार कर दिया। अब क्योंकि दोनों ही पक्ष एक-दूसरे की भाषा नहीं जानते थे और मामाजी अपनी बात पर सख़्ती से अड़े

हुए थे इसलिए उन आदमियों को ही हार माननी पड़ी। हालाँकि जब तक वह लोग गाड़ी से नहीं उतर गए मैं आगे की सीट पर डर से सहमी बैठी रही। फौजी गाड़ियों के साथ अरब रेगिस्तान को पार करते हुए हम लगातार 48 घंटे तक सफ़र में रहे, यानी हम बिना रुके लगातार दो रात दो दिन चलते रहे क्योंकि उस रास्ते पर रुकना बहुत जोख़िम भरा था। इतने लम्बे सफ़र के बाद जब हम दमश्कस पहुँचे तो मुझे लग रहा था कि मेरी अकड़ी हुई हड्डियाँ अब कभी सीधी नहीं हो पाएँगी।

अब तक के खुश्क रास्तों के बाद दमश्कस पहुँचना बहुत ही ख़ुशनुमा बदलाव था। यहाँ बाज़ारों में दुकानें रंग-बिरंगे रेशम और मदमस्त कर देनेवाली अनजानी ख़ुशबुओं वाले इत्रों से सजी हुई थीं। ढेर सारे फल और चारों ओर फैली हरियाली, सब कुछ मनमोहक था। इसके बाद हमारा अगला पड़ाव था लेबनान में बालबेक नामक स्थान। यहाँ हमारे कारवाँ में दो नए यात्री शामिल हो गए, एक तो ऑक्सफोर्ड से मेरे मामा का बेटा महमूद और दूसरी ओस्लो से मिस बेनेडिक्टा हासलंड, वो नॉर्वे की वास्तुकार थीं और एडिनबर्ग में उसी दौरान पढ़ रही थीं जब मेरे मामाजी वहाँ थे। मेरे मामा जी और मिस बेनेडिक्टा ताउम्र दोस्त बने रहे। हमारे साथ चल रहा मामा जी के दोस्त का भतीजा बसरा में ही उतर गया था और वापस भारत के लिए रवाना हो चुका था।

एक दिन महमूद और मैं होटल के बरामदे में बैठे थे तो उसने मुझसे कहा, ''मैंने सुना है कि तुम अभिनेत्री बनना चाहती हो! चलो कुछ करके दिखाओ। मान लो कि तुम्हें अपने प्रेमी से एक चिट्ठी मिली है कि वह आज रात तुमसे मिलने नहीं आ रहा है। अब अपने चेहरे पर भाव लाकर दिखाओ कि कैसे तुम्हारी उम्मीद प्रेमी के न आने से निराशा में बदलती है...।'' मैं हाल तक परदे में रहने की आदी थी, जहाँ मुझे पुरुष नौकरों तक से बात करने की इजाज़त नहीं थी। ऐसे में प्रेमी के बारे में कैसे सोचती, भले ही काल्पनिक ही सही। मैं शर्म से पानी-पानी हो गई। मुझे लग रहा था कि ऐसा कुछ करने की बजाय मैं तो मर ही जाऊँगी। लेकिन मैं अपने भाई के सामने यह बात स्वीकार नहीं करना चाहती थी इसलिए बहाना बनाया कि अभी ये सब करने का मेरा मन नहीं है और किसी अन्य विषय पर बात शुरू कर दी।

दूसरे दिन शाम को मामूजान ने महमूद को मुझे मेरे कमरे तक छोड़ आने के लिए कहा (मुझे देर रात होने से पहले ही बॉलरूम से मेरे कमरे में भेज दिया जाता था)। कमरे में जाते वक़्त मैं होटल के गलियारों से आ रही संगीत की लय पर ताली और चुटकी बजाने लगी। जब मैंने ग़ौर किया कि महमूद प्रशंसा-भरी नज़रों से देख रहा है तो मेरा हौसला और बढ़ गया और मैं लुड्डी की ताल पर नाचने लगी। यह पंजाबी लोकनृत्य हम स्कूल में किया करते थे। ''अरे वाह ज़ोहरा, तुम कितना सुन्दर नाचती हो, तुम्हें तो डांसर बनना चाहिए!'' महमूद ने मेरी तारीफ़ करते हुए कहा। उन दिनों मैं इसाबेला डंकन की आत्मकथा 'माई लाइफ' पढ़ रही थी, और उस किताब ने मुझ पर बहुत गहरा प्रभाव डाला था। अगले दिन नाश्ते की मेज़ पर मैंने अभिनय की बजाय नृत्य का प्रशिक्षण लेने का अपना इरादा ज़ाहिर कर दिया। ''अगर

यह बात है तो तुम्हें अपनी ट्रेनिंग के लिए इंग्लैंड जाने की कोई ज़रूरत नहीं है। नृत्य की दुनिया में क्या कुछ नया हो रहा है, उसे सीखने के लिए जर्मनी सबसे बेहतर जगह है," महमूद ने मुझे सलाह दी। आंटी डिक्टा (मिस हासलंड को हम सब यही कहकर पुकारने लगे थे) ने भी ज़ोर–शोर से महमूद की बात का समर्थन किया। इस तरह उस दिन के बाद जर्मनी पहुँचना मेरा लक्ष्य बन गया।

बालबेक से हम लोग बेरुत पहुँचे, जहाँ मैंने ज़िन्दगी में पहली बार समुद्र देखा। पानी पर गुलाबी और नीले रंग के धब्बे मुझे सोख़्ता काग़ज़ की याद दिला रहे थे। सच कहूँ तो पहली बार का समुद्री नज़ारा मेरी कल्पना के मुताबिक़ नहीं था और मुझे कुछ निराशा हुई थी। हालाँकि सालों बाद कुछ अरसा पश्चिमी देशों में रहने के बाद मैं नित नए रंग बदलते समुद्र की ख़ूबसूरती को प्यार करना सीख गई। बेरुत से हम एकरिज के सुन्दर समुद्र तट से गुज़रते हुए हाइफा, तेल अबीब, जेरूसलम, द डेड सी और गाज़ा गए। सफ़र के दौरान हमने क्रिसमस नेज़रथ में मनाया, भला इस त्योहार के लिए इससे बढ़िया जगह और क्या हो सकती थी ? इसके बाद हम मिस्त्र पहुँचे। सफ़र जारी रखते हुए हम काहिरा और नील नदी के निचले हिस्से में सुदूर बसे लुक्सर तक गए।

मामूजान हमें विदा करने अलेक्ज़ैंड्रिया तक हमारे साथ आए जहाँ से आंटी डिक्टा, महमूद और मैं यूरोप जाने के लिए नाव पर सवार हुए। मामूजान ने अपना कार का सफ़र जारी रखा और नील नदी के और भी निचले हिस्से अस्वान तक गए। हम तीनों जनवरी 1931 में ड्रेसडेन पहुँचे, इसका मतलब यह कि मैं लगातार पूरे तीन महीने से कार में सफ़र कर रही थी। हालाँकि इस सफ़र का अपना आनन्द और रोमांच था लेकिन मैं आख़िरकार अपनी मंज़िल पर पहुँच कर बहुत ख़ुश थी।

महमूद और आंटी डिक्टा मुझे बर्लिन और ड्रेसडेन के कई डांस स्कूलों में ले गए लेकिन हमने मैरी विगमैन टांज़ स्कूल चुना क्योंकि मुझे वहाँ का माहौल बाक़ियों के मुक़ाबले बेहतर लगा। आंटी डिक्टा की एक दोस्त बैरोनेस वॉन ट्यूफेल एक अभिजात परिवार को जानती थीं जो अपने घर में पेइंग गेस्ट रखता था। शाही परिवार से ताल्लुक़ रखनेवाले श्री और श्रीमती ज़ेडविट्ज़ वोन लिबेंस्टेन ने अपनी जवानी काफ़ी ऐशो–आराम के बीच बिताई थी लेकिन फ़िलहाल आर्थिक दिक़्क़तों का सामना कर रहे थे। आजीविका के लिए यह दम्पती टोपियाँ बेचने का एक बुटीक चला रहे थे।

प्रतिभाशाली और ख़ूबसूरत पति–पत्नी की इस जोड़ी से पहली मुलाक़ात के बाद ही मेरी अच्छी दोस्ती हो गई। उनमें से पति तो अंग्रेज़ी बोल लेते थे लेकिन पत्नी सिर्फ़ कुछ वाक्य ही बोल पाती थीं। शायद यही वजह थी कि जर्मन भाषा मैंने बहुत जल्दी सीख ली। इन दो प्यारे लोगों ने मुझे पश्चिमी शास्त्रीय संगीत और यूरोप की बेहतरीन संस्कृति को समझना और उसका आनन्द लेना सिखाया। विलहेलमिना ज़ेडविट्ज़, जिन्हें हम बेबी कहकर बुलाते थे, का कलात्मक बोध बहुत ही शानदार था। अपने बुटीक में रखी सभी टोपियों का डिज़ाइन वह ख़ुद तैयार करती थीं। मैंने उन्हीं से सीखा कि पश्चिमी फ़ैशन के मुताबिक़ क्या आधुनिक

है और क्या चलन में नहीं है। हालाँकि वह बहुत कम ख़र्च में गुज़ारा करते थे लेकिन हम लोग जो भी खाते थे वह बेहतरीन होता था और बहुत नफ़ासत के साथ परोसा जाता था। उनके साथ रहते हुए मैं उनके कई रिश्तेदारों के पास गई जो ऑस्ट्रियाई महलों में रहते थे। राजकुमार होहेनलोहे ड्रेसडेन के हमारे फ़्लैट में अक्सर आया करते थे।

आख़िरकार जब महमूद और डिक्टा मुझे छोड़कर चले गए तो मैंने राहत की साँस ली। अब मैं अकेली और अपनी मर्ज़ी के मुताबिक़ रहने के लिए आज़ाद थी। यह बिल्कुल सपने के सच होने जैसा था। मैं घर की रोक-टोक से हज़ारों मील दूर थी, मेरे पास अपने रहने, खाने, कपड़े, स्कूल की फीस और मनोरंजन के लिए पर्याप्त पैसा था। हर छुट्टी में मैं किसी नए देश में घूमने की योजना बना लेती थी। इसी तरह से मैंने हंगरी, ऑस्ट्रिया, इटली, फ्रांस, इंग्लैंड और स्विटज़रलैंड की यात्राएँ कीं। मैं नॉर्वे दो बार गई, एक बार तो ओस्लो में डिक्टा और उनकी बहन के साथ रहने के लिए और दूसरी बार नोर्थ केप तक स्टीमर यात्रा पर, जिसमें मैं शाम चार बजे डूबते सूरज के सामने स्टीमर के डेक पर नाची!

अब तक मैंने अपना नाम ज़ोहरा मुमताज़ुल्लाह ख़ान से छोटा करके सिर्फ़ ज़ोहरा मुमताज़ कर लिया था। मेरे पिता की ओर से परिवार की अगली पीढ़ियों ने इसी को अपना उपनाम बना लिया।

जर्मनी से मैं अपने मामा जी को नियमित रूप से चिट्ठियाँ लिखा करती थी। मैंने उनका नाम 'मेमफिस' रख दिया था क्योंकि 'मामू साहेब' बहुत औपचारिक लगता था, और वह मुझे ज़ोहर कहकर बुलाते थे। उनकी मौत के बाद उनके काग़ज़ों में से उस समय की मेरी कुछ चिट्ठियाँ मिलीं जो उनकी बेटी हामिदा ने मुझे भिजवा दी थीं। उनमें से कुछ को मैं यहाँ दे रही हूँ जो उस समय के मेरे जीवन की झलक देने के लिहाज़ से प्रासंगिक हैं।

लिट्टिचॉस्ट्रासे 1.
ड्रेसडेन ए.
9 अगस्त, 1932

प्रिय मेमफिस!

आपकी चिट्ठी बिल्कुल समय पर मिली जिसने मुझे ख़ुदकुशी करने से रोक लिया! दरअसल, मैं बहुत ही परेशान दिमाग़ी हालत में थी। मेरी छुट्टियों के तीन हफ़्ते बीत चुके हैं और मेरे पास कहीं भी किसी के पास जाने का कोई ठिकाना नहीं। न ही मेरे पास इतने पैसे हैं जिससे मैं कुछ करने की सोच सकूँ। मैं इन छुट्टियों के लिए कब से योजनाएँ बना रही थी लेकिन कोई भी कामयाब नहीं हो सकी। पहली योजना तो यह थी कि मैं स्कूल में पियानो बजानेवाली अपनी एक दोस्त के साथ इटली चली जाऊँ। लेकिन वह इतनी जल्दी जुलाई में वहाँ नहीं जा सकती थी इसलिए मैंने अगस्त में उसकी छुट्टी होने तक उसका इन्तज़ार करने का फ़ैसला किया। इस बीच मैंने एक ब्रदर और सिस्टर के साथ भारतीय डांसर उदय शंकर से मिलने पेरिस जाने की कोशिश की। लेकिन उस दौरान उदय शंकर पेरिस में नहीं थे और न ही मेरी चिट्ठी का मुझे कोई जवाब मिला।

ऐसे में दोस्तों के साथ जाने का कोई फ़ायदा नहीं था, ख़ासतौर पर इसलिए क्योंकि वो केवल कार्ल्सवाड तक ही जा रहे थे। फिर कुछ अभिनेता रूस जा रहे थे और मैंने सोचा कि मैं भी उनके पीछे लग लूँ लेकिन ग्राफ (शाही परिवार से जुड़े होने की वजह से नाम के आगे लगनेवाला सम्मानसूचक सम्बोधन) ज़ेड ने बहुत रुखाई से मुझे मना करते हुए कहा कि यह मेरे लिए बहुत असुविधाजनक रहेगा क्योंकि वे कलाकार लम्बी रातों का सफ़र तीसरे दर्ज़े में करेंगे और घूमने के नाम पर केवल कला दीर्घाओं के चक्कर लगाएँगे... अगर मुझे उनकी बात पर भरोसा नहीं है तो मैं प्रोफ़ेसर हेंसलर से मिल लूँ जो ख़ुद भी जा रहे हैं और ग्राफ ज़ेड उनसे लम्बी बातचीत कर चुके हैं। प्रोफ़ेसर हेंसलर ने उनसे कहा कि उन्हें पूरा यक़ीन है कि उनकी तबीयत आधे रास्ते में ही ख़राब हो जानेवाली है और उन्हें ख़ुद ही वापस लौटना पड़ेगा। उनका कहना था कि अगर मास्को की कुछ कला दीर्घाओं में कुछ ख़ास तरह के सुनहरे फ्रेम न देखने होते तो वह इस सफ़र के लिए बिल्कुल नहीं जाते। हेंसलर कला इतिहास के प्रोफ़ेसर हैं। निराश होकर मैंने इकराम (मेरा छोटा भाई, जो उस समय पोर्ट्समाउथ में नौसेना का प्रशिक्षण ले रहा था) को लिखा कि वह 31 जुलाई से 7 अगस्त तक चलनेवाले नौसेना हफ़्ते के लिए आ जाए। मेरे प्यारे अभिभावक ज़ेडविट्ज़ दम्पती ने कहा कि वह बतौर मेहमान हमारे साथ रह सकता है और हम उसकी सुविधा के लिए सारी व्यवस्था कर सकते थे। मैंने तो उसे वापसी का किराया तक देने के लिए कहा था लेकिन...उस शैतान दुष्ट ने मेरे प्रस्ताव को ठुकरा दिया! मेरी निराशा देखकर ग्राफ ज़ेडविट्ज़ को थोड़ा अपराधबोध हो रहा था। उन्हें लग रहा था कि रूस जाने का मेरा सपना तोड़ने में उनका भी हाथ था, इसलिए उन्होंने कहा कि एक हफ़्ते तक वह घूमने में मेरा साथ देंगे।

हमने स्टीमर के टिकट लिये और सात ख़ूबसूरत दिनों के लिए एल्ब गए (ड्रेसडेन के दक्षिण-पूर्व में स्थित इलाक़ा, जहाँ लोग पहाड़ों पर चढ़ाई का आनन्द लेने जाते हैं), हम हर रोज़ रात को घर वापस आते थे। हमने यहाँ कुछ बहुत ख़ुशनुमा सैर कीं, कुछ दिलचस्प बातचीत की, मौसम भी बहुत शानदार था...लेकिन...यह सब इतनी जल्दी ख़त्म हो गया। मैं सैक्सोनी स्विटज़रलैंड में बिताई इन छुट्टियों से सन्तुष्ट थी लेकिन अब मुझे बदलाव की ज़रूरत भी बहुत शिद्दत के साथ होने लगी थी।

ग्राफ ज़ेड छुट्टियों के लिए सस्ती यात्राओं की जानकारी देनेवाली बहुत सारी प्रचार पुस्तिकाएँ ले आए थे। मैंने उनमें से दो चुने। एक 6 दिन के लिए हेलगोलैंड की यात्रा जिसमें 79 राइकमार्क (1924 से जून 1948 तक जर्मनी की करेंसी क्राइकमार्क थी) का ख़र्च आ रहा था। 1757 राइकमार्क ख़र्च वाले आठ दिन के दूसरे सफ़र में जर्मनी, ऑस्ट्रिया, स्विट्ज़रलैंड और इटली से होकर गुज़रना था। एल्ब की स्टीमर यात्रा के तुरन्त बाद मैं हेलगोलैंड के लिए रवाना हो जाना चाहती थी मगर...पैसा ख़त्म! हालाँकि बैंक में थोड़े से पैसे बचे थे लेकिन वो इन दोनों यात्राओं के लिए काफ़ी नहीं थे। इसलिए हमने पैसा आने तक इन्तज़ार करने का फ़ैसला किया

और आख़िरकार वह आ ही गया। मैं शायद शनिवार सुबह को ड्रेसडेन से रवाना होऊँगी और अगले दिन स्टटगार्ट पहुँच जाऊँगी।

यहाँ शुरू होता है पहला दिन—हम लोग ब्लैक फोरेस्ट से होकर राइन झरने को पार करके ज़्यूरिख की ओर बढ़ रहे हैं।

दूसरा दिन—ज़्यूरिख से जूगर लेक के पश्चिमी किनारे से होकर लूज़ेर्न की ओर। वियरवाल्डस्टाटर लेक, कुस्सनाच् के ऊपर एक्सेनस्ट्रास पर फ्लुएलेम के ऊपर, एम्स्टेग, गोशेनेन (1109 मीटर) की ओर।

तीसरा दिन—सेंट गोट्टहार्ड से होकर एइरोलो। एइरोलो से बेलिंज़ोना के ऊपर और मोंटे सेनेरे के ऊपर होते हुए लुगानो की ओर। उसके बाद मेलिडे कोमो के ऊपर ब्रियांज़ा होते हुए मेलैंड की ओर।

चौथा दिन—पो मैदान को पार करते हुए डेसेंज़ानो के ऊपर टोरबोले की ओर, गार्दा लेक के उत्तरी किनारे के साथ-साथ।

पाँचवाँ दिन—टोरबोले में आराम।

छठा दिन—रिवा, एकरो के ऊपर ट्राएंट की ओर। यहाँ से बोज़ेन...मेरान की ओर।

सातवाँ दिन—स्पोंडिनिग, स्क्लूडर्न्स के ऊपर और पासहोहे रेस्चेन-स्केइडेग की 1510 मीटर की ऊँचाई से नॉडर की ओर। यहाँ से इंटाल में हॉश-फिनस्टर-मुंज़ से होते हुए लेंडेक, इम्स्ट, नास्सेरियट से फर्नपास, टाइरोल से बेयर्न तक की ख़ूबसूरत क्रॉसिंग। टैनेन जंगल से ऊपर की ओर जाते हुए वेटरस्टेन पर्वतों का नज़ारा। जुग्सपिट्ज (जर्मनी का सबसे ऊँचा पहाड़) से लरमूज, लरमूज से रुइटे।

आठवाँ दिन—फूसेन से होकर केम्पटन...उल्म की ओर। इसके बाद स्चवॉबिशे एल्प्स के ऊपर नेकआर्टल होते हुए स्टुटगार्ट।

यह पूरे सफ़र का एक छोटा-सा ब्योरा है, जिससे आपको इस हिरोइन के रोमांच का अन्दाज़ा लग सके!

मैंने इकराम और हामिद (मेरा दूसरा कज़िन जो रीडिंग में पढ़ रहा था) को चिट्ठियाँ लिखकर ख़ान एंड कम्पनी (मेरे अंकल अब्दुल वाहिद ख़ान और साथी) का हाल पूछा था, लेकिन किसी का जवाब नहीं आया। मैं उनसे मिलना चाहती हूँ लेकिन अगर वो इस तरह छुप रहे हैं तो क्या किया जा सकता है?

हम लोग नए घर में रहने जानेवाले हैं। वह मौजूदा घर से ज़्यादा अच्छा और धूप के लिहाज़ से खुला है, हालाँकि वो मेरे स्कूल से कुछ ज़्यादा ही दूर है।

अभी तक घर से स्कूल जाने में मुझे ट्राम से आधा घंटा लगता है, अब मुझे 14 क्रू प्रतिमाह की बजाय 18 क्रू देने होंगे, क्योंकि अब मैं 'बीस साल से कम की मासूम लड़की' नहीं रही! वैसे एक छोटी-सी मोटरकार के बारे में आपका क्या ख़याल है, नई नहीं पुरानी? बिल्कुल नए मॉडल की कार केवल दो हज़ार मार्क में मिल रही है। क्या मैं सिनेमा और चॉकलेट के ख़र्च में कटौती करना शुरू कर दूँ? मैं 22 अगस्त तक वापस लौटूँगी क्योंकि स्कूल पहली सितम्बर को खुल रहे हैं। मेरा हास्यबोध साथ छोड़ रहा है, मैं क्या करूँ अपना? अरे हाँ! एक और बात, मैरी (मिस मैरी हडसन,

मेरी एक अंग्रेज़ दोस्त जो ज़ेडविट्ज़ के यहाँ रहने आई थी) ने लिखा है कि उसकी स्कूल की एक दोस्त डेफ्ने अपनी दादी के साथ आ रही है। डेफ्ने शायद हमारे पास रुकेगी और उस बीच दादी पन्द्रह दिन के लिए आरोग्य केन्द्र में रहेंगी। मैं उम्मीद कर रही हूँ कि स्कूल खुलने से पहले हमें कुछ मस्ती करने का मौक़ा मिलेगा। मैरी का कहना है कि उसे पूरा भरोसा है कि डेफ्ने के साथ मेरी अच्छी जमेगी! हम इन जर्मनों को दिखा देनेवाले हैं कि जब जोश से भरी दो लड़कियाँ साथ मिलती हैं तो क्या धमाल कर सकती हैं!

प्यार

—ज़ोहर

पुनश्च : धर्म के बारे में आपकी टिप्पणी के बारे में मुझे बहुत कुछ कहना है। आप नहीं जानते कि इस विषय पर आपकी साफ़गोई से मुझे कितनी ख़ुशी हुई। अब मैं अपने कुछ विचार खुलकर कह सकती हूँ जो मुझे व्याकुल करते हैं। लेकिन क्या हम उसके लिए मेरे लौटने तक का इन्तज़ार करें?

—ज़ोहर

यह दूसरी चिट्ठी है जो मैंने छुट्टियों से वापस आकर उन्हें लिखी थी :

29 अगस्त, 1932

मेरे मेमफिस!

अभी-अभी आपकी 4 अगस्त वाली चिट्ठी फिर से पढ़ी, शुक्रिया! वियरलैंडर फाहर्ट से लौटने पर मुझे आपकी चिट्ठी मिली। मुझे इस सफ़र में बहुत मज़ा आया! मेरा ख़याल है कि पिछली चिट्ठी मैंने स्टुटगार्ट के लिए रवाना होने से ठीक पहले लिखी थी। तब मुझे बिल्कुल भी अन्दाज़ा नहीं था कि यह सफ़र कितना शानदार होनेवाला है। पाँचवें दिन टोरबोले (इटली में गार्दा लेक के किनारे बसा ख़ूबसूरत शहर) और सातवें दिन जुग्सपिट्ज देखना सबसे ख़ूबसूरत अनुभव रहा। हमने पहाड़ की चोटी पर ही स्थित पुराने ढंग के एक छोटे-से होटल में रात बिताई और सूर्योदय देखने के लिए अगले दिन सुबह साढ़े तीन बजे ही उठ गए। हम लोग सूरज देख नहीं पाए, क्योंकि मौसम साफ़ होने के बावजूद ठीक सूरज के आसपास कोहरा था। यहाँ हवा इतनी शुद्ध थी जिसे शब्दों में बयान नहीं किया जा सकता। उस दिन सुबह पहाड़ की चोटी पर खींची अपनी फ़ोटो को देखकर वो पूरा मंज़र फिर से याद आ जाता है। क्या आपको और महमूद को मेरे भेजे पोस्टकार्ड मिले? कभी-कभी गरमी बर्दाश्त कर पाना मुश्किल हो रहा था। हमने गोट्टहार्ड सुरंग (स्विट्ज़रलैंड स्थित 15 किलोमीटर लम्बी रेलवे सुरंग जो गोशेनेन और एइरोलो शहरों को जोड़ती है) ट्रेन से पार नहीं की बल्कि मोटरबसों से उसके ऊपर चढ़े जो कहीं ज़्यादा मज़ेदार था।

हम लोग 7:30 बजे उठ गए, मैंने बहुत कम खाना खाया क्योंकि मुझे डर था कि घुमावदार सड़कों की वजह से मेरी तबीयत न ख़राब हो जाए। एइरोलो के लिए नीचे उतरते समय तक कुछ नहीं हुआ। हमें दूसरी मोटरबस के लिए काफ़ी देर तक इन्तज़ार करना पड़ा, जिसका पेट्रोल ख़त्म हो गया था। दोपहर के ढाई बच चुके थे और मैंने सुबह आठ बजे के बाद से कुछ नहीं खाया था! मेरे पास बैठी एक बेवक़ूफ़ सी जर्मन औरत मुझसे बोली कि वह आगे बैठने आ गई क्योंकि पीछे लोग धूप से बचने के लिए सनशेड खोल रहे हैं और मुझे नज़ारे देखने में दिक़्क़त हो रही थी। मैंने उससे कहा कि मैं भी जल्दी ही सनशेड को खोलनेवाली हूँ क्योंकि धूप बहुत तेज़ हो रही है। लेकिन वह बचकाने मज़ाक करने लगी कि धूप में तपी हुई मेरी त्वचा का रंग बहुत ही सुन्दर लग रहा है। मुझे लगता है कि मैं अपनी तारीफ़ सुनकर ख़ुश हो गई थी। बहरहाल, मैंने अपने सनशेड खोलने की कोशिश की लेकिन मेरी आँखों के आगे सब कुछ घूमने लगा और जल्दी ही मुझे कुछ होश नहीं था कि मेरे आसपास क्या हो रहा है।

हमारे साथ एक बहुत ही अच्छा युवा डॉक्टर अपनी पत्नी और एक नर्स के साथ सफ़र कर रहा था। उन तीनों ने मिलकर मुझे ठीक कर दिया और कुछ देर में ही मैं मुस्करा रही थी!...साथ में सफ़र कर रहे लोगों में युवा थे, बूढ़े थे, बड़े और छोटे, मोटे और लम्बे, बदसूरत और सुन्दर, गम्भीर और मज़ाकिया हर तरह के कुल 54 लोग थे। आपकी भतीजी सबके साथ अच्छी तरह से घुल-मिलकर रही...जब परिवारों के समूह को घुमाने ले जाया जा रहा था तो मैं अपने कमरे में बन्द थी। आपको देखना चाहिए था कि टोरबोले में मुझे ढूँढ़ने के लिए होटल में किस क़दर अफ़रातफ़री मची। ''जितना कम सामने रहोगे लोग उतना ही ज़्यादा तुम्हें चाहेंगे''...इतने दिनों बाद कल मुझे खालू अब्बा (अब्दुल वाहिद ख़ान) की चिट्ठी मिली कि वे लन्दन, ऐलिंग में रह रहे हैं। उन्होंने सितम्बर के दूसरे हफ़्ते में मुझे अपने पास आने के लिए लिखा है। मेरी छुट्टियाँ केवल एक तारीख़ तक ही हैं और अब फिर से जर्मनी से बाहर जाना सम्भव नहीं होगा। अगर मेरी छुट्टियों के शुरुआती दिनों में उन्होंने चिट्ठी लिखी होती तो शायद मैं इंग्लैंड में बिताने के लिए एक हफ़्ते का समय निकाल सकती थी, लेकिन अब तो काफ़ी देर हो चुकी है...

प्यार के साथ

—ज़ोहर

पुनश्च : महमूद को बहुत प्यार और 4 अगस्त को लिखी उसकी चिट्ठी के लिए बहुत शुक्रिया। मैं जितना जल्दी सम्भव होगा चिट्ठी लिखूँगी।

—ज़ोहर

विगमैन स्कूल कड़ी मेहनत करने का दौर था, लेकिन मुझे लगता था कि मैं काफ़ी फ़ायदेमन्द स्थिति में थी क्योंकि मेरे प्रति अध्यापिकाओं का व्यवहार काफ़ी नरम था, मेरी

राष्ट्रीयता को लेकर वो लगभग श्रद्धा का सा भाव रखती थीं। मैं डांस सीखने जर्मनी आई हूँ, इस बात से उन्हें आश्चर्य होता था। हालाँकि उनका यह रवैया ठीक भी था, लेकिन उन्हें कैसे समझाती कि घर में हालात बिल्कुल अलग हैं। उन्हें कैसे बताती कि मेरे जैसी परिवार की लड़की को कभी भी डांस सीखने की मंजूरी नहीं मिलती, कि उत्तर भारत में डांस सीखना बुरा माना जाता है, कि डांस करना सड़कछाप लड़कियों के लिए ही उपयुक्त समझा जाता है...वग़ैरह...वग़ैरह। मैरी विगमैन, जो कम से कम मेरे लिए सबसे दयालु अध्यापिका थी (दूसरी लड़कियाँ उनसे डरी रहती थीं), ने मुझसे साफ़तौर पर कहा कि मैं डांस के लिए कभी भी जर्मन लड़कियों की नक़ल न करूँ बल्कि अपने अन्दर की गति को समझकर उसे अपनी स्वाभाविक लय से जोड़ने की कोशिश करूँ। शायद यही सलाह है जिसकी मदद से मैं बाद के वर्षों में भारतीय नृत्य अपेक्षाकृत आसानी से सीख सकी।

स्कूल अनुशासन और अच्छे प्रबन्धन का एक बढ़िया उदाहरण था। मैंने डांस का शैक्षणिक पाठ्यक्रम चुना जिसमें बच्चों को डांस सिखाने के लिए तैयार किया जाता है। सारे यूरोप, इंग्लैंड और अमेरिका तक से लड़कियाँ इस स्कूल में आती थीं। उन दिनों मेरे बहुत सारे विदेशी दोस्त बने। स्कूल के अपने अन्तिम दिनों में मुझे अहसास होने लगा था कि मुझे थोड़ी और आज़ादी चाहिए। मैं किसी के साथ पेइंग गेस्ट की तरह रहने की बजाय पूरी आत्मनिर्भरता से रहना चाहती थी, जैसे दूसरे विद्यार्थी रहते थे। इसलिए मैंने अपने लिए एक कमरा ढूँढ़ा, मेरी मकान मालिक एक रूसी महिला थी। लेकिन ख़ुद खाना बनाने का शौक जल्दी ही हवा हो गया और मैं अपने प्रिय 'अभिभावकों' के आरामदेह घर में वापस लौटने की इच्छा करने लगी। मैं इतनी ज़िद्दी थी कि अपनी मुश्किलों के बारे में उन्हें बताना मुझे शान के ख़िलाफ़ लगता था, लेकिन मैं रविवार को उनके साथ डिनर के निमंत्रण का बेसब्री से इन्तज़ार करती थी। ड्रेसडेन छोड़ने से पहले मैं फिर से उनके घर में रहने चली गई थी। वो अन्तिम दिन जर्मनी में बिताए गए मेरे सबसे आरामदेह दिन थे।

अपने अन्तिम डिप्लोमा के लिए मुझे अपना शोधपत्र अंग्रेज़ी में लिखने की अनुमति मिल गई थी। मैंने तीन साल का यह कोर्स ढाई साल में ही पूरा किया था क्योंकि शुरू के छह महीने मुझसे छूट गए थे। मैरी विगमैन के दिनों में सीखे व्यायाम ख़ासतौर पर थकान दूर करनेवाले व्यायाम, ने बुढ़ापे तक मुझे स्वस्थ व सक्रिय रखने में मदद की। स्कूल में ज़ोर देकर कराई जानीवाली शारीरिक गतिविधियों ने, जो मंच पर प्रदर्शन की तैयारियों के दौरान कभी-कभी बिना रुके चौदह घंटे तक भी चलती थीं, शरीर की सहनशीलता बढ़ा दी थी जो ज़िन्दगी भर मेरे बहुत काम आई। यह स्वाभाविक ही था कि पढ़ाई के दौरान किताबी ज्ञान को पूरी तरह से नहीं समझ सकी क्योंकि सारे लेक्चर जर्मन भाषा में होते थे, जिसका मुझे कोई पूर्वज्ञान नहीं था। हालाँकि मेरी अध्यापिकाओं का मानना था कि यह मेरे लिए अच्छी बात थी क्योंकि उन्हें डर था कि मैं नृत्यकला को लेकर पश्चिमी अवधारणाओं से प्रभावित हो सकती थी। मेरी सभी अध्यापिकाओं ने मुझसे कहा कि कला के लिए मुझे अपने अन्दर की आवाज़ सुनकर ही अपनी विशिष्ट शैली विकसित करनी चाहिए। स्कूल का नतीजा निकलने के ठीक बाद लिखी गई मेरी चिट्ठी :

हेइडपार्कस्ट्रासे 3,
ड्रेसडेन. एन.
25 जून, 1933

प्रिम मेमफिस,

मैं तीन तरीक़ों से आपको कल की ख़बर सुना सकती हूँ। मैं कह सकती हूँ, "मामूजान, मैं पास हो गई हूँ।" यह मेरे कमरे की छोटी खिड़की को बन्द रखना होगा।

मैं ऐसे भी कह सकती हूँ, "मामूसाहेब! जरा सोचो! इस डिप्लोमा कोर्स के लिए पन्द्रह लड़कियों ने हिस्सा लिया था। सभी लड़कियाँ तीन साल से ज़्यादा समय से डांस सीख रही हैं। जबकि मैं यहाँ मुश्किल से दो साल से थोड़ा ही ज़्यादा समय से हूँ और यहाँ आने से पहले जर्मन भाषा का एक शब्द तक नहीं जानती थी, यहाँ तक कि मैंने इस तरह का डांस कभी देखा तक नहीं था और असली भारतीय डांस भी केवल दो बार देखा है। इसके बावजूद मैं केवल एक लड़की के अलावा बाक़ी सबको पछाड़ते हुए पास हो गई हूँ!" यह मेरी पूरी खिड़की को खोलकर बासी हवा को बाहर निकालना होगा।

आपको यह ख़बर सुनाने का तीसरा तरीक़ा यह होगा कि : "प्रिय मेमफिस, एक ऑस्ट्रियाई लड़की और मैं, पूरी पन्द्रह लड़कियों में दूसरे स्थान पर रहे। तीन लड़कियाँ फेल हो गईं। नतीज़ों का स्तर इस बार ख़राब रहा क्योंकि मैरी विगमैन ने इस बार पहले के मुक़ाबले सख़्ती बरतने का फ़ैसला किया था। डिप्लोमा के लिए चार दरज़े थे; शौकिए, नौसिखिए, दूसरा और पहला। हममें से कोई भी पहला तो छोड़ो दूसरा दरज़ा तक नहीं पा सका। लेकिन यह तो मानना ही पड़ेगा कि मेरे साथ उनका रवैया बहुत अच्छा था। उन्होंने मुझे मेरा पसन्दीदा विषय दिया और भाषा और दूसरी और चीज़ों के लिए मुझे भारी रियायत दी। इसलिए मेरे पास नतीजों को देखकर ख़ुश होने और एहसानमन्द होने के अलावा कोई और चारा नहीं है। अब मैं शौकिया और व्यावसायिक स्तर के छात्रों को पढ़ा सकती हूँ।" इसे आप मीठी ख़ुशबू बाहर निकालकर ताज़ी हवा को अन्दर भरकर इत्र में बदल जाना कहेंगे! ये तीनों ही मेरे स्वभाव से जुड़ी ख़ास आदतें हैं, आपको जो सबसे अच्छी लगे चुन लीजिए।

मुझे कहना ही पड़ेगा कि इस डिप्लोमा ने मुझे तन और मन से पूरी तरह से थका डाला है और अब मैं छुट्टियों की और डिक्टा की राह देख रही हूँ। हमारा स्कूल एक और हफ़्ते के लिए खुला हुआ है। जुलाई के शुरुआती पाँच दिन मैं ज़ेडविट्ज़ के साथ बिता रही हूँ। बहरहाल, वो आपकी उदारता से बहुत ज़्यादा ख़ुश हैं और जैसे ही उन्हें समय मिलेगा वो चिट्ठी लिखकर आपका शुक्रिया अदा करेंगे। इकराम जुलाई की शुरुआत में यहाँ आना चाहता था। मैंने उसे लिखकर कहा है कि मैं यहाँ नहीं होऊँगी और अगर उसकी छुट्टियाँ ज़्यादा दिन की हैं तो हम इंग्लैंड या डेनमार्क में कहीं मिल सकते हैं।

अपनी चिट्ठियों को लेकर मैं काफ़ी गड्डमड्ड हो रही हूँ। आपने आख़िरी बार जो पैसे भेजे थे, जिसमें से 300 क्रू ज़ेडविट्ज़ दम्पती के लिए थे, मैंने उसके लिए शुक्रिया के साथ चिट्ठी लिखी थी, भेजी थी न? मुझे ड्राफ्ट की रसीद मिली है जो

मुझे 24 मई को बैंक भेज देना था, लेकिन अहमियत तो आपकी है, सही कहा न मैंने ? पहली दफ़ा मैं भूल गई थी और मैंने बाउट्ज़ेन से इलाहाबाद बैंक को पी.सी. लिखा ! पता नहीं उन्होंने उसका क्या किया होगा !

सबसे बेवकूफी की बात थी कि मुझे इतनी दूर यहाँ बैठकर बॉम्बे से, जवाब आने का इन्तज़ार करना था, जहाँ मैंने व्यक्तिगत रूप से आवेदन किया था। चिट्ठियाँ पहुँचने में इतना लम्बा समय लगता है और जब तक मुझे पता नहीं लगता कि उन्होंने मेरा चयन किया है या नहीं, मैं आगे के लिए कोई तय योजना भी नहीं बना सकती। (अच्छा ही हुआ कि उन्होंने कोई जवाब नहीं दिया ! आगे पूछताछ करने पर पता लगा कि वह सन्देहास्पद सी कोई कम्पनी थी जो डांस करनेवाली 'गोरी' लड़कियों को अफ्रीका भेजने का काम करती थी। जैसे ही उन्हें समझ में आया कि मैं एक हिन्दुस्तानी लड़की हूँ, मुझमें उनकी दिलचस्पी ख़त्म हो गई !)

एम्मा (डिक्टा की दोस्त बैरोनेस ट्यूफेल) ने मुझसे कहकर महमूद से बॉम्बे से कुछ रेशम मँगाया है, जो महमूद के मुताबिक़ 100/ रुपए तक का होगा। मैं एम्मा को फ़ोन करके बता दूँगी कि उन्हें इतने पैसे ख़र्च करने होंगे शायद वह मँगाए ही न ! रुको ज़रा, मैं उन्हें फ़ोन करने जा रही हूँ...मुसीबत ! उन्होंने मुझे सैर करने के लिए बुलाया है और कहा है कि वह इस बारे में सोचकर शाम तक मुझे बता देंगी। मैं उनका जवाब लिफ़ाफ़े के बाहर लिख दूँगी।

ढेर सारे प्यार के साथ
आपकी ज़ोहर

अगली चिट्ठी वह है जो मैंने स्टीमर से लिखी थी, ओस्लो से नोर्थ केप तक के इस सफ़र में डिक्टा और गियर्टसन पति-पत्नी मेरे साथ थे।

एस.एस. स्टावेंजर्फजोर्ड
डेन नोर्स्के
अमेरिकालिंज
8 जुलाई, 1933

प्रिय मेमफिस !

तो देखा आपने हमने अपना सफ़र शुरू कर दिया। पहला दिन बिल्कुल आदर्श था, धूप, ठंडी हवा, चाँदनी रात, बढ़िया खाना और हँसी-मज़ाक़, सब कुछ बढ़िया। इससे ज़्यादा कोई क्या चाह सकता है ! यह जहाज़ बहुत ही शानदार था, सब कुछ अव्वल दर्ज़े का। इसमें लगभग ग्यारह सौ यात्रियों के ठहरने के लिए जगह है और इस साल केवल आधे लोग ही इस सफ़र के लिए जा रहे हैं। आप ख़ुद ही अन्दाज़ा लगा सकते हैं कि हमें कितनी खुली जगह मिल रही है और कितने अतिरिक्त कर्मचारी हमारी सेवा में जुटे हैं। मैरी (डिक्टा की बड़ी बहन) के दो दोस्त जैक्सन पति-पत्नी बहुत ही ख़ुशमिज़ाज लोग हैं, हमें पूरा भरोसा है कि हमारी आपस में.

खूब जमेगी। हमें नाश्ते के साथ तीन समय का खाना और पाँच बजे की चाय मिलती है। खाना बहुत बढ़िया है। ज़्यादातर यात्री नॉर्वे या अमेरिका के हैं। आज मैंने कोई नया दोस्त नहीं बनाया। शुभरात्रि, मेरे मेमफिस! बाक़ी बातें कल!

9 जुलाई, डांस करने के बाद

हम एक पोस्टकार्ड आपको पहले ही भेज चुके हैं। सुबह काफ़ी कोहरा था लेकिन दिन में मौसम अच्छा हो गया। हम लोग बर्गेन तीन घंटे देर से पहुँचे, लेकिन हमने श्रीमती निस्सेन, उनके बेटे पियरे और पुत्रवधू के साथ मज़ेदार डेढ़ घंटे बिताए। कल हम घोड़ागाड़ियों से ग्लेशियर तक की चढ़ाई करेंगे। खाने के दौरान हम एक-दूसरे को बेहतर तरीक़े से जान रहे हैं, मेरे सामने बैठनेवाला स्वीडिश लड़का एक अच्छा डांसर है। जहाज़ पर आज हमारा दूसरा ही दिन है लेकिन ऐसा लग रहा है कि हम यहाँ बहुत लम्बे समय से रह रहे हैं। जहाज़ का कप्तान आज पहली बार डेक पर डांस कर रहे लोगों के पास नज़र आया। वह कुछ नकचढ़ा और ग़ुस्सैल सा दिख रहा था। पता नहीं, मगर मुझे ऐसा लगा!

10 जुलाई, 1933, रात के 10.30 बजे

मौसम अब तक अच्छा है। आज दिन कुछ लम्बा लेकिन काफ़ी दिलचस्प रहा। हमने सुबह 9.30 बजे छोटी घोड़ागाड़ियों में चलना शुरू किया। एक ख़ूबसूरत रास्ते होकर हम एक झील तक पहुँचे जहाँ से हमने दूसरे किनारे तक पहुँचने के लिए मोटरबोट ली। झील के दूसरे छोर पर उतरकर हम फिर से घोड़ागाड़ियों पर सवार होकर जेंडाल्स ग्लेशियर के निचले हिस्से तक पहुँचे। वहीं पर मैंने डिक्टा को बताया कि आपने बालबेक में उससे मिलने की ख़बर हमें कैसे दी थी और उसके बारे में मेरी पहली राय क्या थी।

आधे घंटे तक बर्फ़ीली ठंड वाले नज़ारे का लुत्फ़ लेने के बाद हम फिर से घोड़ागाड़ी पर सवार होकर बीच के स्टेशन तक पहुँचे। वहाँ हमने दोपहर का खाना खाया और वापस स्टावेंजर्फजोर्ड पहुँच गए। हमारे पास कुछ और समय बाक़ी था इसलिए जहाज़ पर चढ़ने की बजाय हमने दो नाव लीं और मछली पकड़ने चले गए। मुझे पूरा भरोसा था कि मैं एक मछली तो पकड़ ही लूँगी। लेकिन बहुत सारा खाना देने और नॉर्वे की भाषा में उन्हें पुकारने के बावजूद, हममें से कोई एक भी मछली नहीं पकड़ सका! मिस्टर गियर्टसन या जैसा कि मैं उन्हें पुकारती हूँ ओंकेल गियट्र्स ने कुछ बहुत मज़ेदार फ़ोटो खींचे हैं। वह भारत भेजने के लिए उनमें से कुछ फ़ोटो के पोस्टकार्ड पर प्रिंट कराने की कोशिश करेंगे। अब मैं शाम के स्नान के लिए जा रही हूँ। डिक्टा और मैं रोज़ एक बार बहुत सुबह और एक बार रात को सोने से पहले नहाने का समय निकाल लेते हैं।...विदा!

11 जुलाई, 1933

अभी-अभी कप्तान से टकरा गई थी! मैं लिखने का कमरा ढूँढ़ रही थी। यह दूसरी बार हुआ है कि इस बड़े से जहाज़ में किसी आदमी को या किसी जगह को ढूँढ़ने के दौरान

मैंने ख़ुद को कप्तान से टकरा कर लगभग उसकी बाँहों में गिरा पाया। बाहर मौसम इतना ख़ुशगवार है कि मैं अभी सोने नहीं जाना चाहती, लेकिन अकेले डेक पर खड़े होने की हिम्मत भी नहीं की। आज दोपहर में मैंने कुटिल से एक चेहरे को ख़ुद को घूरते हुए पाया। वह अपनी दो आँखों में अलग-अलग भाव लिये मुझे देख रहा था। ओंकेल गियट्र्स को विश्वास है कि वह आदमी एक हत्यारा है, चश्मा पहनता है, अमेरिकी है, छोटा और काला है और उसका महीन सी कतरी दाढ़ी वाला चेहरा क्रूर दिखता है। अगर मैं अकेले डेक पर खड़ी हुई तो वह किसी भी समय आकर मुझे पकड़ सकता है। अगर मैं अपनी जान-पहचान वाले तीन अच्छे लड़कों में से किसी को कहूँ, जो मेरे साथ डेक पर आने के लिए तैयार हो जाएँगे, तो मुझे बाहर के नज़ारे का आनन्द लेने के बजाय उनके वही पुराने सवालों के जवाब देने पड़ेंगे। इससे अच्छा यह है कि मैं आपको चिट्ठी लिखूँ और उसके बाद सोने चली जाऊँ। आपको यहाँ होना चाहिए था मेमफिस। हम घंटों तक चुपचाप खड़े रहकर या बैठकर पानी में पड़ती रोशनी देखते! आज हमने रेल से एक और सफ़र किया जो एक ख़ूबसूरत उपजाऊ घाटी से होकर था। हम ट्रेन से नीचे उतरे और मैरी के एक दोस्त, जिनका वहाँ गरमियों में रहने का एक सुन्दर सा कॉटेज था, के घर की ओर दौड़े। ख़राब बात यह रही कि हम वहाँ दो या तीन मिनट से ज़्यादा नहीं रुक सके। सिर्फ़ हाथ मिलाने और कमरों के चक्कर लगाने भर का ही समय हमारे पास था। उस प्यारी महिला ने हमारे लिए कॉफ़ी के साथ इतनी स्वादिष्ट खाने की चीज़ें तैयार करके रखीं थी। हमने शानदार ढंग से बने हल्के वॉफल उठाए और कार में जा बैठे। हम उसी रास्ते से लौट कर दोपहर के खाने के लिए जहाज़ पर पहुँच गए। मुझे ओंकेल गियट्र्स दिन-ब-दिन और अच्छे लगते जा रहे हैं!...×××

12...

13...

14...

15...

16...

17 तारीख। फैंसी ड्रेस डांस। डिक्टा और बर्गलियोट (ओंकेल गियट्र्स की पत्नी) दो भारतीय पुरुषों की वेशभूषा में थे। ओंकेल गियट्र्स एक फ्रेंच आदमी बने और मैं एक फूल बेचनेवाली पहाड़ी लड़की। आयोजन बहुत सफल रहा, एक अरब मालिक के रूप में डिक्टा के साथ डांस करने में बहुत मज़ा आया।

18...

19, रात के 11.20 बजे

देखिए न मेमफिस, मेरा कोई भी काम पहले से तय समय के मुताबिक़ नहीं हो पा रहा है। पिछली सभी रातों को या तो मैं अति उत्साहित होने या बहुत ज़्यादा थके होने की वजह से लिख नहीं सकी। एक रात हमारे मनोरंजन के लिए संगीत की एक महफ़िल आयोजित की गई थी, उसके बाद मैंने कुछ यात्रियों के लिए डांस किया।

नोर्थ केप कोहरे की एक घनी चादर से ढका हुआ था, लेकिन मेरा गला ख़राब होने और उसके कुछ गम्भीर परेशानी में बदलने के डिक्टा के डर के बावजूद हम ऊपर चढ़े। कुछ नहीं हुआ और उस फिसलन भरे, कोहरे से ढके रास्ते पर चढ़ने के बाद हम ख़ुद को काफ़ी बहादुर महसूस कर रहे थे। मैंने अपने लिए नोर्थ केप का डिप्लोमा ख़रीदा। मैं इतनी निराश नहीं हुई जितना हो सकती थी क्योंकि हमने नोर्थ केप यात्रा के पहले और बाद के दो दिनों में रात के 10.30 बजे और 10.45 बजे सूरज देखा। दोनों ही बार चमकीले रंगों की अठखेलियों के बीच सूरज की झलक देखना अद्‌भुत अनुभव रहा। आज हमने कप्तान साहब के डिनर का आनन्द लिया। खाने का कमरा सजाया गया था, स्टावेंजर्फजोर्ड का बिजली से चमकता मॉडल कमरे के बीचोबीच सजा हुआ था। हम सबको पटाखे, झंडे और रिबन मिले जिन पर जहाज़ का नाम लिखा हुआ था और हम सबने एक दूसरे की सलामती की दुआ के साथ शराब पी।

कल जहाज़ पर हमारा आख़िरी दिन है, उसके अगले दिन दोपहर लंच तक हम ओस्लो पहुँच जाएँगे। हमने तीन या कहूँ कि चार समुद्री किनारों पर उतरकर जो यात्राएँ कीं वो बहुत ही दिलचस्प थीं। मेरा ख़याल है मैंने पहले ऐसे सफ़र के बारे में आपको बताया था। कल हम एक बहुत चौड़ी सड़क से होकर एक पहाड़ पर चढ़े। सड़क की चौड़ाई देखकर मुझे गोट्टहार्ड दर्रा याद आ गया। जब हम बाहर निकले तो हमने कॉफ़ी पी और इधर-उधर टहले। मेरे जूते और जुराब भीग गए, मुझे आग के पास बैठकर उन्हें उतारना पड़ा। मैंने वही रूसी जूते पहने थे जो बग़दाद में आपने मेरे लिए ख़रीदे थे, बारिश और बर्फ़ में गीले होने को छोड़ दिया जाए तो ये जूते मेरे बहुत काम आए।

आज हम एक छोटी गाड़ी चलाकर स्टालहेम तक गए, जहाँ डिक्टा महमूद और मसूद (मेरे सबसे छोटे मामा) के साथ पहले आ चुकी थीं। दिन बहुत अच्छा था और सफ़र भी बहुत बढ़िया रहा। लेकिन हम देर रात तक जग कर, नाश्ते के समय तक सोते रहकर और लंच के समय ही उठकर दिन का बहुत सारा समय यूँ ही बरबाद करते रहे थे। वैसे हमारे लिए कोई और रास्ता भी नहीं था क्योंकि हर रात हम बहुत ही ज़्यादा थके होते थे। जहाज़ में कुछ बहुत ही मज़ेदार और मज़ाकिया वाक़ये हुए लेकिन 11 बजे उनके बारे में लिखने का मेरा मन नहीं है। हम चारों ही उम्मीद कर रहे हैं कि ओस्लो पहुँचकर हमें असली छुट्टी का आनन्द लेने यानी सोने का मौक़ा मिलेगा। हालाँकि यह सफ़र एक मायने में बहुत ही मज़ेदार रहा लेकिन अब मैं इत्मीनान से अपने बाल धोकर ज़्यादा ख़ुश होऊँगी। शुभरात्रि! मैं नहीं जानती कि कल मुझे चिट्ठी लिखने का समय मिलेगा या नहीं।

20 जुलाई

नहाने के बाद बिस्तर पर

आज सबसे अच्छा दिन था। हम नॉर्वे के सबसे मशहूर समुद्री तट सोलेस्ट्रैंड या 'सनस्ट्रैंड' तक गए जो बिल्कुल अप्रत्याशित था (डिक्टा मेरी बर्थ के ठीक नीचे अपना

सामान पैक करते हुए नाक छिनकते हुए कह रही है 'यह तुम्हारे सम्मान' के लिए)। हमने समुद्र में नहाया, छपाके मारे, एक दूसरे को रेत में दबाया और लगभग डेढ़ घंटे तक जमकर मस्ती की। समुद्र में नहाने का यह मेरा पहला अनुभव था...धूप, हवा और मेरे तीन अंकल और दो आंटियाँ...लहरें तैरने के लिहाज़ से बहुत तेज़ थीं, कम से कम जो तैरना जानते थे उनके लिए, क्योंकि मैं तो वैसे भी तैरना नहीं जानती। हमने बहुत सारी अच्छी फ़ोटो खींचीं और जो अच्छी आएँगी वो ज़रूर आपको भेजी जाएँगी।

मुझे जल्दी करनी चाहिए क्योंकि ओकेंल गियट्र्स, जिन्हें यार्ट कहा जाता है, अपना पेन वापस लेने के लिए आ रहे हैं। आज शाम को जब हम जहाज़ के डांस हॉल में बैठे थे तो कुछ युवा लोगों ने मुझसे नाचने के लिए कहा। मैंने वॉल्ट्ज़ और नॉर्वे की लोकशैली पर डांस किया, मेरे दोनों डांस पसन्द किए गए। दोपहर को मेकैनिक साहब को अलविदा कहने हम जहाज़ के बिल्कुल अगले हिस्से तक गए। लम्बी-चौड़ी कदकाठी वाला यह हँसोड़ नाविक हमें कई सारे नक्शे दिखाता रहा था। उसे हमने बहुत मुश्किल से ढूँढ़ा और जब वह मिला तो मैंने उसका शुक्रिया अदा करते हुए कहा कि अगर वह चाहे तो मैं उसकी सेवाओं के बदले अपनी भावनाएँ ज़ाहिर करने के लिए उसके लिए डांस भी कर सकती हूँ।

हमारी बातों से वह इतना भावुक हो गया कि तुरन्त हमें मशीनें दिखाने ले गया। उसने हमें सारे फायर इंजन, जहाज़ को पानी में ठेलनेवाले बड़े पंखे और दूसरी दिलचस्प मशीनें दिखाईं। वहाँ कुछ बहुत हिस्से गरम थे, कहीं बहुत तेज़ हवा चल रही थी, अन्त तक हमें चक्कर आने लगे थे। मेकैनिक साहब का दिल अब भी नहीं भरा था इसलिए वो हमें फिर जहाज़ के ऊपर लाए और अमेरिका का एक और नक्शा दिखाकर बताने लगे कि वो कौन-कौन सी जगहें घूम चुके हैं! लगभग 15 मिनट बाद हमनें बहाना बनाया कि अन्दर बहुत गरमी लग रही है। यह सुनकर मेकैनिक साहब हमारे साथ अपने केबिन से बाहर निकले और आराम से श्रीमती बर्गलियोट की डेकचेयर पर बैठ गए और अपनी फ़ोटो का ढेर खोलकर हमें दिखाने लगे। हम सब लोग एक दूसरे की ओर देखकर उबासियाँ लेने लगे। लेकिन वह आदमी तो थकने का नाम ही नहीं ले रहा था। आख़िरकार हमने उससे कहा कि ठंड बढ़ गई है और शुभरात्रि कहकर वहाँ से भागे। रात को खाने के वक़्त हमने भी एक-दूसरे की अच्छी सेहत की दुआ के साथ पी। मेरे सामने बैठे प्यारे से सज्ज़न व्यक्ति ने एक शानदार भाषण दिया। वह स्टॉकहोम में एक बड़ा बुक बाइंडर या कुछ है और बहुत ही शरीफ़ आदमी है। मैं उन्हें 'ओंकेल विक्टर, डिन गेमले स्टिंडर' कहती हूँ जिसका मतलब है 'तुम, बूढ़े पापी'। उन्हें मेरा यह कहना बहुत पसन्द है!

आंट बर्गलियोट ने जवान लेफ़्टिनेंट की सेहत की दुआ के साथ पीते हुए कहा कि सबसे अच्छी बात वह यही कह सकती हैं कि काश वह उनका बेटा होता। तो मैंने ओंकेल विक्टर से कहा, "काश, मैं आपकी भतीजी होती!" इस लिहाज़ से

मैं लेफ्टिनेंट की बहन बन गई, तो हमने भाई-बहन की तरह एक दूसरे की सेहत की दुआ की। मेरा अन्दाज़ा था कि वह 25 या 27 साल का होगा, लेकिन उससे पूछने पर पता चला कि वह 38 साल का है। वह इतनी उम्र का बिल्कुल भी नहीं दिखता।

ओंकेल गियट्र्स बहुत ही प्यारे आदमी हैं। वह अपना पेन लेने और शुभरात्रि कहने अभी-अभी अन्दर आए हैं। मैं उन्हें जाने नहीं देती, इसलिए वह अपना पेन छोड़ गए। 56 साल के होने के बावजूद वह दिल से जवाँ हैं और सब लोग उन्हें बहुत पसन्द करते हैं। दोनों पति-पत्नी ने ओस्लो पहुँचने के बाद मुझे अपने कॉटेज में आने का निमंत्रण दिया है। उन्होंने कहा कि अगर मुझे ठीक लगे तो नाव पर घूमने भी जा सकते हैं और वो मुझे तैरना सिखाएँगे।

ओह, मेरे सिर में बहुत रेत भर चुकी है जिसकी वजह से बहुत खुजली हो रही है! मैंने लिखने के बाद चिट्ठी को ठीक से पढ़ा नहीं है, पता नहीं मैंने क्या गड्डमड्ड लिखा है। कल रात ओस्लो में पोस्ट करने से पहले मैं एक बार इसे पढ़ूँगी। नहाने के लिए सोलेस्ट्रैंड चले जाने की वजह से हम सुबह 11 बजे की बजाय 12.30 बजे पहुँचे। आख़िरी दो दिन बढ़िया खिली धूप वाले रहे और आज का दिन सबसे अच्छा रहा।

ख़ैर, शुभरात्रि। आज आख़िरी दिन जब मैं इस पूरे सफ़र के बारे में सोच रही हूँ तो अहसास हो रहा है कि यह सचमुच बहुत शानदार था और हम इसका इससे ज़्यादा मज़ा नहीं ले सकते थे!

पुनश्च : मैंने यह चिट्ठी अपने कश्मीरी जैकेट की जेब में रखी हुई थी ताकि लिखने के लिए शाम को इसे ढूँढ़ने में परेशानी न हो। अब क्योंकि यह जैकेट मैं लगभग पूरे दिन पहने रहती थी इसलिए इस चिट्ठी ने भी जहाज़ एस.एस. स्टावेंजर्फजोर्ड के सूखे, गीले या गन्ध मारते अलग-अलग हिस्सों के नज़ारे देखे हैं।

ओस्लो

आपकी चिट्ठी के लिए बहुत शुक्रिया। मैंने दो और हफ़्ते यहाँ रुकने का फ़ैसला किया है। मैं दो दिन पेरिस में बिताने के बाद 9 अगस्त को लन्दन पहुँचूँगी। आज बहुत प्यारा दिन था, नहाया और डिक्टा की कज़िन के साथ धूप में लेटकर आराम किया। अब मैं सचमुच की छुट्टियों के मज़े ले रही हूँ। पेरिस के बारे में पक्की तरह से कुछ तय करते ही मैं आपको चिट्ठी लिखूँगी।

ढेर सारे प्यार और ××× के साथ
ज़ोहर

मेरी अगली चिट्ठी ज़िन्दगी के बारे में मेरी राय और उस समय भारतीय नृत्य के बारे में मेरी बेवक़ूफ़ाना और अधूरी जानकारी की एक झलक देती है।

ड्रेसडेन ए.वियेनरस्ट्रासे 48
2 सितंबर, 1933

सबसे प्यारे मेमफिस,

पिछले हफ़्ते कस्टम ऑफ़िस से आपके भेजे पैकेट लाते हुए मुझे डर लग रहा था। हालाँकि कुछ नहीं हुआ और उन्होंने सारा सामान ले जाने दिया, केवल ड्रम को छोड़कर, जिसके लिए उन्होंने 4:20 क्रू का शुल्क लिया। और क्या पैकेट निकले हैं इतने पैसे में! मैं तो पैकेट की एक-एक चीज़ के लिए इसका छह गुना पैसा दे देती। आप जानते हैं, मेमफिस, कभी-कभी आप बस कमाल होते हो! सारा ड्रेसडेन और बाउट्ज़ेन आपकी भेजी चूड़ियों और रूमालों की ख़ुशी में झूम रहा है। जहाँ तक ज़ेडविट्ज़ पति-पत्नी का सवाल है, उनका यह आलम है कि उन्हें जो मिल रहा है वो ख़ुशी के मारे उससे लिपटने को तैयार हैं, ऊपर से आपने काउंटेस को शुक्रिया का ख़त भी भेज दिया! वह इतनी भावुक हो गईं कि आज लंच के वक़्त ख़ुशी की वजह से उनके आँसू झलकने को बस तैयार ही थे। आज मैं स्टेगेमैन परिवार के लिए आपके भेजे उपहार लेकर बाउटजेन गई थी। उन्होंने कहा कि अपने एक ख़ास कमरे के कोने में सजाने के लिए बहुत सालों से मिनिएचर ही ढूँढ़ रहे थे। रेशम की जितना मैंने सोचा था उससे कहीं ज़्यादा तारीफ़ हुई, हालाँकि वो जल्दी ही ख़ुद आपको लिखेंगे। मैं ख़ूबसूरत ड्रम और घंटियाँ देने के लिए परसों स्कूल जाने की सोच रही हूँ। हालाँकि मैरी विगमैन ख़ुद वहाँ नहीं हैं लेकिन मैं ये उपहार उनकी बहन को दे सकती हूँ। डिक्टा के जूते और रुमाल मैं फर्क़ रूड के लिए रख रही हूँ जो 4 तारीख़ को ओस्लो जाते हुए ड्रेसडेन से होकर जा सकती हैं। वह यह सामान साथ लेकर जा सकती हैं।

आज मुझे डिक्टा की बहुत ही बढ़िया चिट्ठी मिली। आपने अपनी किसी चिट्ठी में डिक्टा के बारे में मेरी राय पूछी थी। मैंने उसी समय आपकी बात का जवाब नहीं दिया था क्योंकि मुझे लगा कि कोई किसी के बारे में सही राय तभी दे सकता है जब वह एक बार उस व्यक्ति के साथ घनिष्ट रहने के बाद दूर से उसे देखे।

बहरहाल, इस बारे में मैं कुछ कहूँ उससे पहले मुझे दिल से आपका शुक्रिया कहने दीजिए कि आपने मेरे ज़रिए दोस्तों को उपहार भिजवाकर मुझे भी लोगों को ख़ुशी देने का मौक़ा दिया। चार साड़ियाँ...क्या आप सचमुच सोचते हैं कि मैं उन्हें किसी और को दे सकती हूँ? मुझे पता है कि अगर मेरे दोस्तों को वो साड़ियाँ मिल जाएँ तो ख़ुशी से झूम जाएँगी, लेकिन मेरा लालच मुझे ऐसा करने नहीं देगा। और अगर ये साड़ियाँ कुछ कम सुन्दर होतीं तो शायद मैं उन्हें दे भी सकती थी लेकिन ऐसा है नहीं...इसलिए उन्हें मैं ख़ुद ही रखूँगी और जब हम मिलेंगे तो उनमें से एक साड़ी पहनूँगी...और आपने कहा कि आपके ख़ुद बॉम्बे आने की सम्भावना है...आप खुद! मेरे पास इस ख़ुशी को व्यक्त करने के लिए कोई शब्द नहीं है। इस बारे में मेरे बात करने का कोई फ़ायदा नहीं है, अपने मन में मैंने ऐसी कल्पना की है लेकिन कभी बोला नहीं, यहाँ तक कि जब डिक्टा ने इस सम्भावना के बारे में कहा तब भी नहीं।

मैंने उससे कहा था कि आपका आना इतनी अच्छी बात है कि इसका सच होना मुश्किल है और अब देखो...शायद...क्या पता ? और हाँ, डिक्टा...उसके बारे में मेरी क्या राय है ? मैं उसके काफ़ी निकट रही हूँ और इस घनिष्ठता का मुझे कोई मलाल नहीं है। बदले में मैंने भी उनके सामने अपना दिल खोल दिया, मैंने उनसे कई ऐसी चीज़ों के बारे में बातें कीं जिन्हें मैं किसी और के सामने बताने लायक नहीं समझती। और, शुरू में मेरे लिए आश्चर्य की तरह और बाद में एक ठोस चीज़ की तरह, डिक्टा ने मुझे अपनी सहानुभूति, सुझाव और समझदारी दी।

मेमफिस, मुझे नहीं लगता कि मेरा कोई भी रिश्तेदार या दोस्त मेरे विचारों और कामों को इतनी अच्छी तरह से समझ सकता है जितना डिक्टा। एक तो औरत होने और दूसरा 'शारीरिक शक्ति और सुन्दरता को अन्दर की आत्मा को उसके लक्ष्य को पाने में मदद करने का जरिया मानने' के समान आदर्श पर विश्वास ही हम दोनों को एक-दूसरे के क़रीब लाया। उनके भारत में रहे होने और मेरी नॉर्वे की पिछली यात्रा ने हमें एक-दूसरे के विचारों को समझने में मदद मिली। यही वजह है कि हमारी उम्र में काफ़ी अन्तर होने के बावजूद डिक्टा दूसरे हमउम्र दोस्तों के मुक़ाबले मेरे ज़्यादा क़रीब हैं। इस बात को शब्दों में समझा पाना बहुत मुश्किल है। इसलिए अपने दोस्तों को डिक्टा से अपने लगाव के बारे में बताते हुए कभी-कभी मैं बीच में रुककर सोचने लगती हूँ, 'भला ये मेरी बात क्यों मानेंगे ? ये तो वहाँ नहीं थे न जब डिक्टा और मैंने सूरज डूबने का वह सुन्दर दृश्य देखा था, या जब हम बगीचे में स्ट्रॉबेरी के ऊपर खिलखिला रहे थे ...जब हम भीगे जुराबों की वजह से लड़े ?' यह इस तरह की छोटी-छोटी बातें हैं जो लोगों को एक-दूसरे के क़रीब लाती हैं और तीसरा आदमी जो वहाँ मौजूद नहीं होता, उनका महत्त्व समझ पाना उसके लिए सम्भव नहीं होता, चाहे उसे कितनी ही बारीक़ी से समझाया जाए।

उनके बारे में सबसे अच्छी बात मुझे शायद यह लगती है कि वह कभी भी अपने सुझाव को किसी मुश्किल से बाहर निकलने का एकमात्र तरीक़ा नहीं मानतीं। वह एक राय देती हैं और अगर कोई उससे बेहतर सुझाव सामने आता है तो वह खुले मन से उसे स्वीकार करती हैं। उनकी एकमात्र चीज़ जिससे मुझे उलझन होती है वो है उनका नकारात्मक रवैया। जवान होने और आदत से उतावली होने के कारण कभी-कभी मुझे ग़ुस्सा आ जाता है, मुझे लगता है कि दुनिया को ज़्यादा अच्छी और चमकीली नज़र से देखा जाना चाहिए। लेकिन मुझे लगता है कि शायद एक उम्र के बाद व्यक्ति चीज़ों के बारे में कुछ ज़्यादा ही सावधानी बरतता है और डिक्टा के मामले में यह बचपन में उनके शर्मीलेपन का नतीजा हो सकता है। कुछ मायनों में वह अब भी बच्ची ही हैं, यह आश्चर्य की ही बात है कि वह किसी के साथ भी कितनी सहजता से, बिना किसी बनावट के, सचमुच में युवा महसूस कर सकती हैं।

मेरी बात कुछ ज़्यादा ही लम्बी होती जा रही है। बहरहाल, मैं सिर्फ़ इतना कहना चाहती हूँ कि उनके साथ रहने के बाद जब अलग होने लगो तो यह अहसास होता है कि वह ख़ास हैं।

मेरे पास बैंक में अब भी 500 क्रू हैं। मुझे यह पैसा भारत ले जाने की अनुमति बड़ी मुश्किल से मिली, और अब अचानक मेरा मन एक ग्रामोफ़ोन और रिकॉर्ड ख़रीदने का हो रहा है! यह डांस की प्रदर्शन कक्षाओं में काम आएगा क्योंकि पियानो वादक आसानी से नहीं मिलते। तो आप उदय शंकर से मिले? अरे हाँ, मैं थॉमस कुक्स की चिट्ठी आपको भेज रही हूँ, आप जान जाएँगे कि बॉम्बे का ऑफ़र ख़त्म हो रहा है। फ़िलहाल मेरा कोई कार्यक्रम तय नहीं है, इसलिए सार्वजनिक तौर पर काम शुरू करने से पहले मैं भारतीय डांस सीखने की बहुत इच्छुक हूँ। मेरी योजना पूर्वी और पश्चिमी डांस को मिलाकर एक नई शैली विकसित कर स्कूलों में उसका प्रशिक्षण देने की है। आजकल स्कूलों में जो अंग्रेज़ी लोकशैली का डांस सिखाया जाता है, वह ज़मीन से जुड़ा हुआ नहीं लगता। ऐसा तभी किया जा सकता है जब मुझे भारतीय डांस के बारे में कुछ जानकारी हो। क्या ऐसा हो सकता है कि मैं किसी उस्ताद से यह सीख सकूँ, क्योंकि उदय शंकर भारत कब लौटेंगे इसके बारे में तो कुछ पक्का पता नहीं है। मुझे लगता है कि भारत का पुराना डांस सीखने के लिए बनारस सबसे अच्छी जगह है, है न?

अगर आप बॉम्बे नहीं आ रहे हैं तो वहाँ पहुँचकर मैं कहाँ का टिकट लूँ? मेरठ या देहरादून? मैं इसे एयरमेल से भेजूँगी और आपके जवाब के लिए सीधा कुक्स के ऑफ़िस चली जाऊँगी। हम 12 सितम्बर को पोर्ट सैद पहुँचेंगे और बॉम्बे 20 सितम्बर 1999 को! चार्ट में पहुँचने का समय सुबह लिखा है लेकिन इसमें ठीक कितने बजे पहुँचेंगे यह नहीं लिखा। सोचिए मेमफिस...जरा मुझे गिनने दो, ठीक तीन हफ़्ते बाद हम लोग एक-दूसरे को देख सकेंगे! हो! हो!...मुझे लग रहा है कि यह सब एक सुन्दर सपना है। मैं जागूँगी और ख़ुद से कहूँगी, "बेवक़ूफ़, तुम बुख़ार की वजह से बिस्तर पर पड़ी थी, तुम कभी यूरोप ही नहीं गई!"

ख़ैर! इस सचाई पर यक़ीन करना आसान होगा जब मैं बॉम्बे में क़दम रखूँगी–हा! हा! विदा! जल्दी ही मिलते हैं!

—ज़ोहर

आख़िरकार घर जाने और सबसे भावुक विदाई लेने का समय आ गया। मैं अपनी बड़ी बहन हाज़रा से मिलने लन्दन रवाना हुई, जो मोंटेसरी तरीक़े की टीचर ट्रेनिंग के लिए वहाँ आई हुई थीं। उनके साथ उनका छह साल का बेटा सामी भी था। हमने वहाँ अपनी बिल्कुल अलग-अलग ज़िन्दगियों के अनुभव एक-दूसरे के साथ बाँटते हुए बहुत अच्छा समय बिताया। उस समय का सबसे मज़ेदार क़िस्सा मुझे जो याद आ रहा है वो यह कि एक बार पुल की दीवार के साथ-साथ चलते हुए हमें एक छोटा सा हरे रंग का दरवाज़ा नज़र आया जिस पर रेस्टोरेंट लिखा था। हम लंच के लिए उस दरवाज़े के अन्दर चले गए। वह जगह बहुत ही सुन्दर थी और हमारा ऑर्डर किया भेड़ का गोश्त बहुत नफ़ासत से पेश किया गया। आप अन्दाज़ा लगा सकते हैं हमारी हालत का जब 17 शिलिंग का बिल हमारे पास पहुँचा,

जो हमने मेज़ के अन्दर गुपचुप तरीक़े से जोड़-जाड़कर किसी तरह से इकट्ठे किए। दरअसल, हम पिछले दरवाज़े से सेवॉय के अन्दर जा पहुँचे थे!

मैं सबसे पहले लन्दन एक साल पहले आई थी, जब मेरा बड़ा भाई ज़ाक्कान वहाँ इंजीनियरिंग की पढ़ाई कर रहा था। लन्दन का पहला प्रभाव बहुत ही ख़राब था। मैं रसल स्क्वॉयर स्थित होटल में बैठकर भाई का इन्तज़ार करती रहती थी और लन्दन के उदास माहौल को महसूस कर रोई। यूरोप के बाद लन्दन में सब कुछ इतना पुराना और उजड़ा हुआ सा लगता था लेकिन जैसे-जैसे दिन बीतते गए मेरा मिज़ाज ठीक हो गया। भाईजान मुझे आइल ऑफ़ वाइट और शहर के दूसरे कई सारी घूमने लायक जगहों पर ले गए...रिचमंच, क्यू गार्डन, लन्दन का चिड़ियाघर, सर्पेंटाइन पर नौका की सैर, मैडम तुस्सॉद्स वग़ैरह। हमने बहुत से नाटक भी देखे जिनमें जॉन जियेलगुड का 'रिचर्ड द लॉयनहार्ट' और लॉन चेने अभिनीत 'डॉ. जैकिल एंड मिस्टर हाइड' शामिल हैं।

मैंने कोंटे वर्डी के लिए अपना टिकट बुक करवा लिया था, पेरिस में तीन मस्ती भरे दिन बिताकर मैं बॉम्बे के लिए रवाना हुई। मैं 20 सितम्बर, 1933 को यानी भारत से निकलने के ठीक तीन साल बाद बॉम्बे पहुँची।

3

1933–1935
पहली वापसी

लाहौर में स्कूल के दिनों में मेरे दोस्तों को बहुत कोफ़्त होती थी जब मैं उनसे कहती थी कि हर बार छुट्टियों में अपने अब्बूजान से मिलने पर मुझे उनका चेहरा 'फिर से याद करना' पड़ता है, जैसे मैं उसे भूल चुकी होती थी। मेरी दोस्त समझती थीं कि मैं बात को बढ़ा–चढ़ाकर बोल रही हूँ। भला कोई अपने माँ–बाप का चेहरा कैसे भूल सकता है? लेकिन यह भूलने का अहसास मुझे हर बार होता है जब मैं पीछे छोड़कर आई किसी चीज़ या किसी आदमी को याद करने की कोशिश करती हूँ, जैसे कोई प्रियजन या अपना देश।

सन् 1933 में भारत वापस लौटना भी बिल्कुल वैसा ही था। यह ख़ुशी और उदासी का मिला–जुला अहसास था। जाने–पहचाने से लोग, आवाज़ें और ख़ुशबुएँ जहाँ दिल को सुकून दे रही थीं वहीं इस बात का दुख हो रहा था कि इन सब चीज़ों को मैं इतने अर्से तक भूली रही। कहीं सिकुड़कर तो कहीं फैलकर दोबारा इस माहौल में जमने की जद्दोज़हद तक़लीफ़देह थी। ख़ुद से यह कहना कि तुम यह थी और अब यह हो चुकी हो। हालाँकि अब पीछे मुड़कर उस दौरान अपने दिल की हालत को समझकर लिख पाना आसान है लेकिन उस समय यह एक परेशान करनेवाला अहसास था। जब यह हुआ तब मैं भावनाओं के स्तर पर इतनी उलझी हुई थी कि बाहर से उनकी वजहों को देख–समझ पाना मुश्किल था। यह सब कुछ इतना अचानक हुआ कि मुझे सोचने तक का समय नहीं मिला। ऐसा लगता था कि बाक़ी सारी चीज़ें जैसी की तैसी हैं, बस मैं ही बदल गई हूँ।

मैंने इससे पहले बॉम्बे कभी नहीं देखा था लेकिन उसकी चर्चा हमेशा ही एक बहुत बड़े शहर के तौर पर की जाती रही थी। जब मैंने पहली बार देखा तो विदेश से लौटी मेरी आँखों को यह बहुत ही छोटा, चपटा और मैं तो कहूँगी कि गन्दा भी लगा। इसके बावजूद यह मस्ती से भरपूर था, मामूजान मुझे लेने के लिए बॉम्बे आए थे और उन्होंने बड़े फ़ख्र के साथ मुझे अपने दोस्तों से मिलवाया। बड़ौदा और हैदराबाद में अपने दोस्तों और रिश्तेदारों से मिलने के दौरान हमने बहुत अच्छा समय बिताया। आख़िरकार हम देहरादून पहुँचे जहाँ सारा परिवार मुलाक़ात के लिए पूरी गर्मजोशी के साथ इकट्ठा था।

लगभग पूरा एक महीना बहनों के साथ गपशप में निकल गया। उनके कभी न ख़त्म होनेवाले सवालों का जवाब देते–देते मेरा गला बैठ गया था। बहरहाल, इस सिलसिले को

ख़त्म करते हुए मैं अपने लायक काम की तलाश में अपने हुनर का प्रचार करने निकल पड़ी। मैं बहुत-सी यूनिवर्सिटियों और लड़कियों के कॉलेजों में गई। वहाँ मैं उन्हें लेक्चर और प्रदर्शन के ज़रिए बताती थी कि मैंने जर्मनी में क्या सीखा है यानी मैं उन्हें यूरिदमिक्स में अपने डिप्लोमा के बारे में बताती थी। हालाँकि किसी को रत्ती-भर भी अन्दाज़ा नहीं था कि ये होती क्या बला है लेकिन सभी लोग उसके बारे में सुनकर बहुत प्रभावित हो जाते थे। वैसे वो लोग एक दबंग क़िस्म की कुछ ज़्यादा ही जोशीली जवान लड़की से प्रभावित होने के मुक़ाबले डर ज़्यादा जाते थे। हाथ-पाँव चलाकर अपनी बात समझाने का इस लड़की का अन्दाज़े-बयाँ उनकी समझ से बाहर की बात थी। "सचमुच क़ाबिले तारीफ़ है, मुझे पूरा भरोसा है क़ाबिलियत पर, लेकिन ये क्या लड़कियों का सा रंग-ढंग है!" वे आपस में फुसफुसाते।

मैंने अलीगढ़ मुस्लिम यूनिवर्सिटी में लड़कियों के कॉलेज में अपना लेक्चर और प्रदर्शन ख़त्म ही किया था, जब एक मच्छर ने मेरे पैर के पीछे काट लिया। शायद पैर का वह हिस्सा मैंने खुजला दिया था या फिर किसी और वजह से वह घाव बढ़ गया। बरसात का मौसम था इसलिए वह घाव पक गया जिसमें बहुत दर्द था। बहरहाल, घाव की वजह से नौकरी ढूँढ़ने की अपनी मुहिम वहीं रोक कर मुझे अपने भाई ज़काउल्लाह ख़ान, जो उस वक़्त यूनिवर्सिटी में इंजीनियर थे, के पास ही रुकना पड़ा। लेकिन वह घाव ठीक होने का नाम ही नहीं ले रहा था तो हारकर मुझे मामूजान के पास देहरादून भेज दिया गया। यहाँ उन्होंने रोज़ाना मरहम-पट्टी करके मेरा घाव ठीक कर दिया, यहाँ तक कि त्वचा पर उसका निशान तक नहीं रहा।

मेरे पुराने स्कूल की प्रिंसिपल, मिस कोक्स, मेरे भारत लौटने के बाद से ही लगातार मुझे चिट्ठियाँ लिख रही थीं। उन्होंने लिखा कि अगर मैं कुछ और नहीं कर रही हूँ तो क्वीन मैरी'ज में मेरे लायक़ एक जगह है। यह मौक़ा पाकर मैं बहुत ख़ुश थी कि कम से कम मुझे कुछ करने को तो मिला, और सीधा लाहौर की ओर रवाना हो गई। अब चूँकि वह परदेवाला स्कूल था, इसलिए वहाँ मुझे डांस सिखानेवाली अध्यापिका के रूप में रखे जाने का तो सवाल ही नहीं था। मैं जो सिखाती थी उसको नाम दिया गया 'म्यूज़िकल ड्रिल'। इसके अलावा मुझे और दूसरे काम कराने के लिहाज़ से मिस कोक्स ने सुबह चिट्ठी-पत्री वग़ैरह के काम में अपनी मदद करने, तैराकी पर निगरानी रखने और छोटे बच्चों को अंग्रेज़ी पढ़ाने (तारिक़ अली की माँ भी मेरे शागिर्दों में से थी!) में तरजीह दी लेकिन क्वीन मैरी'ज में डांस सिखाया जा रहा है यह ख़बर जल्दी ही पूरे शहर में फैल गई। मिस कोक्स को सरकार की तरफ़ से एक सख़्त चिट्ठी मिली जिसमें उन्हें स्कूल में डांस सिखाने के लिए एक जर्मन अध्यापिका की मौजूदगी की बाबत सफ़ाई देने को कहा गया था।

विदेश में डांस की पढ़ाई करने की वजह से, जो कि उन दिनों काफ़ी ख़ास बात समझी जाती थी, मैंने काफ़ी बढ़िया ज़िन्दगी जी। उन दिनों किसी भी पार्टी में मेरा शामिल होना मेज़बान के लिए फ़ख्र की बात होती थी। मुझे बॉलरूम डांस के लिए जाना बहुत पसन्द था, लेकिन मिस कोक्स की सख़्त हिदायत थी कि मैं हर हालत में आधी रात से पहले ही घर लौट आऊँ। इस वजह से अपने सारे दीवानों के बीच मैं 'सिंड्रेला गर्ल' के नाम से मशहूर थी! 'विदेश से लौटी' डांस करनेवाली इस लड़की के जलवे का आलम यह था कि एक क़रीबी रियासत के मुखिया ने एक बार मुझे अगवा करवाने की कोशिश की। इसके लिए उसने शतरंज खेलने

वाली एक यूरोपीय महिला को भेजा ताकि वह मुझे बहकाकर डांस पार्टी के लिए ले जा सके। मैं गहरी नींद में सो रही थी जब आधी रात को मुझे किसी की आवाज़ सुनाई दी। पहले मुझे लगा कि वह स्कूल में पढ़नेवाली बच्ची की माँ है लेकिन जब घड़ी में समय देखा तो मैं घबरा गई। रात के तीन बजे थे! बड़ी मुश्किल से मैंने उसे वहाँ से चले जाने के लिए राज़ी किया। तभी मुझे अहसास हुआ कि मुझे इतने अँधेरे में उसे पूरे स्कूल में घूमने का मौक़ा नहीं देना चाहिए, इसलिए मैं उसे मुख्य दरवाज़े तक छोड़ने के लिए ख़ुद उसके साथ गई। गेट पर पहुँचते ही वह मुझे बाहर खड़ी अपनी कार की ओर खींचने लगी। मदद के लिए मेरी चीख़-पुकार सुनकर चौकीदार के आ जाने से वह औरत भाग गई और सब कुछ सामान्य हो गया। मिस कोक्स ने इधर-उधर पूछताछ की तब काफ़ी बाद में इस पूरे वाक़ये की तफ़सील पता चली। मुझे सबसे मज़ेदार बात यह लगी कि यह सब तब हुआ जबकि मैं कोई ख़ूबसूरत लड़की नहीं थी! शायद रियासत के उस मालिक की जिज्ञासा ने उसकी समझदारी पर ताले डाल दिए होंगे और उसे लगा होगा कि इस फुदकनेवाली तितली को अपने हरम में रखना मज़ेदार रहेगा!

क्वीन मैरी'ज स्कूल में पढ़ाने का मेरा दूसरा साल था जब मेरे भाई ने एक इश्तहार काटकर मुझे भेजा। इसमें देश के मशहूर डांसर उदय शंकर ने अच्छे घरों के लड़के और लड़कियों को अमेरिका जानेवाली अपनी अगली डांस मंडली में शामिल होने के लिए बुलाया था। मैं उदय शंकर से उनकी ड्रेसडेन की यात्रा के दौरान पहले भी मिल चुकी थी। वहाँ जब मैंने मंच के पीछे उनसे मुलाक़ात की थी तो उन्होंने मेरी डांस की पढ़ाई को लेकर बहुत दिलचस्पी दिखाई थी और कहा था कि भारत लौटने के बाद मैं उनसे मिलूँ। हुआ यह कि 1935 की गरमियों में वह अपनी मंडली के साथ लाहौर आए। मैं उनसे मिलने उनके होटल गई और उनकी कम्पनी में शामिल होने की इच्छा ज़ाहिर की। मेरी बात सुनकर वह काफ़ी ख़ुश नज़र आए लेकिन उन्होंने बताया कि उस समय वह अमेरिकी आयोजक सोल हुरोक के ख़िलाफ़ एक मुक़दमा लड़ रहे हैं, जिससे उनकी अमेरिका की योजना अटक गई है। यह मसला सुलटते ही वह मुझसे सम्पर्क करेंगे। उन्होंने अपने छोटे भाई, जो कि उनका ख़तो-किताबत का काम सँभालते थे, के पास अपना पता छोड़ जाने के लिए कहा। मैंने सोचा कि उदय शंकर बहुत शिष्टता के साथ मुझे मना कर रहे हैं लेकिन फिर भी मैं अपने स्कूल और घर का पता उनके पास छोड़ आई थी।

मुझे बिल्कुल उम्मीद नहीं थी कि उदय शंकर के साथ इस मुलाक़ात का कोई नतीजा निकलनेवाला है, इसलिए मैंने गरमियों की छुट्टियों में जापान जाने के लिए टिकट बुक करवा लिया। मैंने सोचा कि जाने से पहले मैं अब्बूजान से मिलने जाऊँगी। उन दिनों वह गढ़वाल में पौड़ी नाम की पहाड़ी जगह पर तैनात थे। मुझे उनके पास रहते कुछ ही दिन हुए थे जब मुझे यह टेलीग्राम मिला है :

जापान के लिए 11 अगस्त को रवानगी। क्या तुम फ़ौरन शामिल हो सकती हो?

—उदय शंकर

मेरी बहनें और मैं बहुत ख़ुश हुए। उत्साह से भरे हम तरीक़े सोचते रहते थे कि यह ख़बर अब्बाजान को कैसे सुनाई जाए। आख़िरकार, मैंने बिना किसी लाग-लपेट के सीधे उनसे बात करने का फ़ैसला किया। अगले दिन सुबह नाश्ते के समय मैंने उन्हें वह टेलीग्राम पकड़ाते हुए कहा, ''अब्बाजान, उदय शंकर ने मुझे अपनी मंडली में शामिल होने के लिए कहा है...'' उनके टेलीग्राम पढ़ने तक सन्नाटा छाया रहा। उसके बाद वह कमरे से बाहर चले गए। हम धड़कते दिल से इन्तज़ार कर रहे थे—साफ़ मना कर देंगे क्या ? कुछ मिनटों बाद वह अपने कमरे से बाहर निकले, उनके हाथ में मोटी-सी किताब थी जिसमें रेलों के आने-जाने का समय दिया था। ''तुम लैंसडाउन से 3 : 40 वाली गाड़ी पकड़कर जाओ और लखनऊ से आगे के लिए हावड़ा मेल ले लेना,'' उन्होंने कहा। बस और कुछ नहीं ! इस तरह के इनसान थे मेरे अब्बा। मैं समझ सकती हूँ कि यह उनके लिए कितना बड़ा फ़ैसला रहा होगा, उनकी बेटी मंच पर प्रदर्शन को अपना कैरियर बनाने जा रही थी ! इसके बावजूद वह इस बात को तूल दिए बिना बिल्कुल सामान्य तरीक़े से सफ़र जैसे ग़ैरजज़्बाती मुद्दे पर बात कर रहे थे।

हालाँकि मेरे मामूजान, डॉ. साहेबज़ादा सैदुज़्ज़फ़र ख़ान का ख़ासमख़ास व्यक्तित्व हमारे आसमान में चमकने वाला सबसे चमकदार सितारा था। उन्होंने ही मुझे अपनी मर्ज़ी का कैरियर बनाने की प्रेरणा और हौसला दिया। लेकिन शान्त और धैर्य से भरे अब्बाजान मुझे ज़्यादा प्यारे थे। मामूजान के पास दौलत और ज़हानत थी जिसका उन्होंने सही तरीक़े से इस्तेमाल किया, लेकिन मेरे अब्बा दस भाई-बहनों में सबसे छोटे थे और बहुत सख़्ती के माहौल में पले-बढ़े थे। उन्होंने अपनी ज़िन्दगी में जो भी हासिल किया, चाहे वह तालीम हो या नौकरी, ख़ुद अपनी पहल और कोशिशों से किया। उन्होंने बहुत कम उम्र में ही हमारी माँ को खो दिया था और अकेले ही अपने सात बच्चों, जिसमें सबसे छोटा केवल चालीस दिन का था, की परवरिश की। उन्होंने कभी भी हमें माँ की कमी महसूस नहीं होने दी। मेरे मामू और अब्बा दोनों ने ही शुरुआती तालीम मेरे नाना जी के भाई जनरल अज़ीमुद्दीन ख़ान से ली थी लेकिन जहाँ मामूजान बहुत कम उम्र में ही मेडिकल की पढ़ाई के लिए एडिनबर्ग, इंग्लैंड चले गए थे, अब्बा ने आगरा में और बाद में अलीगढ़ यूनिवर्सिटी में ही पढ़ाई की। हालाँकि वह कभी भी विदेश नहीं गए लेकिन पश्चिमी पहनावे को लेकर उनकी पसन्द लाजवाब होती थी जिसे देखकर लोग बहुत अचरज करते थे।

मामूजान हद दर्ज़े के खुले दिलवाले थे लेकिन कभी-कभी अनजान लोगों के साथ उनका बर्ताव काफ़ी सख़्त होता था और अक्सर चिढ़ाने में वह निर्दयी तक हो जाते थे जबकि अब्बा पूरी तरह से सज्जन आदमी थे और अपने किसी भी काम में किसी के साथ अन्याय नहीं कर सकते थे। स्कूल में अपनी अंग्रेज़ अध्यापिकाओं से मिली ट्रेनिंग के अलावा अब्बाजान से मिली समय की पाबन्दी, ईमानदारी, सफ़ाई, इज़्ज़त और न्याय करने की तालीम का असर मुझ पर ज़िन्दगी-भर रहा।

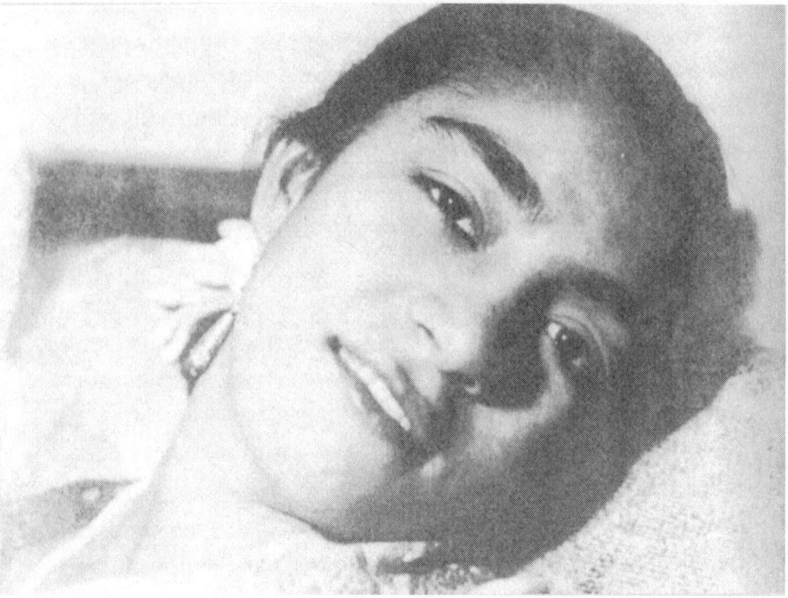

ज़ोहरा मुमताज़, तेल अवीव, 1936

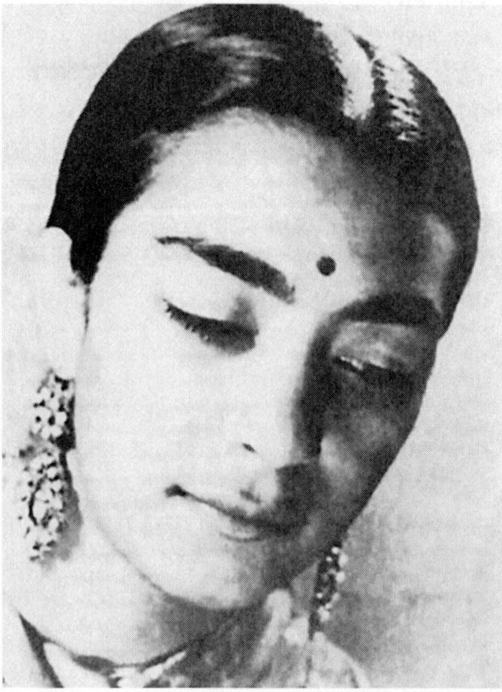

ज़ोहरा मुमताज़, बुदापेस्ट, 1937

4

1935–1938
उदय शंकर बैले कम्पनी

मेरी ज़िन्दगी के सबसे सार्थक और मस्ती-भरे दौर में से एक की शुरुआत अब हुई। उदय शंकर उनके तरीक़े का डांस सीखने की मेरी योग्यता को देखकर हैरत में थे। डांस सिखाने का काम ज़्यादातर उनकी फ्रेंच साथी सिमकी ही करती थी। उन्होंने मुझे बहुत धैर्य के साथ डांस सिखाया। हालाँकि समय बहुत कम था, इसके बावजूद वह केवल ग्यारह दिन में मुझे बारह डांस सिखाने में कामयाब रही।

तैयारियों के बीच नए ख़ूबसूरत कपड़े और गहने पहनने के उत्साह और रोमांच के बीच जब तक मैं अपने आसपास की चीज़ों को कुछ समझ पाती हमारा शो शुरू होने का दिन आ गया। मैं ज़िन्दगी में पहली बार एक सचमुच के मंच पर उतरी, वह दिन था 8 अगस्त, 1935 और जगह थी कलकत्ता का सबसे लोकप्रिय थिएटर 'द न्यू एम्पायर'। उन दिनों उदय शंकर एक स्विस मूर्तिकार मिस एलिस बोनेर के साथ साझेदारी में डांस कम्पनी चला रहे थे। मिस बोनेर ही वह महिला थीं जिन्होंने उम्र के तीसरे दशक के आख़िरी सालों में उदय शंकर के हुनर को खोजा, जब वह पेरिस के कैबरे हॉल में नाचा करते थे।

उन्होंने ही उदय शंकर को भारत लौटने और अपनी एक डांस मंडली बनाने के लिए हौसलाअफ़ज़ाई की। तब से ही मिस बोनेर उदय शंकर की मार्गदर्शक थीं। कम्पनी के कारोबारी मामलात के अलावा कलात्मक मसलों में मदद करने के साथ-साथ उदय शंकर के डांस के लिए कपड़े, गहने व अन्य चीज़ें बिल्कुल वास्तविक हों, इसकी जिम्मेदारी भी वही सँभालती थीं। बहरहाल, एलिस डांस से जुड़े इन तमाम मसलों को देखने में इस क़दर मसरूफ़ थीं कि उन्हें मंडली में शामिल हुई इस नई लड़की के बारे में ख़बर ही नहीं हुई। जब मैं जोड़ेदार डांस के लिए सिमकी के साथ मंच पर नमूदार हुई तो मिस एलिस के चेहरे पर हवाइयाँ उड़ने लगीं, "यह किस अकड़ी हुई लड़की को उठा लाए तुम?" पहले मध्यांतर में ही उसने उदय शंकर को पकड़कर सवाल किया। उनका यह कहना ग़लत भी नहीं था, भला ग्यारह दिन में एक बिल्कुल नए तरीक़े का डांस कौन सीख सकता था! लेकिन उनके पास मेरी जगह किसी और को लेने का समय ही नहीं था, इसलिए हम बर्मा, सिंगापुर और मलय प्रायद्वीप जाने के लिए निकल पड़े। यह डांस शो के लिए मेरा पहला

दौरा था। सिंगापुर के अलावा हमने रंगून, मॉलमें, क्वालालम्पुर में प्रदर्शन किए, और मंदाले और पेनांग घूमने गए।

यहाँ आकर मैंने एक भारतीय चेहरे पर विदेशी मेकअप लगाने की कला सीखी जिससे चेहरे के भाव-भंगिमाओं, जो कि हमारे डांस का एक अहम हिस्सा होती हैं, को उभारा जा सके। अपनी पोशाकों और गहनों की जिम्मेदारी सँभालना (सामान पैक करना और खोलना कलाकार का काम होता था, किसी और का नहीं), मंच का अनुशासन, समय की पाबन्दी और प्रदर्शन के दौरान लगभग धार्मिक-सा माहौल, दिन या रात में किसी भी समय रेल या नाव पकड़ने के लिए तैयार रहना, और कहीं भी किसी भी समय सोकर नींद पूरी करने का हुनर यह सारी बातें मैंने उदय शंकर की डांस कम्पनी में आकर सीखी।

कलाकार प्रदर्शन से कम से कम एक घंटा पहले थिएटर पहुँच जाते थे ताकि वो बाक़ी चीज़ें भुलाकर पूरी तरह डूबकर अभ्यास कर सकें। सबसे पहले रोज़ होनेवाले व्यायाम और उसके बाद डांस के मुश्किल हिस्सों का अभ्यास किया जाता था जिससे कलाकार पूरे आत्मविश्वास के साथ मंच पर उतरता था। इसमें कोई शक नहीं कि इस तरह मंडली के साथ सफ़र करना जीने का सबसे मस्ती-भरा तरीक़ा होता है। आपके खाने और रहने से जुड़ी तमाम परेशानियों का जिम्मा कोई और सँभालता है। आपके पास छोटी-मोटी सुख-सुविधाओं पर ख़र्च करने, घूमने और घरवालों के लिए तोहफ़े ख़रीदने-भर के लिए काफ़ी पैसे होते हैं और शाम को आप वह काम करते हुए गुज़ारते हैं जिससे आपको ख़ुशी मिलती है।

कला के लिहाज़ से हमारी मंडली का यह विदेश दौरा काफ़ी सफल रहा लेकिन कारोबारी नज़र से यह उतना फ़ायदेमन्द नहीं रहा, इसलिए हमें अपने तय समय से काफ़ी पहले सितम्बर में ही भारत वापस लौटना पड़ा। यहाँ आकर सभी लोग कुछ दिनों की छुट्टी के लिए अपने-अपने रास्ते हो लिये। हमें अक्टूबर में बॉम्बे में फिर से मिलना था जिससे मध्य-पूर्व और यूरोप के अगले दौरे के लिए तैयारियाँ शुरू की जा सकें।

हम जनवरी 1936 में बॉम्बे से एस.एस. ब्रिटानिया नाम के जहाज़ में रवाना हुए। एडन में उतरने के बाद फिलिस्तीन, सीरिया, इराक़, मिस्त्र, ग्रीस, बाल्कान राज्य, चेकोस्लोवाकिया, इटली और स्विटज़रलैंड का दौरा करते हुए आख़िरकार अप्रैल में पेरिस पहुँचे। पिछले चार महीनों के लगातार सफ़र की थकान उतारने के लिए हम कुछ दिन वहाँ रुके। मई में अपने सफ़र को जारी रखते हुए हम इंग्लैंड की ओर बढ़े। हम डार्टिंगटन हॉल, डेवोन पहुँचे, यहाँ से हमारे लिए कड़ी मेहनत के एक और दौर की शुरुआत हुई।

इस बार लन्दन के बारे में मेरी राय पिछली दोनों बार से बिल्कुल उलट रही। हमारे मेज़बान श्री और श्रीमती एलम्हिरस्ट और उनकी ख़ूबसूरत बेटी बिएट्रिस स्ट्रैट (वह उस समय अमेरिका की जानी-मानी अदाकारा थी) ने हमारी जमकर ख़ातिरदारी की, हमारी कोई ख़्वाहिश ऐसी नहीं रही जो उन्होंने पूरी न की हो। हमारी पूरी मंडली बच्चों के एक स्कूल में ठहरी हुई थी जो छुट्टियाँ होने की वजह से ख़ाली पड़ा था। स्कूल में बच्चों के छोटे कुर्सी-मेज़ और बिस्तरों को इस्तेमाल करते हुए हम ख़ुद को 'गोल्डीलॉक्स एंड थ्री बेयर्स' कहानी के पात्रों जैसा महसूस करते थे। 'दादा' ने, उदय शंकर को प्यार से सब लोग इसी नाम से पुकारते थे, अमेरिका के आगामी दौरे के लिए कई सारे डांस का एक पूरा सेट

1937 में अमेरिका दौरे के समय उदय शंकर बैले का पोस्टर

ज़ोरेश डांस इंस्टीट्यूट, लाहौर की प्रस्तुतियाँ

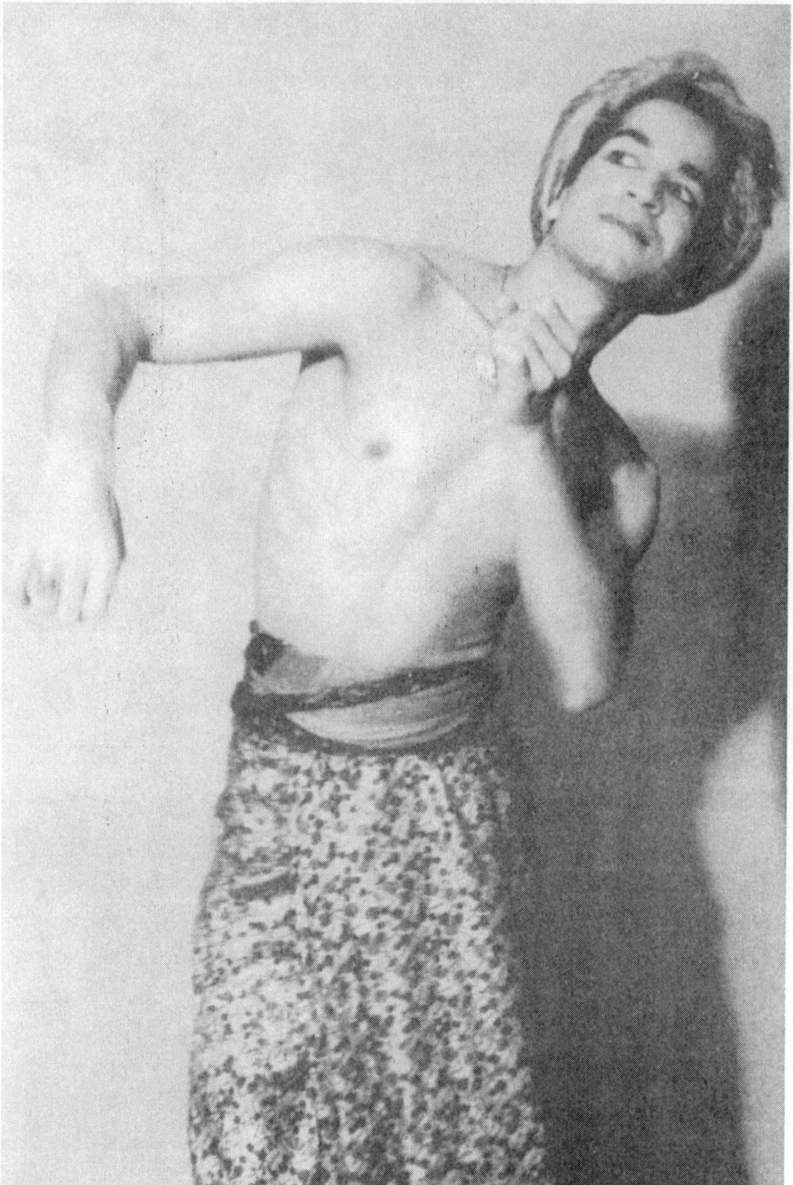

कामेश्वर सहगल

उदय शंकर बैले के शो 'द हार्वेस्ट डांस', 1937 का पोस्टर।
(बाएँ से दाएँ) सिमकी, ज़ोहरा, रोबू, माधवन, नागेन, शिशिर

तैयार किया। सबसे नए और बेशकीमती सदस्य के तौर पर मशहूर सरोदवादक उस्ताद अल्लाउद्दीन ख़ान साहब उन्हीं दिनों हमारी मंडली में शामिल हुए थे। यही दौर था जब रवि शंकर ने, जो उन दिनों कम उम्र के नौजवान थे, उस्ताद से तालीम लेनी शुरू की। आगे चलकर उस्ताद और शागिर्द का यह रिश्ता ससुर और दामाद में तब्दील हो गया था। बेशक यह डर्टिंग्टन हॉल के लिए सबसे सुनहरा समय था।

मशहूर रूसी अदाकार, मिशेल चेखव यहीं एक दूसरी इमारत में रहकर स्तानिस्लावस्की द्वारा विकसित नई नाट्य-शैली के मुताबिक़ अपने कलाकारों को प्रशिक्षित कर रहे थे। स्तानिस्लावस्की मॉस्को आर्ट थिएटर में पहले उनके साथ काम कर चुके थे। मिशेल, अंतोन चेखव के भतीजे थे। अपने कलाकारों को सिखाते हुए मीशा को देखना ख़ुद मेरे लिए बहुत फ़ायदेमन्द साबित हुआ, पहले तो अल्मोड़ा में शंकर केन्द्र के लिए 1939 में पाठ्यक्रम तैयार करने में और दूसरा अदाकारा के तौर पर अपने कैरियर में। बार्न थिएटर में मिशेल चेखव के इस बहुत दिलचस्प और जोशीले प्रशिक्षण के अलावा 'द ग्रीन टेबल' के लिए मशहूर जर्मन बैले डांसर अपने डांस कलाकारों को रेडवर्थ में नाच के गुर सिखा रहे थे। रेडवर्थ की इमारत बहुत साल पहले एक धनवान आदमी सिंगर ने इसाडोरा डंकन के लिए बनवाई थी। अब यह इमारत डर्टिंग्टन हॉल एस्टेट का ही एक हिस्सा थी।

मेरी छोटी बहन उज़्रा भारत से आकर हमारे साथ शामिल हो चुकी थी। हम पाँच बहनों में केवल वही एक सुन्दर थी। हालाँकि उससे छोटी वाली बहन अमीना भी युवावस्था में काफ़ी आकर्षक थी लेकिन बड़ी-बड़ी भूरी आखों और शानदार बदन वाली उज़्रा ख़ूबसूरती के मामले में हमेशा ही हमारे घर की शान रही। सुन्दर होने के साथ बहुत ही मासूम और नरम मिज़ाज होने की वजह से सभी लोग उसे पसन्द करते थे। हम दोनों हर मामले में एक-दूसरे से बिल्कुल उलटे थे। लोग अक्सर मुझसे पूछते थे क्या सचमुच में हम सगी बहनें हैं। ज़ाहिर सी बात है ऐसे सवालों से मुझे बहुत कोफ़्त होती थी!

एक बहुत ही प्रतिभाशाली युवा कथकली डांसर माधवन नायर को भी हमारी मंडली में शामिल किया गया था। तो इस तरह छह महीने के अभ्यास (पहले जूनियर स्कूल और बाद में रेडवर्थ में) के बाद और बिल्कुल नई प्रस्तुतियों के साथ हम लोग दिसम्बर, 1936 में एस.एस. लाफायेत्ते नाम के जहाज़ से अमेरिका के लिए रवाना हुए।

लन्दन छोड़ने से पहले हमने गेयटी और सेवॉय में एक सत्र किया। उस समय से जुड़ी दो घटनाएँ मुझे अच्छी तरह याद हैं। पहली तो बीबीसी के लिए किए गए डांस के एक कार्यक्रम की जिसके लिए हमारे चेहरों पर बहुत बुरे से दिखते हरे-नीले रंग के ग्रीस पेंट से मेकअप किया गया था। दूसरी, जब लॉर्ड लिनलिथगॉ, जो उस समय भारत में वायसरॉय थे, हमसे मिलने मंच के पीछे आए। दरअसल वायसरॉय मेरे अंकल सर अब्दुस्समद, जिन्हें उनके दोस्त मैकडफ कहकर पुकारते थे, के दोस्त थे। उस दौरान क्योंकि वह लन्दन में थे, उन्होंने मैकडफ की भतीजियों से मिलने का फ़ैसला किया। उज़्रा और मुझे उनके सामने पेश किया गया। "और यह किसकी भतीजी है?" सिमकी की ओर इशारा करते हुए वायसरॉय ने पूछा। अब भला उन्हें कैसे अन्दाज़ा होता कि डांस में पार्वती की भूमिका निभानेवाली, बिल्कुल हिन्दुस्तानी दिखनेवाली यह लड़की खालिस फ्रेंच है।

ख़ैर, वायसरॉय के दल में शामिल सर फिरोज़ ख़ान नून ने सिमकी को उस उलझन से उबारने के लिहाज़ से कहा, ''यह मेरी भतीजी है!'' झेंप की वजह से सिमकी का चेहरा लाल हो गया जिससे वो और भी ख़ूबसूरत दिखने लगी थी।

अमेरिका! ज़्यादा हंगामा, ज़्यादा जोश और ज़्यादा तेजी...हर प्रदर्शन के बाद जनता का उत्साह देखने लायक़ होता था। गुलदस्ते, स्वागत और इंटरव्यू! सब जगह बात फैल गई कि मुमताज़ बहनें एक भारतीय रियासत की राजकुमारियाँ हैं, और सच पूछिए तो मैंने भी उन अफ़वाहों को रोकने की कोई कोशिश नहीं की। यहाँ तक कि एक पार्टी में लेखिका पर्ल बक ने अपना उपन्यास 'द गुड अर्थ' भेंट किया जिस पर लिखा था–'राजकुमारी ज़ोहरा और उज़रा के लिए'।

इससे मुझे एक और वाक़या याद आया जो काफ़ी पहले मिस्र में एक पत्रकार बैठक के दौरान हुआ। एक पत्रकार राजसी ख़ानदान की एक औरत से बात करने के विचार से इतना रोमांचित हो गया कि वह मेरे कंधे पर झुककर भारी आवाज़ में फ़ुसफ़ुसाते हुए बोला, ''आपके इत्र की ख़ुशबू से ही मैं कह सकता हूँ कि आप राजकुमारी हैं।'' उसकी बात सुनकर मेरे दिल में जो हँसी फूट रही थी वो अचानक ही आह में बदल गई जब मुझे यह अहसास हुआ कि मुझे रिझाने की कोशिश में अनजाने में ही उन महाशय की जलती सिगरेट मेरी बाँह में दब गई थी!

हालाँकि अमेरिका में मिल रही बेशुमार तारीफ़ें और ग्लैमर का जादू एक नशे की तरह था, इसके बावजूद हम सबसे ज़्यादा ख़ुश तब होते थे जब केवल हम चार लोग शंकर, सिमकी, उज़रा और मैं इस सब शोर-शराबे से चुपचाप बाहर निकल कर किसी छोटे-से कैफ़े में चले जाते या सिनेमा देखने चले जाते थे।

हमने न्यूयॉर्क की बर्फ़ीली ठंड, शिकागो (जहाँ ज़मीन स्थैतिकी की वजह से इतनी चार्ज़ थी कि हर बार किराया देते वक़्त टैक्सीवाले से हाथ छू जाने पर बिजली का झटका लगता था!), बोस्टन और फिलाडेल्फिया में प्रदर्शन किए। दो महीने बाद फरवरी, 1937 में हम एस.एस. पेरिस से लन्दन वापस लौटे। यह सफ़र मेरा पहला अनुभव था जब मैंने देखा कि लोग किस तरह से आपके पीछे पागल होते हैं, आप जो भी कहते हैं उस पर भरोसा करते हैं, उस ज़मीन को चूमने को तैयार रहते हैं जिस पर आप क़दम रखते हैं। यह सब इसलिए क्योंकि आप शंकर नाम के भगवान सरीखे व्यक्तित्व का एक छोटा सा हिस्सा हैं, जिसे अमेरिकी अथाह प्यार और इज़्ज़त देते थे।

लन्दन से हम बहुत बार यूरोप गए, वहाँ से हम बीच-बीच में डर्टिंग्टन हॉल लौट आते थे। मार्च से जून 1937 के बीच हमने बेल्जियम, हॉलैंड, डेनमार्क, पोलैंड, स्विट्ज़रलैंड, इटली, हंगरी और फ्रांस का दौरा किया। जुलाई में हमने तय कार्यक्रम ख़त्म कर लिया था। दादा के पास नई डांस प्रस्तुतियों के लिए और योजनाएँ थीं इसलिए हमने हैंपस्टेड में ब्रायन हाउस नाम की एक जगह किराए पर ले ली। अगस्त से लेकर नवम्बर तक मंडली के सभी कलाकार ब्रायन हाउस और उसके नज़दीक के एक दूसरे घर में रहे।

दिसम्बर, 1937 में हम अमेरिका के अपने दूसरे सफ़र के लिए एस.एस. नोरमंडी से रवाना हुए, चार महीने बाद मार्च में एले डि फ्रांस से हमारी वापसी हुई। हमारा यह दौरा काफ़ी

बड़ा था, अमेरिकियों के शब्दों में कहें तो यह 'एक छोर से दूसरे छोर' तक का सफ़र था। हमने न्यूयॉर्क और सैन फ्रांसिस्को के बीच पड़नेवाले तमाम बड़े शहरों के अलावा पूरे कनाडा का दौरा किया।

हॉलीवुड में हम बेसिल राथबोन, लुइस रेनर, लेविस स्टोन, फ्रैंकोट टोन, मार्गरेट ओ'सुलिवन, मिकी रूनी, वॉल्ट डिज़नी जैसी बहुत-सी मशहूर हस्तियों से मिले। बहरहाल, मौजमस्ती का यह दौर जब तक चला हमने ख़ूब मज़ा किया और यह बहुत ही जोशीला अनुभव रहा लेकिन उससे बाहर आते ही मुझे बहुत ही राहत का अहसास होता था। मुझे नहीं लगता कि मैं कभी न्यूयॉर्क या शिकागो जैसे शहरों में थोड़े भी समय के लिए रह सकती हूँ क्योंकि वहाँ ज़िन्दगी की रफ़्तार मेरे मिज़ाज के लिहाज़ से बहुत तेज़ है।

उस दौरे की एक बात मुझे याद आ रही है। एक प्रशंसक शो के बाद हमसे मिलने की कोशिश में मंच के पीछे आया। उसने मिस मुमताज़ के लिए पूछा, अब क्योंकि मैं और उज़रा एक ही ड्रेसिंग रूम में थे, तो हमारे हाजिरजवाब दरबान ने तुरन्त पूछा, "कौन सी मिस मुमताज़, वो जिनकी आँखें बड़ी हैं या जिनके कूल्हे बड़े हैं?" जैसा कि मैंने पहले भी कहा था कि उज़रा की आँखें बहुत ख़ूबसूरत थीं जबकि मेरे शरीर पर बरसी नियामत पिछले हिस्से की बरकत बनकर रह गई! लन्दन वापस लौटने के बाद शंकर बैले के पास फ़िलहाल आगे के लिए कोई कार्यक्रम नहीं था, इसलिए मंडली के ज़्यादातर कलाकार इधर-उधर हो गए। सिमकी अपनी बहुत ही प्यारी माँ से मिलने पेरिस जा रही थी और मंडली के बाक़ी डांसर और संगीतकार वापस इंडिया जा रहे थे।

5

1938–1943
दूसरी वापसी

दादा पिछले कुछ समय से बाली जाने के बारे में सोच रहे थे। जब उन्होंने मुझे भी साथ ले जाने की मंज़ूरी दी तो मेरे लिए यह बहुत ही फ़ख़्र की बात थी। हम एस.एस. कोंटे रोसो से रवाना हुए, रास्ते में पोर्ट्स ऑफ़ सइद, एडन, बॉम्बे, कोलम्बो और सिंगापुर रुकते हुए आख़िरकार जकार्ता पहुँचे। यहाँ हमने वहाँ के राजकुमार और राजकुमारी को शाही दरबार में ख़ास तरीक़े से किए जानेवाले डांस करते देखा। यह प्रदर्शन डांस के चुनिन्दा जानकार दर्शकों के लिए ही था। जावा में धीमी गति वाले डांस की ख़ास तकनीक, नपी-तुली चाल और कलाइयों और पैरों में अचानक फड़फड़ाहट की सी तेजी उसे काफ़ी कुछ जापानी डांस का सा रूप देते हैं। ख़ास तौर पर उनका तलवार डांस जो कि पारम्परिक समुराई तौर-तरीक़ों से जुड़े होने का इशारा करता है। इन दोनों तरीक़ों के डांस में बहुत ही नपे-तुले तरीक़े से हाथ-पाँव घुमाने होते हैं, साथ में कलाकारों के चेहरों पर कोई भाव नहीं होता।

हमें बहुत सारे कठपुतली शो देखने भी ले जाया गया। यहाँ कठपुतलियों की चालढाल बिल्कुल इनसानों जैसी होती थी जिसे देखकर यक़ीन करना मुश्किल होता था कि वो सिर्फ़ गुड़ियाँ हैं जिन्हें कलाकार उनके शरीर के जोड़ों पर बँधी डंडियों के ज़रिए नचा रहा है। पर्दे पर साये की तरह नज़र आनेवाली इन कठपुतलियों को चमड़े पर काफ़ी नक़्क़ाशीदार तरीक़े से उकेर कर बनाया जाता है। आकार बन जाने के बाद उन्हें बहुत मेहनत से अलग-अलग रंगों से सजाया जाता है जिस पर सुनहरे रंग की किनारी की जाती है। हालाँकि कठपुतलियों के चमकीले रंग शो देखनेवालों को नज़र नहीं आते लेकिन गुड़िया बनानेवाले फ़नकार अपनी ख़ुशी के लिए उन्हें रंगों से सजाते हैं।

जावा का एक साधारण खाना भी बहुत ही लम्बा-चौड़ा मसला होता है जिसमें कम से कम 20 तरीक़े की चीज़ें शामिल होती है। हर चीज़ लाने के लिए अलग बैरा होता है। ऐसे में होता यह है कि होटल में हर मेहमान के आगे लड़कों की एक लाइन सी लग जाती है। सफेद कपड़े पहने और सिर पर रंग-बिरंगे स्कार्फ़ बाँधे इन लड़कों को देखकर लगता है जैसे पूजा का कोई विधि-विधान पूरा किया जा रहा हो। हम लोग यहाँ बाटिक के काम को देखकर जैसे पागल ही हो गए थे, ख़ूबसूरत रंगों के ऐसे शानदार जोड़ और इतनी क़िस्में कि बस!

हालाँकि भारत और दूसरे देशों में बाटिक प्रिंटिंग अब बहुत आम हो गई है लेकिन उन दिनों यह बहुत ही ख़ास मानी जाती थी।

और उसके बाद बाली–ख़ुशियों और ख़ूबसूरती से भरा द्वीप। हमने होटल डेनपासर में कमरे लिये लेकिन बाद में समुद्र तट पर बनी एक झोंपड़ी में रहने चले गए। दरअसल अगर आप बाली में हैं तो समुद्र के रेतीले किनारों से बच ही नहीं सकते क्योंकि यह इतना छोटा–सा द्वीप है कि एक दिन में कार से इसका पूरा चक्कर लगाया जा सकता है। हमारी झोंपड़ी में कोई दरवाज़ा नहीं था क्योंकि बाली में चोर ही नहीं होते थे, कम से कम 1938 के दौरान तो वे वहाँ नहीं थे। मीलों दूर तक केवल साफ़ सफ़ेद रेत जो द्वीप के बीच जाते–जाते नारियल के पेड़ों की छाया से ढक जाती है। जहाँ तक यहाँ रहनेवाले लोगों का सवाल है तो वो इस दुनिया के सबसे सुन्दर और गरिमा से भरे लोग हैं! यहाँ के पुरुष छोटे और फुर्तीले होते हैं और बहुत ही सुन्दर कद–काठी वाली यहाँ की औरतें कमर तक कोई कपड़ा नहीं पहनतीं।

यहाँ हर वक़्त कोई न कोई डांस होता रहता था। जवान, कुँवारी लड़कियाँ गामालोंग और बाँसुरी की धुन पर हवा में लहराती लम्बी घास की तरह लचकती थीं। बाँसुरी और दूसरे स्थानीय साज़ों का ऑर्केस्ट्रा सबकी मदद से चलता था। हर गाँव के पास ऐसा एक ऑर्केस्ट्रा होता है और साज़ ख़रीदने के लिए पैसा गाँववाले मिल–जुलकर देते हैं। गाँव में जब कोई आदमी अपना काम ख़त्म कर लेता है तो वह समूह के साथ बजाने की अपनी बारी पूरी करने आ जाता है। यहाँ पर कुछ डांस अकेले और कुछ जोड़े में किए जाते हैं जिसमें लड़के और लड़कियाँ रामायण की कोई कहानी पेश करते हैं। उनकी ये कहानियाँ भारत की मूल रामायण से थोड़ी अलग होती हैं क्योंकि उनमें उनकी परम्पराओं के मुताबिक़ कुछ बदलाव किए गए होते हैं।

यहाँ कठपुतली डांस, मुखौटा डांस और समूह डांस होते हैं जिसमें लगभग 50 से 60 तक लड़के–लड़कियाँ हिस्सा लेते हैं। ये डांस बहुत धीमी गति वाले होते हैं। लड़कियाँ कमर में एक बड़ा रुमालनुमा कपड़ा, जिसे सरोंग कहा जाता है, बाँधती हैं जो बहुत ही रंगबिरंगा होता है। लेकिन सबसे दिलचस्प होती है उनके सिर पर बँधी मुकुटनुमा चीज़। इसे बहुत ही पतले तार से आधे गोले के आकार में बनाया जाता है। पतले तारों के बीच छोटे–छोटे नाज़ुक आभूषण होते हैं जो गर्दन के हल्का सा घूमने पर ही बहुत धीरे से कँपकँपाते से लगते हैं। मुँदी–सी आँखोंवाली इन ख़ूबसूरत लड़कियों के सर पर सजा तारों का यह ताज़ उन्हें परियों–सा ख़ूबसूरत बना देता है। लड़के अपने सिर पर चमकदार रंगों वाले स्कॉर्फ बाँधते हैं और अपने कानों में गुड़हल के सुर्ख फूल अटकाते हैं। केवल जवान और कुँवारी लड़कियाँ ही धार्मिक और विधि–विधान से जुड़े डांस में हिस्सा ले सकती हैं। बड़े होने के बाद या तो वे निजी तौर पर अपने घरों में डांस कर सकती हैं या फिर 'सेक्स डांस' में हिस्सा ले सकती हैं, जो बहुत ही भाव–मुखर होने के बावजूद बिल्कुल अश्लील नहीं लगता। बाली के लोग हमेशा हँसते नज़र आते हैं ख़ासतौर पर किसी के अन्तिम संस्कार पर, जो कि त्योहार की तरह मनाया जाता है। शव–यात्रा में पूरा गाँव शामिल होता है और सब लोग देर तक गाते–बजाते और नाचते रहते हैं।

बाली के खाने में हर तरह के गिरीदार फल बहुतायत में होते हैं, ख़ूब मसालेदार तीखी करी और चावल यहाँ का मुख्य खाना है। यहाँ रहनेवाले लगभग सारे लोग सड़कों पर लगी दुकानों पर ही खाना खाते हैं, यहाँ घर पर खाना बनाने जैसी कोई परम्परा नहीं है। इस द्वीप पर रहनेवाले लोग पैदायशी फ़नकार होते हैं, यहाँ का कोई भी आदमी आपके देखते-देखते लकड़ी के किसी टुकड़े पर शानदार नक़्क़ाशी कर कोई कलाकृति तैयार कर देगा। उनका हँसी-मज़ाक़ करने का बोध बहुत ही बढ़िया होता है और इसका इस्तेमाल वह अपने कठपुतली शो को और मनोरंजक बनाने में करते हैं। ये लोग हमेशा एक-दूसरे की टाँग-खिंचाई करने के लिए तैयार रहते हैं। बाली ख़ुशमिज़ाज और अद्‌भुत गरिमा से भरे लोगों का देश है।

बाली में लड़कियाँ छह साल की उम्र से डांस सीखती हैं। उन्हें एक ख़ास तरीक़े से छाया के ज़रिए डांस सिखाया जाता है। बड़ी लड़कियाँ पर्दे के पीछे खड़ी होकर छोटी लड़कियों के हाथ पकड़ती हैं और उनके साथ-साथ नाचते हुए हाथ और पाँव घुमाने के तरीक़े सिखाती हैं। पूजावाले डांस में पुजारी मुद्राओं के साथ मंत्रों का उच्चारण करते हैं। सामूहिक डांस की सबसे नाटकीय शैली होती है 'क्रिस' डांस, जिसमें घुमावदार धार वाले चाक़ू का इस्तेमाल किया जाता है। इसकी शुरुआत एक अच्छी आत्मा बारोंग के अवतरण के साथ होती है। इस ड्रैगन जैसे दिखने वाले प्राणी की भूमिका दो डांसर निभाते हैं जो इसका आगे और पीछे का हिस्सा बनते हैं वैसे ही जैसे सर्कस में दो कलाकार घोड़ा बनकर दिखाते हैं। ड्रैगन के अगले हिस्सेवाला डांसर एक बहुत बड़ा रंग-बिरंगा भयानक दिखता मुखौटा पहनता है जो घने सफेद बालों और दाढ़ी से घिरा होता है। यह उसे सामान्य से बड़े आकार के पेकिंगीज (छोटे कद के कुत्ते की एक प्रजाति जिसका पूरा शरीर और चेहरा बालों से ढका होता है) का सा हुलिया देता है। और यह पात्र उछल-कूद भी छोटे पिल्ले की जैसी ही करता है। नंगे बदन युवकों का एक समूह, जो इस डांस के सबसे चहेते कलाकार होते हैं बारोंग के साथ मौज-मस्ती करते हैं। डांस के इस हिस्से को देखकर दर्शक हँस-हँसकर लोट-पोट हो जाते हैं। अन्त में एक डायन रांगाडा अच्छी आत्मा बारोंग पर जबरदस्त हमला करती है। बारोंग और डांसर के बीच चल रहे हँसी-मजाक के बाद अब लड़ाई का माहौल बन जाता है। कलाकार बारोंग को बुरी आत्मा से बचाने के लिए लड़ते हैं। ढोल और मजीरों से लड़ाई में और जोश बढ़ता है और जलती अगरबत्तियों से निकलता धुआँ दर्शकों के रोमांच को और बढ़ाने में मदद करता है। तनाव अपने चरम पर पहुँच जाता है। तभी अचानक एक युवक अपना नश्तर ख़ुद को चुभा देता है और उसके मुँह से दिल दहलानेवाली चीख निकलती है। आसपास की दुनिया से बेपरवाह लाल घूरती आँखों के साथ बाक़ी कलाकार भी एक-एक करके ख़ुद को मारते रहते हैं। रांगाडा के ग़ायब होने तक यही सब होता रहता है। सारे युवक एक के बाद एक ज़मीन पर गिरते हैं। यह देखकर यक़ीन नहीं होता कि इतने तेज़ नश्तर चुभने के बावजूद डांसर के बदन से एक क़तरा ख़ून तक नहीं निकलता।

बाली से मामा को लिखी गई मेरी एक चिट्ठी—

मार्फत मिस मैंक्स
कोएटा बीच
कोएटा, बाली
22 जून, 1938

प्रिय मेमफिस,

आपको चिट्ठी लिखे काफ़ी अरसा हो गया। मैं ज़्यादा से ज़्यादा बातें जमा कर रही थी जिनके बारे में मैं आपको लिख सकूँ। आपको शायद अब तक मेरा पोस्टकार्ड मिल गया होगा, जो मैंने बाली पहुँचने के तुरन्त बाद डेनपासर से भेजा था। उसके बाद हम ऊपर लिखे पते वाली जगह पर रहने लगे हैं। पता देखकर आपको शायद ऐसा लगेगा कि यह टोरक्वे या ब्राइटन जैसी किसी जगह पर एक पुराने क़िस्म के सीलन भरे बोर्डिंग हाउसनुमा कोई जगह होगी। वैसे सच पूछो तो यह कमोबेश बोर्डिंग हाउस जैसी ही जगह है और मिस मैंक्स भी अंग्रेज़ ही हैं लेकिन उनसे मिलकर आपको ऐसा लगेगा नहीं!

वह छोटे क़द की गदबदे बदनवाली तीस साल से अधिक उम्र की हैं, चश्मा पहनती हैं और उनके कन्धों तक पहुँचते गहरे काले बाल और मोटी बिखरी हुई जुल्फ़ें। उसने हमें बताया कि किसी एक राजा ने उसके बाल काले रँगवा दिए क्योंकि उनके वास्तविक लाल रंग के बालों को देखकर गाँव के बच्चे डरते थे! स्कॉटिश मूल की होने की वजह से उनकी बोलचाल के लहज़े में ज़रूर वहाँ का असर रहा होगा, उन्होंने अपनी युवावस्था अमेरिका में बिताई और पिछले पाँच साल से बाली में रह रही हैं जहाँ वह मलय और ऊँचे-नीचे सुर की बाली भाषा के अलावा कुछ नहीं बोलतीं। अब आप समझ ही गए होंगे कि भाषाओं के इस घालमेल के साथ मिस मैंक्स 'मैंक्सी' अपने मेहमानों के साथ कैसे बातचीत करती होंगी।

मिस्टर ओल्ड्स, एक अंग्रेज़ जो यहाँ ठहरे हुए हैं, और मुझे मिस मैंक्स के हावभाव की नक़ल करने में बहुत मज़ा आता है, जैसे "फलाँ...फलाँ...के पिता..." वग़ैरह। पहले दिन डेनपासर में हमारे होटल में जब वह आईं तो हम सब चौंके थे, "अरे ये कौन डायन आ गई?" उसने कहा कि वह भी एक कलाकार थी और अगर हम उसके ठिकाने पर मेहमान बनेंगे, ज़ाहिर तौर पर मुफ़्त में, तो वह ख़ुद को सम्मानित महसूस करेगी। हम मुस्कराए और उसके वहाँ न रुक पाने के लिए माफ़ी माँगी लेकिन वादा किया कि उस रात का खाना हम उनके साथ ही खाएँगे। यहाँ पहुँचने पर हमने स्थानीय तरीक़े से बाँस से बने चार ख़ूबसूरत बँगले देखे और मिस्टर ओल्ड्स से मुलाक़ात की, जो उस समय यहाँ ठहरे हुए एकमात्र मेहमान थे। खाना डेनपासर से बहुत अच्छा था और सारी जगह बहुत साफ़ और व्यवस्थित थी। फिर हमने सोचा, यह भी तो होटल ही है और यहाँ आकर ठहरने का फ़ैसला किया। यह हमारे पुराने होटल के मुक़ाबले बहुत सस्ता है और बहुत ही सुन्दर जगह पर है...यहाँ कभी भी ऐसा नहीं लगता कि आप होटल में हैं!

पूरा एक बँगला हमारे पास है जिसमें अपना टॉयलेट और बाथरूम है। सामने शानदार समुद्री किनारा है जो मीलों दूर तक पसरा हुआ है। हमने किराए पर साइकिलें लीं और समुद्र के किनारे-किनारे इसकी सवारी का मज़ा लिया और सुबह समुद्र में नहाये। बाक़ी का पूरा दिन अलग-अलग रीति-रिवाज़, डांस और नाटक देखने के लिए गाँव-गाँव का सफ़र करने में बीतता है। अब तक हम दो धार्मिक पूजाएँ, एक दाँत भरने की पूजा, एक मन्दिर भोज और कुँवारियों का डांस, दो क्रिस डांस जिसमें कलाकार बेख़बर से होकर ख़ुद को चाकू मारते हैं, एक व्यान क्लोंग यानी रामलीला पर आधारित डांस, एक व्यान वोंग यानी छाया नाटक, दो बन्दर डांस जिसमें लंका-दहन दिखाया जाता है, तीन छेड़छाड़ वाले डांस, तीन जांग्यास जो आधुनिक क़िस्म के लोकप्रिय लोकनृत्य हैं, तीन काबियार एकल डांस, दो लेगोंग या लड़कियों का जोड़ीदार डांस और एक बोएबा-बोएबा यानी सात लड़कियों द्वारा किया जानेवाला समूह डांस देख चुके हैं।

यह सभी डांस तकनीक और स्तर के लिहाज़ से एक-दूसरे से अलग हैं लेकिन सबकी अपनी कलात्मक ख़ूबसूरती और आकर्षण है। बाली के लोग इतने कलात्मक माहौल में पलते-बढ़ते हैं कि वो गोबर के एक ढेर को भी आगरा के क़िले की तरह ख़ूबसूरत बना सकते हैं! उन्हें बस एक नारियल का पेड़, एक केले का पेड़ और एक बाँस का पेड़ दे दीजिए, ये लोग उनसे सबसे शानदार पोशाकें, सबसे नाज़ुक जेवर और सबसे दिलचस्प और भव्य स्टेज, ऑर्केस्ट्रा, पेंटिंग, एक पूरा घर बनाकर रख देंगे, ये सारी चीज़ें बस ऊपर लिखे पेड़ों भर से! यहाँ चारों प्रमुख जातियाँ रहती हैं, लेकिन ख़ासतौर पर आम देहाती और उनके राजा ही होते हैं, जो भारत के औसत स्तर के धनी ज़मींदार के बराबर ही होते हैं। लेकिन अगर आप यहाँ की सबसे सामान्य देहाती लड़की को भी नाचते देख लेंगे तो कभी यक़ीन नहीं करेंगे कि वो राजकुमारी के अलावा कुछ और भी हो सकती है, उसकी हर अदा की नफ़ासत और उसके शरीर की हर लोच का अन्दाज़ होता ही ऐसा शाही है।

27 जून

यहाँ तक आने में मुझे कुछ समय लग गया! मुझे आपकी और उज़रा की 2 जून और 28 मई को लिखी दोनों चिट्ठियाँ मिलीं। उन्हें पाकर मुझे बहुत ही अच्छा लगा क्योंकि जावा और बाली पहुँचने के बाद मुझे मिली ये पहली चिट्ठियाँ थीं, और मैं सोच रही थी कि पता नहीं आपको मेरी चिट्ठियाँ मिली भी या नहीं। बहरहाल, चिट्ठियों के लिए शुक्रिया। 'प्रौढ़ शिक्षा' में आपकी कामयाबी के बारे में जानकर मुझे बहुत ख़ुशी हुई है (मेरे मामा जी ने अनपढ़ लोगों को पढ़ाने के लिए एक ख़ास तरीक़ा तैयार किया था)। डिक्टा ने मुझे आपकी चिट्ठी का वह हिस्सा दिखाया जिसमें आपने गिनती सिखाने का तरीक़ा समझाया था। यह बहुत ही दिलचस्प लगता है और क्योंकि मैंने उदय को भी इस बारे में बताया है, हम दोनों ही ख़ुद आपसे इस बारे में सुनने के लिए उत्सुक हैं। औसतन हर दिन में 12 मेहमान! बाप रे! ये बिल्कुल आपके मुताबिक़

है! बहरहाल, मुझे जलन नहीं होनी चाहिए क्योंकि जल्दी ही मैं भी उनमें से एक होऊँगी, हालाँकि उम्मीद है कि जोनाह न होऊँ तेरहवाँ!!!

हाल ही में उदय को अपने भाई की चिट्ठी मिली जिसमें लिखा है कि उनके नाना जी को गिरने से आँख में चोट आ गई थी। अस्सी के आसपास उम्र वाले यह बुर्जुगवार पहले ही डायरिया से परेशान थे, उस पर उनके गाँव नसरतपुर में इलाज की कोई सुविधा न होने की वजह से 12 जून को उनकी मौत हो गई। उसने लिखा है कि उनका सबसे छोटा भाई रोबू (रवि शंकर) भी बुख़ार में पड़ा है। वह हमेशा ही कमज़ोर बच्चा रहा है और पिछली बार भारत रुकने के दौरान उसे टायफॉइड हो गया था। उसने अपना ज़्यादातर समय यूरोप में बिताया है और अब तक भारत की गरमी बर्दाश्त कर पाने लायक नहीं हुआ है। ज़ाहिर सी बात है कि उदय बहुत परेशान है। मैंने कल अब्बाजान को जल्दबाज़ी में एक चिट्ठी लिखकर कहा है कि अगर वह मसूरी जाकर नहीं रह सकते तो रोबू को तब तक माजरा में ही रहने के लिए बुला लें, जब तक कि उदय वापस आकर उसे अपने साथ अल्मोड़ा या किसी और पहाड़ी जगह पर नहीं ले जाते, जिससे वह बनारस के बीमार माहौल से कम से कम सबसे गरम मौसम से तो दूर रह सके। इसके साथ एक दूसरी मुश्किल भी सामने है (मौजूदा उदय शंकर बैले कम्पनी को ख़त्म करके एक सांस्कृतिक केन्द्र शुरू करने से जुड़ी क़ानूनी पेचीदगियाँ)...उदय परेशान है कि जब सब कुछ जमता हुआ दिख रहा था तभी यह सब मुसीबतें शुरू होनी थीं।

और अब कल ही उसे बिएट्रिस का एक टेलीग्राम मिला है कि "और मुश्किलें, अभी कुछ नहीं कहा, समझाने के लिए चिट्ठी भेजी है" अब पता नहीं लन्दन में वकीलों के हाथ और क्या लग गया है! कम्पनी 1941 तक के लिए पेरिस में पंजीकृत है, जिसका मतलब है कि समझौते के तहत उदय को तब तक मंडली के साथ दौरे करने पड़ेंगे। उसके बाद ही वह अपना सांस्कृतिक केन्द्र खोल सकते हैं। बहरहाल, मैं यह सब कुछ आपको इसलिए बता रही हूँ कि अपने नाना जी की मौत और इन क़ानूनी मुश्किलों की वजह से उदय जल्दी से जल्दी भारत वापस लौटना चाहते हैं। इसलिए हम अपना यह दौरा तय समय से ठीक एक महीना पहले ही ख़त्म करेंगे। हम बाली से वीरवार 30 जून को रवाना होकर पहली जुलाई को सुराबाया पहुँचेंगे, वहाँ से सीधा डोकजाकार्ता और सोल जाकर बोरूबुदुर देखेंगे। बटाविया से 6 जुलाई को एस.एस. सलामत से चलकर 8 जुलाई को सिंगापुर पहुँचेंगे। सिंगापुर से 9 जुलाई को एस.एस. तिलावा से रवाना होकर 19 जुलाई को कलकत्ता पहुँचेंगे। मैं अमीना से मिलने शान्तिनिकेतन जाना चाहती हूँ और फिर आपके पास, मेरे प्रिय! मैं कलकत्ता से अपने पहुँचने के दिन और सही समय के बारे में टेलीग्राम करूँगी। अगर आपको यह चिट्ठी सही समय पर मिल जाती है तो दूसरी चिट्ठी के लिए थॉमस कुक-सिंगापुर या थॉमस कुक-कलकत्ता सबसे अच्छा रहेगा। मैंने आपका गर्मजोशी भरा सलाम उदय तक पहुँचा दिया है और बदले में उन्होंने मुझे बहुत इज़्ज़त-भरा सलाम और जल्दी ही मुलाक़ात की ख़्वाहिश आप तक पहुँचाने को कहा है। नसरीन और

माजरा में सबको मेरा प्यार। मैं 19 जुलाई को कलकत्ता में भाईजान से मुलाक़ात होने की उम्मीद कर रही थी लेकिन अगर वह एक महीने के लिए देहरादून आ रहे हैं तो मुझे नहीं लगता कि मैं उनसे मिल सकूँगी।

मेरे प्यार का सबसे बड़ा हिस्सा आपके लिए,

आपकी प्यारी ज़ोहर की ओर से

हम लोग 16 जुलाई को कलकत्ता वापस पहुँचे और वहाँ पन्द्रह दिन बिताने के बाद मैं अब्बाजान के पास सीधे देहरादून चली गई। कलकत्ता छोड़ने से पहले मैं और उदय दुनिया-भर में मशहूर कवि रवीन्द्रनाथ टैगोर से मिलने शान्तिनिकेतन गए, मैं अपनी छोटी बहन अमीना से भी मिली जो उस वक़्त वहाँ पढ़ रही थी। दादा रवीन्द्रनाथ टैगोर को बहुत सालों से जानते थे और दोनों ही एक-दूसरे के लिए काफ़ी इज़्ज़त और मुहब्बत रखते थे।

अब्बाजान ने देहरादून में शहर से लगभग पाँच मील दूर माजरा नाम की जगह पर एक छोटा-सा घर बना लिया था, यह जगह बासमती चावलों के लिए मशहूर थी। मेरी सारी बहनें मुझसे मिलने के लिए यहाँ आईं। वो सब बाली के अलावा यूरोप और अमेरिका के दौरों के क़िस्से सुनने को बेताब थीं। अब आगे क्या करोगी ? उनका सवाल होता। आगे की योजनाओं पर काम पहले ही शुरू हो चुका था।

दादा पिछले कुछ समय से अपनी कलाकार मंडली के लिए एक स्थायी जगह बनाना चाह रहे थे, साथ ही वह एक स्कूल भी शुरू करना चाहते थे जहाँ वह अपनी ख़ास डांस शैली पर काम कर सकें। स्कूल की योजना और उसे बनाने में मदद करने के लिए जल्दी ही बिएट्रिस स्ट्रेट आनेवाली थीं, इस स्कूल के लिए उसके माता-पिता एल्मग्रांट ट्रस्ट-डार्टिंग्टन हॉल के ज़रिए 20,000 पाउंड दान में दे रहे थे। दादा के देहरादून आते ही हम राजपुर के आसपास जगहें ढूँढ़ने लगे। उदय शंकर के सबसे बड़े चाहनेवाले होने के नाते मेरे मामाजी ज़मीन मालिकों के साथ मोलभाव करने में पूरी मदद कर रहे थे।

बिएट्रिस के आने पर हमने उसे स्कूल बनाने के लिहाज़ से कुछ चुनी हुई जगहें दिखाईं लेकिन उसने कहा कि उसके दोस्त श्री और श्रीमती बोशी सेन ने कहा है कि उदय इस बारे में आख़िरी फ़ैसला करने से पहले एक बार अल्मोड़ा भी देख लें। बोशी सेन एक मशहूर बंगाली वैज्ञानिक थे जिन्होंने एक अमेरिकी इतिहासकार गेरट्रूड इमरसन सेन से शादी की थी। वे कई साल पहले अल्मोड़ा में रामकृष्ण मिशन के नज़दीक ही बस गए थे। मिशन से वे बहुत श्रद्धाभाव से जुड़े हुए थे। तो शरद की एक सुहानी सुबह बिएट्रिस, दादा और मैं देहरादून से बाहर निकलकर बरेली-काठगोदाम रास्ते से होते हुए कुमाऊँ की वादियों में पहुँच गए। रानीखेत होते हुए हम अल्मोड़ा पहुँचे। अल्मोड़ा को देखते ही हमें उससे प्यार हो गया। ऐसा लगता था जैसे बाहर की दुनिया से इसका कोई नाता ही न हो। शहरी जीवन से मीलों दूर,

बहुत कम आबादी वाला, पुराने ज़माने के जैसे सीधे-सादे लोगों वाली यह जगह ख़ुद में सिमटी हुई सी थी।

हालाँकि रानीखेत इस इलाक़े का सबसे ख़ूबसूरत शहर था लेकिन अल्मोड़ा का अपना एक शान्त आकर्षण था। एक तो मुख्य रास्तों से इतनी दूर पड़ने के कारण यह सैलानियों की भीड़-भाड़ से बिल्कुल अछूता था। दूसरा यह कुछ नीचे की पहाड़ियों पर बसा था जिसकी वजह से जाड़ों में यह रानीखेत के मुक़ाबले गरम लेकिन मैदानी इलाक़ों से काफ़ी ठंडा रहता था। हालाँकि नंदा देवी और नंगा पर्वत की बर्फ़ से ढँकी चोटियों को देखने के लिए अल्मोड़ा के ऊँचाई वाले हिस्सों पर जाना पड़ता था लेकिन शानदार कैलाश पर्वत शहर के लगभग हर हिस्से से दिखाई देता था, यह शहर के माथे पर मुकुट के जैसा सजता था। हम कई दिनों तक यहाँ की शान्त दिनचर्या का मज़ा लेते हुए घूमते रहे, आख़िरकार दादा ने फ़ैसला किया कि यही वह जगह है जहाँ वो अपने सपने को सच बनाने का काम करेंगे।

अल्मोड़ा में पंत, पांडे और जोशियों के परिवार गण्यमान्य नागरिकों में शामिल थे जिनकी आपस में रिश्तेदारियाँ होती थीं। शंकर ने उन्हीं लोगों से रानीधारा इलाक़े में सात-आठ घर किराए पर लिये। ये सारे घर आपस में जुड़े हुए थे (कुमाऊँ में इस तरह के घरों को बाखली कहा जाता है)। इन्हीं घरों में उदय शंकर सांस्कृतिक केन्द्र खोला गया। इन घरों के अलावा उदय शंकर ने लकड़ी का एक बहुत बड़ा हॉल अलग से बनवाया। इसकी एक पूरी दीवार पर शीशा जड़ा था। यह खुला कमरा बैठक और मुख्य कक्षाओं के लिए इस्तेमाल होता था। इसी हाल के एक हिस्से को भारी पर्दों से ढककर मंच भी बनाया जा सकता था, बाक़ी बची जगह पर देखनेवाले ज़मीन पर बैठते थे। यह स्टूडियो एक ढलान पर बना था, जिसके लिए पहाड़ी के एक हिस्से को खोदकर समतल बनाया गया था। इस तरह से बने होने के कारण इसमें मुख्य हॉल के अलावा क्लासों और ड्रेसिंगरूम के लिए छोटे कमरों के लिए भी जगह निकल आई थी। अपने विशालकाय आकार, सादगी और उपयोगिता के लिहाज़ से यह बहुत ख़ास तरह की इमारत लगती थी। आसपास के पहाड़ी इलाक़ों के लोग डांस प्रशिक्षण देखने के अलावा केवल इस इमारत को देखने के लिए भी आते थे।

रानीधारा में बने घर सांस्कृतिक केन्द्र के रूप में अस्थायी अड्डे का काम कर रहे थे। यह व्यवस्था केन्द्र के लिए कोई पक्का बन्दोबस्त होने तक के लिए की गई थी। उस समय कुमाऊँ के डिप्टी कमिश्नर श्री धरमवीर थे, उन्हीं की मदद से उदय और राज्यपाल साहब के बीच मुलाक़ात तय हो सकी थी। एक यादगार दिन को दादा, बिएट्रिस और मैं नैनीताल गए। उन दिनों उत्तर प्रदेश के राज्यपाल का कार्यालय गरमियों में नैनीताल आ जाता था। हमने राज्यपाल गोविन्द बल्लभ पन्त जी से मुलाक़ात की जो ख़ुद भी अल्मोड़ा के एक पहाड़ी थे। उन्होंने दादा की अल्मोड़ा में एक सांस्कृतिक केन्द्र खोलने की योजना बहुत दिलचस्पी के साथ सुनी। जब सारी बातें हो गईं तो उन्होंने केन्द्र के लिए सिमतोला (अल्मोड़ा का एक बहुत ही ख़ूबसूरत और हरियाली से भरपूर इलाक़ा) में लगभग 94 एकड़ जगह देने का ऐलान किया।

उस समय तक दादा फिर से अपने दोनों छोटे भाइयों राजेंद्र शंकर और देबेन्द्र शंकर के साथ मिल गए थे। ये दोनों ही मेरे शामिल होने से ठीक पहले 1935 में मंडली छोड़ चुके थे। इसी वजह से ये दोनों मलय प्रायद्वीप, मध्यपूर्व, यूरोप और अमेरिका के दौरों में हमारे साथ नहीं थे। मंडली के सभी सदस्यों को बुलावा भेजा गया। सिमकी, उज़रा और सारे संगीतकारों के साथ–साथ कुछ नए लोग भी, जिनमें अमला नन्दी भी शामिल थी, हमारे पास पहुँच गए। अमला शुरुआती शंकर मंडली में डांसर थी, जिसका शो मैंने ड्रेसडेन में देखा था। उस समय काउंटेस ज़ेडविट्ज़ उसकी ख़ूबसूरती से बहुत ही प्रभावित हुई थीं और उसकी तारीफ़ करते नहीं थकती थीं। अमला ने कुछ साल पहले ही मंडली छोड़ दी थी और अपनी माँ की तबीयत ख़राब होने की वजह से भारत लौट आई थी। दक्षिण से दो बहुत ही होनहार बहनें लक्ष्मी और सरस्वती शास्त्री भी मंडली में शामिल हो गईं। अपनी बेटियों के नज़दीक रह सकें इसलिए उनके माता–पिता भी अल्मोड़ा रहने आ रहे थे। उसी दौरान शास्त्रीय नृत्य के तीन मशहूर अध्यापक गुरु शंकरन नम्बूदिरी जो कथकली डांसर थे, भरतनाट्यम के गुरु कांडपा पिल्लई जो बाला सरस्वती के गुरु थे और मणिपुर के प्रमुख डांस अध्यापक गुरु अमोबी सिंह भी केन्द्र के स्टाफ में शामिल हुए। इनके अलावा उस्ताद अल्लाउद्दीन ख़ान संगीत विभाग का भार सँभाल रहे थे, उनके बेटे अली अकबर ख़ान और रवि शंकर उनके सहायक थे। हालाँकि मंडली के संगीत निर्देशक अब भी विष्णुदास शिराली ही थे और गाना सिखाते थे। सिमकी और मैं बतौर अध्यापक ख़ास उनके तरीक़े का डांस सिखाने में दादा की मदद करते थे। मुझे केन्द्र में पाँच साल के कोर्स का पाठ्यक्रम तैयार करने का जिम्मा सौंपा गया। यहाँ पर मेरी विगमैन के दौरान मिली ट्रेनिंग बहुत काम आई। मैं ख़ुशी से फूल कर कुप्पा हो गई जब एक दिन दादा ने मुझसे कहा कि वह कुछ गुर लेने के लिए अक्सर मुझे पढ़ाते हुए देखते हैं।

उनकी अपनी क्लास बहुत शानदार होती थी। ऐसा लगता था जैसे किसी कलाकार की सालों की कल्पनाएँ ज़मीन पर क़दम रख रही हों। दादा अचानक ही अपनी कला के बारे में अपने सिद्धान्तों को समझा पा रहे थे। वो अपने सपनों को ज़मीनी रूप देकर उसे सामने ला रहे थे। पिछले लगभग दस सालों से उन्होंने कला के हर क्षेत्र में हो रहे बेहतरीन काम देखे थे, उन्हें पूर्व और पश्चिमी देशों की शानदार कला देखने के अवसर मिले थे। ऐसा लगता था कि वह सब धीरे–धीरे रिसकर उनके अवचेतन मन में जम गया था। यहाँ दादा को उन सब देखी–सुनी चीज़ों को अपनी ख़ास शैली के डांस के साथ जोड़कर कुछ नया रचने को मिल रहा था (मिशेल चेखव ने उनके काम को बेपनाह इज़्ज़त बख्शते हुए उन्हें मास्टर यूँ ही नहीं कहा)। दादा का मानना था कि एक बार कलाकार अगर उनके तरीक़े का डांस पूरी तरह से सीख लेता है तो वह किसी भी डांस की कोई सी भी तकनीक बहुत आसानी से सीख सकता है क्योंकि उनके तरीक़े में अभिनय और डांस की सारी मूलभूत ट्रेनिंग शामिल थी। उन्होंने कलाकारों के लिए शारीरिक व्यायाम का पूरा एक सेट तैयार किया था। यह उनके सालों तक अपने मंडली के कलाकारों को सिखाने के अनुभव के आधार पर तैयार किया

गया था। दादा ने ख़ुद किसी भी तरह का डांस सीखने के लिए कोई औपचारिक शिक्षा नहीं ली थी, सिवाय कथकली की कुछ ताल और मुद्राओं के, जो उन्होंने 1935 के दौरे से पहले गुरु शंकरन नम्बूदिरी से सीखे थे। उदय ने व्यायाम का जो सेट तैयार किया था उसका उद्देश्य शरीर को पूरी तरह से आराम पहुँचाने के अलावा कलाकार को छरहरा बने रहने में मदद करना था। इससे डांसर अपने शरीर को पूरी तरह से नियंत्रण में रख सकते थे और वह लचीला ही बना रहता था।

दादा का मानना था कि एक कलाकार के लिए सबसे अहम है कि वह डांस करने की कोशिश करने से पहले ढंग से चलना सीखे। उसकी चाल आत्मविश्वास से भरी हो, सधी हुई हो और उसके चलने में एक लय होनी चाहिए। इसलिए रोज़ सारे विद्यार्थी और मंडली के सभी सदस्य गैंडे की खाल से बने विशालकाय ड्रम की ताल पर बड़े से स्टूडियो हॉल के चारों ओर एक घंटे तक चलने का अभ्यास करते थे। लयदार चाल धीरे-धीरे सरल तरीक़े के नाच में बदलने के बाद फिर से सामान्य चाल में लौट आती थी। यह अभ्यास अकेले, जोड़ों में और समूह में तब तक किया जाता था जब तक कि विद्यार्थी बिना हिचकिचाहट के दर्शकों का सामना करने और मंच के बड़े हिस्से को अपने क़दमों की चाल से भरने के लिए पूरी तरह तैयार न हो जाएँ। चलने के इस अभ्यास के साथ हमेशा कुछ नया प्रयोग किया जाता था जिससे विद्यार्थियों में उत्सुकता बनी रहे कि अगले क़दम पर उसे क्या करना है। ऐसे में उन विद्यार्थियों के पकड़े जाने की सम्भावना बढ़ जाती थी जो पूरे मन से अभ्यास नहीं कर रहे होते थे!

दादा की आँखें ऐसे विद्यार्थियों को भाँपने के लिए चील की जैसी तेज़ थीं और वह मनोवैज्ञानिक की तरह लोगों को परखने की क्षमता रखते थे। शाम को वह एक ख़ास तरह की क्लास लेते थे जिसमें विद्यार्थियों को दी गई लय और संगीत को आधार बना कर उसी समय कुछ नई चीज़ तैयार करनी होती थी। कभी-कभी उसमें सिर्फ़ स्वाँग होते थे, दादा इस बात पर बहुत शिद्दत से यक़ीन करते थे कि एक डांसर को अच्छा अभिनय करना भी आना चाहिए और एक अभिनेता को डांस आना ज़रूरी है। वास्तव में भारत के सभी तरह के शास्त्रीय डांस में स्वाँग यानी अभिनय एक अहम हिस्सा होता है।

केन्द्र में विद्यार्थी उदय शंकर शैली के डांस के अलावा तीन तरह के शास्त्रीय कथकली, भरतनाट्यम और मणिपुरी डांस भी सीखते थे। समूह के सदस्य हम लोगों को भी यह सिखाया जाता था। यहाँ ओडिसी डांस नहीं सिखाया जाता था क्योंकि यह उत्तर भारत में इतना प्रचलित नहीं था, हालाँकि उड़ीसा के मन्दिरों में यह अब भी मौजूद है। कत्थक डांस भी केन्द्र के पाठ्यक्रम में शामिल नहीं था क्योंकि उदय शंकर को यह डांस पसन्द नहीं था, उन्हें तवायफ़ों से जुड़े होने के कारण यह डांस नापसन्द था। महीने में एक बार विद्यार्थी ख़ुद एक कॉन्सर्ट तैयार करते थे। इनमें कुछ बहुत मज़ाकिया स्वाँग और नक़ल उतारने के अलावा कभी-कभी डांस के बहुत शानदार टुकड़े भी सामने आते थे। नरेन्द्र शर्मा का क्रेन डांस और कामेश्वर सहगल का कठपुतली डांस उन्हीं में शामिल थे।

स्कूल औपचारिक रूप से मार्च 1939 में खुला था। उससे पहले हमने बहुत से नए कार्यक्रम तैयार किए और 1938-39 की सर्दियों में पूरे भारत का एक बहुत ही सफल दौरा

किया। इसी दौरे के लिए उदय शंकर ने अपना पहला पूरा बैले 'द रिद्म ऑफ़ लाइफ' तैयार किया। हालाँकि उदय पहले भी छोटे-छोटे बैले तैयार कर चुके थे जिसमें उनकी मंडली के सभी कलाकारों ने हिस्सा लिया था जैसे कि उनके बनाए दो 'शिवा' बैले, लेकिन ये कमोबेश समूह में किए गए अभिनय-डांस ही थे। 'द रिद्म ऑफ़ लाइफ' एक बिल्कुल नया प्रयोग था जिसमें मौजूदा दौर से जुड़े मुद्दे को दिखाया गया था। अब तक सारे हिन्दुस्तानी डांस पौराणिक कहानियों पर आधारित होते थे या ज़्यादा से ज़्यादा कविताओं या साहित्यिक रचनाओं का मंचीय प्रदर्शन भर होते थे। उदय शंकर के इस बैले ने व्यक्तिगत भावनाओं को प्रतीकों के ज़रिए सामाजिक मुद्दे के साथ पिरोकर पेश करने की एक नई शुरुआत की।

एक जवान लड़के की आँखों में बसे सपने को इस बैले का विषय बनाकर पेश किया गया था। एक हताश युवा एक भटकन के बाद अपने गाँव वापस लौटता है, लेकिन यहाँ उसका मन दोस्तों के साथ मौजमस्ती करने में नहीं लगता। ज़िन्दगी की नाइंसाफ़ी के बारे में सोचते-सोचते वह ज़मीन पर गिर पड़ता है और उसे नींद आ जाती है। गाँववालों द्वारा गाया जा रहा लोकगीत मंत्रोच्चार में बदल जाता है और भगवान शिव उस आदमी के सामने प्रकट होते हैं, पीछे-पीछे स्वर्ग की अप्सराएँ आती हैं। उसके बाद मंच पर अजीबोग़रीब दृश्य सामने आने लगते हैं। नंगी तलवारें लेकर लड़ रहे सैनिकों की जगह एक रहस्यमयी दिखनेवाली बला की ख़ूबसूरत औरत उसके सामने आ जाती है। वह आदमी उस औरत की ख़ूबसूरती देखकर पागल हो उठता है, लेकिन जैसे ही वह उसे अपनी बाँहों में पकड़ना चाहता है वो ग़ायब हो जाती है और पीछे छूट जाती हैं उसका मज़ाक उड़ाती हुई हँसी की आवाज़ें। अब जैसे ही वह नाच-गा रहे गाँववालों के पास जाता है वो सब ग़ायब हो जाते हैं और उनके बदले एक मोटा ज़मींदार सामने होता है जो उससे कर्ज़ा वसूलने के लिए उसे बेरहमी से मारता है। अचानक बहुत से मरते हुए लोग उसके नज़दीक पड़े दिखाई देते हैं। उनकी आत्माएँ उसे भी अपने साथ एक ऐसी जगह चलने के लिए कहती हैं जहाँ से कोई वापस नहीं आता। जैसे ही वह बिना कुछ सोचे-समझे सम्मोहित सा उनके पीछे चलने के लिए तैयार होता है उसके अपने घर-गाँव के लोग उसके सामने आ जाते हैं और उसे अपना नेता बनाकर उसके हाथ में देश का झंडा पकड़ा देते हैं। शायद यही वो काम था जिसकी उसे तलाश थी जो वह अब तक विचारों की उलझन की वजह से समझ नहीं सका था। अब वह पूरे विश्वास के साथ जानता है कि उसे जीवन में क्या भूमिका निभानी है और वह अपने लोगों को सुपरमैन के पास ले जाता है और उसे उन लोगों की दुख-तक़लीफ़ें बताता है। इसका नतीजा यह निकलता है कि लोगों में देश के प्रति जागरूकता की भावना पैदा होती है, हालाँकि जो जल्दी ही मौक़ापरस्ती, भ्रष्टाचार और पाखंड की वजह से एक बार फिर दबने लगती है। यहाँ एक बार फिर सुपरमैन लोगों को जगाने का काम करता है। अब जनता एक बार फिर खड़ी हो उठती है और अपने देश को आज़ाद कराने की मुहिम के लिए एकजुट होती है। बैले का नायक यह आदमी जवान लड़के-लड़कियों के जुलूस के आगे-आगे चलकर लोगों में जोश भरने के लिए देशभक्ति का एक गाना गाता है, "आज़ादी का दिन नज़दीक है। आगे बढ़ो, भाई, आगे बढ़ो!" जब यह आदमी नींद से जागता है तो अपने अजीब से सपने के बारे में सोचता है, लेकिन उसका दिल उम्मीद और साहस से लबलबा उठता है।

यह उन दिनों में देश की हालत के बारे में अपने एहसास ज़ाहिर करने का उदय शंकर का अपना तरीक़ा था। उन्होंने सुपरमैन के रूप में गांधी को दिखाकर उनके प्रति अपनी श्रद्धा ज़ाहिर की थी। इंडियन नेशनल कांग्रेस के उद्देश्यों और उनकी उपलब्धियों की प्रशंसा करने के साथ उनके आन्दोलन की कुछ ख़ामियों की ओर भी इस बैले में इशारा किया गया था। कहने की ज़रूरत नहीं कि उदय शंकर का यह बैले पूरे दशक की सबसे ज़्यादा लोकप्रिय रचना रहा। यहाँ तक कि शंकर के सबसे कट्टर आलोचकों ने भी उनकी तारीफ़ के राग अलापते हुए उन्हें प्रतिभाशाली कहना शुरू कर दिया। देश भर में बच्चे-बूढ़े हर कोई इस बैले को देखने थिएटर में उमड़ पड़ते थे, क्योंकि इसमें आम जनता की बुरी दशा के साथ हालात में सुधार न होने के प्रति उनके आक्रोश को भी दिखाया गया था।

विष्णुदास शिराली ने बैले के लिए बहुत ही उम्दा संगीत तैयार किया था जो विषय को ख़ूबसूरती के साथ उभारने में कामयाब रहा। इसके लिए उन्होंने पारंपरिक शास्त्रीय तार वाले साज़ों के साथ-साथ घंटों, मजीरों, ज़ाइलोफ़ोन, कई तरह की बाँसुरियों और थाप वाले साज़ों (तबला वग़ैरह) का बहुत शानदार इस्तेमाल किया। हालाँकि यह शास्त्रीय संगीत के ताल, लय और राग के नियमों से बँधा हुआ संगीत था लेकिन इसमें लोकसंगीत और शास्त्रीय संगीत में इस्तेमाल होनेवाले साज़ों के मिले-जुले इस्तेमाल की वजह से यह काफ़ी आधुनिक भी था। अलग-अलग क़िस्म के साज़ों को एक साथ इस्तेमाल करने का ऐसा प्रयोग पहले कभी नहीं किया गया था। पूरा ऑर्केस्ट्रा मंच के पीछे एक काले रंग के जालीदार पर्दे के पीछे बैठता था जो दर्शकों को तो नज़र नहीं आता था लेकिन संगीतकार मंच पर क्या चल रहा है, उसे देखकर सही समय पर सही संगीत दे सकते थे। ऑर्केस्ट्रा को मंच पर इस तरह से बैठाना भी एक नया प्रयोग था।

मार्च 1939 में जब स्कूल खुला तो इसमें लगभग दस छात्रों ने दाख़िला लिया। उस ज़माने में माँ-बाप नाच-गाने को अच्छा नहीं समझते थे, इसलिए उनमें से ज़्यादातर छात्र वज़ीफ़े पर थे। लेकिन जैसे-जैसे साल बीतते गए और अपने दूसरे बैले 'लेबर एंड मशीनरी' (आदमी पर मशीन की हुकूमत के विषय पर आधारित) के साथ हमारे देश भर के दौरे के बाद सांस्कृतिक केन्द्र काफ़ी मशहूर हो गया। देश-भर से बड़े-बड़े इज़्ज़तदार घरानों से डांसर अल्मोड़ा केन्द्र में आए जबकि यहाँ पहुँचना आसान नहीं था। उस समय केन्द्र में आनेवाले लोगों में श्रीमती विजयालक्ष्मी पंडित की दो बेटियाँ भी शामिल थीं। हम लोग अध्यापकों और कॉलेज जानेवाले छात्रों के लिए गरमियों में छोटे कोर्स भी करवाते थे, जो हमारे मुख्य कोर्स में शामिल नहीं हो सकते थे। अपने ख़ूबसूरत पहाड़ों, सुर्ख़ लाल बुराँश के फूलों, छुईमुई के हल्के पीले रंगों की बहार और बढ़िया मौसम के साथ अल्मोड़ा सचमुच एक बहुत रूमानी जगह थी। इस रूमानी माहौल में हमारे बीच कई सारे जीवन भर के रिश्ते बने और हमारे दल के ज़्यादातर लोगों की शादियाँ उन्हीं रिश्तों का परिणाम रहीं। दादा ने अमला नंदी से शादी की, सिमकी की शादी प्रभात गांगुली से हुई, राजेंद्र शंकर ने लक्ष्मी शास्त्री का हाथ थामा, देबेन्द्र शंकर की डोर कृष्णा के साथ बँधी, रवि शंकर ने उस्ताद जी की बेटी अन्नपूर्णा से नाता जोड़ा और मैंने कामेश्वर सहगल से शादी की।

6

1943–1945
प्यार, शादी और एक बार फिर लाहौर

'सहगल' (पहले बैच के छात्र उसे यही कहकर बुलाते थे) के लिए मेरी चाहत की शुरुआत हँसी–मज़ाक को लेकर उसकी जबरदस्त समझ की वजह से हुई। हर महीने के अन्त में केन्द्र में होनेवाले छोटे–से कॉन्सर्ट में उसका आइटम सबसे मज़ाकिया होता था जिसमें वह सबसे ज़्यादा हँसोड़ की भूमिका निभाता था। बाद में मुझे पता चला कि वह बहुत ही प्रतिभाशाली पेंटर भी था। उसने एक चित्र बनाया था जिसमें बर्मा शैली की झोंपड़ियों की छतों के लिए उसने मशरूम जैसी दिखती फंगस को कागज़ पर चिपकाया था। सहगल की यह पेंटिंग मुझे बहुत पसन्द आई थी। धीरे-धीरे उसकी और बहुत सारी प्रतिभाएँ भी उभर कर सामने आईं। दादा डांस प्रदर्शनों के लिए मंच, पोशाक और बाक़ी चीज़ों के डिज़ाइन और उन्हें तैयार करने के लिए सहगल की मदद लेने लगे।

देश भर के दो दौरे ख़त्म करने के बाद दादा रामायण की कहानी पर आधारित एक छाया नाटक तैयार करना चाहते थे जिसका मंचन खुले में हो। इस महाकाव्य को दिखाने के लिए एक बड़ी सफ़ेद स्क्रीन तैयार की गई जिसे केन्द्र के पास एक पहाड़ी ढलान के नीचे एक खुले मंच के आगे आर–पार फैलाकर लगाया गया। मंच में पर्दे के पीछे बीचोंबीच बहुत तेज़ रोशनीवाला एकमात्र लैंप रखा गया, और कलाकार उसी की रोशनी में डांस करते थे जिनकी छाया बड़े पर्दे पर पड़ती थी। देखनेवाले लोग पर्दे के सामने पहाड़ी की ढलान पर बैठते थे। यह एक तरह से यूनानी थिएटर की तरह की व्यवस्था होती थी। इस शो के लिए कोई टिकट नहीं होता था। गाँव के लोग अगर चाहें तो कुछ अनाज़ वग़ैरह दे सकते थे। रामायण की कहानी में बन्दरों की भूमिका बहुत अहम थी, उन्होंने ही राम को सागर पार जाने और सीता को रावण के चंगुल से बचाने में मदद की थी। बन्दर की भूमिका कर रहे सभी कलाकारों को मुखौटे पहनाए गए थे, लेकिन रिहर्सल के दौरान ये सारे बन्दर एक-दूसरे से टकराने लगे क्योंकि मुखौटे पहने होने की वजह से उन्हें साफ़–साफ़ देखने और साँस लेने में भी दिक़्क़त होती थी।

कामेश्वर सहगल, 1940

सहगल ने इस्तेमाल किए जा रहे भारी-भरकम मुखौटों की जगह गत्ते के हल्के मुखौटे तैयार किए। सहगल का यह सहयोग इस छाया नाटक के लिए बहुत ही फ़ायदेमन्द साबित हुआ था। उसके बनाए मुखौटे आगे से खुले थे और गत्ते के दो टुकड़ों से बने थे। ये गत्ते मौजूदा मुखौटे के अगले और पिछले हिस्से की छाया के आकार में कटे थे और सही कोण पर एक-दूसरे से जोड़े गए थे। कलाकार का मुँह एक कोने से निकला रहता था जहाँ से वह आराम से देख और साँस ले सकता था और वह चाहे किसी भी दिशा में मुड़े, पर्दे पर असली मुखौटे की अगले या पिछले हिस्से की छाया दिखाई देती थी, जैसे उसने सचमुच मुखौटा पहना हुआ हो। 'बन्दर' और 'राक्षस' की भूमिका निभानेवाले कलाकारों के लिए ये मुखौटे वरदान की तरह थे क्योंकि ये पहले इस्तेमाल होनेवाले दक्षिण भारतीय मुखौटों के मुक़ाबले बहुत ही हल्के थे। इसमें न केवल समय की बचत होती थी बल्कि अगर कुछ बदलाव करना हो तो भी चिन्ता करने की कोई ज़रूरत नहीं थी। सहगल ने पैपये माशे (रद्दी कागज़ की गीली लुगदी बना के उससे चीज़ें बनाने की कला) से और भी बहुत तरह के मुखौटे तैयार किए थे, जिन्हें वह रँगता भी था। उनमें साँस न ले सकने या देख न पाने जैसी तक़लीफ़ होने का कोई सवाल ही नहीं था क्योंकि कलाकार उन्हें दिन की रोशनी में शहर में निकाले जानेवाले जुलूस के दौरान पहनते थे जो हम असली शो शुरू होने से पहले निकालते थे। सबसे मज़ेदार पोशाक कुम्भकरण की थी, रामायण का यह पात्र केवल खाता और सोता था।

आख़िरकार जब सब तैयारियाँ पूरी हो गईं और शो का मंचन हुआ यह बहुत ही कामयाब क़रार दिया गया। एकमात्र कमी जो मुझे लगी वह अमला और सरस्वती को राम और लक्ष्मण की भूमिका दिया जाना। दक्षिण भारतीय नैन-नक़्श और भरे बदनवाली अमला बहुत सुन्दर थी लेकिन उसके हाथ और पैर बहुत दुबले थे। सरस्वती काफ़ी होनहार डांसर थी लेकिन बिल्कुल कमसिन थी। राम का चरित्र हर तरीक़े से मज़बूती की माँग करता है और लक्ष्मण का जोश से भरा पात्र भी शक्तिशाली था जो ये दोनों लड़कियाँ दिखा पाने में नाकामयाब रहीं। मेरे ख़याल से उदय शंकर का रिश्ते का भाई सचिन, जो सुन्दर और अच्छी कद-काठी का था, राम के पात्र के लिए बिल्कुल उपयुक्त रहता और किसी और छात्र को लक्ष्मण की भूमिका दी जानी चाहिए थी।

बहरहाल, इस ख़ामी को छोड़ दिया जाए तो यह डांस-ड्रामा बहुत शानदार रचना थी, जिसमें कई सारे दृश्य अपनी ख़ूबसूरती से देखनेवालों को सम्मोहित सा कर देते थे। उदय शंकर जो काम सामान्य मंच पर नहीं कर सके वह उन्होंने सफ़ेद पर्दे पर काली छायाओं के ज़बर्दस्त प्रभाव के ज़रिए कर दिखाया था। बाद में वह अपने इस छाया-नाटक को देश के सभी शहरों में ले गए। यह पहला मौक़ा था जब उदय के किसी प्रदर्शन में केन्द्र की चारों कक्षाओं के छात्र-छात्राओं के साथ मंडली के कलाकारों ने भी हिस्सा लिया था। यह प्रदर्शन खुले मंच से होने के कारण आम जनता भारी संख्या में इसे देखने पहुँचती थी। इस डांस-ड्रामा ने उदय शंकर को तारीफ़ के साथ-साथ देश-भर में मशहूर कर दिया।

इस रामलीला के लिए मुखौटे बनाने के दौरान कामेश्वर और मुझे ज़्यादा समय तक साथ-साथ रहने का मौक़ा मिला। हमें दिन-भर की क्लास और रिहर्सल के बाद शाम को मुखौटे बनाने का काम पूरा करना होता था। शुरुआत में मैं बस उसकी क़ाबिलियत की ही

मुरीद थी, रचनात्मकता उसमें कूट-कूट कर भरी हुई थी और वह हर काम पूरी जिम्मेदारी के साथ पूरा करता था। हम लोग कहते थे कि अगर इसे विदेश में पढ़ने का मौक़ा मिला होता तो यह कमाल ही कर देता और बहुत कामयाब होता।

हम एक-दूसरे के साथ रहते कभी नहीं ऊबते थे। साथ में हमें पता ही नहीं चलता था कि शाम कब ढलकर देर रात में बदल गई। हमने एक-दूसरे के परिवारों के बारे में जाना, हमने जाना कि हमारा बचपन कितने अलग-अलग तरीक़े से बीता था, हम भविष्य की योजनाओं के बारे में बात करते थे। हमारी रोज़मर्रा की सामान्य बातें धीरे-धीरे आपसी बातों में बदलीं और हमारी दोस्ती प्यार में।

अध्यापिका और छात्र का इस तरह से घुलना-मिलना क्योंकि सामाजिक तौर पर ठीक नहीं माना जाता था इसलिए हम चोरी-छिपे मिलने लगे। हमने चाँद की तेज़ रोशनी में नहरों के किनारे और पहाड़ियों में इधर-उधर भटकते हुए कई रोमांचक रातें बिताईं। लगता था, अल्मोड़ा ही ऐसी जगह थी जहाँ चाँद प्रेमियों पर अपनी रोशनी इस तरह लुटाता था। इन्हीं दिनों एक बार छुट्टियों में हम अजन्ता और एलोरा गुफा देखने गए, वहाँ हम एक मस्जिद के नीचे एक चट्टान के अन्दर बने कमरों में से एक में रुके।

हालाँकि उस समय शादी करने का विचार मेरे दिमाग़ में दूर-दूर तक नहीं था। अब तक मैं शादी की तमाम पेशकशों को ठुकरा चुकी थी कि उससे मेरे कैरियर में अड़चन आएगी। वैसे भी, उस समय यह सोचना भी अजीब सा लग रहा था। जब कामेश्वर ने पहली बार मेरे सामने शादी का प्रस्ताव रखा तो मैंने हँसकर उसे चुप करा दिया। हम दोनों अलग-अलग धर्मों से थे और वह उम्र में मुझसे कई साल छोटा था। मैं कभी इस सम्भावना के बारे में सोच भी नहीं सकती थी। लेकिन कामेश्वर एक बार जो सोच लेता था, फिर दुनिया की ताक़त उसे उसके इरादों से डिगा नहीं सकती थी। उसकी ज़िद के आगे मुझे हारना पड़ा।

छुट्टियों में वह मेरे परिवार से मिला और इन्दौर के एक दौरे में मैं उसके परिवार से मिली, उसके बाद मैंने शादी का उसका प्रस्ताव मान लिया। शादी की तैयारियों के लिए हमने ख़ासतौर पर छुट्टियाँ लीं। शादी की ख़बर से मेरे मामा जी बहुत ख़ुश थे लेकिन अब्बाजान बहुत दुखी। जब हम उनसे मिलने देहरादून गए तो उन्होंने कहा कि वह शादी करने के मेरे इस फ़ैसले को समझते हैं लेकिन अपनी बेटी की एक हिन्दू से शादी की बात स्वीकार करना उनके लिए मुश्किल हो रहा है। उन्होंने कहा कि मैं इसके लिए ख़ुद को तैयार नहीं कर पा रहा हूँ। उनकी यह बात सुनकर कामेश्वर ने कहा कि वह धर्म बदलकर मुसलमान बनने के लिए तैयार है। "बिल्कुल नहीं," अब्बाजान ने ज़ोर से मना करते हुए कहा, "अगर ज़ोहरा हिन्दू बनेगी तो मुझे कैसा अहसास होगा? ज़रा अपने माँ-बाप के बारे में सोचो।" आख़िरकार उन्होंने शादी के लिए अपनी रज़ामन्दी दे दी, लेकिन उन्होंने गुज़ारिश की कि हम यह शादी देहरादून में न करें क्योंकि इससे उन्हें अपने मुसलमान दोस्तों के सामने शर्मिन्दगी का अहसास होगा।

मेरी बड़ी बहन हाजरा ने चिट्ठी लिखकर ज़ोर दिया कि हम इलाहाबाद में उसके घर पर शादी करें। इलाहाबाद राष्ट्रीय आन्दोलनों का केन्द्र था और वही एक ऐसा शहर था जहाँ हिन्दू-मुसलमान के बीच शादी के लिए किसी को भी अपना धर्म बदलने की ज़रूरत नहीं

थी। जब हम आगे के सफ़र के लिए अब्बाजान के घर से निकल रहे थे तो उन्होंने मेरे पास आकर पूछा कि क्या मैं चाहती हूँ कि वो हमारे साथ चलें। ''नहीं, अब्बाजान, आप पहले ही बहुत कर चुके हैं!'' बहते आँसुओं के साथ मैं बस इतना ही कह सकी थी, मैं जानती थी कि अपने इस फ़ैसले से मैंने उन्हें बड़ा दुख दिया है।

हम दोनों चूँकि अलग-अलग धर्मों के थे इसलिए हमारी शादी एक रजिस्ट्रार के द्वारा होनी थी। इसके लिए रजिस्ट्रार ने घर आकर क़ानूनी कार्यवाही पूरी की। यह दिन था 14 अगस्त, 1942 और समय था दोपहर का। हमें उस शाम पंडित जवाहरलाल नेहरू के घर पर रात के खाने पर बुलाया गया था, लेकिन 12 अगस्त को उनके गिरफ़्तार हो जाने की वजह से हमें उनका मेहमान बनने का सम्मान और ख़ुशी का मौक़ा नहीं मिल सका, साथ ही एक जोड़ा गलीचों का नुक़सान भी उठाना पड़ा। दरअसल बाद में मुझे पता चला था कि पंडित जी हमारी शादी के तोहफ़े के तौर पर ग़लीचे देनेवाले थे! यह दूसरे विश्वयुद्ध का समय था, भारत में अंग्रेज़ सरकार के ख़िलाफ़ असहयोग आन्दोलन चल रहा था और चारों ओर अफरा-तफरी का माहौल था। मेरी बहन के घर बनने का काम बस तब पूरा ही हुआ था। उन्होंने अपने घर से सड़क पार मौजूद एक बड़ा-सा घर किराए पर लिया था जो इंदिरा गांधी की सास का था। इस घर में बरातियों को ठहरना था लेकिन रेलों की गड़बड़ी के चलते सिर्फ़ एक को छोड़कर कामेश्वर के घर से कोई भी शादी में शामिल होने नहीं आ सका। दूल्हा-दुल्हन ने अपनी सुहागरात एक ख़ाली, ख़ूबसूरती से सजे चमचमाते नए घर में बिताई। उस घर में रह रहा दूसरा व्यक्ति बन्दू था। कामेश्वर की बहन का यह देवर इन्दौर से परेशानी भरे सफ़र का जोख़िम उठाकर शादी में शामिल हुआ था!

अगले दिन रॉयल होटल में होनेवाली बड़ी दावत का कार्यक्रम भी फीका रहा। बहुत थोड़े से मेहमान दावत के लिए पहुँचे और वो भी इतने घबराए हुए से थे और बार-बार मुड़कर देख रहे थे कि कहीं स्टैनगन लिये अमेरिकन जी.आई. किसी भी वक़्त आकर उन्हें बाहर न खदेड़ दे। सारे मेहमान शाम 7 बजे के कर्फ़्यू से बहुत पहले ही माफ़ी माँगते हुए अपने घरों के लिए रुख़सत हो गए। देश का माहौल भी हमारे बाग़ी मिज़ाज से मेल खाता लग रहा था। हमारे जैसे दीवाने ही शादी के लिए ऐसा समय चुन सकते थे! हाजरा ने हमारी शादी को शानदार बनाने के लिए कोई कसर नहीं छोड़ी थी। उन्होंने बरात की दावत के लिए एक हफ़्ते के लिए बढ़िया खानसामों का इन्तज़ाम किया था, लेकिन हम दोनों के अलावा केवल मेरी छोटी बहन उज़रा, मेरी बड़ी भाभी खादिजा, हाजरा, उनके पति डॉ. ज़ेड.ए. अहमद और उनकी तीन साल की बेटी सलीमा ही उन दावतों का लुत्फ़ लेने के लिए वहाँ थे। रोज़ खाने में एक से एक लज़ीज चीज़ें खा कर हमारा हाज़मा ख़राब होने की हालत हो गई थी। जैसे ही रेल सेवा कुछ दुरुस्त हुई, हम लोग वहाँ से देहरादून रवाना हो गए। मामाजी ने हमें एक हफ़्ते के लिए अपने घर बुलाया था जहाँ हमने बहुत मस्ती के साथ दिन बिताए। मामा जी और मेरी बहुत ही प्यार करनेवाली मामी मुमानी साहेबा ने हमारी बहुत ही लाड़ भरी ख़ातिरदारी की। लेकिन हमारे हनीमून के ये बेफ़िक्र दिन जल्दी ही ख़त्म हो गए और मुश्किल से एक महीने की छुट्टी के बाद हम वापस अल्मोड़ा चले गए।

सांस्कृतिक केन्द्र में शादीशुदा जोड़ों के लिए घर का कोई इन्तज़ाम नहीं था, इसलिए जल्दीबाज़ी में कोयले का एक गोदाम ख़ाली किया गया और सफ़ेदी कराकर उसे हमें रहने के लिए दे दिया गया। दल के जो लोग हमारे रहने की जगह को देखकर सहानुभूति दिखाते थे, कुछ दिन बाद ही उसे देखकर आश्चर्य करने लगे। कामेश्वर ने उस बेकार सी दिखती जगह को अपनी रचनात्मकता से एक प्यारे से घरौंदे में बदल दिया था। उसने घर की बाहरी दीवारों पर लाल गेरू से आदिकालीन चित्र उकेर दिए थे, जैसे गाँव की झोंपड़ियों में होते हैं। उसने टोकरियों में गुलाब और नरगिस के फूल लगाकर पेड़ के तने से बने स्टैंड पर टाँग दिए थे। साथ में लगी झोंपड़ी का एक कमरा ख़ाली पड़ा था, हमने दादा से उसे हमें दे देने की गुज़ारिश की। उस कमरे को हमने अपना खाने का कमरा बनाया, इसमें एक इलेक्ट्रिक घंटी लगी थी जो ख़ानसामे केबुलावे की होती थी। हमारा यह ख़ानसामा घर का बाक़ी सारा काम भी करता था। हमारे इस कॉटेज में कुल मिलाकर दो कमरे थे–एक सोने का कमरा और एक बाथरूम, लेकिन अपनी ख़ूबसूरती की वजह से केन्द्र में सब लोगों के लिए वह बातचीत का मुद्दा होता था। यहाँ तक कि हमारी कॉटेज की अनूठी सजावट देखने के लिए अल्मोड़ा शहर से भी लोग आते थे। हमारे लिए वह समय बस प्यार में डूबे रहने, नींद पूरी न होने और हमेशा क्लास या शो के लिए हड़बड़ी में रहने के थे। एक साल बाद ही हमें उस छोटी-सी जगह में घुटन सी होने लगी और साथ ही हमारे बीच अध्यापिका और छात्र के रिश्ते की वजह से हमें अजीब-सा महसूस होता था। हालाँकि उदय की मंडली की सदस्य और अब अध्यापिका के तौर पर मुझे अपना काम हमेशा अच्छा लगता था लेकिन कामेश्वर हमेशा से ही अपना एक स्कूल खोलना चाहता था जिसमें वह अपनी कल्पनाओं के मुताबिक़ काम कर सके। जून 1943 तक उसने मुझे केन्द्र छोड़कर अपने साथ चलने के लिए मना लिया।

केन्द्र छोड़ने के हमारे फ़ैसले से कुछ महीने पहले से दादा और छात्रों के बीच झगड़े शुरू हो चुके थे। दरअसल दादा ने एक फ़िल्म बनाने का एलान कर दिया था और उसके लिए उन्होंने कुछ समय के लिए केन्द्र को बन्द करने का फ़ैसला किया था, क्योंकि अल्मोड़ा में फ़िल्म बनाने के लिए कोई सुविधा नहीं थी। उन्होंने कहा कि वह पाँचवें साल से ट्रेनिंग देना बन्द कर देंगे, जिसकी पहले योजना थी और चार साल का पाठ्यक्रम पूरा कर चुके छात्रों को प्रमाण-पत्र भी नहीं देंगे। इसके लिए उन्होंने वजह यह बताई कि वह छात्रों के पहले बैच के काम से ख़ुश नहीं थे इसलिए उनकी योग्यता को मान्यता देनेवाले प्रमाण-पत्र पर हस्ताक्षर नहीं करना चाहते। मुझे नहीं लगता कि इस बारे में दादा सही थे क्योंकि पहले और दूसरे बैच के छात्रों ने कुछ बहुत शानदार प्रस्तुतियाँ तैयार की थीं। कामेश्वर की अनूठी रचनात्मकता के अलावा इस बैच में शान्ति बोर्धन थे, जो देखा जाए तो छात्र नहीं थे लेकिन ट्रेनिंग का फ़ायदा उठा रहे थे। उन्होंने पंचतंत्र और रामायण बैले तैयार किया जो बहुत बढ़िया थे। इसके अलावा नरेन्द्र शर्मा और सचिन शंकर थे जो अपनी प्रस्तुतियों के साथ भारत और विदेशों के सफल दौरे कर बहुत मशहूर हुए।

बहरहाल, इस बात से शुरू हुई कड़वाहट बहुत ज़्यादा बढ़ गई। जून 1943 में हमारे केन्द्र छोड़ने के बाद दादा रामलीला के छाया नाटक के साथ पूरे देश के दौरे पर निकले, लेकिन उनके और छात्रों के बीच सम्बन्ध इतने तनावपूर्ण थे कि इलाहाबाद में हालात काबू से बाहर

हो गए। यहाँ सारे छात्र हड़ताल पर चले गए और उन्होंने शो का बहिष्कार कर दिया। इसके बाद दादा ने सारे छात्रों को हटा दिया और उदय शंकर सांस्कृतिक केन्द्र हमेशा के लिए बन्द हो गया। हमने सुना कि सिमतोला की ज़मीन उत्तर प्रदेश सरकार को लौटा दी गई क्योंकि वहाँ कुछ बना ही नहीं था। केन्द्र का बड़ा-सा स्टूडियो तोड़ दिया गया था और उसमें इस्तेमाल हुए लकड़ी और लोहे को बेच दिया गया।

इस केन्द्र का बन्द होना देश के आधुनिक बैले (डांस के साथ किए जानेवाले नाटक) के लिए बहुत बड़ा नुक़सान था। डांस के लिए एक नई तकनीक और शैली का ढाँचा पूरा बनने के लिए बस तैयार ही था कि वह हमेशा के लिए खो गया। उदय शंकर ने भारत की आधुनिक डांस की कला में जो भी योगदान दिया था वो निरर्थक होकर रह गया। इतने समय की ट्रेनिंग भी यूँ ही ज़ाया हो गई क्योंकि उसे मज़बूत होने का मौक़ा ही नहीं मिला जिससे वह एक परम्परा के तौर पर आगे बढ़ सकती। यह कितना बड़ा नुक़सान था इसका अन्दाज़ा इसी बात से लगाया जा सकता है कि आज की नौजवान पीढ़ी ने उदय शंकर का नाम तक नहीं सुना है और वह उनकी ज़बर्दस्त प्रतिभा से पूरी तरह अनजान है।

हालाँकि उन्हें इस बात का श्रेय मिलना चाहिए कि अपनी फ़िल्म 'कल्पना' के लिए उन्होंने बिल्कुल नए तीस लड़के और तीस लड़कियों को चुनकर उन्हें ट्रेनिंग देकर शानदार डांसर बना दिया। फ़िल्म के रूप में उनकी इस नई प्रस्तुति में कुछ दृश्य तो बहुत ही शानदार हैं जैसे कि सपनेवाला हिस्सा। अमला के हुनर और सुन्दरता का बेहतरीन इस्तेमाल इसमें हुआ है जिसमें वह एक शानदार और जोशीली डांसर के रूप में उभरकर सामने आती है, जबकि अब तक वह एक कुटिल सुन्दरी की तरह ही दिखाई गई थी। लेकिन फ़िल्म कुछ ज़्यादा ही लम्बी बनी थी और उदय शंकर को उसमें ख़ुद अभिनय नहीं करना चाहिए था। उदय शंकर की आवाज़ बहुत पतली थी जैसे ही वह बोलते थे उनकी देवता जैसी छवि एकदम बिखर कर रह जाती थी। उन्होंने निर्देशन की सारी जिम्मेदारी ख़ुद लेकर भी एक बड़ी ग़लती की। हालाँकि फ़िल्म में दिखाए गए सभी डांस लाजवाब थे और उन्हें फ़िल्माया भी बहुत ख़ूबसूरती से गया था (अली अकबर के संगीत ने उनकी शान में चार चाँद लगाने का काम किया)। फ़िल्म की कहानी कमज़ोर थी, उसमें बहुत सुधार की गुंजाइश थी। ऐसा शायद इसलिए भी था क्योंकि कहानी सुनाने का अंदाज़ आधा आत्मकथात्मक था जिसमें विश्वसनीयता की कमी थी। ऐसा लगता था जैसे शंकर चाहते थे कि दुनिया उनके बारे में कुछ चीज़ों पर यक़ीन करे, लेकिन देखनेवाले उनसे सहमत नहीं हैं। अगर वह ख़ुद को फ़िल्म में केवल डांस के निर्देशन तक ही सीमित रखते और बाक़ी फ़िल्म का दारोमदार किसी अनुभवी निर्देशक को सौंप देते तो 'कल्पना' एक-आध दृश्य में ही नहीं, बल्कि पूरी की पूरी नायाब फ़िल्म होती।

कामेश्वर और मैंने जून 1943 में अल्मोड़ा छोड़ दिया और अब्बाजान के पास रहने देहरादून चले गए। हमने उन्हें अपना स्कूल खोलने के विचार के बारे में बताया। उन्होंने हमें सुझाव दिया कि इसके लिए पूँजी जुटाने के लिए हमें चार लोगों को साझीदार बनाना चाहिए। इसके लिए हर आदमी से 2,500 रुपए लिए जाएँ जिससे कुल 10,000 रुपए जमा हो जाएँगे। उन्होंने

अपने हिस्से के 2,500 रुपए उसी समय दे दिए जिससे हम तुरन्त इसके लिए तैयारियाँ शुरू कर सकें। हमने स्कूल खोलने के लिए लाहौर को चुना क्योंकि मेरी स्कूल की पढ़ाई वहीं हुई थी और मैं बहुत से परिवारों को जानती थी जो अपनी बेटियों को हमारे स्कूल में भेजने के इच्छुक हो सकते थे। हमने अपने स्कूल का नाम ज़ोरेश डांस इंस्टीट्यूट रखने का फ़ैसला किया, यह हम दोनों के नामों के पहले अक्षरों को मिला कर बना था। हम दोनों सह–निदेशक के तौर पर काम करते थे। इंस्टीट्यूट में हमारी जिम्मेदारियाँ बँटी हुईं थीं। कामेश्वर प्रदर्शन, दौरों और ऑफ़िस से जुड़े काम सँभालते थे और मैं पाठ्यक्रम बनाने और संभावित छात्रों के माँ–बाप से मुलाक़ात वग़ैरह का काम देखती थी। पढ़ाने का काम हम दोनों मिल–जुलकर करते थे। मेरी अधिकतर क्लास लड़कियों के स्कूलों व कॉलेज वग़ैरह में होती थीं जबकि कामेश्वर ज़ोरेश में ही रहकर सिखाते थे।

हमने अक्टूबर 1943 में एम्प्रेस रोड पर किराए का एक घर लेकर स्कूल की शुरुआत की थी। घर के आगे के तीन कमरे स्कूल और पीछे के चार कमरे रिहाइश के लिए इस्तेमाल होते थे। जल्दी ही ज़ोरेश लाहौर के लोगों के बीच ख़ासा मशहूर हो गया। हमें लोग हमारे शो के लिए ज़्यादा पहचानने लगे जो हम पढ़ाने के साथ बीच–बीच में लाहौर और उसके आसपास के इलाक़ों में करते रहते थे। उस दौरान लारेंस गार्डन में एक खुले मंच से डांस और संगीत का एक कॉन्सर्ट हमारी एक उल्लेखनीय उपलब्धि रही। इसके ज़रिए हमने बंगाल रिलीफ़ फंड के लिए 42,000 रुपए जमा करने में मदद की। इस शो के आयोजन का श्रेय लिटरेरी लीग सोसाइटी के श्री चौधरी को जाता है जिन्होंने इसे कामयाब बनाने के लिए बिना थके लगातार पूरे जोश के साथ मेहनत की। इस कार्यक्रम के बाद हमारे स्कूल में दाख़िला लेनेवालों की संख्या में यकायक इज़ाफा हो गया, जल्दी ही हम पूरी तरह से व्यस्त हो गए।

अब कामेश्वर चाहते थे कि हम अपना परिवार बढ़ाएँ। हालाँकि मैं कुछ हिचकिचा रही थी, मुझे लग रहा था कि फ़िलहाल हम आर्थिक रूप से इतने सुरक्षित नहीं हैं कि एक बच्चे का ख़र्च उठा सकें। लेकिन कामेश्वर ने हर बात की तरह इस मसले पर भी मेरी बात अनसुनी कर दी और अगले डांस–ड्रामा में और खुले मंच के नाटक के दौरान मैं तीन महीने के गर्भ के साथ काम कर रही थी। यह शो गवर्नमेंट कॉलेज के प्रिंसिपल प्रोफ़ेसर जी.डी. सोंधी ने आयोजित करवाया था जो थिएटर के बहुत बड़े चाहनेवाले थे। बैले का नाम था 'शिव–पार्वती'। कहानी के मुताबिक़ राजकुमारी सती (देवी पार्वती की एक पूर्व अवतार) आग में कूद कर अपनी आहुति देती है क्योंकि उनके पिता ने उनके पति भगवान शंकर की बेइज़्ज़ती की होती है। नाटक में मुझे जिस कुएँ में कूदना होता था वह लगभग एक गज गहरा था। बाद में जब मेरे दोस्तों को मेरी गर्भावस्था के बारे में पता चला तो मेरी बेवकूफी को देखकर वह चौंक गए। "ज़रा सोचो, तुमने पूरी रिहर्सल और शो में ऐसा करके अपने और बच्चे के लिए कितना बड़ा जोख़िम उठाया!" वो नाराज़ होकर कहते थे। लेकिन ख़ुशकिस्मती से मुझ पर इसका कोई ख़राब असर नहीं पड़ा।

मेरी बेटी का जन्म 17 नवम्बर, 1944 के दिन शाम 5.15 बजे देहरादून के डफरिन हॉस्पिटल में हुआ। मेरी बहन हाजरा आपा मेरे साथ थीं। जचगी बहुत मुश्किल से हुई थी और बच्ची के पैदा होने तक मैं पस्त हो चुकी थी। आख़िरी दौर में मुझे क्लोरोफ़ॉर्म देना पड़ा था।

जब मुझे होश आया तो बेटी होने की बात पता चलने पर मुझे हल्की सी निराशा हुई। मुझे दिखाने के लिए जब उसे मेरे सामने लाया गया तो उस छोटे से गुलाबी रंग के जीव के प्रति मेरे मन में ममत्व जैसा कोई भाव ही नहीं उठा। बच्ची को लगभग दो दिनों तक दूसरे कमरे में रखा गया और जब भी दूध पिलाने के लिए उसे मेरे पास लाया जाता था तो यह हम माँ-बेटी दोनों के लिए ही बहुत परेशान कर देनेवाला अनुभव होता था। जैसे ही उसे दूध के लिए छाती से लगाती वह सो जाती थी! मैं झुँझला उठती थी और सोचने लगती थी कि आख़िर वो 'माँ का प्यार' वाला अहसास कहाँ है जिसके बारे में लोग इतनी बातें करते हैं और जिसके बारे में किताबों में कितना कुछ लिखा गया है। और फिर एक दिन कुछ हुआ। यह बेटी के पैदा होने के बाद तीसरी रात थी, मेरे बगल वाले बिस्तर पर लगता था किसी ने एकाध चादर ऊपर से डाल दी थी। मुझे बहुत ही हल्की रोने की सी आवाज़ सुनाई दी जैसे कोई बिल्ली हो। मुझे समझ ही नहीं आ रहा था कि यह आवाज़ आ कहाँ से रही है, और अचानक जैसे मुझे होश आया, "ओह! ये तो वो है!" और जैसे मेरा दिल उछलकर मेरे मुँह में आ गया। जैसे ही दिमाग़ में यह बात आई कि यह 'मेरा बच्चा' है, मेरा दिल एक साथ ही करुणा और ख़ुशी के ऐसे मिले-जुले अहसास से भर गया जिसे बयान नहीं किया जा सकता।

बच्ची के दर्द को महसूस करते हुए मैं बिना आँसू बहाए चुपचाप रोई, उसी पल हम दोनों एक न दिखाई देनेवाली मज़बूत डोर से जैसे बँध गए। वो डोर अब तक हम दोनों को आपस में बाँधे हुए है, उस रात जब से मैंने उसकी रोती हुई हल्की सी आवाज़ सुनी तब से मैं अपनी बेटी किरण के प्यार में डूबी हूँ। वह जब भी कहीं जाती है या जो भी करती है, मैं उस डोरी में कम्पन महसूस करती हूँ, कभी वो ख़ुशी का होता है और कभी उदासी का। किरण मेरी ज़िन्दगी में हुई सबसे ख़ूबसूरत चीज़ है। उसे देखकर मैं ख़ुद से ही बार-बार कहती कि ये 'मेरी रचना' है। जब वह सोती थी तो मैं उसे घंटों निहारते हुए सोचा करती थी कि मुझ जैसी 'बदसूरत' माँ ने इतनी सुन्दर बेटी कैसे पैदा की!

मैं अपनी बच्ची को लेकर जनवरी में लाहौर लौट आई और जल्दी ही ज़ोरेश डांस इंस्टीट्यूट के कामकाज में मसरूफ़ हो गई। फिर हुआ यह कि एक दिन हमारे एक दोस्त हमसे मिलने आए और देखा कि स्कूल काफ़ी कामयाबी के साथ चल रहा है तो उन्होंने कहा कि अब हमें देश-भर के दौरे पर निकलना चाहिए। हमने कहा कि इसके लिए जितने पैसों की ज़रूरत होगी वो हमारे पास नहीं है। यह बात सुनकर उन्होंने कहा कि इसके लिए रुपए-पैसे की चिन्ता करने की ज़रूरत नहीं है, आप बस योजना बनाने, बुकिंग करने और संगीतकारों और डांस कलाकारों को बुलाने और शो की तैयारियाँ करो। उन्होंने भरोसा दिलाया कि इसके लिए पैसों का इन्तज़ाम हो जाएगा। वादे के मुताबिक़ एक हफ़्ते बाद तय पैसे की पहली किस्त का पैसा आ भी गया। यह किसी सपने के सच होने जैसा था। हमारे दोस्त और उनके भाई लगातार पैसा देते रहे, उन्होंने अपना नाम भी सामने नहीं आने दिया और कभी हमारे काम को लेकर किसी भी तरह की दख़लन्दाज़ी नहीं की।

हमने डांसर (जिनमें ज़्यादातर हमारे ही छात्र-छात्राएँ थे) और संगीतकारों को बुलाना शुरू किया। संगीत तैयार करने के लिए हमने तिमिर बारान (शुरुआती शंकर बैले के मशहूर संगीत निर्देशक) को बुलाया। दो महीने की रिहर्सल और तैयारियों के बाद हमने मार्च 1945

में बहुत उम्मीदों और जोश के साथ अपने दौरे की शुरुआत की। लेकिन मेरी ख़ुशी जल्दी ही काफ़ूर हो गई जब मुझे अहसास हुआ कि मुझे किरण को अपना दूध पिलाना छुड़वाना होगा और उसे अपनी भाभी खादिजा के पास छोड़कर जाना होगा। मेरी भाभी बहुत दरियादिली दिखाते हुए हमारी ग़ैरमौजूदगी में हमारे घर रहकर कामकाज़ का जिम्मा सँभालने को तैयार हो गई थी। अपने पूरे दौरे में मैं रात को बिस्तर पर चुपचाप रोया करती थी, मुझे अपनी बेटी की कमी इतनी खलती थी और मैं उसे इतना याद करती थी जितना मैंने अब तक कभी भी किसी को नहीं किया था।

हमारा यह दौरा कलात्मकता के लिहाज़ से काफ़ी कामयाब रहा था लेकिन व्यापार का अनुभव न होने की वजह से इसमें हमें बहुत घाटा उठाना पड़ा। संचालक होरेन घोष ने जितना पैसा माँगा, हमने नुक़सान उठाकर भी उसे दिया। हमने इस पूरे दौरे पर क़रीब 15,000 रुपए ख़र्च किए, जिसमें कलाकारों की तनख़्वाह, उनकी पोशाकें और ज़ेवरात, संगीतकारों के साज़ और उन्हें हिफाज़त से रखने के लिए बनाए गए गद्देदार डिब्बे, मंच के पर्दे, शो के प्रचार और सफ़र के ख़र्च शामिल थे और बदले में हमारे हाथ आई थी सिर्फ़ ज़ोरदार तारीफ़ें। चार महीने के अपने दौरे में हमने लाहौर, अमृतसर, मुरादाबाद, बरेली, मेरठ, लखनऊ, इलाहाबाद, पटना, आसनसोल, धनबाद, दमदम में शो किए। हमने जुलाई 1945 में कलकत्ता के न्यू एम्पायर थिएटर में दौरे का आख़िरी शो किया।

जब हम लाहौर वापस पहुँचे तो पाया कि देश के बँटवारे की सम्भावना के चलते पंजाब असंतोष की आग में जल रहा है। हमारे पुराने मुसलमान दोस्त हमें कुछ शक की निगाहों से देखने लगे थे। हमारे दोस्तों के साथ हमारे रिश्तों के बीच एक अजीब सी दुश्मनी भरी तल्ख़ी आ गई थी। नए बननेवाले पाकिस्तान में हम जैसे हिन्दू–मुसलमान पति–पत्नी के लिए कोई जगह नहीं होगी, हमने महसूस किया कि इससे पहले कि कोई ख़तरा हम तक पहुँचे, हमें यहाँ से दूर चले जाना चाहिए।

मेरी बहन उज़रा ने केन्द्र खुलने के कुछ समय बाद ही अल्मोड़ा छोड़ दिया था और दिल्ली जाकर अपने पुराने कॉलेज लेडी इरविन में डांस टीचर बन गई थी। यहीं पर उसकी मुलाक़ात बहुत ही होनहार और आकर्षक हामिद बट से हुई जो आख़िरकार शादी में तब्दील हो गई। हामिद बट बाद में बतौर लेखक और अभिनेता पूना में फ़िल्मों से भी जुड़े। ये दोनों हाल ही में मुम्बई चले गए थे जहाँ पृथ्वीराज कपूर ने ख़्वाज़ा अहमद अब्बास के नाटक ज़ुबैदा में उज़रा को देखा। उन्होंने उज़रा को पृथ्वी थिएटर के लिए अपने आनेवाले नाटक शकुन्तला में मुख्य भूमिका दे दी थी। पृथ्वीराज कपूर का पृथ्वी थिएटर जनवरी 1944 में नया ही खुला था। लाहौर में हमारी असमंजस भरी हालत जान कर उज़रा ने कई बार चिट्ठी लिखकर हमें बॉम्बे आकर किस्मत आजमाने की सलाह दी थी। हमने ज़ोरेश डांस इंस्टीट्यूट बन्द करने का फ़ैसला किया और मैं किरण को साथ लेकर बॉम्बे रवाना हो गई जबकि कामेश्वर कारोबार बन्द करने के लिए कुछ समय के लिए वहीं रुक गए। उनके रुकने की एक और वजह थी कि उन्हें जे.के. नन्दा की फ़िल्म 'अफ़साना' के कला–निर्देशक का काम तभी मिला था, इस फ़िल्म में सुरैया मुख्य भूमिका निभा रही थीं।

7

1945–1959
पृथ्वी थिएटर और इप्टा, बॉम्बे

उज़रा और हामिद, बॉम्बे में बान्द्रा स्थित 41 पाली हिल में अपने एक दोस्त चेतन आनन्द के साथ एक फ़्लैट में रहते थे। फ़्लैट के दो कमरे उनके पास थे जिनमें से एक उन्होंने हमें दे दिया। और पता नहीं कैसे मगर हम इतने सारे लोग उस छोटे से फ़्लैट में समा ही गए। चेतन, उनकी पत्नी उमा, उनका बेटा और उनके बहुत से भाई–बहन, जिसमें देव आनन्द भी शामिल थे, और हम सब एक ही बाथरूम का इस्तेमाल करते थे। देव आनन्द बाद में हिन्दी सिनेमा में बतौर अभिनेता बहुत ही ज़्यादा मशहूर हुए। कुछ महीनों के बाद उज़रा और हामिद मैरीन ड्राइव में अपने घर में चले गए, जहाँ से समुद्र का ख़ूबसूरत नज़ारा दिखाई देता था।

एक दिन हमें पता चला कि घर का नीचे वाला हिस्सा ख़ाली पड़ा है, तो हमने उसे फ़ौरन अपने लिए किराए पर ले लिया। यह बहुत ही अजीब सा घर था जो एक पहाड़ी के कटने से बनी जगह पर बना हुआ था। यह इस तरह से बना था कि अगर आप ऊपर से आ रही सड़क के रास्ते घर पहुँचो तो चेतन का फ़्लैट सबसे नीचे वाले तल पर लगता था लेकिन अगर सड़क पर आगे बढ़ते हुए ढलान पर उतरो तो हमारा फ़्लैट नीचे दिखता था! चेतन के फ़्लैट के ऊपर भी एक फ़्लैट था जिसमें एक एंग्लो–इंडियन परिवार रहता था। मिस्टर और मिसेज कोर्क के अलावा उनके दो शैतान बच्चे और बहुत सारे कुत्ते शामिल थे। दरअसल, पाली हिल की पूरी ज़मीन एक समय में उनके परिवार की ही थी, लेकिन हालात बदले और अब इस परिवार के पास केवल यही एक बदहाल–सी इमारत रह गई थी। आधी झोंपड़ीनुमा और आधी पैगोडा जैसी दिखती यह इमारत भी बाद के सालों में उन्हें एक डॉक्टर को बेचनी पड़ी, जब हम वहीं रह रहे थे।

हमारे आसपास के घर अमीर लोगों के थे, उस रईस इलाक़े में एक हमारी ही इमारत ऐसी थी जो रोज़ी–रोटी के लिए जूझ रहे कलाकारों को आसरा दिए हुए थी। बाद में सभी आनन्द भाइयों चेतन, देव और विजय 'गोल्डी' ने हिन्दी फ़िल्म इंडस्ट्री में अपनी अच्छी पैठ जमाई और घर–घर में जाने–पहचाने नाम बन गए। इमारत के सबसे नीचे वाला हमारा घर दरअसल दो तल्ले का था, जिसमें दो बेडरूम और एक बाथरूम ऊपर वाले हिस्से में और एक बड़ा सा हॉल, छोटा बेडरूम, स्टोर और बाथरूम निचले हिस्से में। नीचे दो बरामदे थे,

जिनमें से एक रसोई और नौकर के कमरे से जुड़ा था और दूसरा छोटे बेडरूम के सामने था जो एक ख़स्ताहाल टेनिस कोर्ट और झाड़ियों से भरे मैदान में खुलता था। इमारत के तीनों तल लकड़ी की एक सीढ़ी से एक-दूसरे से जुड़े थे, जिसकी वजह से यह एक पहाड़ी जगह पर बसे घर जैसा दिखाई देता था। अधिकतर फर्श लकड़ी के तख़्तों से बना था और मानसून में तेज़ बारिश में छत बुरी तरह से टपकती थी। सीलन की वजह से शॉर्ट-सर्किट होने से बिजली के तारों में अक्सर आग लग जाती थी। मैं बेड स्विच अपने तकिये के नीचे दबाकर सोती थी, एक दिन अचानक रात को मेरी आँख खुली तो भयानक नज़ारा सामने था, बिजली के तार से छूकर मेरी मच्छरदानी ने आग पकड़ ली थी।

सड़क पार मौजूद पहाड़ी की ढलान हमारे बड़े हॉल यानी बैठक की खिड़की के ठीक सामने ख़त्म होती थी। उस पहाड़ी के पीछे जंगली झाड़ियाँ थीं जिनमें पड़ोसियों का फेंका कूड़ा-करकट पड़ा होता था। एक बार, हम दोपहर का खाना खा रहे थे तो देखा कि एक काले रंग का लम्बा कोबरा कमरे के दूसरे कोने पर खिड़की की सलाखों से अन्दर आने की कोशिश में है। मैं फ़ौरन कूदकर अपनी कुर्सी से उछलकर खड़ी हो गई और सामने अपनी छोटी कुर्सी पर बैठी किरण को उठाने के लिए आगे बढ़ी। 'हिलो मत!' कामेश्वर चिल्लाकर बोले और मैं अपनी जगह पर बुत की तरह खड़ी हो गई, डर के मारे मेरी जान निकली जा रही थी। साँप दीवार से उतरकर फ़र्श पर सरकता हुआ हमारी ओर आने लगा। एक पल के लिए वह कामेश्वर के पैर के पास ठिठका और मैंने सोचा कि बस अब यह साँप उन्हें डसने ही वाला है, लेकिन उसने अपना फन उठाया और लहराता हुआ खिड़की से बाहर निकल कर जंगल में चला गया।

एक बार जब मैं उसी खिड़की के पास बैठकर सिलाई कर रही थी, मुझे कुछ अजीब घुटी-घुटी सी आवाज़ सुनाई दी, आवाज़ बहुत ही हल्की थी। मैंने खिड़की से बाहर पहाड़ी की ओर झाँका तो एक छोटे-से मेढक की फैली हुई टाँगें दिखाई दीं। मेंढक का अगला हिस्सा साँप के मुँह में दबा था और वह उसे पूरा निगलने की कोशिश कर रहा था। जितनी बार मेढ़क बाहर निकलने के लिए ज़ोर लगा रहा था उतना ही वह साँप के मुँह के और अन्दर जा रहा था। हर बार मेढक का दिखना कम से कम होता जा रहा था। वो पूरा नज़ारा घृणा से गनगना देनेवाला था जिसे शब्दों में बयान नहीं किया जा सकता। दहशत के मारे मैं फ़ौरन वहाँ से उठकर भागी।

लेकिन 41 पाली हिल में हमारी ज़िन्दगी बहुत ख़ुशहाल थी। हमनें यहाँ बहुत ही मस्ती भरा वक़्त गुज़ारा। हम लोग अक्सर पिकनिक मनाने या अपनी बाबा आदम के ज़माने की बदहाल ओपल कार, जिसे कामेश्वर ने पता नहीं कौन से जादू से अब तक चलाए रखा था, में दूर-दूर तक घूमने जाते थे। हमारे नीचे वाले हॉल में अक्सर दावतें हुआ करती थीं। चेतन आनन्द अपने घर में संगीत की महफ़िलों में कई अभिनेताओं और निर्देशकों को बुलाते थे। चेतन की बड़ी बहन सावित्री भी अपने दो छोटे बच्चों के साथ उनके साथ रहने आ गईं थी। इस तरह तीन परिवारों के कुल पाँच बच्चे मिल-जुलकर अक्सर बड़े लोगों के लिए कॉन्सर्ट किया करते थे। कामेश्वर ने बदहाल पड़े बगीचे को दुरुस्त कर दिया था। उन्होंने वहाँ सफ़ाई करके फूलों वाले पौधे लगा दिए थे। फूलों की क्यारियों के बीच पहाड़ी की ढलान पर एक

नक़ली झरना बनाकर उसके नीचे सांई बाबा की एक मूर्ति रख दी गई थी। टेनिस कोर्ट का इस्तेमाल केवल बच्चों के खेलने के लिए होता था। हर दीवाली में कामेश्वर काफ़ी दिलचस्प आतिशबाज़ी करते थे, जिसमें चरखी (एक पटाखा जो जलाने पर गोल-गोल घूमता है) को पेड़ के तने से जोड़ दिया जाता था और उसी के साथ रॉकेट भी छोड़े जाते थे जिसे देखकर बच्चे बहुत ख़ुश होते थे। सारे पड़ोस के बच्चे पटाखों का यह खेल देखने के लिए हर बार दीवाली के मौक़े पर हमारे घर आते थे।

दरअसल किसी बड़े शहर में रहने का यह मेरा पहला तजुर्बा था। हालाँकि मैं लगभग सारे देशों की राजधानियों में घूम चुकी थी और मुम्बई से भी बड़े शहर देखे थे लेकिन कहीं ऐसे रही नहीं थी। बॉम्बे रहने के लिहाज़ से एक आरामदायक शहर है। मुझे लगता है कि किसी भी बड़े शहर की तरह, यहाँ के लोग भी अपने आसपास के लोगों के बारे में ज़्यादा परवाह नहीं करते जिससे आप कमोबेश बिना किसी की दखलन्दाज़ी के आसानी से रह सकते हैं। बॉम्बे में पैसों का खेल ऐसा है कि रातोंरात लोगों की किस्मतें बदल जाती हैं। इसलिए शायद यहाँ के लोग अपने आसपास के उतार-चढ़ाव की परवाह नहीं करते। उस समय दुनिया में दूसरे नम्बर का सबसे बड़ा फ़िल्म कारोबार बॉम्बे में होता था। देश के कोने-कोने से अभिनेता, गायक, डांसर, चित्रकार, डिजाइनर और निर्देशक यानी हर क्षेत्र से जुड़े कलाकार अपनी किस्मत बनाने यहाँ आते थे। इसलिए 'अभिनेता' यहाँ के लोगों के लिए कोई अजूबी चीज़ न होकर अक्सर दिखाई दे जानेवाला प्राणी होता था। लोग उन्हें एक ख़ास क़िस्म के अहसान के साथ बर्दाश्त करते थे। यही वजह थी कि मैं और कामेश्वर भी बहुत सारे ऐसे लोगों में शुमार थे जो फ़िल्मों में किस्मत आजमाने के लिए बॉम्बे आए थे।

मेरे डांसर होने की वजह से मुझे फ़िल्मों में बहुत ही अजीबोग़रीब क़िस्म के रोल मिलते थे, जिनमें 'सेक्स' और 'बॉक्स ऑफ़िस' जैसे जुमलों पर ऐसे ज़ोर दिया जाता था कि सुनकर सिहरन होती थी। एक निर्देशक ने मशवरा दिया कि मैं मछली के मर्तबान से लगभग बिना कपड़ों के बाहर निकल कर कामुक डांस करूँ! जबकि उदय शंकर के साथ काम करते हुए हमें इसकी बिल्कुल उलट सोच के साथ डांस सिखाया जाता था। कला में इस तरह की गिरावट को देखकर मुझे बहुत ही ख़राब लगता था। हालाँकि इसके लिए मैं किसी और को मुजरिम नहीं ठहरा सकती थी क्योंकि ग़लती मेरी ही थी वरना काम की तलाश में मैं बॉम्बे जैसे शहर में आई ही क्यों?

बहरहाल कला की बदहाली को लेकर मेरी नफ़रत और दुख जल्दी ही दूर हो गया जब मुझे पृथ्वी थिएटर के दूसरे नाटक 'दीवार' का प्रीमियर शो देखने का मौक़ा मिला। उसे देखने के बाद मेरा मन इस थिएटर कम्पनी और उसके आदर्शों के लिए मोहब्बत से भर गया।

भारत ने अपनी थिएटर कला की एक भरी-पूरी विरासत को खो दिया है जबकि दुनिया-भर में यह एक अकेला देश है जिसमें नाटक कला पर आधारित एक पूरा शोध-ग्रन्थ मौजूद

है। सन् दो सौ ईसवी में लिखे जा चुके इस प्राचीन ग्रन्थ में कलात्मक प्रशिक्षण से लेकर प्रदर्शन, संगीत, पहनावे, नाट्यलेखन, थिएटर और मंच के निर्माण जैसे नाट्यकला के तमाम पक्षों पर बहुत विस्तार से जानकारी दी गई है।

केवल डांस ही अकेली कला है जो अब भी बची हुई है और फल-फूल रही है ख़ासतौर पर दक्षिण भारत में। जहाँ तक थिएटर का सवाल है तो कुछ शौकिया नाटकों और स्कूल-कॉलेजों में पश्चिमी नाटकों के तर्जुमों या नाट्य-रूपान्तरों या फिर धार्मिक त्योहारों पर होनेवाले लोककथाओं के अधकचरे प्रदर्शनों को छोड़कर देश में कहीं भी अच्छे नाटक देख पाना लगभग नामुमकिन हो गया था। यहाँ तक कि पारसी थिएटर कम्पनियों की गर्जन-तर्जन वाली अतिनाटकीय प्रस्तुतियाँ भी सिनेमा के आने से बन्द हो गईं थीं। बंगाल और महाराष्ट्र के क्षेत्रीय नाटकों को छोड़ दिया जाए तो व्यावसायिक स्तर पर होनेवाला थिएटर देश में ख़त्म हो चुका था।

यही वजह थी कि आम आदमी की ज़ुबान में पेश किए गए नाटक 'दीवार' का देश-भर में बहुत ही ज़बर्दस्त और सीधा असर पड़ा। यह एक बिल्कुल नया, ज़मीनी हक़ीक़त पर आधारित मौलिक नाटक था जो देखनेवालों को हालात सुधारने के लिए फ़ौरन कुछ करने के लिए उकसाता है। नाटक में देश के होनेवाले बँटवारे की पृष्ठभूमि में हिन्दू-मुस्लिम एकता के बीच आड़े आ रही नफ़रत की 'दीवार' की कहानी कही गई थी। ''भाड़ में जाए फ़िल्में, यह है वो जो मैं हमेशा करना चाहती थी!'' मैंने अपने पति से कहा (जो भी हो अभिनय वैसे भी हमेशा मेरी पहली पसन्द रहा था)।

हालाँकि इससे पहले भी मैं अक्सर ही उज़रा के साथ रिहर्सल के लिए पृथ्वी थिएटर जाया करती थी और मैंने उनके हालिया नाटक 'शकुन्तला' के कुछ शो भी देखे जिसमें उसने मुख्य भूमिका निभाई थी। वहीं मेरी मुलाक़ात पृथ्वीराज कपूर से हुई, जो संस्थापक-निर्देशक और प्रमुख अभिनेता थे। मैं उनके व्यक्तित्व से बहुत प्रभावित हुई थी। हालाँकि मुझे 'शंकुतला' नाटक अच्छा नहीं लगा था, मेरे हिसाब से सेट बहुत ही ख़राब था, नाटक बहुत पुराना और बेज़ान-सा लगता था। पूरे नाटक में मुझे एक ही चीज़ अच्छी लगी वो थी उज़रा की गरिमा और सुन्दरता जो सबसे अलग नज़र आती थी। लेकिन थिएटर करने की ललक मुझे 'दीवार' का प्रीमियर देखने के बाद ही हुई। मैंने पृथ्वीजी से गुज़ारिश की कि वो मुझे अपनी कम्पनी में शामिल कर लें। वह ऐसा नहीं करना चाहते थे, उनका कहना था कि वह मुझे तनख़्वाह देने की हालत में नहीं हैं और वैसे भी मेरे लिए अपनी ही छोटी बहन के नीचे दर्ज़े में काम करना मुश्किल होगा, जो कि कम्पनी की मुख्य नायिका थी। लेकिन मैं अपनी जिद पर अड़ी रही और थिएटर करने के लिए इतनी आतुर थी कि एक दिन कामेश्वर और मैं पृथ्वीराज जी से मिलने उनके घर मातुंगा ही पहुँच गए। कामेश्वर ने उनसे कहा कि, ''जब तक ज़ोहरा को अपनी कम्पनी में शामिल नहीं करेंगे वो मुझे चैन से नहीं रहने देगी।'' पृथ्वीराज जी का स्वभाव ऐसा था कि वो कभी किसी को मना कर ही नहीं सकते थे, सो उन्होंने कहा कि ठीक है जब तक मेरे लायक अभिनय का कोई मौक़ा नहीं निकलता मैं

कम्पनी में डांस–डायरेक्टर की जिम्मेदारी सँभाल सकती हूँ। मैंने अक्टूबर, 1945 में औपचारिक रूप से पृथ्वी थिएटर में क़दम रखा। यह कम्पनी के साथ मेरे 14 साल तक चले सफ़र की शुरुआत थी। यह किसी भी कम्पनी या संस्था के साथ गुज़ारा गया मेरा सबसे लम्बा समय था।

लेकिन पृथ्वी थिएटर के साथ अपने तजुर्बे बताने से पहले इप्टा यानी इंडियन पीपुल्स थिएटर एसोसिएशन के बारे में बताना ज़रूरी है। चालीस के दशक की शुरुआत से ही मुम्बई में प्रतिभाशाली लेखकों ने मिलकर प्रोग्रेसिव राइटर्स एसोसिएशन यानी प्रगतिशील लेखक संघ (प्रलेस) नाम से एक साझा मंच बनाया था। ख़्वाज़ा अहमद अब्बास, मुल्कराज आनन्द, सरदार जाफ़री और राजेंद्र सिंह बेदी जैसे नामचीन लेखक इस मंच के चमकते सितारे थे। सिलोन (बरास्ता बंगलौर) से एक युवा पत्रकार मिस अनिल डि सिल्वा के दिमाग़ में एक थिएटर आन्दोलन शुरू करने का विचार आया और लोगों को ऐसा जँचा कि पीपुल्स थिएटर एसोसिएशन की नींव पड़ गई।

इप्टा एक स्वयंसेवी संगठन था जिसका मक़सद पैसा कमाना न होकर समाज के मौजूदा शासकों के अन्याय के ख़िलाफ़ कलाकारों की आवाज़ को एक मंच मुहैया कराना था। चाहे वह गीत हों, कविताएँ हों, बैले हों या नाटक–सभी का मक़सद अन्याय के ख़िलाफ़ आवाज़ उठाना था। उस दौर का हर कलाकार जिसका थोड़ा-बहुत भी नाम हो, इप्टा में शामिल था। कलाकार इप्टा की ओर इस तरह से खिंचे चले आते थे जैसे मधुमक्खियाँ शहद की ओर। संगठन में कला के हर क्षेत्र की बड़ी से बड़ी शख़्सियतें शामिल थीं।

हालाँकि इप्टा के हर एक सदस्य का नाम ले पाना मुमकिन नहीं है लेकिन आज इतने सालों बाद याद करने पर कुछ नाम जो मुझे याद आ रहे हैं, वो इस तरह हैं–मंचीय कलाकारों में पृथ्वीराज कपूर, बलराज और दमयंती साहनी, दिना गांधी, हबीब तनवीर, चेतन और उमा आनन्द, उज़रा और हामिद बट, कृष्ण धवन, सफ़दर मीर, हिमा केसरकोडी, रोमेश थापर, सरजू पांडे, शौकत क़ैफ़ी शामिल हैं। यह बस मुट्ठी भर लोगों के नाम ही हैं। लेखकों में पहले बताए जा चुके नामों के अलावा कृश्न चन्दर, करतार सिंह दुग्गल, इस्मत चुगताई, विश्वमित्र आदिल, बलवन्त गार्गी और बहुत सारे और मशहूर लेखक इप्टा से जुड़े थे। डांस करनेवालों में शान्ति और गुल बर्धन, नरेन्द्र शर्मा, शान्ता गांधी, देबेंद्र शंकर, सचिन शंकर और प्रभात गांगुली वग़ैरह थे। संगीतकारों में रवि शंकर, सलिल चौधरी, सचिन देव बर्मन, शिशिर बर्मन, नागेन डे, जतिन्द्रनाथ कोलोइ और अपनी दास गुप्ता शामिल थे। फ़िल्मी दुनिया के नुमाइन्दों में डेविड, मुबारक, शाहिद लतीफ, श्याम और आगा ख़ान थे और इप्टा के मक़सद को अपनी कविताओं के ज़रिए लोगों तक पहुँचाने वाले कवियों में हरिन्द्रनाथ चट्टोपाध्याय, फ़ैज़ अहमद फ़ैज़, क़ैफ़ी आज़मी, मजाज़, मख़्दूम, साहिर लुधियानवी, सुमित्रानन्दन पन्त, नियाज़ हैदर, अख़्तरुल ईमान और प्रेम धवन शामिल थे। बिनॉय रॉय, उनकी बहन और अमर शेख जैसे लोकगायक अपनी जबरदस्त आवाज़ों से

सुनने वालों की भीड़ पर जादू का-सा असर करते थे। कहने का मतलब यह है कि 1940-50 के दौरान बॉम्बे में रहनेवाला लगभग हर कलाकार किसी न किसी तरह से इप्टा से जुड़ा हुआ था।

एक केन्द्रीय समिति संगठन का कामकाज सँभालती थी और हर दो या तीन साल बाद एक अध्यक्ष और एक उपाध्यक्ष का नामांकन करती थी। हम लोग दिन में अपने-अपने कामों को निपटाने के बाद शाम को मिला करते थे और सामाजिक सरोकारों के लिए सबमें ऐसा जज़्बा होता था कि इप्टा के लिए अपना समय देने में किसी को भी कोई गुरेज़ नहीं होता था। कभी-कभी, अगर हमारी किस्मत अच्छी हुई तो हमारे शो थिएटर में होते थे वरना अक्सर हम बड़े हॉल किराए पर लेते थे जो सस्ते पड़ते थे। हमारे बहुत सारे शो सड़कों और नुक्कड़ों पर, यानी जहाँ भी देखनेवाले जमा हो सकें, होते थे।

इस तरह के नेशनल थिएटर का यह विचार इतना प्रभावशाली था कि जल्दी ही देश के दूसरे बड़े शहरों में इसकी शाखाएँ खुल गईं। इनमें से कलकत्ता इप्टा सबसे आगे था जिसमें उत्पल दत्त, शम्भू और तृप्ति मित्रा जैसी अभिनय और निर्देशन की बहुत ही नामचीन हस्तियाँ शामिल थीं। जैसे बॉम्बे इप्टा आम लोगों तक अपनी बात पहुँचाने के लिए महाराष्ट्र की लोकशैली 'तमाशा' और 'पवाडा' का इस्तेमाल करता था वैसे ही कलकत्ता में कलाकार बंगाल की 'जात्रा' लोकशैली को आधार बनाकर शो तैयार करते थे। उस समय भारत अपनी आज़ादी की लड़ाई के आख़िरी दौर से गुज़र रहा था तो ज़ाहिरा तौर पर इप्टा के गानों और नाटकों के विषय काफ़ी इंक़लाबी और वामपन्थी हुआ करते थे जो हम सबको मिल-जुलकर काम करने के लिए प्रेरित करते थे।

मैं बॉम्बे आने के एकदम बाद ही इप्टा में शामिल हो गई थी और इसके नाटकों में काफ़ी बढ़-चढ़कर हिस्सा लेती थी। 1947 के दौरान इप्टा के कुछ लोगों को सरकार की ओर से परेशान किए जाने के वाक़ये हुए, कुछ ख़ास नाटकों पर रोक लगा दी गई, कलाकारों को गिरफ़्तार किया गया। उस समय देश में अन्तरिम भारत सरकार थी और जवाहरलाल नेहरू उसके उपाध्यक्ष बनाए गए थे। मैं भी उसी दौरान इप्टा की उपाध्यक्ष चुनी गई थी। और मैंने पंडित नेहरू को बहुत ही बेवकूफ़ाना तरीक़े से बेबाकी दिखाते हुए एक चिट्ठी लिखी—''मैं यह ख़त बतौर एक उपाध्यक्ष दूसरे उपाध्यक्ष को लिख रही हूँ...'' मैंने उन्हें इप्टा के सदस्यों के साथ हो रही ज़्यादतियों के बारे में बताते हुए उनसे मदद की गुज़ारिश की। सोचो ज़रा मेरी गुस्ताख़ी! हालाँकि उन्होंने बहुत ही जिम्मेदाराना जवाब देते हुए कहा कि उन्हें कलाकारों के साथ हो रहे व्यवहार के बारे में पता नहीं था और वह देखेंगे कि इस बारे में क्या किया जा सकता है और हुआ भी वही, कुछ समय बाद ही इप्टा की दिक़्क़तें ख़त्म हो गईं।

धीरे-धीरे इप्टा का असर कम होता गया, शायद इसलिए क्योंकि इसके बहुत से कलाकार फ़िल्मी दुनिया में काफ़ी मशहूर हो चुके थे और अब उनमें बिना बदले में कुछ मिले इप्टा के कामों में खटने का जज़्बा बाक़ी नहीं रहा था। कई सारे लोगों को लगता था कि इप्टा पर भारतीय कम्यूनिस्ट पार्टी का असर है और क्योंकि ये लोग इस राजनीतिक विचारधारा से इत्तफ़ाक़ नहीं रखते थे सो वे इसे छोड़कर चले गए। सबसे अहम बात यह

थी कि अब तक देश आज़ाद हो चुका था, विदेशी हुक्मरान जा चुके थे, इसलिए शिकायत करने के लिए कोई वजह भी नहीं रह गई थी!

मेरे हिसाब से इंडियन पीपुल्स थिएटर एसोसिएशन (इप्टा) की दो सबसे ख़ास उपलब्धियों में से एक थी फ़िल्म 'धरती के लाल' जिसे के.ए. अब्बास ने लिखा और निर्देशित किया था। इसके ज़बरदस्त अदाकारों और तकनीशियनों की पूरी टीम इप्टा के सदस्यों से ही मिलकर बनी थी। इस फ़िल्म में बंगाल के अकाल को दिखाया गया था। इप्टा की दूसरी सबसे बड़ी उपलब्धि थी सांस्कृतिक समूह जिसमें एक डांस दल, गायक और संगीतकार शामिल थे। ये सब बॉम्बे के अँधेरी इलाक़े में बहुत ही कम साधनों में गुज़ारा करते हुए रहते थे। इन कलाकारों ने जवाहरलाल नेहरू की लिखी किताब 'दि डिस्कवरी ऑफ़ इंडिया' पर आधारित इसी नाम से एक बैले तैयार कर कई जगहों का दौरा किया। 1946 में एक बार कम्यूनिस्ट पार्टी के सचिव पी.सी. जोशी ने मुझसे सांस्कृतिक समूह की जिम्मेदारी सँभालने के लिए कहा था। मैंने इसके लिए मना कर दिया क्योंकि मेरे लिए उसके साथ में पृथ्वी थिएटर के साथ काम कर पाना मुमकिन नहीं होता। मैंने पृथ्वी थिएटर के साथ काम करने का फ़ैसला किया।

पृथ्वीराज कपूर के बारे में और लगभग अकेले दम पर 16 साल तक थिएटर को ज़िन्दा रखने की उनकी कोशिशों पर पूरी एक किताब लिखी जा सकती है। मैंने अपनी ज़िन्दगी के उस दौर और हमेशा ख़ुद नज़ीर बनकर हमें हौसला देनेवाले पृथ्वी जी के बारे में बहुत सारी पत्रिकाओं में लिखा है। उन्होंने हमें न केवल अदाकारी बल्कि ज़िन्दगी जीने की कला भी सिखाई। यह सच है कि कोई भी आदमी ऐसा नहीं हो सकता जिसमें कोई कमी न हो, अगर कोई ऐसा होगा तो वह ख़ुदा ही हो जाएगा। मगर मैंने पृथ्वी जी के अलावा आज तक एक भी आदमी ऐसा नहीं देखा जिसमें एक साथ खुदा जैसी इतनी सारी अच्छाइयाँ हों, और जो साथ ही इतना मानवीय, प्यारा, विनम्र, सच्चा, शारीरिक और नैतिक रूप से चट्टान जैसा मज़बूत भी हो।

अदाकार के रूप में उनके कैरियर के बीज पंजाब के लायलपुर ज़िले में समुन्द्री नाम की गाँव की एक छोटी–सी रियासत में ही बो दिए गए थे जहाँ एक हिन्दू पठान ज़मींदार के पोते हमारे यही पृथ्वी नाथ भैंसों के तबेले के अन्दर रामायण और महाभारत की कहानियों पर नाटक करके दिखाते थे। हममें से ज़्यादातर लोगों ने बचपन में दोस्तों और रिश्तेदारों को दिखाने के लिए इस तरह नाटक किए हैं मगर कितने लोग 'नाट्य रत्न' बन सके जिन्हें पद्मभूषण मिला हो जो देश में किसी कलाकार को मिलनेवाला सबसे बड़ा अवार्ड है?

पृथ्वी जी के बुजुर्ग दादा जी अनुशासन के मामले में बहुत सख़्त थे। वह परिवार और अपने माननेवाले लोगों को सब जन एक समानवाले लोकतांत्रिक संस्कारों पर चलने पर ज़ोर देते थे। अपने बचपन में पृथ्वी जी रोज़ शाम को पूरी एस्टेट में रोशनी करने के लिए ख़ुद कई सारे कैरोसिन लैंप साफ़ करके जलाते थे, मैदान में कबड्डी मेहतर के बेटे के साथ मिलकर

पृथ्वीराज कपूर और ज़ोहरा नाटक 'पठान', 1947 के एक दृश्य में शेर ख़ान और ख़ैरुन्निशा की भूमिका में

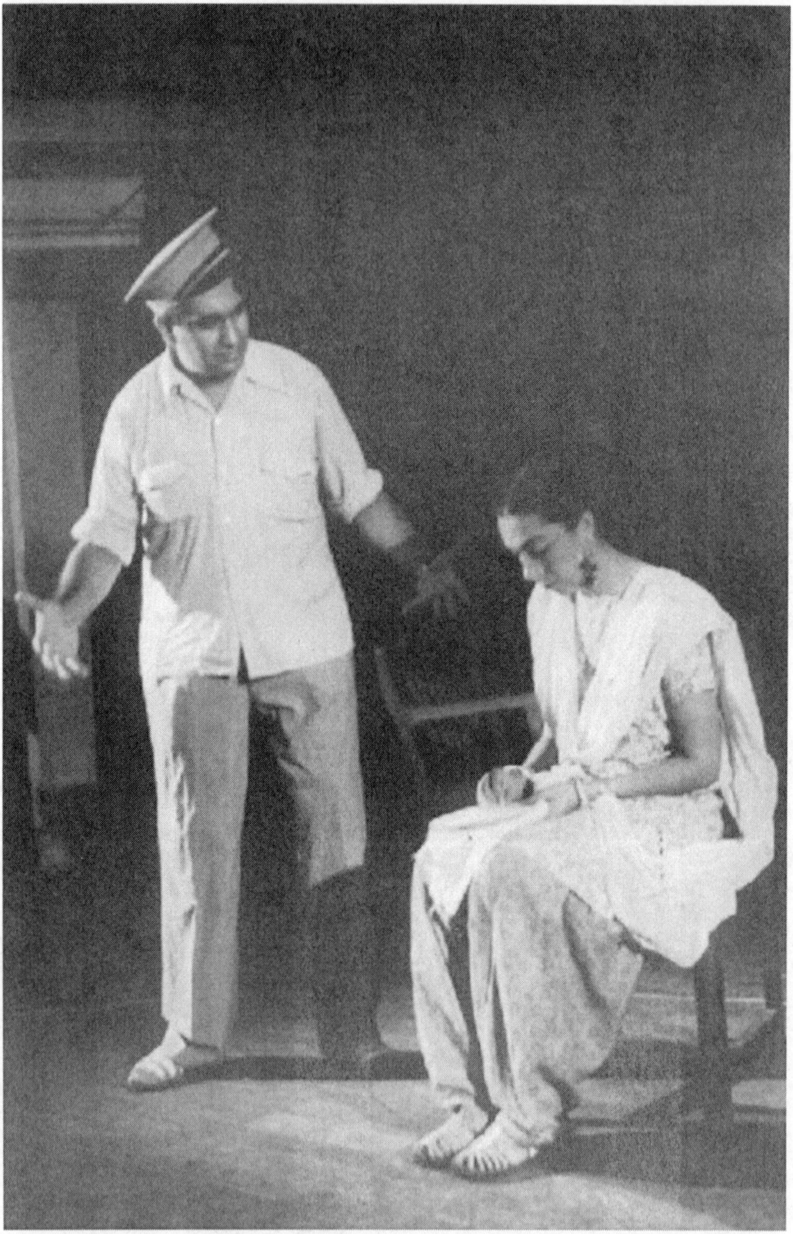

रोमेश थापर और ज़ोहरा क्लिफोर्ड ओडेट्स के नाटक 'वेटिंग फॉर लेफ्टी' के एक दृश्य में

people's theatre review

waiting for lefty by .. .. .. clifford odets.
produced by .. .. .. mulk raj anand.

CAST.

In Order of Appearance.

Mota, a Trade Union boss	Ranjan Roy
Abdul, a bus driver	Ramesh Thapar
Zeenat, his wife	Zohra Segal
Ram, a laboratory assistant	Bakul Khote
Bijju Lal, an industrialist	Ranjan Roy
Derek, an Anglo-Indian, brother of Florrie	Zaka Rahmatullah
Florrie, sister of Derek, girl friend of Sid	Nuro Rajab Ali
Sid, Boy friend of Florrie	M. Kamal
Mahadeo, a company union spy	Megusi
A Worker	Bakul Khote
Girl typist, Secretary to Chuni Chand	Neela Mudgal
Unemployed Actor	Phiroze Mistry
Chuni Chand, Film boss	Bijur
Dr. Mehta, a middle-aged House Surgeon	Rusi Sethna
Dr. Chandu, an Untouchable Surgeon	Zaka Rahmatullah
Ganesh, a class conscious bus conductor	Ramesh Thapar
A man.	Hamid Butt

SCENE : A strike meeting of a Bus Company Union somewhere in India.

The characters and incidents in this play are entirely imaginary. No reference to organisations or persons in India or elsewhere is intended.

Stage Manager	Anil De Silva
Properties & Costumes	Ave Billimoria
Lighting & Scenic design	J. Kapadia, Shrinivas Shastri & R. Choudhry
Music	J. Bhownagri, R. Malhotra

8

नाटक 'वेटिंग फॉर लेफ़्टी' का एक पर्चा

नाटक 'पठान' का एक दृश्य

खेली जाती थी। यहीं से उनके अन्दर खुलेपन और खेल से मुहब्बत की शुरुआत हुई, साथ ही उनके बालमन पर यह विश्वास जम गया कि ऊपरवाले की नज़र में हर आदमी बराबर है। बाद में वह पढ़ाई के लिए पेशावर और लाहौर के कॉलेज में गए, जहाँ किसी भी तरह की मजहबी लड़ाइयों को ख़त्म करवाने के लिए वह हमेशा सबसे आगे होते थे।

उन्हें थिएटर से बेपनाह लगाव था। अपनी याददाश्त मज़बूत करने और भाषा पर अपनी पकड़ बनाने के लिए वह उर्दू और हिन्दी की कविताओं को सीखने में जुट गए। दुबले-पतले और बहुत ख़ूबसूरत नैन-नक्श होने की वजह से अक्सर उन्हें औरतों वाले किरदार दिए जाते थे। जिन लोगों ने बाद के सालों में मज़बूत और कद्दावर कद-काठी के साथ उन्हें देखा है, वे कभी उनके पुराने रूप की कल्पना भी नहीं कर सकते।

नोराह रिचर्ड, जो उनके प्रिंसिपल की पत्नी थीं, जैसी शख़्सियतों से मुलाक़ातों ने उनके अन्दर अपना एक थिएटर होने के सपने को मज़बूती दी। नोराह ने पश्चिम के महान नाटकों से उनका परिचय करवाया, वे हमेशा उन्हें अभिनय के लिए बढ़ावा देती रहती थीं। एक बेहतरीन इनसान नोराह बाद में बहुत अकेली हो गईं थी, वह कांगड़ा घाटी में कहीं बिल्कुल अकेले रहती थीं। मगर वह पृथ्वीराज जी जो भी करते थे उसमें पूरी दिलचस्पी लेती थीं, बल्कि भारत में थिएटर की दुनिया में होनेवाली हर हलचल में उनकी दिलचस्पी थी। एक दूसरे व्यक्ति जिन्होंने पृथ्वीजी को सही समय पर ठीक रास्ता दिखाने में मदद की वो थे एडवर्ड्स कॉलेज, पेशावर के उनके पुराने अध्यापक प्रोफ़ेसर जय दयाल, जिन्होंने उन्हें बहुमुखी अदाकार में ढाला। दयाल जी ने उनके हुनर के हर पहलू को तराशा और उन्हें सही कैरियर चुनने में मदद की। ज़ाहिर सी बात है कि पृथ्वी थिएटर शुरू होने और अपने पसन्दीदा शागिर्द को देश-भर में मिल रही पहचान से प्रोफ़ेसर दयाल सबसे ज़्यादा ख़ुश थे। अपनी किताब 'आई गो साउथ विद पृथ्वी थिएटर्स' में उन्होंने लिखा–

> 'मैंने उम्मीद की थी कि कभी एक अदाकार-मैनेजर सामने आएगा, जो अपने नाटकों और अभिनय से लोगों की सोच में क्रान्ति लाएगा, जो मंच को लोगों के सामने आईने की तरह रखेगा जिसमें वही लोग होंगे, जिसमें लोगों से यह कह सकने की हिम्मत होगी कि, 'देखो ये तुम हो!' मैं उसी आदमी का सपना देखता था। मेरा यह सपना पृथ्वी में पूरा हुआ।'

लाहौर में कॉलेज की पढ़ाई पूरी करने के बाद पृथ्वीराज फ़िल्मों में चले गए, वह अपनी युवा पत्नी रमा को भी अपने साथ कलकत्ता ले गए। यह एक मुश्किल काम था हालाँकि उनकी अभिनय क्षमता पर कभी सवाल नहीं उठा। फ़िल्में दो भाषाओं में बनती थीं, बंगाल के लिए बंगाली में और बाक़ी भारत के लिए हिन्दी में। बंगाली फ़िल्म के लिए पृथ्वी जी की जगह हमेशा ही कोई बंगाली कलाकार ले लेता था। शायद बंगाल के निर्देशकों के हिसाब से पृथ्वीराज जी कुछ ज़्यादा ही साफ़गोई वाले थे जो अभिनय के बारे में अपनी एक अलग सोच रखते थे।

कुछ यादगार फ़िल्में बनाने के बाद, जब उन्हें ग्रांट एंडरसन की कम्पनी में काम मिला तो उन्होंने कलकत्ता छोड़ दिया। एंडरसन एक अंग्रेज़ निर्देशक-मैनेजर थे जो भारतीय कलाकारों की एक छोटी-सी कम्पनी के साथ शेक्सपियर के नाटक और शो लेकर दौरे

करते थे। इस तजुर्बे ने पृथ्वी जी को घुमन्तू ज़िन्दगी का स्वाद चखा दिया था। बहुत बार शो में अच्छी कमाई न होने की वजह से उन्हें कई दिनों तक भूखा भी रहना पड़ता था। उन्होंने कई शहरों का दौरा किया और आख़िरकार हैदराबाद में आकर कम्पनी बन्द हो गई। पृथ्वी जी अपनी किस्मत आजमाने बॉम्बे गए, यहाँ उन्हें फिर सिरे से शुरुआत करनी पड़ी। वह बतौर 'एक्स्ट्रा' फ़िल्मों में शामिल हुए थे मगर जल्दी ही 'एर्मलाइन' की नज़र उन पर पड़ गई, जो उस समय रंजीत टॉकीज में बेताज रानी की हैसियत रखती थीं। उन्होंने कम्पनी के मालिक और निर्माता सेठ अर्देशर से कहा कि वह इस ख़ूबसूरत नौजवान को उनका हीरो बनाकर फ़िल्म बनाएँ। बस फिर क्या था उनका नाम चल निकला, उन्होंने एक के बाद एक कामयाब फ़िल्मों में काम किया और फ़िल्म 'सिकन्दर' तक उनकी मशहूरी बुलन्दी पर पहुँच चुकी थी।

हालाँकि नाटकों से उनका हमेशा से ही लगाव था और अपना एक थिएटर बनाने का भी उनका सपना था मगर ज़मीनी तौर पर उन्होंने इसके लिए कोई योजना नहीं बनाई थी। वह किस्मत पर और इस कहावत पर भरोसा करते थे कि, "हर चीज़ के लिए सही समय कुदरत तय करती है"। आख़िरकार एक ऐसा मौक़ा आया जिसने उन्हें अपना थिएटर शुरू करने के लिए एक तरह से धकियाकर तैयार किया। हुआ यूँ कि उनका एक लेखक दोस्त बहुत परेशानहाल उनके पास आया और कहा कि उसने हिन्दुस्तानी में 'शकुन्तला' नाम का एक नाटक लिखा है मगर जिस निर्देशक ने स्क्रिप्ट लिखने को कहा था अब उसने उसे लेने से मना कर दिया है। पृथ्वी जी ने कहा कि वह ख़ुद वह नाटक करवाएँगे और बतौर एडवांस उन लेखक दोस्त बेताब जी को 1,001 रुपए दे दिए।

इस तरह बिना पहले से किसी तरह की तैयारी के 16 जनवरी, 1944 को पृथ्वी थिएटर तैयार हो गया। अदाकार, डांसर, संगीतकार, गायक, मेकअप वाले, दर्ज़ी, बढ़ई सब आ-आ कर पृथ्वी थिएटर से जुड़ गए। पृथ्वी जी क्योंकि कभी किसी को मना नहीं कर सकते थे, इसलिए जो आया पृथ्वी का हो गया। देखते ही देखते पृथ्वीराज जी के पास 60 लोगों की एक कम्पनी थी। 'शकुन्तला' नाटक की रिहर्सल शुरू हो गई जिसे सहायक निर्देशक करवाते थे क्योंकि पृथ्वीजी फ़िल्मों की अपनी जिम्मेदारियाँ पूरी करने में व्यस्त थे। हालाँकि अब तक नाटक की नायिका का कुछ अता-पता नहीं था। क़रीब छह महीने बाद पृथ्वी जी ने इंडियन पीपुल्स थिएटर एसोसिएशन के लिए अहमद अब्बास के नाटक 'ज़ुबैदा' में मुख्य भूमिका निभा रही उज़रा मुमताज़ को देखा और उन्हें अपने नाटक में शकुन्तला बना दिया।

'शकुन्तला' के पहले शो में क़रीब एक लाख रुपयों का नुक़सान हुआ, मगर पृथ्वी जी ने नाटक के पहले शो का उत्सव मनाने के लिए सब कलाकारों और प्रबन्धन के सारे सदस्यों को दो महीने की तनख़्वाह का बोनस अपनी जेब से दिया! उन्हें फ़िल्मों में काम करने से जितना पैसा मिला था वह उन्होंने थिएटर में खपा दिया। सवाल था कि अब आगे क्या करें? उन्हें भाषा की ख़ूबसूरती और चरित्रों के बढ़िया चित्रण के बावजूद संस्कृत के नाटक मंच पर खेलने के लिहाज़ से बहुत लम्बे और अव्यावहारिक लगते थे। आगा हश्र के नाटक हालाँकि संस्कृत नाटकों के मुक़ाबले नए थे मगर उनमें से ज़्यादातर मशहूर पश्चिमी नाटकों का ही बदला हुआ रूप थे, और समय के साथ अपना असर भी खो चुके थे। पृथ्वी जी ने

ख़ास अपनी थिएटर कम्पनी के लिए नए नाटक लिखकर तैयार करने का फ़ैसला किया। वह लेखकों के साथ मंडली जमाकर बैठते थे, जिसमें वह अपने विचार, अपनी कहानी और अपने अनुभव उनके साथ बाँटते थे। वह बहुत शिद्दत के साथ यह मानते थे कि नाटक ऐसा होना चाहिए जिसे भारत के हर इलाक़े के लोग समझें और नाटक भारतीय विषयों पर ही आधारित होने चाहिए।

देश की आज़ादी के बारे में उनकी भावनाएँ उनके नाटक 'दीवार' के रूप में ज़ाहिर हुईं। अगस्त 1945 में किए गए इस नाटक में देश के बँटवारे की चेतावनी दी गई थी। इस प्रतीकात्मक कहानी में दो भाइयों के बीच एक विदेशी औरत की वजह से खड़ी हो गई दुश्मनी की 'दीवार' की बात की गई थी जो अब तक प्यार और विश्वास से साथ-साथ रह रहे थे। नाटक के तीन किरदारों के संवाद टी.बी. मैकाले, गांधी और मोहम्मद अली जिन्ना के भाषणों का ज्यों का त्यों हिन्दुस्तानी तर्जुमा था। विदेशी खलनायिका एक भाई की भावनाओं को दूसरे के ख़िलाफ़ भड़काती है जिससे दोनों एक साथ एक घर में न रह सकें। रोज़-रोज़ की तक़रार और कलह के बाद उनकी दुश्मनी इतनी ज़्यादा बढ़ जाती है कि वह एक दीवार बना कर पुश्तैनी घर को दो हिस्सों में बाँट देते हैं। नाटक के आख़िरी दृश्य में गाँववाले और औरतें मिल-जुलकर इस बात की मुख़ालफ़त करते हैं और दुश्मनी पैदा करनेवाली उस दीवार को गिरा देते हैं। दोनों भाई अपनी ग़लती महसूस करते हैं और हँसी-ख़ुशी फिर से एक हो जाते हैं। वह विदेशी औरत को चेतावनी देते हैं कि वह सिर्फ़ दोस्त बनकर ही उनके घर में रह सकती है न कि दुश्मन बनकर। काश! नाटक का अन्त एक हक़ीक़त बन सकता। मगर ऐसा नहीं हुआ और देश के बँटवारे के रूप में दुश्मनी की एक मज़बूत दीवार खींच दी गई। जब मैंने यह नाटक देखा था तो एक जवान और होनहार अभिनेत्री दमयन्ती साहनी विदेशी औरत का किरदार निभा रही थी। हालाँकि जब जल्दी ही इस ख़ूबसूरत लड़की को फ़िल्म वालों ने अपनी ओर खींच लिया तो मैंने, जो उस समय कम्पनी में डांस-डायरेक्टर का काम कर रही थी, इस किरदार के लिए अपना नाम आगे कर दिया। थिएटर में नौकरी करने के अन्तिम समय तक यह किरदार मैंने ही निभाया।

अब तक थिएटर कम्पनी पूरी तरह से रॉयल ओपेरा हाउस में जम चुकी थी जो बड़े मंच वाला एक सिनेमा हाल था। मगर दिक़्क़त यह थी कि यहाँ नाटक केवल दिन में हो सकते थे, वो भी केवल छुट्टी के दिनों में हफ़्ते के आख़िर में क्योंकि बाक़ी दिन यहाँ दोपहर और रात में सिनेमा दिखाया जाता था। धीरे-धीरे अपनी सुबह की बैठकों में हमने काम करने के लिए समय तय किए। हम लोग सुबह 10 बजे मिलते थे और एक घंटे तक गाने और आवाज़ की प्रैक्टिस करने के बाद एक घंटे डांस की प्रैक्टिस से दिन की शुरुआत करते थे। इसके बाद का एक घंटा हिन्दी और उर्दू भाषा सीखने का होता था। पृथ्वी जी को, जिन्हें हम प्यार से पापाजी (पंजाब के कुछ इलाक़ों में बड़े भाई के लिए इस्तेमाल होनेवाला सम्बोधन) कहते थे, अगर फ़िल्मों से फ़ुरसत होती थी तो आवाज़ की प्रैक्टिस वह ख़ुद करवाया करते थे। वरना संगीत निर्देशक राम गांगुली सारे कलाकारों के साथ मिलकर अलग-अलग नाटकों के गानों की रिहर्सल कराया करते थे। डांस की क्लास मैं लेती थी जिसमें आधा घंटा शरीर को लचीला बनाने की और अगला आधा घंटा डांस की तालीम दी जाती थी। कभी-कभी

डांस आनेवाले नाटक से जुड़ा होता था या फिर केवल कलाकारों को मंच पर ठीक तरीक़े से पहुँचने और वहाँ मौजूद रहने जैसी चीज़ें सिखाई जाती थीं। इस शुरुआती प्रैक्टिस के बाद लगभग दो घंटे तक नाटक की असली रिहर्सल होती थी।

रिहर्सल शुरू करने से पहले हर नाटक सारे कलाकारों और तकनीकी सदस्यों के सामने पढ़कर सुनाया जाता था और उन्हें नाटक पर अपनी राय और उसकी ख़ामियाँ बताने को कहा जाता था। 'शकुन्तला' को छोड़कर सारे नाटकों के पीछे पृथ्वीराज जी की ही प्रेरणा थी। किन्हीं नाटकों का कुछ हिस्सा उनका होता था, कुछ के संवाद वह बिना पहले से कोई तैयारी किये उसी समय बना डालते थे जिन्हें नाटक में जोड़ दिया जाता था। सच कहा जाए तो ये नाटक उनकी अपनी रचना थे, उनकी कल्पना से उपजे यह नाटक अपने वतन पर हो रहे अन्याय और इसकी बुराइयों के ख़िलाफ़ आवाज़ उठाने के साथ इन सबसे लड़कर मिलनेवाले ख़ूबसूरत कल का सपना दिखाते थे। उनके नाटकों के विषय बहुत सीधे-सादे होते थे जिनकी भाषा आसान हिन्दी और उर्दू मिली-जुली हिन्दुस्तानी होती थी और पूरे भारत में आसानी से समझी जाती थी। नाटक की शैली सहज होती थी, कुछ नाटकों के अन्त अतिनाटकीय होते थे।

बॉम्बे में 'दीवार' की शानदार कामयाबी के बाद हमने इसे और 'शकुन्तला' नाटक को लेकर आसपास के शहरों का दौरा किया। हर जगह इन नाटकों को लेकर इतना जोश था, जैसा पहले कभी नहीं देखा गया था। हम तीसरे दर्ज़े में सफ़र करते थे, हमारी कम्पनी के लिए कई सारी बोगियाँ आरक्षित कराई गई थीं। हम लोग किराए पर घर लेकर रहते थे। कम्पनी के ख़ानसामे और बर्तन भी साथ ही चलते थे। छोटे बच्चे और उनकी आयाएँ भी अपनी माँ के साथ सफ़र करते थे। छुट्टियों के दिनों में स्कूल जानेवाले बच्चे भी इस कारवाँ में शामिल होते थे। इसलिए किरण ने ऐसे ही दौरों में मेरे साथ रहकर लगभग सारे ही नाटकों में हिस्सा लिया। एक दौरे के बाद दूसरा दौरा और जैसे-जैसे साल बीतते गए हमारे इस क़ाफ़िले में तरह-तरह के लोग आकर जुड़ते गए—कवि, लेखक, केवल देखनेवाले यहाँ तक कि सज़ायाफ़्ता मुजरिम भी। सबका स्वागत था क्योंकि पृथ्वीजी किसी को भी किसी भी चीज़ के लिए मना कर ही नहीं सकते थे। पूरा मजमा एक सर्कस की तरह था जिसमें रहना-खाना मुफ़्त था, उन लोगों के लिए भी जो कम्पनी के कर्मचारी नहीं थे। जब नाटक दौरे पर होते थे तो हर कलाकार के हर बच्चे को एक रुपया माहवार दिया जाता था!

दौरों की इस 'कैंप' की सी ज़िन्दगी ने मेरे अन्दर की अभिजात ठसक को काफ़ी हद तक चकनाचूर कर दिया। अपने कपड़े ख़ुद धोने जैसे काम जिन्हें करना मेरे लिए एक बड़ी बात होती थी, यहाँ ज़रूरत बन गया था। एकमात्र सुविधा जिसे छोड़ने से मैंने मना कर दिया वह

थी–रोज़ गरम पानी से नहाना। कम्पनी के ज़्यादातर लोग मुम्बई और इसके आसपास के इलाक़ों से थे जिन्हें ठंडे पानी से नहाने की आदत थी क्योंकि भारत के इस हिस्से में कभी भी बहुत ज़्यादा ठंड नहीं होती। मगर मुझे उत्तर भारत में रहने की आदत थी और हमेशा गरम पानी से नहाती थी। सब लोग यहाँ तक कि पापाजी भी ज़मीन पर सोते थे। मर्दों और औरतों को अलग–अलग कमरे दिए जाते थे। सब लोग अपनी दरियों पर अपना बिस्तर बिछाकर सोते थे और अपने ट्रंक पैरों के पास रखते थे, बीच में आने–जाने का रास्ता छोड़ा जाता था। अगर किस्मत अच्छी हुई तो हमें दिल्ली में संविधान भवन, जबलपुर में सांसद निवास या सौराष्ट्र के पूरे दौरे में सरकारी गेस्टहाउस जैसी शानदार जगहों में रुकने के मौक़े भी मिलते थे। जहाँ बाक़ायदा बिस्तर, ड्रेसिंग टेबल, अलमारियाँ और फ्लश वाले पाखाने होते थे। इन दौरों में खाने–पीने की बहार होती थी (कभी–कभी कुछ ज़्यादा ही खाना होता था)। खाना पौष्टिक और ज़्यादातर शाकाहारी होता था।

जब हमारे नौकरों को भी नाश्ते में दो–दो अंडे दिए जाने लगे तो हम कुछ औरतों ने जाकर पापाजी से गुजारिश की कि इसे कम करके एक अंडा कर दिया जाए ताकि हम बॉम्बे जाकर होनेवाली परेशानी से बच सकें जहाँ नौकरों को बिना अंडे का नाश्ता मिलता है। बाद में जब कम्पनी इतनी बड़ी हो गई कि उसे पहचान पाना भी मुश्किल होता था (थियेटर के इतिहास के अन्तिम दिनों में इसमें सौ लोग थे जिनमें से 60 कलाकार और बाक़ी 40 तकनीशियन, मंच पर मदद करनेवाले, दर्ज़ी, मेकअप कलाकार और खानसामे शामिल थे), खाना ख़राब होने की शिकायतें मिलने लगीं। कम्पनी के दो प्रबन्धकों प्राणनाथ खन्ना और नन्द किशोर कपूर ने फ़ैसला किया कि हर नए शहर, जहाँ हम जाएँगे, में एक खाना समिति होगी जो यह ख़याल रखेगी कि खाना अच्छा हो। इस समिति में कम्पनी का एक वरिष्ठ और दो निचले स्तर के सदस्य होते थे। एक शहर से दूसरे शहर में जाने पर सदस्य बदल जाते थे। इसका नतीजा यह हुआ कि पहले जहाँ शाम का खाना बहुत देर से मिलने के कारण, कभी–कभी तो रात के तीन बजे, बहुत ही उबाऊ हुआ करता था अब एक दिलचस्प खेल बन गया था। हर समिति अपने पहले वाली से होड़ करती थी कि वह उससे कितना अच्छे तरीक़े से और कितनी तरह का खाना खिला सकती है।

हर नए शहर में पहुँचने के बाद, जब हमें हमारी रहने की जगहें दे दी जाती थीं यानी जब हम अपना ठौर–ठिकाना जमा लेते थे तो अपनी मंडलियाँ बनाकर शहर के सिनेमाघरों की ओर निकल पड़ते थे। कभी–कभी हम एक दिन में तीन–तीन फ़िल्में तक देख लेते थे क्योंकि हमें मालूम होता था कि बाक़ी शामों में हमें अपने ही नाटकों में मसरूफ़ रहना है। पहुँचने के दूसरे दिन से हम बॉम्बे की तरह ही सुबह लगभग 10 बजे से दोपहर दो बजे तक अपनी रिहर्सल करते थे। हालाँकि इस नियम में छूट मिल जाती थी जब कभी पूरी कम्पनी को मुफ़्त में आसपास के इलाक़े घूमने ले जाया जाता था। ऐसे मौक़ों के लिए पापाजी और दो मैनेजर हमेशा जुगाड़ लगाते रहते थे। मेरे लिए ऐसा सबसे यादगार मौक़ा था जिसमें सौराष्ट्र में गिरनार के मन्दिर में जाने के लिए 10,000 सीढ़ियाँ चढ़नी पड़ी थीं। यह उस शाम को होनेवाले नाटक

'पठान' में हिस्सा लेने वाले कलाकारों के लिए ताक़त आज़माने जैसा था जिसमें डांस के कुछ कठिन दृश्य थे, ख़ासतौर पर मर्दों के लिए। मैं मन्दिर में सबसे पहले पहुँचनेवाली ख़ुशकिस्मत औरत थी, मेरे अलावा दो लड़के सुरेश और रवीन्द्र भी सबसे पहले पहुँचे। दल की एक–दो नाज़ुकमिज़ाज औरतें रास्ते में ही धराशायी हो गईं मगर हम कुछ लोगों को वापस लौटते देखकर उन्होंने जैसे–तैसे हिम्मत जुटाकर यह तीर्थयात्रा पूरी कर ही ली!

पृथ्वी थिएटर के दौरे से जुड़ा एक वाक़या ख़ासतौर पर मुझे अच्छी तरह से याद है। हम लोग 1952 में जब फिरोज़पुर में नाटक कर रहे थे तो स्थानीय जेल के गवर्नर शो देखने के लिए आए। शो देखने के बाद उन्होंने सोचा कि हम अपने किसी नाटक के कुछ हिस्से उनके क़ैदियों के सामने करके दिखाएँ तो बहुत अच्छा रहेगा। इस काम के लिए 'ग़द्दार' नाटक को चुना गया। पृथ्वीजी, उज़रा और मैंने नाटक के कुछ हिस्से क़ैदियों के सामने करके दिखाए जो खुले मैदान में बैठे थे और उनके पैर जंज़ीरों में बँधे थे। क़ैदियों को नाटक बहुत ही पसन्द आया ख़ासतौर पर वह हिस्सा जहाँ अशरफ़ क़ैद से रिहा होकर घर वापस लौटता है। मगर अगले दिन जेल में किसी को फाँसी होनी थी, गवर्नर ने पापाजी से पूछा कि क्या वह इसे देखना चाहेंगे। थिएटर के कुछ लड़कों ने भी पापाजी के साथ जाने की इच्छा ज़ाहिर की। अब तक किसी भी औरत को फाँसी देखने की मंजूरी नहीं दी गई थी मगर ज़िद पर अड़े रहने और पापाजी की पैरवी से मुझे भी जाने की मंजूरी मिल गई। यह देखकर पुष्पा ने भी साथ जाने का फ़ैसला किया मगर आख़िरी समय पर उसकी हिम्मत टूट गई और उसे बेहोशी की हालत में वापस लाया गया।

यह कभी न भूलनेवाला तजुर्बा था। हमारा दल, गवर्नर, डॉक्टर, जल्लाद और कुछ दूसरे अधिकारी एक बन्द अहाते में खड़े इन्तज़ार कर रहे थे जहाँ फाँसी का फन्दा तैयार था। हमने कहीं दूर मौजूद सज़ायाफ़्ता मुजरिम की कोठरी से एक थोड़ी उत्तेजित मगर मज़बूत आवाज़ सुनी 'बोले सो निहाल' जिसके जवाब में आसपास के क़ैदियों की आवाज़ थी 'सत श्री अकाल'। जैसे–जैसे वह क़ैदी जेल से होता हुआ उस अहाते की ओर बढ़ रहा था, खून जमा देने वाली लय में यह नारा और तेज़ होता गया। उसके बाद बिल्कुल सन्नाटे के बीच उसकी जंज़ीरें खोल दी गईं और उसके हाथ और पैर को पतली रस्सी से बाँध दिया गया। उसकी आँख पर पट्टी बँधी हुई थी, उसके चेहरे को एक काले कपड़े से ढँक दिया गया और फाँसी का फंदा ठीक जगह पर अटका दिया गया। गवर्नर से इशारा पाते ही लाल आँखों वाले जल्लाद ने फन्दा कसनेवाला हत्था खींचा और पलक झपकते ही वह आदमी पैरों के नीचे बिछे तख़्तों के नीचे ग़ायब हो गया। वह गाँव का रहनेवाला पंजाब का एक जवान था, हम लोग कुछ दिन पहले ही जेल में उसकी कोठरी में उससे मिलने गए थे, जहाँ वह एक कोने में उदास, निराश–सा बैठा था। उसने अपना जुर्म क़बूल किया था कि उसने ग़ुस्से में आकर अपनी पत्नी और उसके प्रेमी का ख़ून किया था।

मगर बहुत सारे ख़ुशनुमा तज़ुर्बे भी उन दौरों में हुए।

थियेटर के साथ हमने जिन मशहूर जगहों को देखा उनमें कश्मीर के पहलगाम, शालीमार गार्डन और डल झील, मैसूर के बाग, उत्तर और दक्षिण भारत के सभी बड़े मन्दिर और मस्जिदें, चित्तौड़गढ़, अहमदनगर, अजमेर, शोलापुर, आगरा, ग्वालियर, दिल्ली, झांसी, उज्जैन, जौनपुर और सिकन्दराबाद के क़िलों और भारत के 112 शहरों की नदियाँ, झीलें, पहाड़ और फैक्टरियाँ शामिल हैं।

'शकुन्तला' और 'दीवार' के बाद छह और नाटक किए गए, हर नाटक में औसतन दो साल का समय लगा। इसमें नाटक लिखने में लगा समय भी शामिल है क्योंकि ये सारे नाटक ख़ासतौर पर पृथ्वी थिएटर्स के लिए लिखे जाते थे। तीसरा नाटक 'पठान' (13 अप्रैल, 1947) हिन्दू-मुस्लिम एकता के विषय पर आधारित था। इस नाटक के ज़रिए पृथ्वीराज कपूर ने देश के बँटवारे की आशंकाओं के बीच देश के दो प्रमुख मजहबों के बीच बढ़ती नफ़रत को रोकने की कोशिश की। इसकी कहानी अलग-अलग मजहब के होने के बावजूद एक-दूसरे के लिए इज़्ज़त और भरोसा होने की वजह से पठानों के बीच प्यार को दिखाती है। एक हिन्दू दीवान अचानक दुश्मनों का हमला होने पर अपने दोस्त और मालिक गढ़ी के मुसलमान ख़ान को बचाने के लिए अपनी जान दे देता है। सोलह साल बाद ख़ान के बेटे की शादी वाली रात दीवान का बेटा आत्मरक्षा के लिए एक युवा डाकू को गोली मार देता है, जब वह अपनी बीवी को उसके मायके छोड़ने जा रहा होता है। दोनों कबीलों के बीच जबरदस्त लड़ाई होती है जिसमें दोनों ओर के कई जवान मर जाते हैं। जब एक सम्मानित पुजारी समझौता करवाने की कोशिश करता है तो दुश्मन दल कहता है कि मुआवजे के रूप में दीवान का बेटा उन्हें सौंप दिया जाए तो वह लड़ाई रोक देंगे। ख़ान अपना कोई आदमी देने को कहता है मगर दुश्मन नहीं मानता क्योंकि केवल एक जवान आदमी ही उसकी ख़ून की प्यास बुझा सकता है। आँख के बदले आँख और जान के बदले जान लेनेवाली इस कबीलाई कौम की शर्त पूरी करने के लिए आख़िरकार ख़ान अपने इकलौते बेटे को दुश्मन के हाथ देने का फ़ैसला करता है। उसके बलिदान का असर इतना मार्मिक होता है कि जब भी नाटक में यह दृश्य आता है हर आँख में आँसू होते हैं। नाटक का महान आदर्श दर्शकों के दिलों को इस तरह से छूता था कि उनके अन्दर की बेहतरीन इनसानी फ़ितरत उभरकर सामने आ जाती थी।

इसकी ज़बर्दस्त नाटकीय कहानी के अलावा यह पृथ्वी थिएटर के सभी नाटकों में कला के लिहाज़ से सबसे बढ़िया था। पृथ्वी जी के सबसे बड़े बेटे राज कपूर, जो बाद में हिन्दी फ़िल्मों में अदाकार, निर्देशक और निर्माता के तौर पर बहुत कामयाब हुए, उस समय पृथ्वी थिएटर में आर्ट डायरेक्टर थे। उनकी संज़ीदगी का यह आलम था कि नाटक के लिए सेट बनाने की तैयारी के लिए वह पेशावर गए जिससे कबीलाई इलाक़ों के माहौल को समझा जा सके। वह वहाँ से नाटक के लिए ख़ासतौर पर पठान बिरादरी में पहने जानेवाले गहने और दूसरी चीज़ें लेकर आए। नाटक के लिए उन्होंने अलग-अलग तरीक़े से सेट तैयार करके देखा और तब तक कोशिश करते रहे जब तक कि गढ़ी की मिट्टी की दीवारों के लिए एक खुरदुरा, कड़क क़िस्म का असर पैदा करने में कामयाब नहीं हो गए।

पर्दा उठने के साथ ही, मुअज़्ज़िन की अज़ान के साथ अलस्सबाह (तड़के) धीरे-धीरे फलक पर फैलती रोशनी का माहौल बनाने के लिए लाइटिंग इतनी ख़ूबसूरती से की गई थी कि हर बार देखनेवाले पहले तो आश्चर्य में पड़ जाते थे और फिर ज़ोरदार तालियों से उसकी तारीफ़ करते थे। जैसे पिता वैसा बेटा, ख़ान के जवान और जल्दबाज़ बेटे के रूप में राज कपूर ने असरदार संवाद, जो वह सेट पर ही बना डालते थे, और सेट से जुड़े मसलों के ज़रिए इस नाटक को असरदार बनाने में बहुत मदद दी। ख़ान के बेटे बहादुर ख़ान के रूप में वह सबसे प्यारे और उत्साहित किरदार को सामने लाते हैं। इसलिए, नाटक के आख़िर में जब बहुत ही कम उम्र में उसकी ज़िन्दगी ख़त्म हो जाती है तो देखनेवाले इसे बिल्कुल अपना दुख समझकर असहाय-सा महसूस करने लगते थे। गढ़ी के मालिक शेर ख़ान के रूप में पृथ्वी जी अपनी भाषा और चाल-ढाल से पूरी तरह से एक पठान लगते थे। उनकी स्वाभाविक महानता, ज़मीन से जुड़ा खुरदरा सा व्यक्तित्व नाटक में उनके किरदार को और भी सच्चा बनाते थे। और तो और, वह दिखने में भी एक सच्चे मुसलमान लगते थे, इतना ज़्यादा कि जब उज़रा की सास यह नाटक देखने आईं तो उन्होंने यह मानने से इनकार कर दिया कि वह हिन्दू हैं! उन्होंने कहा, ''इस आदमी के अन्दर की रूहानी ताक़त उसके चेहरे पर नूर बनकर चमकती है, जिसकी बख़्शीश केवल मुसलमान को ही मिली है!''

नाटक में मुख्य नायिका यानी दीवान की पत्नी काकी का किरदार उज़रा को मिला था और मैं ख़ुशकिस्मत थी कि मुझे ख़ुद ख़ान की पत्नी ख़ैरुन्निशा बनने का मौक़ा मिला। हालाँकि मुझे यह भूमिका बहुत पसन्द थी और ख़ुद पठान ख़ानदान में पैदा होने की वजह से मैं पूरी तरह अपने किरदार में ढल गई थी, इसके बावजूद आख़िरी सीन में अपनी भूमिका के साथ मैं पूरी तरह से इंसाफ़ नहीं कर पाती थी। इस बात का पता मुझे तब चला जब कुछ फ़िल्मों में बतौर डांस डायरेक्टर काम करने की वजह से मैं नाटक के साथ कुछ दौरों में नहीं जा सकी। मेरी ग़ैरमौजूदगी में ख़ैरुन्निशा का किरदार इन्दुमति लेले निभा रही थीं, जब मैं ज़्यादा ग़ैरहाजिर होने लगी तो उसने मुझे सुझाया कि आनेवाले दौरों में यह भूमिका हम बारी-बारी से निभाएँ। जब मैंने उसे यह भूमिका करते देखा तब जाकर मुझे अपनी कमतरी का अहसास हुआ। नाटक के आख़िर में जब शेर ख़ान अपने बेटे बहादुर को दुश्मन के हाथ सौंपने के लिए पीछे मुड़कर उसे बुलाने के लिए आवाज़ देता है तो उसकी जवान बीवी के मुँह से दिल दहलानेवाली एक चीख़ निकल जाती है, जिसे वह बहुत जल्दी ही रोक लेती है। बहादुर ग़ुस्से में पीछे मुड़ता है और इस तरह बुज़दिली दिखाने के लिए अपनी बीवी को डाँटता है। इस पर ख़ैरुन्निशा जो ख़ुद दुख से टूट रही है, अपने बेटे से बहू की हिम्मत की तारीफ़ करते हुए कहती है कि उसने अपने अहसासों को दबाकर रखा जिससे उसका शौहर हिम्मत के साथ मौत का सामना कर सके। यह बहुत ही बेहतरीन संवाद था जिसमें बेटे को मौत के हवाले होते देख रही माँ के जबरदस्त अहसास बहुत ही सन्तुलित तरीक़े से सामने आते हैं। मगर मैं बहुत कम मौक़ों पर इस संवाद को आवाज़ का वह सही घुमाव और लोच दे पाती थी जो देखनेवालों को हमेशा ही प्रभावित करता था, जबकि इन्दुमति को इस संवाद के बाद ज़बर्दस्त तालियाँ मिलती थीं। शुरू में मैं इन्दु से इस बात के लिए बहुत जलन रखती थी बाद में हम दोनों बहुत अच्छे दोस्त बन गए जब मैंने जाना कि वह कितनी बेहतरीन कलाकार

थी। वह सचमुच बहुत ऊँचे दर्ज़े की अदाकारा थी, वह बिल्कुल बिन्दास तरीक़े से ख़ुद से बेख़बर होकर कई तरह की भावनाओं को बहुत असरदार तरीक़े से निभा सकती थी।

पृथ्वी थिएटर के चौथे नाटक 'ग़द्दार' (15 अगस्त, 1948) में उन चालीस लाख मुसलमानों की कशमकश को बयाँ किया गया था जिन्होंने देश के बँटवारे के बाद भारत में ही रुकने का फ़ैसला किया था। अपने धूर्त राजनीतिक रहनुमाओं की मौक़ापरस्ती और फ़ायदा देखकर गिरगिट की तरह पार्टी बदलने की वजह से इन मुसलमान भारतीयों को गद्दार समझा जाता था। यह थिएटर का पहला और अकेला नाटक था जिसमें बहुत कम, कुल मिलाकर केवल नौ किरदार थे। हालाँकि यह एक ख़ुशनुमा बदलाव था मगर यह थिएटर के बाक़ी नाटकों की तरह मशहूर नहीं हुआ। ऐसा शायद इसके लम्बे-लम्बे और नफ़ीस उर्दू में बोले जानेवाले डायलॉग्स की वजह से था, जो बिहार और हैदराबाद की संयुक्त रियासत में ही समझी जाती थी, मगर पटना में इसने बॉक्स-ऑफ़िस पर 'पठान' के रिकॉर्ड को भी तोड़ दिया था।

इसकी कहानी देश की सियासत की वजह से एक जवान मुसलमान नेशनलिस्ट नेता की ज़िन्दगी पर पड़नेवाले असर को लेकर बुनी गई थी। मोहम्मद अशरफ़ नाम के इस नेता का किरदार पृथ्वीराज कपूर और उसकी बेग़म की भूमिका उज़रा ने निभाई थी। नाटक की शुरुआत होती है कि यह नेता एक बहुत जोशीला और शानदार भाषण देकर घर लौटता है। जब वह अपने भाषण की बातें घर पर सुना रहा होता है और अपने सामने रखे खाने का पहला निवाला लेने ही वाला होता है कि पुलिस वहाँ पहुँचकर उसे गिरफ़्तार कर लेती है। जब उसका शौहर जेल चला जाता है तो उसकी बीवी घर का ख़र्च चलाने के लिए सिलाई का काम करने लगती है। उन दिनों उससे मिलने उसके पति के कुछ दोस्त आते हैं जो मौक़ापरस्त नेता हैं। ये दोस्त उसे उकसाते हैं कि अगली बार मिलने जेल जाए तो ब्रिटिश सरकार के ख़िलाफ़ अपने शौहर के विचारों को बदलने की कोशिश करे। शुरुआत में इस तरह की राय सुनकर वह उन दोस्तों पर बहुत नाराज़ होती है और उन्हें अपने घर आने से भी मना कर देती है। मगर, धीरे-धीरे ग़रीबी और मुश्किल हालात के मद्देनज़र उसके आदर्श कमज़ोर पड़ने लगते हैं। 'कामयाब' नेताओं के झूठे रुतबे और उनकी शान बघारती बीवियों, जिनमें से कुछ उसकी सहेलियाँ थीं, को देखकर वह इतना परेशान हो जाती है कि अशरफ़ के राष्ट्रवादी आदर्शों का मज़ाक उड़ाने लगती है। अशरफ़ अपने आदर्शों पर डटा रहता है और बड़ा कांग्रेसी नेता बन जाता है। मगर जब उसकी पार्टी नापसन्दीदा भारत सरकार एक्ट पर रज़ामन्द होती है तो वह भौचक्का रह जाता है और वह उम्मीद चूर-चूर हो जाती है। वह मुस्लिम लीग में शामिल हो जाता है जिससे उसकी बीवी बहुत ख़ुश हो जाती है और मान लेती है कि अब वे लोग पाकिस्तान चले जाएँगे। नाटक के पाँचवें और अन्तिम हिस्से में जब अशरफ़ 15 अगस्त, 1947 के दिन पंजाब से लौटते हुए हिन्दू और मुसलमानों के बीच नफ़रत से उपजे दंगों में फँस जाता है तब उसे अपनी ग़लती का अहसास होता है। तन और मन से बुरी तरह घायल, किसी तरह अपने को घसीटते हुए वह घर पहुँचता है। हाल के वाक़यों को देखकर उसकी आँखें खुल जाती हैं और वह फ़ैसला करता है कि वह भारत में ही रहेगा और देश को कमज़ोर कर रही बुराइयों के ख़िलाफ़ लड़ेगा। तभी एक नेता, जो उसका दोस्त होने का

दावा करता है, उससे मिलने आता है। वह यह सोचकर ख़ुश हो रहा होता है कि अब वह पाकिस्तान चला जाएगा और अपने बोए हुए नफ़रत के बीज़ की फ़सल का फ़ायदा उठा सकेगा। जब अशरफ़ उसे मौक़ापरस्त इन्तहापसन्द कहकर उसे खरी-खोटी सुनाता है तो उसका दोस्त उसे 'ग़द्दार' क़रार देते हुए गोली मार देता है।

मैंने इस नाटक में एक बूढ़ी नौकरानी, बड़ी बी का किरदार निभाया था, जो शुरू से ही देश के बँटवारे के ख़िलाफ़ थी। नाटक के आख़िर में जब बेग़म पाकिस्तान जाने से पहले ख़ुशी से सामान बाँध रही होती है, बड़ी बी कहती है कि वह उनके साथ पाकिस्तान नहीं जाएगी, भारत में ही रहेगी। हालाँकि यह एक छोटा-सा किरदार था, मगर इसे बहुत ही ख़ूबसूरती से लिखा गया था। अपने सीधे-साधे डायलॉग और वतनपरस्ती के अहसास से लबरेज़ बड़ी बी बहुत जल्दी देखनेवालों के ज़हन में बैठ जाती थी। शुरू में जब मुझे इस किरदार के ज़ोरदार असर का अहसास नहीं था तो मुझे बड़ा ताज्जुब होता था कि यह छोटा-सा किरदार इतना कामयाब क्यों रहा। यह असर नाटक के पहले शो के बाद ही समझ में आ गया था। बड़ी बी की घरेलू सी बातें बाक़ी किरदारों की लम्बी और सियासत से जुड़ी मुश्किल बातों के बीच क़रार देने का काम करती थीं। वो मुश्किल बातें वैसे भी सियासत समझनेवालों के पल्ले ही पड़ती थीं। मेरे लिए इस भूमिका को निभाना आसान था क्योंकि न केवल मैं उसी इलाक़े की थी बल्कि मैं बड़ी बी जैसी अपनी माँ की कई पुरानी नौकरानियों को देख चुकी थी जो 'आज़ाद बँधुवा' की तरह थीं। मैंने उन्हीं के हाव-भाव इस्तेमाल किए। मुझे पता था कि वे किस तरह बातचीत करती हैं और उसी के मुताबिक़ अपने मन के डायलॉग बना लेती थी जिन्हें बाद में नाटक की स्क्रिप्ट में जोड़ा गया।

मेरे लिए इस किरदार में सबसे मुश्किल बात थी ख़ुद को दिल से बूढ़ा महसूस करना। नाटक में कहानी तीस सालों में फैली है, जिसमें मुझे अधेड़ उम्र से शुरू होकर बहुत बूढ़ी होने तक का किरदार करना था। उस समय मैं जवान ही थी और बहुत ज़्यादा जोशीली—ऐसे में किरदार के मुताबिक़ बूढ़ी बनना मेरे लिए दोगुना मुश्किल था! हालाँकि बूढ़ी दिखने में मेकअप से काफ़ी मदद मिल जाती थी मगर जब तक मैं दिल से बुझी हुई महसूस नहीं करती सिर्फ़ चलने और एक्टिंग करने से बूढ़ी की तरह असली असर नहीं आ सकता था। पर्दे के पीछे मैं ख़ुद को बोलती रही थी 'खत्म करो उसे', मेरा मतलब अपने अन्दर हमेशा उछलते रहनेवाले उस जोश को ख़त्म करना होता था जिसकी मुझ पर हमेशा ही नियामत रही। इतनी कोशिशों के बाद ही मैं बड़ी बी के किरदार के लिए सही चाल-ढाल और आँखों के भाव अपना सकी। पृथ्वी थिएटर के दूसरे नाटकों में अपने किरदार के मुक़ाबले मुझे यह छोटा-सा किरदार ज़्यादा याद सिर्फ़ अपनी कोशिशों की वजह से ही नहीं बल्कि इसके लेखक इंदर राज आनन्द ने इस प्यारे से माँ सरीखे किरदार को नाटक के बीच में जिस तरह से जगह दी थी, वह भी एक बड़ी वजह थी। यह कहने की तो ज़रूरत ही नहीं है कि आवाज़, डायलॉग बोलने के

अंदाज़ और अल्फ़ाज़ की साफ़ अदायगी के लिए पापाजी की लगातार मदद के बिना मेरे कुछ कर पाने का सवाल ही नहीं था।

पृथ्वी थिएटर का पाँचवाँ नाटक 'आहुति' था जिसका पहला शो 30 सितम्बर, 1949 को हुआ। इसमें देश के बँटवारे के दौरान हुए दंगे में अगवा हुई एक लड़की की किस्मत की कहानी थी। हालाँकि उसका अपना परिवार और होनेवाला शौहर उसे अपना लेते हैं मगर उसकी होनेवाली ससुराल के लोग और बाक़ी बिरादरी उसे कलंकित मानते हैं। ससुरालियों की इज़्ज़त बचाने के लिए लड़की द्वारा अपनी जान देने के साथ ही नाटक ख़त्म होता है।

थियेटर और फ़िल्म दोनों जगह काम की वजह से अब पापाजी के पास समय की दिक़्क़त होने के साथ-साथ उनकी सेहत पर भी फ़र्क़ पड़ने लगा था। इसलिए फ़ैसला किया गया कि इस नए नाटक में उन्हें कोई किरदार न देकर आराम का मौक़ा दिया जाएगा। उज़रा को नायिका की माँ कौशल्या का और मुझे हीरो की माँ विशेशरन का किरदार करना था। हम लोग मुश्किल से कुछ ही रिहर्सल कर पाए थे कि उज़रा के शौहर हामिद बट ने फ़ैसला किया कि बस बहुत हो गया बॉम्बे रहना, अब उन दोनों को कहीं और जाकर किस्मत आजमानी चाहिए। (हमने कभी भी, न तो उदय शंकर के साथ और न पृथ्वी थिएटर के साथ, कोई काग़ज़ी क़रार नहीं किया था, मगर दोनों ही जगह ऐसा कभी नहीं हुआ कि हमें किसी महीने की तनख़्वाह न मिली हो!) बहरहाल, इसका मतलब यह था कि उज़रा अब यह नाटक नहीं कर सकेगी और उसका किरदार कोई और करेगा। साथ ही यह बात भी सोची गई कि अगर दोनों ही प्रमुख कलाकार हिस्सा नहीं ले रहे हैं तो नया नाटक तैयार करना समझदारी नहीं है। तब पृथ्वी जी ने दिमाग़ लगाया और पूरा नाटक फिर से लिखवाया गया। नायिका की माँ का किरदार उसके अंधे पिता में बदल दिया गया ताकि डायलॉग, जो अगर कोई अच्छी सेहत वाले आदमी की जुबान से बोलने पर अजीब लगते, एक अन्धे और लाचार पिता, जो पूरी तरह अपनी बेटी पर निर्भर होने के साथ उसे बेइन्तहा प्यार करता है, के मुँह से बिल्कुल सही लगते थे। पिता का किरदार ख़ुद पृथ्वी जी ने किया और हमेशा की तरह एक बार फिर हर तरह के किरदार कर सकने की अपनी क़ूवत और हुनर से हम सबको हैरान कर दिया। 'पठान' और 'पैसा' नाटक लिखनेवाले लालचन्द बिस्मिल ने ही 'आहुति' लिखा था।

सच कहूँ तो शुरू में मुझे यह नाटक अच्छा नहीं लगा, और जब मुझे यह अहसास हुआ कि अब उज़रा भी नाटक में नहीं होगी तो अपने किरदार को लेकर मेरी दिलचस्पी पूरी तरह से ख़त्म हो गई और मैंने अपने लिए एक छोटा-सा किरदार चुन लिया। इस तरह विशेशरन का किरदार इन्दु लेले को दे दिया गया जिसने इसे ज़बरदस्त कामयाबी दिलाई। ख़ुद महाराष्ट्र की होने के बावजूद उसने एक अमीर, लालची और घमंडी पंजाबी माँ का किरदार बेहतरीन तरीक़े से निभाया। उसके बोलने में बिल्कुल सही पंजाबी लहज़ा आता था। नाटक में सबसे बढ़िया किरदार अगवा लड़की जानकी का था जिसे छोटे क़द वाली पुष्पा ने किया (जिसने बाद में एक बहुत अच्छे अदाकार प्रयाग राज शर्मा से शादी की)। मैंने पुष्पा की तरह पैदायशी हुनर वाले बहुत कम ही कलाकार देखे हैं। वह अपने किरदार के अहसासात को इतनी अच्छी

तरह से समझती थी कि वह मनमाफ़िक़ मोड़ देते हुए उसे निभा सकती थी। काबिले-ए-तारीफ़ बात यह थी कि बचपन में उसे पढ़ाई करने का ज़्यादा मौक़ा नहीं मिला था, मगर सीखने के लिए उसमें इतनी लालसा थी कि 1960 में थिएटर बन्द होने तक वह कई सारी भाषाएँ सीख चुकी थी और उसने कई सारे नाटक पढ़ डाले थे। जहाँ इन्दुमति और उज़रा को ख़ूबसूरती मिली थी, पुष्पा की कामयाबी पूरी तरह से उसके हुनर के दम पर थी। ख़ूबसूरती के नाम पर उसकी बड़ी-बड़ी आँखें और लम्बे काले-भूरे बाल थे, जिनके लिए पृथ्वी जी का कहना था कि इनमें 'सैक्स' है!

'आहुति' के बाद थिएटर का अगला नाटक 'कलाकार' (8 सितम्बर, 1951) था। यह इससे पहले हुए तीन नाटकों की लीक से हटकर था क्योंकि इसमें किसी क़ौमी मुद्दे की बजाय एक सामाजिक मसले को उठाया गया था। नाटक लिखने की जिम्मेदारी रामानन्द सागर को सौंपी गई, और यह पहला नाटक था जिसका पूरा तीसरा हिस्सा पापाजी ने लिखा। इसकी कहानी एक पहाड़ी कबीले से शुरू होती है, जो सभ्य समाज से बहुत दूर बसा हुआ है। यहाँ नाच-गाकर त्योहर मनाया जा रहा है। एक कलाकार जिसे नई-नई जगहों की खोज़ करना पसन्द है इस कबीले तक आ पहुँचता है और यहाँ की एक लड़की गौरान के प्यार में डूब जाता है। इससे सरजू, कबीले में रहनेवाला एक जवान जो गौरान से प्यार करता है, बहुत दुखी हो जाता है। शुरुआत में जो नाटक लिखा गया उसमें यह कलाकार कुछ समय लड़की के साथ रहने के बाद गाँव से वापस चला जाता है। बहुत साल बाद जब वह वापस उसी इलाक़े में पहुँचता है तो सामने की पहाड़ी धँस जाने के चलते काफ़ी बदल चुका है। गाँव के रिवाज के मुताबिक़ इस कलाकार के साथ रात बिताने के लिए एक कुँवारी लड़की भेजी जाती है। गाँव का पुजारी, जो अब काफ़ी बूढ़ा हो चुका है, अकेला ऐसा आदमी है जो उस कलाकार को पहचान जाता है और आख़िरकार उसे बता देता है कि जिस लड़की के साथ वह रँगरलियाँ मनाने की सोच रहा है वह उसकी प्रेमिका गौरान से पैदा हुई उसकी अपनी बेटी है।

पृथ्वी जी को लगा कि यह बहुत ही घिसी-पीटी सी कहानी है, इसके अलावा उन्हें लगा कि वह लोगों का यह नज़रिया बदलने की कोशिश कर रहे हैं कि कलाकार लोग ख़राब चाल-चलनवाले होते हैं, जबकि इस नाटक की कहानी एक कलाकार की ग़लत छवि पेश करती है। जब रामानन्द सागर को नाटक पर पृथ्वी जी की राय पता चली तो उन्होंने कहा कि नाटक का कोई ठीक-ठाक सा तीसरा हिस्सा लिख पाना उनके लिए मुश्किल हो रहा है। उन्होंने कहानी में जो भी बदलाव करने की कोशिश की, वो जँच नहीं रहे थे। आख़िरकार, उन्होंने यह कहते हुए हाथ खड़े कर दिए कि कहानी को बदल पाना उनके बस की बात नहीं है। इसके चलते पापाजी को ख़ुद नाटक लिखने पर मजबूर होना पड़ा! उन्होंने नाटक के पहले दो हिस्सों के डायलॉग बदल डाले। नई कहानी में कलाकार एक ऐसे किरदार के रूप में उभरता है जो गौरान से दिल की गहराई से सच्चा प्यार करता है। दूसरे हिस्से में वह गौरान से शादी करता है और उसे अपने साथ 'बड़े शहर' ले जाता है। नाटक के तीसरे हिस्से में

गौरान का किरदार बिल्कुल बदल जाता है। वह शहर में पैसे और नाम की झूठी चमक में खो चुकी होती है। वह एक अमीर जवान आदमी की ओर आकर्षित हो जाती है जो उस पर उपहारों और तारीफ़ की बौछार करता रहता है। आख़िरकार वह गौरान को पाने के लिए उसके कलाकार पति की सारी पेंटिंग ख़रीदने का प्रस्ताव रखता है। जब वह गौरान के सामने अपने कामुक इरादे ज़ाहिर करता है तब जाकर उसे यह अहसास होता है कि वह कितनी गिर चुकी है। ग़लती का अहसास होते ही वह उस आदमी के हाथ से बड़ी-सी रकम लिखा हुआ चेक लेकर टुकड़े-टुकड़े करके उसे भगा देती है। आख़िर में आँसू भरी आँखें लिये वह अपने पति की बाँहों में वापस लौट आती है।

अब हुआ यह था कि उज़रा और हामिद दोनों फिर बॉम्बे लौट आए थे और शहर में अच्छी तरह से जम गए थे। उज़रा को गौरान का किरदार मिला, कलाकार ख़ुद पृथ्वी जी बने। पापाजी के दूसरे बेटे शम्मी कपूर ने गौरान को लुभाने की कोशिश कर रहे बिगड़े अमीरज़ादे रमेश का किरदार बहुत कामयाबी के साथ निभाया। श्रीराम शास्त्री, जो बेहतरीन अदाकार थे, को पहले सरजू बनाया गया था मगर बाद में उन्हें पुजारी का किरदार दिया गया जो उन्होंने बेहतरीन तरीक़े से किया। बहुत सारे लोग उन्हें उनके इस नाटक के किरदार के लिए याद करते थे। शास्त्री और इन्दु थिएटर के सबसे उपयोगी अदाकार थे क्योंकि ये दोनों थिएटर के सभी नाटकों के तक़रीबन सारे किरदार (केवल पापाजी के छोड़कर) निभा चुके थे। यह बात अपने आपमें इस बात की गवाही है कि इन दिनों की अदाकारी किस दर्ज़े की थी। बाद में, श्रीराम को 'किसान' नाटक में केदार के किरदार के लिए एक सोसाइटी ने 50 रुपए का इनाम दिया था। 'किसान' पृथ्वी थिएटर का आख़िरी नाटक था। बहरहाल, 'कलाकार' में मेरा कोई डायलॉग नहीं था, मगर मैं पहाड़ी देवी-देवताओं की आत्मा दिखाने के लिए किए गए मुखौटा-डांस में थी और बाद में गाँव के लोकनृत्य में शामिल हुई। मुझे यह डांस तैयार करने में बहुत मज़ा आया, इसके लिए कॉस्ट्यूम और मुखौटों का डिज़ाइन करने के साथ इसके लिए संगीत सुझाने का काम भी मैंने ही किया था।

हालाँकि नाटक में फेर-बदल के लिए पृथ्वी जी ने जो वजहें गिनवाई थीं उनसे मैं पूरी तरह से सहमत थी, मगर मैं नए नाटक में कलाकार के बदले हुए नए डायलॉग से ख़ुश नहीं थी। नाटक में बहुत ज़्यादा बदलाव करने के बावजूद, गौरान जैसी मासूम लड़की को शहर के बिगड़े माहौल में ले जाने के मुद्दे पर हुई बहस में पुजारीजी के किरदार के मुक़ाबले, उसके मुँह से निकलते शब्द अब भी बहुत नकली लगते थे। इसके अलावा, नाटक का तीसरा हिस्सा जो हालाँकि बहुत अच्छी तरह लिखा गया था, बाक़ी नाटक के मुक़ाबले ख़ुद में ही एक अलग दर्ज़े का था। इन सबके बावजूद कहानी के नएपन की वजह से यह नाटक पृथ्वी थिएटर के लिए अहम था। पापाजी के मुताबिक़ यह 'कैनवस पर हल्के ब्रश से बनाया गया चित्र था'। वह इसे अपना सबसे कमज़ोर बच्चा कहते थे, यह नाटक कभी भी 'पठान', 'आहुति' या 'दीवार' नाटकों की तरह कामयाबी हासिल नहीं कर सका।

जब राज कपूर ने अपना फ़िल्म स्टूडियो, आर.के. फ़िल्म्स बनाने और फ़िल्मों में अदाकार, निर्देशक और निर्माता बनने के लिए थिएटर छोड़ा तो कला-निर्देशक की जिम्मेदारी उज़रा ने सँभाल ली थी। 'कलाकार' नाटक के मुखौटा डांस को छोड़कर उसने सारी कॉस्ट्यूम

पहाड़ी इलाक़ों में पहने जानेवाले कपड़ों के मुताबिक़ ही तैयार की थी। रंगों के तालमेल और जेवरों के साथ यह कॉस्ट्यूम बहुत असरदार लगती थी। लेकिन नाटक का कुल मिला कर जो असर होना चाहिए था, वह पहाड़ी इलाक़ा दिखाने के लिए सही सेट न बनने की वजह से कमजोर पड़ जाता था। नाटक का सेट उज़रा की निगरानी में नहीं बना था। पृथ्वी जी की जगह अगर कोई जवान अदाकार कलाकार का किरदार करता तो शायद नाटक को कामयाबी मिल सकती थी। पापाजी ने थिएटर के दूसरे जवान कलाकारों को यह किरदार निभाने के लिए कहा भी था लेकिन किसी की हिम्मत ही नहीं हुई उसे लेने की और आख़िरकार उन्हें ही यह करना पड़ा।

और अब मेरे जीवन की दूसरी सबसे बढ़िया बात मेरे साथ हुई—कामेश्वर ने फ़ैसला किया कि हमें अब दूसरा बच्चा पैदा करना चाहिए। 1952 में जालन्धर और श्रीनगर के दौरों के बीच हमारा बेटा मेरी कोख में आया, लेकिन मैंने कश्मीर का दौरा पूरा किया और जनवरी 1953 तक काम करती रही। उसके बाद मैं और किरण, जो अब आठ साल की हो चुकी थी, अब्बाजान के पास चले गए। उन दिनों वह रामपुर शहर से पाँच मील दूर अपने फार्म ढाक्का में रहते थे। अपनी शादी के बाद से ही और पृथ्वी थिएटर के साथ होते रहनेवाले दौरों की वजह से मैं अब्बा से कभी-कभार ही मिल पाती थी। जब भी हम उत्तर भारत में कहीं नाटक करते थे तो वह आते थे और मेरी बड़ी बहन के साथ रुकते थे, जहाँ हम सब उनसे मिलने जाते थे, इन मौक़ों पर बॉम्बे से हमारे शौहर भी आकर उनसे मिलते थे। पिछले दस सालों में अपने काम में ही लगे रहने के चलते मैं कुछ हद तक अब्बा से दूर हो गई थी। अब जाकर यानी अपनी दूसरी जचगी के दौरान मैंने उन्हें फिर से जाना और अहसास किया कि वह कितने शानदार इनसान थे। मैंने देखा कि वह कितनी अनुशासित ज़िन्दगी जीते थे और मिलनेवाले हर आदमी को समझते हुए उसके साथ वह कितनी नरमदिली से पेश आते थे।

ढाक्का फ़ार्म आबादी से मीलों दूर था और अब्बाजान ने मुझे इस बारे में चेताते हुए राय दी थी कि मैं रामपुर शहर में अपने दूसरे रिश्तेदारों के साथ रहूँ, लेकिन मैंने उनकी एक नहीं सुनी। मैंने एकड़ों ज़मीन पर फैले झूलते गेहूँ और चावल के खेतों का शान्त माहौल और मिट्टी से लिपे घर में सादगी से रहने का भरपूर मज़ा लिया। हम तीनों रोज़ सुबह-शाम दूर-दूर तक की सैर करने के लिए जाते थे। सुबह जल्दी उठना और रात को जल्दी सो जाना यहाँ का नियम था। घर के आगे खेत में अलग-अलग दूरी पर सात शीशम के पेड़ लगाए गए थे और अब्बा ने कहा कि ये पेड़ मुझे 'मेरे सात बच्चों' की याद दिलाते हैं!

हम अप्रैल की शुरुआत में नैनीताल चले गए। 6000 फीट की ऊँचाई पर मौजूद इस पहाड़ी क़स्बे के बीचोबीच आँख (देवी पार्वती के नैन) के आकार का एक ताल है, जिसकी वजह से इसे नैनीताल कहा जाता है। मिथक के मुताबिक़ भगवान शिव ने क्रोध में तांडव करते हुए देवी सती की आँख को यहाँ गिरा दिया था (कहा जाता है कि देवी सती, जो पार्वती का ही पूर्वजन्म था, ने अपने पिता के घर भगवान शिव का अपमान होने पर आग में जलकर प्राण दे दिए थे। जब भगवान शिव को इसका पता चला तो वह दुख व क्रोध में विनाश का नृत्य तांडव करने लगे थे)। अब्बाजान ने नैनीताल में हमारे रुकने का इन्तज़ाम मैट्रोपोल होटल में करवा दिया था जो परिवारों के ठहरने के लिए रसोई और कमरों के सुइट किराए पर भी

देता था। हमसे नीचे वाली मंज़िल पर एक बहुत बड़ा परिवार रहता था और किरण की उनके कई सारे बच्चों के साथ बहुत अच्छी दोस्ती हो गई थी। एक दिन जब मैं बच्चे के लिए कपड़े सिलने बैठी थी तो मैंने किरण को बच्चों की फ़ौज के साथ सीढ़ियाँ चढ़ते हुए फुसफुसाते हुए सुना, ''आओ, मैं तुम्हें दिखाती हूँ मेरी माँ कितनी बदसूरत है!''

मुझे बहुत डर लग रहा था क्योंकि बच्चा पैदा करने के लिहाज़ से मेरी उम्र ज़्यादा थी, लेकिन जचगी बहुत ही आसान रही। शायद रोज़ सुबह छह बजे पूरी झील का चक्कर, जो एक मील से ज़्यादा था, लगाने और अपने कमरों तक पहुँचने के लिए 57 सीढ़ियाँ चढ़ने की कवायद इसकी वजह थी। पवन 20 मई, 1953 को 4.45 बजे की चमकीली सुबह में इस दुनिया में आया, जब सूरज की किरणें हिमालय की बर्फ़ीली चोटियों के साथ खेलना शुरू ही कर रहीं थीं। वह बहुत ही छोटा-सा केवल 5.5 पाउंड (तक़रीबन ढाई किलोग्राम) का बच्चा था, लेकिन जल्दी ही उसका वज़न तेज़ी से बढ़ने लगा। किरण ने जब पहली बार उसे छुआ तो उसने कहा, ''यह छूने पर बिल्कुल खूबानी जैसा लगता है!'' जब मैं रैमसे हॉस्पिटल से होटल पहुँची तो किरण अपने छोटे भाई के प्रेम में इतनी डूब चुकी थी कि उसका सारा काम वह ख़ुद करने की ज़िद करने लगी, यहाँ तक कि उसके कपड़े भी वह ख़ुद धोना चाहती थी। वो तो जब बच्चे की लंगोट धोने की बारी आई तब उसे अहसास हुआ कि उसने क्या झमेला सिर ले लिया है, उसके बाद ही वह गन्दे कपड़े जमादारनी को धोने देने के लिए राज़ी हुई!

कामेश्वर को ख़बर मिली तो वह बहुत ही ज़्यादा ख़ुश हो गए, क्योंकि हिन्दू घरों में बेटे की पैदाइश और भी अच्छी बात मानी जाती है। मैंने हाल ही में एवरेस्ट की चोटी फ़तह करनेवाली हिलेरी टीम की कामयाबी को देखते हुए बच्चे का नाम शेरपा तेनज़िंग रखा, लेकिन बॉम्बे लौटने पर कामेश्वर ने हनुमान के पिता पवन देव के नाम पर उसका नाम पवन रख दिया।

जुलाई तक मैं बॉम्बे में काम पर वापस आ गई, मैं दौरों पर बच्चे को साथ ही ले जाती थी जो पूरी मंडली का चहेता बन गया था। उसने आठ महीने की उम्र में मंच पर अपनी शुरुआत की। 15 जनवरी, 1954 के दिन हम थिएटर की दसवीं वर्षगाँठ के मौक़े पर उसी मंच पर, एक रंगारंग कार्यक्रम रहे थे, जहाँ शाम को हमें एक नाटक करना था। पिछले सालों की तरह ही पृथ्वी थिएटर के कलाकारों ने इस मौक़े के लिए छोटे-छोटे मज़ाकिया प्रहसन और डांस तैयार किए हुए थे और हर कार्यक्रम शुरू होने से पहले उनकी घोषणा की जा रही थी। कार्यक्रम के बीच में एक घोषणा हुई कि हम बहुत ख़ुशकिस्मत हैं कि आज हमारे बीच एक ऐसी महान शख़्सियत मौजूद हैं जिनके बारे में कुछ बताने की ज़रूरत ही नहीं है। पर्दा हटा और उस बड़े से मंच के बीचोबीच एक छोटा-सा गोलमटोल बच्चा पीछे बज रहे तबले की धुन पर पूरी लय के साथ झूम रहा था। देखनेवालों के लिए यह सुखद आश्चर्य था। बहरहाल, इससे पहले कि पवन घबराकर इस अनूठे शो को ख़राब करे पर्दा गिरा दिया गया। बड़े होने के साथ वह थिएटर के नाटकों में भीड़वाले सभी दृश्यों में शामिल होता था। पाँच साल की उम्र में 1958 में शिमला दौरे में उसे पहली बार बोलनेवाला किरदार निभाने का मौक़ा मिला, जिसमें उसने 50 रुपए की कमाई की।

वह 'पठान' नाटक के पहले दृश्य में वजिरया नाम का बच्चा बनता था। एक बार, जब ख़ान का बेटा होने की ख़बर सुनाई जाती है तो ख़ुशी के माहौल की अफ़रा-तफ़री में पवन पापाजी के पीछे छिप गया। ग़लती से पापाजी की भारी-भरकम चप्पल से उसका पैर दब गया। जैसे-तैसे अपना पैर निकालकर वह अपने किरदार के मुताबिक़ पैदा हुए नए बच्चे को देखने के लिए पर्दे के पीछे आया तो मैंने उसका आँसुओं से तर चेहरा देखा, उसका पैर थोड़ा सा छिल गया था। मैंने फुसफुसाते हुए उससे कहा, "यह ख़ुशी का मौक़ा है और तुम्हें मुस्कराते हुए बाहर जाना होगा। यही एक्टिंग है!" वह आंसुओं के बीच मुस्कराते हुए भाग कर मंच पर गया और अपनी नक़ली राइफल के साथ ख़ुशी ज़ाहिर करने के लिए नाचा भी। बाद में जब यह बात बताई गई तो किसी ने पवन से पूछा कि तुमने अपना दबा पैर निकालने के लिए पापाजी से क्यों नहीं कहा। उसने थोड़ा नाराज़गी दिखाते हुए कहा, "मैं कैसे कह सकता था? मैं तो वज़िरया था!"

पृथ्वी थिएटर का छठा नाटक 'पैसा' (4 सितम्बर, 1953) था। शान्तिलाल जो एक सीधा-साधा ईमानदार बैंक मैनेजर था, अपने चालबाज़ दोस्त कालीदास, के बहकावे में आकर बेईमान हो जाता है और ख़ूब पैसा कमाता है। एक सुखी शादीशुदा ज़िंदगी बितानेवाले प्यारे इनसान से बदलकर वह बहुत ही दुष्ट आदमी बन जाता है। अमीर बनने की इस चाह में वह अपनी बीवी और बच्चों से दूर हो जाता है, वह ख़ुद को बेईमानी का पाठ पढ़ानेवाले अपने दोस्त कालीदास को भी बरबाद कर देता है। आख़िरकार उसका लालच इस हद तक बढ़ जाता है कि वह बेटी की शादी एक सत्तर साल के बूढ़े लखपति से कर देता है, जो शादी के एक साल बाद ही मर जाता है। उसका बेटा इस शादी का विरोध करता है तो वह उसे अपनी दौलत से बेदख़ल कर घर से निकाल देता है। उसकी दुखी बीवी, जिसका किरदार उज़रा ने निभाया था, एक बेवा बेटी और अमीर बनने की चाह में हैवान बन चुके पति की गालियों का बोझ ढोने के लिए मजबूर होती है। शान्तिलाल लालच और बेरहमी में और नीचे गिरता जाता है। आख़िर में उसके जुर्म के अहसास से उन सब लोगों के भूत उसके सामने आ जाते हैं जिनके साथ उसने बुरा किया था। उसका दोस्त कालीदास, जिसने अपने दिवालिया होने की ख़बर सुनकर ख़ुदकुशी कर ली थी, उसकी बेटी जिसकी शादी एक अमीर बूढ़े से कराने के लिए उसने उसके प्रेमी से हुई सगाई तोड़ने पर मजबूर कर दिया था, मिल मज़दूर जिन्हें उसने भुखमरी की कगार पर पहुँचा दिया...इन सब के साथ की गई नाइनसाफ़ी के बारे में सोचकर वह पागलपन की हद तक पहुँच जाता है। अब उसे अहसास होता है कि उसने कितने बड़े-बड़े जुर्म किए और अपनी ज़िन्दगी के आख़िरी दिन वह पश्चात्ताप करने और ख़ुद को सुधारने में बिताता है।

पृथ्वी जी ने नाटक के आख़िरी हिस्से में लालच में अन्धे दुष्ट शान्तिलाल का किरदार बहुत ही बढ़िया निभाया। सती देवी और मैंने नवधनपति तबक़े की ढलती उम्रवाली दो ऐसी औरतों का किरदार किया था, जो शान्तिलाल की बीवी की बचपन की सहेलियाँ हैं और हमेशा उसके सामने अपनी अमीरी की शान दिखाती रहती हैं। नाटक में गोकुल नाम के नौकर के हँसी-मज़ाक़ वाले कुछ दृश्य बहुत अच्छे हैं, हकलाकर बोलनेवाले इस किरदार को मंसाराम ने बहुत अच्छी तरह किया था। शान्तिलाल की बीवी के तौर पर उज़रा की और बेटी

इंद्रा के किरदार में पुष्पा की अदाकारी उम्दा थी। इसके बावजूद यह नाटक बिस्मिल के दूसरे नाटकों 'पठान' और 'आहुति' की तरह कामयाब नहीं रहा, शायद कमज़ोर अन्त इसकी वजह रही हो।

बाद में पृथ्वी थिएटर के बैनर तले 'पैसा' पर फ़िल्म बनाई गई जो नाटक से भी ज़्यादा नाकाम रही। पृथ्वी जी ने मंच पर नाटक कर रहे कलाकारों की जगह फ़िल्मों के जाने-माने और कामयाब अदाकारों को लेने से मना कर दिया। इसलिए हम सबने फ़िल्म में भी अपने नाटक वाले किरदार ही किए। मेरी ख़ुद यह राय थी कि या तो 'पठान' जो कि एक शानदार नाटक था या फिर 'कलाकार' जिसकी कहानी में सुन्दर लोकेशन के साथ-साथ नाच-गाने दिखाने का आकर्षण भी जुड़ा था, फ़िल्म बनाने के लिए बेहतर साबित हो सकते थे, लेकिन पापाजी ने 'पैसा' ही चुना।

पृथ्वी थिएटर का अगला और आख़िरी नाटक 'किसान' था जिसका पहला शो 26 अक्टूबर, 1956 को हुआ। इसमें आज़ादी के बाद गाँव की बिरादरी में झगड़ा फैलाने वाले एक पूर्व ज़मींदार और उसके गुंडों को मिली सज़ा की कहानी है। नाटक के पहले हिस्से के आख़िर में मेरा तैयार कराया हुआ एक समूह डांस था, जिसमें गाँववाले बहुत इन्तज़ार के बाद आए मानसून की ख़ुशी मनाते हैं। पूरे एक दृश्य के दौरान यह डांस चलता रहता है, मुझे इसकी ख़ुशी और उल्लास से भरे खुलेपन में बहुत ही मज़ा और तसल्ली मिलती थी। मैं चेहरे पर घूँघट डालकर इस डांस में शामिल होती थी क्योंकि इस नाटक में मेरा एक बुरी औरत का किरदार था जो बाद में मंच पर आता है, ऐसे में मेरा गाँववालों के साथ हँसते-नाचते हुए दिखना ठीक नहीं लगता। यह डांस ख़त्म होते ही देखनेवाले ज़ोरदार तालियाँ बजाते थे जिसे सुनकर मैं यह सोचकर बहुत ख़ुश होती थी कि मैंने यह डांस कितना बढ़िया तैयार किया है। लेकिन एक दिन जब अचानक मेरी नज़र पृथ्वीराज जी पर पड़ी जो मंच के बाईं ओर एक पेड़ के चबूतरे पर से गाँववालों को नाचते-गाते देख रहे थे, तब मुझे तालियों का राज़ पता चला। गाँव के प्रधान चौधरी के किरदार में अपनी चमकदार पीले रंग की पगड़ी का एक किनारा पकड़े संगीत की धुन पर झूमते हुए वह अपनी पत्नी सुखिया को, जो उज़रा बनी थी, कनखियों से देखते हैं, बदले में सुखिया भी शरारती अंदाज़ में उन्हें देखती है।

अपने आपमें खोए एक उम्रदार जोड़े के बीच चोरी-छिपे चल रही वह मासूम सी चुहलबाजी देखनेवालों के दिल को इस तरह छू जाती थी कि मंच पर चल रहा बाक़ी कुछ नेपथ्य में रह जाता था और दर्शक उसी को देखते रह जाते थे।

एक सीधी-सादी गाँव की औरत सुखिया के किरदार में उज़रा ने इस नाटक में बहुत सहज और बढ़िया अदाकारी की, जिसने उसके हुनर के एक और मज़बूत पहलू को सामने रखने का काम किया। ख़ासतौर पर उन दृश्यों में जहाँ वह पागल हो जाती है, जब सामंतवादी क़ायदे-क़ानून उसे उसके प्यारे खेतों से दूर कर देते हैं। (बाद में, पाकिस्तान में एक टेलीविज़न कार्यक्रम के लिए उज़रा ने एक छोटा सा प्रहसन तैयार किया जिसमें उसने 'ग़द्दार', 'कलाकार' और 'किसान' के कुछ हिस्सों को एक साथ जोड़कर पेश किया। इसमें 'ग़द्दार' में अपने शौहर के जेल से लौटने पर ख़ुशी और इतने सालों की कठिनाइयों और अकेलेपन के ग़म के मिले-जुले अहसास का बहुत शिद्दत के साथ इज़हार करती बेग़म, 'कलाकार'

की ख़ुशी से बौराई गौरान, जो अपने नए कपड़े और गहने सारी दुनिया को दिखाना चाहती है और 'किसान' में दुख और सदमे में पगलाई सुखिया के किरदार शामिल थे। यह उज़रा का बहुत बढ़िया एकल शो बना था जिसमें उसने अकेले एक दूसरे से बिल्कुल अलग अहसासों को अपनी अदाकारी से ज़ाहिर किया। सभी देखने वालों ने यह कार्यक्रम पसन्द किया।) इस नाटक में मैं एक ग़ुस्से वाली मुँहफट झगड़ालू औरत गजमुखी बुआ बनी थी जो हमेशा अपनी बहुत बड़ी हो चुकी बेवक़ूफ़-सी लड़की और अपने रास्ते में आनेवाले हर किसी को थप्पड़ मारती रहती है। मुझे गाँव की एक औरत, जिसके लड़के पर मैं अपनी पूजा की घंटी चुराने का आरोप लगाती हूँ, के साथ हाथापाई वाली लड़ाई करने में बहुत मज़ा आया। हालाँकि नाटक में इस किरदार की कोई अहम हिस्सेदारी नहीं थी लेकिन अपने मज़ाकिया अन्दाज़ की वजह से यह नाटक में अच्छा असर डालता था।

अब तक हम किरण को अपनी पढ़ाई पूरी करने के लिए अलीगढ़ के मुस्लिम गर्ल्स हाईस्कूल भेज चुके थे। कामेश्वर और मुझे, दोनों को ही लगा कि बॉम्बे का माहौल उस पर ग़लत असर डाल रहा है, क्योंकि उसे मेरी देखभाल और लगातार निगरानी नहीं मिल पा रही थी। अलीगढ़ में उसे भाषा और संस्कृति सीखने के साथ-साथ मेरी ममेरी बहन डॉक्टर हामिदा सैदुज़्ज़फ़र की सोहबत भी मिल सकेगी जो इलाक़े की मशहूर आँखों की सर्जन थीं, ज़िन्दगी को लेकर उनके फ़लसफ़े के हम सभी क़द्रदान थे। बदकिस्मती से, स्कूल में दाख़िले के कुछ वक़्त बाद ही किरण की दाईं एड़ी की हड्डी में एक फोड़ा हो गया, जिसके ऑपरेशन के लिए उसे दिल्ली लाना पड़ा। हालाँकि यह फोड़ा मामूली था लेकिन ऑपरेशन के बाद उसे डांस में कैरियर बनाने की मनाही कर दी गई। यह बहुत ही बुरा था क्योंकि हमारा मंसूबा अलीगढ़ में पढ़ाई ख़त्म करने के बाद उसे डांस सीखने अड्यार में रुक्मिणि अरुंडेल के स्कूल 'कलाक्षेत्र' भेजने का था। किरण ने बचपन से ही डांस में अपने हुनर और सीखने की ललक से सभी को प्रभावित किया था। उसने आठ साल की उम्र में अपना पहला एकल डांस शो 'कोरोमोशो' के नाम से किया था। बारिश के मौसम पर लिखे गए टैगोर के गीतों पर आधारित यह डांस मैंने तैयार करवाया था।

कई दिनों की रिहर्सल के बावजूद ठीक शो से पहले, संगीत शुरू होते ही पर्दे के पीछे खड़ी किरण घबरा गई। वह हिलने तक को तैयार नहीं थी। आख़िरकार मैंने लगभग धक्का देते हुए उसे मंच पर धकेला! मंच पर पहुँचते ही वह तुरन्त आसपास का माहौल भूल गई और खुलकर नाची। केसरिया कपड़े पहने भिक्षु के रूप में बारिश में नाचती छोटी-सी बच्ची ने समाँ बाँध दिया और देखनेवालों ने ज़ोरदार तालियाँ बजाकर उसे दाद दी।

थिएटर में 16 सालों तक 100 लोगों का हमारा पक्का स्टाफ रहा और इस दौरान कुल 2,262 शो किए गए, जिसमें हर एक शो में पृथ्वी जी ख़ुद हाजिर होते थे। इसका मोटा-मोटा मतलब यह हुआ कि लगातार 16 सालों तक हर दूसरे दिन एक नाटक–जो मेरे ख़याल से किसी भी

अदाकार के लिए एक विश्व-रिकॉर्ड है। पापाजी की बेटी उम्मी ने भी दूसरे कलाकारों के बच्चों की तरह बहुत छोटी उम्र में ही थिएटर में हिस्सा लेना शुरू कर दिया था। जल्दी ही डांस और अदाकारी में अपनी क़ाबिलियत दिखानी शुरू कर दी, लेकिन जब उसने कम्पनी में बतौर अदाकारा काम करने की इच्छा ज़ाहिर की तो पापाजी ने इसके लिए इजाज़त देने से मना कर दिया। उनके इस फ़ैसले से मुझे बहुत धक्का लगा क्योंकि इसका मतलब यह था कि वह अपनी बेटी के थिएटर में आने को सही नहीं मानते थे, जबकि वह हमेशा इस काम को इज़्ज़तदार बनाने पर ज़ोर देते थे और उन्होंने थिएटर में काम करनेवाली हम सभी औरतों की हमेशा तारीफ़ की और इज़्ज़त दी थी। एक बार मैंने उम्मी को अपने छोटे भाई को ग़ुस्से के साथ कहते सुना था कि उसे कभी भी अपनी मर्ज़ी से अपने सपने पूरे करने और अपनी क़ाबिलियत को साबित करने का मौक़ा ही नहीं दिया गया। उसके अन्दर के दुख को इस बात से समझा जा सकता है कि जब वह यह शिकायत कर रही थी तब उसकी न केवल शादी हो गई थी बल्कि वह दो बच्चों की माँ भी बन चुकी थी।

पृथ्वी जी अपने अन्दर की आवाज़ के मुताबिक़ काम करनेवाले कलाकार थे, जो अपने वतन की माटी से प्रेरणा लेते थे, जिसके संस्कार उनके अन्दर पैठे हुए थे। हालाँकि उन्होंने न तो विदेश में थिएटर की पढ़ाई की थी और न ही इससे जुड़े तकनीकी पहलुओं के बारे में औपचारिक तौर पर कोई तालीम ली थी लेकिन इसके बावजूद उनके नाटकों में अदाकारी और निर्देशन बिल्कुल नए ज़माने के साथ तालमेल रखते थे। वह अपने किरदारों को कोई भी ऐसा डायलॉग देना नामंजूर करते थे जो हिन्दुस्तानी मिज़ाज से न मिलता हो या जिसमें विदेशीपन की हल्की सी भी झलक हो। यह सब वह पूरी विनम्रता के साथ करते थे, उनका कहना था कि वह ऐसी किसी चीज़ को मंजूर नहीं कर सकते जो ख़ुद उन्हें पूरी तरह समझ न आ रही हो। पृथ्वी जी कहते थे कि अदाकारी की कला को साधने के लिए इनसान को कई जन्म लेने की ज़रूरत होती है। उन्हें हमेशा लगता था कि दस साल तक नाटक की संज़ीदा पढ़ाई के बाद ही अपना थिएटर शुरू करना चाहिए था।

नाटकों की रिहर्सल इतनी अच्छी तरह से होती थी कि किरदार अदाकारों के व्यक्तित्व का हिस्सा बन जाते थे, उन्हें अपने संवादों में थोड़ा-बहुत फेरबदल करने की इजाज़त थी बशर्ते कि वह उनके किरदार को और बेहतर बनाने में मदद करे और उससे नाटक की चाल-ढाल न बदले। छपे हुए नाटकों में कई सारे संवाद दरअसल अदाकारों की ओर से जोड़े हुए हैं जिनकी मदद से नाटक में जान आ जाती थी और यह नयापन पूरी तरह से भारतीय रंग में डूबा हुआ होता था।

लेकिन थिएटर की कामयाबी और मशहूरी के बावजूद इसके संस्थापक-निर्देशक के लिए इसे लगातार चलाए रखना बहुत ही मुश्किल काम था। शुरुआत में वे फ़िल्मों में काम करके उसका पैसा थिएटर में लगाकर जैसे-तैसे ख़र्चों का जुगाड़ करते रहे। बाद में, जब नाटकों के साथ दौरे कुछ ज़्यादा ही होने लगे और उनके लिए बॉम्बे लौटकर फ़िल्मों में काम के लिए समय दे पाना मुमकिन नहीं रहा तो उनके बेटों राज कपूर और शम्मी कपूर ने उन्हें पैसों की दिक़्क़त दूर करने में मदद की। बहुत ज़्यादा मेहनत करने के चलते उनकी सेहत पर भी बुरा प्रभाव पड़ रहा था, क्योंकि उनके किसी भी किरदार के लिए कोई दूसरा अदाकार

नहीं था। उनकी इस मुश्किल हालत से जुड़ा एक दिलचस्प वाक़या है जब पंडित जवाहरलाल नेहरू उन्हें एक सांस्कृतिक दल के नुमाइन्दे के तौर पर भेजना चाहते थे लेकिन पृथ्वी जी ने अपने नाटक के दौरों का वास्ता देते हुए जाने से मना कर दिया। पंडित जी ने नाराज़गी दिखाते हुए कहा कि वह अपनी जगह किसी दूसरे अदाकार को क्यों तैयार नहीं करते। पृथ्वी जी ने माफ़ी माँगते हुए कहा, "मैं एक और ऐसे आदमी को जानता हूँ जिसकी जगह काम करने के लिए कोई दूसरा आदमी नहीं है।" पंडित जी ने जानना चाहा, 'कौन ?' तो पृथ्वी जी का जवाब था, 'आप!'

पृथ्वी जी लम्बी-चौड़ी कद-काठी और काम करने की ज़बर्दस्त ताक़त के चलते 104 डिग्री बुख़ार में भी नाटक कर लेते थे। दिल की बीमारी, एक्जिमा, वैरिकोस वेंस, लैरिन्जाइट्सि जैसी तमाम तक़लीफ़ों के बावजूद वह लगे रहते थे और अपना बेहतरीन काम करके दिखाते थे। पृथ्वी थिएटर ने बहुत सारे अदाकार, संगीतकार, डांस डायरेक्टर तैयार किए जिन्होंने बाद के सालों में फ़िल्मी पर्दे और नाटक की दुनिया में बहुत नाम कमाया। थिएटर से जुड़े तमाम 221 लोगों में से कुछ चुनिन्दा नाम यहाँ दे रही हूँ, कुछ नामों का ज़िक्र पहले ही हो चुका है। इनमें प्रेमनाथ, सज्जन, शशि कपूर, सुरेश, सत्यनारायण, शौक़त क़ैफ़ी, शंकर और जयकिशन, हेमावती, कुमुदनी लेले, कमल कपूर, विश्व मेहरा, कृष्ण धवन, बी.एम. व्यास के अलावा और भी बहुत सारे लोग थे लेकिन थिएटर दूसरा पृथ्वीराज कपूर तैयार नहीं कर सका। पृथ्वी थिएटर ने कई सारी मुश्किलों का सामना किया। देश के बँटवारे के दौरान हुए दंगों में पापाजी और इसके दूसरे कई सदस्यों को सियासी मुद्दों पर नाटक में हिस्सा लेने की वजह से जान का ख़तरा भी उठाना पड़ा, क्योंकि इनसे कभी किसी धर्म वाले लोग नाराज़ हो जाते थे तो कभी दूसरे धर्म के। खुले मंच पर होनेवाले शो के दौरान कई बार आँधी-तूफ़ान, ओले या बिजली फेल होने की वजह से रुकावटें आती थीं (एक बार इन्दौर में देखनेवाले चार घंटे तक इन्तज़ार करते रहे। उन्हें टिकट का पैसा वापस करने की बात भी कही गई लेकिन वो शो देखे बिना हिलने को तैयार नहीं थे।) कभी सेट और बाक़ी सामान वाली गाड़ियों के समय से न पहुँच पाने, गर्म या सर्द मौसम की वजह से देर हो जाती थी। एक बार बिजली गिरने से हमारा बिल्कुल नया सेट बरबाद हो गया जिसमें किस्मत से एक गिरती हुई बीम ने पापाजी और तीन दूसरे कलाकारों की जान बचा दी। एक बार मंच पर रखे लैंप से एक अदाकारा की साड़ी ने आग पकड़ ली थी। कहने का मतलब है कि कौन सी मुसीबत ऐसी थी जो थिएटर ने अपने सफ़र के दौरान नहीं देखी लेकिन हमें रोशनी दिखानेवाले पृथ्वी जी ने इन दिक़्क़तों से उबरने में मदद की और साथ जोड़े रखा, उन्होंने हम सबको गर्मजोशी के साथ अपने आग़ोश में बाँधे रखा।

थियेटर के मुश्किल पल जल्द ही भुला दिए जाते थे और उसके बाद इसका सबसे ख़ुशनुमा, अलमस्त समय होता था। इसके सदस्यों में हर उम्र के सबसे बेफ़िक्र, ख़ुशमिज़ाज आदमी और औरतें शामिल थे और छोटे-छोटे बच्चे इसका सबसे अहम हिस्सा हुआ करते थे। नाटकों के साथ होनेवाले इन यादगार दौरों में कई ज़िन्दगी भर की दोस्तियाँ कायम हुईं और बहुत सारे रूमानी रिश्ते शादियों में तब्दील हुए। इसके कलाकार पृथ्वी थिएटर के ज़रिए देश भर में अपनी पहचान बनने से इज़्ज़त महसूस करते थे। उनके लिए ऐसी संस्था से जुड़ना

फ़ख्र की बात थी जिसे देश-भर के लोग प्यार करते थे लेकिन जैसा कि एक फ्रेंच कहावत है...'हर चीज़ धुँधली होती है, हर चीज़ टूटती है, हर चीज़ मरती है!'

मई 1960 में थिएटर बन्द हो गया। कोई भी इसके लिए किसी एक चीज़ को जिम्मेदार नहीं ठहरा सकता। क्या इसकी वजह पापाजी के कन्धों पर लगातार बढ़ता जा रहा क़र्ज़ का बोझ था या लेखकों की दमदार नाटक लिख पाने में नाकामयाबी इसकी वजह थी? या थिएटर के पास अपनी कोई स्थायी जगह न हो पाना इसकी वजह बना जिससे दौरों को छोड़कर नाटक केवल हफ़्ते के आख़िर में और वो भी केवल दिन में हो पाते थे? कोई क्या कह सकता है!

बहरहाल थिएटर बन्द होने की ऊपरी वजह पापाजी के गले में एक सिस्ट होने से उनकी आवाज़ का जाना था। लेकिन यह शारीरिक परेशानी तो दूर की ही जा सकती थी न? अपनी शख़्सियत के मुताबिक़, पृथ्वी जी को यह बात बार-बार दोहराते सुना जाता था, ''शेरपा तेनज़िंग एवरेस्ट की चोटी पर केवल दस मिनट रुका था। मैं शिकायत नहीं कर सकता क्योंकि मैं ख़ुशकिस्मत रहा जो 16 साल तक चोटी पर रहा!''

लेकिन तब तक मैं पहले ही थिएटर छोड़ चुकी थी, कुछ ऐसे हालात की वजह से जिनके बारे में पहले से कोई ख़बर ही नहीं थी।

8

1959–1962
दिल्ली

बॉम्बे में 14 साल की हमारी रिहाइश के दौरान कामेश्वर ने तक़रीबन हर काम में किस्मत आजमाई, फ़िल्म निर्देशन, पटकथा लेखन, अपनी पेंटिंग और मूर्तियों की प्रदर्शनियाँ, हमारी नई बनी कम्पनी सहगल बैले के बैनर तले डांस के कार्यक्रम, एक रजिस्टर्ड होमियोपैथ के बतौर दवाइयाँ देना, उन्होंने सब काम किए। हालाँकि उन्होंने जो भी काम किया उसमें पूरी तरह हुनरमन्द होने के बावजूद उन्हें वह कामयाबी नहीं हासिल हुई जिसके वे हक़दार थे। कला के हर क्षेत्र में उनके काम को विशेषज्ञों की बहुत सराहना मिलती थी, तेजी से बेहतरीन काम करने की क़ाबिलियत के चलते फ़िल्म इंडस्ट्री के दिग्गज लोग उन्हें 'स्पीड किंग' और 'जीनियस' कहा करते थे। लेकिन उनको कामयाबी लगातार मिलने की बजाय बीच-बीच में किश्तों की तरह मिलती थी। किसी दिन वह कुछ हज़ार रुपए में कोई फ़िल्म की कहानी बेच कर उत्साह से घर लौटकर मुझे कार में बैठाकर मेरे जन्मदिन के उपहार के लिए फ्रिज़ लेने जाएँगे लेकिन अगले ही दिन उनका यह जोश काफ़ूर होता था। वह निराश हो जाते थे, ऐसे में अपने आसपास की हर चीज़ और हर किसी से वह कट जाते थे, हमारे बच्चों को छोड़कर, जिन्हें वो बेहद चाहते थे, उन्हें कुछ भी अच्छा नहीं लगता था।

एक के बाद एक नाउम्मीदी की वजह से वह धीरे-धीरे सबसे अलग-थलग होते गए और उनकी उदासी लगातार गहराती गई जिसका असर यह हुआ कि वह बहुत ज़्यादा शराब पीने लगे। इसके अलावा वह ख़ुद पर कई तरह के नशे आजमाने लगे थे जिसके लिए नशे के तरह-तरह के जहरीले मिश्रण इस्तेमाल करते थे। हिप्पियों से बहुत पहले ही उन्होंने दिलो-दिमाग़ पर चरस से होनेवाले असर का पता कर लिया था। उनका तेज़ दिमाग़ और हमेशा कुछ नया जानने की आतुरता ने उन्हें काला जादू की ओर खींचा, जिसे बॉम्बे में मछुआरे इस्तेमाल करते थे। काला जादू सीखने के लिए वह घंटों दरवाज़ा बन्द करके बैठे रहते थे, अगरबत्तियाँ जलाकर मंत्रों का जाप करते थे। इस दौरान उनका हँसी-मज़ाक़ का मिज़ाज पूरे शबाब पर रहा, केवल बहुत क़रीबी लोगों के अलावा उन्हें जाननेवाले हर आदमी को

लगता था कि वह बहुत ही बेफ़िक्री से जी रहे हैं। यही वजह थी कि बाद में जो कुछ भी हुआ, वह उन लोगों के लिए एक बड़े झटके की तरह था जो उन्हें एक मज़ाकिया इनसान के तौर पर जानते थे।

पवन के पैदा होने के बाद हम पाली हिल छोड़कर 37 कार्टर रोड, बान्द्रा में समुद्र के किनारे एक खुले हवादार फ़्लैट में किराए पर रहने आ गए थे। 11 मई, 1959 की रात कामेश्वर कुछ ज़्यादा ही नाउम्मीद, उदास थे, ऐसे में उन्हें अकेला छोड़ देना ही ठीक रहता था। मैं उन्हें उनके कमरे में छोड़कर बाहर चली गई जहाँ बच्चों के बगल में मेरा बिस्तर लगा था। जब मैं सुबह उठी तो मैंने उनके कमरे के बाहर लगा नोटिस पढ़ा जिसमें लिखा था, "परेशान मत करना, मैं छिप रहा हूँ।" अपनी बातें ज़ाहिर करने के उनके दिलचस्प तरीक़े के बारे में सोचकर मुस्कराते हुए मैंने दरवाज़े से वह पर्ची उतारी। हमेशा की तरह मैं सुबह की रिहर्सल के लिए गई जो उन दिनों घर के बिल्कुल पास बान्द्रा जिमख़ाना में हो रही थी। दोपहर को खाना खाने मैं दो बजे उज़रा के साथ घर लौटी, उसने मुझसे कामेश्वर के बारे में पूछा। मैंने उसे बताया कि वह अपने कमरे में आराम कर रहे हैं। हमारा डाइनिंग रूम कामेश्वर के बाथरूम के बगल में निचले तल पर था, जिसकी वजह से हमें उनके बिस्तर के पास ज़मीन पर रखा घूमता बिजली का पंखा भी दिख रहा था। मुझे चिन्ता तब हुई जब देर शाम किरण और मैं एक नाटक के बाद घर लौटे और पाया कि कामेश्वर का कमरा अब भी बन्द था और अन्दर लाइट जली थी।

हमने लैवेटरी की खिड़की के रास्ते दरवाज़ा खोला, लेकिन तब तक देर हो चुकी थी...कामेश्वर बिस्तर पर ऐसे पड़े थे जैसे शान्ति से सो रहे हों, उनके पैरों के पास रखा पंखा अब भी घूम रहा था। वह हमेशा ही ज़मीन पर सोना पसन्द करते थे और हाल ही में उन्होंने अपने दीवान के पाए आरी से काटकर जितने हो सकते थे उतने छोटे कर दिए थे। मुझे याद है कि जब वह ऐसा कर रहे थे तो मुझे बहुत मज़ा आया था, मैं उन्हें चिढ़ा रही थी कि पाए बराबर काटने के फेर में तुम पूरा दीवान ही काट डालोगे, क्योंकि उन्हें पाए बराबर काटने में कुछ दिक़्क़त आ रही थी और इस चक्कर में हर पाए से थोड़ा-थोड़ा टुकड़ा हर बार कटता जा रहा था। और अब—वह ठंडे संगमरमर के फ़र्श पर लेटे हुए थे, गरमी की वजह से कमर से ऊपर शरीर पर कोई कपड़ा नहीं था, एक हाथ सिर के ऊपर पड़ा हुआ और एक हाथ उनके नीचे दबा हुआ, यह सोते हुए उनकी ख़ास मुद्रा थी। यक़ीन नहीं हो रहा था! 'मुझे अभी हिम्मत नहीं छोड़नी है' मैं अन्दर ही अन्दर बार-बार दोहरा रही थी। 'बच्चों तक इस हादसे की आँच नहीं पहुँचनी चाहिए...' मैंने किरण से, जो मेरी तरह ही भौचक्की थी, मेरे साथ उसकी कढ़ाई की टीचर के घर तक चलने के लिए कहा जो घर के नज़दीक ही था। वहाँ से मैंने पापाजी को टेलीफ़ोन किया। वह जितना मुमकिन था उतनी जल्दी पहुँच गए। मैं नहीं जानती कि वो नहीं होते तो मैं क्या करती!

अब मेरे मरने का दौर शुरू हुआ। मैं ख़ालीपन की एक अजनबी दुनिया में चल रही थी जिसके मानी ख़त्म हो चुके थे। कुछ भी पहले जैसा नहीं था और न कभी हो सकता था। ज़िन्दगी इतनी दुश्वार हो चुकी थी जिसमें जीते रहना मुश्किल हो गया था। लेकिन बच्चे–किरण और पवन–बहुत छोटे थे, पवन जिसकी छठी सालगिरह केवल एक हफ़्ते बाद ही थी, बार-बार पूछता था कि उसका दोस्त क्यों नहीं आया। उज़रा और हामिद हमें अपने फ़्लैट में ले आए थे, जहाँ पवन के जन्मदिन पर कमरा सजाया गया और उसे उपहार देते हुए उसके सामने ऐसा ज़ाहिर करना कि सब कुछ ठीक–ठाक है, मार डालनेवाला अहसास होता था। सबसे ज़्यादा मुश्किल बार–बार पवन के इस सवाल का जवाब देना होता था कि उसके पिता कहाँ हैं। आख़िरकार वह शान्त हो गया हालाँकि वह बहुत दुखी भी हुआ जब मैंने उसे एक लम्बी और दिलचस्प राजकुमारी परी की कहानी सुनाई जो बादलों में अपने साथ खेलने के लिए दोस्त को बार–बार बुलाती थी। राजकुमारी उदास न हो, इसलिए दोस्त ऊपर चले गए हैं और अब कभी वापस नहीं लौटेंगे।

मुझे लगता है कि इस हादसे के तुरन्त बाद मैं लगभग पागलपन के दौर से गुज़री। मैं ख़ुद को बारी–बारी से हँसते और रोते हुए पाती थी और अपनी हरकतों को ध्यान से देखते हुए उन पर अचरज करती थी। मैं ख़ुद को अजीबोग़रीब भंगिमाएँ बनाते हुए पाती थी जो सामान्य तौर पर मैं कभी नहीं करती, जैसे जब थिएटर के सारे लोग कामेश्वर की मौत पर दुख ज़ाहिर करने के लिए घर आए तो मैं नमस्ते की बजाय उन्हें सलाम कर रही थी। कभी–कभी दुख और सदमा इतना ज़्यादा होता था कि शारीरिक तौर पर उसे बर्दाश्त करना मुश्किल हो जाता था और मेरा पूरा शरीर काँपने लगता था जिसे रोक पाना वश में नहीं होता था। "मुझे ख़ुद को पागल होने से रोकना होगा, अगर किसी और चीज़ के लिए नहीं तो अपने बच्चों के लिए ही मुझे यह करना होगा," मैं ख़ुद को बार–बार यह बात समझाती थी।

ज़ाहिर सी बात थी कि इस पूरे अरसे में मैं छुट्टी पर थी। अब मैंने सोच लिया कि मुझे ख़ुद को सँभालने की कोशिश करनी होगी और जब अगले दौरे की घोषणा हुई तो मैंने साथ जाने का फ़ैसला किया। मैंने अपने लिए 'पठान' नाटक के आख़िर के एक दुख भरे दृश्य को करने की चुनौती तय की। "अगर मैं मंच पर दुख बर्दाश्त कर सकती हूँ तो इसका मतलब यह होगा कि मैं सामान्य हो रही हूँ। यह मुझे दुख से उबरने में मदद करेगा और पागल होने से बचाएगा।" जब मैं वापस अपने काम पर लौटी तब मुझे अहसास हुआ कि मेरे पति ने मुझे वह दिया है जो किसी अदाकारा के लिए सबसे बेहतरीन उपहार हो सकता है। उनकी याद मेरे ज़ेहन में हमेशा ताज़ा रहती है और जब भी मेरे काम में मुझे गहरे दुख के अहसास को ज़ाहिर करने के लिए कहा जाता तो मुझे बस मेरे दिल में हमेशा धधकते रहते शोलों पर पड़ी राख को हल्के से हटा देना भर होता है। उन्हें खोने का यह दुख हमेशा मेरे साथ बना रहेगा। मेरे प्यारे कामेश्वर हम तीनों, मैं और मेरे बच्चों, के साथ हमेशा हैं। हम लोग बहुत प्यार के

साथ उनकी बातें करते हैं, उनके असाधारण हुनर को, उनके बेहतरीन हास्यबोध और उनकी ख़ूबसूरती को याद करते हैं। उनकी रचनात्मक ऊर्जा आज तक मुझे चारों ओर से घेरे हुए है और वह मेरे मरने के बाद भी बनी रहेगी।

मैं अक्सर सोचती हूँ कि अगर कामेश्वर ने मुझसे शादी नहीं की होती तो क्या उनकी ज़िन्दगी किसी और तरीक़े से ख़त्म हुई होती। वह अतिसंवेदनशील इनसान थे जो कभी भी इस बात को मान नहीं पाए कि उनकी बीवी अपने काम में लगातार कामयाबी और इज़्ज़त हासिल करती जा रही है जबकि उनकी ख़ुद की कामयाबी जो हालाँकि कहीं ज़्यादा ऊँचे दर्ज़े की थी, रुक-रुक कर उन्हें मिली। उन्हें मेरी अदाकारी पसन्द थी और एक ड्रेस रिहर्सल के दौरान बड़ी बी के किरदार में मेरी अदाकारी देखकर वह इतने भावुक हो गए कि उनकी आँखों से आँसू बह कर व्यूफाइंडर पर गिरने लगे जिससे वह नाटक की फ़ोटो खींच रहे थे! लेकिन इसके बावजूद, जिस दिन भारत की आज़ादी का ऐलान हुआ, मैं खुलेआम सड़कों पर बिन्दास होकर नाचने के बाद घर लौटी, मैं बुरी तरह थकी लेकिन अब्बास से मिली तारीफ़ कि, "अब हमें पता है कि हिन्दुस्तान के पास भी एक इसाडोरा डंकन है–" से बहुत ख़ुश थी, लेकिन कामेश्वर ने हिकारत से भरकर कहा था, "तुमने सोचा कि मुझे कैसा लगा होगा जब मैंने यह सुना कि मेरी बीवी सड़क-छाप नाचनेवालियों की तरह खुलेआम नाच रही है?" मेरी बीती ज़िन्दगी से जुड़ा दौर जिसमें कामेश्वर मौजूद नहीं था, उसे परेशान करता था। मेरे प्यार और भरोसे की क़समें खाने के बावजूद यह बात उसे बहुत ज़्यादा दुखी करती थी।

बहरहाल, हमारे पास सवालों के तौर पर इतने सारे 'अगर' और 'मगर' हैं, कौन उनके जवाब दे सकता है? एक आदमी के लिए सबसे बड़ी दुश्वारी यह है कि उसके ज़िन्दा रहने के सबब के बारे में, 'क्यों', 'कहाँ' और 'इसके बाद' जैसे सवालों का उसके पास कोई जवाब नहीं है। अब तक मुझे जो जवाब मिले हैं वह तसल्ली देने में नाकाफ़ी साबित हुए हैं। शायद हमारे दिमाग़ के कंप्यूटर की प्रोग्रामिंग सही नहीं है! यह अब तक भी एक गहरी और अनसुलझी पहेली है।

मैंने और बच्चों ने बान्द्रा वाला फ़्लैट छोड़ दिया था और उज़रा के मैरीन ड्राइव वाले घर में रहने लगे थे। कुछ समय बाद किरण अपनी पढ़ाई पूरी करने के लिए अलीगढ़ वापस चली गई, लेकिन पवन के लिए स्कूल की मुश्किल हो गई। उसने नर्सरी की पढ़ाई पूरी कर ली थी और एक साल बरबाद न हो, इसके लिए उसे सीधे प्राइमरी स्कूल में भेजा जाना ज़रूरी था। अब नाटक के साथ दौरे पर जाने पर मेरे पीछे उसकी देखभाल करनेवाला कोई नहीं था। मैं उसे बोर्डिंग स्कूल भेजना चाहती थी लेकिन ऐसा करने की मेरी हैसियत नहीं थी। उस वक़्त मेरी ममेरी बहन हामिदा मेरा सहारा बनी। उन्होंने पवन की पढ़ाई के ख़र्च में हाथ

बँटाने का भरोसा दिया। इसलिए हमने उसे देहरादून में छोटे लड़कों के लिए अंग्रेज़ी पब्लिक स्कूल की परिपाटी पर बने वेल्हम प्रीपेरेटरी स्कूल में भेजने का फ़ैसला किया। स्कूल की प्रिंसिपल मिस ओलीफैंट को मैं अपने बचपन से ही जानती थी। वह मेरे मामा की पुरानी दोस्त थीं, जिन्होंने कई साल पहले यह स्कूल खोलने में उनकी मदद की थी। बहुत कम समय बचा होने के बावजूद हालात को देखते हुए पवन को तुरन्त दाख़िला मिल गया और उसे देहरादून रवाना कर दिया गया। मैं और चार महीनों तक थिएटर के साथ दौरा करती रही लेकिन अब मेरे लिए उसी माहौल में उसी तरह का जीवन जीना मुमकिन नहीं हो पा रहा था। बॉम्बे में हर चीज़ मुझे मेरे पति की मौत के हादसे की याद दिलाती थी। मैंने महसूस किया कि मुझे इस लगातार दुख से बाहर निकलना पड़ेगा, नहीं तो मैं पागल हो जाऊँगी।

मैंने पापाजी से बात की कि किन वजहों से मैं अपनी ज़िन्दगी बदलना चाहती हूँ, और उन्होंने अपनी आदत के मुताबिक़ हालात समझते हुए मुझे थिएटर छोड़ने की इजाज़त दे दी। मैंने दिल्ली में बहुत से लोगों को चिट्ठियाँ लिखीं जिनमें पंडित जवाहरलाल नेहरू और कमलादेवी चट्टोपाध्याय भी शामिल थे। कमला जी ने मुझे दिल्ली में जल्दी ही खुलनेवाली नाट्य एकेडमी फॉर डांस एंड ड्रामा का जिम्मा उठाने का बुलावा भेजा। यह एकेडमी दिल्ली नाट्य संघ के तहत खोली जानी थी। संघ की प्रमुख बेग़म ज़ैदी ने भी मुझे उसी दौरान खुले हिन्दुस्तानी थिएटर के कलाकारों को तालीम देने के लिए कहा। मैंने सोचा कि यह एक अच्छा मौक़ा मिल रहा है और पृथ्वी थिएटर में शामिल होने के ठीक चौदह साल बाद अक्टूबर 1959 में मैंने वहाँ से इस्तीफ़ा दे दिया।

दिल्ली में मैं रंजीत राय और उनकी ख़ूबसूरत जवान पत्नी कमला के साथ रही। हालाँकि कामेश्वर के बहुत से दोस्त और प्रशंसक थे लेकिन वह कहा करते थे, ''अगर ज़िन्दगी में मेरा कोई सच्चा दोस्त है तो वो रंजीत है।'' मेरी बेग़म ज़ैदी और कमलादेवी से शुरुआती बातचीत हुई और उनकी इजाज़त लेकर एक महीने बॉम्बे रहने के लिए गई जिससे उस समय हरबर्ट मार्शेल की रहनुमाई में चल रहे बॉम्बे नाट्य संघ के तौर-तरीक़े समझने के साथ-साथ थिएटर के जानकार और मशहूर निर्माता इब्राहिम अल्काज़ी के साथ रोज़ाना बैठक ले सकूँ। चूँकि मैंने किसी तयशुदा कोर्स के ज़रिए थिएटर नहीं सीखा था इसलिए मैं बहुत ज़्यादा असमंजस में थी कि नई नौकरी में थिएटर सिखाने के लिए मैं क्या करूँगी। हमने तो 'करो या मरो' वाले मुश्किल रास्ते से अदाकारी के पाठ सीखे थे। लेकिन अल्काज़ी ने यह कहकर मुझे बहुत हिम्मत बँधाई कि एक अदाकार और डांसर के बतौर इतने साल का मेरा तजुर्बा इसमें मेरी मदद करेगा। उन्होंने मुझे सलाह दी कि मैं मंच पर सीखी अदाकारी को भुला कर बिल्कुल शुरुआत से शुरू करूँ और फिर उसे सिलसिलेवार काग़ज़ पर लिखूँ। यह किसी कलाकार के लिए शुरुआती कोर्स का एक ख़ाका बन जाएगा। हालाँकि यह कहना जितना आसान था करना उतना ही मुश्किल। लेकिन एक आला दर्ज़े के कला जानकार से मिली इस सलाह ने मुझे बहुत ज़्यादा हिम्मत दी। अल्काज़ी ने मुझे बहुत मेहनत के साथ थिएटर की दुनिया का पूरा ख़ाका समझाया, थिएटर पढ़ाने के उनके तरीक़ों को समझने के लिए मैं उनके नोट्स ले सकती थी, उनके लेक्चर और नाटकों की रिहर्सलों में जा सकती थी। मेरे कहने का यह मतलब नहीं है कि मैं एक महीने के छोटे अरसे में ड्रामा सिखाने के लिए एक

पूरा कोर्स तैयार करने में कामयाब रही लेकिन कम से कम इस दौरान मुझे इसके लिए एक शुरुआती चीज़ समझ में आ गई जिसे आधार मानकर आगे का काम किया जा सकता था।

मैं दिल्ली लौटी और इस बार मुझे मेरी बहन के नॉर्थ एवेन्यू में संसद सदस्यों को मिलनेवाले फ़्लैट की ऊपरी मंज़िल पर बाथरूम और खुले बरामदे के साथ लगे एक कमरे में पक्के तौर पर रहने का मौक़ा मिला। मेरे जीजाजी उन्हीं दिनों राज्यसभा के लिए नामित हुए थे। यह इन्तज़ाम बहुत ही बढ़िया था क्योंकि यहाँ ऊपर कमरे तक पहुँचने का अलग रास्ता था, साथ ही मर्ज़ी होने पर जब चाहूँ अपनी बहन और उसके परिवार के साथ का मज़ा भी ले सकती थी। यहाँ मैं पूरी तरह से खुदमुख़्त्यार थी लेकिन क्योंकि मैं खाना उनके साथ ही खाती थी इसलिए घरेलू कामकाज की दिक़्क़तों से बची हुई थी। आपा का हमेशा मेरी ख़ुशी के लिए चिन्ता में रहना, मेरे बच्चों के लिए प्यार और मेरे कामकाज़ में बिलावजह खलल न डालने वाला मिज़ाज और उनके शौहर ज़ैन की दरियादिली, मज़ाक़िया तबीयत और प्यारी शख़्सियत उस समय मेरी दिमाग़ी हालत को सुकून पहुँचाने के लिए बिल्कुल मुफ़ीद थी।

उनकी मौजूदगी और दिली मोहब्बत से मुझे बहुत सुकून मिला। मैं एक बार फिर से सुरक्षित महसूस करने लगी और ज़िन्दगी को लेकर मेरा सामान्य रवैया फिर से लौट आया।

मुझे अपने विचारों को पाठ्यक्रम के रूप में तैयार करने में लगभग तीन महीने लग गए, जिसमें मैंने जर्मनी में यूरिदमिक्स की अपनी तालीम, उदय शंकर के साथ सीखे डांस और अल्मोड़ा में बतौर डांस टीचर अपने अनुभवों को चौदह सालों तक पृथ्वी थिएटर में पापाजी की रहनुमाई में सीखी चीज़ों का निचोड़ (या घालमेल!) डाला था। शौकिया तौर पर अभिनय और डांस सीखनेवाले कलाकारों के लिए दो साल का कोर्स तैयार करने में बहुत साल पहले डार्टिंग्टन हॉल में मिशेल चेखव की कक्षाओं में सीखी चीज़ें, स्तानिस्लावस्की के तरीक़ों पर लिखी किताबें, डांस और नाटक के विषयों पर लिखे पुराने लेख, 'भरत नाट्य शास्त्र' से बहुत मदद मिली। मैं तो कहूँगी कि इसे तैयार करने में मेरे शागिर्दों से ज़्यादा मुझे फ़ायदा हुआ। मुझे लगता है कि शुरुआती तालीम के लिहाज़ से सिखाने का मेरा तरीक़ा थोड़ा मुश्किल था, इसलिए मेरे शार्गिद मुझे थोड़ा खिसका हुआ सा समझते थे जब मैं उन्हें ख़ुद को जानवर में बदलने या ऐसे ही कोई और अजीबोग़रीब व्यायाम करवाती थी।

थियेटर की तमाम सहूलियतों और तैयार स्टाफ के साथ नेशनल स्कूल ऑफ़ ड्रामा पहले से ही मौजूद था। इसके अलावा किसी तरह के भी हुनर वाले सभी शौकिया कलाकार दिल्ली के अलग-अलग ग्रुप से जुड़े थे और उन्हें लगता था कि उन्हें किसी तरह की ट्रेनिंग की जरूरत नहीं है। इसलिए हमारी अकादमी में आनेवाले ज़्यादातर वो लड़के-लड़कियाँ थे, जो किसी भी ग्रुप में शामिल नहीं हो सके थे! बाद में स्कूल व कॉलेज से जुड़े अधिकारियों को मेरे काम में दिलचस्पी जागी और मैं यूनिवर्सिटी और दूसरे कॉलेजों में अपनी क्लास लेने के लिए हफ़्तावार चक्कर लगाती थी। कुछ गिने-चुने विद्यार्थियों के साथ 3 फरवरी, 1960 को अकादमी की शुरुआत हुई, लेकिन फरवरी 62 तक इसमें दाख़िला लेने वालों की संख्या 60

तक पहुँच गई। लोक निर्माण और परिवहन मंत्री श्री सुब्रह्मण्यम ने अपने बँगले के अहाते में बनी एक छोटी-सी कॉटेज हमें बतौर ऑफ़िस इस्तेमाल करने की इजाज़त दे दी थी और कक्षाएँ कनॉट प्लेस के नज़दीक शंकर मार्केट के ऊपर एक छोटे से कमरे में लगती थीं। मैं बहुत ख़ुशकिस्मत रही कि मुझे अपनी वाइस प्रिंसिपल के तौर पर जॉय माइकल की मदद मिली जो एक बहुत तजुर्बेकार नाटककार और टीचर थीं। मैं सोचती हूँ कि बग़ैर उनकी मदद के मैं क्या कर पाती? मैं अकादमी से जुड़ी तमाम चीज़ें, जैसे—कक्षाओं, काम, विद्यार्थियों की सूची वग़ैरह रोज़ाना लिखती थी और उनके टाइप किए हुए रिकॉर्ड की प्रतिलिपियाँ कमलादेवी और पृथ्वीजी को भेजा करती थी। ये दोनों ही हमारे कामकाज में गहरी दिलचस्पी लेते थे। नाट्य अकादमी के बेहतरीन कामों में एक तो पापाजी का दिल्ली आना था और दूसरा ऑल इंडिया फाइन आर्ट्स एंड क्राफ्ट्स सोसाइटी में हमारे कलाकारों का दो सालों में सीखे डांस और एक्टिंग का प्रदर्शन था।

लेकिन नाट्य अकादमी को कामयाब बनाने की मेरी तमाम कोशिशों के बावजूद मेरे बॉस, दिल्ली नाट्य संघ के सदस्य मुझसे नाख़ुश रहते थे। इनमें से ज़्यादातर को इस नौकरी के लिए मेरी शैक्षणिक योग्यता पूरी न होने और विद्यार्थियों के साथ पूरा नाटक तैयार करने में मेरी हिचकिचाहट से दिक़्क़त थी। हालाँकि किसी ने कभी भी खुले तौर पर मुझसे कुछ कहा नहीं लेकिन इधर-उधर होती कानाफूसियों से मुझे ख़बर लग ही जाती थी। बेग़म ज़ैदी, जो हमेशा मेरा साथ देती थीं और मेरे ख़िलाफ़ संघ के बाक़ीसदस्यों की शिकायतों को ज़्यादा तवज्जो नहीं देती थीं, दिसम्बर 1961 को दिल का दौरा पड़ने से अचानक ही चल बसीं। उनके बाद वहाँ मेरा साथ देनेवाला कोई भी नहीं बचा। अकादमी में एक-दूसरे के ख़िलाफ़ साजिश करने का माहौल मेरे मिज़ाज से बिल्कुल मेल नहीं खाता था इसलिए मैं बहुत निराश हो गई। किस्मत अच्छी रही कि दिल्ली में रिहाइश के दौरान मेरे दूसरे कामों को ख़ासी कामयाबी मिली। यहीं मुझे टेलीविज़न में आने का दूसरा मौक़ा मिला, 1936 में बीबीसी के लिए डांस करना टेलीविज़न पर मेरा पहला मौक़ा था। एक बार बुलाए जाने के बाद, मैं हमेशा ही टी.वी. निर्देशकों के साथ जुड़ी रही और मैंने लगभग 10 नाटकों में काम किया। शौकिया तौर पर काम करनेवाली थिएटर कम्पनियों के कई नाटकों में भी मैंने काम किया क्योंकि दिल्ली में पेशेवर तौर पर कोई थिएटर नहीं था और मैं मंच पर आने के लिए तरस रही थी।

इसके अलावा मुझे बेहतरीन पत्रकार अमिता मलिक के सुझाव पर 'शंकर्स वीकली' के लिए नाट्य-समीक्षक नियुक्त किया गया। रक्षा मंत्रालय ने मुझे हर बार जनवरी में गणतंत्र दिवस के मौक़े पर होनेवाले लोकनृत्यों को छाँटने और उन्हें करवाने में कर्नल गुप्ते का सहयोग करने का मौक़ा दिया। इस ख़ास कार्यक्रम को करवाने के लिए बनी समिति की प्रमुख श्रीमति इंदिरा गांधी थीं। तैयारियों के शुरुआती हफ़्ते में मंत्रालय से चिट्ठियाँ लानेवाले एक कारिंदे को हेलमेट लगाए, वर्दी पहने अपनी मोटरसाइकिल पर धड़धड़ाते हुए नॉर्थ एवन्यू के चक्कर लगाते दिखना एक आम सा नज़ारा बन गया था। वह पीले रंग का 'बहुत ज़रूरी' लिखा हुआ मोटा-सा लिफ़ाफ़ा जिस पर सरकारी मुहर लगी होती थी, पहुँचाने का काम करता था।

लिफ़ाफ़ा पहुँचाने वाले रक्षा मंत्रालय के उस मोटरसाइकिल सवार को देखकर लोग चौंकते थे कि भला विपक्ष के राजनेता के घर पर यह क्या कर रहा है। अगर वह उस बहुत महत्त्वपूर्ण से दिखते लिफ़ाफ़े से निकलनेवाली छोटी-सी पर्ची को देखते तो ज़रूर हँसते, जिस पर लिखा होता था, "आपसे गुजारिश है कि गणतंत्र दिवस के मौक़े पर होनेवाले कार्यक्रमों के सिलसिले में फलाँ तारीख़ को फलाँ समय पर प्रधानमंत्री निवास पर होनेवाली बैठक में शामिल हों।" (इंदिरा जी जब भी दिल्ली में होती थीं अपने पिता के पास ही ठहरती थीं।)

गणतंत्र दिवस डांस फ़ेस्टिवल में हिस्सा लेना एक यादगार तजुर्बा था। हालाँकि मैं पूरे भारत का दौरा कर चुकी थी और यहाँ के ज़्यादातर लोकनृत्यों को जानती थी, इसके बावजूद मुझे बिल्कुल अन्दाज़ा नहीं था कि हमारे देश में लोकनृत्य की इतनी ज़्यादा शैलियाँ मौजूद हैं। लोकनृत्यों के लिए पहने जानेवाली पोशाकों के रंग व डिज़ाइन, ताल और गत की क़िस्में, जोश और इन कबीलाई नृत्यों से जुड़ा मिट्टी का सोंधापन मेरे लिए आँख खोलनेवाला अहसास था। यह एक नई और अनबूझी दुनिया को खोज लेने जैसा था जिसके साथ एकदम ऐसा लगाव हो जाता है जैसे उससे कभी किन्हीं पिछले जन्मों का जुड़ाव रहा हो। डांस की शैली जितनी पुरानी थी उसका आकर्षण उतना ही ज़्यादा था जैसे तिब्बत और नागालैंड के सीमावर्ती कबीलों के कलाकार वॉर-डांस में लड़ाई का सा प्रभाव डालने के लिए लयबद्ध साँसों और मुँह से फुफकार निकालने जैसी विधियाँ अपनाते थे क्योंकि यह ड्रम या दूसरे किसी वाद्ययंत्र से बहुत पुरानी कला थी। यह बहुत असरदार दिखता था क्योंकि हमने यह डांस तालकटोरा गार्डन में खुले में बने मंच पर बहुत नज़दीक से देखा था जहाँ रिहर्सल होती थीं। खून तक में महसूस होनेवाली ड्रमों की धमक, चटकीले रंगों की बहार और ख़ुशी की चीत्कारों से गूँजता किसी एक इलाक़े का डांस किसी दूसरे इलाक़े के धीमे और गरिमामय तरीक़े से होनेवाले डांस से बिल्कुल अलग होता था। डांस के तरीक़ों में इतनी विविधता थी कि यक़ीन नहीं होता था, यह कभी न भूलनेवाला तजुर्बा था। समिति की एक बैठक में मैंने एक मशवरा रखा कि इन डांस मंडलियों को देश और विदेश का दौरा करवाना चाहिए जिससे दिल्ली न आ सकने वाले लोगों को भी इन लोकनृत्यों को देखने का मौक़ा मिल सके। हालाँकि श्रीमति गांधी ने मेरा यह मशवरा मान लिया लेकिन बाक़ी सदस्यों ने यह कहते हुए इसे नामंजूर कर दिया कि यह व्यावहारिक नहीं है। एक तो इसमें बहुत ज़्यादा ख़र्च आता दूसरा क्योंकि ज़्यादातर कलाकार किसान थे इसलिए वह ज़्यादा समय के लिए अपने घरों से बाहर नहीं रह सकते थे। मैं चाहती थी कि कोई इस पूरे महोत्सव की फ़िल्म बनाकर दुनिया को दिखाए। यह एक ऐसी चीज़ है जिसके ज़बर्दस्त जोश, भव्यता और ग़ज़ब की ख़ूबसूरती पर देखने के बाद ही यक़ीन आता था (बाद में 1974 में जब मैं हिन्दुस्तान लौटी तो मुझे पता चला कि श्री गोविन्द विद्यार्थी ने ऐसी फ़िल्मों की रील की रील खींची हुई हैं जो संगीत नाटक अकादमी में रखी हैं)।

एक बार जब मैं इन लोकनर्तकों की टोलियों को इनाम देने के लिए प्रधानमंत्री के घर पर हो रहे कार्यक्रम को देखने पहुँची तो मेरे हाथ में जीतने वालों की एक सूची थमा दी गई और मुझे माइक के आगे खड़ा कर दिया गया। लगता था कि संगीत नाटक अकादमी ने आकाशवाणी के जिस एनाउंसर को बुलाया था वह पहुँच नहीं पाया था इसलिए और कोई

रास्ता न पाकर उन्होंने यह जिम्मेदारी मुझे सौंप दी थी। बहरहाल, अपनी घबराहट को जितना मुमकिन था छिपाते हुए मैंने ऊँची और साफ़ आवाज़ में अंग्रेज़ी में बनावटी लहज़े में पढ़ना शुरू किया, "गणतंत्र दिवस डांस फ़ेस्टिवल का पहला ईनाम मिलता है बिहार से आई टोली को!" पंडित जी ग़ुस्से से आगबबूला! टोली में आगे खड़ी एक हँसती हुई देहाती लड़की को उन्होंने मेरे आगे किया–"क्या संगीत नाटक अकादमी का कामकाज अब भी अंग्रेज़ी में होता है! तुम कैसे सोच सकती हो कि यह बच्ची तुम्हारी अंग्रेज़ी में कही बात समझ पाएगी?" उन्होंने ग़ुस्से-भरी आवाज़ में फुसफुसाते हुए हिन्दी में मुझसे कहा। सूची में अगले ईनाम 'रनर्स-अप' यानी दूसरे-तीसरे स्थान पर आई टीमों के लिए थे। मैं किसी भी हालत में उसके लिए हिन्दी में कोई सही शब्द सोच ही नहीं सकती थी।

यह शायद मेरे कैरियर का सबसे शर्मिन्दगी भरा लम्हा था, लेकिन किस्मत से मुझमें इतनी हिम्मत थी कि मैंने ख़ुद पंडित जी से ही पूछ लिया, 'रनर्स-अप के लिए हिन्दी में क्या कहा जाएगा?' अब अटकने की बारी उनकी थी। "रनर्स-अप? रनर्स-अप?" बरामदे में ऊपर से नीचे चहलक़दमी करते हुए वह शब्द दोहराते हुए सोच रहे थे, उनके दोनों हाथ पीठ के पीछे मुड़े थे, एक हाथ की अंगुलियाँ दूसरी हथेली पर ताल दे रही थीं। "फ़िलहाल इसके लिए रनर्स-अप ही इस्तेमाल करो लेकिन बाक़ी घोषणा हिन्दी में करना!" उन्होंने सोचकर कहा।

बॉम्बे में लोगों के सामने बोलने में मुझे बहुत घबराहट होती थी जबकि पृथ्वी जी कई सारे मौक़ों पर हमारा परिचय करवाते हुए हमें आगे आकर बोलने के लिए उकसाते रहते थे। वह ख़ुद बहुत ही शानदार और दिलचस्प वक्ता थे। लोगों के बीच मैंने केवल एक बार ड्रेसडेन में इंडियन एसोसिएशन के सदस्यों और मेहमानों के आगे 1933 में विदाई का एक भाषण बोला था क्योंकि मैं एसोसिएशन की अध्यक्ष थी जिसके सदस्य सात हिन्दुस्तानी थे! उस मौक़े के लिए मेरा वह भाषण काउंटेस ज़ेटविट्ज़ की मदद से जर्मन में लिखा गया था, मैं घर पर उसे इतनी बार दोहरा चुकी थी कि आँगन की मुर्ग़ियाँ भी उसे सही तरह से बोलना सीख गई होंगी। हालाँकि एसोसिएशन के कार्यक्रम में मौजूद मेहमानों को इस बात का कोई अन्दाज़ा नहीं था कि इसके लिए इतनी तैयारी की गई है, उन्होंने जर्मन भाषा पर मेरी पकड़ और बढ़िया भाषण के लिए मुझे मुबारकबाद दी। दिल्ली में रहने के दौरान क्लब और कॉलेज वग़ैरह में लेक्चर देने में मुझे बहुत ख़ुशी होती थी और इस काम के लिए पैसा लेते हुए बहुत बड़प्पन का अहसास होता था।

मेरे जीजाजी डॉ. ज़ेड.ए. अहमद पिछले कुछ समय से मुझे समझा रहे थे कि मुझे भारत से बाहर निकलकर फिर से यूरोप घूमना चाहिए, मेरी बहन का भी मशवरा था कि मुझे अपने लेक्चरों के साथ विदेश का दौरा करना चाहिए। मैंने रूस, पूर्वी जर्मनी और चेकोस्लोवाकिया एम्बेसियों में अर्ज़ियाँ डाली जहाँ से मुझे इन देशों में भारतीय डांस और नाटकों पर लेक्चर-प्रदर्शन के लिए बुलावा मिला जिसकी एवज में मेरे सफ़र और रहने का ख़र्च उन देशों को उठाना था। इससे पहले, मैं लन्दन के ब्रिटिश ड्रामा लीग में कलाकारों और नाटककारों के लिए पूरे कोर्स के लिए आवेदन कर चुकी थी और मेरा दाख़िला भी हो गया था। मैंने डार्टिंग्टन हॉल के मिस्टर एल्महिरस्ट को चिट्ठी लिखकर बताया कि मेरे लिए इस प्रोजेक्ट के लिए

विदेशी मुद्रा जुटा पाना मुश्किल होगा। उनकी ओर से मुझे बहुत ही प्यार-भरा जवाब मिला जिसमें लिखा था कि उन्होंने फिट्ज़रॉय स्क्वायर में ब्रिटिश ड्रामा लीग के नज़दीक मौजूद बैंक में मेरे नाम पर 100 पाउंड जमा करा दिए हैं, जिससे मैं अपनी फ़ीस देने के अलावा दस हफ़्ते के कोर्स के दौरान दूसरे खर्चे भी पूरे कर सकी। पृथ्वी जी अक्सर कहा करते थे 'जो सोचो वह सच हो जाता है' और मेरे साथ वही हो रहा था। मैं फिर से विदेश जाने का ज़ेन का मशवरा हमेशा टालती रही थी क्योंकि मुझे लगता था कि यह मुमकिन नहीं है। लेकिन अचानक यह एक सच बन गया था।

तीन महीने के अन्दर मेरे विदेश दौरे का कार्यक्रम तैयार हो गया। केवल एक चीज़ की कमी थी किराया, इस तरह के कार्यक्रम के लिए विदेशी मुद्रा जुटा पाना लगभग नामुमकिन था। मैंने अपनी इस परेशानी के बारे में श्रीमति विजयालक्ष्मी पंडित को बताया। जब से मैंने अल्मोड़ा में उनकी बेटियों को डांस सिखाया था तभी से वह मेरी अच्छी दोस्त बन गई थीं, वह मेरे पति के हुनर के बड़े कद्रदानों में से थीं। उन्होंने मेरी ओर से पंडितजी से बात की और मुझे हुमायूँ कबीर जी से मिलने के लिए कहा गया, जो सांस्कृतिक और विज्ञान मामलों के मंत्री थे। वह बहुत ही मददगार थे और उन्होंने मुझे लन्दन आने-जाने का हवाई टिकट देने की बात कही। इसका मतलब यह हुआ कि अगर मेरा टिकट दिल्ली-मास्को-लन्दन के हवाई रास्ते का हुआ तो मैं लेक्चर दौरे के लिए जा सकती थी। हुर्रे! अपना काम बन गया इतनी आसानी से!

अब बस एक चीज़ बची थी और वह था तीन महीन की गरमियों की छुट्टियों में विदेश जाने के लिए नाट्य संघ से मंज़ूरी लेना। इसके लिए एक ख़ास बैठक बुलाई गई और मुझे तनख़्वाह के साथ छुट्टी मिल गई, मेरी ग़ैरमौजूदगी में जॉय माइकल को प्रिंसिपल की जिम्मेदारी सँभालनी थी। एक पखवाड़े की गहमागहमी और सामान बाँधने की अफरा-तफरी के बाद मैं निकल गई अपने सफ़र पर।

मैंने कभी भी डायरी नहीं रखी अपने पास, लेकिन रूस, पूर्वी जर्मनी और चेकोस्लोवाकिया के अपने इस सफ़र को मैंने अपनी डायरी में क़लमबन्द किया। मुझे लगता है कि इस सफ़र के बारे में बताने के लिए उसी डायरी के पन्नों को ज्यों का त्यों पेश करना ज़्यादा बेहतर रहेगा।

9

1962
मास्को, बाकू, बर्लिन, ड्रेसडेन, प्राग

शुक्रवार, 16 मार्च, 1962

मेरी घड़ी में एक बजने में पाँच मिनट बाक़ी हैं, पता नहीं दुनिया में दूसरी जगहों पर क्या समय हो रहा होगा! यह आप सब लोगों का प्यार है कि आप मुझे विदा करने के लिए आए...पापाजी, उज़्रा, सलीमा, चुनमुन और मेरी दुलारी किन्नू! मैं आख़िर तक आप लोगों को हाथ हिलाकर मुझे विदा करते देखती रही। जब जहाज़ ने मुड़कर उड़ान भरी तो आख़िरी झलक मैंने खिड़की से देखी। अब जब जहाज़ ऊपर पहुँच चुका है, सारा रोमांच बदल सा रहा है, कानों में कुछ हो रहा है, सिर में हल्का सा भारीपन महसूस हो रहा है। जिसने भी यह दुनिया बनाई है, उसे ऊपर से देखने पर यह कितनी साफ़-सुथरी दिखाई देती होगी, मतलब अगर कभी वह देखता होगा तो! सारी बुराइयाँ, सब गन्दगी छुपी रहती है और कुछ भी ऐसा नहीं दिखता जो कलात्मक न हो। ऊपर चढ़ने के साथ ही पवन का ख़याल आया, आज वह ज़रूर मुझे याद कर रहा होगा। जहाज़ मास्को के समय के मुताबिक़ रात 11.05 बजे पहुँचा। यहाँ दो ख़ूबसूरत जवान औरतें ट्यूलिप और डेफोडिल्स के गुच्छों के साथ मेरे स्वागत के लिए मौजूद थीं। ये उन दो संस्थाओं की ओर से आई थीं जिन्होंने मुझे मास्को आने का निमंत्रण दिया था। इनमें से एक संस्था सोवियत फ्रेंडशिप सोसाइटीज यूनियन और दूसरी इंडो-सोवियत कल्चरल सोसाइटी थी। इन दोनों औरतों में एक आश्चर्यजनक तौर पर बहुत ही बढ़िया हिन्दी बोलती थी। इसके बाद बर्फ़ीले रास्तों से होकर लम्बा सफ़र। भीष्म साहनी होटल तक हमारे साथ थे। होटल बुदापेस्त, कमरा नम्बर 410, चौथी मंज़िल। गुडनाइट!

शनिवार, 17 मार्च

सुबह जल्दी उठी। गरम पानी में देर तक नहाने का लुत्फ़ लिया। एस. मुझे लेने आई और हम विदेशी मुद्रा, पोस्टकार्ड, डाक टिकट और चेहरे पर लगानेवाली क्रीम की ख़रीदारी के लिए निकले। मैं अपनी क्रीम घर पर ही भूल आई थी। यह सारा सामान ख़रीदने में 1.84 रूबल ख़र्च हुए जो लगभग 10 रुपए के बराबर होते हैं—वाह क्या

बात है! दोपहर दो बजे फ्रेंडशिप हाउस में एक बैठक में हिस्सा लिया। यहाँ पाँच-छह नामी हस्तियाँ मौजूद थीं जिन्होंने पूरी गर्मजोशी के साथ मेरा स्वागत किया। उनसे मिलकर यह अहसास होता है कि थिएटर और बैले के संस्कार उनकी रगों में दौड़ते हैं। ये सब लोग तजुर्बेदार कलाकार थे और उनके साथ बातचीत बहुत ख़ुशनुमा रही। हालाँकि जहाँ तक तजुर्बे और अपनी कला के साथ प्रयोग करने का सवाल है, मैं उनके आगे कहीं भी खड़ी नहीं होती। उन लोगों ने अपने हुनर को तराशने में क़ई सालों तक कड़ी मेहनत की थी, जबकि मेरा नाम इसलिए हो गया कि बेहतर लोगों को शोहरत नहीं मिल पाई!

...

स्टेट सेंट्रल पपेट थिएटर में एक शानदार शाम, डायरेक्टर ओब्रेटसोव। कटाक्ष करती 'पैरोडी एन अनयूज़ुअल कंसर्ट', 'द लॉयन ट्रेनर' और 'ज़ोला द ट्रांसएटलांटिक स्टार' बहुत बढ़िया थे। पूरे शो में मज़ाक़, कटाक्ष और किरदार जिस तरह से उभरकर आए थे वह ग़ज़ब का था। कलाकार ने हर आदमी की सबसे ख़ास और बहुत आम सी बातों को कठपुतली के चेहरे के ज़रिए बहुत ही असरदार तरीक़े से पेश किया था।

इतवार, 18 मार्च

सुबह 10 बजे क्रेमलिन घूमने गए। रूसी ज़ारों की भारी-भरकम पोशाकें, तरह-तरह के ज़ेवरात, हथियार, ताज़, घोड़ों की ज़ीन और तलवारें। अन्दर जाने के लिए अजीब से दिखते कपड़े के जूते पहनने पड़े। दोपहर का खाना खाने के बाद रशियन आर्ट गैलरी देखने गए। थकान से चूर शाम 5.30 बजे वापस लौटे। एक जनरल की पेंटिंग 'पैसा' नाटक के तीसरे एक्ट में पापाजी की तरह दिखती थी, हालाँकि उसके चेहरे पर दया का भाव था। बिल्कुल उन्हीं की तरह निकली हुई दोहरी ठुड्डी, वैसे ही हाथ, आँखें, भौंहें थोड़ी पतली थीं लेकिन नाक भी उन्हीं की तरह थी।

...

रात को 'द बर्च ट्री' नाम का एक बैले देखा। लोकनृत्य की शैली और संगीत के आधार पर तैयार किया गया नृत्यसंयोजन बहुत ख़ूबसूरत था। एक कमसिन लड़की की मासूम मस्ती से भरे हर रूप को इसमें दिखाया गया था। इसका पहला हिस्सा दूसरे के मुक़ाबले बेहतर था। आख़िर तक पहुँचते-पहुँचते शो थोड़ा बोर हो गया था। बार-बार पर्दा गिराने से बचा जाना चाहिए था। (मुझे लगता है कि यह हर आइटम के बीच में पर्दा गिराए जाने पर लागू होना चाहिए।) मंच और ऑडिटोरियम बहुत बड़े थे, जिसमें लगभग 3,000 लोगों के बैठने की व्यवस्था थी। यह बहुत ख़ूबसूरती से बनी एक आधुनिक इमारत थी। बैले के कम्पोज़र नादेज़्दा नादेज़्दिना से मुलाक़ात करने मंच के पीछे गई जो एक ख़ूबसूरत और बढ़िया औरत थीं। अनुशासन और स्पष्टता की वजह से यह शो काफ़ी समय तक याद रहेगा, जिसे देखना ख़ुश कर देनेवाला तजुर्बा था।

सोमवार, 19 मार्च

सेंट्रल पपेट थिएटर में एक दूसरा शो देखा, हालाँकि इस बार 'अलादीन' नाम का यह एक बच्चों का शो था। बहुत ही मज़ेदार। मैंने बच्चों के साथ बहुत सारे फ़ोटो खिंचवाए। बहुत ही अनुशासित लोगों की भीड़ थी। दूसरे देशों की तरह यह लोग विदेशियों को देखकर बेअदबी या बदमाशी करनेवाले नहीं बल्कि विनम्र और जोशीले तरीक़े से आपके बारे में जानने के लिए उत्सुक। पीपुल्स आर्टिस्ट-यूएसएसआर के डायरेक्टर और इसे बनानेवाले मिस्टर ओब्रेटसोव से मुलाक़ात की। हर महान आदमी की तरह वह भी बहुत ही स्वाभाविक और सीधे-सादे थे। उनके मुताबिक़ 'मेरिओनेट्स' के मुक़ाबले 'पपेट' अदाकारों की तरह ज़्यादा होती हैं, जिनके साथ काम करने में उन्हें उतनी कामयाबी नहीं मिली। उन्हें थिएटर शुरू किए 30 साल हो चुके थे जिसके शुरुआती कलाकारों में से केवल पाँच ही उनके पास रह गए थे।

...

हाउस ऑफ़ फ्रेंडशिप में औरतों की बैठक—जिसमें आपा की दोस्त मारिया वक्ता थीं। बैठक में फिज़िक्स और अंग्रेज़ी के प्रोफ़ेसर, ब्रॉडकास्टिंग स्टूडियो और हस्तशिल्प जैसे अलग क्षेत्रों के नुमाइन्दगी करनेवाले शामिल थे। उनमें से ज़्यादातर लोग भारत घूम चुके थे और उन्होंने हमारे लिए ख़ासी दिलचस्पी ज़ाहिर की।

...

बोल्शोई थिएटर में पुश्किन की कविताओं पर बैले 'द ब्रोंज़ होर्समैन'। कविताएँ इस माध्यम में पूरी तरह से उभर पाने में नाकामयाब। संगीत और निर्देशन बढ़िया। पहली बार संगीत निर्देशक को बिना उसकी छड़ी के बैठे देखा।

मंगलवार, 20 मार्च

सुबह 10 बजे 'थिएटर स्कूल ऑफ़ मास्को आर्ट थिएटर' के स्टूडियो गए और उसके मौजूदा प्रिंसिपल से मुलाक़ात की। यहाँ चार साल के कोर्स के लिए हर साल केवल 25 विद्यार्थियों को छाँटा जाता है, उन्हें अलग-अलग विषयों के लिए पहले से ही चुने कलाकारों में से ही लिया जाता है। इतनी कड़ाई के बावजूद कभी-कभी चयन में ग़लती हो जाती है (यह राय प्रिंसिपल साहब ने ज़ाहिर की थी)। यहाँ एक हिस्से में विद्यार्थी एक्टिंग, डांस, गाना और डायलॉग बोलने की तालीम लेते हैं और दूसरे में इतिहास, साहित्य और शोध होता है। दोनों ही पहलुओं को बराबर अहमियत दी जाती है। दूसरे वर्ग के लोग ड्रामा टीचर या पेशेवर अदाकार बनते हैं। हमने म्यूज़ियम और पहले और चौथे साल की कक्षाएँ भी देखीं। यहाँ बहुत शानदार काम किया जा रहा है।

दोपहर एक बजे बोल्शोई बैले स्कूल में रोज़ की तरह बैले का अभ्यास।

...

शाम 6.30 बजे इंस्टीट्यूट एंड म्यूज़ियम ऑफ़ हैंडीक्राफ़्ट में भारतीय डांस और ड्रामा विषय पर लेक्चर। इंस्टीट्यूट से तोहफ़े मिले।

रात 9.40 बजे दुनिया की अलग-अलग डांस शैलियों पर बनी रूसी फ़िल्म 'अ रशियन स्पेसमैन विजिट्स वैरियस कंट्रीज़ एंड डांसेज़ देयर स्टाइल' देखी। बहरहाल यह मूल डांस शैलियों की मज़ाक बनाती नुमाइश ही साबित हुई। जब कला का मक़सद कलाकार को दिखाना हो जाता है तो यह घटिया हो जाती है। कलाकार को वही दिखाना चाहिए जो उसके अन्दर है न कि अपने बदन की नुमाइश करनी चाहिए। लचकदार शरीर और जोश के बावजूद कलाकार के हाव-भाव छिछले थे। फ़िल्म में एकमात्र अच्छी चीज़ स्पेनिश डांस था। कलाकार के कुछ कोण अच्छे थे (फ़ोटो खींचने लायक ?)।

बुधवार, 21 मार्च

बाकू के लिए जहाज़। दोपहर एक बजे रवाना हुए और बाकू के समय के मुताबिक़ शाम 6 बजे पहुँचे। एयरपोर्ट पर फ्रेंडशिप सोसाइटी के चेयरमैन और नामी बैलेरिना से मिले जो गुलदस्तों के साथ मौजूद थे। कार का लम्बा सफ़र, रास्ते में बहुत ही सूखे और उदास नज़ारे, ठंडी-चुभती हवा। सिरिया और बालबेक की याद हो आई। पूरब जैसे दिखते लोग और माहौल। अज़रबैजानी भाषा में पारसी और अरबी भाषा के कई सारे शब्द और नाम सुनाई देते हैं। सलाम अलैकुम, ज़ुलेखा, अमीना, रहमत, ताशुक्यर, पिलाव, कबाब, नान, शीरीं, फरहाद वग़ैरह। इनटूरिस्ट होटल के कमरा नम्बर 112 का रुख़ बन्दरगाह की ओर था।

...

शाम को 'द पाथ ऑफ़ थंडर बैले' देखने गई, जिसे एक स्थानीय संगीतकार ने कंपोज किया था और नृत्य संयोजन एक प्रमुख बैलेरिना ने किया था। इसमें एक अमेरिकी लड़की की कहानी थी जो एक नीग्रो लड़के के प्यार में पड़ जाती है। आख़िर में दोनों को जलाकर मार दिया जाता है। बैले में क्लासिक और आधुनिक डांस का मिला-जुला रूप पेश किया गया था। सतही सा होने के बावजूद काफ़ी असरदार काम। बैलेरिना लैला और मंडली के दूसरे कलाकारों से मुलाक़ात। प्राचीन क़िस्म का होटल, जो इटली के रिवेयरा के कमरों की याद दिलाता है।

बृहस्पतिवार, 22 मार्च

शहर की सैर। 26 शहीदों का पार्क और इसमें हमेशा जलती मशाल और ख़ूबसूरत स्मारक। निज़ामी, फिज़ूली, राशिदा बानू और दूसरे शायरों के आधे बने हुए बुत। साफ़-सुथरा, सलीक़े से बनाया हुआ, सुन्दर समुद्र के किनारे बसा शहर।

...

दोपहर बारह बजे बैले विद्यार्थियों को लेक्चर। बढ़िया प्रतिक्रिया।

...

दोपहर 2 बजे फ्रेंडशिप सोसाइटी में स्वागत समारोह। भाषण, तोहफ़े। वहाँ के सभी सदस्यों से मुलाक़ात। बहुत ही दिलचस्प और नामचीन लोगों का मजमा। सभी में भारत, इसकी कला और इसके कलाकारों के लिए बहुत मोहब्बत और इज़्ज़त। मुझे किसी महान शख़्सियत की तरह इज़्ज़त बख़्शी गई। मुझे बहुत शर्मिन्दगी हो रही थी लेकिन साथ ही ख़ुशी भी बहुत थी। शाम 7 बजे अज़रबैजान ड्रामा थिएटर ने 'शीरीं फ़रहाद' का शो किया। नाटक की पुरानी परम्पराओं के साथ, आदमी और औरत दोनों ही कलाकारों के बोलने का अंदाज़ शानदार। वरगून का काव्यात्मक नाटक, इसे भारत में भी किया जाना चाहिए, वे भी करें और हम भी। यह थिएटर लगभग 80 साल से मौजूद है।

शुक्रवार, 23 मार्च

सुबह 10 बजे फिलहारमोनिक स्कूल फॉर म्यूजिक एंड ड्रामा गए। यहाँ के अध्यापक और डायरेक्टर जाने-माने लोग हैं—जहाँगीर जहाँगीरोव, अमीना दिबाज़ी, राज़िया जालिलोवा, तौरीक कालिओव और मामदायेव बेयुक आगा। विद्यार्थियों ने लोकनृत्य करके दिखाए। जोश से भरे हुए। उनके नाचने की लय, संगीत, छाती और कन्धों के घुमाने के तरीक़े भारतीय डांस से काफ़ी मिलते-जुलते थे।

...

दोपहर एक बजे बाकू से 45 किलोमीटर दूर स्पुतनिक शहर, सुमगैट गए। यह दस साल पुराना है, कोई अनपढ़ नहीं, अपना क़ानूनी कोर्ट और थियेटर। 20 साल में पूरा तैयार हो जाएगा। समुद्र के किनारे बनी नाटक से जुड़ी दस समितियाँ, जहाँ कुछ साल पहले तक सिर्फ़ रेत हुआ करती थी।

...

शाम 7 बजे टेलीविज़न पर इंटरव्यू। (मेरे जवाब उर्दू में थे जो उनकी भाषा से मिलती-जुलती थी)। ऊपरी बरामदे से बहुत सुन्दर नज़ारा।

...

रात 8.30 बजे चेयरमैन ने दोस्तों से मिलवाने के लिए निजी तौर पर बुलवाया। वहाँ मशहूर और ख़ूबसूरत गायक राशिद बादुदोव से मुलाक़ात हुई, उन्हें देखकर मुझे राज कपूर की याद आई। वह 20 जुबानों में गाने गा सकते हैं! जाम के कई दौर चले। चेयरमैन रिज़ा इसैयाविच ने एक सुन्दर शॉल तोहफ़े में दी।

शनिवार, 24 मार्च

सुबह 10 बजे बाकू से 80 किलोमीटर दूर आर्टेम के लिए रवाना, आख़िर के 15 किलोमीटर का रास्ता कैस्पियन सागर में घुसता हुआ सा था। 'बहर-ए-खिज़ार' तेल के कुओं में तीन तरीक़े से काम होता है, पंप से, साइफ़न और...(याद नहीं)। जगह-जगह पर मौजूद तेल के केन्द्रों को लकड़ी के प्लेटफ़ॉर्म से जोड़कर ट्रकों के आने-जाने का रास्ता तैयार किया गया था। हर जगह से तेल बीच में मौजूद एक बड़े

भंडार में जमा किया जाता है और उसे पानी के अन्दर लगे पाइपों के ज़रिए समुद्र के किनारों पर पहुँचाया जाता है। इसमें से तेल निकालने का काम 1948 में शुरू किया गया था और इसमें से रोज़ाना 1,000 टन उत्पादन होता है। एक नया प्लांट बनाया जा रहा है जो इससे दोगुना तेल निकालेगा। समुद्र और ज़मीन में तेल निकालने में एक बुनियादी फ़र्क़ यह है कि समुद्र में तेल निकालने वाला पाइप सीधा खड़ा होने की बजाय आड़ा लगा होता है।

समुद्र के किनारे पर गहराई पाँच किलोमीटर है जबकि जहाँ तेल निकाला जा रहा है वहाँ की गहराई आठ किलोमीटर है। अगर तेल कम है तो फव्वारे में निकलने का दबाव बनाने के लिए इसमें पानी मिलाया जाता है। (मुझे समझ नहीं आ रहा है कि यह सब मैंने क्यों लिखा है!)

...

दोपहर 3 बजे कमरे में इंटरव्यू की रिकॉर्डिंग।

शाम 6 बजे तास के नुमाइंदों के साथ इंटरव्यू।

रात 8 बजे ख़ास बन्दोबस्त के तहत इंस्टीट्यूट ऑफ़ (फलाँ...फलाँ) में मास्को में अज़रबेजान के सफ़र (??) पर एक फ़िल्म, साथ में राशिद बादुदोव की एक कॉमेडी।

इतवार, 25 मार्च

दोपहर 12.30 बजे मास्को वापसी। होटल में माया मुझसे मिलने आई। आराम किया।

शाम 6 बजे मास्को आर्ट थिएटर में गोर्की का नाटक 'द कॉमन पीपुल' देखा। इसका सेट कुछ ज़्यादा ही फैला हुआ था, अदाकारी बढ़िया थी। कुछ भी फ़ालतू और ज़बरदस्ती ठूँसा हुआ नहीं। कहीं अतिनाटकीयता नहीं। शानदार संवाद अदायगी। साढ़े तीन घंटे का नाटक–6.30 से रात 10 बजे तक! नाटक के पहले दो एक्ट में गति (अदाकारी नहीं) थोड़ी धीमी थी जो तीसरे और चौथे एक्ट में बढ़ गई। नाटक की लम्बाई थोड़ी बोरियत का सबब बनी। सारे ही किरदार अपने-अपने सीन में पूरी तरह चमके–मां, पिता, बेटा, बेटी, पोला, पोला के पिता और किराएदार जो शवयात्राओं में गाता है। कहानी का विषय 'ज़िन्दगी से नाख़ुशी'। लोग ख़ुश नहीं हैं क्योंकि वो ख़ाली हैं और उनकी ज़िन्दगी में कोई दिलचस्पी नहीं है। इसके बावजूद इतने आलसी हैं कि काम भी नहीं ढूँढ़ सकते। त्रिकोणीय प्रेम कहानी। बेटी उस कामगार से प्यार करती है जो अनाथ पोला को चाहता है। बेटी ज़हर खाकर मरना चाहती है लेकिन बच जाती है।

सोमवार, 26 मार्च

दोपहर 12 बजे मास्को आर्ट थिएटर में माली थिएटर कम्पनी का नाटक। यूनानी नाटक का रूसी तर्जुमा, अलेक्सिस पार्निस का 'आइल ऑफ़ एफ्रोडाइट'। अंग्रेज़ों से आज़ादी पाने के लिए यूनान की जद्दोजहद। अंग्रेज़ यूनान के क्रान्तिकारी नेता को बन्दी बना

लेते हैं। उसकी माँ गुहार के लिए इस उम्मीद से लेडी से मिलने आती है (जिसका बेटा लड़ाई के मैदान में है) कि एक माँ दूसरी माँ की बात समझेगी। उसे जेल में अपने बेटे से मिलने की इजाज़त नहीं मिलती। अब वह अंग्रेज़ लड़का अगवा कर लिया जाता है। यूनानी नेता की माँ सलाह देती है कि अंग्रेज़ लड़के को छुड़ाने की एवज में उसके बेटे को रिहा किया जा सकता है। अंग्रेज़ अधिकारी इस यूनानी नेता को छोड़ने के लिए राजी नहीं होते। उसकी माँ उसे छुड़ाने की योजना बनाती है जिसका पता चल जाता है और यूनानी नेता को गोली मार दी जाती है। नाटक के आख़िरी एक्ट में बहुत ही तनाव के बीच यूनानी माँ उस अंग्रेज़ लड़के को माफ़ कर देती है और उसे अपने लोगों के पास लौट जाने की इजाज़त दे दी जाती है। यूनानी माँ के किरदार में फिदोवाया की अदाकारी कमाल की थी। लेखक से मुलाक़ात की। उन्होंने मुझे इस नाटक को अपने हिसाब से थोड़े फेर-बदल के साथ भारत में करने की इजाज़त दे दी। तीन घंटे का नाटक।

शाम 6.30 बजे मुर्कोवस्की थिएटर में साढ़े तीन घंटे का नाटक 'द इर्कुट्ज़'। प्रायोगिक थियेटर। देखनेवालों के बीच रास्ता बनाते हुए। घूमता हुआ मंच, बहुत सारे कलाकार, मंच पर बैठने की व्यवस्था, दर्शक बनकर बैठे कलाकार जो समय-समय पर उठकर मुख्य अदाकार से बात करने लगते थे। दो आदमी एक ही लड़की से प्यार करते हैं। उससे शादी करनेवाला किरदार डूब जाता है। एक बहुत ही रोमांचक तजुर्बा! रोशनी और घूमनेवाले मंच का बहुत ही नया और शानदार नाटकीय प्रभाव। मुख्य किरदार करनेवाली लड़की बहुत सुन्दर और बेहतरीन अदाकारा। उसके चेहरे पर भाव ख़ूबसूरती के साथ बहुत तेज़ी से बदलते थे।

मंगलवार, 27 मार्च

दोपहर बारह बजे थिएटर आर्ट इंस्टीट्यूट गई जहाँ माया पढ़ाई कर रही है। वहाँ के डायरेक्टर से मुलाक़ात की जिन्होंने किताबें भेंट की और इंस्टीट्यूट की कई सारी उपलब्धियों के बारे में बताया। यह सबसे पुराने स्कूलों में से एक है जो 80 साल पहले खुला था। स्तानिस्लावस्की और निमेरोविच देबचेंको, दोनों इसी स्कूल के विद्यार्थी थे जिन्होंने बाद में यहीं के विद्यार्थी कलाकारों को लेकर मास्को आर्ट थिएटर की नींव रखी। रूस के महानतम गायकों, संगीतकारों और डांसरों में से अधिकांश ने यहीं पढ़ाई की। अब यहाँ पाँच साल का कोर्स और शोध कराया जाता है। हमने तीन गायकों का गाना सुना और स्टाफ के कई सदस्यों से मुलाक़ात की। स्कूल में 120 अध्यापक और 500 विद्यार्थी हैं। स्तानिस्लावस्की होटल में माया के साथ दोपहर का खाना खाया।

...

शाम 4 बजे अलेक्सिस पार्निस आए और उन्होंने मुझे ऑटोग्राफ के साथ अपने नाटक 'एफ्रोडिटी आइल' (... ? शायद रूसी में इसे यही कहते हैं) की एक प्रति भेंट की। उन्होंने उसके रूपान्तरण की पूरी इजाज़त दी लेकिन किरदारों और जगहों के नाम बदलने से मना किया। उन्होंने किरदारों को आम नामों जैसे माँ, बेटा, जेलर जैसे

नामों से पुकारने की इजाज़त दे दी। उन्होंने मशवरा दिया कि मैं प्राग में भी इस नाटक को देखूँ और उसमें बिल्ली बननेवाली अदाकारा से मिलूँ।

...

शाम 5 बजे मास्को न्यूज़ के पत्रकार से मुलाक़ात

शाम 6.30 बजे प्रयोगधर्मी थियेटर, सिमिनोव का 'द फोर्थ', शान्ति के पैरोकार विषय पर एक एक्ट का बहुत दिलचस्प नाटक। हीरो कुछ ज़्यादा ही स्टाइल वाला, दूसरे कलाकार अच्छे। सेट और संगीत उम्दा। नाटक की कहानी रोमांचक तरीक़े से बढ़ती हुई। रोशनी का इस्तेमाल नए तरीक़े के असर पैदा करने में। दो घंटे का नाटक।

बुधवार, 28 मार्च

सुबह 10 बजे क्रेमलिन थियेटर। यहाँ आए लेनिनग्राद थिएटर फॉर चिल्ड्रेन ने पुश्किन की कहानियों पर आधारित एक कार्यक्रम किया। पहली कहानी बूढ़े दम्पती और सुनहरी मछली की थी। बहुत सुन्दर शो था, ख़ासतौर पर लहरों के लिए कलाकारों की लय-ताल और बूढ़ी औरत बननेवाली कलाकार की अदाकारी जो इतनी लालची थी कि ज़्यादा से ज़्यादा पाना चाहती थी। दूसरी कहानी चालाक नौकर थी, एक नौकर जो अपने मालिकों को बुद्धू बनाता है। नाटक में दुष्ट का शैतान पोता बननेवाला बच्चा ख़ासतौर पर बहुत अच्छा था। तीसरी कहानी जादुई मुर्गे की थी, जो राजा के दुश्मनों की पहचान करता रहता है जब तक कि राजा साधु की बात मानना छोड़कर सुन्दर औरत को लौटा नहीं देता है। तो मुर्गा उसके सिर पर चोंच मारकर उसे मार देता है। 'पोड़ने की कहानी' (एक भारतीय परीकथा) और पंचतंत्र की कहानियों के लिए बग्गी का आइडिया मिला। मंच के पीछे जाकर सारे कलाकारों से मुलाक़ात की।

...

दोपहर एक बजे भीष्म साहनी के घर गई। दही और अचार के साथ पूरा भारतीय खाना खाया। उनकी पत्नी शीला और बेटे वरुण से मिली।

...

शाम 6.30 बजे नोएल कोवार्ड का कॉमेडी नाटक 'द नेकेड वुमन विद अ वायोलिन', 'थिएटर ऑफ़ सेटायर' ने पेश किया। बहुत दिलचस्प नाटक। पागल रूसी औरत और दूसरी हँसमुख औरत बननेवाले कलाकारों की अदाकारी बहुत अच्छी है। एक मज़ाकिया नाटक के लिहाज़ से निर्देशन थोड़ा ज़्यादा गम्भीर था। मुझे लगा कि इसमें कोवार्ड के नाटक के लिए ज़रूरी हल्के-फुल्केपन की कमी थी। नाटक ढाई घंटे का था।

बृहस्पतिवार, 29 मार्च

सुबह 11 बजे मास्को आर्ट थिएटर में मेइटरलिंक की चार एक्ट की परीकथा 'द ब्लू बर्ड' देखी। नाटक तीन घंटे का था। यह एक भाई-बहन की कहानी थी जिन्हें एक पड़ोसी नीली चिड़िया पकड़कर लाने के लिए कहता है। एक बिल्ली, कुत्ता, रोटी, पानी, चीनी और आग ज़िन्दा चीज़ों की तरह उनके साथ चलते हैं। वे स्वर्ग में पहुँच

जाते हैं और अपने दादा-दादी और मर चुके भाई-बहनों से मिलते हैं। दोनों स्वर्ग से नीली चिड़िया को वापस लेकर आते हैं और अगली सुबह जब जागते हैं तो देखते हैं कि वे अपने कमरे में पहुँच चुके हैं। बच्चों के लिहाज़ से नाटक कुछ ज़्यादा ही लम्बा और गम्भीर था, हालाँकि बच्चों को देखकर लग रहा था कि वो उसका पूरा लुत्फ़ उठा रहे हैं। दो बच्चों का किरदार बड़ी लड़कियों के निभाने से नाटक का मज़ा ख़राब हो गया और यह अस्वाभाविक लग रहा था। कुत्ते का मेकअप अच्छा था। इस पर बनी फ़िल्म, जो मैंने बहुत साल पहले देखी थी, नाटक के मुक़ाबले अच्छी थी।

...

दोपहर में माया मुझसे मिलने आई।

शाम 6.30 बजे जिप्सी थिएटर का रूसी में किया नाटक 'हॉट ब्लड' देखा। बिना तामझाम वाला सीधा-सादा नाटक, बढ़िया गाने और डांस। इसे देखकर मुझे अपने पृथ्वी थिएटर के नाटकों की याद आई। नाटक की कहानी सुधरे और बिगड़े जिप्सियों के बारे में थी। दो जवान लड़का-लड़की एक दूसरे से शादी करने का वादा करते हैं। लेकिन लड़की वादे से मुकर जाती है। नाटक के आख़िर में आग बुझाते हुए लड़का अन्धा हो जाता है।

शुक्रवार, 30 मार्च

सुबह 10 बजे, चिल्ड्रेन्स थिएटर ऑफ़ यंग स्पेक्टेटर्स। शेवार्ट्ज़ का नाटक 'टू ट्रीज़' देखा। यह एक चुड़ैल की कहानी है जो दो लड़कों को चुरा लेती है और उनकी माँ उन्हें ढूँढ़ने जाती है। एक बिल्ली, कुत्ता, भालू और तीसरा बेटा भी उन्हें खोजने माँ के साथ जाते हैं। बच्चों को शो बहुत पसन्द आया, मुझे लेनिनग्राद थिएटर का नाटक ज़्यादा अच्छा लगा था। शो के बाद डायरेक्टर से मुलाक़ात हुई जिन्होंने इसी थिएटर कम्पनी द्वारा किए नाटक 'इंडिया, माई ड्रीम' के फ़ोटो भेंट किए जिसका निर्देशन अनवार मिर्ज़ा ने किया था।

दोपहर 1.30 बजे भारतीय दूतावास के काउंसलर श्री और श्रीमती थान के साथ दोपहर का खाना।

शाम 6.30 बजे मास्को आर्ट थिएटर में एक उक्रेनियाई लेखक का नाटक 'बाय द रीवर ड्नाइप'। बहुत धीमा नाटक था। बहुत थकी थी इसलिए ख़त्म होने तक नहीं रुकी।

रात 9.30 बजे होटल बुदापेस्त में माया, स्वेतलाना (मेरी दुभाषिया और हमेशा साथ रहनेवाली दोस्त), इरिना और मेरे लिए अनौपचारिक तौर पर विदाई समारोह का आयोजन। मैंने फ्रैंडशिप सोसाइटी को 'गीत-गोविन्द' की पेंटिंग भेंट की।

शनिवार, 31 मार्च

सुबह के 10.45 बजे मास्को से रवाना। इरिना और स्वेतलाना मुझे विदा करने आईं। दोनों बहुत ही प्यारी लड़कियाँ हैं, बहुत जिम्मेदार और अपनेपन से भरी। 2.30 बजे

बर्लिन पहुँची (स्थानीय समय के मुताबिक़ दोपहर बारह बजे)। श्री और श्रीमती बाम्बोर, श्री मेविस और श्री बेल्के, मेरे दुभाषिए और गाइड से मिले। पवन और किरण से चिट्ठियाँ मिलीं। रास्ते में रीवर स्प्री पर एक सुन्दर से रेस्त्राँ में खाना खाया। अगले आठ दिन के लिए कार्यक्रम तय किया। शाम 3.30 बजे होटल सोफिया पहुँची, मेरा कमरा नम्बर 404। यहाँ न लिफ़्ट है न कमरे से लगा बाथरूम। पहली नज़र में शहर बहुत ही उदास लगा। मेरा मन इस उजाड़ के बीच रौनकदार शहर देखने के लिए तड़प रहा है, यह बहादुर देश बरबाद हो गया।

शाम 7 बजे खाने के लिए 200 ड्यूश मार्क्स मिले। स्टेट ओपेरा गई। आर्मेनिया के संगीतकार ए. खातचातुर्जान का बैले 'गजनी' देखा, निर्देशन अल्बर्ट बुर्कात का था। बैले की शुरुआत बहुत फीकी थी जो दूसरे हिस्से में बेहतर हुआ। अन्त ख़राब था। पहली के मुक़ाबले दूसरी बैलेरिना बेहतर थी।

रात 10.30 बजे होटल में खाना खाया।

इतवार, 1 अप्रैल

दोपहर का बाख का शो रद्द कर दिया गया था इसलिए सुबह 11 बजे हम आसपास के इलाक़े घूमने गए। यह बर्लिन उस शानदार, साफ़-सुधरे, चुस्त और बड़े शहर से बिल्कुल अलग था जिसे मैंने तीस साल पहले देखा था। यह दिल तोड़नेवाला नज़ारा था। उजाड़, वीरान, बरबाद और ख़ून से सना हुआ। प्रभावशाली सोवियत स्मारक देखा। पायनियर पार्क में डायरेक्टर के साथ बच्चों की ट्रेन की सवारी की। मोले लेक टॉवर में दोपहर का खाना खाया।

...

शाम 7 बजे बर्लिनेर इंसेंबल में 'डाइ ओफहाल्टसेम ओफस्टिग डेस अर्टुरो यूई' (द रसिस्टिबल राइज़ ऑफ़ अर्टुरो यूई)। हिटलर के तानाशाह के तौर पर उभरने पर सांकेतिक नाटक। नाटक सब्ज़ियों के कारोबार में गुंडों की कहानी कहता है। हिटलर के किरदार में एक्केहार्ड शॉल का काम कमाल का था। अदाकारी और मेकअप अनूठा था। चेहरे का मेकअप कथकली की याद दिलाता था। सेट और अन्य ज़रूरी चीज़ें हल्की रोशनी में मंच पर, म्यूज़िक के पास लाई जा रही थीं। इमारतों और प्लेटफॉर्म को दिखाने के लिए बहुत कम चीज़ों को संकेतों के बतौर इस्तेमाल किया गया था, जिससे जगह का अन्दाज़ा लग सके। बहुत सारे बदलाव घूमते मंच के ऊपर ही किए गए। शॉल ओ.पी. कोहली (भारतीय पत्रकार) की तरह दिखते थे।

सोमवार, 2 अप्रैल

सुबह 11 बजे बर्लिन में जर्मन बैले स्कूल घूमने गई। डायरेक्टर फ्रिश से मिली, उनकी आँखों के भाव राज कपूर जैसे थे। तीन कक्षाएँ, बैले अभ्यास, करताल और लोकनृत्य देखे।

...

शाम 3 बजे बच्चों के लिए थिएटर ऑफ़ फ्रैंडशिप। कार्नाचायूवा और ब्रायूस्सेवेच की एक परीकथा देखी जो 'ब्यूटी एंड द बीस्ट' जैसी थी।

...

शाम 7 बजे गोर्की थियेटर, शान्ति की तरफ़दारी करता मैकोल का नाटक 'सो लोंग एट द फेयर' देखा। पाँच ब्रिटिश सैनिकों को पागलख़ाने में बन्द कर दिया जाता है क्योंकि वो लड़ने से इनकार कर देते हैं। मैकोल ने कई साल तक जोआन लिटिलवुड के साथ काम किया है। बढ़िया अदाकारी, चुस्त डायलॉग जो भाषा की दिक़्क़त की वजह से समझने में छूट गए। मुझे यह नाटक मूल अंग्रेज़ी में ज़रूर पढ़ना चाहिए।

मंगलवार, 3 अप्रैल

सुबह 9 बजे से दोपहर 1 बजे तक ड्रामा स्कूल ऑफ़ स्टेट थियेटर, बर्लिन में रही। एक मूवमेंट की और एक माइम यानी स्वाँग की कक्षाएँ देखीं। शरीर और दिमाग़ में फैलाव का अहसास। समूह का अहसास। आड़ा-तिरछा पैटर्न अलग-अलग तरीक़ों से दोहराया गया। शरीर को आराम देनेवाले अभ्यास, सिर और गर्दन के व्यायाम। एक ख़याली धातुई छड़ी का अहसास। इसे आड़ा और खड़ा करके पकड़ना, फेंकना, पकड़ना और सन्तुलित करना। एक ख़याली नदी के बहुत सँकरे किनारे पर चलना। इस पतली-सी जगह पर एक-दूसरे को पार करते हुए निकलना। हर कड़ी की एक शुरुआत है और एक अन्त है और इसकी अपनी एक लय है। चीज़ों को उसी समय तैयार करने के अभ्यास। शरीर की गति और हाव-भाव बिल्कुल स्पष्ट होने चाहिए। रोज़ाना की ज़िन्दगी से लिये गए थे लेकिन अस्वाभाविक बना दिए गए।

...

शाम 3.30 बजे ओपेर कोमिशे में फेल्सेनस्टेन का नाटक 'द कनिंग विक्सन' देखा। सेट और पोशाक कुछ ज़्यादा ही मुश्किल थे। मंच पर दृश्य बदलने के लिए दिखावटी लगते तरीक़ों पर बहुत ज़्यादा ज़ोर दिया गया था।

बुधवार, 4 अप्रैल

सुबह 7 बजे जहाज़ से ड्रेसडेन के लिए रवाना। होटल एस्टोरिया पहुँची।

सुबह 9.30 बजे कमरा नम्बर 121 में। सुन्दर कमरा, साथ में बाथरूम, कमरे का रुख एकेडमी ऑफ़ टेक्नोलॉजी की ओर।

सुबह 10.15 बजे पालुका स्कूल ऑफ़ डांसिंग देखने गई। मैडम पालुका और स्टाफ के दूसरे लोगों से मुलाक़ात। 'हैंड्स ऑफ़' नाम के बैले की रिहर्सल देखी। कहानी नीग्रो आज़ादी, औरतों और बच्चों पर अंग्रेज़ सैनिकों का ज़ुल्म। बहुत असरदार। रस्सी के साथ काफ़ी दिलचस्प प्रयोग। संगीत देसायू का। उनकी पत्नी ने ही बैले तैयार किया।

...

शाम ब्रेख्त का नाटक 'राइज़ एंड फाल ऑफ़ महोगनी टाउन'। ओपेरा शैली की नक़ल करते हुए बुर्जुआ ज़िन्दगी पर कटाक्ष। चुभती सच्चाई, निडर और आदमी की विलासी इच्छाओं–शराब, औरतें, लड़ना और पैसा का खुला प्रदर्शन। खुला मंच, कँटीले जाल के दरवाज़े। कोठे वाले दृश्य में घिनौनेपन की इंतिहा होती है जब हाथ में नोट पकड़े आदमी खुले बदन बैठी वैश्या से मिलने के लिए लाइन लगाकर खड़े होते हैं। हर बार जब पैसे देने के बाद पर्दा खींच दिया जाता है। संगीतकार कर्ट वेइल। नाटक के बाद कम्पनी के मैनेजर कोस्का राडेबेयुल साशसेन से मिली।

बृहस्पतिवार, 5 अप्रैल

सुबह 10 बजे पालुका स्कूल में एक छोटा–सा प्रदर्शन करके दिखाया। दो कक्षाएँ देखीं, पहली 12 साल की लड़कियों और बुज़ुर्ग अध्यापकों के लिए। धीमी और तेज गति में चलना, दौड़ना, फिसलना, अकड़कर चलना और कूदना। साथ काम करने के अहसास को बढ़ावा देने के लिए दो और तीन लोगों को साथ में अभ्यास कराया जा रहा था। अभ्यास करने के दौरान भी काम की तकनीक पर नज़र रखना।

विषय : स्कूल के लिए देरी, भागना, बुरी तरह से घबराना, स्कूल पहुँचना, आराम करना और ख़ुशी से इधर–उधर कूदना। एक जंगल में आना और धीरे चलना और फूल चुनना। दूसरी कक्षा बड़े विद्यार्थियों के लिए थी। पेट से ऊपरी हिस्से को झुका और उठाकर शरीर को महसूस करने का अभ्यास अहम। गति को 3/4 से 2/3 से 6/8 में बदलना वग़ैरह। पैर की अँगुलियों और पंजों पर ज़ोर देते हुए कई तरीक़ों से कूदना। बाँहों को अलग–अलग तरह से घुमाते हुए कूदना, उछलना और घूमना। शरीर को आराम में रखते हुए पूरी तरह से ज़मीन पर झुकाना। यहाँ तक की खींची ताल पर भी उड़ने और फिसलने में हल्कापन।

शाम 3 बजे दाँवपेंच भरी ये फ़िल्में देखीं, 'द विशिंग रिंग', 'द सेंसेशनल फ्लाइट टू द मून', 'ग्रैनी'ज बर्थडे केक' और 'लेज़ी मैन'।

शाम 7 बजे सुबह टेलीविज़न पर आनेवाले अपने कार्यक्रम को देखने पालुका के घर गई लेकिन उस शाम वह नहीं दिखाया गया।

...

शाम 5 बजे 'ड्यूशेज ज़ेइतंग' की पत्रकार के साथ इंटरव्यू।

शुक्रवार, 6 अप्रैल

सुबह 10 बजे बर्लिन लौटी। दोपहर 12 बजे एलिजाबेथ हॉप्टमैन और हेलेन वेगल से मुलाक़ात की जिन्होंने मुझे ब्रेख्त के पहले छह नाटकों पर एक किताब भेंट की। बर्लिनेर एन्संबेल में द डे ऑफ़ कम्यून की रिहर्सल भी देखी।

(एक मज़ेदार बात हुई जब एलिज़ाबेथ हॉप्टमैन ने हेलेन वेगल को फ़ोन में जर्मन भाषा में कहा कि...'मदर करेज' का एक चेहरा यहाँ है। चूँकि मैं अब भी थोड़ी–बहुत जर्मन समझ सकती थी अत: उनकी बात सुनकर मुस्कराने लगी। जब उन्होंने पूछा

तो मैंने उन्हें बताया कि दरअसल मेरा चेहरा मदर करेज के साथ मिलाया जा चुका है और दिल्ली लौटने पर मैं यह किरदार निभानेवाली हूँ। जब हेलेन वेगल को यह बात बताई गई तो उन्होंने कहा यह बहुत ही शानदार विचार है लेकिन मुझे ब्रेख्त की 'द मदर' का किरदार भी निभाना चाहिए।)

दोपहर 3.30 बजे सोफिया होटल में सांस्कृतिक विभाग ने स्वागत समारोह का आयोजन किया। भेंट में दिलचस्प किताबें, पैम्फ़लेट, पेंटिंग और थिएटर पर पत्रिकाएँ मिलीं।

...

शाम 5 बजे स्टेट ओपेरा के डायरेक्टर गजाने नोरमा होलर और उन दिनों जर्मनी का दौरा कर रहे इंडियन नेशनल थिएटर एसोसिएशन के गौतम जोशी से मुलाक़ात की।

शाम 7 बजे ब्रेख्त का 'थ्री पैनी ओपेरा' देखा। 'द बैगर्स ओपरा' की कहानी पर आधारित यह नाटक बहुत चुस्त और मज़ेदार था। बदमाशों का सरदार भिखारियों के राजा की बेटी से शादी करता है। वह पकड़ा जाता है और उसे फाँसी पर लटकाया जाना होता है लेकिन रानी गद्दी पर बैठने की ख़ुशी में उसे माफ़ कर देती है।

शनिवार, 7 अप्रैल

सुबह 9.30 बजे फ़िल्म में उतारा गया नाटक 'मदर करेज' देखा। क्या बढ़िया अनुभव था! हेलेन वेगल सचमुच एक महान अदाकारा हैं। नपे-तुले ढंग से भावनाएँ ज़ाहिर करना, चुस्त, सहज चाल और हाव-भाव सब कुछ बहुत ही शानदार। खुरदुरेपन और बदहाली के अहसास के लिए एक दरदरे और फटे कम्बल की छवि आती है। अगर फ़िल्म इतनी असरदार है तो असली नाटक कितना ज़बर्दस्त होगा! संगीत देसायू का।

दोपहर 1 बजे ड्रेसडेन से अर्मगार्ड पॉलिंग (तीस के दशक में मेरी दोस्त और पियानो अध्यापक) का ट्रंक कॉल। वैसी ही उत्तेजना से भरी हुई, मुश्किल से अपनी बात कह पाती। लेकिन प्यारी पॉलिंग तीस साल बाद भी उसी अपनेपन के साथ!

...

शाम 6.30 बजे बैले मास्टरों के लिए लेक्चर। नाकामयाब!

...

शाम 7.30 बजे ड्यूशेज थिएटर के डायरेक्टर कोहल्स से मुलाक़ात जो जी.डी.आर. में आईटीआई के नुमाइंदे भी हैं। ड्यूशेज थिएटर ग्रुप द्वारा किया गया चेखव का 'चैरी ऑर्चर्ड' देखा, साथ ही बग़ल में चल रहे कामेर थिएटर के 'इर्कुट्ज स्टोरी' की एक झलक भी देखी।

इतवार, 8 अप्रैल

दोपहर 12 बजे हर हिर्श के साथ दोपहर का खाना खाया।

दोपहर 3 बजे श्री और श्रीमती ब्रांडस्टाटर।

शाम 6.30 बजे ड्यूशेज थिएटर का नाटक विलियम टैल। भारी माहौल, धीमी गति, सेट बदलने का तरीक़ा दिलचस्प। पोशाकों का कपड़ा और रंग बढ़िया लेकिन मंच पर हमेशा मौजूद रहनेवाला धातु का बड़ा-सा पहाड़ माहौल को कुछ ज़्यादा उदास बनाता हुआ।

सोमवार, 9 अप्रैल

सुबह 8.10 बजे स्कोनेफेल्ड एयरोड्रम पहुँची, पता लगा कि समय बदलने की वजह से मेरा जहाज़ पहले ही जा चुका है। किस्मत से 8.20 बजे एक दूसरा जहाज़ रवाना होनेवाला था। जल्दी से अपना सामान तुलवा कर इस दूसरे जहाज़ से गई। सफ़र आरामदायक रहा। 9.45 बजे (मुझे लगता है प्राग में) संस्कृति मंत्रालय से आई एक महिला और एक सज्जन से मिली। होटल का जो कमरा मेरे लिए रखवाया गया था वह दोपहर 2 बजे तक तैयार नहीं हुआ, इसलिए उस बीच मैंने खाना खाया और अपने आगे का कार्यक्रम तय करने के लिए संस्कृति मंत्रालय गई। वहाँ थिएटर विभाग सँभालनेवाली मैडम श्रीवांकोवा से मिली। होटल यूरोपा के कमरा नम्बर 211 में शाम तक आराम किया।

...

शाम 7 बजे होटल में खाना खाया।

रात 8 बजे श्री और श्रीमती ? कार में प्राग से लगभग 15 किलोमीटर दूर फ़िल्म स्टूडियो के पीछे एक पहाड़ी पर ले गए। वहाँ से शहर की रोशनियों का ख़ूबसूरत नज़ारा। कॉफ़ी पी और तिब्बत, शांग्री-ला, भारतीय दवाओं और चीनी खाने पर बातचीत की। रात 10.20 पर होटल वापस।

मंगलवार, 10 अप्रैल

सुबह 10 बजे वेनसेस्लाओ की मूर्ति के पीछे बड़े म्यूज़ियम को देखने गई। वहाँ के डायरेक्टर से मिली और थिएटर विभाग देखा। इन लोगों ने अब तक हो चुके सभी नाटकों और अभिनेताओं से जुड़े तमाम दस्तावेज़ सँभाले हुए हैं, जैसे—सेट के डिज़ाइन, कलाकारों की पोशाकें, मंच पर इस्तेमाल की गई चीज़ें, पोर्ट्रेट, प्रीमियर के पुराने कार्यक्रम, पोशाकों के लिए बने स्केच, मॉडल, पटकथाओं की प्रतिलिपियाँ, चिट्ठियाँ वग़ैरह-वग़ैरह। सबसे पुरानी तस्वीर 1723 में ऑस्ट्रियाई दरबार में किए गए एक नाटक की थी। इनके संग्रह में 1924 में किया गया रवीन्द्रनाथ टैगोर का नाटक 'पोस्ट ऑफ़िस' भी शामिल है। इनके पास पुरानी कठपुतलियाँ भी जमा हैं। इस तरह की चीज़ों के लिए यह दो अन्य थिएटर संस्थाओं के साथ लेन-देन करते हैं। थिएटर में रिसर्च करनेवालों के लिए यह बेहतरीन जगह है।

दोपहर 2 बजे शहर की सैर। महल, चर्च, लोरेटा चैपल।

शाम 7.30 बजे सर्कस नाम का एक कठपुतली शो देखा जिसमें स्पेजबोला और हारविंका (पिता-पुत्र) दिखाए गए थे। ओब्रेटसोव के जितना अच्छा नहीं। ड्रम पर

जाज़ संगीत पर गधे का ठुनकना सबसे बढ़िया था। इसे मशहूर कठपुतली कलाकार स्पुकोव ने तैयार किया था जो अब नहीं रहे। उनका काम अब उनकी बीवी और साथी सँभालते हैं।

बुधवार, 11 अप्रैल

सुबह 10.30 बजे थिएटर फैकल्टी के तीन सदस्यों के साथ बातचीत और सवाल-जवाब। उन्होंने इस बात को माना कि किसी किरदार को मन के अन्दर से निकालकर लाना ही सच्ची कला है। इसके अलावा कलाकार को डायलॉग पहले से ही पूरी तरह याद होने चाहिए जिससे मंच पर उसके हाव-भाव मशीनी न होकर सहज लगें।

दोपहर 1 बजे दोपहर का खाना और आराम।

शाम 5 बजे आर्मी थिएटर में नाटक 'होस्ट ऑर गेस्ट' देखा। पश्चिम जर्मनी का एक आदमी सत्रह साल की एक लड़की के साथ सीमा पार करके चेकोस्लोवाकिया के एक होटल-बार में पहुँचता है। शराबख़ाने में काम करनेवाले आदमी को लगता है कि वह कॉन्सनट्रेशन कैम्प (यातना केन्द्र) का अधिकारी है। उसका सरल और दयालु स्वभाव उसे जर्मन आदमी को गोली मारने के लिए उकसाता है। जर्मन बच निकलता है और वाक़ये की जानकारी पुलिस को देता है जो उस जवान चेक आदमी को गिरफ़्तार कर लेती है। जर्मन, शराबख़ाने पर काम करनेवाला आदमी और खान में काम करनेवाले बूढ़े का किरदार करनेवाले कलाकारों की अदाकारी बहुत बढ़िया थी। एक सेट में ढाई घंटे का नाटक। नाटक में तीन एक्ट थे। लेखक, लुडविक एशकानाज़े।

बृहस्पतिवार, 12 अप्रैल

सुबह 10 बजे चेक क्लासिक कॉमेडी 'सीन एट द वेल' की रिहर्सल देखी, तीन बार। 'प्ले-बैक' आवाज़ों पर सबसे मज़ेदार कटाक्ष। नेशनल थिएटर।

दोपहर 2.30 बजे थिएटर फैकल्टी के सदस्यों को भारतीय नाटकों पर लेक्चर।

...

शाम 7 बजे ज़्डेंका थिएटर में पावेल कोहाउट का नाटक 'द थर्ड सिस्टर' देखा। मशहूर अदाकारा लिबूसे पेस्कोवा की अगुआई में स्टील के डंडों में घूमनेवाले दरवाजों और खिड़कियों और पीछे की पारदर्शी दीवार के साथ आधुनिक प्रस्तुति। सभी कलाकारों की अदाकारी बेहतरीन ख़ासतौर पर पियक्कड़ पिता और सबसे छोटी बहन। कहानी तीन बहनों की ज़िन्दगी के बारे में है जो एक साथ अपनी मर चुकी माँ की लगातार मौजूदगी के बीच रह रही हैं। सभी की अपनी मोहब्बतें हैं, निराशाएँ हैं। शो के बाद प्रमुख नायिका से मिली और कॉफ़ी पीते हुए लम्बी बातचीत की। यह वही अदाकारा हैं जिनसे मिलने का मशवरा एलेक्सिस पार्निस ने दिया था। उन्होंने पार्निस के नाटक एफ्रोडिटी में अपने माँ के किरदार का मतलब समझाया। बहुत ही जिम्मेदार, ईमानदार, साफ़ बात करने वाली, समझदार और बहुत ही हुनरवाली अदाकारा हैं।

शुक्रवार, 13 अप्रैल

सुबह 10 बजे कार से घूमने गई। क्रेकशिया के निर्देशन में ? थिएटर में एक समकालीन चेक नाटक 'द कीपर ऑफ़ द कीज़' की रिहर्सल दोपहर दो बजे तक देखी। दोपहर के खाने में जल्दी से सैंडविच और बींस खाए और दोपहर 2.30 बजे से शाम 6 बजे तक एकेडमी ऑफ़ ड्रामा में रही। मैडम पेस्कोवा की एक्टिंग क्लास देखी। 'अल्सेस्ट्रा, रोमियो एंड जुलियट'।

...

शाम 7 बजे नारोदनी थिएटर में 'किंग लियर' देखा। इसमें स्टेपानेक ने लियर का और डोह्लाल ने केंट का किरदार किया। हल्के सलेटी रंग में सीधे पेंट किए हुए तख़्तों को दिलचस्प तरीक़ों से खड़ा और आड़ा रखकर बहुत सुन्दर सेट बनाए गए थे। सेट में रोशनी बहुत बढ़िया तरीक़े से की गई थी। धीमेपन की वजह से शेक्सपियर के त्रासद नाटक का असर आ नहीं पाया। नाटक में जान नहीं।

शनिवार, 14 अप्रैल

सुबह 10 बजे अलसाई सुबह। चिट्ठियाँ, पोस्टकार्ड, विंडो-शॉपिंग और बाल धोए।

दोपहर 2.30 बजे कॉमेडी थिएटर में दोपहर के शो में व्रादिस्लाव ब्लेज़ेक का 'टू मच ऑन बॉक्सिंग डे' देखा। ग़लतफ़हमियों से पैदा हालात पर तैयार किया गया मज़ेदार नाटक। अपनी बेटी से शादी करना चाह रहे लड़के के घर पर पूछताछ। हँसी से भरपूर, वामपन्थी व्यवस्था पर छींटाकशी। कहानी का सार : 'लोग हमारे दुश्मन बनते हैं तो इसके पीछे ज़रूर कोई वजह होगी। उनकी बीती ज़िन्दगी की छानबीन करोगे तो तुम्हें उनकी नाराज़गी और नफ़रत की वजह पता चल जाएगी।' पिता के किरदार में रुडोल्फ डेयल की शानदार अदाकारी।

...

शाम 7.30 बजे एस.के. न्यूमैन थिएटर में रोबिंसन जेफर्स का लिखा नाटक 'मेडिया' देखा। ग्रेनाइट के टुकड़ों से बना एकमात्र सेट, रोशनी की दिलचस्प व्यवस्था, मुख्य अदाकारा अपनी मज़बूत आवाज़ और बढ़िया मूवमेंट के बावजूद किरदार में डूबी नहीं दिखी। बेहद दिलचस्प पोशाक, मंच पर इस्तेमाल की गई चीज़ें, संगीत और कोरस के मूवमेंट।

इतवार, 15 अप्रैल

सुबह 10 बजे चार्ल्स चतुर्थ द्वारा 1357 में बनवाए गए कार्ला स्टेन कासल देखने गई। सूली पर चढ़ानेवाली बेशकीमती ऑयल पेंटिंग, और दुनिया में अलग-अलग बोहिमियाई बादशाहों की गोथिक पेंटिंग का अकेला संग्रह। चौदहवीं सदी की सेंट एलिजाबेथ के लकड़ी के बुत। पन्द्रहवीं सदी की मैडोना और दूसरी मूर्तियाँ। स्लेपी का बाँध देखने गई और इसके ऊपर बने रेस्त्राँ में खाना खाया। शाम 4 बजे होटल वापस लौटी।

शाम 7.30 बजे थिएटर ऑफ़ पैंटोमाइन में लैस्लेव फियाल्का के निर्देशन और मुख्य भूमिकावाला नाटक 'नाइन हैट्स ऑफ़ प्राग' देखा। एक या दो गाने ठीक थे जैसे बैगर्स स्टोरी, लेकिन मार्सल मार्सियू का कोई मुक़ाबला नहीं। शाम का सितारा ल्यूबा हरमानोवा, अपनी उम्र से कम दिखती, वह तीसेक साल की लगती हैं! ऑडिटोरियम छोटा था जिसमें केवल 200 लोग बैठ सकते थे। संगीत टेप किया हुआ।

सोमवार, 16 अप्रैल

सुबह 10 बजे बर्नाडोर्फ स्टूडियो गई। छह मंज़िला, 120 कर्मचारी। 'सिल्वर स्टार' की शूटिंग। 'डेथ ऑफ़ टार्जन' के सेट।

शाम 3 बजे फैकल्टी ऑफ़ ड्रामा के विद्यार्थियों को लेक्चर। उन्होंने वॉयलेट (नीलपुष्प) भेंट किए और मैडम पेस्कोवा ने 'आइल ऑफ़ एफ्रोडिटी' नाटक में से अपने फ़ोटो दिए। ख़रीदारी, रात का खाना–नाटक।

...

शाम 7 बजे ज़ेनस्काई बोज थिएटर में एक पुराने नाटककार वासलेव क्लिमेंट क्लिपेरा का नाटक 'वुमंस वार' देखा। बेवक़ूफ़ाना नाटक और कहानी। कोई चीज़ भी अच्छी नहीं!

मंगलवार, 17 अप्रैल

सुबह 10 बजे सांस्कृतिक मंत्रालय। कठपुतली कलाकार ट्रिंका के ऊपर बनी एक फ़िल्म देखी। लड़ाई पर बनी एक कार्टून फ़िल्म 'अटेंशन' देखी। उसके बाद फ्राओ श्रीवांकोवा, पाओलोवा और हर हिर्श के साथ विदा की मुलाक़ात।

दोपहर 2.30 बजे वेंकुनी सिनेमा में 'द फर्स्ट सेंचुरी' फ़िल्म देखी। पाँच सौ साल बाद की दुनिया पर कॉमेडी।

शाम 7.30 बजे न्यूमैन थिएटर में जूल्स वर्ने के इसी नाम के उपन्यास पर कोहआउट का पैरोडी नाटक 'राउंड द वर्ल्ड इन 80 डेज़'। बहुत चुस्त और मज़ेदार नाटक। जगह के सभी संकेत स्वाँग में किए गए। चार स्तरों पर पैनल बने थे जो दृश्य बदलने के लिए बीच में बन्द होता था।

बुधवार, 18 अप्रैल

लन्दन के हिथ्रो एयरपोर्ट पर।

...

तो, यह सब कुछ मेरी डायरी से उतारा गया है। इसे दोबारा पढ़ने पर, मुझे लगता है कि मुझे दो–चार बातें इसमें और जोड़नी चाहिए जो इन छोटे विवरणों में साफ़ नहीं होतीं। सबसे पहले, इनमें स्वेतलाना के बारे में मुश्किल से ही कोई ज़िक्र है, जो सोवियत संघ में मेरी दुभाषिया

और हरदम की साथी थी। उनकी वजह से रूस में मेरा रहना इतना ख़ुशनुमा हो पाया। ख़ासतौर पर बाकू घूमने के दौरान हम बहुत ही अच्छी सहेलियाँ बन गई थीं, मुझे लगता है कि शायद छोटे शहर का आरामपरस्त माहौल इसकी वजह रही। मुझे नहीं लगता कि इस पूरे सफ़र में हमारी हँसी कभी रुकी हो जिसकी शुरुआत समिति के सदस्यों को देखने के साथ ही हो गई थी। क्योंकि कोई भी अंग्रेज़ी नहीं समझता था तो हम लोग सबके सामने बिल्कुल गम्भीर चेहरे के साथ मज़ाकिया से मज़ाकिया बात कह देते थे।

यह जवान लड़की न केवल बहुत ख़ूबसूरत थी बल्कि बहुत दिमाग़दार भी थी। ताशकंद से होने की वजह से वह सहज रूप से दो भाषाएँ जानती थी, अपने पिता से रूसी और माँ से उज़्बेक। उसके बाद स्कूल में उसने अंग्रेज़ी सीखी और जब मैं उससे मिली वह पहले ही हिन्दी और उर्दू भाषाओं पर अपनी मज़बूत पकड़ बना चुकी थी। माना कि शायद अरबी लिपि, जिसमें उर्दू लिखी जाती है, से उसे कुछ हद तक मदद मिली होगी क्योंकि मुझे लगता है कि उज़्बेक उससे मिलती-जुलती है, लेकिन हिन्दी? और हिन्दी भी क्या लाजवाब हिन्दी! वह भारत के राष्ट्रकवि दिनकर की कविताओं का तर्जुमा कर रही थी जो अपने ऊँचे दर्ज़े के साहित्य के लिए माने जाते हैं! अब इस प्रतिभा पर एक ख़ूबसूरत चेहरा और शरीर जोड़ लीजिए और आप ख़ुद ही समझ जाएँगे कि वहाँ मेरे लेक्चर इतने कामयाब क्यों होते थे, जिन्हें वह अपनी मुहावरेदार भाषा में तर्जुमा करके सुनाती थी।

मास्को में जिन लोगों के बीच घूमी-फिरी उन्हें मेरी बीती ज़िन्दगी में किए गए कामों की जानकारी को देखकर मुझे बहुत आश्चर्य होता था। जैसे उन्होंने मेरे बारे में कहा कि मैं एक रूढ़िवादी परिवार से निकली हुई पहली मुसलमान औरत थी जिसने डांस में कैरियर बनाया। उन्हें जर्मनी में मेरी डांस की तालीम के बारे में भी पता था लेकिन उन्हें हाल के सालों में थिएटर की दुनिया में मेरे काम का अन्दाज़ा नहीं था। ऐसा लगता था कि मेरे बारे में उन्हें 20 साल पहले तक की ही जानकारियाँ मिल सकी थीं। यही वजह थी कि मेरा परिचय हमेशा भारत से आई डांसर के बतौर कराया जाता था और मुझे उनके यहाँ के डांस के तमाम पहलुओं की जानकारी दी जाती थी। और यहाँ मेरा यह आलम था कि मैं पूरी तरह से एक अदाकारा थी, 1945 में ज़ोरेश बैले के साथ किए दौरे के बाद मैंने एक डांसर की हैसियत से मंच पर उतरना कमोबेश बन्द कर दिया था। दिल्ली में जब मैं इस लेक्चर दौरे की तैयारियाँ कर रही थी तो मैं यह सोचकर बहुत उत्साहित थी कि मुझे काफ़ी सारे रूसी नाटक देखने के मौक़े मिलेंगे। लेकिन रूस में मैं जब भी अपने मेज़बान अधिकारियों से इस बारे में बात करती थी तो वह बहुत प्यार से लेकिन मज़बूती से मेरी बात काट देते थे। वो किसी भी हालत में मेरे लिए पहले से तय किए गए कार्यक्रम में तब्दीली करने को तैयार नहीं थे। बाकू में जब अपनी यह उलझन स्वेतलाना को बताई तो उसके बाद मास्को लौटने पर नियमों में काफ़ी ढील दिखाई दी। हमने जितने ज़्यादा नाटक देखने मुमकिन थे, देखे यानी छह दिन में 10 नाटक।

कलाकारों के लिए इज्ज़त और तारीफ़ वह चीज़ थी जिसने रूस में मेरा दिल जीत लिया, लेकिन उनकी जो बात मुझे ख़राब लगती थी वो भी हर रूसी चीज़ के लिए मुझसे तारीफ़ की उम्मीद करना। इसमें कोई शक नहीं कि उनकी कामयाबी काबिले-तारीफ़ है लेकिन उन्हें दूसरों से तारीफ़ पाने का इन्तज़ार करना चाहिए न कि अपनी ओर से इस बात पर ज़ोर देते रहना चाहिए।

इस लिहाज़ से चेक लोग काफ़ी सभ्य और सुरुचिवाले और थोड़ा शान्त लगे, कुछ मामलों में तो डरे हुए से भी। उदय शंकर की मंडली के दौरों के समय का एक लेखक दोस्त मुझसे मिलने में अनमना सा रहा था, आख़िरकार उसने फ़ोन करके मुझसे न मिल पाने के लिए तबीयत ख़राब होने का हवाला दिया।

लेकिन जर्मनी इतना बदल चुका था कि मुझे देखकर वास्तव में दहशत हुई। केवल मैडम पालुका और उनका स्कूल ही ऐसी चीज़ें थीं जो जर्मनी से जुड़ी मेरी पुरानी यादों से मिलती-जुलती थीं। ड्रेसडेन में मैंने अपने दोस्तों काउंट और काउंटेस ज़ेडविट्ज़ वोन लिबेनस्टेन के बारे में पूछताछ की जो 1933 में शहर के जाने-माने लोगों में से थे, लेकिन ऐसा लगता था कि किसी को उनके बारे में कोई ख़बर नहीं थी। मैंने वियनेर स्ट्रासे जाने के लिए अपने तय कार्यक्रम से सुबह की छुट्टी ली, जहाँ 1933 में जर्मनी छोड़ने से पहले मैं उन लोगों के साथ रही थी। एक भी घर नज़र नहीं आया! केवल बराबर किया हुआ मैदान जिसमें जहाँ-तहाँ टुकड़ों में घास लगी हुई थी। मैंने बहुत मुश्किल से अपने आँसू रोके। बाद में मुझे बताया गया कि शहर के उस इलाक़े में सबसे ज़्यादा गोलीबारी हुई थी।

किस्मत से मैं अपने इस प्यारे 'परिवार' से एक साल बाद सम्पर्क बना पाई हालाँकि तब तक मैं जर्मनी छोड़ चुकी थी। उनके बारे में मैंने जो पूछताछ की थी शायद वह किसी तरह से उन तक पहुँच गई थी।

वैज्ञानिक शोध और सांस्कृतिक मामलों के मंत्रालय के पास श्रीमती विला ज़ेडविट्ज़ लिबेनस्टेन की ओर से 18-3-63 को भेजी एक चिट्ठी आई जिसमें वियेन. 9, टुर्केनस्ट्रासे 8/15 का पता था।

> ज़ोहरा मुमताज़ उल्लाह ख़ान एक जवान लड़की के रूप में हमारे घर ड्रेसडेन, जर्मनी में आई थी और हमारे साथ क़रीब दो साल तक रही। उसने वहाँ विगमैन स्कूल में डांस सीखा। एक दिन उदय शंकर अपने ग्रुप के साथ ड्रेसडेन आए। मैं उसे लेकर मंच के पीछे गई थी जहाँ वह उदय शंकर से मिली और कुछ समय बाद वह उदय शंकर की मंडली में शामिल हो गई। उसे दोबारा मैंने तब देखा जब वह उदय शंकर और सिमकी के साथ बोहेमिया में टेप्लिट्ज़ में शो के लिए आई थी। उसके बाद हमसे उसका पता खो गया। वह हमें नहीं ढूँढ़ सकती थी क्योंकि पूरे ड्रेसडेन में बमबारी हुई थी। अब हम वियेना में रहते हैं, अगर आप हमें उसका पता दे सकें तो हमारे लिए इससे ज़्यादा ख़ुशी की बात कोई और नहीं होगी। ज़ोहरा को भी हमारे बारे में ख़बर पाकर बहुत ख़ुशी होगी।

उदय शंकर शायद आपको यह बता सकते हैं कि वह कहाँ मिल सकती है। मेरा उनसे एक खाने के दौरान परिचय हुआ था जिसके लिए उन्होंने ज़ोहरा और मुझे बुलाया था। क्या आप मेहरबानी करके मेरी चिट्ठी का जवाब देंगे। लेकिन मुझे पता नहीं कि मैं आपको डाकटिकट कैसे लौटाऊँगी।

एक अच्छी ख़बर के इन्तज़ार में, इस चिट्ठी के लिए आपको जो तक़लीफ़ उठानी पड़ी उसके लिए बहुत शुक्रिया।

आपकी
विहेलमिना ज़ेडविट्ज़

मेरे लेख के लिए मुझे माफ़ करें, दरअसल मुझे अंग्रेज़ी में लिखने की आदत नहीं है।

तो वे अब अपने प्यारे वियेन में रहते हैं अपनी मूल जगह ऑस्ट्रिया में! लेकिन लगता था कि सम्भ्रान्त परिवार से जुड़े होने की पदवी शायद उनके नाम से हटा दी गई थी शायद देश में हुए कई सारे दूसरे बदलावों की वजह से यह हुआ हो। उनसे दोबारा ख़तो-किताबत शुरू होने के बाद जल्दी ही प्यारे बुजुर्ग ग्राफ चल बसे। तब से मैं और बेबी सालाना क्रिसमस कार्ड के ज़रिए एक-दूसरे की ख़बर रखे हुए हैं।

भारत से चलते हुए मुझे अपनी पुरानी गुरु मैरी विगमैन से मिलने की पूरी उम्मीद थी। मैंने एक साल पहले ही उन्हें चिट्ठी भेजी थी और मुझे पता था कि वह पश्चिम जर्मनी में रह रही हैं और 70 साल की उम्र में भी अब तक डांस सिखा रही हैं। जब मैंने अपने दुभाषिए हर्र बेल्के से उनसे मिलने जाने की बात कही तो उसने कहा कि यह मुश्किल होगा। उन्हें मेरे पश्चिम जर्मनी जाने में कोई परेशानी नहीं होगी लेकिन मुझे वहाँ से पूर्वी जर्मनी लौटने में बहुत दिक़्क़त होगी क्योंकि मैं साम्यवादी देशों का दौरा कर रही थी। तो, इस तरह मेरी एक पुरानी चाह पूरी होने से रह गई।

10

1962–1973
लन्दन : मंच और फ़िल्मी परदा

मैं 18 अप्रैल, 1962 को लन्दन पहुँची, एयरपोर्ट पर मुझे लेने पुराने पारिवारिक मित्र शराफ़त अतहर अली और ब्रिटिश काउंसिल की ओर से श्रीमती राफर्टी आई थीं। मुझे शराफ़त के पहुँचने की तो उम्मीद थी लेकिन इस बात का अन्दाज़ा बिल्कुल नहीं था कि दिल्ली में ब्रिटिश काउंसिल ने अपने लन्दन ऑफ़िस को मेरे आने की बाबत बताया हुआ है। मुझे लगता है कि दिल्ली से रवाना होने से पहले ब्रिटिश नुमाइन्दों के साथ मेरी मुलाक़ात शायद इसकी वजह रही हो, उन्होंने मुझे डेविस स्ट्रीट में उनके ड्रामा डिपार्टमेंट के लिए एक चिट्ठी लिखकर दी थी जिसमें मेरे बारे में लिखा था। यह मुलाक़ात बहुत फ़ायदेमन्द साबित हुई थी क्योंकि काउंसिल की रिहायशी जगह पर मेरा कमरा पहले ही बुक हो चुका था। ख़ूबसूरत और ख़ुशमिज़ाज श्रीमती राफर्टी तीन दिन तक लगातार मेरी साथी रहीं, उन्होंने बैंक के काम, पढ़ाई की फीस, पोस्ट ऑफ़िस और ज़रूरी चीज़ों की ख़रीदारी जैसी तमाम मुश्किलों को पार करने में मेरी मदद की। हालाँकि मेरे कमरे का किराया ठीक था लेकिन मेरे कम बजट के लिहाज़ से मुझे बहुत महँगा लग रहा था इसलिए एक हफ़्ते बाद मैं 41, फिट्ज़रॉय स्क्वायर में भारतीय विद्यार्थियों के लिए बने हॉस्टल में रहने चली गई। उसके बाद से अगले पूरे दस हफ़्ते मैं ब्रिटिश ड्रामा लीग में लेक्चरों में बहुत मसरूफ़ रही।

यह नाटककारों, अदाकारों, ड्रामा अध्यापकों और ड्रामा समीक्षकों के लिए एक पूरे समय का कोर्स था। दस हफ़्ते के समय के लिहाज़ से यह बहुत ही बढ़िया पेशकश थी। मेरी ख़ुशकिस्मती थी कि मिस फ्रांसेस मैकेंज़ी को उनके रिटायरमेंट से पहले एक और साल के लिए यहाँ की प्रिंसिपल बनी रहने के लिए मना लिया गया था। इसकी वजह से मुझे उनकी जानकारियों, अनुभव और दोस्ती का फ़ायदा मिला। जैसा कि इस तरह के कोर्स में होता ही है, ब्रिटिश थिएटर में उस समय की बड़ी-बड़ी हस्तियाँ अदाकार, ब्रॉडकास्टर और नाटककारों के तौर पर हमारे साथ काम करने आती थीं। साथ ही मशहूर कोरियोग्राफ़र हमें तरह-तरह के डांस के इतिहास और तकनीकों के बारे में सिखाते थे। ज़्यादा से ज़्यादा नाटक देखने के लिए हमारी हौसलाअफ़ज़ाई की जाती थी। कभी-कभी ड्रामा लीग की ओर से ही हमें उस समय चल रहे नाटक दिखाने ले जाया जाता था, जैसे–रॉयल कोर्ट में 'चिप्स विद एवरीथिंग',

ओल्ड विक में 'द डांस ऑफ़ डेथ', स्ट्रेटफोर्ड में 'द टेमिंग ऑफ़ द श्रू' और मिडसमर नाइट्'स ड्रीम और मरमेड में 'लॉक अप योर डॉटर्स'। कोर्स के दौरान मैंने जो दूसरे नाटक देखे उनमें 'ओलिवर', 'फ़ोटो फिनिश', 'लिव लाइक पिग्स', 'द डे ऑफ़ द लॉयन', 'ओह, व्हॉट अ लवली वार'! (जोआन लिटिलवुड का प्रोडक्शन), 'द केयरटेकर', 'द चॉक सर्किल', 'द चैरी ऑर्चर्ड' और 'ब्लिट्ज़' शामिल हैं।

कोर्स ख़त्म होने के बाद मैंने कुछ और नाटक देखे, 'ओथैलो', 'द मास्टर बिल्डर' और 'द रिक्रूटिंग ऑफ़िसर', 'सर लॉरेंस ओलिवर' और मैगी स्मिथ के साथ, 'हैमलेट' और 'राइड अ कॉक हॉर्स' पीटर ओ'टूले के साथ, 'द सीगल' डेम पैगी एशक्रॉफ्ट और वैनेसा रेडग्रेव के साथ, 'ब्लैक कॉमेडी' और 'मिस जूली' अल्बर्ट फिन्ने और मैगी स्मिथ के साथ, वोलपोने लियो मैकर्न और ज़िया मुहिउद्दीन के साथ, 'द रॉयल हंट ऑफ़ द सन' रॉबर्ट स्टीफन के साथ, 'कांइडली मंकीज़' सईद जाफ़री के साथ, 'ब्रेख्त ऑन ब्रेख्त' लॉट्टी लेन्या के साथ, 'यूरियल डेकोस्टा' जिसे हाबिमा थिएटर ने किया (जिसे 1936 में मैंने तेल अवीव में भी देखा था), ग्रीक थिएटर का 'बर्ड्स', बर्लिनट एनसेंबल का 'महोगनी' (इसमें हेलेन विगल भी एक छोटा-सा किरदार कर रही थीं), 'मरात/साद' पेट्रिक मैक्गी के साथ, 'द स्टेयरकेस' पॉल स्कोफिल्ड और पेट्रिक मैक्गी के साथ, 'जूनो एंड द पेकॉक', रोसेनक्रान्ट्ज़ एंड गिल्डेनस्टर्न, 'द थ्री सिस्टर्स', 'द कॉकटेल पार्टी', 'द कैंटरबरी टेल्स', 'माय फेयर लेडी', 'देयर इज़ अ गर्ल इन माय सूप', 'सेंट जोआन', 'सोल्जर्स', 'द रियल मिस्टर एच. इनएडमिशेबल एविडेंस', 'द माउसट्रेप', 'द बाइबल'। आख़िरी नाटक वेस्टमिन्स्टर एबे के अन्दर किया गया था।

मैं डांस और माइम (स्वाँग) शो भी देखने गई, मार्सेल मारसेउ (दुनिया भर में मशहूर फ्रांसीसी माइम कलाकार), डेनी ला रू (नक़ल बनाने में उस्ताद ब्रिटिश कलाकार), कथकली शो और स्पेन और यूगोस्लाविया के डांसर। सारे नाटकों में अपनी बेहतरीन अदाकारी के लिए सबसे अलग नज़र आनेवालों में फ़ोटो फिनिश में बूढ़े के किरदार में पीटर उस्टीनोव और 'द रियल हंट ऑफ़ द सन' में इंका के किरदार में रॉबर्ट स्टीफन। शो के बाद मैं पीटर उस्टीनोव से मिलने मंच के पीछे गई और मैंने उनसे कहा कि मुझे उनकी अदाकारी बहुत अच्छी लगी और यह कि उन्हें देखकर मुझे 'पैसा' नाटक के आख़िरी एक्ट में पृथ्वी जी की याद आई। जब मैं स्ट्रेटफोर्ड गई तो पहले से तय मुलाक़ात के तहत माइकल डेनिस से मिली, लेकिन वह और मैडम माजिटो मुझे पहचान नहीं सके। ये लोग मुझे क़रीब तीस साल पहले उदय शंकर की डांस मंडली की डांसर के तौर पर मिले थे और हमने साथ में काफ़ी अच्छा समय बिताया था। एक अधेड़ उम्र की औरत उनकी उस समय की यादों में बसी छवि से मेल नहीं खा रही थी! (मैडम एक बार बुदबुदाती हुई बोलीं कि मेरी एक दोस्त थी जिसका नाम ज़ोहरा था, जो बहुत प्यारी थी! उन्हें शायद मेरे नाम के साथ मेरी बहन उज़रा का भ्रम हो गया होगा।) मैंने थिएटर से जुड़े लोगों से जान-पहचान के लिए माइकल डेनिस की मदद माँगी जो काम में मेरी मदद कर सकें। उन्होंने अपने कुछ विद्यार्थियों के नाम चिट्ठियाँ लिखकर मुझे दीं जिसमें मेरे बारे में लिखा था (उन दिनों मैं कितनी नासमझ थी जो यह सोचती थी कि इससे मुझे कुछ हासिल हो सकेगा!)

जहाँ तक ब्रिटिश ड्रामा लीग का सवाल है, वहाँ मुझे अदाकारी से जुड़ी अपनी जानकारियों को समझने में मदद मिली। जब से 1945 में मैंने एक अदाकारा के रूप में पहली बार मंच पर पैर रखे थे, मैं अपने किरदारों को अपने अन्दर से ही ढूँढ़–खोजकर लाती थी, मैं उन सब चीज़ों को छोड़ देती थी जो मुझे लगता था कि मेरे अन्दर की आवाज़ से मेल नहीं खा रही हैं। इस कोर्स के बाद अब मैं अपनी अन्दर की ढूँढ़–खोज को एक नाम दे सकती थी। ऐसा नहीं है कि ड्रामा लीग में जो भी सिखाया गया, मैं सब कुछ सीख गई थी, कुछ तो इतना तकनीकी था जो मेरी समझ से बाहर था। हालाँकि यह ख़ासतौर पर नाटककारों यानी नाटक तैयार करने वालों के लिए कोर्स था और हमने नाटकों के कई सारे दृश्य तैयार किए भी, लेकिन इससे न तो मुझमें एक नाटककार बनने का आत्मविश्वास पैदा हुआ और न ही इच्छा। मुझे हमेशा ही अदाकारी अच्छी लगती थी और आज भी यही मेरी एकमात्र इच्छा है।

पढ़ाई के इस अरसे में मेरे व्यवहार में एक बहुत ख़ुशनुमा तब्दीली हुई। बहुत समय बाद मुझे ऐसा लगा कि मैं फिर से स्कूल में हूँ, बिना किसी बात की परवाह के, जोश से भरी हुई और हर चीज़ और हर किसी को देखकर मुस्कराने वाली। अपने जैसे हँसी–मज़ाक़ को समझनेवाले दोस्तों का मिलना बहुत ही शानदार होता है और हँसने के लिए हमारे पास हज़ार बहाने थे क्योंकि हम लोग भानमती के ऐसे कुनबे की तरह थे जिसमें दुनिया के अलग–अलग देशों, धर्म और कामों से जुड़े लोग शामिल थे। दक्षिण अफ़्रीका से एक पुजारी, मिस्र से एक मुसलमान, अमेरिका से एक नाटककार, माल्टा से एक अदाकार, हांगकांग से एक डांसर, स्पेन से एक जज, इस्राइल से एक गायक, इसी मिले–जुले कुनबे के कुछ सदस्य थे। मेरे अलावा इसमें दो और भारतीय थे जिनमें से एक कुँवर बहादुर सिन्हा थे जो दिल्ली में नाट्य अकादमी में मेरी क्लास में पढ़ चुके थे। इतने सालों तक लेक्चर देने और पढ़ाने के बाद ख़ुद पढ़ाई करना एक ख़ुशनुमा बदलाव था। मैं अपने सफेद होते बालों को पूरी तरह से भूल गई और एक साल की लड़की की तरह ग़ैरजिम्मेदाराना बर्ताव करती थी और उसमें वही बचपन के जैसा मज़ा भी पाती थी। मुझे नहीं लगता कि मैंने किसी और चीज़ में इतनी मस्ती की जितना इस कोर्स के दौरान की। हमारे अन्दर का एक कमज़ोर हिस्सा जो उम्र बढ़ने के साथ हमें अपने अन्दर बन्द करता है, मैंने उसे गिराकर मस्ती की थी।

कोर्स के आख़िर में होनेवाली एबीडी (एसोसिएट ऑफ़ ड्रामा बोर्ड) का इम्तहान देना ज़रूरी नहीं था और मिस मैकेंज़ी ने यह कहते हुए हमें इसमें हिस्सा न लेने के लिए लगभग तैयार ही कर लिया था कि यह किसी के हुनर को आँकने का कोई पैमाना नहीं है। लेकिन इसके अलावा करती भी क्या? मैं बुरी तरह से डरी हुई थी कि पास नहीं हो पाऊँगी क्योंकि बाक़ी बीस विद्यार्थी या तो बहुत छोटे, जोश से भरे हुए और बहुत ज़हीन थे या फिर मुझसे बड़े, तजुर्बेकार थे जिन्हें ख़ुद पर पूरा भरोसा था। इम्तहान के लिए दो बैच बनाए गए थे और पता नहीं किस तुक्के से हमारे वाले बैच में सबसे ज़्यादा नम्बर मेरे आए थे। मुझे लगता है कि हैमलेट की पोशाकों के लिए मैंने मिस्टर ज्यॉफरी स्क्वायर्स (हमारे थिएटर डिज़ाइन के लेक्चरर) के शानदार रेखाचित्रों का जो इस्तेमाल किया था उससे इम्तिहान लेनेवालों पर अच्छा असर पड़ा था! इसके अलावा एक बात और थी जो नाज़ायज तौर पर मेरे हक़ में जाती थी कि मैं एक पेशेवर अदाकारा थी और अदाकारी ने भी मेरे नम्बर बढ़ाने में मदद की

थी। वहाँ से जाने से पहले ड्रामा लीग के प्रमुख लोग पढ़ाई के दस हफ़्तों के दौरान हमारे काम का आकलन करते थे। यह हमें सर्टिफिकेट के तौर पर दिया जाता था। यहाँ भी मेरी किस्मत अच्छी रही और मुझे पसन्दीदा अदाकारा का सर्टिफिकेट मिला। (मुझे बाद में बताया गया कि पिछले चार सालों से यह सर्टिफिकेट किसी को नहीं मिला था और मुझसे पहले इसे पानेवाले केवल दो भारतीय इब्राहीम अल्काज़ी, जो उस समय दिल्ली में नेशनल स्कूल ऑफ़ ड्रामा में डायरेक्टर थे और जाने-माने अदाकार-निर्देशक और नाटककार हबीब तनवीर थे।)

एडीबी इम्तहान में कामयाबी और स्टार सर्टिफिकेट मिलने का नशा मेरे सिर पर चढ़कर बोल रहा था और मैंने लन्दन में कुछ और समय रहने का फ़ैसला किया। इसके अलावा किरण के इंटीरियर डेकोरेशन के कोर्स का मसला भी था जो वह इंग्लैंड से करना चाहती थी और उसके लिए भारतीय सरकार की ओर से कोई वज़ीफ़ा भी नहीं था। मुझे बिना उसकी मौजूदगी के किसी आर्ट स्कूल में उसका दाख़िला करवाने में बहुत ही दिक़्क़त आ रही थी जिसका मतलब यह था कि अगर किरण को लन्दन आना है तो मुझे कुछ समय तक वहीं रुककर इतना पैसा कमाना पड़ेगा कि उसकी पढ़ाई का ख़र्चा निकल सके। बहरहाल, मैंने दिल्ली नाट्य संघ को चिट्ठी लिखकर इत्तला दी कि मेरे लिए जुलाई से शुरू होनेवाले अगले सत्र के लिए आ पाना मुमकिन नहीं होगा, साथ ही मैंने अपनी छुट्टियाँ बढ़वाने की गुज़ारिश भी की। मुझे संघ के प्रमुख श्री जिम टाइटलर का एक प्यारा-सा ख़त मिला जिसमें उन्होंने छुट्टियाँ बढ़ाने (ज़ाहिर है बिना तनख़्वाह के) के साथ ख़बर दी कि मेरी ग़ैरमौजूदगी में जॉय माइकल को प्रिंसिपल बना दिया गया है।

मैं कुछ और समय तक इंडियन स्टूडेंट हॉस्टल में रही लेकिन कामेश्वर और मेरे एक बहुत ही क़रीबी दोस्त राशिद अनवर ने मुझे लन्दन के दक्षिण-पश्चिम हिस्से में ड्रायटन गार्डंस में उनके फ़्लैट में रहने के लिए मना लिया। मेरी पहली भाभी खादिजा कराची से कुछ दिनों के लिए लन्दन आई हुईं थीं और मेरे आर्किटेक्ट भतीजे कामिल के साथ हैम्पस्टेड में रह रही थीं, उन्होंने ज़ोर दिया कि मैं उनके साथ उनके फ़्लैट में रहूँ जो हैथ के पास था, मैंने बहुत ख़ुशी के साथ उनका कहना माना क्योंकि खादिजा और मैं हमेशा से ही अच्छे दोस्त रहे थे। फ़्लैट में उसके साथ रहनेवाला कामिल का दोस्त छिंबी आंग छुट्टियों में कहीं बाहर गया था, इसलिए मैं और खादिजा उसके कमरे में रहे।

अब मेरे लिए सबसे पहली ज़रूरत थी एक नौकरी, क्योंकि मैं अपने रिश्तेदार की मदद का नाज़ायज फ़ायदा नहीं उठाना चाहती थी। मैंने अख़बारों को टटोला और हर उस नौकरी के लिए अर्ज़ी भेज दी जो दूर से भी किसी तरह से मेरी तरह के काम से जुड़ी हुई थी। यहाँ तक कि मैं लड़कियों के लिए एक रिमांड होम की सुपरिटेंडेंट की नौकरी के लिए भी इंटरव्यू देने गई। वहाँ के अधिकारी ने माना कि उसने मुझे इसलिए बुलाया था क्योंकि वह यह जानने

के लिए उत्सुक था कि भला मेरी जैसी पढ़ाई–लिखाई के साथ कोई ऐसी 'कठिन' नौकरी क्यों पाना चाहता है। मैंने उनसे कहा कि मुझे लगा कि रिमांड होम की लड़कियों की ताक़त का इस्तेमाल ग़लत कामों से हटाकर कुछ रचनात्मक कामों की ओर लगाने के लिए डांस मूवमेंट की कक्षाएँ काफ़ी मददगार साबित हो सकती हैं। वह बहुत ही भला आदमी था, उसने कहा कि वह मेरी बात से पूरी तरह से इत्तफ़ाक़ रखता है लेकिन मुझे पता नहीं है कि इस नौकरी से मैं ख़ुद को कितनी मुश्किल में डाल रही थी।

कुँवर सिन्हा की सलाह पर मैंने एनएटीकेई (नेशनल एसोसिएशन ऑफ़ थिएटर एंड कायनेमैटिक इम्प्लॉइज़) से सम्पर्क किया और मुझे उनके सेक्रेटरी ने फ़ोन करके पूछा कि क्या मैं ओल्ड विक में एक ड्रेसर की नौकरी करना चाहूँगी, जहाँ नया सत्र शुरू होनेवाला था। बिल्कुल मैं ज़रूर करूँगी! नाटक और नाटककारों को देखने का क्या बढ़िया मौक़ा; उन्हें उनकी रचना प्रक्रिया के दौरान देखना! अगले दिन, 28 सितम्बर, 1962 को मैं वार्डरोब सँभालनेवाली मैडम के पास पहुँच गई।

"तुम पूरे समय के लिए हो या पार्ट टाइम?" उसने मुझसे पूछा।

यह न जानते हुए कि इसका क्या मतलब है, मैंने जवाब दिया, "शायद पार्ट–टाइम।"

"अच्छा, तो तुम्हें एक हफ़्ते में केवल 5/10 पाउंड ही मिलेंगे, लेकिन तुम टिप में एक अतिरिक्त पाउंड कमा लोगी," उसने कहा।

"अरे नहीं, मुझे टिप नहीं चाहिए," मैंने जल्दी से मना करते हुए कहा।

"अच्छा होगा कि तुम टिप लेने से मना न करो वरना 'लेडीज़' नाराज़ हो जाएँगी," उसने मुझे दुनियादारी सिखाते हुए कहा।

'फिल', 'डिल' और 'निल' ये तीनों मेरी 'लेडीज़' थीं। ये तीनों बहुत मिलनसार और भली थीं और मुझे उनकी पोशाकें पहनाने और उतारने के काम में मज़ा आ रहा था। शनिवार की शाम तक सब ठीक था जब तक कि उनमें से हरेक ने मुझे 7/6 नहीं थमा दिये। पहली बार टिप लेना बहुत ही शर्मनाक अहसास था। मैंने बहुत मुश्किल से अपने चेहरे पर मुस्कराहट बनाए रखी लेकिन घर पहुँचते ही आँखों से आँसुओं का सैलाब निकल पड़ा। उस रात रामपुर और नजीबाबाद के तमाम नवाब अपनी कब्रों में करवटें बदल रहे होंगे! इसके बावजूद, बाद में मैं ख़ुद इन्तज़ार करती थी कि हर हफ़्ते में मैं कितने अतिरिक्त पाउंड कमा रही हूँ यहाँ तक कि मैं इस नई आदत से जुड़े शर्म के अहसास का भी मज़ा लेने लगी। जब वहाँ कलाकारों को पोशाक पहनानेवालों की कमी हुई तो मुझसे पूछा गया कि क्या मैं कुछ आदमियों के लिए भी ड्रेसर का काम कर सकती हूँ। मुझे ऐसा करने में कोई दिक़्क़त नहीं थी क्योंकि पूरा मसला ही इस काम का तजुर्बा लेने का था तो फिर पूरे तौर पर क्यों नहीं। हफ़्तावार टिप में होनेवाले इज़ाफे से मैं इतना उत्साहित हो गई कि मैंने एक बार एक कलाकार को याद दिलाने की ज़ुर्रत तक कर डाली कि उन्हें मुझे टिप देनी बाक़ी है। लेकिन उन्होंने बड़ी शराफ़त के साथ मुझे मेरी औकात बताते हुए कहा, टिप देने का फ़ैसला उनका होगा, इसकी याद दिलाना मेरा काम नहीं!

ओल्ड विक में काम करने के दौरान मुझे बहुत सारी सीख मिली, जिसमें सबसे अहम यह थी कि ड्रेसर के साथ भी इनसानों की तरह बर्ताव करना चाहिए (इस बात पर बतौर अदाकार मैंने पहले कभी ग़ौर ही नहीं किया था)। पहली बार लेडीज़ के ड्रेसिंग रूम में पहुँचने पर कमरे का जायज़ा लेते हुए मेरी निगाह एक सुन्दर-सी आरामदेह लम्बी कुर्सी पर पड़ी जिस पर एक कम्बल पड़ा था। 'वाह कितना ख़याल रखनेवाले लोग हैं, इन्होंने मेरे आराम के लिए यह इन्तज़ाम भी किया हुआ है,' मैंने मन ही मन कहा। जैसे ही तीनों मंच पर गईं मैं उस आरामकुर्सी पर पैर ऊपर करके बैठ गई और पैरों पर कम्बल डाल दिया। ऐसा तब तक चलता रहा जब तक कि एक दिन 'फिल' से बातचीत करते हुए मैंने यूँ ही पूछ लिया कि मैं अपना काम ठीक से कर रही हूँ या नहीं, क्योंकि मैं वहाँ नई थी। "अब जब तुमने पूछ ही लिया है तो मुझे लगता है कि मुझे तुम्हें बता देना चाहिए कि वह कुर्सी हमारे लिए है और वह कंबल 'डिल' का है। ड्रेसर को जब तक बुलाया न जाए उन्हें गलियारे में बैठना होता है। हालाँकि 'फिल' ने यह बात बहुत ही नरमदिली के साथ मुझसे कही लेकिन मैं शर्म से पानी-पानी हो गई। सर्दियों के बाक़ी दिन मैंने ड्रेसिंग-रूम के अन्दर गरमाहट में बैठने की बजाय गलियारे में रखे स्टूल पर बिल बैले के साथ बैठकर ठिठुरते हुए काटे, जो हॉल के दूसरी तरफ़ की ड्रेसर थी।

ब्रिटिश ड्रामा लीग छोड़ने के बाद जल्दी ही मुझे डार्टिंग्टन हॉल में इंडियन डांस पर लेक्चर देने के लिए बुलाया गया था। यह लेक्चर लन्दन और इसके आसपास के इलाक़ों के स्कूलों और क्लबों में होते रहते थे जैसे ब्राइटन, हास्टिंग्स, ऑक्सफोर्ड, सेंट अलबांस, द कॉमनवेल्थ इंस्टीट्यूट, द सिटी लिट, वग़ैरह। जब मुझे रॉयल सोसाइटी ऑफ़ इंडिया, पाकिस्तान एंड सिलोन ने लेक्चर देने के लिए बुलाया तो मैंने अपनी तीनों लेडीज़ को भी आने का न्योता दिया। ये तीनों ओल्ड विक में अपने शो से पहले बड़ी मुश्किल से समय निकालकर वहाँ पहुँचीं। मुझे मानना ही होगा कि उसके बाद मेरे लिए उनका बर्ताव पूरी तरह से बदल गया। उस रात जब शो से पहले मैंने उनके ड्रेसिंग-रूम का दरवाज़ा खटखटाया, वो तीनों ही ज़ोर-शोर से कहने लगीं, "ओह, ज़ोहर, आज रात तुमने हमें जो दिखाया उसके बाद भला हम तुमसे अपने लिए कॉफ़ी लाने के लिए कैसे कह सकते हैं?"

उसके बाद से हमारी दोस्ती की कई महफ़िलें मेरे घर से आई चिकन करी और उनकी बोतलों की शैरी से गुलज़ार हुईं! लेकिन मेरे कुछ 'जेंटलमैन' के लिए मैं कुछ और नहीं बस एक बूढ़ी फूहड़ औरत थी। मैं थिएटर के तौर-तरीक़ों से वाकिफ़ हूँ और मुझे पता है कि इसमें काफ़ी गाली-गलौज भी चलती है। लेकिन एक या दो बार जब चार अक्षरों वाली अंग्रेज़ी गाली बार-बार मेरे मुँह पर दोहराई गई तो वह अहसास बहुत शर्मनाक था। मुझे लगा कि क्या ये जवान आदमी अपने माँ-बाप के सामने भी इस तरह का बर्ताव कर सकते हैं? मुझे बाद में पता चला कि ख़ुद माँ-बाप भी उसी तरह की गन्दी भाषा का इस्तेमाल करते थे!

इसी दौरान मुझे ब्रिटिश थिएटर की 'जाति-व्यवस्था' को जानने का मौक़ा भी मिला। इसमें 'ब्राह्मण' मंच की बराबरी वाले ज़मीनी तल पर रहते हैं, 'क्षत्रिय' पहली मंज़िल पर, इससे ऊपर की सारी मंज़िलों पर 'वैश्य' हर जगह फैले रहते हैं। और मुझे यह महसूस हुआ कि मंच के कामों में मदद करवाने वाले और ड्रेसर जैसे लोगों को इस व्यवस्था में 'शूद्र' यानी सबसे निचले तबक़े के लोगों का दर्ज़ा दिया जाता था। हालत यह थी कि जब ऊपर

की मंज़िलों पर रहनेवाले कलाकारों को, जो अमूमन मुख्य कलाकारों की ग़ैरमौजूदगी में उनका किरदार करते हैं, मुख्य किरदार निभाने के लिए नीचे के तल पर बुला लिया जाता था तो वह अपने पुराने साथियों के साथ घुलना-मिलना बन्द कर देते थे। मुझे बहुत ही ज़्यादा आश्चर्य हुआ जब 'ओथैलो' नाटक का शो देखने के बाद सर लॉरेंस ओलिवर कलाकारों से मिलने मंच के पीछे नहीं गए, या अगर वह गए भी तो कम से कम मुझे यह बात पता नहीं लगी। इसके अलावा, ओल्ड विक में अपनी नौकरी के दौरान ही पहली बार मुझे यह अहसास हुआ कि मैं 'अश्वेत' हूँ। एक बार मेरे एक भारतीय दोस्त मुझसे मिलने मंच के दरवाज़े तक आए और मुझे इत्तला की गई कि मुझसे मिलने कोई 'अश्वेत' महाशय आए हैं। मैं सोचने लगी कि भला कौन अफ्रीकी दोस्त हो सकता है जब तक कि भारतीय दोस्त से मिलने के बाद मुझे यह अहसास नहीं हुआ कि मैं ख़ुद 'अश्वेत' हूँ! कम उम्र के कलाकारों का रवैया पुराने जमे-जमाए कलाकारों की बनिस्बत काफ़ी दोस्ताना होता था। मैंने रिकॉर्ड-प्लेयर को प्यार से सँभालकर रखा जो किरण और मुझे टेलीविज़न के ऑडिशन में मदद के लिहाज़ से एक नौजवान अदाकारा ने मुझे दिया था।

अभी तक मैं हैम्पस्टेड में कामिल के फ़्लैट में अपनी भाभी के साथ रह रही थी। जब वह कराची वापस चली गईं और कामिल का दोस्त छिम्बी अपनी छुट्टियाँ काटकर वापस आ गया तो दोनों लड़के बहुत शराफ़त के साथ एक कमरे में रहने लगे और दूसरा एक पूरा कमरा उन्होंने मेरे इस्तेमाल के लिए दे दिया। मैं उन्हें शाम को लौटने पर गरम खाना परोसकर और ख़र्च में बराबर की हिस्सेदारी कर उनकी भलमनसाहत का बदला चुकाने की कोशिश करती थी। मैंने सुना था कि मशहूर भारतीय डांसर राम गोपाल लन्दन में रह रहे हैं, और एक दिन बिना कुछ सोचे-समझे मैंने उन्हें फ़ोन कर दिया। ख़ैर बात से बात निकली और नतीजा यह रहा कि मैं उनके नए खुले स्कूल में बतौर प्रिंसिपल बैठा दी गई जिसमें केवल सुबह 10 बजे से दोपहर 12 बजे तक काम करने की एवज में मुझे हर हफ़्ते 20 पाउंड मिलने थे! यह ऐसा ही था जैसे किस्मत ख़ुद ज़न्नत से उतरकर मेरे पास आ गई हो। मैंने ओल्ड विक की अपनी नौकरी जारी रखी क्योंकि उसका समय हर दिन शाम सात बजे से रात बारह बजे तक और हफ़्ते में दो बार साफ़-सफ़ाई के लिए दोपहर दो बजे से जाना होता था। इसकी एक और वजह यह थी कि अब मैं अपने बच्चों को भी अपने पास बुलाना चाहती थी। ज़ाहिर सी बात थी कि मुझे अलग फ़्लैट में जाने के लिए ज़्यादा पैसों की ज़रूरत थी। ख़ुशकिस्मती से मुझे केसिंगटन हाइ स्ट्रीट से हटकर एबिंगॉन रोड पर एक बहुत अच्छा सा फ़्लैट मिल गया। दो बेडरूम, एक रसोई और अटारी में बाथरूम के साथ एक छोटे हॉलवाले इस फ़्लैट का एक हफ़्ते का किराया सात गिन्नी था। इसकी मकानमालकिन एक एंग्लो-पाकिस्तानी-ईसाई थी जिसकी एक बहुत ही ख़ूबसूरत बेटी थी। बाद में पता चला कि वह बहुत साल पहले नौसेना के किसी रिफ्रेशर कोर्स के दौरान मेरे छोटे भाई की सेक्रेटरी के तौर पर काम कर चुकी है!

अख़बार भारत पर चीन के हमले की ख़बरों से अटे पड़े थे और मैं बुरी तरह से डरी हुई थी कि कहीं पवन को कुछ न हो जाए जो उन दिनों नैनीताल के शेरवुड कॉलेज में पढ़

रहा था जहाँ से हिमालय के ऊपर तिब्बत से होकर चीन का सीधा रास्ता था। पैर में ऑपरेशन की वजह से डांस में कैरियर की उम्मीद ख़त्म होने के बाद किरण विदेश में इंटीरियर डेकोरेशन का कोर्स करना चाहती थी। मैंने उसके लिए वज़ीफ़े का जुगाड़ ढूँढ़ने की पूरी कोशिश की और इस नतीजे पर पहुँची कि वह लन्दन में तभी पढ़ाई कर सकती है, अगर मैं वहीं रहकर काम करती रहूँ। इमिग्रेशन के क़ायदे-क़ानून सख़्त होते जा रहे थे और किरण बिना परेशानी के मेरे पास तभी आ सकती थी अगर उसकी उम्र सत्रह साल से कम हो। जो एक सीधा-सादा मसला लग रहा था वह इतना पेचीदा साबित हुआ कि मेरी घबराहट बहुत ज़्यादा बढ़ गई। मैं यह सोचते हुए रात-भर जागती रहती थी कि अब कभी अपने बच्चों से मिल भी पाऊँगी या नहीं। यहाँ मैं कहना चाहूँगी कि ओल्ड विक की मेरी 'लेडीज़' मेरी तक़लीफ़ को बखूबी समझती थीं और उनकी सहानुभूति और साथ से उस वक़्त बहुत सहारा मिला। राम गोपाल जी हद दर्ज़े तक मददगार साबित हुए, उन्होंने अपनी संस्था में मेरी नौकरी दिखाने के लिए तमाम ज़रूरी काग़ज़ात मुहैया कराने के अलावा मेरे बच्चों के लिए गारंटर बनने की बात भी कही। बीच नवम्बर में बैंक में 100 पाउंड जमा करने के तुरन्त बाद मैं एबिंगॉन रोड वाले फ़्लैट में रहने आ गई थी लेकिन किरण और पवन 13 जनवरी, 1963 को लन्दन मेरे पास पहुँच सके।

ओल्ड विक में नौकरी के दिनों में मुझे कई शानदार नाटक देखने के मौक़े मिले। यहाँ मैंने सर टायरॉन गुथरी, माइकल इलियट और केस्पर व्रेडे जैसी मशहूर हस्तियों के निर्देशन में 'पियर जिंट', 'द मर्चेंट ऑफ़ वेनिस', 'ओथैलो' और 'द अल्केमिस्ट' वग़ैरह नाटक देखे। साथ ही लियो मेकर्न, कैथरिन लैसी, ली मोंटेग, एसमंड नाइट, डेविड विलियम, रसल हंटर, चार्ल्स ग्रे, विलफ्रिड लॉसन, डेलिस हैमलेट, एडरिने कोरी, शीला एलन, जेम्स मैक्सवेल, एरोल जॉन, फुल्टॉन मैके, फिओना वॉकर, प्रिसिला मॉर्गन और जेम्स कैरी जैसे ब्रिटिश थिएटर के सबसे ज़हीन अदाकारों से मुलाक़ात भी हुई। कुछ नई उम्र के कलाकारों से भी मिलना हुआ जो बहुत ज़हीन थे और जिनके बारे में कहा जा सकता था कि वो जल्दी ही अपना नाम रोशन करने में कामयाब होंगे।

राम गोपाल के स्कूल की कक्षाएँ सेंट एंड्रूज़ हॉल में हार्लेक्विन बैले के हेडक्वार्टर्स में होती थीं, जो वेरेकर रोड, डब्ल्यू.14. पर था। यह बड़े से गिरजाघर का बहुत शानदार हॉल था जिसे हार्लेक्विन बैले के डायरेक्टर बारबरा और जॉन ग्रेगरी ने किराए पर लिया हुआ था। ये दोनों ज़हीन डायरेक्टर अपने दोनो बच्चों पॉल और पॉला और कुछ निष्ठावान डांसरों के साथ बहुत ही मुश्किल हालात में बैले चलाने का हिम्मत-भरा काम जारी रखे हुए थे।

स्कूल में पहले घंटे में मैं राम के साथ काम करती थी और उदय शंकर की डांस शैली में उनके लिए जोड़ीदार डांस तैयार करवाती थी। वह ख़ुद एक शास्त्रीय शैली के डांसर थे लेकिन बहुत से कार्यक्रमों में दूसरी शैलियों का भी इस्तेमाल करना चाहते थे। हमें आनेवाले एक शो में यह जोड़ीदार डांस करना था लेकिन मई, 1964 में क्वींस थिएटर में हुए शो में राम ने अपने सारे पुराने जोड़ीदार डांस ही किए जिसमें उनका साथ देने के लिए मल्लिका

लन्दन, 1962

ब्रिटिश ड्रामा लीग, लन्दन, 1962

ज़ोहरा सहगल और जिम टाइटलर 'द कॉकेशियन चाक सर्कल' नाटक में, दिल्ली, 1962

जमीला वर्गीश और ज़ोहरा सहगल 'द कॉकेशियन चाक सर्कल' नाटक में, दिल्ली, 1962

ज़ोहरा सहगल, रीटा तुसींघम और मधुर जाफ़री 'द गुरु' में, बम्बई, 1969-70

मधुर जाफ़री और ज़ोहरा सहगल 'द गुरु' में, बम्बई, 1969-70

'द डॉक्टर्स' बीबीसी, लन्दन के लिए रिहर्सल के दौरान, फोटो : ज्यां मोह्र

रानी दूबे, ज़ोहरा सहगल, रोशन सेठ और मोती लाल
(बीबीसी, लन्दन की '55 कॉलम्स' प्रस्तुति, 1967)

ज़ोहरा सहगल 'द प्राइमरी इंग्लिश क्लास' में मिसेज पोंग की भूमिका में

देवी (मेरियाने श्नाइडर) पेरिस से लन्दन आईं। मैंने जो भी नए डांस तैयार करवाए वो कभी भी किसी शो में नहीं किए गए। इससे मुझे लगा कि राम ने मुझे अपने साथ काम करने के लिए सिर्फ़ इसलिए कहा था कि वह किसी तरह से मेरी हिम्मत बढ़ाना और आर्थिक मदद करना चाहते थे! बहरहाल, स्कूल में अपने दूसरे घंटे में मैं उनके विद्यार्थियों, जो हार्लेक्विन के सदस्यों को मिलाकर एक दर्ज़न से ज़्यादा थे, ये संख्या बढ़कर कभी-कभी बीस भी हो जाती थी, के साथ काम करती थी। रोज़ होनेवाले अभ्यास के अलावा मैंने उन्हें कई सारे समूह-डांस भी तैयार करवाए जिन्हें क्वींस थिएटर शो में शामिल किया गया। मैं इन विद्यार्थियों के साथ बहुत से क्लबों और सोसाइटियों में कार्यक्रम करवाती थी। बाद में जब मेरी बेटी किरण भारत से मेरे पास आ गई तो वह भी इसमें शामिल हो गई। किरण और एक दूसरे विद्यार्थी कामदेव का एक जोड़ीदार डांस 'द बर्ड कैचर' बहुत पसन्द किया जाता था।

लन्दन पहुँचने के बाद जल्दी ही मेरे बेटे का दाख़िला स्थानीय फोक्सेज़ प्राइमरी स्कूल में हो गया जो केसिंगटन हाइ स्ट्रीट से हटकर था। किरण ने ड्राइंग की बुनियादी तालीम लेने के लिए एलिंग स्कूल ऑफ़ आर्ट में दाख़िला ले लिया। अपनी छुट्टियों के दौरान उसे वुलवर्थ्स में और बाद में पिटाइट्स में, जो बड़े साइज़ के औरतों के कपड़े बेचने की दुकान थी, नौकरी मिली। वह वहाँ मेल ऑर्डर विभाग में काम करती थी। उसने मुझसे कहा, "अम्मी, तुम्हें वहाँ काम करना चाहिए, यह बूढ़ी खूसट औरतों से भरा हुआ है जो ज़रा भी काम नहीं करती बस हर वक़्त बातें किया करती हैं!" द नेशनल थिएटर की स्थापना के लिए ओल्ड विक 15 जून, 1963 को बन्द होनेवाला था। अब क्योंकि पिटाइट्स हमारे फ़्लैट से बहुत ही क़रीब था मैंने वहाँ नौकरी के लिए अर्ज़ी लगा दी। जून, 1963 में मुझे हफ़्ते में सात पाउंड की तनख़्वाह के साथ नौकरी पर रख लिया गया जो 25 जुलाई, 1964 में मेरे नौकरी छोड़ने तक बढ़कर 8 पाउंड हो गई थी।

मैं मेल ऑर्डर विभाग में क्लर्क का काम करती थी, जहाँ ग्राहकों की ऑर्डर की हुई चीज़ों के पार्सल जाँच के लिए हमारे पास आते थे और हमें उनके बिल तैयार करने होते थे। कमरे में बहुत सारी मेज़ होती थीं जिनमें अंग्रेज़ी अक्षरों के क्रम के मुताबिक़ दरख़्वास्त देखी जाती थीं। हर मेज़ पर चार क्लर्क औरतें होती थीं और उनके ऊपर एक सुपरवाइज़र या 'चेकर' होती थी जो हमारे बनाए हुए बिल और आगे भेजे जानेवाले पार्सलों की जाँच करती थी। कुछ महीनों बाद मैं अपने काम की जाँच ख़ुद ही करने लगी थी, अगर मैंने नौकरी नहीं छोड़ी होती तो मैं तरक़्क़ी करके चेकर बन चुकी होती। सभी बूढ़ी औरतें, कुछ तो मुझसे भी बड़ी थीं, बहुत ही दयालु क़िस्म की और एक-दूसरे का ख़याल रखनेवाली थीं जो मेरी बड़ी-बड़ी ग़लतियाँ भी बहुत ही धैर्य के साथ मुझे बताया करती थीं। एक बार यहाँ की कैंटीन में बहुत ही अजीबोग़रीब तरीक़े से किसी से मुलाक़ात हुई जिसे मैं जानती थी। हुआ यूँ कि मेरी बगल में बैठी हुई औरत ने ऐसे ही कहा कि वह भी साड़ी पहनती है लेकिन केवल घर पर। जब मुझे पता चला कि वह लाहौर से आई हैं तो मैंने उसे बताया कि मैंने अपने स्कूल की पढ़ाई वहीं की है। यह सुनकर उसने कहा, "मेरी माँ वहाँ के क्वीन मैरी'ज़ कॉलेज में पढ़ाती थीं!" मैंने बहुत ध्यान से उसका चेहरा देखा और आश्चर्य से पूछा, "तुम लॉर्नी क्रिश्चियन तो नहीं हो ना?" और वह कोई और नहीं लॉर्नी ही थी। मैं कभी भी उसे पहचान

नहीं सकती थी क्योंकि मैंने उसे तब से नहीं देखा था जब वह भूरे घुँघराले बालोंवाली छोटी-सी बच्ची थी जिन्हें उसकी माँ गाते हुए ब्रश से सँवारती थी। ''ओह, अब क्या होगा ?'' इतने सालों बाद किसी से मुलाक़ात हुई भी तो कहाँ, यहाँ पिटाइट्स में!

मेरी पुरानी अध्यापिकाओं में से एक मिस हार्वे उस समय लन्दन में रह रही थीं और मैं अक्सर उनसे मिलने जाती थी। यह वही थीं जिन्होंने स्कूल में मेरी अदाकारी की तारीफ़ की थी और इसी में अपना कैरियर बनाने के लिए मेरी हौसलाअफ़ज़ाई की। फ़िल्मों, टेलीविज़न और रेडियो में मेरे काम के बारे में सुनकर वह हमेशा ही बहुत ख़ुश होती थीं और कोशिश करती थीं कि वो उन कार्यक्रमों को देख या सुन सकें। एशियन क्लब के लिए सर राल्फ रिचर्ड्सन और डेम फ्लोरा रॉबसन के साथ मेरा इंटरव्यू देखना उनके लिए ग़ुरूर की बात थी।

29 जुलाई, 1963 को मुझे भारत से एक तार मिला जिसमें लिखा था–

''संगीत नाटक अकादमी आपको उर्दू में थिएटर के लिए अकादमी का सालाना अवार्ड देते हुए ख़ुशी ज़ाहिर करती है। गर्मजोशी भरी बधाई। कृपया मंजूरी के लिए तार भेजें।

हस्ताक्षर नाटक अकादमी।''

ज़ाहिर सी बात है कि यह तार पाकर मैं बहुत ख़ुश हुई और मैंने तार भेजकर अपनी मंजूरी देने के साथ उनका शुक्रिया भी अदा किया। मैं ख़ुद यह अवार्ड लेने के लिए वहाँ मौजूद नहीं थी लेकिन मेरी बहन ने 1963 की सर्दियों में हुए उस कार्यक्रम में शामिल होकर मेरी ओर से वह अवार्ड लिया। हालाँकि हर अवार्ड जीतनेवाले को मिलनेवाला वास्तविक पट्टा और सोने की चेन कभी मेरे पास नहीं पहुँच पाई, लेकिन मेरा नाम उस साल राष्ट्रीय कलाओं के लिए अवार्ड जीतनेवालों के साथ पैनल में लिखा गया।

किरण अब तक एलिंग स्कूल ऑफ़ आर्ट में अपना बुनियादी कोर्स पूरा कर चुकी थी और उसने सेंट मार्टिन्स में कॉलेज फॉर डिस्ट्रिब्यूटिव ट्रेड्स में दाख़िला ले लिया था। अपनी छुट्टियों में उसने ऑक्सफोर्ड स्ट्रीट में नए खुले एक टी सेंटर में बतौर कैशियर काम किया, वहाँ काम छोड़ने से पहले उसने मुझे वहाँ नौकरी पाने की कोशिश करने के लिए कहा। मैं इंडिया टी बोर्ड के निदेशक श्री वोहरा से मिली, यह पता करने के लिए कि क्या वहाँ मुझे नौकरी मिल सकती है। वह मेरे वहाँ नौकरी करने के ख़िलाफ़ थे, उनका कहना था कि एक तो यह मेरा काम नहीं है दूसरा इसमें पैसा बहुत कम मिलता है। मैंने उन्हें भरोसा दिलाया कि मुझे वह काम करने में कोई परहेज़ नहीं है और यहाँ मैं पिटाइट्स के मुक़ाबले ज़्यादा पैसा कमा सकूँगी, साथ ही यहाँ मुफ़्त में खाने और चाय का फ़ायदा भी होगा। अब चूँकि वहाँ की कैटरिंग मैनेजर श्रीमती साइमंस छुट्टी पर थी, मुझे उनकी जगह पर काम मिल गया। उनके वापस लौटने के बाद मुझे पहली मंज़िल की सुपरवाइजर बना दिया गया जहाँ पर खाना परोसनेवाली लड़कियाँ काम करती थीं। यह मेरी ज़िन्दगी का एक और नया तजुर्बा था, एक

रेस्टोरेंट को सँभालना, वेटर लड़कियों का काम और समय देखना, ग्राहकों की ज़रूरतों और शिकायतों पर ध्यान देना। यहाँ भी मेरी बॉस मिस सुभद्रा सिस्ता, जो हालाँकि उम्र में मुझसे बहुत छोटी थीं, मेरा बहुत ख़याल रखती थीं और मेरी सारी ग़लतियों को नज़रअंदाज़ करती थीं, जिसमें से सबसे बड़ी थी रेडियो और टेलीविज़न के काम के लिए मेरा बार-बार छुट्टी लेना। टी सेंटर में काम करना लन्दन के बीचोबीच एक छोटे-से भारत में रहने का सा अहसास था। वहाँ ऐसा लगता ही नहीं था कि आप किसी दूसरे देश में रह रहे हैं। मेरी सबसे बड़ी दिक़्क़त यह थी कि मुझे वहाँ कॉफ़ी बिल्कुल नहीं मिलती थी, मुझे चाय पसन्द नहीं थी और मैंने घर पर कभी भी चाय नहीं पी। इसके अलावा एक और परेशानी यह थी कि निचले तल पर बननेवाले खाने की खूशबू हवा के साथ उठकर ऊपरी मंज़िलों तक पहुँचती थी। हवा निकासी का सही बन्दोबस्त न होने की वजह से खाने की ख़ुशबू कपड़ों तक में रच-बस जाती थी। ऐसे में होता यह था कि वहाँ से निकलने के बावजूद हमारे कपड़ों से चाय और पकौड़ों की ख़ुशबू आती रहती थी। दो साल बाद श्री वोहरा भारत लौट गए, मिस सिस्ता ने भी अपना ख़ुद का बुटीक खोलने के लिए टी सेंटर की नौकरी छोड़ दी। टी सेंटर का जिम्मा श्री किदवई के पास चला गया। उन्होंने वहाँ काफ़ी फेर-बदल किए जिसमें ख़ास था सेंटर के कामकाज दुरुस्त करने के लिए ब्रिटिश सलाहकार को रखा जाना। ऐसे में ज़ाहिर था कि मेरे नए बॉस को बीबीसी के कार्यक्रमों के लिए जब-तब मेरा छुट्टी लेना नागवार गुज़रता, इन बदले हालात में ज़िन्दगी ख़ासी मुश्किल हो गई थी। उसी दौरान मुझे 'द लांग डुअल' नाम की एक फ़िल्म में काम करने का मौक़ा मिला, जिसमें युल ब्रायनर और ट्रेवर होवार्ड काम कर रहे थे। मैंने राहत की साँस लेते हुए नवम्बर 1966 की शुरुआत में टी सेंटर की नौकरी छोड़ दी।

इस फ़िल्म की शूटिंग स्पेन में होनी थी। स्पेन पहुँचने का यह सफ़र मिस इमोजन हैसल और मेरे लिए कुछ लम्बा ही साबित हुआ क्योंकि फ़िल्म की लोकेशन में कुछ गड़बड़ होने की वजह से तीन बार हमारा जाना टल गया। हमें आधी रात को जगाकर तैयार रहने के लिए कहा जाता था, यह कहकर कि हमारी ज़रूरत 'कभी भी' पड़ सकती है। हम लोग ग्रानदा में अल्हम्ब्रा में ठहरे हुए थे जबकि फ़िल्म की शूटिंग सियेरा नेवादा की ढलानों पर हो रही थी। फ़िल्म डायरेक्टर केन एनेकिन के साथ काम करना आसान था क्योंकि वह कलाकारों को ज़रूरत से ज़्यादा परेशान नहीं करते थे और फ़िल्म के किसी दृश्य को बेहतर बनाने के लिए दिए जानेवाले सुझावों को तुरन्त मान लेते थे। फ़िल्म में मैं जड़ी-बूटियाँ देनेवाली एक कबायली बुढ़िया बनी थी, जिसके पास बँटास दवाई लेने जाता है और जहाँ सुल्ताना डाकू (युल ब्रायनर) अपनी बीवी को लेकर आता है जो बच्चा पैदा करते हुए मरने की हालत में है। मेरी झोंपड़ी ढलान से मीलों दूर एक घाटी में थी, मेरे घर के अन्दर और बाहर आने-जाने के दूर के शॉट लेने के लिए एक 'एक्स्ट्रा' को रखा गया था, लेकिन मैंने ज़ोर दिया कि यह काम मैं ख़ुद करूँगी क्योंकि मैं वहाँ खाली बैठे-बैठे उकता गई थी। हालत यह थी कि 'सारे दिन तैयार होकर बैठे रहो और जाने के लिए कोई जगह नहीं!'' ऐसे में खुली हवा में घाटी से ऊपर-नीचे तक की सैर ताज़ादम कर देती थी। कलकत्ता से तीन एंग्लो-इंडियन लड़कियाँ बाहर निकलीं: क्वीनी थॉमसन, विवियन ले और इमोजेन हैसल की दादी। जैसा कि इमोजेन ने कहा, "क्वीनी थॉमसन ने नाम कमाया, विवियन ले ने नाम कमाया!" क्वीनी

थॉमसन भारत में पैदा हुई ब्रिटिश अदाकारा थीं जो ब्रिटेन और हॉलीवुड की फ़िल्मों में मेरले ओबरॉन के नाम से मशहूर हुईं।

अल्हम्ब्रा में कमरे बहुत ही आरामदेह थे और उनमें काफ़ी जगह थी। मैं ज़्यादातर समय कमरे में ही रहती थी, यहाँ तक कि अपना खाना भी ऊपर कमरे में ही मँगा लेती थी क्योंकि वहाँ मैं किसी को भी नहीं जानती थी सिवाय रफ़ीक अनवर के, जो वैसे भी डायरेक्टर एनेकिन के साथ मशरूफ़ रहते थे क्योंकि वह फ़िल्म के लिए भारतीय सलाहकार भी थे। शिवेन्द्र सिन्हा ने भी, जिन्हें मैं काफ़ी अच्छी तरह से जानती थी, इस फ़िल्म में काम किया था, लेकिन वह ग्रानदा में तब पहुँचे जब मैं वहाँ से वापस लौट चुकी थी। दीनू शफ़ीक़ से मेरी जान-पहचान बाद में हुई जब मैंने मार्च '67 में रॉयल कोर्ट में 'अ टच ऑफ़ लाइटनेस' में उनके साथ काम किया। दूसरी फ़िल्म, जिसमें मैंने काम किया, 'द वेंजेंस ऑफ़ शी' थी। इसमें मैंने शैतानी ताक़तों का मुक़ाबला करते हुए जादू करने में कासिम (आंद्रे मोरेल) की साथी पुतली का किरदार किया था।

ये दो साल दूसरी जगहों पर भी अदाकारी के मौक़े मिलने के लिहाज़ से काफ़ी अच्छे साबित हुए। बीबीसी टेलीविज़न रुडयार्ड किपलिंग की छोटी कहानियों पर एक धारावाहिक तैयार कर रहा था, और हमारे पुराने पारिवारिक दोस्त वारिस हुसैन की (हम दोनों के परिवार पिछले कई सालों से एक-दूसरे को जानते थे) मेहरबानी से धारावाहिक की उन कड़ियों में कई सारे किरदार निभाने को मिले जिनका निर्देशन वह कर रहे थे। इसके अलावा उन्होंने दूसरी कहानियों को निर्देशित कर रहे लोगों से भी मेरी सिफारिश की थी। इनमें 'विदाउट बेनिफिट ऑफ़ क्लर्गी' में माँ का और 'अ वेसाइड कॉमेडी' में फरीदा का किरदार सबसे अहम था!

इन सबके अलावा मैंने रेडियो के लिए अंग्रेज़ी सिखाने के दो अलग-अलग कार्यक्रम किए। 'लुक, लिसेन एंड स्पीक', 'मेक योरसेल्फ एट होम' नाम के ये दो कार्यक्रम दो साल तक चले और बहुत ही फ़ायदेमन्द साबित हुए। अगस्त 1964 में हम लोग हैम्पस्टेड के एक बहुत ही खुले और बड़े-बड़े कमरों और ऊँची छतवाले फ़्लैट में रहने आ गए थे। यह घर हमें ख़ाली मिला था और टेलीविज़न कार्यक्रमों से मिलनेवाले पैसे से मुझे इस घर के लिए कालीन और पर्दे ख़रीदने में मदद मिली।

पवन ने अब तक ग्यारहवीं प्लस का इम्तिहान पास कर लिया था और किस्मत से उसे इप्सविच के नज़दीक एक ग्रामर स्कूल वोल्वरस्टोन हॉल में दाख़िला मिल गया था। वह यहाँ दाख़िला लेने में लगभग चूक ही गया था क्योंकि मैं थिएटर पर एक सेमिनार में हिस्सा लेने के लिए पेरिस गई हुई थी। मेरी ग़ैरमौजूदगी में उसे बुख़ार हो गया था और वह दाख़िले के लिए हेडमास्टर के साथ होनेवाले इंटरव्यू में हिस्सा नहीं ले सका। जब किरण ने मुझे इस बाबत लिखा तो मैं तुरन्त लौटी, पवन को गोलियाँ खिलाईं और हैडमास्टर श्री बैले से मिलने उसे अपने साथ इप्सविच घसीट लाई। पहली नज़र में ही वह स्कूल मुझे बहुत अच्छा लगा, इसके खुले-खुले मैदान, पहले ज़माने की सी इमारत और नई तरह के गलियारे। मैंने श्री बैले को अपने हालात समझाए, कहा कि मैं एक विधवा औरत हूँ और मेरे बेटे के लिए आदमियों और लड़कों की संगत बहुत ज़रूरी है। इसके अलावा एक अदाकारा होने की वजह से मैं

काफ़ी समय घर से दूर रहती हूँ इसलिए उसकी निगरानी करना मुश्किल हो जाता है। मुझे लगता है कि यह बात कारगर साबित हुई और पवन को एक बची हुई जगह मिल गई।

लिंडहर्स्ट गार्डन्स में हैम्पस्टेड वाला हमारा फ़्लैट ऐसा था कि वहाँ मेरा अक्सर दावतें देने का मन कर जाता था, वहाँ हमने बहुत सी दावतें कीं, कोई भी बहाना मिला नहीं कि दावत हो गई। एक बार हम लोग शायद क्रिसमस या फिर किसी बच्चे का जन्मदिन मना रहे थे, हमारे एक जाननेवाले महमूद ने पूछा कि क्या वह अपने साथ अपने दोस्त के दो बच्चों को ला सकते हैं और मैंने कहा, 'ज़रूर!' रात को ऐसे मौक़ों पर आमतौर पर खेले जानेवाले 'गधे की खोज' और चलती खिलौना ट्रेन पर निशानेबाज़ी जैसे खेल अच्छी तरह से हो गए। किरण अपनी आदत के मुताबिक़ बतौर मेहमान आए उन दो लड़कों में से छोटे वाले को उसकी सुन्दर पलकों के लिए छेड़ते हुए कह रही थी कि मेरी पलकों से उन्हें बदल लो। मैं जब सोने चली गई तब बच्चे खेल ही रहे थे। दूसरे दिन सुबह किरण ने मुझसे पूछा, क्या लड़कों से जुड़े गांधी नाम से मुझे कुछ समझ आया। मैंने कहा, 'नहीं,'। पता चला कि ये दो लड़के इंदिरा गांधी के बेटे राजीव और संजय गांधी थे! मैंने राजीव को एक छोटे लड़के के तौर पर तब देखा था जब वह अपनी माँ और बुआ–नानी विजयालक्ष्मी पंडित के साथ अल्मोड़ा के पास उनके फ़ार्म में आया था लेकिन संजय को पहले कभी नहीं देखा था। बाद में 1973 में जब मैंने यह बात श्रीमती गांधी को बताई तो वह बहुत हँसीं। संजय के दुखद अन्त के बारे में कोई अन्दाज़ा तक नहीं लगा सकता था।

हैम्पस्टेड में मेरी रिहाइश के दौरान ही मेरी बहन हाजरा (आपा) और उज़रा मुझसे मिलने आईं और मेरे प्यारे गुरु पृथ्वीराज कपूर भी। वह कार्लोवी वैरी फ़िल्म फ़ेस्टिवल में अब्बास की फ़िल्म 'आसमान महल' में नवाब के किरदार के लिए बेहतरीन अदाकार का अवार्ड लेने के लिए चेकोस्लोवाकिया गए थे। वहाँ से लौटते हुए उन्होंने दस दिन हमारे पास ठहरकर मुझे इज़्ज़त बख़्शी। उस वक़्त मैं टी सेंटर में काम कर रही थी, इसलिए उन्हें घर पर छोड़कर सुबह ही नौकरी के लिए निकल जाती थी। पवन की उन दिनों छुट्टियाँ चल रहीं थी, इसलिए जहाँ भी पापाजी जाते थे वह भी साथ जाता था। पापाजी की नसों में तक़लीफ़ के चलते उन्हें चलने में बहुत दर्द होने लगा था, इसलिए चलते हुए कभी–कभी वह सहारे के लिए पवन के कन्धे पर हाथ रख देते थे। इसकी वजह से वह पवन को 'मेरा दोस्त, मेरा फिलॉसफ़र और मेरा रहनुमा' कहकर बुलाते थे।

1966 के आख़िर तक किरण ने अपना डिस्प्ले कोर्स पूरा कर लिया था और वह एक्यूरिस्ट वॉच कम्पनी में डिस्प्ले कलाकार के बतौर काम कर रही थी। अब वह अकेले रहना चाहती थी, हालाँकि शुरुआत में मैं इसके ख़िलाफ़ थी लेकिन आख़िरकार मैंने हार मान ली। वह अपनी एक दोस्त के साथ रहने के लिए सेंट जोंस वुड चली गई। उसकी दोस्त बहुत अच्छी सी एक अंग्रेज़ लड़की थी जिसे मैं पिछले कुछ समय से जानती थी।

हमारा हैम्पस्टेड वाला फ़्लैट अब अकेले मेरे लिए बहुत बड़ा था क्योंकि पवन भी बोर्डिंग स्कूल में रह रहा था। मेरा छोटा भाई इकरम जो अब पाकिस्तान नेवी से रिटायर कोमोडोर

था, 1967 की गरमियों में मुझसे मिलने लन्दन आया हुआ था। उसने मुझे हाइगेट पर एक छोटे लेकिन पूरी सहूलियतों वाले फ़्लैट में बदली करवाने में मदद की। बाद में मेरी ममेरी बहन डॉ. हामिद सैदुज़्ज़फ़र अपनी पीएच.डी. करने लन्दन आई और शुरू के तीन साल मेरे साथ इस फ़्लैट में रही।

दिसम्बर, 1967 में मुझे मर्चेंट आइवरी की फ़िल्म 'द गुरु' में एक किरदार करने का मौक़ा मिला। रिता तुशिंघम और माइकल यॉर्क जैसे कलाकारों वाली यह फ़िल्म ट्वैंटीयथ सेंचुरी फोक्स के पैसों से बन रही थी। मेरी किस्मत अच्छी थी कि मुझे भारत से लौटा-फेरी के लिए पहले दर्ज़े का टिकट दिया गया, दोनों ही बार की उड़ान में मुझे अपने कुछ ख़ास होने का अहसास हुआ। हम सबके ठहरने का इन्तज़ाम बॉम्बे के ताज होटल में किया गया था, लेकिन मेरे प्यारे पापाजी कुछ भी सुनने को तैयार नहीं थे और मैंने उनके साथ बहुत ही मज़ेदार और आरामदायक समय जुहू में उनकी कुटिया में बिताया।

फ़िल्म 'द गुरु' में मैंने मस्तानी नाम का एक किरदार किया था जो एक तरह की धार्मिक औरत है। वह पर्दा करनेवाली औरतों से मिलती है और उनकी राज़दार बन जाती है। गुरु (उत्पल दत्त) की पहली बेग़म (मधुर जाफ़री) की पाँच बेटियाँ होती हैं लेकिन बेटा एक भी नहीं। मैं उसे एक मंत्र वाला ताबीज़ लाकर देती हूँ जिसमें एक दवाई है जिसे खाकर उसका बेटा हो सकता है। माइकल योर्क पश्चिमी पॉप स्टार बने थे जो सितार सीखने के लिए भारत जाते हैं। रिता तुशिंघम एक हिप्पी है जो ख़ूबसूरत दिखनेवाले गुरु पर पूरी तरह से लट्टू है। फ़िल्म में मेरे केवल दो दृश्य हैं एक बेग़म के साथ जिसमें मैं उसके लिए ताबीज़ लाती हूँ और दूसरा तब जब मैं झूले पर अकेले छोड़ दी जाती हूँ और रिता तुशिंघम एक कोने पर बैठकर सितार बजा रही होती है। पटकथा में क्योंकि मेरे लिए कोई डायलॉग नहीं लिखा गया था, मुझे इस तरह के किरदार के लिए बम्बइया लहज़े में डायलॉग तैयार करने में बहुत ही मज़ा आया।

भारत के लिए रवाना होने से पहले मुझे रावलपिंडी में अपने बहनोई हामिद बट के इंतक़ाल की दुख-भरी ख़बर मिली। कहने की बात नहीं कि उज़रा बहुत दुखी थी। वह पाकिस्तान से अब दिल्ली आ गई, हम दोनों साथ में बॉम्बे गए और वापस दिल्ली लौटे। 'द गुरु' की शूटिंग पूरी होने के बाद उज़रा मुझे अपने साथ पाकिस्तान ले गई जहाँ हम लाहौर, पिंडी, पेशावर और कराची जाकर अपने दो भाइयों और दूसरी दो बहनों से मिले। यह पाकिस्तान जाने का मेरा पहला मौक़ा था, मुझे वहाँ के लोग बहुत जोशीले और वतनपरस्त लगे। मुझे अहसास हुआ कि वहाँ के सभी लोग आर्थिक तौर पर बहुत बढ़िया हालत में हैं, रामपुर से आनेवाले हमारे कुछ बहुत ही ग़रीब रिश्तेदारों के पास यहाँ एक या कुछ के पास दो-दो मकान तक थे!

उज़रा को इतना उदास और निराश देखकर मैंने उसे बहुत मनाने की कोशिश की कि वह मेरे साथ लन्दन चले और एक नई ज़िन्दगी की शुरुआत करे। लेकिन उसने यह कहते हुए मना कर दिया कि यहाँ टेलीविज़न और रेडियो के लिए अदाकारी के काम के अलावा अपने पेट्रोल पंप से होनेवाली कमाई की वजह से वह आराम से गुज़ारा कर सकती है। इसके अलावा उसे लगता था कि उम्र के उस पड़ाव में एक नई शुरुआत करने की ताक़त उसमें नहीं है।

लन्दन लौटते हुए मैं बहरीन में रुकी जहाँ मेरी भानजी सलीमा (एक ज़हीन अदाकारा) यूरोपियन ब्रॉडकास्टिंग स्टेशन का कामकाज सँभाल रही थी और उसके शौहर असद रज़ा एयर इंडिया के मैनेजर थे। उनके साथ रहना बहुत बढ़िया रहा! अब तक किरण एक स्विस लड़के वॉल्टर बॉशी से मिल चुकी थी जो ज़ेवरात का डिज़ाइनर था। बैलेले के गाँव से लन्दन आए वॉल्टर ने डेविड मॉरिस में नौकरी करने से पहले एक्यूरिस्ट कम्पनी में ट्रेनिंग की थी। किरण और वॉल्टर बुरी तरह से एक दूसरे के प्यार में डूब गए और जून 1970 में उन्होंने शादी कर ली। वॉल्टर के माँ-बाप स्विट्ज़रलैंड में एक होटल चलाते थे। किरण और वॉल्टर ने पारिवारिक धन्धे में मदद करने की कोशिश की लेकिन काम नहीं बना। यह नया जोड़ा जेनेवा चला गया जहाँ वॉल्टर ने जवाहरात की एक कम्पनी में नौकरी शुरू की, बाद में न्यूशैटल के पास अपना एंटीक का शोरूम खोलने के लिए उसने यह नौकरी छोड़ दी। किरण बच्चे को जन्म देनेवाली थी, मई 1972 में लन्दन आने के लिए उन्होंने अपना फ़्लैट और बिजनेस छोड़ दिए। वे दोनों ख़ुशकिस्मत थे कि मेरे भतीजे बाबर मुमताज़, जो आर्किटेक्ट था, के ज़रिए उन्हें ऑक्सफोर्ड स्ट्रीट में बिल्कुल सही समय पर फ़्लैट मिल गया क्योंकि बच्चा होने ही वाला था। नन्ही सुजाता ने हाइगेट के सेंट मैरी'ज हॉस्पिटल में 13 जून, 1972 को इस दुनिया में अपने क़दम रखे। मुझे लगता है कि किरण बेटा पैदा न होने से कुछ निराश थी, लेकिन जल्दी ही सुजाता ने अपनी सुन्दरता और भोलेपन से हम सबका दिल जीत लिया!

पवन ने वोल्वरस्टोन हॉल में अपने ओ और ए के दर्जे पास कर लिये थे और मेरे पास रहने लन्दन आ गया था। वह यूनिवर्सिटी नहीं जाना चाहता था, इसलिए मुझे लगता था कि उसके लिए अच्छा रहेगा अगर वह एयरलाइंस या कंप्यूटर में कोई ट्रेनिंग वग़ैरह कर ले या फिर केटरिंग या बिल्डिंग के कामों में कुछ सीखे। लेकिन पवन की दिलचस्पी इनमें से किसी में भी नहीं थी, उसने वॉल्थमस्टॉ में नॉर्थ लन्दन पॉलिटेक्निक में आर्ट के एक साल के कोर्स में दाख़िला ले लिया। यह मेरे लिए बहुत ही मुश्किल समय था क्योंकि मैं और पवन एक दूसरे से बेतरह खीझे रहते थे। ग़ुस्से में एक बात से दूसरी निकलती और इस तरह झगड़ा बढ़ता जाता। एक दिन इसी तरह ग़ुस्से से मैंने उससे कहा कि वह अपने रहने का ठिकाना कहीं और ढूँढ़ ले, जो उसने दूसरे ही दिन कर डाला। उसने अपने स्कूल के पास ही माचिस के डिब्बे जितना एक कमरा किराए पर ले लिया।

टेलीविज़न और रेडियो के कई कार्यक्रमों के अलावा मैंने दो फ़िल्मों में भी काम किया। एक 'द आइडल' जिसमें जैक पलांस थे और 'टेल्स ऑफ़ मैजिक' जिसमें डोनॉल्ड हॉस्टन की अदाकारी थी। यह दोनों फ़िल्में हैमर फिल्म्स ने बनाई थीं।

अब तक किरण की एड़ी पूरी तरह से ठीक हो चुकी थी। शादी से पहले वह लन्दन में डांस के कई कार्यक्रमों में दिखाई देती रहती थी, उसने अपने गुरु सदाशिव शेट्टी से तालीम लेना जारी रखा था। लन्दन लौटने और सुजाता के जन्म के बाद जल्दी ही उसने डांस में अपना काम शुरू कर दिया। उसी दौरान उसने यामिनी कृष्णामूर्ति का डांस देखा और उनकी ख़ूबसूरती और ज़हानत देखकर बिल्कुल फिदा हो गई। किरण ने भारत जाकर यामिनी के नट्टूवानार वेंकु सदाशिवम पिल्लई से भरतनाट्यम सीखने का फ़ैसला किया। वॉल्टर ने 1973

की शुरुआत में केवल तीन महीने के लिए किरण को भारत जाने की रज़ामन्दी दे दी लेकिन कई महीने बीत गए किरण और सुजाता की कोई ख़बर ही नहीं! आख़िरकार दिसम्बर में बिल्कुल क्रिसमस के लिए वे दोनों लन्दन लौटीं।

मेरे पास अदाकारी के काम बहुत कम और काफ़ी देर-देर में आते थे लिहाज़ा पिछले एक साल से मैं इंटीरियर डेकोरेशन की एक कम्पनी में काम कर रही थी। किरण और सुजाता क्योंकि अब तक भारत में ही थे तो मैंने सोचा कि अपने रिश्तेदारों से मिल आने का यह अच्छा मौक़ा है। मैंने अपने काम से छह हफ़्ते की छुट्टी ली और सितम्बर 1973 को दिल्ली के लिए रवाना हुई। अक्टूबर में कत्थक डांसर माया राव ने, जो अब दिल्ली में इंस्टीट्यूट ऑफ़ कोरियोग्राफी चला रही हैं, मुझे और मेरी दोस्तों को अपने स्कूल के एक कार्यक्रम में बुलाया।

मैंने पहले ही उनसे वादा करवा लिया था कि मैं वहाँ कोई 'भाषण' नहीं दूँगी, लेकिन जब विद्यार्थियों ने अपना काम दिखा दिया तो सारे कलाकारों और डांसरों ने मुझे चारों ओर से घेर लिया और मुझसे उदय शंकर और पृथ्वीराज कपूर के साथ बिताए समय और लन्दन में मेरी ज़िन्दगी के बारे में पूछताछ करने लगे। बातचीत की वह शाम लम्बी खींचती रही लेकिन सुनने वालों का मन ही नहीं भर रहा था। आख़िरकार श्रीमती गांधी की सामाजिक सचिव उषा भगत, और बाल भवन की निदेशिका शान्ता गांधी ने ज़ोर दिया कि अब मुझे भारत लौट आना चाहिए। ''मेरे लिए तो इससे अच्छी कोई बात हो ही नहीं सकती, अगर मुझे यहाँ कोई ढंग का काम मिल जाए तो!'' मैंने उत्साह के साथ जवाब दिया।

अगले कुछ दिनों तक मसला 'यहाँ' से 'वहाँ' पहुँचता रहा। प्रधानमंत्री एक राष्ट्रीय लोकनृत्य इकाई के गठन के बारे में विचार कर रही थीं और इसमें डायरेक्टर के पद के लिए कई सारे डांसर और संयोजकों ने अर्ज़ी दी हुई थी, लेकिन अब तक किसी का नाम तय नहीं हुआ था। उषा भगत ने श्रीमती गांधी को मेरे नाम का मशवरा दिया और वह तुरन्त मान गईं। मुझे लन्दन वापस जाना था क्योंकि मेरी छुट्टियाँ ख़त्म होनेवाली थीं और अगर यहाँ मेरी नौकरी पक्की हो जाती है तो मुझे वहाँ अपना कामकाज समेटकर लौटना था। उषा ने मुझे सलाह दी कि फ़िलहाल मुझे अपनी लन्दन वाली नौकरी नहीं छोड़नी चाहिए जब तक कि यहाँ मेरी नियुक्ति पक्के तौर पर नहीं हो जाती। बहरहाल, एक महीने के अन्दर एक टेलीग्राम के ज़रिए मुझे नई नौकरी दिए जाने की ख़बर मिली और उसके बाद जल्दी ही एक और चिट्ठी मिली जिसमें तनख़्वाह और रिहाइश के बारे में मेरी शर्तों को मान लिया गया था। मैंने अपना सारा सामान कई सारे ट्रंकों में भरा और उनके तीन हिस्से किए। एक हिस्सा वॉल्टर के पास और दूसरा और तीसरा अपने दो बहुत प्यारे दोस्तों पृथ्वीराज और एक साथी कलाकार रेनू सतना के पास रखवाया।

पवन, जिसने अब तक बतौर जूनियर क्लर्क स्टेट बैंक ऑफ़ इंडिया में नौकरी शुरू कर दी थी, मेरे पास आकर रहने लगा था। अब उसे अपने लिए दूसरी जगह ढूँढ़नी थी। मैंने भारत जाने से ठीक पहले जैसे-तैसे फिंचले में उसके लिए एक फ़्लैट ढूँढ़ दिया था, लेकिन इस पूरे मामले में उसका रवैया नाराज़गी-भरा रहा।

पृथ्वीराज कपूर, 1966

ज़ोहरा सहगल के नाम पृथ्वीराज कपूर के पत्र

1

1 मई, 1960
कूका जिमखाना
सेंट सिरिल रोड, बांद्रा

अज़ीजी ज़ोहरा जी,

गो मैं रहा रहीनेकरम हाय रोज़गार
लेकिन तेरे ख़याल से ग़ाफ़िल नहीं रहा

शायर ने तो सितम लिखा था मैंने बदलकर करम कर दिया है। मैंने सितम को माना नहीं इसलिए मुझ पर जो भी हुआ है वो करम रहा है क़ुदरत का। आज भी जो हो रहा है वो भी करम है उसका, सो शिकवा नहीं शुक्र की जगह है, बहादुर ख़ान मोरे शुक्र शुक्र...

आपके प्यार-भरे ख़त मिले–सब मिले–सब साथियों को पढ़कर सुनाए गए और साथ ही आपके सबक़, एक्सरसाइज़िज़ और तनकीदी मज़ामीन भी।

ख़ुशी होती है कि आप इतनी मुस्तैदी और गर्मजोशी, शौक़ और लगन से काम कर रही हैं। नेरुला साहब जैसे लोग जब तब उखड़ी हुई और बेरब्त बातें किया ही करेंगे पर मुझे पूरी उम्मीद है कि आप उन ऐसों से बेनियाज़ रहकर अपनी धुन में काम किए ही जाएँगी...Play your part with all your heart about the results bother not. हाँ न जाने क्यों ये सूचना अभी कुछ दिन और आपको नहीं देना चाहता था कि theatre बन्द हो रहा है–हमेशा के लिए तो ज़ात खुदा की ही रहती है। जनाबे हश्र ने भी लिखा है। दुनिया फानी है। हर शय यहाँ की आनी जानी है लेकिन ज़ाहेरा नज़र आते हुए भी ये ख़याल न था कि इतनी जल्दी theatre बन्द कर देना होगा। मुझे अपनी ढिठाई पर नाज़ था पर अब वो ढिठाई भी ढीठ हो गई। श्रीरामपुर का दौरा इसीलिए तय किया था कि आवाज़ को देखूँ कहाँ तक खींच पा सकता हूँ...6 अप्रैल को यहाँ से निकले, उससे पहले 3 अप्रैल को मुग़लेआज़म का डबिंग किया कोई 4 घंटे भर–वहाँ भी तो बड़ी बकट आवाज़ इस्तेमाल करता हूँ, गले ने साथ दिया और वो काम ख़ातिरख़्वा हो गया। 7 को श्रीरामपुर पहुँचे। ये अहमदनगर से कोई 40 मील पर है और उधर साईंबाबा की शिरडी से 20 मील। पहले दिन 'किसान' खेला, आवाज़ ने आख़िर तक साथ दिया, दूसरे दिन मौन साधे पड़ा रहा दिन भर। रात को 'आहुति' खेला, आवाज़ ने साथ दिया, शो भी खूब जमा। तीसरे दिन 'पैसा' था। आख़िरी ऐक्ट तक आवाज़ साथ रही और आख़िरी ऐक्ट में तो ये जान पड़ता था कि थैली में हो, जैसे जिधर चाहे घुमा आऊँ।

बस तीन ही दिन के लिए वहाँ तय हुआ था। ख़याल था दो दिन का वक़्फा डालकर फिर अहमदनगर या कहीं और गाँव वग़ैरह में खेलेंगे। उन्होंने चौथा खेल भी माँग लिया 'पठान' और वो ही Proverbial last straw साबित हुआ। गले के सब कंगूरे ढह गए।

आख़िरी ऐक्ट में तमाम पंजर बोल रहा था–यूँ लगता था पसलियाँ फेफड़ों में धँस जाएँगी। आवाज़ जो निकल रही थी काम के लिए निहायत मौज़ू थी जैसे किसी पहाड़ी दर्रे में से शां-शां करती हुई तेज़ हवा चल रही हो। देखनेवालों ने तारीफ़ की लेकिन साथियों का बुरा हाल था-सबके चेहरों पर पीलाहट पुत गई थी इस ख़ौफ़ से कि मैं कहीं वहीं Collapse न कर जाऊँ। योग का एक बड़ा प्यारा ख़त आया था। मिले तो कह दीजिएगा मैं बिल्कुल ठीक हूँ–दो-एक रोज़ में उसे लिखूँगा।

2

30-10-1961
कूका जिमखाना
सेंट सिरिल रोड, बांद्रा.

अज़ीज़ी ज़ोहरा जी,

रात के दो बज चुके हैं। अब यह ख़त लिखने बैठा हूँ। बैठा हूँ का मतलब है औंधे मुँह लेटा हूँ। क्या ग़ज़ब है, आज-आज करते-करते कई आजें कल होके रह गईं मगर आज इस आज को कल न होने दूँगा। ये आज जब कल हो जाती है तो परेशान कर देती है। वो मेरा ही एक ऊँटपटाँग सा शेर है :

वो परेशान है आज कि जिसने
आज को बेच दिया कल के हाथ।

माफ़ी कि मैंने कितनी आज ज़ाया कर दीं। हाँ, ख़ुशी है तो इस बात की कि ये आज आज ही रहेगी, कल न होने पाएगी।

उधर देखिए पवन का ख़त पढ़ा, पहले पवन को लिख लूँ, वो ख़त हो गया और चला भी गया और आज उसका जवाब भी मिल गया–मगर आपका ख़त बस अभी लिखता हूँ के घपले में रह गया। क्षमा की याचना करता हूँ आशा है क्षमाकर दिया जाऊँगा।

ख़ुशी हुई कि आप इतने सुकून और इत्मीनान से तक़रीर करने लगी हैं। वो switch लगाने की बात है, अन्दर बिजलियाँ भरी पड़ी हैं। पहले ही कुछ क़दम भारी पड़ते हैं फिर तो इनसान दौड़ने लगता है। वो शेर यूँ है :

ख़िशते अव्वल चूँ नहद मेमारकज
तासुरईया मीरावद दीवारकज।

आपका गला अच्छा हो गया, ईश्वर का लाख-लाख शुक्र है। मैं अगर कहूँ एहतियात तो आप नहीं करेंगी। अच्छा तो दुआ करता हूँ कि आप अच्छी रहें हर तरह हर रूप में और ये दवा भी लिखे देता हूँ...

शलजम (शलग़म) अद्द सेर भर पानी में उबाल लीजिए। आधा सेर रह जाए तो उतार लीजिए और किसी थरमस में भर लीजिए नमक डालकर। रात को सोते वक़्त दो प्याले पी लिये, जो बाक़ी बचा सुबह उठ के पी लिया गर्म-गर्म। गला Sputnik बन जाएगा। मेरी आवाज़ उसी ने लौटाई। अब तो मैं गा-गाकर लोगों को बोर कर रहा हूँ, आपको

भी करूँगा। 18 या 19 को दिल्ली आ रहा हूँ। आते ही मिलूँगा। 15 को जबलपुर जा रहा हूँ। वहाँ एक घूमनेवाली स्टेज का उद्घाटन हो रहा है। मुझे मुख्य अतिथि के रूप में बुलाया है। बाक़ी मिलने पर।

आपा बी को फ़िल्म मिल गई होगी। मैंने राजू के ऑफ़िस से distributor को चिट्ठी लिखवा दी थी। आपाजी और ज़ैन साहब को आदाब। नईमा और हुमा और आमिर को प्यार। किरण की नाक पकड़कर प्यार कहिएगा और पवन के ख़त में लिख दीजिएगा उसका 29.9.61 का ख़त मुझे मिल गया है और मैं अनक़रीब उसे लिखूँगा।

बड़ा प्यारा ख़त लिखा है, खुदा उसे उम्रदराज़ दे।

दुआएँ
पृथ्वी

3

9-12-64
कुमकुम मसानी रोड
मातुंगा, बोम्बे, इंडिया

प्यारे-प्यारे अच्छे-अच्छे ज़ोहरा जी,

माफ़ी के ख़त के जवाब में देर हो गई। आपका प्यार भरा ख़त 2 और 3 की रात को ही आ मिला। ख़ूब है कि आपको ये तारीख़ अभी तक याद है और इतने हंगामों में रहते हुए और इतना काम करते हुए भी आप इसे नहीं भुलातीं। ये साधारण बात नहीं है! ईश्वर आपकी झोली खुशियों से भर-भर दे। यही दुआ है, यही आशीर्वाद। अब के थिएटर के झोंपड़े और पृथ्वी की झोंपड़ी में सब लोग इकट्ठे हुए 3 नवम्बर को। जानकी कुटीर जुहू में है। इन्दु कुमुद इत्यादि बहुत से साथी थे। आपका ज़िक्र ज़ोरों पर रहा और बहुत याद किया पवन और किरण को भी। आशा है आपका dance show बहुत अच्छा गया होगा और कोई वजह नहीं कि अच्छा न जाए। आप हमेशा ही इन पर काम करती हैं, उधर उज़रा भी ज़ोरों पर Play reading और मरसीया इत्यादि के शो देती रहती हैं और कभी-कभी 'गद्दार', 'कलाकार', 'किसान' इत्यादि में से भी excerpts कहा करती हैं, इन्दु और कुमुद सचिन शंकर के नृत्यनाट्य 'शिवाजी' में काफ़ी काम कर रही है। इन्दु जीजा बाई 'शिवाजी की माता' का रोल कर रही है। उसमें काफ़ी अच्छा रहा है इनका शो और खूब मक़बूल हुआ है। इन्दु मराठी ड्रामों में भी काम करती है। शौकत क़ैफ़ी IPTA के खेलों में काफ़ी हिस्सा लेती हैं। पुष्पा का लड़का हुआ, ईश्वर की कृपा से जच्चा-बच्चा दोनों अच्छे हैं।

सुरेश फ़िल्मों में dance direction करता है और काफ़ी मक़बूल है—रवीन्द्र के यहाँ उससे मुलाक़ात होती रहती है। आपका ज़िक्रेख़ैर होता है हमेशा ही। हाँ, माताजी आजकल मग़रीबी अफरीक़ा में हैं अपने छोटे बेटे प्रभी के पास। उन्होंने आपका पता माँगा था मैंने पुराना पता भेजा था—ज़रूर उन्होंने लिखा होगा आपको—आपको टेलीविज़न पर अकसर देखा है वहाँ उन्होंने। आज मैंने आपका नया पता भी उनको लिख भेजा है—पुराने पते पर मैंने भी ख़त लिखा था आपको—उम्मीद है redirect होकर मिला होगा।

अब रही अपने थिएटर की बात तो ज़िन्दा है। जब तक उधर आप, इधर रावलपिंडी में उज़रा और ये सब लड़के-लड़कियाँ इतना काम कर रहे हैं। हाँ, पृथ्वी फ़िल्मों में उलझ गया है–कभी जवानी में इतनी फ़िल्मों में एक साथ काम न किया था जो अब कर रहा हूँ–कोई 12 फ़िल्में एक साथ शुरू हो गई हैं फिर भी जिस दिन फारिग़ होता हूँ तो झोंपड़े में पहुँच जाता हूँ। विष्णु जी और फ़ज़ल जी आ जाते हैं सितार और तबला और फिर अकेले में उस सामान के आसपास घूमता रहता हूँ और आप सबको अपने पास पाता हूँ...रौनक़ें हो जाती हैं। जनाब मोमिन ने क्या ख़ूब कहा है :

'तुम मेरे पास होते हो गोया जब कोई दूसरा नहीं होता।'

एक और फ़िल्म Sign की है अभी-अभी 'शंकर ख़ान'। कुछ scene london में होंगे, ये भी कहते हैं। देखें ये बात बन गई तो क्या बात है! हमख़ुरमाँ हमसवाब। आपके दर्शन होंगे बच्चों से मिल लूँगा। किरण और पवन को मेरा बहुत बहुत प्यार।

प्यार भरी दुआओं के साथ
पृथ्वी

4

1-4-66
कुमकुम 512-A, मसानी रोड
मातुंगा, बोम्बे-19, इंडिया

प्यारे-प्यारे ज़ोहरा जी,

सुबह के सवा छह बज रहे हैं, उधर आपके यहाँ इस वक़्त midnight 45 होंगे। BBC पर election के result आ रहे हैं। इस वक़्त Pakistan के Dawn का नुमाइन्दा interview किया जा रहा है। लो उसने कह दिया Thank you very much। interview ख़त्म हुई। अब फिर result सुनाए जा रहे हैं। 426 की गिनती हो चुकी है। 283 left और 139 Conservative इत्यादि-इत्यादि।

चार बजे आँख खुल गई। थरमस में क़ॉपी धरी थी। श्रवण साथ आया है। हर रात थरमस रख जाता है। क़ॉफी पी सितार उठा ली। घंटे भर उससे जूझता रहा फिर radio खोल दिया। अब election का तमाशा कर रहा हूँ। यक़ीनन आप जाग रही होंगी। मुझे तो ऐसा लगता है कि ये सामने बैठी हैं। आपके दाएँ किरण है उधर पवन मेरे पास बैठा है और उसी शौक़ से सुन रहा है जैसे कभी मैं Cricket को सुना करता था। ठोड़ी को दाएँ हाथ की हथेली पर टिकाए हर दो मिनट के बाद उठ खड़े होता और कोई नया Comment आता तो साथ ही उछल पड़ता था। उसे मुँह से कह नहीं सकता था। England के Politics में उसका अपना interest है जितना कि Cricket में। अब तो मेरा ख़याल है स्कूल के Sports में active हिस्सा लेता होगा पवन।

मैं 19.2.66 को Jaipur गया और 9.3.66 तक दो तस्वीरों के Outdoors में उलझा रहा। वहाँ से दिल्ली गया कि 11.3.66 को अब्बास की फ़िल्म 'आसमान महल' का Premier था। मैंने भी उस फ़िल्म में काम किया है। ये फ़िल्म तमामतर हैदराबाद में बनी।

इन्द्र की story है, screenplay इन्द्र, अब्बास और साठे का है। मुकालमे अब्बास के हैं और direction और production भी। अच्छी फ़िल्म बनी है किसी दिन London जाएगी।

अब्बास ने एक article लिखा है filmfare के लिए–Prithvi the magnificient fraud. मैंने नरेन्द्र को लिखा है एक Copy आपको और एक Anderson को भिजवा दे। उसका ख़त आया है, भिजवा रहे हैं। एक इधर Professor साहब के लिए और एक Mrs. Richards के लिए भी कहा था और एक उज़रा को। अभी यहाँ अन्दर ही नहीं पहुँचे वहाँ आप तक पहुँचते-पहुँचते सहर हो जाएगी।

Anderson से मुलाक़ात हुई। कैसे लगे आपको ? बड़े प्यारे-प्यारे ख़त लिखे हैं उन्होंने। इधर उज़रा का भी ख़त आया है। डाक के खुल जाने पर मैंने उसे लिखा था। आठ दिन में ख़त वहाँ पहुँचा और 8–9 दिन ही उनके ख़त को आते लगे। हुसैन के भाई लोग Pakistan गए हुए हैं अल्ला ख़ैर करे। फिज़ाएँ फिर न मुक़द्दर हो जाएँ। अभी तो पिछले हंगामे के ज़ख़्मों पर मुश्किल से मरहम लग पाई होगी। इधर भी उधर भी। कहीं टाँके बख़िए उधेड़ने और खुरंड सरकाने की बात न चल निकले। आप और हम दुआ ही कर सकते हैं कि ईश्वर दोनों को तौफ़ीक़ अता करे कि प्यार और ख़ुला के रास्ते को अपनाएँ, लड़ाई और जंग को नहीं।

मैं फिर जयपुर पहुँच गया, एक और फ़िल्म का Outdoor वहाँ था। 27 को वहाँ से निकलकर ऐनरीप आ गया। इधर पालमपुर धर्मशाला बैजनाथ वग़ैरा हैं। कुछ Outdoors के scenes लिये जा रहे हैं, किसी एक और फ़िल्म के 'लाल बंगला' इसका नाम है। दो-चार दिन मेरा भी काम है Outdoors में। 8 को यहाँ से निकलकर 10 को सुबह बम्बई पहुँच जाऊँगा और वहीं रहूँगा काफी दिनों।

अपना और बच्चों का हाल लिखिएगा। Professor साहब प्यार भेजते हैं। किरण और पवन को बहुत-बहुत प्यार।

प्यार भरी दुआओं के साथ।

आपका अपना
पृथ्वी

5

3–8–66
512–A, मसानी रोड,
मातुंगा, बोम्बे–19, इंडिया

मेरे प्यारे-प्यारे अच्छे-अच्छे ज़ोहरा जी

बस रवाना हुई तो मैंने गर्दन लम्बी करके आपको और पवन को खड़े देखा। आप नहीं देख पाई होंगी कि बस घूम गई। जहाज़ की सीढ़ियों पर से कोशिश करने पर भी आपको locate न कर पा सका। पर ये ख़याल सता रहा था कि आप और ख़ासकर पवन तो खड़े-खड़े थक गए होंगे–ओफो ! कितनी देर खड़े रहना पड़ा उस दिन आपको। शाम जो घर लौटी होंगी तो देखा होगा कि एक मोटा-सा आदमी घर से ग़ायब है।

9 बजे (greenwich time) Moscow पहुँचे। ज़्यादा देर वहाँ रुकना न था इसलिए अड्डे तक न जाने के लिए ही उन लोगों ने दरख़्वास्त की। वहीं जहाज़ के आसपास घूमा किए और मैं तो थोड़ी देर जहाज़ की सीढ़ियों पर बैठ सो रहा। फिर जो वहाँ से निकले और आँख खुली तो U.S.S.R. का border cross कर रहे थे और अब ये दाएँ पर Kabul है तो यहीं कहीं Peshawar होगा। शायद उधर Pindi है, ये Lyalpur, ये Lahore और ये Delhi। माताजी, प्राण धर्मचन्द, फ़क़ीरचन्द टंडन सब लोग पालम पहुँचे हुए थे। बाहर निकल चरण छुए घर पहुँचे। दिन भर आपका ही चर्चा रहा। वहाँ भी और दूसरे दिन बम्बई पहुँचा तो यहाँ भी। ज़ोहराजी ने कितनी ख़ातिर की। ये किया, ये कहा, ये कहा, ये किया। किरण ने ये...ये...ये और मेरे friend, philosopher और guide पवन ने यूँ मेरा हाथ थामा और यूँ रेल से उतारा और इसलिए धीमे-धीमे चला कि मैं ठीक से चल नहीं पा रहा था।

अब कि जो London जाऊँगा तो पहले कुछ महीनों चलने का रियाज़ किया जाएगा कि मेरी वजह से पवन को रुक-रुक के चलना न पड़े और तब तक तो वो माशाअल्लाह जवान हो जाएगा।

हाँ जो लौटा तो रमा को बीमार पाया। बिस्तर पर थीं, अब भी हैं। क़दरे बेहतर हैं, जिगर में सूजन सी है, बुख़ार भी हो जाता रहा, अब नहीं है। मुद्दतों की dysentry ने गड़बड़ कर दी। अब ज़रा चलकर मेरे कमरे तक पहुँच जाती हैं।

5.8.66–आज 5 तारीख़ हो गई। shootings इन्तज़ार कर रही थीं, उनमें जुट गया। अभी तक theatre झोंपड़े तक नहीं पहुँचा। माटुंगे में ही रह रहा हूँ रमा की वजह से। क़दरे और भी बेहतर हैं। राजू, कृष्ण, डब्बू, शशि, जैनिफर सबसे आपका ज़िक्र रहा। उधर श्रीराम मिले। नरेन्द्र, प्रयागनन्द जी, प्राण, सब आपका पूछते थे और पूछते हैं। मनसाराम नैनीताल काम के लिए गया था। वहाँ जो season ख़त्म हुआ तो वो ससुराल बाल-बच्चों के पास कपूरथला (Kapurthala) चला गया। Tiger, ऋषि सबसे ज़िक्र अज़्कार रहा। कैलाश खन्ना आपका बहुत पूछती रहीं। रमा-किरण और पवन को प्यार और आपके लिए बहुत-बहुत दुआएँ भेजती हैं।

कल से मैं एक नई तस्वीर में काम कर रहा हूँ। किरण और पवन को दो दिन के बाद लिखूँगा। कल सनीचर है। पिछले Saturday मैं वहाँ था आपके पास। ओफ्फो, क्या हंगामा था। क्या ठूंस के breakfast खिलाई थी आपने और वो interview वालों के हंगामे। सामान पैक हो रहा है। दूरमदूर हवाई अड्डे पर जा रहे हैं। वो और मैं television पर scene का देखना और फिर वहाँ चाय तक नहीं पी आपने और खड़े हैं मुतवातिर खड़े हैं। मेरी बैठे-बैठे टाँगें दुखने लगी थीं कि आप दोनों की टाँगें बेपनाह दुख रही होंगी। किरण को, पवन को बहुत-बहुत प्यार, पृथ्वीजी को प्यार, सिन्हा जी को प्यार, बड़े प्यारे हैं–ये दोनों भी। सब मिलनेवालों को प्यार। ख़ू को प्यार कहिएगा। जल्दी उसे भी लिखूँगा।

प्यार। बहुत प्यार। बहुत दुआएँ

आपका अपना

पृथ्वी

6

20-10-66
थिएटर झोंपड़ा, 26-जानकी कुटीर
जुहू चर्च, बोम्बे-54, इंडिया

मेरे अच्छे-अच्छे प्यारे-प्यारे ज़ोहरा जी,

माफ़ी के इतने दिन निकल गए और मैं ख़त तक न लिख पाया। पिछले दिनों अब्बाजान की बीमारी की ख़बर उज़रा से मिली। मैं नैनीताल गया 29 सितम्बर को। वहाँ उज़रा से मुलाक़ात हुई। दूसरे दिन अब्बाजान के नियाज़ हासिल हुए। ईश्वर की कृपा से वो अब बिल्कुल अच्छे हैं। आपकी और बच्चों की तस्वीरें जो मैंने लन्दन में ली थीं, मैं साथ लेता गया था। उन्हें देखकर बहुत ख़ुश हुए। मैंने enlargements का order दे दिया है। जल्दी ही आपको भिजवाऊँगा। कैमरा भी पुराना ही था। तस्वीर लेनेवाला बिल्कुल ही दक़ियानूसी लेकिन जिनकी तस्वीर ली गई वो सब तो प्यारे हैं इसलिए तस्वीरें भी बड़ी प्यारी उतरी हैं—आप ज़रूर ख़ुश होंगी उन्हें देखकर।

उज़रा कुछ दिनों में यहाँ आनेवाली हैं। उन्हें पन्द्रह दिन की इजाज़त मिली है बम्बई में रहने की। आपको तो उन लोगों ने लिख ही दिया होगा। अब्बाजान बख़ैरो-आफ़ियत काठगोदाम अपने घर आ गए हैं।

मैं तो दो अक्टूबर को नैनीताल से आ गया था कि 3 अक्टूबर को दिल्ली में संगीत नाटक अकादमी की जनरल काउंसिल की मीटिंग थी। उज़रा ने लिखा है कि अब्बाजान को 12 अक्टूबर को डॉक्टर ने काठगोदाम उतरने की इजाज़त दी।

थियेटर के सब ऐहालियान आपके और किरण और पवन के बारे में मुझसे सुनकर बहुत ख़ुश हुए। मंसाराम, उसकी बीवी और दोनों बच्चे यहाँ थिएटर झोंपड़े के हिस्से में ही रह रहे हैं जब तक उनको कोई मकान रिहाइश के लिए नहीं मिल जाता। वो पिछला मकान जहाँ आपके क़रीब रहता था, उसकी ग़ैरहाजिरी में मकान मालिक ने ख़ाली कर क़ब्ज़ा कर लिया था। ये उन दिनों नैनीताल लूथरे के पास था। हाँ, लूथरा नैनीताल में बहुत आपको पूछता था।

मैं आजकल झोंपड़े में रह रहा हूँ। swimming इत्यादि से घुटनों को और पाँव में काफ़ी आराम है। अब जब लन्दन आया तो पवन को मेरी खातिर रुक-रुक कर नहीं चलना पड़ेगा। मैं आहिस्ता-आहिस्ता सैकिन्ड और थर्ड गियर में चल लेता हूँ। कुछ देर जो मशक़ और रियाज़ जारी रहे तो top gear में भी चलने लगूँगा।

उम्मीद है किरण को distributive Arts में अपनी पसन्द का काम मिल गया होगा और वो खूब मसरूफ़ होगी और ख़ुश भी। पवन साहब तो अपने स्कूल में हाजिर हो चुके होंगे और ज़ोरों में पढ़ाई में जुटे होंगे। ईश्वर करे आपकी तपस्या फलीभूत हो और आप इन प्यारे बच्चों को ख़ुशी और कामयाबी के जिस मक़ाम पर देखना चाहती हैं देखें और खुशियाँ नसीब करें। किरण-पवन को बहुत-बहुत प्यार। राज और कुँवर को प्यार।

प्यार भरी दुआओं के साथ

आपका अपना, भापा

7

4-2-67
पृथ्वी झोंपड़ा, 26-जानकी कुटीर
जुहू चर्च, बोम्बे-54, इंडिया

मेरे प्यारे-प्यारे अच्छे-अच्छे ज़ोहरा जी,

नया साल मुबारक हो और माँ प्रकृति दुनिया भर की ख़ुशियों से आपकी झोली भर-भर दे।

आपका प्यार भरा ख़त और आप तीनों की तस्वीर दोनों मिले। बड़ी प्यारी है ये तस्वीर। किरण और मेरा F.P.G. friend, Philospher और Guide. दोनों ही माँ की तरह प्यारे-प्यारे सुन्दर-सुन्दर दिख रहे हैं।

मैंने ख़त पहले भी लिखे थे। आपको भी और पवन और किरण को भी। क्या वजह है कि नहीं मिले। हाँ इस बीच में कुछ दिन ज़रूर निकल गए आज कल, आज कल करते। बहुत मोटा हो गया हूँ–अब इसी लिए सुस्ती भी कुछ ज़्यादा ज़ोर पकड़ रही है। वैसे याद तो कोई दिन ही ऐसा जाता है जब न करूँ। आपने tea centre का काम छोड़ दिया। जब मैं नैनीताल गया था सितम्बर में तो वहाँ के कमिश्नर श्री आहूजा, पतले लम्बे, सुता-सुता जिस्म, Sports के बेहद शौकीन। उज़रा वहीं थीं–आपका ज़िक्र छिड़ गया तो उन्होंने बहुत याद किया। वो कहीं आपके tea centre के incharge रह आए थे कुछ मुद्दत। बहुत तारीफ़ करते थे आपकी और सुन-सुनकर ख़ुशी होती थी मुझे बेहद।

अब जो वहाँ का काम छोड़ दिया तो काफ़ी वक़्त आपके पास होता होगा। रेडियो, स्टेज और दूसरे फ़िल्म इत्यादि के फन्नी कामों के लिए। स्पेन से लिखा ख़त तो मिला था। वो फ़िल्म तो मुकम्मल हो गई होगी। और किस किस फ़िल्म में काम कर रही हैं, अपना पूरा पूरा हाल लिखिएगा।

किरण को मनचाहा काम मिल गया होगा। अब तो शादी-वादी की तैयारी करना चाहिए। मेरे friend, philosopher, guide साहब का क्या हाल है। किस प्यार से ये मुझे रेल से उतारते और चढ़ाया करते थे और सड़क पर चलते-चलते रुककर मेरा इन्तज़ार करना कि मैं साथ आ मिलूँ। उनसे कहिएगा अब भापा जी और भी मोटा और भी बूढ़ा हो गया है। अब तो और भी धीमे चलता हूँ। हाँ, शूटिंग पर वक़्ती रफ़्तार पकड़ लेता हूँ।

आजकल माताजी यहाँ जुहू झोंपड़े में रह रही हैं मेरे पास। आप भी जब कभी विलायत से लौटें तो पहला पड़ाव यहाँ पर ही हो। किरण और पवन जब अपने-अपने honeymoons पर निकलें तो पृथ्वी झोंपड़े को अवश्य पावन करें।

रमा कुछ दिनों के लिए मेरठ गई है। वहाँ उसके मैके वालों में एक शादी है। अबकी बम्बई में भी सर्दी रही कुछ दिन। रातें तो काफ़ी ठंडी हो जाती रहीं। दिन में भी पंखे की ज़रूरत न पड़ती थी। मगर आज पंखा चल ही गया। लो रुख़सत होता हूँ, बाक़ी फिर। आप तीनों के लिए प्यार भरी दुआएँ।

आपका भापा
पृथ्वी

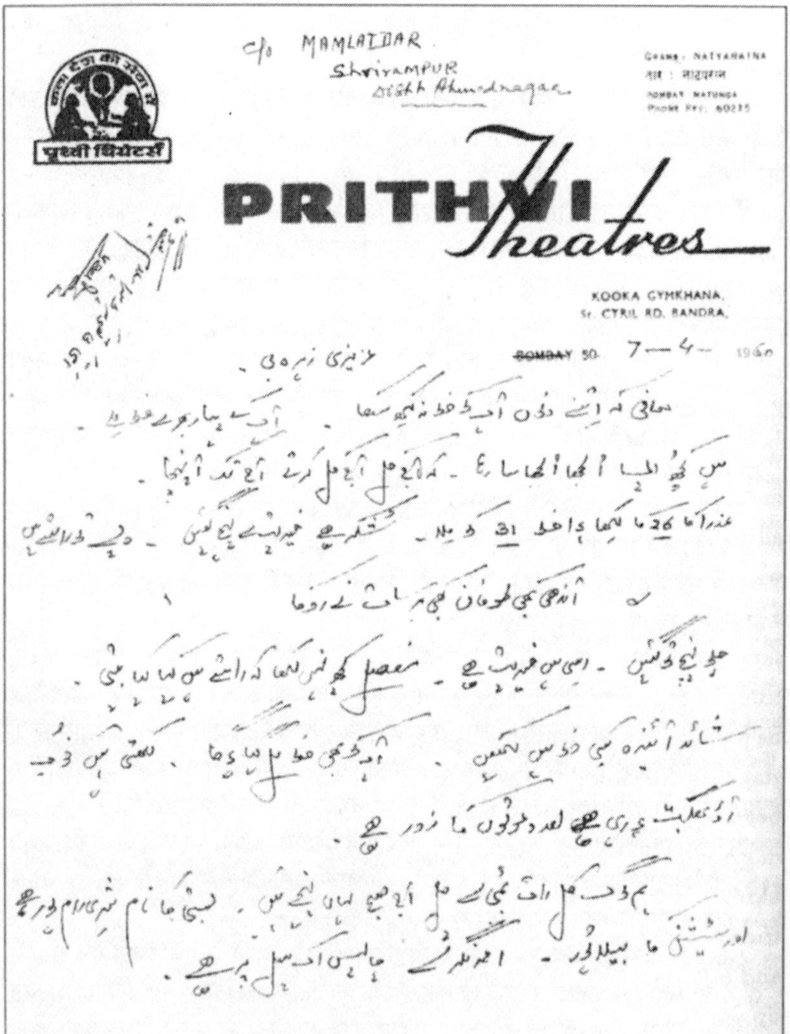

C/o MAMLATDAR
Shrirampur
Distt. Ahmednagar

GRAMS: NATYARATNA
तार : नाट्यरत्न
BOMBAY MATUNGA
PHONE RES: 60235

पृथ्वी थियेटर्स

PRITHVI Theatres

KOOKA GYMKHANA,
St. CYRIL RD. BANDRA,
~~BOMBAY~~ 50. 7—4— 1960

ज़ोहरा सहगल के लिए पृथ्वीराज कपूर का पत्र, 7 अप्रैल, 1960

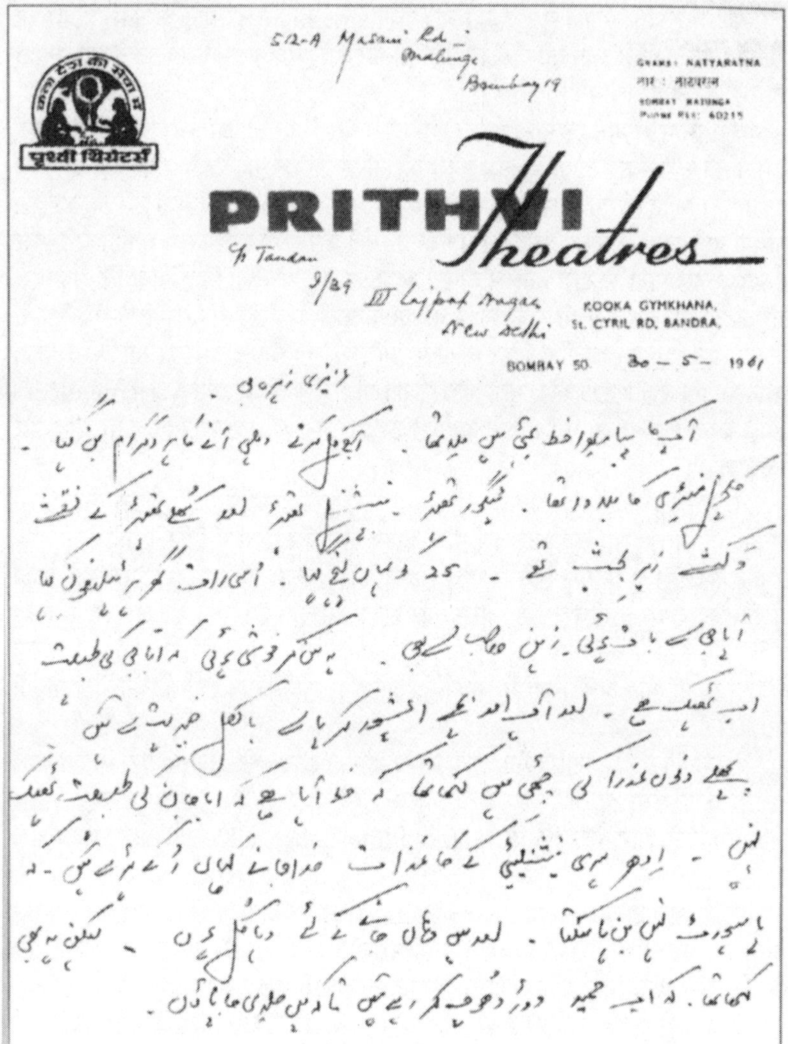

512-A Masani Rd.
Matunga
Bombay 19

GRAMS: NATYARATNA
BOMBAY MATUNGA
PHONE RES: 60215

PRITHVI Theatres

C/o Tandan
I/29
III Lajpat Nagar
New Delhi

KOOKA GYMKHANA,
St. CYRIL RD, BANDRA,
BOMBAY 50. 30 - 5 - 1961

ज़ोहरा सहगल के लिए पृथ्वीराज कपूर का पत्र, 30 मई, 1961

8

22-3-67
पृथ्वी झोंपड़ा, 26-जानकी कुटीर
जुहू चर्च, बोम्बे-54

मेरे प्यारे-प्यारे अच्छे-अच्छे ज़ोहरा जी,

प्यार भरा ख़त मिला। झूम-झूम गया। इतनी graphic है हर बात के नक़्श होकर रह गई। ख़त पढ़ते-पढ़ते आप को जैसे स्वयं इन्हीं आँखों के सामने हँसते-खेलते नाचते-कूदते देख रहा हूँ। बड़ी तबीयत ख़ुश हुई।

जिस काम में मन लगता हो जब वो करने को मिले तो आदमी की अन्तरआत्मा इनसान की रूह खिल उठती है। उस काम की तपिश तपिश नहीं रहती शीतल चन्द्रमा की किरणों की भाँति ठंडक और राहत का ख़ज़ाना बन जाती है वो तपिश। उसकी काविश काविश नहीं रहती, बल्कि जैसे हाथ पकड़कर कोई उस काम को करवा रहा हो बड़े प्यार के साथ। जैसे पानी में खड़े होने से अपना बोझ, बोझ नहीं रहता। यहाँ तक कि मुझ ऐसे बोझिल आदमी का बोझ भी यूँ लगता है कँवल के फूल के डंठल हों। समुन्द्र में भी मैं हाथों के बल चल लेता हूँ। हालाँकि बाहर धरती पर पाँव के बल चलना दूभर हो रहा है आजकल मेरे लिए तो। वज़न 295 पौंड पर पहुँच गया। पाँव में वरम हो गया Vericose ulcer। उठना-बैठना मुसीबत हो गया। घुटने आगे ही हड़ताल पर थे, अब समनदेनाज़ पर एक और ताज़याना।

20 फरवरी को भागा डॉक्टर Memon के यहाँ। होम्योपैथ हैं...वज़न कम करने का आदेश मिला। मार-पीटकर दस पौंड वज़न कम कर पाया हूँ पिछले महीने भर में—पर अब सिलसिला क़ायम रखूँगा। पाँच छह महीने में पचास पौंड उतार फेंकने का इरादा है। पाँव का ज़ख्म क़दरेबहतर है। वरम और सूजन भी कम है। घुटने भी ज़रा लोच पकड़ रहे हैं। हाँ, फ़िल्म का काम इस हालत में भी करता रहा। कुछ शूटिंगें Cancel करना पड़ीं। कुछ कीं भी। अब परसों से बाक़ायदा काम पर जाने-आने लगूँगा। कोई चिन्ता की बात नहीं।

किरण का प्रोग्राम लिखिएगा। क्या बम्बई होती हुई दिल्ली जाएगी। यहाँ के लिए मेरे लायक़ कोई सेवा हो तो लिखिएगा...पवन का क्या हाल है! मेरा बहुत-बहुत प्यार लिखिएगा उसे और कहिएगा के Friend, Philosopher guide की बहुत-बहुत याद आती है।

मई में शशि लन्दन आएगा Preety Polly की शूटिंग के लिए। फ़िलहाल तो सिंगापुर गया है 27 फरवरी से...छह सात महीने वहाँ पर शूटिंग रहेगी। फिर लन्दन में...। क्या राज और सिन्हा आपके पास हैं मेरा प्यार कहिएगा, किरण को बहुत बहुत प्यार बटुक को भी।

आज बड़ी ईद है–26 को होली। ईद और होली की मुबारकबाद आप सबको...

बहुत-बहुत प्यार और बहुत-बहुत दुआओं के साथ

आपका अपना
पृथ्वी

9

18-4-67

पृथ्वी झोंपड़ा, 26-जानकी कुटीर

जुहू चर्च, बोम्बे-54

मेरे बहुत ही प्यारे बहुत ही अच्छे ज़ोहरा जी,

जन्मदिन की शुभ आशीष और बधाई और दुआएँ कि ईश्वर आपकी ज़िन्दगी खुशियों से भर भर दे। आपके सब संकल्प फलें और पूरे हों। तमन्नाएँ और मुरादें बर आएँ और बारावर हों।

बच्चों की ख़ुशियाँ और मुरादें देखें और कला के क्षेत्र में फ़न की दुनिया में मनचाहा काम, दाम और नाम पाएँ आप। यही दुआ है यही आशीर्वाद।

शशि और जैनिफर और बच्चे लन्दन में हैं, आपसे मिल चुके होंगे। उनके पास घर का पता तो है मैंने कह दिया था चायख़ाना आप छोड़ चुकी हैं। ये लोग Hilton में ठहरेंगे। अभी परसों ही गई है जैनीफर यहाँ से। शशि तो सिंगापूर से सीधा लन्दन पहुँचा है। सिंगापुर ये लोग 27 फरवरी को गए थे। जैनिफर एक हफ़्ते के लिए यहाँ से होती गई। शशि मुतवातिर काम में रहा इसीलिए इधर आ नहीं सका। शशि Preety Polly में काम कर रहा है। ज़िया मुहिउद्दीन वो ही खेल जो हमने टेलीविज़न पर देखा था जिस रोज़ आपने पूरी बिरादरी को घर पर खाने पर बुलाया था कि मैं उन सब से एक साथ मिल पा सकूँ। कैसी गहमागहमी थी–कल की बात लगती है, लेकिन कितने महीने गुज़र गए।

किरण कैसी हैं, पवन कैसे हैं, मेरा बहुत-बहुत प्यार दीजिएगा दोनों को।

इससे पहले एक ख़त लिखा था मिल गया होगा। अब मेरे पाँव की हालत काफ़ी बेहतर है। जल्द ही बिल्कुल अच्छा हो जाऊँगा, चिन्ता की कोई बात नहीं। कुछ ज़ख़्म ज़्यादा वक़्त लेते हैं भरने में मगर भर सभी जाते हैं जूँ तूँ। हाँ उनके scars रह-रहकर चमक मारते हैं कभी-कभी जैसे अँधेरी रात में आसमान के किसी कोने में कोई बिजली कौंध जाए किसी बरसात की रात। शशि अबकी दो-तीन महीने वहाँ रहेगा। एक और तस्वीर भी है, यहाँ का कोई प्रोड्यूसर बना रहा है जिसका बहुत सा काम लन्दन इत्यादि में होगा।

राज जी और सिन्हा जी को प्यार। वो बंगाली लड़की जो आख़िरी दिन interview record करने आई थी यहाँ मिली थी। किसी तस्वीर वग़ैरह के चक्कर में थी। लो अब रुख़सत होता हूँ।

प्यार और प्यार भरी दुआओं के साथ

आपका अपना

पृथ्वी

10

22-5-67
पृथ्वी झोंपड़ा, 26-जानकी कुटीर
जुहू चर्च, बोम्बे-54

मेरे अच्छे-अच्छे, प्यारे-प्यारे ज़ोहरा जी,

आपका प्यार भरा ख़त मिला। ख़ुशी हुई कि आप इतना काम कर रही हैं और जो कर रही हैं वो मक़बूल हो रहा है, सराहा जा रहा है। "अल्ला करे ज़ोरे फ़न (कला) और ज़ियादा"। साथ ही शशि के हाथ आपका भेजा हुआ नामा भी मिला, और भी ख़ुशी हुई। पवन को उसकी सालगिरह की आशीर्वाद और मुबारक का ख़त लिखा, लेकिन तमाशा तो देखिए उसके स्कूल का पता कहीं ऊपर-नीचे हो गया है। उसने भी तो अपने ख़त में नहीं लिखा। हारकर आपके पते पर लिखा। आपकी मारफ़त उसे एक दिन देर से मिलेगा। अब मेरी ग़लती कि मैंने ठीक से पहले ख़तों में से note करके नहीं रखा जान पड़ता है।

पवन ने बहुत प्यारा ख़त लिखा है, ईश्वर इसे उम्रेदराज़ दे और उसकी झोली दुनिया की खुशियों और कामयाबियों से भर-भर दे और वो हमेशा आप और हम सबकी ख़ुशी और फख़्र का बाइस बना रहे। किरण अलग रहने लगी है। अच्छा है। एक उम्र आती है जब दिल वुस्अतें माँगता है और जब वुस्अतें लेता है तो वुस्अतें बख़्शता भी है। थोड़ी देर के लिए एक धचका सा लगता है मगर धीरे-धीरे इजाज़त देनेवाले को वुस्अत और फ़ुर्सत देनेवाले को स्वयं (खुद) पता चलता है कि वुस्अतें देकर अपने लिए कितनी वुस्अतें कितनी कुशादगी पैदा कर ली है।

अब आप और आज़ादी से रियाज़ कर सकेंगी और हमारा काम तो उम्र भर का रियाज़ माँगता है। उम्र की मशक और हज़ार उम्रों का वक़्त और फ़ुर्सतें और बेपनाह तन्हाइयाँ। मुझे ही देख लीजिए, जुहू के झोंपड़े में बिल्कुल अकेला रहता हूँ। सितार बजाता हूँ...बाजे पर रियाज़ करता हूँ। आईने के सामने अपने आपको मुँह चिढ़ाता हूँ। पढ़ता हूँ, सोता हूँ जब जी चाहे। तमाम शिष्टाचारों और तक़ल्लुफ़ों से बेनियाज़। बीमार भी होता हूँ तो उसका हज़, उसका लुत्फ़ अकेले ही उठाता हूँ। आप के art के चमकने का वक़्त तो अब आया है। मेरी दुआएँ कि वो ख़ूब चमके और उसकी रोशनी यहाँ तक पहुँचे...

किरण को प्यार, पवन को प्यार

प्यार भरी दुआओं के साथ
आपका अपना
पृथ्वी

किरण का जन्मदिन कौन सा है मुझे लिखिएगा।

11

22-3-67
पृथ्वी झोंपड़ा, 26-जानकी कुटीर
जुहू चर्च, बोम्बे-54

प्यारे ज़ोहरा जी,

कल रात जो हैदराबाद से लौटा तो आपका ख़त मिला जो मेरी ग़ैरहाजिरी में यहाँ पहुँच मेरा इन्तज़ार कर रहा था। ये दुख भरी ख़बर मुझे हैदराबाद में 15th की सुबह मिली। जबकि मैंने सिर्फ़ यह कहने के लिए बम्बई टेलीफ़ोन किया था कि मैं 12 तारीख़ को मद्रास से हैदराबाद चला आया था के मेरा काम जैमिनी स्टूडियोज़ में 12th को ख़त्म हो गया। (वहाँ मैं पाँच तारीख़ से था) और मैं वहाँ अपने भाई राम के पास हूँ तब से और अब 16th की शाम वहाँ से उड़ रात बम्बई पहुँच जाऊँगा। तब नरेन्द्र ने बताया कि उज़राजी का तार आया था, कैलाश प्राण को और हमने आपको 13th को बज़रियाए ख़त मद्रास के पते पर ख़बर भिजवा दी थी (जो मुझे हैदराबाद नहीं मिल पा सकती थी के मैंने उन लोगों से कहा था के मेरी डाक जो भी हो वापिस बम्बई लौटा देना।

बड़ा सदमा हुआ ये ख़बर सुनके। Professor जय दयाल और रमा भी हैदराबाद मेरे साथ ही थे। फ़ौरन एक तार उज़रा को दिया और उसी दिन एक ख़त भी लिखा।

उज़रा पर क्या बीती होगी उस वक़्त और क्या बहुत रोई होगी उस वक़्त से मुतवातिर अब तक ये सोच दिल काँप जाता है। साबिरा पहुँच गई होगी लाहौर से और भाई आए होंगे कराची से। बाक़ी अपनों में से तो ताहेरा और शाहिद ही उसके पास होंगे उस वक़्त कि आप ही के ख़त से पता चला था कि अम्मा अब्बा वापिस अलीगढ़ चले गए हैं और अब्बाजान कहीं जनवरी फरवरी में कराची settle होने का सोच रहे हैं।

ऐसे वक़्तों में कोई अपना पास हो तो बड़ा सहारा मिल जाता है। नहीं तो जिगर फट जाता है।

उज़रा के डाक ख़त जनवरी से ही बन्द थे और इधर से लिखने के लिए भी मना कर रखा था। यहाँ तक कि जन्मदिन की साहबसलामत न हुई इधर से भी उधर से भी...कहा था फ़र्ज़ पर सब कुछ क़ुरबान कर देना चाहती हूँ और इसमें तब कामयाब हो सकती हूँ के आप साथ दें और एक हर्फ तक न लिखें। और ऐसा ही किया गया। सिर्फ़ आप के ख़त से ही पता चला कि हमीद की तबीयत ठीक न थी। नर्सिंग होम में थे checkup के लिए। अब ठीक हैं और घर पर हैं।

तो फिर ये एकदम से क्या हो गया! उनके दिल के दौरे के बारे में भी तो डॉक्टरों ने फ़ैसला दिया था के जो पहले हुआ था वो सब wind और gas का झगड़ा था। अब उज़रा का ख़त आए तो पता चले।

आपने उसे लन्दन की राय दी है। उस पर दो-दो पेट्रोल पम्पों की जिम्मेदारी है। उनको एकदम कैसे टाल सकेगी। काम तो उसे यहाँ भी मिल सकता है। रहने को झोंपड़ा है ही। ख़त मैंने उसे लिखा है हैदराबाद से ही। लेकिन यहाँ के बारे में अभी नहीं लिखा। इतनी जल्दी वो तय भी कैसे कर पा सकती है। मैं बहुत-बहुत अपना-अपना सुनता था। मगर मैं भी अपना

न बन पाया के जिस वक़्त किसी अपने की ज़रूरत थी के वो क़रीब हो। मैं यहाँ हूँ इतनी दूर...काले कोसों दूर। हाँ, दुआएँ हर घड़ी भेज रहा हूँ उसे। वो दुआएँ उसके लिए मसलेराह बन जाएँ। और उसमें वो अपने लिए सही रास्ता देख पा सके जो उसके लिए अच्छा साबित हो। जिस पर चलने से उसे सुकून और तसकीन मिल जाए। आप बेहतर समझ सकती हैं। आपने तूफ़ान को सर पर झेला है। आप भी तो बहुत दूरी पर हैं। नहीं तो आप से उसे सुकून मिलता। कुछ शान्ति मिलती। अपना दुख बहुत ज़ालिम होता है। उसकी चुभन एक नेज़े की सी चुभन होती है। हाँ, जब दूसरे के दुख की तरफ़ देखें तो वो चुभन कुछ कम हो जाती है। मैं भी न जाने क्या-क्या लिखता चला जा रहा हूँ...लो अब बन्द करता हूँ। बच्चों को प्यार।

दुआएँ
पृथ्वी

2 November को दुआओं भरा आपका ख़त जैमिली की नई film में काम करने के लिए। जब घर और थिएटर वाले लोग उस दिन आए सबने आपके ख़त का ज़िक्र किया और प्यार आपका उन तक पहुँचा दिया।

पवन-किरण को प्यार, सलमा-असद को प्यार, डॉक्टर साहब को आदाब...

12

20-2-68
पृथ्वी झोंपड़ा, 26-जानकी कुटीर
जुहू चर्च, बोम्बे-54

प्यारे-प्यारे अच्छे-अच्छे ज़ोहरा जी,

आपका प्यार भरा ख़त मिला। शुक्र है अल्लाह का कि आप दोनों ख़ैरियत से फिरोज़पुर फिर लाहौर और अब तक तो पिंडी पहुँचकर कराची की तैयारियों में होंगे। दिल्ली से फिरोज़पुर रात भर का सफ़र, सर्दी ने तंग तो किया होगा। ग़ज़ब है कि बिस्तर का ज़िक्र तक न निकला यहाँ, नहीं तो कम्बल इत्यादि सब कुछ साथ दिया जा सकता था। जब उज़रा ने टेलीफ़ोन पर ज़िक्र किया तो फ़िक्र बढ़ी मगर तब तक कुछ करने की बात अपने हाथ से निकल चुकी थी और उधर आपकी तबीयत पहले ही बम्बई से दिल्ली तक के सफ़र में काफ़ी ख़राब रह चुकी थी। चिन्ता और भी बढ़ी मगर 'चिन्ता नहीं ऐश करो' वो शाहजहाँपुर वाला क़ता याद आ गया और दुआ का सहारा लिया के आप बख़ैरियत पहुँच पाएँ और अब जान में जान आई जब आप दोनों का ख़त मिला। आप तो साबिरा और उसके परिवार से बहुत दिनों में मिल रही होंगी और लाहौर तो मुद्दतों बाद गई होंगी, मेरा भी बहुत जी चाहता है पेशावर, पिंडी, मरी, लायलपुर और लाहौर देखने को। ईश्वर वो दिन लाए कि सब कदूरतें दूर हों, मेल-मिलाप बढ़े और लोगों का आना-जाना, मिलना-मिलाना सहल हो जाए। है एक दिन में हो जानेवाली बात, जब उसको मंज़ूर होगा तो आँख झपकने तक में सब हो जाएगा और किसी को ये भी याद न रहेगा कि कोई ऐसा वक़्त भी था जब आने-जाने पर पाबन्दियाँ थीं।

हाँ, ये जानकर बेहद ख़ुशी हुई, राम सिंह, शान्ता बाई सभी ख़ुश हुए कि आप लौट कर यहाँ से लन्दन के लिए जहाज़ पकड़ेंगी। अब कुछ दिन इत्मीनान से यहाँ रहने का प्रोग्राम बना लीजिएगा। भागमभाग ज़्यादा अच्छी नहीं, सुकून से कुछ सुस्ताने का समय निकाल लीजिएगा। मैं 11-12 मार्च तक बम्बई में हूँ। मेरा सबको प्यार।

अब्बाजान से जब कराची में मिलेंगी तो मेरा आदाब कहिएगा बहुत-बहुत प्यार के साथ। आमना और साबिरा को भी। आज़म साहब और बच्चे-बच्चियों को भी ज़रूर।

प्यार भरी दुआओं के साथ
आपका शुभचिंतक
खैरन्देश पृथ्वी

13

21-11-68
कैम्प नागपुर

मेरे प्यारे-प्यारे अच्छे-अच्छे ज़ोहरा जी,

हज़ार-हज़ार माफ़ी... के इतने दिनों-महीनों से ख़त नहीं लिखा आपको। न जाने ये कैसे हो गया के आपके टाइपशुदा ख़त का जवाब मैंने कहीं मन ही मन दे दिया। किसी पर पता लिखना तक मुझे याद है। इस aerogram पर भी पता कई दिन पहले बम्बई में लिखा था। ये aerogram में पड़ा मिला है। वो भी कहीं पड़ा होगा ज़रूर...हाँ अब महसूस होता है के ख़त नहीं लिखा था। मगर न जाने क्यों इतनी मुद्दत इस वहम में रहा के ख़त लिख दिया है। और जब ख़याल आता था ख़त लिखूँ सोचता था ताहेरा जी कहेंगी...मेरे जवाब में देरी हुई शायद इसीलिए भापा जी दोहरा के मुझे टाइप इत्यादि की बधाई दे रहे हैं, मुझे शर्मिन्दा करने के लिए...वग़ैरा...वग़ैरा...के आपका ख़त आ गया...प्यार भरी दुआएँ लिए हुए...जिस से यक़ीन हो गया वो भुलावा ही था। मैंने लिखा नहीं सिर्फ़ लेटे-लेटे मन ही मन दोहराया होगा और फिर make belief के चक्कर में पड़ गया के ख़त तो लिख दिया है। माफ़ी। माफ़ी। हज़ार बार माफ़ी का ख़्वास्तगार हूँ। आशा है आप क्षमा करेंगी। अच्छा किरण को ये क्या जुनून सर पर सवार हुआ है। ऐसी नारेबाज़ Political आहू करनेवाली पार्टियों में शरीक होने की उसे क्या सूझी!

वो अपने फ़ाज़िल वक़्त को अपनी कला अपने art की ख़िदमत में बड़ी ख़ुशउस्लूबी से सर्फ़ कर सकती है। ये नारेबाज़ी तो उन लोगों के लिए है जिनके पास कुछ नहीं। न दिल में न दिमाग़ में। और ये तो ईश्वर कृपा और आप की बेटी होने के कारण इतना अच्छा नाचती है। act कर सकती है। चाहे तो music में महारत पैदा कर सकती है। ईश्वर ने रूप दिया है, इल्म दिया है। हुनर दिया है। फ़न दिया है। फिर ये ख़ला क्यों महसूस करती है अपने अन्दर। और ऐसे ख़ला जिन्हें भरने के लिए उसे ऐसी नारेबाज़ पार्टियों में शामिल होना पड़े। नहीं-नहीं, ये सब उसके लिए बहुत छोटा और हल्का काम है। उसे कहिएगा बड़े प्यार से मेरी तरफ़ से के भापा जी कहते हैं कि तुम एक artist हो, एक फ़नकार हो,

तुम कोई साधारण व्यक्ति नहीं हो। तुम्हें ऐसी बातों में पड़ने की क्यों ज़रूरत महसूस हुई के गले फाड़ती चिल्लाती फिरो सड़कों पर। नहीं, हमें नहीं चली यह बात। बिल्कुल नहीं चली।

तू शाहीन है परवाज़ है काम तेरा
मुक़ामाते आहो फ़ुग़ाँ और भी हैं...

उसके लिए उड़ान के लिए एक से एक ऊपर आकाश पड़ा है। क्या रखा है इस Political हूहा में।

पवन का बहुत प्यारा ख़त आया है स्कूल से। बम्बई पहुँचते ही उसे लिखूँगा के ख़त और पता जल्दी में वहीं रख आया हूँ। आप का ख़त पैड में साथ आया है। इसीलिए जवाब दे पा रहा हूँ। ख़त लिखिएगा तो मेरी तरफ़ से बहुत-बहुत प्यार लिखिएगा और साथ ही शुक्रिया भी। बहुत प्यार भरा ख़त है उसका।

हमीदा को मेरा सलाम कहिएगा। बहुत-बहुत शुक्रिए के साथ। किरण को प्यार बहुत-बहुत प्यार दीजिएगा और उसका पता मुझे लिखिएगा के उसे लिखूँगा। वो क्या उसके ब्याह की बात चल रही थी। उज़रा का ख़त आया है लिखा है कि बी आपा का ख़त नहीं आया बहुत दिनों से। चिन्ता में थी। इन दिनों वैसे भी चिन्ताओं की घड़ी रही होगी। हमीद की बरसी पर तमाम खुरंड छिल गए होंगे और फिर से ज़ख़्म हरे हो गए होंगे।

आपने टाइप में तो कमाल ही कर दिया है। इतनी थोड़ी मुद्दत में इस तरह सीख गईं। मैं भी संस्कृत पढ़ रहा हूँ शनैः शनैः। धीरे-धीरे बहुत धीरे-धीरे। इन्दु शाम को आई। मराठी ड्रामा पढ़ते हैं हम और श्रीराम के साथ हिन्दी ड्रामे। मगर सब धीरे, हो नदिया धीरे बहे।

ये ख़त बन्द करता हूँ अब जल्दी लिखा करूँगा, वादा है। प्यार भरी दुआओं के साथ—

आपका
पृथ्वी

ओमी का तक़ाज़ा था आप आते नहीं हमारे पास। इसलिए यहाँ हैं हम दोनों रमा और मैं। ओमी उनके बच्चे और रमा सब राज़ी-ख़ुशी हैं। हम 25 को वापिस बम्बई पहुँच जाएँगे।

14

15-4-69
द्वारा, लेफ़्टिनेंट, पी.एन. खन्ना
20 असम राइफल्स, दिनापुर,
बिहार (नियर पटना)

प्यारे-प्यारे अच्छे अच्छे ज़ोहरा जी,

ये ख़त आपको अपने शुभ जन्मदिन के क़रीब क़रीब मिल जाना चाहिए...

Happy Birthday to Yooooooo....

and

Many Many Happy Returns of the Day...

With Every New birthday bringing in New Joys and New Glories and lots & lots & lots of Happiness of Joy.

ऊपर लिखे पते से आप चौंके तो होंगे। पाँव-वाँव में पट्टियाँ तो अभी हैं...लेकिन कब तक पड़ा रहता। 9 अप्रैल शाम को जहाज़ से दिल्ली गया। दस अप्रैल investiture की रस्म थी। राष्ट्रपति जी ने इस साल के गणतंत्र दिवस पर जो उपाधियाँ (ख़िताबात) घोषित कीं (ऐलान किया) उनमें इस बुद्धू का नाम भी था। 10 अप्रैल को पद्मभूषण का तमग़ा पृथ्वी के सीने पर चस्पाँ कर दिया गया। 11 की सुबह के जहाज़ से उड़ यहाँ पटना पहुँच गया।

प्राणनाथ खन्ना और प्रेमनाथ खन्ना दोनों भाई एयरपोर्ट पर आए हुए थे। यहाँ माताजी प्रेम के पास हैं। दुर्भाग्यवश उनके बाएँ जानिब फॉलिज गिरा है। मुँह भी कुछ affected था पहले, अब मुँह ठीक है। बायाँ बाजू हाथ टाँग-पाँव सब affected है। लेकिन ईश्वर कृपा से दिन-प्रतिदिन हालत सुधर रही है।

इस महीने के आख़िर में दिल्ली जाने की इजाज़त डॉक्टरों ने दे दी है। प्रेमी की यहाँ से तब्दीली होनेवाली है। माताजी एक महीने दिल्ली रहना चाहती हैं। उसके बाद उन्होंने वादा किया है कि जुहू झोंपड़े में आकर रहेंगी। मैं 21 को बम्बई चला जाऊँगा कि वहाँ मासीजी (नन्दजी-कमल-रविन्द्र की माता) 11-12 अप्रैल की रात स्वर्ग सिधार गईं...22 को उनकी क्रिया की रस्म है। मेरी शमूलियत लाज़मी है।

ज़िन्दगी के यही मशाग़िल हैं। दुख-रोग-बीमारी मृत्यु खुशियों और ज़िन्दगी की रंगीनियों की बाँहों में बाँहें डाले इधर से उधर, उधर से इधर, खेलती, कूदती-नाचती रंगरलियाँ मनाती फिरती हैं...

मैंने ये ख़त काफ़ी heavy कर दिया है। हाँ वो आपका ख़त मिला। तमाम प्यार और दुआओं से भरा और उससे पहला ख़त भी मिला ही तो था। पर न जाने बिना उसका जवाब दिए मैं महसूस करने लग गया कि मैं ख़त लिख चुका हूँ, जवाब दे चुका हूँ और लगा आपके जवाब का इन्तज़ार करने।

उज़रा के यहाँ बादशाहियाँ बदल गईं। काफ़ी उथल-पुथल में से गुज़री हैं।

पिछले ख़त में काफ़ी nervous नज़र आती थी। भला कौन नहीं होगा nervous जब चारों तरफ़ तूफ़ान ही तूफ़ान हों। लिखा था कि बी आपा को ख़त लिखा है न जाने पहुँचा भी कि नहीं। मुझे तो ख़त लिखने से मना कर दिया है इसी डर से कि कहीं कोई उलटी-पुलटी रिपोर्ट हो गई तो मुसीबत हो जाएगी। आप उसे लिखते रहिएगा जिससे उसकी हिम्मत क़ायम रहे। मेरे बारे अगर लिखिए तो यही कि बिल्कुल अच्छा हूँ...। पवन-किरण को प्यार। हमीदा जी को सलामोदुआ।

दुआओं के साथ आपका अपना

भापा

माताजी आशीर्वाद भेजते हैं। प्राण पदम दिल्ली गए हैं। काकी कल तक आ जाएगी।

15

27-6-69
पृथ्वी झोंपड़ा, 26-जानकी कुटीर
जुहू चर्च, बोम्बे-54

प्यारे ज़ोहरा जी

आपका ख़त मिला साथ ही सुखिया का आपको लिखा हुआ ख़त भी। सुखिया दुख में है इसका बेहद दुख है। तरह-तरह के वसवसे दिल में उठते रहे। आपके ख़त से और ख़ासतौर से उसके अपने ख़त से कुछ धुँधला-धुँधला ख़ाक़ा-सा सामने आता है। मगर उसके ख़त के आख़िरी जुमले फिर उलझन में डाल देते हैं। मैं कराची क्यों जाऊँ। मैं यहाँ छह हज़ार कमाती हूँ। सुखिया ने ऐसा लिखा। समझ में नहीं आता। आज तक उसने पैसे को इतनी अहमियत न दी थी। उसे कभी महलों का शौक़ न था फिर न जाने क्यों धीरज के झोंपड़े का रुख़ नहीं किया। चटनी रोटी और बैलगाड़ी की सी गाड़ी-ये सब उसे यहाँ मयस्सर आ सकते हैं किसी भी वक़्त। वो जानती है पहले से ही जानती थी। न जाने क्या समाई है उसके दिल और दिमाग़ में जो झोंपड़े की तरफ़ उसका ध्यान ही नहीं खिंचा। काम की यहाँ कमी न थी। नाटकों की खेती सूख चुकी है। सिंचाई-गुड़ाई से फिर से हरी हो सकती है वो खेती। धीरज बुढ़िया गया है मगर सुखिया में बहुत दमख़म बाक़ी है। मगर कहा ना कि समझ में ही नहीं आता के इस काम को काम क्यों नहीं समझा उसने। बोझ नहीं बनना चाहती ठीक है...काम करने से कौन रोकता है...अगर ये जुमला समझ में नहीं आ रहा है कि मैं 6000/—कमाती हूँ। धीरज की दुनिया में फ़िल्मों में काम करने से कुछ मुद्दत के बाद इससे भी अधिक कमाया जा सकता है मगर हज़ारों कमाना ही मुद्दा है। नहीं...बात कुछ और है जो साफ़-साफ़ सामने आ नहीं रही। शायद उन ख़तों से कुछ बात समझ में आए जो आपने शशि के हाथ भिजवाए हैं। 30 को वो भी पहुँच रहा है। उन्हें पढ़ के कुछ समझ पाया तो लिखूँगा।

अब इधर की सुनिए। 7 मार्च को माताजी को Paralysis का attack हुआ दानापुर छावनी में जहाँ वो अपने छोटे बेटे प्रेम के पास थीं। मैं टाँगों के ज़ख़्मों की वजह से उनके पास न पहुँच पाया। प्राणनाथ, प्राण, धर्मचन्द, पदम वहाँ उनके पास पहुँच गए। अप्रैल में मैं भी पहुँचा। मेरी प्रार्थना पर बम्बई लाने पर राज़ी हो गए। 20 अप्रैल को मैं वापिस लौटा। 4 मई को प्राण और धर्मचन्द के साथ माताजी बम्बई आ गईं। फालिजज़दा टाँग में Clot की वजह से जो ज़ख़्म था वो गैंगरीन बन चुका था। 11 मई को सरजन पिंटो ने exploratory operation किया। गैंगरीन रोकने की कोशिश करते रहे। 6 जून को 20 minute के chloroform के तहत muscles तक निकाल दिए मगर गैंगरीन न रुकी। आख़िर 12 जून को घुटने के ऊपर से ampotate कर दी गई। 21 जून को वापिस झोपड़े में ले आए लेकिन माता जी की तबीयत अभी तक सँभली नहीं, depression बहुत है। काकी, श्याम, रमन, पदम, शीला सब अपनी जगह बड़ी सेवा करती रही हैं और कर रही हैं दिन रात। doctors ने भी इधर कोई कसर नहीं उठा रखी, आगे जो मालिक को मंजूर है। दुआ कीजिएगा। सुखिया को इत्तेला नहीं दी आप भी न लिखिएगा। उसने लिखा था मुझे ख़त न लिखा जाए कि उससे

मेरे दिमाग़ में तूफ़ान उठते हैं और मैं नहीं चाहती कि ऐसा हो। मैंने इस मुल्क को अपना लिया है और पूरा वक़्त अपने काम को देना चाहती हूँ। किरण पवन को बहुत-बहुत प्यार दीजिएगा।

हमीदा जी को भी प्यार।

दुआ
पृथ्वी

सुखिया के लिए दुआएँ कि दिली, जिस्मानी, दिमाग़ी और रूहानी सुकून और ख़ुशी नसीब हो जैसा वो चाहती है।

किरण पवन को जल्दी ही लिखूँगा।

16

31.10.69
प्रो. जयदयाल मीराज
गाँव व डाकखाना, आंद्रेत्ता
कांगड़ा वैली (हिमाचल प्रदेश)

My dear dear dear dear Zohraji,

Isn't it wonderful–getting two letters from you in one and the same evening.

आज शाम मैं Mrs. Richard's के यहाँ बैठा था। लालाजी भी साथ थे। चाय पी रहे थे के डाक आई। 'मेम साहब की डाक है' Nohra ji ने हाथ में लेते ही कहा in this look there is a letter from Zohra.

मैंने कहा, लाइए मैं पढ़ दूँ। कहने लगीं नहीं मैं ख़ुद पढूँगी पहले, फिर तुम पढ़ लेना। जब पढ़ चुकी तो ख़त मेरी ओर बढ़ा दिया के इतने में बत्तियाँ गुल हो गईं। यहाँ पौने छह बजे शाम बिजली चली जाती है कोई 45 मिनट के लिए। वैसे भी हम यहाँ से निकल ही रहे थे। मैंने ख़त जेब में डाल लिया और लालाजी के साथ उनके घर की तरफ़ चल पड़ा। पास ही तो घर है कोई दो सौ गज़ पर। हमने आधे घंटे का चक्कर काट लिया। शाम के धुँधलके में थोड़ी टहलाई हो गई। साथ ही घर पहुँचते ही रोशनी भी लौट आई। मैं ख़त पढ़ने बैठा तो लालाजी ने आवाज़ दी के इधर मेरी डाक में तुम्हारे लिए एक ख़त है ज़ोहरा का। वाह मज़ा आ गया। एक ही झपाटे में दोनों ख़त पढ़ डाले एक साथ। लुत्फ़ आ गया।

ओफ्फो कितनी मेहनत करती हैं आप भी! शाबाश! अच्छी लड़कियों को ऐसा ही करना चाहिए। मसरूफ़ रहने में भी एक नशा है। फ़ुज़ूल की चिन्ताएँ नज़दीक नहीं फटक पाएँ। यूँ और एक गहमागहमी सी भी रहती है...किरण स्विट्ज़रलैंड में अपना headquarter बनाना चाहती है। एक सूरत में ये भी अच्छा है कि इस तरह आपको प्रेरणा मिलेगी के चलो चन्द दिनों के लिए किरण के पास रह आऊँ और यूँ change भी हो जाएगी।

पवन के पास होने की ख़ुशी है। उसे मेरा बहुत-बहुत प्यार दीजिएगा और शाबाशी भी। उसे ख़त लिखने की बहुत कोताही हुई है मुझसे, अब जल्दी ही लिखूँगा।

दो दिन हुए Nohra ji 93 की हो गईं और दो दिन में मैं 63 का हो जाऊँगा। आपकी प्यार-भरी दुआएँ आपके ख़त से उछलकर मेरी झोली में भर गईं और भर-भर दिया मेरी झोली को उन्होंने।

कल या परसों (Kalpna lok) वाले मुझे लेने आ जाएँगे। यही लोग हैं जो 'नानक नाम जहाज़' बना रहे हैं। पंजाबी है। आठ दिन बम्बई में शूटिंग कर आया हूँ और अब कुछ दिन अमृतसर में काम करना होगा, फिर वहाँ से दिल्ली माताजी के पास कुछ दिन रहकर बम्बई लौट जाऊँगा।

सोच रहा हूँ उज़रा को लिखूँ कि यूँ चुप्पी साध लेना तो बदअख़्लाकी है। तुम शादी भी कर लो तो क्या बुरा है। तुम्हें अधिकार है मगर उसके ये माने नहीं हैं के तुम ख़त न लिखो और अपनी ख़बर न दो। लोगबाग पूछते हैं उज़रा कैसी है, ख़त आया उनका तो हम उन्हें क्या जवाब दें। अभी business partner बनाया है life partner भी बना लो तब भी ख़त बन्द करने का तुम्हें अधिकार नहीं है, इत्यादि। लो काग़ज़ ख़त्म हो गया बाक़ी दारद। हमीदा जी को आदाब, पवन प्यारे को बहुत-बहुत प्यार।

दुआओं के साथ
आपका पृथ्वी

17

14-3-70
पृथ्वी झोंपड़ा, 26-जानकी कुटीर
जुहू चर्च, बोम्बे-54

प्यारे और अच्छे ज़ोहरा जी,

बहुत दिन हो गए आपको ख़त ही नहीं लिख सका। मेरे पाँव में चक्कर रहा है इन दिनों। अभी भी है। दिल्ली-अमृतसर, दिल्ली-मेरठ, दिल्ली-देहरादून, फिर दिल्ली, दिल्ली, दिल्ली और अब पहली फरवरी से हर महीने बंगलौर 7-8 दिन और फिर दिल्ली किसी न किसी बहाने माताजी के दर्शनों के लिए चला ही जाता हूँ। अभी बंगलौर रहकर आ रहा हूँ। 24 या 25 को दिल्ली चला जाऊँगा। वहाँ से फिर पटना। वहाँ से नालन्दा कि वहाँ नालन्दा यूनिवर्सिटी की शताब्दी (Centenary) मनाई जा रही है। पृथ्वीराज वहाँ के auditorium का उद्घाटन करेंगे, President गिरि साहब शताब्दी समारोह का इत्यादि-इत्यादि। बंगलौर इस ख़ुशी में जा रहा हूँ कि वहाँ 'साक्षात्कार' एक कन्नड़ भाषा की फ़िल्म में काम कर रहा हूँ और इसके लिए कन्नड़ भाषा ज़ोर-शोर से सीखी जा रही है। उस्तादों में और इज़ाफ़ा हो गया है।

इस उम्र में नई भाषा, नई-नई बातें सीखने का लुत्फ़ तो बेहद आता है। बचपन लौट कर आ जाता है। अपने आप पर हँसी भी आती है, साथ ही सब अकड़-बल भी निकल जाते हैं। लेकिन एक फ़ायदा बेपनाह हो रहा है, नई-नई भाषाओं के "क, ख, ग, घ" 'अलिफ़' 'बे' 'पे' 'ते' लिखने बैठता हूँ तो सब चिन्ताएँ भाग जाती हैं। एक बालगोपाल-सा बन जाता हूँ। कुछ देर के लिए जी चाहता है सब कपड़े उतार मिट्टी में लथपथ होकर खेलने लगूँ।

आईने में अपनी सूरत देखकर मुँह चिढ़ाने को जी चाहता है और माथे की शिकनें, सिलवटें सब साफ़ हो जाती हैं। मैं, मैं, मैं, मुझे, मुझे, मुझे, मेरा, मेरा, मेरा, मेरा ये सब एहसासात थोड़ी देर के लिए भाग जाते हैं, ये क्या कम है।

जनवरी में लेख की तस्वीर की। शूटिंग के लिए दिल्ली गया था। ये तस्वीर प्रयाग direct कर रहा है। वहाँ 24 को उज़रा से मुलाक़ात हुई। उसी दिन पहुँची वो वहाँ। सब एहवाल से आगाही हुई। ये जानकर ख़ुशी हुई कि आख़िरकार उसे कुछ ख़ुशी और सुकून नसीब हुआ है और अब वो अपने काम और मुकाम पर इत्मीनान से settle हो गई है। भँवरों से निकलकर उसकी ज़िन्दगी की किश्ती ने साहिल को पा लिया है। ये क्या कम ख़ुशी की बात है!

आपा और ज़ैन मज़े में थे। 29 जनवरी को मुझे बम्बई लौट आना था फिर दोबारा फरवरी की 12 को दिल्ली गया और 16 को वापिस लौट आया। उज़रा 21 या 22 तक दिल्ली में रहीं फिर अब्बा के साथ लाहौर चली गईं। माताजी क़द्रे बेहतर हैं। किरण का ख़त आया था Geneva से। पवन मज़े में होंगे। मेरा प्यार दीजिएगा।

प्यार और प्यार भरी दुआओं के साथ।

भापा

इस्माइल से बात हुई थी, आपकी बहुत तारीफ़ करता है। कहता था अफ़सोस है कि इसकी पिक्चर में आपके लिए कोई role नहीं था। डॉ. हमीदा जी को प्यार भरा सलाम।

18

7-1-71
पृथ्वी झोंपड़ा, 26-जानकी कुटीर
जुहू चर्च, बोम्बे-54

प्यारे-प्यारे अच्छे-अच्छे ज़ोहरा जी,

नया साल मुबारक हो आपको, किरण और किरणपति को, प्यारे पवन और उसकी तमाम girlfriends को। दुनिया की ख़ुशियों और नेमतों से ईश्वर आप की झोलियाँ भर-भर दे। ख़त जल्दी न लिख सका तबीयत नर्म गर्म रही। अक्टूबर से ही नीम शीम थी मेरी तबीयत कुछ खाँसी कुछ बुख़ार। कभी पाँव में पट्टियाँ, कभी सीने में दर्द। Thermometer और डॉक्टरों से फरार ही रहा। काम करता रहा कभी बंगलौर कभी अमृतसर। यहाँ कर्नाटक भाषा बोल रहा हूँ तो वहाँ पंजाबी। बीच में बम्बई में बदस्तूर हिन्दी तस्वीरें बनती बनाती रही। बुख़ार क़ायम रहा कभी कम कभी ज़्यादा।

नवम्बर के आख़िर में पंजाब गया दारा सिंह की पंजाबी तस्वीर 'नानक दुखिया सब संसार' के लिए। दिल्ली आता-जाता रहा, कभी किसी ज़रूरी मीटिंग के लिए कभी ओशी (प्राणनाथ और कैलाश की बेटी शगुन) की शादी के लिए। बुख़ार भी आता-जाता रहा। आख़िर 18 को बम्बई पहुँचा। बुख़ार साथ आया। 22 तक यहाँ भी एक सैट था 'नागपंचमी' का। हो गया और फिर मैंने डाक्टरों के आगे हथियार डाल दिए। अब झोंपड़े में हूँ, धीरे-धीरे चलकर समन्दर की लहरों को नाचते देख आता हूँ।

सूरज को पकड़ने के लिए ऊपर लपकती हैं बार–बार, कई बार और आख़िर उसे अपनी बाँहों में समोए आपकी दुनिया की तरफ़ चल देती हैं। थोड़े दिनों में बाहर आने–जाने लगूँगा।

बुख़ार, ख़ाँसी सब रफा हो चुके हैं, रह गई है तो दवाओं की दी हुई कमज़ोरी। लेकिन है शुक्र की जगह कि शिकायत नहीं मुझे।

आवाज़ अच्छी हो रही है। कुछ दिनों में गाने लगूँगा। ख़ूब है ना। क़ुदरत हर हालत में कुछ न कुछ दे ही जाती है। कितनी फ़ैयाज है वो।

कैलाश बधवार से मुलाक़ात हुई होगी। उसने लिखा था आप किरण के पास गई हुई हैं तो किरण को ख़त लिखा था तो मिला होगा अगर पता ग़लत न लिखा गया होगा। पवन को लिखा है उसका सही पता लिखने को ताकि उसे फिर लिख सकूँ। उज़रा से मुलाक़ात हुई शगुन की शादी के लिए आई थीं। माशाल्लाह आगे से सेहत अच्छी है उनकी नज़रेबद्दूर। रात का एक बज रहा है BBC सुन रहा हूँ, आपकी आवाज़ की तलाश रहती है। कैलाश को रोज़ सुनता हूँ। किरण को प्यार, वाल्टर को प्यार, पवन और सबको प्यार।

प्यार भरी दुआओं के साथ।

आपका
भापा

19

3–4–71
कैम्प, होटल वेस्ट एंड
बंगलौर

मेरे प्यारे–प्यारे अच्छे–अच्छे ज़ोहरा जी,

वाह–वाह–वाह–वाह। लुत्फ़ आ गया। अभी–अभी विशेष अतिथि के रूप में जो आले हसन जी ने आपका interview पेश किया वो सुना। मुद्दत के बाद आपकी आवाज़ कान में पड़ी और BBC से शायद पहली बार। पहले कई बार कोशिश कर हारा मगर आपका कोई भी प्रोग्राम पकड़ में न आया। इधर आज Shooting Packup हुई (हाँ मैं यहाँ एक Kannada फ़िल्म की शूटिंग के लिए आया हुआ हूँ। कल बम्बई लौट जाऊँगा) होटल पहुँचे रेडियो ऑन किया। 8 बज रहे थे। आठ बजे शाम और सुबह 6.20 BBC London सुनना मामूल हो गया है। कैलाश की आवाज़ सुनाई देती है। आले हसन साहब की आवाज़ सुनने को मिलती है। बड़ा लुत्फ़ रहता है। हाँ जब आले हसन साहब ने आपका नाम लिया तो मैं उछल पड़ा।

अरबीदानों ने चिट्ठी के बारे में कहा है, 'अलमकतूब निस्फुल मुलाक़ात'' ख़त का मिलना समझिए आधी मुलाक़ात हो गई। मगर ये रेडियो, टेलीफ़ोन इत्यादि तो कई सौ गज़ आगे हैं और टेलीविज़न के तो क्या कहने! सामने चलता–फिरता, हँसता–रोता, गाता–बजाता–नाचता नज़र आए मनुष्य।

सितम्बर में वतन लौट रही हैं आप! ये सुनकर बहुत ख़ुशी हुई। किरण ने भी अप्रैल–मई तक इधर आने का लिखा था। शायद मैंने ही जवाब नहीं दिया होगा उसके ख़त का जो

फिर उसकी चिट्ठी नहीं आई। कल बम्बई पहुँच उसे लिखूँगा। ये पिछले चार महीने से बुख़ार कुछ आँख-मिचौली सी खेल रहा है, आज Normal है फिर Normal से भी नीचे। फिर तीसरे दिन 99, चौथे दिन 100, फिर 101-102-103। फिर कम होते-होते 8-9 दिन में Normal below Normal यूँ एक लूप सा चल रहा है। दुनिया भर के test लिए जा चुके हैं। डॉक्टर कहते हैं अब हम ये तो बता सकते हैं कि आपको कौन-कौन सा मरज़ नहीं है, मगर इसका पता अभी तक नहीं चल पाया कि आख़िर है क्या, जिसकी वजह से ये चक्कर चल रहा है। जब तक ये पता न चल पाए आप काम-वाम रोके चित पड़े लेटे रहें। आख़िर कब तक? वही चचा ग़ालिब वाली बात "कौन जीता है तेरी जुल्फ के सर होने तक" और "ख़ाक हो जाएँगे हम तुमको ख़बर होने तक"। हम न हों भले मगर प्रोड्यूसर बेचारे तो दिवालिए हो जाएँगे अगर मैं दम साधे घर बैठा रहूँ। जितनी मोहलत मिलती है चोरी-छुपे काम पर भाग निकलता हूँ। जब बुख़ार तजावुज़ कर जाता है तो घर वाले और डॉक्टर पकड़कर लिटा देते हैं।

अबकि सात दिन हो गए बुख़ार यहाँ से गए हैं तो लौटे नहीं। यही सोचा होगा कि इस आवारा शख़्स से क्या मिलने का फ़ायदा टिक के तो बैठता नहीं। परसों से तो बम्बई में काम कर रहा हूँ। बिल्कुल बेफ़िक्र रहिये। जब तक ये चोला है काम से रुकूँ क्यों। जब बदलना होगा बदल देंगे और नया पैरहन पहन कर आ धमकेंगे। फिर स्कूल की नाटिकाएँ, फ़िल्में, पृथ्वी थिएटर इत्यादि, इत्यादि। मैं अच्छा हूँ बिल्कुल अच्छा। fit and fiddle। किरण और पवन को बहुत-बहुत प्यार। कैलाश को प्यार। आले हसन साहब को आदाब। सब मिलनेवालों को प्यार, राज को भी।

प्यार भरी दुआओं के साथ

आपका
भापा

Read this to Kailash–I do not think he reads Urdu। कई दिनों से उसे नहीं लिखा, अब जल्दी ही लिखूँगा। कुछ दिन पहले हाथ लरज़ जाता था लिखने में। अब तो साफ़ लिख रहा हूँ।

20

22-3-67
पृथ्वी झोंपड़ा, 26-जानकी कुटीर
जुहू चर्च, बोम्बे-54

प्यारे-प्यारे अच्छे-अच्छे ज़ोहरा जी,

जन्मदिन की बहुत-बहुत बधाई हो। दुआ है कि ईश्वर आपकी सब मुरादें बर लाएँ और आपकी झोली ख़ुशियों से भर-भर दें। तथास्तु। आमीन सुम्माआमीन।

बंगलौर से लिखा मेरा ख़त मिल गया होगा। मेरा बुख़ार एक अजीब दायरे में घूम रहा है पिछले पाँच महीनों से। 99 से 104 तक पहुँचता है। पूरे 8 दिन का ये दौर जूँ ही ख़त्म

हुआ फिर 12-13 दिन Normal बल्कि उससे भी नीचे 97.4। बस फिर जब 99 पर पहुँचा कि आठ कभी नौ दिन का चक्कर शुरू हो जाता है और वही 104 तक उछलता है। बंगलौर में 3 तारीख़ को 99.4 हुआ। 4 अप्रैल को शाम के जहाज़ से लौटा तो 100.4 था। फिर चलाचल 104 तक। 7 अप्रैल को नर्सिंग होम में भर्ती कर दिया गया। बहुत से test पहले ही लिए जा चुके थे, रहे सहे इन दिनों में ले लिए गए। 12 को normal हो गया मगर नर्सिंग होम से छुट्टी 16 को मिली। रात की nurse अब भी कायम है। अच्छा है रौनकें बढ़ गईं। अब जो फिर 99 से बढ़ा के वापस Brich Candy Nursing home. ये ही मुहाएदा (Contract) है डॉक्टरों के साथ। ये ख़त मेरी दुआओं और मेरे प्यार को अपने अन्दर समोए आपको 20 को मिल जाए मुझे बेहद ख़ुशी होगी। मेरी चिन्ता नहीं करना है। अल्लाह मियाँ कुछ मेरे रगोरेशे की सफ़ाई (Cleaning) वग़ैरा करें। बेसुरापन निकालकर सुर भर रहे हैं। उसी रगड़-पच्ची में जो हरारत पैदा होती है उसे लोगबाग बुख़ार समझते हैं। बस अब थोड़ी सी सफ़ाई का काम बाक़ी रह गया है। फिर क्या है ...ये गधा गाय बन जाएगा और संगीत और कला की गंगा-जमुना बह निकलेंगी और फिज़ाओं में सुर गूँज-गूँज उठेंगे। जगह शुक्र की है शिकायत की नहीं। हामिद ने कहीं अख़बार में पढ़ ली मेरी बीमारी की ख़बर। बड़ा प्यारा ख़त लिखा है लखनऊ से। प्यारे बच्चों को प्यार, बहुत-बहुत प्यार, ढेरों दुआएँ।

आपका अपना भापा
पृथ्वी

21

28-8-71
पृथ्वी झोंपड़ा, 26-जानकी कुटीर
जुहू चर्च, बोम्बे-54

प्यारे ज़ोहरा जियो,

माफ़ी के बहुत दिनों से आपको ख़त नहीं लिख सका। श्री भगवान कुछ मेरे सर में ऐरियल वग़ैरा लगाने लगे जून के महीने में, तब से ज़रा लिखना पढ़ना डाँवाँडोल हो गया है। धीरे-धीरे ठीक हो रहा है। हाथ वग़ैरा में उसी वजह से लरजा सा आ गया मामूली सा। लिखने में कभी-कभी अड़चन आ जाती है। कभी-कभी। अब अच्छा हो रहा हूँ दिन प्रतिदिन। वो ऐरियल इत्यादि जो अल्लाह मियाँ ने अपने हाथों से लगाए हैं काम करने लग गए हैं जान पड़ता है। नौ महीने पूरे हो गए इस बुख़ार को। काफ़ी गन्दगी अन्दर से निकल गई होगी अब तक। जो बाक़ी है वो भी निकल जाएगी धीरे-धीरे। चलने में कमज़ोरी बेहद महसूस होती है। ठुमक-ठुमक चलता हूँ सोटी के सहारे। तुलसी ने गाया है "ठुमक चलत रामचन्द्र बाजे पायलिया"।

पवन को एक ख़त लिखा था आप ही की मारफ़त, मिल गया होगा। क्या हाल है उसका। मेरा प्यार देना।

किरण का पता फिर खो गया है लिखिएगा। उसका इधर आने का प्रोग्राम रुक गया होगा रास्ते के लड़ाई-झगड़ों की वजह से। मेरा प्यार लिखिएगा उन दोनों को। बारिश ज़ोरों पर है। बम्बई अपने जोबन में है।

बहुत से प्यार और दुआओं के साथ–

आपका भापा

अब्बाजान और उज़रा की ख़ैरियत की ख़बर आती होगी। अब्बाजान को मेरा सलाम कहना।

22

25-4-72
पृथ्वी झोंपड़ा, 26-जानकी कुटीर
जुहू चर्च, बोम्बे-54

प्यारे ज़ोहरा जियो,

जन्मदिन की शुभाशीष, प्यार-भरी दुआएँ और दुआओं भरा प्यार।

ईश्वर आपकी झोली प्यार और ख़ुशियों से भर-भर दे...हाथों की उँगलियों ने ऐंठ-ऐंठकर इस ख़त के लिखने में देर करवा ही दी। माफ़ी।

19 मार्च से बुख़ार जो पलटकर आया है तो साथ में ये ऐंठने, अकड़पन भी लेता आया है। 18 महीने हो गए बीमारी की गिरफ़्त में आए हुए। अब तो शर्म भी आने लगी इसका ज़िक्र असकार करते हुए, चलो हटाओ कोई और बात करें।

आपको और पवन को एक एक ख़त लिखा तो था। मार्च के महीने में किरण को Newyork से लिखा था मिल गया होगा।

19 मार्च के बाद मैं तो झोंपड़े की चारदीवारी से बाहर नहीं गया और रमा तो पहली फरवरी से ही। बुख़ार के साथ बुख़ार, दर्द के साथ दर्द साथ दिए चली आ रही हैं। हाँ, सितार बजती है। बाजा और मरदंग भी। घंटा भर न सही 10 मिनट ही ग़नीमत।

मराठी, बंगाली, कन्नड़, अरबी, फ़ारसी, संस्कृत का पाठ जारी है। ज़्यादा नहीं तो थोड़ा-थोड़ा। आपका ड्रामा देखा। दो बार। हाँ, सुना भी और देखा भी। जहाँ आवाज़ कान में पड़ी के रूप सामने आ गया। इसीलिए तो लिखा है देखा।

बेचारा बेहर (रामचन्द्र) छह-सात महीने से बीमार था और अब अस्पताल में भिजवाया है। लोगबाग श्रवण रामचन्द्र को देखने जाते हैं। कहते हैं कुछ सुधर रहा है।

क़िबला अब्बाजान और पाकिस्तान में बसनेवाले सब अज़ीज़ों का हाल अहवाल मिलता रहता होगा। ख़ुदा के फज़ल से सब अच्छे होंगे। मेरा सलाम, मेरी दुआएँ उन तक पहुँचा दीजिएगा। कैलाश का ख़त कई दिनों से आया पड़ा है, जवाब नहीं दे पाया। अब लिखूँगा दो-चार दिनों में। पवन, किरण, वाल्टर को प्यार लिखिएगा।

बहुत से प्यार और बहुत सी दुआओं के साथ–

आपका भापा

पृथ्वीराज कपूर

11

1974–1975
दिल्ली

मैं 1 जनवरी, 1974 को दिल्ली पहुँची, यहाँ नई चीज़ की शुरुआत करने के लिए बहुत उत्साहित थी। सबसे पहली दिक़्क़त रिहाइश की थी। किस्मत अच्छी थी कि मेरे जीजा जी डॉ. ज़ेड.ए. अहमद (एक प्रमुख वामपंथी नेता) अब भी राज्यसभा में सांसद थे। वह और मेरी बहन, इस बार साउथ एवेन्यू में एक सरकारी फ़्लैट में रह रहे थे। उन्होंने खुली बाँहों के साथ मेरा स्वागत किया लेकिन इस बार रहने का बन्दोबस्त थोड़े समय के लिए ही था। मेरी नौकरी के साथ एक शर्त यह भी थी कि मुझे किराए के घर के लिए, चाहे उसे मैं ढूँढ़ूँ या सरकार मुझे आवंटित करे, 1000 रुपए किराया सरकार अदा करेगी। उषा भगत और मैं लोकनृत्य केन्द्र खोलने के लिए जगह खोजने में जुट गए क्योंकि उस समय इसके लिए कोई जगह उपलब्ध नहीं थी।

आख़िर में मैंने सरकार की ओर से कर्ज़न रोड पर दिया जा रहा फ़्लैट ले लिया। इसमें एक बेडरूम, एक बैठक हॉल, रसोई, लैवेटरी और बाथरूम के अलावा एक छोटी–सी बालकनी भी थी, जो गरमियों की रातों में बहुत राहत देती थी। मैंने खाना बनाने, सामान ख़रीदने और साफ़–सफ़ाई के लिए एक नौकर रख लिया था, दिन में कुछ घंटे ही काम करता था। यह फ़्लैट संगीत नाटक अकादमी में मेरे दफ़्तर से 10 मिनट पैदल की दूरी पर था, जो सर्दियों में तो काफ़ी सुविधाजनक था, लेकिन मानसून की ज़ोरदार बारिशों में और मई–जून की तपती धूप में यह रास्ता बहुत ही मुश्किल लगता था। रास्ता इतना छोटा था कि उसके लिए कोई स्कूटर वाला तैयार ही नहीं होता था क्योंकि उसमें उनका कुछ किराया नहीं बनता था और उनके साथ बहसबाज़ी करना बहुत ही थका देनेवाला होता था। केवल 10 मिनट के रास्ते के लिए टैक्सी लेना बेवक़ूफी था लेकिन कई बार हालात ऐसे होते थे कि मुझे ऐसा करना पड़ता था। जल्दी ही एक टेलीफ़ोन भी लग गया उषा भगत की मदद और जुगाड़ से। जीजा जी की मदद से एक गैस कनेक्शन मिल गया। जीवन की यह छोटी–मोटी सुविधाएँ उस समय आरामतलबी की चीज़ें मानी जाती थीं। लोगों को ये चीज़ें पाने के लिए महीनों अपनी बारी आने का इन्तज़ार करना पड़ता था।

शुरुआती दौर में उषा भगत, शान्ता गांधी और मैंने कई सारी बैठकें कीं जिनमें मैंने लोकनृत्य केन्द्र में ट्रेनिंग को लेकर अपनी योजनाओं का हल्का–सा खाका दिया। नवम्बर

में दिल्ली छोड़ने से पहले मैंने केन्द्र के लिए डांसरों को लेने के लिए एक मसौदा तैयार कर लिया था। यह क्योंकि एक साल के लिए शुरुआती योजना थी, इसलिए यह तय किया गया कि डांसरों को तीन साल के ट्रेनिंग कोर्स के लिए बतौर विद्यार्थी दाख़िला दिया जाए और इस दौरान उन्हें कुछ पैसा दिया जाए। यह मसौदा कई डांस स्कूल और अकादमियों के साथ यूनिवर्सिटी के सभी कॉलेजों में भी बाँटा गया।

इस पहले समूह के लिए विद्यार्थी चुनने के लिए 13 और 14 मार्च, 1974 को ऑडिशन लिया गया। आठ लड़के और आठ लड़कियाँ चुने गए और एक लड़का रिहर्सल की जिम्मेदारी सँभालने के लिए रखा गया। पहले मैंने अपने एक पुराने विद्यार्थी नरेन्द्र शर्मा, जो अल्मोड़ा केन्द्र में पढ़ चुके बहुत बढ़िया डांसर थे, को अपनी योजनाओं के बारे में बताया था। अब तक वह दिल्ली में डांस के अध्यापक के बतौर अपनी अच्छी पैठ बना चुके थे। उनकी 'भूमिका' नाम की अपनी डांस मंडली थी जिसमें उनका बहुत ही होनहार और ज़हीन बेटा भगत मुख्य डांसर था। शर्माजी लोकनृत्य केन्द्र में उदय शंकर शैली का डांस सिखाने के लिए तैयार हो गए, बाक़ी विषयों के लिए भी मुनासिब अध्यापकों को रखा गया।

हालाँकि मुझे संगीत नाटक अकादमी में ही दफ़्तर दिया गया था लेकिन इसमें कोई स्थायी स्टाफ नहीं था। अकादमी सचिव का मुख्य टाइपिस्ट मेरा निजी सहायक था, जिसे जब भी और जितनी भी फ़ुरसत होती थी तभी मेरा काम करता था हालाँकि वह काम बढ़िया करता था। नेशनल फोक डांस एंसेंबल का खाता अकादमी के तहत आनेवाले दूसरे डांस विभाग कत्थक केन्द्र का एकाउंटेंट सँभालता था। नतीजा यह था कि इससे लालफ़ीताशाही तीन गुना बढ़ जाती थी। हालाँकि यह ठीक ही था कि मैं जो भी योजना तैयार करती थी वह मंजूरी के लिए पहले अस्थायी समिति के पास जाती थी जो कि थोड़ा आसान था, लेकिन उसके बाद का मामला बहुत ही पेचीदा होता था। इन पचड़ों के चलते हमारे केन्द्र के रोज़ाना के कामकाज में देरी हो जाती थी ख़ासतौर पर अगर मसला किसी तरह के ख़र्च से जुड़ा हो तो। हर ख़र्च के लिए पहले सचिव से मंजूरी लेनी पड़ती थी, उसके बाद वह अकादमी के एकाउंट विभाग के पास मंजूरी के लिए जाती थी और उसके बाद कत्थक केन्द्र के डायरेक्टर के पास जो अपने एकाउंट विभाग के ज़रिए उसे स्वीकृत करते थे। हालाँकि मैं बहुत शुक्रगुज़ार थी कि स्टाफ की तनख़्वाह और विद्यार्थियों को पैसा देने का झमेला मेरे ऊपर नहीं था लेकिन कभी-कभी जब कोई शो शुरू होनेवाला हो और छोटी-सी घंटी जैसी चीज़ बदलने के लिए आपको दफ़्तरों के चक्कर काटने पड़ें तो ऐसे में धैर्य जवाब दे जाता था। नवम्बर में 16 तारीख़ को होनेवाले पहले ट्रायल शो के लिए समय पर सारी पोशाकें तैयार न हो पाना भी इन्हीं सरकारी पेचीदगियों का नतीजा था।

ट्रेनिंग कराने के लिए केन्द्र को अब तक कोई जगह मुहैया नहीं कराई गई थी और प्रधानमंत्री के दफ़्तर से भी इस सिलसिले में कोई पहल होती नहीं दिख रही थी। लोगों के साथ मेरे पुराने रिश्तों की बदौलत मुझे इसके लिए दोपहर और शाम को ललित कला अकादमी और नेशनल थिएटर के बेसमेंट इस्तेमाल करने के लिए मिल गए। सुबह की कक्षाएँ भारतीय कला केन्द्र के बड़े से हॉल में लगती थीं, योगा की कक्षाएँ दफ़्तर खुलने से पहले संगीत नाटक अकादमी के निचले तल पर लगती थीं। केन्द्र का काम लगभग

आठ महीने तक इसी तरह से चलता रहा। इसके बाद बहावलपुर हाउस का एक हिस्सा नेशनल फोक डांस एंसेंबल को दे दिया गया; यहाँ हम दो बड़े हॉल डांस की कक्षाओं के लिए और छोटे कमरे संगीत की रिहर्सल वग़ैरह के लिए इस्तेमाल करते थे। मेरा दफ़्तर अब भी सड़क पार करके रवीन्द्र भवन में था जो संगीत नाटक अकादमी का मुख्यालय था। बहरहाल, बहावलपुर में जगह मिल जाने का हासिल यह था कि अब मुझे चार की बजाय केवल दो इमारतों के चक्कर काटने पड़ते थे। गरमियों की चिलचिलाती धूप में जब मैं इन दो इमारतों के बीच भाग रही होती थी तो मुझे लगता था कि मैं नथुनों से आग निकालता कोई ड्रैगन हूँ!

अब सवाल यह उठ खड़ा हुआ कि शहर में पले-बढ़े डांसरों को कैसे तालीम दी जाए कि वह कुशल लोकनर्तक बन सकें। केन्द्र का मुख्य उद्देश्य था देश के लोकनृत्यों की परम्परा को जीवित रखते हुए उनका पतन न होने देना और भारत के साथ-साथ विदेशी दर्शकों को डांस और संगीत में हमारी सम्पन्न लोकपरम्पराओं की झाँकी देने के लिए मुनासिब शो तैयार करना। यह एक शानदार ख़्वाब था जिसके दो उद्देश्य एक तरीक़े से एक दूसरे के विरोधाभासी थे।

भारतीय उपमहाद्वीप में लोकनृत्य की अनगिनत शैलियाँ हैं, जिनकी मौलिकता को बचाए रखना बहुत ज़रूरी है। जब इन लोकपरम्पराओं को शहरों में लाकर मंच पर पेश किया जाता है तो ही वे अपना मूल चरित्र खो देती हैं—तो लोकनृत्य को सच्चा और मौलिक बनाए रखने का भ्रम तो यहीं टूट जाता है। आज़ादी मिलने के बाद हर साल भारत सरकार हर साल 26 जनवरी के मौक़े पर लोकनर्तकों को अलग-अलग प्रदेशों से बुलाती है। ये कलाकार दिल्ली में गणतंत्र दिवस की परेड और उसके बाद खुले स्टेडियम में अपने लोकनृत्य दिखाने के लिए अपनी खेती-बाड़ी का काम छोड़कर आते हैं। दिल्ली में दिखाया जानेवाला डांस उतना मौलिक नहीं रह जाता, इसके मूल पारम्परिक रूप में छेड़-छाड़ से इसमें काफ़ी बदलाव हो जाते हैं। इसके अलावा साल-दर-साल शहरी जीवन से जुड़ने से इन लोकपरम्पराओं का रूप पहले ही काफ़ी बदल चुका है। लोकपरम्पराओं को दिल्ली लाकर दिखाने का काम पिछले 30 साल से जारी है, यानी इनकी मौलिकता के साथ लगातार खिलवाड़ हो रहा है। ऊपर से तुर्रा यह कि मेरे सारे ही विद्यार्थी डांसर शहरों के पले-बढ़े हुए थे और कला के प्रति ज़्यादातर का रवैया बिगड़ा हुआ था। उन्हें किस तरह की तालीम दी जाए कि वह पहले से सीखी अपनी शैली, हाव-भाव और मिज़ाज को भूल सरल गाँववालों, कबीलाई और आदिवासियों की तरह डांसर बन सकें, उनकी जैसी वेशभूषा और उनके जैसा डांस करके नहीं बल्कि अन्दर से पूरी तरह से अनगढ़ और आदिम लोगों की तरह सहजता के साथ नाच सकें? मंच पर किसी भी तरह के मेकअप की मनाही से कुछ हद तक मदद मिलती थी लेकिन असली सहजता तो कलाकार के अन्दर से ही आ सकती थी।

ख़ुशकिस्मती से केन्द्र में ट्रेनिंग की जिम्मेदारी पूरी तरह से मुझे सौंपी गई थी। मैंने समय की पाबन्दी और वर्दी (सफेद सूती सलवार और कुर्ता जिसमें लड़कियाँ चाहें तो दुपट्टा ले सकती थीं) पहनने के लिए काफ़ी सख़्त नियम बनाए थे। विद्यार्थियों को तीन

साल के कोर्स के दौरान किसी और शो में हिस्सा लेने की मनाही थी। ख़ासतौर पर इस नियम की वजह से हमारे चार विद्यार्थियों ने पहले सत्र के बाद केन्द्र छोड़ दिया क्योंकि उन्हें लगा कि यहाँ से मिलनेवाला पैसा परिवार चलाने के लिए नाकाफ़ी पड़ रहा है, इसमें से कुछ विद्यार्थी पहले दूसरी जगहों पर कई शो करके दोगुना पैसा कमा लिया करते थे।

मैं विद्यार्थियों को उदय शंकर शैली का डांस सिखाती थी लेकिन उन्हें भारतीय शास्त्रीय डांस की कक्षाओं के अलावा जितने लोकनृत्यों पर लेक्चर या फ़िल्में मिलती थीं, वह सब दिखाई जाती थीं। हर दिन सुबह योगा सिखाया जाता था और विद्यार्थियों को लोकनृत्यों के साथ गाए जानेवाले लोकगीत सिखाए जाते थे। मैं सचमुच ख़ुशकिस्मत रही कि मुझे संगीत डायरेक्टर के रूप में मोहन उप्रेती का साथ मिला। कुमाऊँ हिमालय के रहनेवाले मोहन उप्रेती एक कवि और गायक तो थे ही, साथ ही उन्होंने लोक संगीत पर काफ़ी शोध भी किया हुआ था। सूचना मंत्रालय के गीत और नाटक प्रभाग ने मंच का कामकाज सँभालने के लिए इरफ़ान असकरी नाम का एक बहुत ही ज़हीन युवा कलाकार हमें उधार में दिया था।

अब मेरा काम यह था कि लोकपरम्पराओं के इस विशाल ख़ज़ाने में से क्या चुनूँ और क्या छोड़ दूँ। अब चूँकि कहीं से एक शुरुआत तो करनी ही थी तो मैंने फ़ैसला किया कि एक ही प्रदर्शन को ध्यान में रखकर काम शुरू किया जाए। मैंने एक कार्यक्रम का एक कच्चा सा खाँचा तैयार किया जिसमें देश के विभिन्न राज्यों के लोकनृत्यों को शामिल किया जिससे शो में विविधता बनी रहे। इसमें कुल्लू घाटी का नट्टी डांस, गुजरात से डांडिया रास, तिब्बत सीमा पर अरुणाचल प्रदेश से मोपिन, उड़ीसा से छाड्डया और आसाम से बोडो, पश्चिम बंगाल से पुरुलिया छाउ और बिहार से ओराउं डांस शामिल किए गए। मैंने इसमें राजस्थान के तीन लोकगायकों की एक मंडली भी रखी जो डांस कार्यक्रमों के बीच में गाने गाते थे, इसमें शामिल एक औरत अपने रिवाज़ के मुताबिक़ चेहरा ढके हुए ही गाती थी।

प्रधानमंत्री के मंत्रालय ने दूरदराज़ की जगहों से अलग-अलग लोकनृत्य शैलियों के गुरुओं को ढूँढ़कर लाने में मेरी मदद की, जो विद्यार्थियों को ये डांस सिखा सकते थे। बिहार, आसाम, अरुणाचल प्रदेश और उड़ीसा से आए गुरुजनों से हम ख़ुश थे। लेकिन मेरे आश्चर्य का कोई ठिकाना नहीं रहा जब डांडिया रास सिखाने के लिए अहमदाबाद से दो क्रिकेट खिलाड़ी हमारे पास पहुँचे! ये दोनों नए ज़माने के जवान लड़के थे, उन्हें हमारे केन्द्र में डांडिया रास सिखाने भेज दिया गया क्योंकि यह समय उनके क्रिकेट दौरे के साथ मुनासिब बैठ रहा था! मैंने इससे बहुत ही अलग कल्पना की थी, मुझे याद आ रहे थे काठियावाड़ के वे गाँव जहाँ हम 1935-36 में उदय शंकर की मंडली के साथ गए थे और जहाँ मैंने गुजरात के कुछ जबरदस्त रास उत्सव देखे थे। अब चूँकि ट्रेनिंग का समय तय हो चुका था और अगले एक महीने तक कोई दूसरा गुरु हमें नहीं मिलनेवाला था तो हमें इन्हीं दो क्रिकेटरों से काम चलाना था। बहरहाल, मुझे यह बात माननी होगी कि ये दोनों लड़के बहुत मेहनती थे और उन्होंने हमारे

विद्यार्थियों को डंडियों के साथ होनेवाला बहुत ही मुश्किल डांस सिखाने में खूब पसीना बहाया, जिसमें पूरी तरह से प्रामाणिकता न होने के बावजूद कार्यक्रम के पहले आधे हिस्से को बहुत आकर्षक तरीक़े से पूरा किया।

पुरुलिया छाउ के लिए मैं पश्चिमी बंगाल के अन्दरुनी हिस्से में मठा जंगल में होनेवाले सूर्य भगवान के उत्सव में गई। मैंने उनके ख़ास डांसर और ड्रम बजानेवाले से अपने विद्यार्थियों को सिखाने और हमारे पहले शो में हिस्सा लेने की गुज़ारिश की। लेकिन बदकिस्मती से हमारी ट्रेनिंग पूरी कराने के बाद बहुत जल्द ही इन दोनों कलाकारों को यूरोप दौरे के लिए रवाना होना पड़ा। इस विदेशी दौरे का बन्दोबस्त पश्चिम बंगाल के प्रोफ़ेसर भट्टाचार्य ने किया था। बहरहाल हमारे लिए उनके मौजूद न होने का मतलब था कि उन दोनों की अहम जगह पर अब हमारे विद्यार्थियों और एक संगीतकार को काम करना होगा। हमारे शो में डांस का जो हिस्सा शामिल था उसमें भगवान शिव शिकारी के वेश में आते हैं, जिसमें वह हवा में ऊँची छलाँग लगाकर कूदते दिखाई देते हैं। हमारे कलाकार के लिए घुटनों को मोड़कर कूदने का वह अन्दाज़ इतने कम समय में सीख पाना मुमकिन ही नहीं था। मुखौटा पहनकर होनेवाले पुरुलिया छाउ के डांस में ड्रम बजानेवाले का काम बहुत ही अहम होता है। डांस की गति बढ़ने के साथ-साथ ड्रम बजानेवाला चीख़ने की नाटकीय आवाज़ें निकालकर बहुत जोशीला माहौल पैदा करने में मदद करता है। हमारे संगीतकारों में से एक ने इस डांस के लिए ड्रम बजाना तो सीख लिया लेकिन वह हड्डियों तक को थर्रा देनेवाला वह असर कभी भी पैदा नहीं कर सकता था जो असली ड्रम बजानेवाला कर सकता था।

मैंने उन लोकनृत्यों की ट्रेनिंग का कार्यक्रम गुरुओं की उपलब्धता के मुताबिक़ तय किया था। श्याम किशोर नाम का एक लड़का राष्ट्रपति भवन में शो कराने के लिए हिमाचल प्रदेश से एक मंडली लेकर आया था। मैंने ख़ुद उनसे मुलाक़ात की और मार्च के दूसरे पखवाड़े में विद्यार्थियों को ट्रेनिंग देने के लिए उन्हें 15 दिन के लिए बुला लिया। लेकिन उनके डांस की शैली, ख़ासतौर पर जिस तरह की भाव-भंगिमाएँ उन्होंने सिखाईं उन पर पहले ही हिन्दी फ़िल्मों का असर हो चुका था। दरअसर हिन्दी फ़िल्में बनानेवाले लोग डांस के हिस्से फ़िल्माने के लिए ख़ूबसूरत कुल्लू घाटी और आसपास के इलाक़ों में जाते हैं। इसके लिए वह वहीं की डांस मंडलियों को ले लेते हैं और अपनी ज़रूरत के मुताबिक़ उनकी शैली में 'फ़िल्मी' फेरबदल कर देते हैं। हालाँकि इस बात के लिए श्याम किशोर की तारीफ़ करनी होगी कि वह ख़ुद अपनी दी हुई डांस की तालीम के नतीजों से ख़ुश नहीं थे। हालाँकि 16 नवम्बर, 1974 को हुए हमारे पहले ट्रायल शो के लिए उन्होंने जीतोड़ मेहनत की थी और शो के लिए ख़ुद मौजूद थे। जब अक्टूबर में दशहरे के लिए मैं कुल्लू गई तो श्याम किशोर हर जगह मेरे साथ गए। मैंने कुल्लू घाटी में होनेवाले कई तरह के डांस देखे लेकिन यह देखकर दुख हुआ कि उनमें से गिने-चुने ही अपनी मौलिकता बचाए हुए थे। ज़ाहिर था कि हर साल गणतंत्र दिवस के लिए लगनेवाले दिल्ली के दौरों ने इन लोकनृत्यों को काफ़ी बदलकर रख दिया था।

नवम्बर तक हमारे विद्यार्थी शो में दिखाए जानेवाले लगभग आधे लोकनृत्य सीख चुके थे, इसलिए मैंने राष्ट्रीय नाट्य विद्यालय के खुले मंच पर एक ट्रायल शो करवाने का फ़ैसला किया। मैं चाहती थी कि विद्यार्थी पेशेवर कलाकारों के उन तौर-तरीक़ों के आदी हो जाएँ जो मैं उनसे चाहती थी, इसके अलावा यह 'नायिका' द्वारा बनाई गई पोशाकों को परखने का भी अच्छा मौक़ा था। इस ख़ास और नामी संस्था को इन्दर राज़दान नाम के एक हुनरमन्द डिज़ाइनर चलाते थे। उन्हें नए ज़माने के मंचों पर लोकनृत्य पेश कराने का कई सालों का तजुर्बा था, लेकिन अब तक वह इन शो के लिए अपनी पोशाकों और ज़ेवरात के ज़रिए असल का सा भ्रम पैदा करते थे जबकि मैं चाहती थी कि हमारी पोशाकें हाथ से बुने या करघे पर तैयार कपड़ों से बनें। लेकिन एक तो वह बहुत भारी होते दूसरा बहुत महँगे पड़ते, इसलिए इन व्यावहारिक वजहों से हमें हल्के कपड़ों और नक़ली जेवरातों से ही काम चलाना पड़ा।

महीने बीतने के साथ-साथ हमारे कलाकारों ने कार्यक्रम में किए जानेवाले आठों लोकनृत्य सीख लिये। जनवरी के शुरुआती दिनों में एक शो के लिए कमानी ऑडिटोरियम बुक करा लिया गया। लेकिन दिसम्बर में संगीत नाटक अकादमी की कार्यकारी समिति की बैठक में हमारे लोकनृत्य केन्द्र के कामों को तव्वजो नहीं दी गई। चूँकि यह एक पायलेट परियोजना थी और अकादमी ने खुले तौर पर इसके लिए बेरुख़ी दिखाने में कोई कसर नहीं छोड़ी थी, लिहाज़ा प्रधानमंत्री ने 31 दिसम्बर से नेशनल फोक डांस एंसेंबल को बन्द करने का फ़ैसला किया। यह तो उषा भगत के ज़ोर देने का असर रहा कि इसे अपने कामकाज समेटने के लिए तीन महीनों का समय और दे दिया गया।

इस फ़ैसले के ख़िलाफ़ खूब हो-हल्ला हुआ। हमारे ख़ैरख़्वाहों ने हमें सलाह दी कि अब जब हमने अपना कार्यक्रम तैयार कर ही लिया है तो एक शो कर ही लेना चाहिए। सांस्कृतिक विभाग ने इसके लिए हमें मावलंकर हॉल दिया और 11 मार्च, 1975 को हमने न्योता देकर बुलाए गए दर्शकों के लिए अपना सही मायने में पहला शो पेश किया। यह ज़बर्दस्त कामयाब रहा और कला-जगत के लोगों ने केन्द्र बन्द करने के प्रधानमंत्री के फ़ैसले को रद्द करने के लिए आवाज़ उठाई। मैंने श्रीमती गांधी को चिट्ठी लिखकर गुज़ारिश की कि इसे बन्द करने का फ़ैसला फ़िलहाल टाल दें और ख़ुद आकर शो देखें। वह उस समय इलाहाबाद हाईकोर्ट में अपने ख़िलाफ़ चल रहे ट्रायल में व्यस्त थीं, लेकिन दिल्ली से रवाना होने से पहले उन्होंने केन्द्र के कामकाज का ढर्रा बदलने के लिए तीन महीने का समय और बढ़ा दिया।

अब तक यह ख़बर जंगल की आग की तरह हर ओर फैल चुकी थी। 24 मई को एंसेंबल के स्टाफ और विद्यार्थियों ने कुछ प्रमुख पत्रकारों के साथ मिलकर दस लोगों की एक एक्शन-कमेटी बना ली। इसे एंसेंबल बचाओ समिति का नाम दिया गया। दिल्ली का कला जगत काफ़ी ग़ुस्से में था ख़ासतौर पर 31 मई को विद्यार्थियों द्वारा अकादमी के लॉन में इस फ़ैसले के विरोध में किए गए शो के बाद उनका ग़ुस्सा और भड़क गया था। लगभग सारे बड़े अख़बारों ने अन्याय की यह ख़बर तस्वीरों के साथ पहले पन्ने पर छापी थी। 'द संडे स्टेट्समैन' ने 1 जून, 1975 को इस मुद्दे पर एक लम्बा लेख छापा।

वजह की खोज में लय-ताल

यह एक ख़ास तरीक़े का विरोध प्रदर्शन था। यहाँ कोई नारे नहीं लग रहे थे, न ही पत्थर फेंके जा रहे थे। इसकी शुरुआत हुई लोकगीत के साथ और यह ख़त्म हुआ कबीलाई डांस के साथ। जगह थी नई दिल्ली में संगीत नाटक अकादमी का लॉन और विरोध करनेवाले थे मंच के कलाकार, डांसर और संगीतकार। ये लोग अकादमी के कार्यकारी बोर्ड के इस्तीफ़े की माँग कर रहे थे जिन्होंने नेशनल फोक डांस एंसेंबल को बन्द करने का नोटिस दिया है।

मौजूद भीड़ को सम्बोधित करते हुए राष्ट्रीय नाट्य विद्यालय के डायरेक्टर श्री इब्राहिम अल्काज़ी ने कहा कि अकादमी बड़ी तेज़ी के साथ मंच के कलाकारों के लिए कब्रगाह बनती जा रही है। यह नौजवान कलाकारों के भविष्य के साथ खिलवाड़ कर रही है जो एंसेंबल में डांस सीखने के लिए देश के अलग-अलग हिस्सों से यहाँ आए हैं। एंसेंबल बनाने की योजना बनाने में 27 साल का समय लगा लेकिन उसे ख़त्म करने का फ़ैसला करने में केवल 17 महीने लगे।

एंसेंबल के संगीत निदेशक श्री मोहन उप्रेती ने बताया कि इसकी स्थापना मार्च 1974 में श्रीमती इंदिरा गांधी के कहने पर की गई। इसके लिए देश-भर से 17 डांस कलाकारों की भर्ती की गई। इसका उद्देश्य था देश और विदेश के दर्शकों के लिए कलाकारों को लोकनृत्य की शैलियों में पारंगत करना। कलाकारों के साथ किए गए क़रार में यह कहा गया कि उनकी ट्रेनिंग दो साल तक चलेगी, इसके लिए प्रधानमंत्री के मंत्रालय से तीन लाख रुपए का बजट मंज़ूर किया गया और इसकी सारी प्रशासकीय जिम्मेदारियाँ संगीत नाटक अकादमी को सौंप दी गईं।

जनवरी 1975 को अकादमी ने अचानक ही एंसेंबल को बन्द करने का नोटिस जारी कर दिया। बाद में इसका समय तीन महीने के लिए बढ़ा दिया गया। कलाकारों के मुताबिक़ यहाँ हो रहे प्रयोग को बन्द करने का फ़ैसला एक साल के दौरान किए गए उनके काम का ज़ायजा लिए बिना ही कर लिया गया।

सब बरबाद

कलाकारों ने कहा कि अगर इस प्रोजेक्ट को इस तरह बीच में ही बन्द कर दिया जाएगा तो इसमें अब तक ख़र्च हुआ पैसा और दी गई ट्रेनिंग बरबाद चली जाएगी। दार्ज़िलिंग के एक नौजवान डांसर भूषण और केरल से आई एक कथकली डांसर शैलजा ने कहा कि वह यह सोचकर दिल्ली आए थे कि यहाँ ट्रेनिंग पाने के बाद वह एक डांस मंडली का हिस्सा बन सकेंगे।

उन्होंने कहा कि एक साल में उन्होंने कुल बारह लोकनृत्यों की तालीम ली। ये लोकनृत्य त्रिपुरा से लेकर गुजरात और हिमाचल प्रदेश से केरल तक फैले अलग-अलग राज़्यों के थे। अब वे अपने भविष्य को लेकर चिंतित हैं।

सोमवार को विद्यार्थी एक और विरोध प्रदर्शन आयोजित करेंगे, जिसमें लोकनृत्य और कबीलाई डांस दिखाए जाएँगे। इस प्रदर्शन के ज़रिए वह अपनी माँगों के लिए ज़्यादा से ज़्यादा जनता का समर्थन जुटाना चाहते हैं। इस रिपोर्टर ने जब अकादमी के कार्यकारी सचिव श्री सोमा शेखरन से सम्पर्क किया तो उन्होंने कहा कि एंसेंबल का भविष्य क्या होगा, यह

फ़ैसला इसकी स्थापना के एक साल बाद समीक्षा करके लिया जाना पहले से तय था। कार्यकारी बोर्ड ने एंसेंबल को बन्द करने का फ़ैसला तभी लिया। उन्होंने इसके लिए कोई वजह नहीं बताई।

एंसेंबल को बन्द करने के ख़िलाफ़ डांस प्रदर्शन

नई दिल्ली, 31 मई : नेशनल फोक डांस एंसेंबल के पच्चीस विद्यार्थियों ने आज संगीत नाटक अकादमी के परिसर में एंसेंबल को बन्द करने के सरकारी फ़ैसले के ख़िलाफ़ विरोध डांस का आयोजन किया। केरल, गुजरात, हिमाचल प्रदेश, त्रिपुरा और अन्य राज्यों से आए इन विद्यार्थियों ने एक प्रस्ताव पास करके अकादमी की कार्यकारी बोर्ड की तत्काल बर्ख़ास्तगी की माँग की। उनका कहना था कि अकादमी ने एंसेंबल को तब अपना सहयोग देना बन्द किया जब वह रचनात्मक प्रक्रिया से गुज़र रहा था और उसे मदद की ज़रूरत थी। एक और प्रस्ताव में अकादमी को एक जिम्मेदार, जवाबदेह और सही नुमाइंदगी वाली संस्था बनाने के लिए खोसला समिति की सिफ़ारिशों को तुरन्त लागू करने की माँग की गई। एंसेंबल की स्थापना 1974 में प्रधानमंत्री के राष्ट्रीय लोक कला विकास फंड से की गई और इसकी प्रशासनिक जिम्मेदारी अकादमी को सौंपी गई।

इंद्राणी रहमान जैसे मशहूर कलाकारों ने वहाँ मौजूद होकर एंसेंबल को जारी रखने की माँग के लिए अपना समर्थन ज़ाहिर किया।

राष्ट्रीय नाट्य विद्यालय के श्री इब्राहिम अल्काज़ी और संयोजक श्री ओ.पी. कोहली और श्री रणवीर सिंह ने अकादमी के ख़िलाफ़ डांस प्रदर्शन में सरकारी फ़ैसले के ख़िलाफ़ आवाज़ उठाई।

एंसेंबल के एक प्रवक्ता ने बताया कि विद्यार्थियों ने हाल ही में प्रधानमंत्री से मुलाक़ात की तो उन्होंने कहा कि वह इसे जारी रखना चाहती हैं लेकिन अकादमी के फ़ैसले की वजह से इस मामले में कोई मदद नहीं कर सकती। उन्होंने कहा कि बहुत से नामी कलाकार एंसेंबल की जिम्मेदारी सँभालने के लिए तैयार हैं और सरकार को इसे देश की लोकसंस्कृति को बचाए रखने की दिशा में एक संजीदा कोशिश के तौर पर देखना चाहिए। यूएनआई

टाइम्स ऑफ़ इंडिया

एनएफडीई के विद्यार्थियों का विरोध डांस

नई दिल्ली, 1 जून : बादलों से ढके आसमान, धूल भरी तेज़ आँधी और हल्की बौछार की परवाह न करते हुए नेशनल फोक डांस एंसेंबल के विद्यार्थी–कलाकारों ने अपने डांस से शनिवार शाम को रवीन्द्र भवन में जमा हुई भीड़ का दिल जीत लिया। अपने इस विरोध डांस से उन्होंने एंसेंबल को तुरन्त बन्द किए जाने के ख़िलाफ़ अपनी मुहिम के लिए लोगों की सहानुभूति और सहयोग भी जीत लिया। वहाँ लगे बैनर में नारे लिखे थे, 'नेशनल फोक डांस एंसेंबल को ख़त्म होने से बचाओ'। इनमें संगीत नाटक अकादमी, जिसके प्रशासनिक असहयोग की वजह से एंसेंबल को बन्द करने का फ़ैसला किया गया, से बैनरों के ज़रिए, 'बच्चे की देखभाल करो, उसे मारो मत' और 'जिम्मेदारियों से भागो मत' जैसी गुज़ारिशें की गई थीं। ये बैनर विरोध डांस के लिए सेट का काम कर रहे थे।

लोकनृत्यों की शानदार रंगबिरंगी पोशाकों में जोश से भरे और ख़ूबसूरत लय-ताल और भाव-भंगिमाओं के साथ नाचते कलाकारों को देखकर अन्दाज़ा लगाया जा सकता है कि उन्हें कितनी कठिन ट्रेनिंग दी गई है। ये कलाकार देश के पहले राष्ट्रीय लोकनृत्य एंसेंबल के लिए तैयार किए जा रहे थे।

"यह बहुत दुख की बात है कि एंसेंबल को इतनी जल्द ख़त्म किया जा रहा है," मशहूर डांसर इन्द्राणी रहमान ने कहा, जो हल्की बारिश में भीड़ के बीच खड़ी होकर बहुत ध्यान से सोलह कलाकार विद्यार्थियों को डांस करते देख रही थीं। उन्होंने कहा कि देश में लोकनृत्य के लिए राष्ट्रीय एंसेंबल बनाने की पहली संजीदा कोशिश का प्रोजेक्ट शुरू करने के एक साल बाद ही ख़त्म कर देना बहुत दुखद है। इस मशहूर डांसर ने आगे कहा, "कितने सारे देशों में, यहाँ तक कि छोटे देशों में भी, इस तरह के छोटे एंसेंबल होते हैं। यह दुख की बात है कि भारत में, जहाँ लोकनृत्यों की इतनी समृद्ध परम्परा है, हमारे पास अब तक ऐसा कोई एंसेंबल नहीं है।" उन्होंने कहा कि संगीत नाटक अकादमी को एंसेंबल की जिम्मेदारी लेकर इसे चलाना चाहिए।

पैट्रियट

वहाँ जमा हुए लोग जो पहले केवल डांस देखने के लिहाज़ से खड़े थे, जल्दी ही एंसेंबल के नौजवान कलाकार विद्यार्थियों ने अपने असरदार हुनर से उन्हें अपना मुरीद बना लिया। इन लोगों ने उसी समय एक बैठक कर अकादमी के ख़िलाफ़ एक प्रस्ताव पास किया। इसमें माँग की गई कि अकादमी को एंसेंबल की जिम्मेदारी देने के आदेश किए जाएँ। साथ ही इसमें अकादमी के कामकाज में भी बदलाव किए जाने की माँग की गई जिससे इसे खोसला समिति की सिफ़ारिशों के मुताबिक़ जवाबदेह, जिम्मेदार और नुमाइन्दगी करनेवाली संस्था बनाया जा सके।

इन सबका नतीजा यह हुआ कि संगीत नाटक अकादमी के वाइस चेयरमैन बॉम्बे से आए और उन्होंने नुमाइन्दगी कर रहे कलाकारों से मुलाक़ात की। 16 जून को अकादमी ने प्रेस के लिए निम्नलिखित पत्र जारी किया :

तत्काल प्रकाशन के लिए

अख़बारों में समय-समय पर ख़बरें आ रही हैं कि नेशनल फोक डांस एंसेंबल को इसलिए बन्द किया जा रहा है क्योंकि संगीत नाटक अकादमी ने उससे अपना प्रशासनिक सहयोग वापस ले लिया है। सच्चाई यह है कि

- फोक डांस एंसेंबल की स्थापना करने का फ़ैसला 1973 के अन्त में किया गया था। नेशनल फोक डांस एंसेंबल बनाने की योजना और पहल अकादमी की ओर से नहीं थी।
- एंसेंबल के प्रशासनिक नियंत्रण की जिम्मेदारी संगीत नाटक अकादमी को शुरू में केवल एक साल के लिए दी गई थी।
- एंसेंबल का ख़र्च चलाने के लिए फंड प्रधानमंत्री के मंत्रालय द्वारा दिया जाता है, तय की गई व्यवस्था के तहत अकादमी को अपने मौजूदा प्रशासन के स्टाफ से ही अस्थायी तौर पर एंसेंबल का काम करवाना था।

– अपने स्टाफ पर पड़ रहे अतिरिक्त काम के बोझ के बावजूद नेशनल फोक डांस एंसेंबल को ज़रूरी प्रशासनिक सहयोग दिया जा रहा था। इस दौरान एंसेंबल के लिए अलग से एक प्रशासनिक व्यवस्था की ज़रूरत महसूस की गई, जिसे अमल में नहीं लाया जा सका।

– पहले से तय योजना के मुताबिक़ एक साल पूरा होने पर प्रशासनिक सहयोग वापस लेने के अकादमी के फ़ैसले का मतलब यह नहीं है कि अकादमी एंसेंबल खोलने की योजना का समर्थन नहीं करती।

अकादमी के पक्ष को समझाने के लिहाज़ से संगीत नाटक अकादमी के वाइस चेयरमैन श्री पी.एल. देशपांडे ने आज दोपहर रवीन्द्र भवन में कलाकारों के नुमाइंदों के साथ मुलाक़ात की।

वाइस चेयरमैन ने साफ़ किया कि अकादमी नेशनल फोक डांस एंसेंबल को एक कलात्मक काम के बतौर सहयोग देना चाहेगी और अगर ज़रूरत पड़ी और ज़रूरी संसाधन उपलब्ध कराए जा सके तो वह एंसेंबल के एक अलग इकाई के रूप में कामकाज के लिए पूरा कार्यक्रम भी तैयार करेगी।

लेकिन इन सब विरोध समितियों, प्रेस वक्तव्यों और समीक्षाओं के बावजूद हालात में कोई बदलाव नहीं हुआ। मैं बहुत चाहती थी कि श्रीमती गांधी ख़ुद हमारा शो देखें, लेकिन यह नामुमकिन साबित हो रहा था। एंसेंबल की शुरुआत से ही इसमें क्या कुछ तरक़्क़ी हो रही है, इस पर बातचीत के लिए उनसे अक्सर मिलती रही थी। लेकिन अब मैं उन्हें एक दर्शक के बतौर बुलाना चाहती थी लेकिन मुझे कामयाबी नहीं मिली। उनकी एक सचिव को यह कहते सुना गया कि, ''प्रधानमंत्री के लिए श्रीमती सहगल से मिलने में शर्मिन्दगी हो रही है।'' श्रीमती गांधी कुछ ख़ास दिनों में अपने बगीचे में आम जनता से मिलकर उनकी समस्याएँ सुनती थीं जिसके लिए पहले से इजाज़त लेनी ज़रूरी नहीं होती थी। एनएफडीई के विद्यार्थी ऐसे ही एक मौक़े पर उनसे मिलने गए तब कथित रूप से उन्होंने कहा, ''मैं चाहती हूँ कि एंसेंबल को जारी रखा जाना चाहिए, लेकिन कोई भी इसकी जिम्मेदारी लेने को तैयार नहीं है।''

एंसेंबल बन्द होने की तारीख़ नज़दीक आ रही थी और उसे रोकने के लिए कुछ भी होता दिखाई नहीं दे रहा था। लगभग 50 सांसदों ने इसे बन्द करने का फ़ैसला बदलने की गुज़ारिश के साथ एक अर्ज़ी पर दस्तखत करके प्रधानमंत्री को सौंपी, लेकिन तभी आपातकाल घोषित हो गया। सारा देश उथल-पुथल के दौर से गुज़र रहा था, ऐसे माहौल में एंसेंबल जैसी छोटी-सी सांस्कृतिक परेशानी पर ग़ौर करने की फ़ुरसत भला किसे होती?

एंसेंबल की डायरेक्टर के बतौर मेरी सेवाएँ 30 जून, 1975 को ख़त्म हो रही थीं। मैंने अस्थायी समिति से इजाज़त ली और अपना सामान बाँधकर 29 जून, जो एक इतवार का दिन था, लन्दन के लिए रवाना हो गई। दिल्ली छोड़ने से पहले मैंने एंसेंबल की आख़िरी रिपोर्ट के साथ एक चिट्ठी श्रीमती गांधी को लिखी, जिसकी प्रतिलिपि समिति के सभी सदस्यों और एनएफडीई से जुड़े तमाम कलाकारों को भी बाँटी गई।

जून 1975

प्रिय इंदिरा जी,

मैं आपको नेशनल फोक डांस एंसेंबल की आख़िरी रिपोर्ट भेज रही हूँ, जिसमें पिछले डेढ़ साल में इस प्रोजेक्ट के तहत किए गए कामों का संक्षिप्त ब्योरा दिया गया है।

मैं आपकी शुक्रगुज़ार हूँ कि आपने मुझे अपने देश में एक ऐसे क्षेत्र में काम करने का मौक़ा दिया जो सालों से मेरे दिल के बहुत क़रीब रहा है। इतने कम समय में ही मैंने काफ़ी ज़्यादा तजुर्बा हासिल किया, जो हालाँकि जितना और अधिक काम किया जा सकता था, उसके मुक़ाबले सागर में एक बूँद की तरह ही है।

मुझे केवल एक बात का दुख है कि एंसेंबल के स्टाफ और विद्यार्थियों की कड़ी मेहनत और मेरे जोश को शुरुआती दौर में ही ख़त्म कर दिया गया। शायद, आनेवाले सालों में इस सार्थक काम को जारी रखने के लिए कोई रास्ता निकाल लिया जाएगा।

शुभकामनाओं के साथ आपकी

(श्रीमती ज़ोहरा सहगल)

डायरेक्टर, नेशनल फोक डांस एंसेंबल

भारत में मेरी रिहाइश के दौरान मेरी ग़ैरमौजूदगी में किरण ने डांस में अपने कैरियर में काफ़ी तरक़्क़ी की। शुरुआत में उसने लन्दन के आसपास के बैंगोर, साउथएम्प्टन, लॉबोरो, स्वैनसी, बैक्सहिल–ऑन–सी और ब्लैकबर्न जैसे छोटे शहरों में डांस के शो किए। जनवरी 1975 में उसे साउथ बैंक में पर्सेल रूम में पूरे दो घंटे का कार्यक्रम पेश करने का मौक़ा मिला, इसके लिए उसे काफ़ी तारीफ़ मिली। उसने न केवल इंग्लैंड का दौरा किया बल्कि एम्सटरडैम, पश्चिमी बर्लिन, फ्रेबर्ग, वाइसबेडेन, फ्रैंकफर्ट, ज़्यूरिख, लूसर्ने, न्यूशैटल, टोरिनो और म्यूनिख में भी शो किए और सब जगह उसके काम की चर्चा हुई और तारीफ़ की गई। जून के आख़िर में लन्दन वापस लौटने पर मुझे पता चला कि उसने गुरु सदा शिवम पिल्लई और गुरु नाना कासर से डांस में आगे की तालीम लेने के लिए भारत लौटने की पूरी तैयारी की हुई है। मेरी दिल्ली वापस जाने की इच्छा नहीं थी लेकिन किरण ने मुझे अपने साथ चलने के लिए तैयार कर लिया। उसका कहना था कि अगर मैं लन्दन में रही तो खाली बैठ यूँ ही चिढ़ती–कुढ़ती रहूँगी। इसके अलावा, अगर एनएफडीई को फिर से शुरू करने की थोड़ी भी गुंजाइश है तो वह तभी हो सकती है अगर मैं भारत में मौजूद रहूँ। मुझे लन्दन लौटे मुश्किल से दो महीने ही हुए थे कि हम एक बार फिर भारत रवाना हुए, नन्हीं सुजाता, किरण और मैं। दिल्ली में कर्ज़न रोड वाला फ़्लैट अब तक मेरे नाम पर ही था और मुझे इसमें रहने के लिए और तीन महीने का समय मिल गया था, लेकिन हमें सितम्बर में इसे ख़ाली करना था। राज्यसभा में बतौर सांसद मेरे जीजाजी का कार्यकाल भी बढ़ा दिया गया था। अब जीजाजी और मेरी बहन कैनिंग लेन में एक बड़े से बँगले में रह रहे थे, जिसमें दो बेडरूम, दो बाथरूम, बालकनी में दो कमरे, बैठक का कमरा, एक दफ़्तर, बाहर एक और बाथरूम, एक खाने का कमरा, रसोई, कई सारे

गोदाम और ढँके हुए बरामदों के अलावा अन्दर एक आँगन और एक अन्दर और एक बाहर बग़ीचे थे।

उन्होंने हमें बालकनी के कमरों में से एक रहने के लिए दे दिया जहाँ हम और आनेवाले मेहमान दूसरे बाथरूम का इस्तेमाल करते थे। आने के बाद मैंने अपने लिए काम ढूँढ़ना शुरू किया। एक सलाह यह थी कि मैं राष्ट्रीय नाट्य विद्यालय की रंगमडल कम्पनी में बतौर उनकी मुख्य अदाकारा जुड़ जाऊँ। इसके लिए मैंने कई जानी-मानी हस्तियों, मंत्रियों, चेयरमैन, डायरेक्टर वग़ैरह से मुलाक़ात की लेकिन एक बार फिर इसका कोई नतीजा नहीं निकला।

इस बीच मुझे पाकिस्तान के लिए वीज़ा मिल गया, जिसके लिए मैंने क़रीब आठ महीने पहले अर्ज़ी दी थी। अब चूँकि मैं कुछ ख़ास काम तो कर नहीं रही थी इसलिए मैंने पाकिस्तान जाकर अपने रिश्तेदारों से मिलकर आने का फ़ैसला किया। बँटवारे के बाद पाकिस्तान जाने का मेरा यह केवल दूसरा मौक़ा था। मैं सुजाता को अपने साथ ले गई जिसने अपनी भोली बातों और प्यारे अन्दाज़ से लाहौर, कराची और रावलपिंडी में रहनेवाले मेरे सारे रिश्तेदारों को अपना मुरीद कर लिया। लेकिन जब हम अमृतसर लौटने के लिए लाहौर से निकल रहे थे हमें सीमा पर रोक लिया गया। भारतीय अधिकारियों ने हमें बताया कि मैं तो अपना सफ़र जारी रख सकती हूँ लेकिन सुजाता भारत नहीं जा सकती क्योंकि भारत में रहने का उसका समय तभी ख़त्म हो गया था जब हम पाकिस्तान में घूम रहे थे। अब चूँकि सुजाता स्विस नागरिक थी, उसे भारत में फिर से जाने के लिए दोबारा अर्ज़ी देनी होगी।

इसके बाद का समय बहुत ही मुश्किल था। यह रमज़ान का महीना था जब पाकिस्तान में सारे सरकारी दफ़्तर दोपहर दो बजे ही बन्द हो जाते हैं। पहले तो मुझे अपना ख़ुद का वीज़ा बढ़वाना था जिससे मैं सुजाता के काग़ज़ात बनने तक पाकिस्तान में रह सकूँ। इसके बाद सुजाता को भारत जाने की मंजूरी के लिए दिल्ली में स्विस और भारतीय दूतावासों में टेलीग्राम भेजने का दौर चला। सारी ज़रूरी औपचारिकताएँ पूरी करने में तीन हफ़्ते का समय लग गया, वैसे एक तरह से यह मुसीबत में वरदान की तरह था क्योंकि मैं यह समय रावलपिंडी में अपनी प्यारी बहन उज़रा के साथ गुज़ार सकी।

अक्टूबर, 1975 में पाकिस्तान से भारत लौटने पर मैंने पाया कि एनएफडीई को फिर से शुरू करने की दिशा में कोई तरक़्क़ी नहीं हो रही है, जबकि इस बारे में जारी नोटिस में कहा गया था कि एंसेंबल को नए तरीक़े से शुरू करने के लिए ही इसे बन्द किया जा रहा है। मेरी गैरमौजूदगी में किरण ने बॉम्बे में नौजवान कलाकारों के एक उत्सव में हिस्सा लिया था। वहाँ उसकी उभरते कलाकारों के बीच सबसे चमकदार सितारों में से एक कहकर तारीफ़ की गई, सारे प्रमुख अख़बारों ने उसके डांस के बारे में काफ़ी अच्छी तारीफ़ की थी।

जनवरी 1976 में मुझे मशहूर नाटककार और थिएटर डायरेक्टर बलवन्त गार्गी की ओर से चंडीगढ़ यूनिवर्सिटी में यूनेस्को फोक थिएटर वर्कशॉप में हिस्सा लेने का निमंत्रण मिला।

गार्गी उस समय यूनिवर्सिटी में भारतीय थिएटर विभाग के प्रमुख थे। मैंने ख़ुशी से हामी भर दी और 23 फरवरी से 20 मार्च के बीच इस प्रोजेक्ट पर काम करते हुए बहुत ही मज़ेदार समय बिताया। मुझे एक गेस्टहाउस में ईरान, अफ़ग़ानिस्तान, नेपाल, श्रीलंका और थाइलैंड से आए विदेशी नुमाइंदों के साथ ही ठहराया गया। पाकिस्तान जैसे कुछ और देशों के नुमाइंदे इस प्रोजेक्ट में शामिल नहीं हो सके।

वर्कशॉप में हिस्सा लेनेवाले भारतीय दल में आसपास के इलाक़ों के लोकनृत्य कलाकार, गायक और बलवन्त गार्गी के थिएटर के बहुत सारे नए–पुराने विद्यार्थी शामिल थे। हमने प्रयोग के लिए मिर्ज़ा साहिबां और पंजाबी भाषा को चुना। मेरे लिए यह एक मुश्किल चुनौती थी क्योंकि एक तो मुझे बहुत ही कम पंजाबी आती थी और मैंने कभी भी इस भाषा में नाटक नहीं किया था। दूसरा, यह कोई चलताऊ नहीं बल्कि खाँटी पंजाबी भाषा थी जिसका लहज़ा तक मैंने अब तक सुना नहीं था। मैं हिरोइन की माँ बनी थी और यह जज़्बाती किरदार मेरे लिए बिल्कुल मुफ़ीद था। पन्द्रह दिन तक बातचीत और करके देखने के बाद हमने सही में रिहर्सल शुरू की और आख़िरकार खुले मंच पर कुछ हज़ार लोगों की भीड़ के सामने नाटक पेश किया। मेरी अदाकारी वाले एक ख़ास हिस्से के बाद देखनेवालों की ज़ोरदार तालियों की गड़गड़ाहट एक बहुत ही ख़ुशनुमा और ज़बरदस्त अहसास था। 1959 में पृथ्वी थिएटर छोड़ने के बाद इस तरह का यह पहला तजुर्बा था। इससे मेरे अन्दर एक नई उम्मीद जगी और अपने काम पर मेरा भरोसा बढ़ा।

बाद में हम इस नाटक को लेकर एक गाँव में गए और गाँव की एक झोंपड़ी के आँगन में एक नीम के पेड़ के नीचे इसे पेश किया। यह भी एक बहुत बढ़िया तजुर्बा रहा, यह अहसास बहुत सुखद था कि मेरी भाषा की कमज़ोरी के बावजूद लोग मेरी बात को समझ रहे थे और उसका मज़ा ले रहे थे। इस नाटक में एनएफडीई के मेरे कुछ पुराने विद्यार्थी भी थे, और उनके साथ काम करना बहुत मज़ेदार रहा। यह बलवन्त गार्गी के साथ काम करने का मेरा पहला तजुर्बा था, मुझे वह बहुत ही सरल डायरेक्टर लगे जो नई चीज़ों को आज़माने के लिए तैयार रहते थे। मुझे लगता है कि उनका यही सहज रवैया वर्कशॉप में तैयार नाटक की कामयाबी की वजह रहा।

वर्कशॉप में इतना बढ़िया समय बिताने के बाद दिल्ली लौटना निराशाजनक साबित हुआ। मैंने राष्ट्रीय नाट्य विद्यालय के रंगमंडल में शामिल होने के लिए ज़रूरी प्रस्ताव पास कराने के लिए एक बार फिर से पुरज़ोर कोशिश करके देख ली, लेकिन कुछ हासिल नहीं हुआ। बहुत से सुहावने वादे सुनने को मिले, लेकिन ज़मीनी तौर पर कुछ नहीं हो रहा था, तो दिल में नफ़रत लिये मैं 2 मई, 1976 को एक बार फिर लन्दन पहुँच गई।

12

1976–1996 पिछले दशक

जब मैं जून 1975 में लन्दन लौटी तो मैंने बुढ़ापे में मिलनेवाले भत्ते के लिए अर्ज़ी दे दी। एक बुजुर्ग नागरिक के तौर पर नौकरी की चिन्ता किए बग़ैर मेरे पास अपनी मर्ज़ी के काम करने के लिए ढेर सारा समय था। लेकिन मेरी उम्र के इस नए दौर की एक अजीब बात यह थी कि हालाँकि मैं कोई रोज़ाना की नौकरी नहीं कर रही थी, उसके बावजूद मुझे अपने लिए तय किए कामों को करने के लिए भी समय कम पड़ता था। नहाने, व्यायाम करने, खाना बनाने, सफ़ाई और कपड़े धोने में दिन का एक बड़ा हिस्सा ख़त्म हो जाता था और उसी के बीच में मैं पढ़ने, लिखने, नाटक देखने, मिलने-जुलने, मनोरंजन, टी.वी. देखने और शब्द-पहेलियाँ हल करने का समय निकालती थी। लोगों को आश्चर्य होता था जब मैं कहती थी, ''नहीं, मैं कभी भी बोर या अकेली महसूस नहीं करती। करने के लिए इतना काम होता है।'' मुझे लगता है कि उम्र बढ़ने के साथ रोज़मर्रा के काम पूरा करने में कुछ ज़्यादा समय लगता है।

बहरहाल मुझे अपने रोज़ाना के समय में थोड़ी तब्दीली करनी पड़ी जब मुझे बीबीसी की सीरीज़ 'पड़ोसी' में काम करने का मौक़ा मिला। यह सीरीज़ बीबीसी टेलीविज़न के फरदर एजुकेशन डिपार्टमेंट ने शुरू की थी। 1965 के बाद से एशियाई दर्शकों और श्रोताओं के लिए बीबीसी पर बहुत से टी.वी. और रेडियो कार्यक्रम प्रसारित किए जाते थे। अब, पहली बार पड़ोसी की कहानी के ज़रिए ब्रिटेन में रह रहे एशियाई परिवार के तजुर्बे के एक अलग पहलू को दिखाया जा रहा था। इससे एक और बात सामने उभरकर आई कि वहाँ रह रहे एशियाई समुदाय के बीच लिखने और अदाकारी में हुनरमन्द लोगों की भरमार है जिन्हें इस सीरीज़ के ज़रिए सामने लाया जा रहा था। पड़ोसी एक पाकिस्तानी मुसलमान परिवार और उनके पड़ोस में रह रहे एक भारतीय सिख परिवार की कहानी थी। मैंने श्रीमती चौधरी नाम का किरदार किया था जो एक सामाजिक कार्यकर्ता, अध्यापिका, बातूनी और मुँहफट औरत है, जिसकी डायरी हफ़्ते भर में हुई घटनाओं का ब्योरा देती है। मैं हर एपिसोड की कहानी का आगाज़ और आख़िर पेश करती थी। लगभग 12 मर्द और औरत कलाकार इस सीरीज़ के साथ लगातार जुड़े थे और हम सबने एकसाथ काम करते हुए ख़ूब मस्ती की। पड़ोसी के एक्ज़ीक्यूटिव प्रोड्यूसर टोनी मैथ्यू और प्रोड्यूसर रॉबर्ट क्लैंप थे। पीटर

ली-राइट दूसरे डायरेक्टर थे, हालाँकि इस सीरीज़ का विचार इसके मुख्य डायरेक्टर पॉल क्रिवैकज़ेक का था। वह एक दोस्त होने के साथ सीखने का ज़रिया भी थे।

हमने इसके लिए रिहर्सल और रिकॉर्डिंग जनवरी 1977 में शुरू की और एक बार में दो एपिसोड करते हुए 12 मई को काम ख़त्म किया। यह सीरीज़ टेलीविज़न पर अक्टूबर 1977 से दिखाई जानी शुरू हुई और 1978 में इसे दोबारा दिखाया गया। इसकी शुरुआत से ही पूरे लन्दन में और इसके सारे एयरपोर्ट जैसे हिथ्रो, कराची और दिल्ली में लोग मुझे पहचानने लगे थे। शायद, कोई अदाकारा ही मेरी उस ख़ुशी को समझ सकती है जब बच्चे भाग कर मेरे पास आते थे, यह पक्का करने कि मैं ही 'श्रीमती चौधरी' हूँ। मेरे बेटे को बहुत शर्मिंदगी होती थी जब हम किसी बड़ी भीड़ के बीच होते थे, जैसे साउथहाल के किसी सिनेमा में जहाँ यह सीरीज़ देखनेवाले कुछ लोग मेरे पैर छू लेते थे। लेकिन मेरी तो ज़िन्दगी में हमेशा बस एक ही तमन्ना रही थी कि लोग मुझे देखें, सुनें, इसलिए मैंने इस दौर का भरपूर मज़ा लिया!

पड़ोसी सीरीज़ ख़त्म करने के बाद मैं पवन को अक्टूबर 1977 में अपने साथ भारत ले गई। मैंने पड़ोसी के लिए क़रार करते वक़्त पवन से इसके लिए वादा किया था। 1963 के बाद से वह केवल एक बार ही भारत गया था। वह अपनी पैदाइश की जगह और नैनीताल में अपने पुराने स्कूल शेरवुड को देखना चाहता था। हम दिल्ली में जंगपुरा एक्सटेंशन में किरण के टैरेस वाले फ़्लैट में उसके साथ रहे और वहाँ से अलीगढ़, आगरा और बनारस घूमने गए। मुझे पाकिस्तान जाने के लिए फिर वीज़ा मिल गया था लेकिन पवन को यह नहीं मिल सका। इसलिए मैं हवाई सफ़र से पाकिस्तान गई और कराची, लाहौर और सियालकोट में मैंने अब्बा और अपने भाई-बहनों के साथ बहुत मज़ेदार समय बिताया।

पवन को 1979 तक बैंक ऑफ़ बड़ौदा की शानदार नौकरी मिल चुकी थी। किरण नौजवान भारतीय डांसरों के बीच अपनी मज़बूत जगह बनाने में कामयाब रही थी, वह पहले ही कई सारे डांस फेस्टिवल्स में भारत की नुमाइन्दगी कर चुकी थी। इसके अलावा उसने जाने-माने गुरु माया धर राउत से ओडिसी सीखना भी शुरू कर दिया था।

अब्बाजान की सौवीं सालगिरह 11 मार्च, 1979 को मनाई गई और इस मौक़े के लिए मैं सुजाता और किरण को साथ लेकर कराची गई। अब्बा के सातों बच्चे अपने बच्चों और पोते-पोतियों के साथ इस मौक़े पर मौजूद थे जो भारत, पाकिस्तान, इंग्लैंड और मध्य-पूर्व के देशों से वहाँ पहुँचे थे। यह एक ऐतिहासिक और ख़ास मौक़ा था। बात यह थी कि क़रीब 60 साल पहले अम्मी की मौत के बाद कभी ऐसा मौक़ा ही नहीं बन पाया था कि हम सब भाई-बहन एक साथ एक जगह पर जमा हो सके हों। यह दूसरा ऐसा मौक़ा था कि हम सब साथ थे। अब्बा को कई सारे तोहफ़े मिले जिनमें से सबसे ख़ूबसूरत था किरण का एक डांस जो उसने अपने प्यारे नाना के लिए ख़ासतौर पर पेश किया। पाकिस्तान में रह रहे मेरे रिश्तेदार, जिन्होंने किरण को नाचते हुए पहले कभी नहीं देखा था, उसे देखते ही रह गए। मेरी एक बहन ने कहा, ''बी आपा, यह तो आपसे भी आगे निकल गई। उम्मीद है आप मेरी बात का बुरा नहीं मानेंगी।'' ''बुरा?'' मेरी आँखें ख़ुशी से भर आईं। मेरे लिए इससे

किरण, पवन और ज़ोहरा, हाइगेट, 1970

किरण सहगल, लन्दन, 1970

पवन सहगल, विन्डसर, 1977

ज़्यादा ख़ुशी की बात और क्या हो सकती थी कि मेरी बेटी अपनी कला में इतनी ख़ूबसूरती और निपुणता हासिल करने में कामयाब रही थी! जहाँ तक मेरा ख़याल है शायद अथर्ववेद में यह कहा गया है कि, ''पिता एक धागा है, माँ एक धनुष है और बच्चा एक तीर है।'' क्या मैं अपनी ज़िन्दगी से एक सही निशाना लगा सकनेवाले तीर से ज़्यादा कुछ और चाह सकती थी?

अब्बाजान का इन्तकाल 4 सितम्बर, 1979 को हुआ। पिछले कुछ समय से इसका अन्देशा होने के बावजूद जब सच में इस ख़बर के साथ टेलीग्राम पहुँचा तो यह एक तगड़ा झटका था। ख़बर मिलने के बाद मेरी प्रतिक्रिया थी ख़ुद पर काबू रखना। उसके बाद मैं डाकघर गई और अपने भाई-बहनों को टेलीग्राम भेजकर दुख ज़ाहिर किया, मैंने पवन को उसके बैंक में फ़ोन किया। वह दुख की इस घड़ी में मेरे साथ रहने के लिए आ गया, उसे देखते ही मेरे लिए अपने जज़्बात पर काबू रखना मुश्किल हो गया। ऐसा लगा जैसे मेरा पूरा बचपन मेरी आँखों के सामने घूम गया हो। मैं अब्बा को याद करके बहुत रोई, जो अब मौजूद नहीं थे।

बाद में मेरे बड़े भाई ने चिट्ठी लिखकर बताया कि अब्बाजान बहुत ही कमज़ोर हो गए थे लेकिन उनकी आवाज़ की मज़बूती आख़िर तक बनी रही। अपनी मौत के तीन या चार दिन पहले वह इतने कमज़ोर हो गए थे कि केवल फुसफुसाकर ही बात कर पा रहे थे और यह समझ पाना मुश्किल हो रहा था कि वो क्या कह रहे हैं। मरने के एक दिन पहले वह बुदबुदाते हुए ख़ुद से ही कुछ कह रहे थे, बाक़ी लोग सिर्फ़ इतना समझ पा रहे थे कि वह उर्दू में कह रहे थे कि, ''मेरे बच्चे बहुत अच्छे लोग हैं...'' वह बहुत देर तक यह बात दोहराते रहे थे।4 सितम्बर को सुबह 11 बजे उनमें अचानक ताक़त आई और उन्होंने अपनी रोज़ की सी ऊँची आवाज़ में एक गिलास पानी माँगा, तीन-चार घूँट पानी पिया और अपनी कुर्सी में ढलक गए और आख़िरी साँस ली।

मेरे छोटे भाई ने लिखा, ''ज़िन्दगी की तरह मौत में भी उन्होंने किसी को कोई दुख नहीं दिया। बिल्कुल आख़िरी दम तक उन्हें ऐसी कोई बीमारी नहीं थी जिसके लिए उन्हें अस्पताल में दाख़िल करने की ज़रूरत होती, जहाँ उनकी देखभाल के लिए ख़ास इन्तज़ाम करना ज़रूरी हो जाता। लेकिन उनकी उम्र की वजह से इसकी ज़रूरत थी। जैसा कि 'गुडबाय, मिस्टर चिप्स' में हिल्टन कहता है, ''उसके साथ दरअसल कोई ख़राबी नहीं थी, बस उम्र, लेकिन आख़िर में सबसे ख़तरनाक चीज़ यही होती है।''

मेरी छोटी बहन अमीना ने लिखा कि अब्बा ने पुलोवर माँगा और जब मैं उन्हें पहनने में मदद कर रही थी तो उन्होंने कहा, ''तुम्हें पता है, मेरे लिए यह पुलोवर ज़ोहरा लाई थी।'' मैं जब भी उनसे मिलने जाती थी उनके लिए तोहफ़े ले जाती थी लेकिन मुझे इस पुलोवर की याद नहीं थी। जहाँ तक मुझे लगता है, यह पुलोवर उनकी किसी और बेटी ने दिया हो सकता था लेकिन आख़िरी समय में उनके ख़याल अपने उन बच्चों के इर्द-गिर्द ज़्यादा घूम रहे थे जिन्हें वह हर चीज़ से और हर किसी से आगे रखते थे।

मेरी बड़ी बहन, आपा ने लिखा, ''तुम और मैं यह जानते हैं कि वह बातों को कितनी बेहतर तरीक़े से समझते थे...'' क्योंकि सारे भाई-बहनों में से हम दोनों सबसे विद्रोही मिज़ाज

के थे। और उज़रा ने लिखा कि वह जब भी अब्बा से मिलने जाती थी, अपनी सारी परेशानियाँ भूल जाती थी चाहे वह कितनी ही बड़ी हों।

सितम्बर 1975 में जब मैं उनसे मिलने पाकिस्तान गई तो उन्होंने मुझसे पूछा, "तुमने अपने लिए अब तक कोई पक्का ठौर-ठिकाना जमाया या नहीं, या तुम यूँ ही हवा में तैरते खस के तिनके की तरह यहाँ-वहाँ भटकती रहोगी ?" मैंने थोड़ा मज़ाक भरे लहज़े में जवाब दिया था, "अब्बाजान आख़िर में तो वहाँ एक ही पक्का ठिकाना होना है।" यह सुनकर वह संज़ीदा हो गए थे, फिर बोले, "तुमने कितनी सही बात कही मेरी बच्ची।" तो आख़िरकार वह अपने उसी पक्के ठिकाने में चले गए। अपनी सालगिरह से कुछ दिन पहले ही अब्बाजान बदन में दर्द वग़ैरह की शिकायत कर रहे थे, भाईजान ने एक डॉक्टर से उनका पूरा चेकअप करवाया। अब क्योंकि अब्बाजान को ऊँचा सुनाई देता था तो भाईजान ने एक काग़ज़ पर लिखकर उन्हें दिखाया, "डॉक्टर कहता है कि मरीज़ बिल्कुल दुरुस्त है।" इस पर अब्बा ने तुरन्त जवाब लिखा, "अच्छा, तब तो यह डॉक्टर दुरुस्त नहीं है।"

कितने बढ़िया पिता थे और कितने बढ़िया इनसान! सभी लोग उनकी इज़्ज़त करते थे और उन्हें प्यार करते थे, चाहे वह उनके ख़ुद के बच्चे हों या बाहर के लोग। दरियादिल, इनसाफ़पसन्द, दख़लन्दाज़ी न करनेवाले और आत्मसम्मान से भरपूर! उनके जैसा दूसरा आदमी मिलना मुश्किल होगा।

मई 1976 में लन्दन लौटना मेरे निर्वासन के दूसरे दौर की शुरुआत थी। किरण 1975 में स्थायी रूप से भारत रहने चली गई थी। आख़िरकार 1977 या 1978 में किरण और वॉल्टर का तलाक़ हो गया। किरण ने मशहूर चित्रकार जतिन दास से शादी कर ली और वह निज़ामुद्दीन ईस्ट में उनके साथ रहने लगी। उसने 1985 में साहित्य कला परिषद से बेहतरीन डांसर का ईनाम जीता और देश-विदेश में दौरा कर कार्यक्रम पेश किए। उसके सभी शो काफ़ी तारीफ़ें बटोरने में कामयाब रहे, ख़ासतौर पर 1986 में कराची में किया गया शो।

पवन ने हिन्दी के मशहूर लेखक मुंशी प्रेमचन्द की पोती सीमा राय से तय की हुई शादी की (यह उसका अपना फ़ैसला था, मेरा नहीं)। सीमा उसके साथ विंडसर आई लेकिन एक ठंडे देश का रहन-सहन या कहूँ कि यहाँ रोज़ाना के घरेलू काम उसे रास नहीं आए। इसलिए उन्होंने हिन्दुस्तान लौटने का फ़ैसला किया।

मेरी ख़ुशकिस्मती रही कि अप्रैल 1981 में मुझे क्राउंच एंड, हॉर्नसे, एन 8 में हॉर्नसे हाउसिंग ट्रस्ट का एक बहुत ही सुन्दर सा छज्जेदार फ़्लैट मिल गया। मैं 1970 से ही इस इलाक़े को पहचानती थी क्योंकि यह हमारे हाइगेट वाले फ़्लैट के नज़दीक था और मैं अक्सर यहूदी 'छोला' ब्रेड और हैरिनगै लाइब्रेरी से किताबें लेने क्राउंच एंड अक्सर आया करती थी। किरण की शादी का केक भी इसी इलाक़े की एक बेकरी में बनवाया गया था। इस फ़्लैट में मेरी रसोई से दूर 'एले-पैले' का और बीच में पूरी मुसवेल हिल घाटी का बहुत

ही सुन्दर नज़ारा दिखाई देता था। एक रसोई में और एक बाथरूम में बड़ी-बड़ी स्काईलाइट की वजह से घर काफ़ी खुला-खुला और रोशन दिखता था। दो कमरे मेरी ज़रूरतों के हिसाब से काफ़ी थे। किराया काफ़ी वाज़िब था, वहाँ रहनेवाले बाक़ी आठ किराएदार भी मेरी ही तरह पेंशनयाफ़्ता बुज़ुर्ग थे जो बहुत ही मददगार और मिलनसार लोग थे। हमारा एक चौकीदार था जो पास वाले घर में रहता था। वह घर के साझा गलियारे और सीढ़ियों को साफ़-सुथरा रखता था और जिन दिनों मैं या तो छुट्टियों में भारत या काम के सिलसिले में लन्दन से बाहर होती थी, मेरी ग़ैरमौजूदगी में मेरे फूल-पौधों और चिट्ठी-पत्री का ध्यान रखता था।

डॉक्टर, डाकखाना, बैंक, दुकानें, लाइब्रेरी जैसी सारी सहूलियतें बिल्कुल आसपास ही थीं। घर के नज़दीक सैर करने के लिए कई अच्छी जगहें थीं। सब जगहों से जोड़नेवाले अंडरग्राउंड स्टेशन फिंसबरी पार्क तक तीन अलग-अलग बसों से पहुँचा जा सकता था, वहाँ से विक्टोरिया और पिकाडिली दोनों लाइनें सेंट्रल लन्दन से जोड़ती थीं जहाँ दस मिनट के अन्दर पहुँचा जा सकता था।

मेरी किस्मत चमकाने का काम किया 'ज्वैल इन द क्राउन' ने। उन दिनों राज को लेकर लोगों की दिलचस्पी एक बार फिर से बढ़ रही थी। मेरा ख़याल है कि एम.एम. काये की 'द फार पैवेलियन' भी इसकी एक वजह थी–ग्रानदा टेलीविज़न ने पॉल स्कॉट की 'द राज क्वार्टेट' पर कई कड़ियों का धारावाहिक बनाने का फ़ैसला किया था। उन्होंने भारत को ध्यान में रखते हुए इसे नाम दिया 'ज्वैल इन द क्राउन'। यह सही मायनों में मुझे मिला एक बढ़िया मौक़ा था जिसने बतौर पेशेवर कलाकार मुझे एक दूसरे ही मकाम पर पहुँचा दिया। हालाँकि धारावाहिक की शूटिंग फरवरी 1982 से जून 1983 तक चली, लेकिन मेरे हिस्से का काम भारत में कुछ हफ़्तों के दौरान फ़िल्माया गया और दो चक्कर मैनचेस्टर के लगे जहाँ ग्रानदा स्टूडियोज़ मौजूद हैं। मुझे लेडी लिली चटर्जी का किरदार मिला था और कभी-कभी मैसूर या मैनचेस्टर में शूटिंग के दौरान जब मैं आइनों के सामने से होकर गुज़रती थी तो उनमें अपना अक्स देखकर बहुत ख़ुश होती थी। मैं एक अमीर औरत की भूमिका में थी, किनारे की माँग के साथ सहेजे सफेद बाल, लिपस्टिक, अँगुलियों में सजी अँगूठियाँ, उजली सफ़ेद साड़ी पहननेवाली लेडी चटर्जी एक बड़े से बँगले में कई सारे नौकर-चाकरों से घिरी रहती थी। मुझे अपनी बात मनवाने वाली एक रोबदार औरत का किरदार निभाना था। मैंने ख़ुद को समझाया–आख़िरकार मैं शाही ख़ानदान से ताल्लुक़ रखती हूँ, मैं कई राजकुमारियों और नवाबों को जानती हूँ, यह किरदार मुझ पर बिल्कुल सही बैठता है।

लेकिन जब 9 जनवरी, 1984 को मैंने टेलीविज़न पर इसका प्रीमियर देखा तो मुझे ज़बर्दस्त धक्का लगा। लेडी लिली चटर्जी के रूप में मुझे अपना काम बिल्कुल अच्छा नहीं लगा। मेरे डायलॉग नक़ली और कमज़ोर थे और शाही दिखना तो दूर रहा, मैं एक आया जैसी नज़र आ रही थी। पहले एपिसोड के ख़त्म होने पर मैंने कपड़े उतारे और बिस्तर पर जा पड़ी। आँखों में आँसू भरे मैंने ख़ुद से कहा, 'ज़ोहरा सहगल, अगर यही करना तुम्हारे बस का है तो बेहतर होगा कि तुम एक्टिंग करना ही छोड़ दो!'

लेकिन हर बात में कुछ तो सकारात्मक होता है तो 'ज्वैल इन द क्राउन' के बाद मेरा मेहनताना बढ़ गया और मुझे बिना कोई कोशिश किए ही काम के मौक़े मिलने लगे। ज्वैल के बाद मैंने 'द ऑनरेरी कॉन्सुल', 'कोर्टिसंस ऑफ़ बॉम्बे', आर्थर जोफे के 'हैरम', 'कारावाजियो' और 'रेड बिन्दी' में अभिनय किया। थिएटर का काम भी साथ चलता रहा, इस दौरान मैंने रॉयल कोर्ट में सू टाउनसैंड के 'द ग्रेट सेलेस्टियल काउ' में काम किया और नाटक 'अवर ओन पीपुल' के साथ मिडलैंड्स और स्कॉटलैंड का दौरा किया और अपस्ट्रीम थिएटर में नाटक 'हेड्डा इन इंडिया' में अभिनय किया।

मैंने कभी भी इतनी मसरूफ़ियत के साथ काम नहीं किया था जितना फरवरी 1987 के बाद। जब मैं 'नेवर से डाय' की आख़िरी कड़ियों की शूटिंग (9 फरवरी से 2 अप्रैल) कर ही रही थी, मैल्कम क्रैडॉक के पिक्चर पैलेस प्रोडक्शंस ने 'तन्दूरी नाइट्स' की दूसरी सीरीज़ शुरू कर थी। 'नेवर से डाय' छह एपिसोड की सीरीज़ थी जिसे हंफ्रे बार्कले ने चैनल फोर के लिए बनाया था और जिसका निर्देशन मेरी बहुत प्यारी दोस्त और अदाकारा लोउ वेकफिल्ड ने किया था। 'तन्दूरी नाइट्स' की शूटिंग 6 अप्रैल से शुरू होकर 19 मई को ख़त्म हुई, इसका मतलब यह हुआ कि जब मैं 'नेवर से डाय' के लिए मिश्चैम, सरे में वैंडल वैली हॉस्पिटल में शूटिंग कर रही होती थी तो बीच में फ़ुरसत मिलने पर मैं कॉस्ट्यूम वैन में कुर्सी पर पसर कर 'तन्दूरी नाइट्स' के डायलॉग याद कर रही होती थी। 'नेवर से डाय' की शूटिंग पूरी होने के बाद भी मुझे चैनल फोर के लिए एंद्रिया कोलेट और कैरोलाइन पिक के साथ इंटरव्यू के लिए 27 अप्रैल को मिश्चैम वापस जाना पड़ा। इसे हॉस्पिटल की कैंटीन में फ़िल्माया गया जो 'राइट टू रिप्लाई' कार्यक्रम के मिज़ाज के मुताबिक़ था, जो ब्रिटिश टेलीविज़न में एक बुजुर्ग एशियाई अदाकारा के बारे में था।

23 फरवरी को मैंने नेवर से डाय की शूटिंग से छुट्टी लेकर मशहूर सीरीज़ 'बस्ट' के लिए ऐलिंग में एक दिन की शूटिंग की। इस दौरान और भी छोटे-मोटे काम मैंने किए मसलन बीबीसी रेडियो फोर के लिए रुथ झाबवाला की किताब 'द नेचर ऑफ़ पैशन' के कुछ हिस्से पढ़ना, नाटक 'डियर डिपार्टेड' का उर्दू रूपान्तरण, बीबीसी वर्ल्ड सर्विस के लिए इसका उर्दू तर्जुमा और रूपान्तरण यावर अब्बास ने किया था। इसके अलावा बीबीसी के अरेना कार्यक्रम के लिए पाकिस्तानी लेखक अख़्तर रियाजुद्दीन अहमद की किताब के एक हिस्से को पढ़ना। अब चूँकि किताब के उस हिस्से में लेखक को एक शाही चाय पार्टी में शामिल दिखाया गया था तो मुझे यह बकिंघम पैलेस के सामने बैठकर पढ़ना पड़ा!

जून 1 से 15 तक मैंने चैनल फोर के लिए बांडुंग फाइल प्रोडक्शंस के साथ 'पार्टीशन' नाम की एक फ़िल्म में काम किया। यह सआदत हसन मंटो की कहानी 'टोबा टेक सिंह' पर आधारित थी। टेलीविज़न के लिए इस कहानी को तैयार किया तारिक अली ने और निर्देशन था केन मैकमुलन का। इतवार के दिन 7 जून को दो हफ़्तों की शूटिंग के बीच मैंने रिवरसाइड स्टूडियो में पूरी कॉस्ट्यूम के साथ लोर्का के 'ब्लड वेडिंग' में माँ के किरदार का प्रदर्शन किया। एशियन कोऑपरेटिव थिएटर के लिए इस नाटक का निर्देशन किया था सईद जाफ़री ने, जो हर तरह के किरदार निभाने में माहिर ज़बर्दस्त कलाकार होने के साथ-

साथ बहुत ही प्रतिभाशाली निर्देशक भी हैं। नाटक में रिटा वुल्फ ने दुल्हन का और रोशन सेठ ने उनके पिता का किरदार निभाया था।

'पार्टीशन' फ़िल्म 1987 में एडिनबरा फ़ेस्टिवल के दौरान दिखाई गई। मुझे इसके प्रीव्यू और नाटक के बाद हुई प्रेस कॉन्फ्रेंस के लिए केन मैकमुलन के साथ आमंत्रित किया गया था। उज़रा उन दौरान मेरे पास ही रह रही थी, इसलिए मैं उसे भी अपने साथ लेकर गई। आयोजकों ने अगस्त 12–15 तक एक बहुत आरामदायक गेस्ट हाउस में हमारे रहने का बन्दोबस्त कर दिया था। उस समय इस फ़िल्म का प्रदर्शन होना अहम था क्योंकि उसी दौरान हिन्दोस्तान अपनी आज़ादी की चालीसवीं सालगिरह मना रहा था। दूसरी अहम बात यह थी कि फ़िल्म की कहानी देश के दो हिस्सों भारत और पाकिस्तान में बँटने के मुद्दे पर थी। इसकी कहानी देश के बँटवारे पर (अ) लाहौर के पागलख़ाने में रह रहे अलग-अलग धर्मों के पागलों की, (ब) कूटनीतिक बातचीत के दौरान नए बने दोनों देशों के नेताओं की और (स) बॉम्बे की नेवल रेटिंग की प्रतिक्रियाओं के ज़रिए दिखाई गई थी। एवरीवूमैन नाम की सफ़ाई करनेवाली एक औरत इसमें लगभग सारे सीन में होती है जो कभी सामने मौजूद रहकर और कभी पर्दे के पीछे रहकर ही आवाज़ के ज़रिए आसपास हो रही घटनाओं को अपने नज़रिए से दिखाती है।

मंटो की मूल कहानी पागलख़ाने में रह रहे एक सिख पागल के बारे में है जिसका असली नाम पता नहीं है लेकिन क्योंकि वह अपने गाँव टोबा टेक सिंह का नाम बड़बड़ाता रहता है तो सब उसे इसी नाम से पुकारने लगते हैं। वह 14 साल से पागलख़ाने में रह रहा होता है और इस दौरान उसने कभी भी किसी से एक शब्द भी नहीं बोला, वह बस ख़ुद ही कुछ ऊलजलूल बड़बड़ाता रहता है। जब देश के बँटवारे की ख़बर पागलख़ाने पहुँचती है तो टोबा टेक सिंह को बहुत धक्का लगता है और वह असमंजस में पड़ जाता है। उसे समझ नहीं आता कि कैसे पंजाब का उसका गाँव अब भारत से बाहर हो गया। वह क्योंकि मुसलमान नहीं है तो उसे दूसरे हिन्दू पागलों के साथ भारत नाम के किसी दूसरे देश के किसी और शहर में भेजा जाना है। यह पूरा मसला उसकी बर्दाश्त से बाहर हो जाता है। वह 24 घंटे बाहर दोनों देशों के बीच पड़नेवाली जगह पर भूखा-प्यासा खड़ा रहता है। बारिश में चुपचाप भीगते हुए वह वहाँ से हिलने से भी मना कर देता है। जब ट्रक भर कर पुलिस वाले पागलों को उनकी नई जगह पर ले जाने के लिए आते हैं तो वो भी टोबा टेक सिंह को वहाँ से हटा पाने में नाकामयाब रहते हैं। आख़िरकार वह बेहोश होकर वहीं गिर पड़ता है और दोनों देशों की सीमा के बीच अपनी जान दे देता है।

शुरु में फ़िल्म इसी मूल कहानी के इर्द-गिर्द बुनी गई लेकिन शूटिंग शुरू होने तक टोबा टेक सिंह का किरदार अपनी अहमियत खो चुका था, अब दोनों देशों के सरकारी अफ़सरों की ओर से हो रही कूटनीति और अंग्रेज़ों के घमंडी और अहसान दिखानेवाले रुख़ पर ज़ोर था। पागलों और कूटनीतिज्ञों का दोहरा किरदार निभाने वाले अदाकारों ने बेहतरीन काम

112, Atlas Apartments
Harkness Road
Bombay 6

My dear Zohra,

I don't <u>believe</u> it — yesterday in my mind I spent one whole day composing a letter to Joint Stock suggesting that they come to India to Prithvi — & today your letter-card arrives. Yes, <u>yes</u> — we are planning all <u>sorts</u> of things for 1984 — inviting companies etc. I have no idea how we could organise the economics — but this is definitely a sign from Heaven — it is the biggest coincidence. Tell me who I should write to directly — & you please talk to them — explain about Foreign Exchange Regulations — etc., we will get an airline to provide tickets & a sponsor here for local expenses & we can arrange a tour — there will be no fortune to be made but I want <u>stimulation</u>!

May is okay in Bombay —actually now that most theatres are air-conditioned it really doesn't matter so much. Could Joint Stock consider another play as well?

I am so excited — I can't <u>wait</u> for a reply!

Have a wonderful New Year.

Love,
Jennifer

112. Atlas Apartments,
Harkness Road,
Bombay 6.

My dear Zohra,

I don't believe it, —— yesterday in my mind I spent the whole day composing a letter to Joint Stock suggesting that they come to India to Prithvi, —— & today your letter-card arrives. Yes yes, —— we are planning all sorts of things for 1984, — inviting companies etc. I have no idea how we could organize the economics ——, but this is definitely a sign from Heaven, —— it is the biggest coincidence. Tell me who I should write to directly, —— & you please talk to them, — explain about Foreign Exchange regulations, etc. —— we will get an airline to provide tickets & a sponsor here for local expenses & we can arrange a tour —— there will be no fortune to be made but I want stimulation!

May is okay in Bombay, — actually now that most theatres are air-conditioned it really doesn't matter so much. Could Joint Stock consider another play as well?

I'm so excited —— I can't wait for a reply!

Have a wonderful New Year,

Love

Jennifer.

लेडी लिली चटर्जी के रूप में ज़ोहरा सहगल, ग्रनाडा टेलीविजन की प्रस्तुति 'ज्वैल इन द क्राउन' में, 1982

JOINT STOCK THEATRE GROUP
THE ROYAL COURT THEATRE

THE GREAT CELESTIAL COW

SUE TOWNSEND

Joint Stock Theatre Group
in association with The Royal Court Theatre
presents

THE GREAT CELESTIAL COW

by Sue Townsend

CAST IN ORDER OF FIRST APPEARANCE

ZOHRA SEGAL	Spirit of Kali/2nd Official/Mother in Law (Dadima)/Muslim Girl
LOU WAKEFIELD	Prem/Old Age Pensioner/Rose/Cow in Field/Auctioneer
SHEEILA GHOSH	Princess/Rachel/Lila/Classical Indian Dancer/Indira/Nun/Nurse
BHASKER	Princeak/Martin/Harmonium Player/Kishwar/Asian Elder/Mr Patel/Cow in Field
SOUAD FARESS	Sita
JAMILA MASSEY	Dukaba/Stewardess/1st Official/Fat Auntie (Masi)/Liberal/Saria
[illegible] SYAL	Bibi/Stallholder/Cow in Nativity/Anita/Dr Mistry
DEV SAGOO	Naai Player/Photographer/New Owner/Raj/2nd Fat Auntie/Harold

There will be one interval

'द ग्रेट सेलेस्टियल काउ' 1984 का पर्चा

ज़ोहरा सहगल, लू वेकफिल्ड और वेनेसा मैसी 'द ग्रेट सेलेस्टियल काउ' में

रानी दूबे और ज़ोहरा सहगल, फोटो : ज्यां मोहर

किया था। एवरीवूमन का मेरा किरदार ही अकेला ऐसा था जो जस का तस बना रहा लेकिन वह लाहौर के पागलख़ाने से लेकर दिल्ली के वायसरिगल लॉज तक के सीन में जब-तब सामने आता रहता था। कमरों के ओने-कोने पर सफ़ाई करते हुए दिखाई गई यह औरत निचले तबके की होने के बावजूद दुनियादारी के लिहाज़ से बहुत समझदार है।

निर्देशक केन मैकमुलन नाटकीय हालात को फ़िल्माने में तकनीक के बेहतरीन इस्तेमाल के लिए जाने जाते थे। फ़िल्म में जल्दी ही घटनेवाले किसी हादसे की आहटवाला अहसास साफ़-साफ़ नज़र आता है, जब देश की सत्ता पुराने शासकों के हाथ से छीन ली जाएगी। फ़िल्म में बहुत ही बारीक़ी और ख़ूबसूरती से लिये गए कैमरे के शॉट जो कहीं दस मिनट या उससे भी लम्बे हैं, क़ाबिल-ए-तारीफ़ हैं। फ़िल्म में मूल कहानी से इतर कुछ सीन और किरदार जोड़ दिए गए थे जो मेरा ख़याल है छोटी-सी कहानी को कुछ बड़ा और मज़बूत बनाने के लिहाज़ से किया गया था। लेकिन ज़िया मोहिउद्दीन, सईद जाफ़री, रोशन सेठ और जॉन श्रापनेल जैसे मुख्य कलाकारों की शानदार अदाकारी के बावजूद मुझे लगता है कि मूल कहानी की बहुत सादा लेकिन दिल को छू लेनेवाली बात को कह पाने में फ़िल्म चूक गई।

मेरी बहुत अजीज़ ममेरी बहन हामिदा (जिनकी 31 मई, 1988 को मौत हो गई) अमेरिका से लौटते हुए सितम्बर में कुछ दिनों के लिए रुकीं। उस समय उनके साथ रहने और देखभाल करने के लिए न तो मेरे पास समय था और न ही जगह, क्योंकि मैं हैम्पस्टेड में अपने भतीजे बाबर के घर में जाने की तैयारी कर रही थी और अपना सारा सामान पैक कर चुकी थी। इसलिए हामिदा सलमान और कुसुम हैदर के साथ उनके सुन्दर सरकारी घर में रहीं जो भारत के डिप्टी हाई कमिश्नर को मिलता है।

मेरी छोटी बहन उज़रा जुलाई से सितम्बर तक मेरे साथ रहने के लिए आई, जब वह वहीं थी, बीबीसी ब्रिस्टल ने अपने एक शो 'नेटवर्क ईस्ट' के लिए मेरा एक इंटरव्यू लिया। कार्यक्रम के निर्देशक विवियन इलिस और इंटरव्यू लेनेवाले कुलवन्त भोला दो दिन के लिए लन्दन आए और उन्होंने मुझे मेरे फ़्लैट में बेडरूम और बगीचे में, ग्लाउसेस्टर रोड पर चहलकदमी करते हुए, बैलीज़ होटल में बॉम्बे ब्रेसरी में खाना खाते हुए और हाइड पार्क में सर्पेंटाइन के किनारे डेक कुर्सी पर बैठे हुए फ़िल्माया। उन्होंने दो दिन की शूटिंग को काट-छाँटकर आठ मिनट की दिलचस्प फ़िल्म बनाई। मैंने उनसे कहा कि वह इस फ़िल्म को सँभालकर रखें क्योंकि यह मेरे लिए एक शानदार श्रद्धांजलि का काम करेगी!

मेरे दिल्ली लौटने से ठीक पहले लेखक फ़िरदौस अली ने मेरे सम्मान में विदाई के बतौर एक डिनर पार्टी रखी और उसके लिए अपने साउथहॉल स्थित घर में थिएटर से जुड़े बहुत से लोगों को बुलाया। फ़िरदौस ने 1969 में मेरी किताब की पहली पांडुलिपि के लिए भी मेरी बहुत मदद की थी। उन्होंने बिना कोई पैसा लिये उसे टाइप किया और उसकी प्रतियाँ बनाईं। आप समझ ही सकते हैं कि इतने सारे कामों के बीच जब मैंने आख़िरकार भारत वापस लौटने का फ़ैसला किया, वह समय मेरे लिए कितना मसरूफ़ियत भरा रहा होगा। मैंने तय

किया था कि सितम्बर, 1987 जाने के लिए सही समय रहेगा क्योंकि उसके बाद मुझे वहाँ अपने लिए कोई काम आता नज़र नहीं आ रहा था। इसलिए मैंने थाई एयरवेज से 26 सितम्बर की दिल्ली जाने की टिकट पक्की की। मैं अपना सामान भारत भेजने के लिए 21 जुलाई से ही शिपिंग कम्पनियों से बातचीत कर रही थी और इसके लिए बेकर, ब्रिट एंड कम्पनी को यह काम सौंपा। मेरा छोटा भाई इकराम और उसकी बीवी नैयर अपनी दोनों बेटियों और उनके परिवारों से मिलने कराची से अमेरिका जा रहे थे और रास्ते में 9 अगस्त को वह लन्दन पहुँचे। अपनी दो उड़ानों के बीच वह लन्दन में पोस्टहाउस होटल में रुके थे जहाँ उज़रा और मैं उनसे मिलने गए।

वापस लौटने से पहले तमाम तरह की जानकारियाँ दफ़्तरों को पहले से ही देनी थीं, कुछ को टेलीफ़ोन से और कुछ को चिट्ठी लिखकर। मुझे अपने मकान मालिक हॉर्नसे हाउसिंग ट्रस्ट को फ़्लैट ख़ाली करने के बारे में बताना था। टेलीफ़ोन, गैस और बिजली विभागों को इन सब सेवाओं को हटा लेने के बारे में कहना था। नगरपालिका को कहना था कि वह कूड़ा ले जाने के लिए अपने कर्मचारी भेजें। वाशिंग मशीन बन्द करवानी थी, डाकखाने को अपना आगे का पता देना था। बैंक और हाउसिंग सोसाइटी से जुड़ा हिसाब-किताब निपटाना था। पेंशन के स्थानीय और विदेशी दफ़्तरों और आयकर विभाग को अपने जाने की ख़बर देनी थी।

मैं ख़ुशकिस्मत रही कि मुझे अपना फ़्लैट छोड़ने और भारत लौटने के बीच के दस दिन रुकने के लिए बाबर और एम्मा के बड़े से फ़्लैट में जगह मिल गई। वरना सारी सुविधाएँ हट जाने के बाद अपने फ़्लैट में रुक पाना बहुत मुश्किल होता क्योंकि मैं अपना सारा बिस्तर वग़ैरह भी पहले ही दिल्ली भिजवा चुकी थी।

आख़िरकार, शनिवार 26 सितम्बर का दिन भी आ पहुँचा। मैंने हिथ्रो के लिए एक छोटी गाड़ी बुला ली थी। बाबर को कुछ काम के सिलसिले में लन्दन जाना पड़ गया था और एम्मा को सुबह ही अपने बच्चों को स्कूल छोड़ने जाना था तो मैंने उनसे घर पर ही विदा ली। मेरे प्यारे अज़ीज़ दोस्त रेनू सतना, जो पिछले 25 सालों से साथी रहे थे, ने मुझे हवाई अड्डे पर मिलने का और सामान रखवाने वग़ैरह में मेरी मदद का वादा किया था। रेनू और मैंने कई सारे कार्यक्रमों में साथ काम किया था, ख़ासतौर पर रेडियो पर, और हम दोनों एक-दूसरे के नाटक देखने ज़रूर जाते थे। जब उनकी माँ जीवित थीं तो किरण नन्हीं सुजाता को उनकी देखरेख में छोड़ जाती थी और मुझे उनके घर पर खाए सबसे स्वादिष्ट खाने अब तक याद हैं। मेरे बच्चों और मेरे लिए साउथ-वेस्ट लन्दन में उनका फ़्लैट हमारा दूसरा घर था। अब भी इंग्लैंड से आनेवाले सबसे प्यार-भरे ख़तों में से कुछ रेनू के होते हैं। लन्दन में एक काबिल कलाकार के बतौर उन्होंने अपनी मज़बूत जगह बनाई है, और एक इनसान के बतौर वह हमेशा ही बुज़ुर्ग और अकेले लोगों की मदद करते हैं और कमज़ोर लोगों पर होनेवाले अन्याय के ख़िलाफ़ आवाज़ उठाते हैं।

मुझसे कई बार पूछा जाता है कि मैंने इसी समय क्यों इंग्लैंड छोड़ने का फ़ैसला किया। अब इसे मेरी इच्छा कहें या मेरे अन्दर की आवाज़ या फिर किसी अनजान ताक़त की ओर से सुझाया गया रास्ता, लेकिन मुझे अब अहसास हो गया था कि यही समय है जब मुझे ख़ुद

पर थोपे इस निर्वासन से छूट जाना चाहिए। मेरे दोनों बच्चे किरण और पवन दिल्ली में बस चुके थे और यहाँ मैं, अपने छोटे-से परिवार का केन्द्र, इतनी दूर एक विदेशी ज़मीन पर रह रही थी। हालाँकि यह सच था कि आख़िरकार मैं अपने लिए एक पहचान बना पाने में कामयाब रही थी, यह भी कि मैं हॉर्नसे के सुन्दर से एटिक फ़्लैट में बहुत ही आराम से रह रही थी, यह कि यहाँ मेरे बहुत से प्यारे दोस्त और रिश्तेदार बस एक फ़ोन कॉल की दूरी पर मौजूद थे, मैं इतनी बचत कर सकी थी कि आर्थिक तौर पर सुरक्षित महसूस कर सकूँ, लन्दन की आबो-हवा मुझे रास आती थी, साथ ही लन्दन की सामाजिक सुरक्षा व्यवस्था में मुफ़्त यात्रा, लगभग मुफ़्त इलाज वग़ैरह की वजह से मैं बहुत सस्ते में रह सकती थी...यह सब कुछ वहाँ था लेकिन अपनी ज़िन्दगी में पहली बार मैं अपने देश में जाकर रहना चाहती थी, मैं ख़ुद को अलग महसूस किए बिना लोगों की भीड़ में घुल-मिल जाना चाहती थी, जहाँ मुझे 'काला' या 'दूसरे रंग' वाले की तरह न देखा जाए।

ब्रिटेन में रह रहे हम सब लोगों को हमेशा अपनी छवि अच्छी बनाए रखने की चिन्ता रहती थी जिससे कहीं हम अपने देश को शर्मिन्दा न कर दें। हमेशा अच्छे से अच्छे बर्ताव करने का तनाव रहता था जिसे हमारे बाद आनेवाले लोग उदाहरण के तौर पर ले सकें। मुझे अब इस बात का भी अहसास होता था कि मैं ज़िन्दगी के सफ़र के अन्तिम पड़ाव से गुज़र रही हूँ और आख़िरी पल अपने लोगों के बीच अपने देश में बीतने चाहिए। मैं हमेशा ही अपने बच्चों के लिए विरासत में थोड़ा बहुत कुछ छोड़ना चाहती थी और अपनी छोटी-सी बचत की मदद से मैं दक्षिण दिल्ली में एक छोटा दो बेडरूम का फ़्लैट ख़रीद सकती थी। इसके अलावा देश लौटने की ख़ास वजह थी अपने दो छोटे पोते-पोती पवन के बेटे रोहन और बेटी तमारा को बढ़ते हुए देखना। किरण की बेटी सुजाता लन्दन में ही पैदा हुई थी और उनके भारत लौटने तक मैंने उसके बचपन का भरपूर मज़ा लिया, बाद में भी मैं जब भारत आई तो किरण के साथ रुकती थी इसलिए पवन के दोनों बच्चे मेरे लिए लगभग अजनबी ही थे।

दिल्ली को लेकर मेरा पहला तजुर्बा काफ़ी ख़ुशनुमा रहा। सबसे बढ़िया बात थी, शानदार मौसम, हर रोज़ पूरे दिन चमकती धूप रहती थी जो ऊपर वाले की नियामत लगती थी। लगता था धूप सबको ख़ुश और चिन्ताओं से दूर कर रही हो, हर कोई हँसता, मज़ाक करता दिखाई देता था। मैं किरण के साथ एक काफ़ी जगह वाले खुले से फ़्लैट में रहने लगी थी, जो उसने अपने दूसरे पति के साथ तलाक़ के बाद किराए पर लिया था, जिससे उसके साथ मैं और सुजाता भी रह सकें और वह अपना डांस सिखाने का काम भी जारी रख सके। यह घर दो तलों पर था, सुजाता और मेरे पास अपने अलग बेडरूम थे और हम दोनों एक बाथरूम इस्तेमाल करते थे। किरण का सोने का कमरा और बाथरूम निचले हिस्से में था, जिसमें एक बड़ा सा हॉल और बैठक का कमरा था। हम सब यहीं खाना खाते थे और किरण यहीं अपनी रिहर्सल करती थी और डांस सिखाती थी। किरण और मैं किराए और घर के ख़र्च में बराबर की हिस्सेदारी करते थे। घर की साफ़-सफ़ाई के लिए हमारे पास तमिलनाडु की एक छोटी लड़की थी। किरण और मैं बारी-बारी से खाना बनाते थे और वह लड़की चावल, दाल और रोटी बनाने जैसे कामों में मदद करती थी।

लेकिन तभी मुसीबत शुरू हो गई। 24 नवम्बर को किरण अपने डांस दौरे पर रूस और यूरोप के लिए रवाना हुई जो लगभग तीन महीने चलनेवाला था। उसी बीच सुजाता और वह लड़की मियादी बुख़ार से बीमार पड़ गए, बाद में मैं भी बुख़ार की चपेट में आ गई। अब मुझे खाना बनाने, सफ़ाई, कपड़े धोने, ख़रीदारी करने के साथ-साथ उसी हालत में दोनों बीमारों की देखभाल भी करनी पड़ती थी। ऊपर की मंज़िल में रहने से मुश्किल और बढ़ गई थी। बाद में जब दोनों लड़कियों की हालत सुधरी तो मैंने नौकरानी को निज़ामुद्दीन में रहनेवाली उसकी बहन के पास भेजा और सुजाता का पॉलिटेक्निक के हॉस्टल में दाख़िला दिलवाया, जहाँ से वह डिज़ाइन का कोर्स कर रही थी। 5 दिसम्बर को मैं और मेरी ममेरी बहन हामिदा नौ दिन के सफ़र पर कालाढूँगी/भीमताल के लिए निकल पड़े, हमारा इरादा कुछ घरों का मुआयना कर एक कॉटेज ख़रीदने का था। उसके बाद हम अपने मामा मसूदुज़्ज़फ़र और मामी फाख़रा से मिलने रामपुर गए।

यह सफ़र ख़ासा थका देने वाला रहा क्योंकि तब तक मैं अपनी बीमारी से पूरी तरह उबरी नहीं थी और हामिदा को बहुत बुरी सर्दी और खाँसी थी। बसें क़तई भरोसेमन्द नहीं थीं और गन्दी थीं, इसके अलावा कालाढूँगी और भीमताल दोनों ही जगह हमारे ठहरने की जगहें बिल्कुल भी आरामदायक नहीं थीं। इन सबके बावजूद हम दोनों ने सफ़र का भरपूर मज़ा लिया और इसे ऐसे रोमांच के तौर पर लिया जिस पर बाद में हँसा जा सके। मेरे दोस्त आनन्द परिवार का घर और कैम्प कालाढूँगी में बहुत अन्दर और ख़ूबसूरत जंगल के बीच में था, जहाँ सुबह सब्ज़ी की क्यारी में शेर-बाघ के पंजों के निशान देखे जा सकते थे। कहते थे कि एक जंगली हाथी जब भी पास के पानी के सोते पर प्यास बुझाने आता था वह जंगल में मौजूद प्राचीन मन्दिर का घंटा बजाता था। उन दिनों कैम्प की इमारत बन ही रही थी, इसलिए आनन्द परिवार टैंट और झोंपड़ियों में रह रहा था। हर रात को हम आग के आसपास बैठकर नीचे सोते पर पकड़ी हुई मछलियों को भूनकर खाते थे। यह समय भूली-बिसरी बातों को याद करने का भी रहा क्योंकि मिस्टर आनन्द के ससुर जी और कोई नहीं बल्कि प्राणनाथ खन्ना थे जो पृथ्वीराज कपूर के रिश्ते के भाई थे और चौदह साल पृथ्वी थिएटर के मैनेजर रह चुके थे। उनके और उनकी पत्नी कैलाश के साथ रहने पर लग रहा था कि हम बीते दिनों की तरह ही किसी 'दौरे' पर हैं। यह कॉर्बेट नेशनल पार्क में घूमने के लिए सही मौसम नहीं था लेकिन हमने कालाढूँगी में कॉर्बेट का बँगला देखा जिसे अजायबघर में बदल दिया गया है, पिछले जाड़ों में बीबीसी की टेलीफ़िल्म 'मैनइटर्स ऑफ़ कुमाऊँ' के लिए मैंने यहीं शूटिंग की थी।

रामपुर में रहना बहुत आरामदायक रहा, यहाँ हम एक बहुत बड़े बँगले में रहे जिसका डिज़ाइन कई साल पहले मेरे भाई ज़ाकान ने बनाया था। इसमें बड़े-बड़े लॉन और बगीचे थे और हर ज़रूरत पूरी करने के लिए तमाम नौकर-चाकर थे। इसके अलावा स्वादिष्ट खाना और मामी फाख़रा की प्यार-भरी देखभाल, मेरी यह मामी उम्र में मुझसे बहुत छोटी थी और अपने अब्बा की ओर से रिश्ते में मेरी बहन भी लगती थी।

मैं 1986 में जब भारत आई थी तो मैंने अपने दोस्तों को हमेशा के लिए यहीं लौट आने के अपने इरादे के बारे में बताया था। मुझे सलाह दी गई कि मुझे रहने के लिए सरकारी घर

पाने के लिए अर्ज़ी देनी चाहिए जो कलाकारों को दिए जाते हैं। इसलिए मैंने लन्दन से ही राजीव गांधी को इस बाबत चिट्ठी लिखी जिस पर एक सरकारी अधिकारी ने किरण को इत्तला दी कि अगर मैं भारत में ही रह रही हूँ तो मुझे घर मिलना आसान होगा। भारत पहुँचने के बाद मैंने इस सिलसिले में एक बार फिर प्रधानमंत्री दफ़्तर का दरवाज़ा खटखटाया और कलाकारों को दिए जानेवाले फ़्लैट के लिए अर्ज़ी दे दी। मैं जिन महाशय से मिली उन्होंने मुझे तसल्ली देते हुए कहा कि मुझे घर मिलने में कोई दिक़्क़त नहीं होगी और तमाम औपचारिकताएँ पूरी होने के बाद मुझे छह से आठ महीने के अन्दर रहने का ठिकाना मिल जाएगा। उन्होंने मुझसे कहा कि वह एक-दो दिन में ख़ुद संस्कृति सचिव से बात करेंगे कि उनका निजी सचिव मुलाक़ात के लिए समय तय करके मुझे इत्तला करेगा। ज़ाहिर है कि ऐसी कोई मुलाक़ात तय नहीं की गई और मेरी ओर से तमाम तरह के काग़ज़ात पेश करने के बावजूद इस मसले पर कुछ हासिल नहीं हुआ। मैं एक के बाद दूसरे मंत्रालय और एक के बाद दूसरे सचिव के दफ़्तर के चक्कर लगाती रही और इस तरह कई बार गोल-गोल घूमने के बाद वहीं पहुँच जाती थी जहाँ से शुरुआत की थी। हारकर मैंने यह दौड़ छोड़ दी और एक छोटे फ़्लैट की तलाश शुरू कर दी जिसे मैं अपनी बचत से ख़रीद सकूँ। यह काफ़ी मशक्कत का काम था, ख़ासतौर पर इसलिए क्योंकि मुझे बीच-बीच में खोज का काम रोक देना पड़ता था।

पहले, मुझे दूरदर्शन के लिए एक नाटक करने का प्रस्ताव मिला, यह चेख़व की कहानी 'एनीवर्सरी' का उर्दू तर्जुमा था। मुझे इसमें एक पागल और धूर्त औरत का किरदार निभाने में बहुत मज़ा आया जो हर सरकारी दफ़्तर में जाकर बेईमानी से अपने पति की पेंशन की माँग करती है जिसके बारे में वह कहती है कि वह बिस्तर पर पड़ा है। यह काम 25 जनवरी से 8 फरवरी तक चला। फरवरी के आख़िर में पाकिस्तान से उज़रा आई और हम दोनों अपनी बहन आपा और उनके खाविन्द ज़ैन से मिलने लखनऊ गए। जब मैं लखनऊ में ही थी, उसी दौरान मुझे लन्दन के अल्बेनी एम्पायर थिएटर से 'रोमियो एंड जूलियट' नाटक में नर्स का किरदार निभाने का न्यौता मिला, जो अफ़्रीकी-एशियाई पृष्ठभूमि पर तैयार किया गया था। मुझे यह जान कर ख़ुशी हुई कि वे लोग जहाज़ का मेरा वापसी टिकट और लन्दन में ठहरने के ख़र्च के साथ हफ़्तावार ख़र्चा देने के लिए भी तैयार थे।

तो मैं लन्दन जाने की तैयारियों के लिए 16 मार्च को दिल्ली वापस आई। यहाँ आकर पता लगा कि भारत की नागरिकता से जुड़े नियम के तहत अगर मैं यहाँ आने के बाद एक साल से पहले ही देश से बाहर जाती हूँ तो मुझे भारी जुर्माना देना पड़ेगा। दरअसल लन्दन से मेरा निजी सामान (जिसमें ज़्यादातर इलेक्ट्रॉनिक उपकरण शामिल थे) बिना किसी टैक्स के भारत लाने दिया गया था। अब अगर मैं अप्रैल में भारत से बाहर जाती जैसा कि तय था तो मुझे तक़रीबन 2,000 पाउंड का जुर्माना देना पड़ता, जो मैं नहीं दे सकती थी। इसलिए मैंने एल्बेनी एम्पायर को तार लिखकर इत्तला दी कि कस्टम नियमों के चलते मेरा उनके साथ काम करना सम्भव नहीं हो सकेगा।

उज़रा लखनऊ से वापस आई और हम दोनों 25 मार्च को बॉम्बे के लिए रवाना हो गए, जहाँ हम अपने प्यारे दोस्तों, कैलाश और प्राण नाथ खन्ना के साथ मातुंगा में ठहरे। बॉम्बे

में पृथ्वी थिएटर के पुराने दोस्तों के साथ खाने-पीने के दौर चले। उज़रा ने 3 अप्रैल को एकल औरत का एक शानदार शो किया जिसे मेरी भारतीय एजेंट डोली ठाकोर ने पैडर रोड पर अपने फ़्लैट पर करवाया। हम लोग 8 अप्रैल को दिल्ली आए और उज़रा 12 अप्रैल को पाकिस्तान लौट गई।

मई और जून में ख़ास कुछ नहीं हुआ सिवाय जून में दस दिन के लिए नैनीताल जाने के। जब दिल्ली की गरमी बर्दाश्त से बाहर हो गई तो मैं मदर इंटरनेशनल की बस में बैठकर नैनीताल पहुँच गई, जहाँ मैं सामी और लाला के साथ उनके कमांड हाउस बँगले में रही। 'हॉक्स कॉटेज' कहा जानेवाला यह अंग्रेज़ों के ज़माने का सुन्दर बँगला पहाड़ के छोर पर था जहाँ से नैनी झील नज़र आती थी। मौसम शानदार था और नज़ारे ख़ूबसूरत। सामी जून 1988 में एरिया कमांडर था, जिसकी स्टाफ कार के आगे और पीछे एक-एक जीप साथ चलती थी। जब भी हम किसी सरकारी कार्यक्रम में जाते थे तो गाड़ियों का यह काफ़िला सायरन बजाता और झंडे लहराता हुआ रास्तों से गुज़रता था। हालाँकि ऐसे में ख़ुद के ख़ासमख़स होने का अहसास तो होता था लेकिन देखने पर यह किसी नाटक का कोई मज़ाकिया हिस्सा मालूम होता था। मेरे मामा मसूद और मामी फाखरा भी कुछ समय के लिए वहाँ रहे। मामा को कुछ साल पहले दिल का दौरा पड़ा था, जिसके बाद वह देखभाल के लिए किसी बच्चे की तरह लाचार हो गए थे। हालाँकि वह पूरी तरह से बिस्तर पर थे लेकिन इसके बावजूद उन्होंने हँसी-मज़ाक़ का साथ नहीं छोड़ा था। जब मामी उन्हें किसी ऐसी चीज़ से रोकती जिसके लिए डॉक्टर ने मना किया हो तो वह झूठी नाराज़गी दिखाते हुए उनकी पीठ पर पिस्तौल तानने की एक्टिंग करते। यह मेरी उनसे आख़िरी मुलाक़ात थी क्योंकि कुछ महीने बाद उनकी मौत हो गई थी। मई में हामिदा (वह अपनी इस भतीजी के बहुत क़रीब थे) की मौत का सदमा उनकी बीमार हालत पर भारी पड़ा था।

जुलाई में मुझे 'मोटे राम का सत्याग्रह' नाटक में नकचढ़ी पंडितावती का किरदार करने को मिला। हबीब तनवीर के निर्देशन वाला यह नाटक जन नाट्य मंच स्ट्रीट थिएटर ग्रुप के सफ़दर हाशमी ने दो और नाटक मंडलियों के साथ मिलकर तैयार किया था। इसके शो 30 और 31 जुलाई, 1988 को प्यारेलाल हॉल में होने थे। नाटक में जवान दिखने के लिए मुझे अपने बाल रँगने पड़े क्योंकि इसमें मेरे पति का किरदार निभानेवाला अदाकार उम्र में मुझसे काफ़ी छोटा था। हबीब तनवीर के बेहतरीन निर्देशन और एक-दो कलाकारों की शानदार अदाकारी के चलते यह नाटक बहुत कामयाब रहा और इसके और शो होने भी तय हुए। सफ़दर उसमें मेरी हिस्सा लेने की बाबत बात करने के लिए मेरे पास आया लेकिन मैंने मना कर दिया। मना करने की पहली वजह तो यह थी कि मैं फिर से अपने बाल रंगना नहीं चाहती थी (मुझे लग रहा था कि काले बालों में मैं बिल्कुल कार्टून नज़र आ रही थी) और दूसरा यह कि मैं बिना फ़ीस लिये ग़ैर-पेशेवर तरीक़े से कोई काम नहीं करती थी। मेरे पहले के दो शो के लिए नाट्य मंच ने मुझे पैसे दिये थे लेकिन मुझे पता था कि आगे होनेवाले शो के लिए मुझे पैसे दे पाना उनके लिए मुश्किल होगा, इसलिए मैं उन्हें शर्मिन्दा नहीं करना चाहती थी।

तक़रीबन पाँच महीने बाद, पहली जनवरी, 1989 को बेचारे सफ़दर की क्रूरता के साथ हत्या कर दी गई जब वह अपने ग्रुप के साथ दिल्ली के बाहरी इलाक़े साहिबाबाद में एक राजनीतिक नुक्कड़ नाटक कर रहा था।

हत्यारे कथित रूप से विरोधी राजनीतिक पार्टी के थे और पुलिस सरेआम हुई इस हत्या पर आँख मूँदे रही। इसके ख़िलाफ़ राजधानी दिल्ली में बहुत से मोर्चे निकाले गए, बैठकें हुईं, मशाल जुलूस और सांस्कृतिक कार्यक्रम किए गए, जिनमें सभी जागरूक कलाकारों, अदाकारों, डांसरों, कवियों, चित्रकारों, मूर्तिकारों, गायकों और संगीतकारों ने हिस्सा लिया। इन सभी लोगों ने बिना थके बढ़-चढ़कर इस क्रूरता के ख़िलाफ़ अपनी आवाज़ उठाई। साहिबाबाद से शुरू होकर दिल्ली के संगीत नाटक अकादमी तक पहुँचे मशाल-जलूस के बाद मशहूर कलाकारों को बोलने के लिए कहा गया। इनमें इब्राहम अल्काज़ी, भीष्म साहनी और एम.के. रैना शामिल थे, मुझे भी कुछ शब्द बोलने के लिए मनाया गया। 1 जनवरी, 1990 को सफ़दर की मौत की बरसी मनाई गई जिसमें विद्रोही तेवर वाले गाने और कविताएँ गाई गईं, साथ ही सफ़दर के काम पर बना एक वीडियो दिखाया गया। जानी-मानी फ़िल्म शख़्सियतें, जैसे-शबाना आज़मी, जावेद अख़्तर और ओम पुरी बॉम्बे से आए और उन्होंने कुछ पढ़कर सुनाया। साथ में दिल्ली के कलाकार इन्द्राणी रहमान, रोशन सेठ, कृष्ण खन्ना के अलावा दूसरे लोग भी इसमें शामिल हुए जिन्होंने अंग्रेज़ी, उर्दू और हिन्दी में कविताएँ पढ़ीं।

मैंने उर्दू में फ़ैज़ अहमद फ़ैज़ की अधूरी कविता 'इंतिसाब' पढ़ने के साथ शुरुआत की। फ़ैज़ की इस नज़्म में हर तरह के नागरिकों-क्लर्कों, डाकियों, ताँगे वालों, रेलवे ड्राइवरों, कारख़ानों के मजदूरों, किसानों, माँओं, बहनों, बीवियों, विधवाओं, प्रेमियों, पढ़नेवालों, क़ैदियों और आनेवाले कल के नुमाइंदों के दुख और तक़लीफ़ों की बात की गई है। ख़ूबसूरती से लिखी गई यह नज़्म बहुत मज़बूती से अपनी बात को रखती है।

बहरहाल, मैं अपनी बात में डेढ़ साल आगे चली गई। पीछे की बात करें तो 14 सितम्बर, 1988 को मैं फ्रांकोइस विलियर्स से मिली जो 'मन्निका' नाम से बनने जा रही फ़िल्म के निर्देशक थे। यह फ़िल्म नियूली-सुर-सियेने, फ्रांस में लेब्राडोर फ़िल्म कम्पनी बनानेवाली थी। उन्होंने कहा कि उन्होंने 'ज्वैल इन द क्राउन' में मुझे देखकर मेरी लियाकत की वजह से फ़िल्म के लिए चुना है और मेरी छोटी आँखों की वजह से भी क्योंकि फ़िल्म में मुझे नेपाली माँ का किरदार करना था।

हमारे दोस्तों, कैलाश और प्राण नाथ खन्ना ने बॉम्बे में मातुंगा वाला अपना फ़्लैट बेच दिया था और दिल्ली के बाहर बसी कॉलोनी नोएडा में आ गए थे। उन्हें पता था कि मैं एक छोटा फ़्लैट या कॉटेज ख़रीदने के लिए ढूँढ़ रही हूँ, तो उन्होंने मशवरा दिया कि मैं उनके आसपास ही कुछ ख़रीद लूँ। इस तरह मकान के लिए तलाश एक बार फिर से शुरू हो गई। मैं ज़मीन देखने नोएडा गई जो बीच दिल्ली से तक़रीबन 20 किलोमीटर दूर था। पवन को, जो पहली बार मुझे वहाँ लेकर गया था, वहाँ का खुलापन और ताज़गी बहुत पसन्द आई। उसने सोचा कि अगर हम दोनों मिलकर एक जगह ख़रीदें जिसमें वह निचला हिस्सा किराए पर लगा देगा और मैं ऊपरी हिस्सा ख़रीद लूँ। उस समय नोएडा में ज़मीन दिल्ली के मुक़ाबले

काफ़ी सस्ती थी, इसलिए हमने ज़मीन ख़रीदकर ख़ुद दोमंज़िला घर बनवाने के बारे में भी सोचा। लेकिन मुझे लगता है कि मेरी बहू सीमा ने सोचा कि नोएडा जाकर वह अपने पिता से जो सफ़दरगंज एनक्लेव में रहते थे और बाक़ी जाननेवालों से बहुत दूर हो जाएगी। इसके अलावा बच्चों के स्कूल में दाख़िला करवाने का भी सवाल था। ऐसे में मेरे लिए अपने दोनों बच्चों किरण और पवन से इतनी दूर अकेले नोएडा में रहना बेवक़ूफ़ी होती, लिहाज़ा आख़िरकार यह बात वहीं ख़त्म हो गई।

'मन्निका' फ़िल्म में काम करने का मौक़ा उन्हीं दिनों सामने आया और मैं 27 नवम्बर, 1988 को काठमांडू रवाना हो गई। दिल्ली में हवाई अड्डे पर मेरी अचानक सोनी राज़दान से मुलाक़ात हो गई, जो मेरी बहुत ही अच्छी दोस्त थी, और उन्होंने 1978 में मेरे साथ 'पड़ोसी' सीरीज़ में काम किया था। अब उन्होंने मशहूर फ़िल्म निर्देशक महेश भट्ट से शादी कर ली थी, उनकी एक छोटी बच्ची थी जिसे वह बॉम्बे में एक आया की देखरेख में छोड़कर आई थीं। बाद में पता चला कि वह इस फ़िल्म में मेरी बहू का किरदार निभानेवाली थीं, जो एक अच्छी बात थी। 'मन्निका' की कास्टिंग निर्देशक जेनिफ़र जाफ़री पहले ही काठमांडू में शांगरी-ला में रुकी हुई थीं जहाँ हम सब ठहरे हुए थे। हम तीनों ज़्यादा से ज़्यादा समय एक दूसरे के साथ बिताते थे और लन्दन में साथ बिताए पुराने ख़ूबसूरत दिनों को याद करते थे। यह होटल हालाँकि काठमांडू के सबसे शानदार होटलों में से नहीं था लेकिन बहुत आरामदायक और बढ़िया मेज़बानी वाला था। मौसम बढ़िया था, हम लोग खुले में धूप की बड़ी छतरियों के नीचे बैठकर दोपहर का खाना खाते थे।

फ़िल्म में मेरा काम बहुत थोड़ा सा था, इसलिए मैंने यहाँ अपने ख़ाली समय का काफ़ी लुत्फ़ उठाया जैसे छुट्टी में हूँ। दरअसल सच तो यह था कि फ़िल्म के निर्देशक को मेरा काम कुछ ज़्यादा ही 'नाटकीय' लगा। मेरा पहला सीन फ़िल्माने के बाद उन्होंने कैमरे से दूर होते हुए कहा, "मैडम सहगल, यह बहुत ख़राब था!" मुझे लगा कि वह मज़ाक कर रहे हैं लेकिन बाद में अहसास हुआ कि वह सच बोल रहे थे। मेरे ज़्यादातर सीन में उन्हें मेरा काम या तो कुछ 'ज़्यादा नाटकीय' लगा या 'ज़रूरत से हल्का' लगा। इसलिए मुझे बहुत आश्चर्य हुआ जब लैब्राडोर फ़िल्म्स के निर्माताओं ने चिट्ठी लिखकर जानना चाहा कि क्या मैं जनवरी 10-20 के बीच होनेवाले कलकत्ता फ़िल्म फ़ेस्टिवल में फ़िल्म 'मन्निका', 'द गर्ल हू लिव्ड ट्वाइस' की प्रतिनिधि के रूप में शामिल होने के लिए समय निकाल सकूँगी! मैंने उन्हें तार भेजकर कहा कि यह मेरे लिए इज़्ज़त की बात होगी। जनवरी 16 को मुझे उनकी ओर से एक तार मिला जिसमें मुझे कलकत्ता में फ़ेस्टिवल से जुड़े किसी महाशय से बात करने के लिए कहा गया था। हमारे टेलीफ़ोन में एसटीडी सुविधा न होने की वजह से इसमें काफ़ी समय लग जाता, और वैसे भी फ़ेस्टिवल ख़त्म होने ही वाला था। इसलिए मैंने वहाँ जाने का इरादा छोड़ दिया, पता नहीं फ़िल्म कैसी रही। जेनिफ़र जाफ़री, जिसने बॉम्बे (या लन्दन) में फ़िल्म का प्रीव्यू देखा था, ने कहा कि उसे मेरा और मन्निका का किरदार करनेवाली छोटी लड़की का काम अच्छा लगा, लेकिन सारे वितरक आधी फ़िल्म देखने के बाद ही सिनेमा हॉल से बाहर आ गए थे। फ़िल्म की कहानी बहुत दिलचस्प है—दक्षिण भारत में रहनेवाले एक मछुआरे की दस साल की लड़की ज़ोर देकर कहती है कि यह उसका घर नहीं है और

वह अपने पिछले जन्म के पति और घर के बारे में बताती है। एक कैथोलिक पुजारी, जिसका किरदार जुलियन सैंड्स ('रूम विद द व्यू' से मशहूर) ने निभाया था, इस बच्ची की कहानी में दिलचस्पी लेता है और उसके साथ नेपाल जाकर लड़की की बताई जगह पर पहुँच जाता है। वहाँ जाकर उसे पता चलता है कि दरअसल वहाँ सच में ऐसा परिवार है जिसके बारे में लड़की बात करती थी। लेकिन उसके पिछले जन्म का पति अब दूसरी शादी कर चुका होता है जिससे उसका एक बेटा भी है। शुरुआत में वह आदमी और उसकी माँ इस बच्ची की बात पर विश्वास नहीं करते और उस पर शक करते हैं, लेकिन बाद में मान जाते हैं कि यह लड़की उन्हीं के घर की औरत है जो दस साल पहले बच्चे को जन्म देते वक़्त मर गई थी। ज़ाहिर सी बात है कि इस पूरे वाक़्ये से आदमी की दूसरी पत्नी चिढ़ी हुई है। मन्निका नाम की यह छोटी लड़की हालाँकि अब भी अपने पहले पति से बहुत प्यार करती है, लेकिन उसे अहसास होता है कि मौजूदा हालात में उसका अपने पुराने घर में रहना असम्भव होगा और आख़िरकार वह अपने मछुआरे माँ-बाप के पास भारत लौट आती है।

हम लोग 12 दिसम्बर तक काठमांडू में रहे और इस ख़ूबसूरत घाटी के आसपास की तमाम घूमनेवाली जगहों को देखने गए। ऊँची ढलानों पर धुन्ध छाई थी, वरना हम किसी एक जगह से माउंट एवरेस्ट का नज़ारा भी ले सकते थे। मुझे किसी ने बताया कि सईद जाफ़री ने, जिनका फ़िल्म में काम मेरे यहाँ पहुँचने के एक दिन पहले ही ख़त्म हो चुका था, हवाई जहाज़ से माउंट एवरेस्ट के ऊपर उड़ान भरी थी। मैं ख़ुद ऐसा करना चाहती थी, और मेरे पास इसके लिए समय भी था लेकिन यह हवाई दौरा काफ़ी महँगा सौदा साबित हो रहा था। इस पर ख़र्च करने की बजाय मैंने उन पैसों का इस्तेमाल अपने बच्चों और नाती-पोतों को भेंट देने के लिए चीज़ें ख़रीदने में करने का फ़ैसला किया।

मेरी सबसे छोटी बहन साबरा 18 दिसम्बर को लाहौर से मेरे पास पहुँची। उन दिनों क्योंकि सुजाता की भी क्रिसमस की छुट्टियाँ चल रही थीं तो हम तीनों आपा और ज़ैन के पास रहने लखनऊ चले गए। यह छुट्टियाँ बहुत ही बढ़िया बीतीं, लखनऊ में रहनेवाले हमारे सारे रिश्तेदारों ने हमारी ख़ूब ख़ातिरदारी की। यह आपा के बेटे सामी के एरिया कमांडर के बतौर नौकरी के आख़िरी दिन थे, उसे एक बड़ा-सा बँगला मिला हुआ था जिसमें मेहमानों के रहने के लिए बहुत सारे कमरे थे, नौकरों की फ़ौज थी और बड़े-बड़े लॉन थे। केवल बगीचे और बगिया की देखभाल के लिए ही कई सारे नौकर लगे थे। हम लोग हर सुबह नाश्ते में ताजा अंगूरों का स्वादिष्ट जूस पीते थे। सामी ने नए साल की दावत की थी जिसके लिए तक़रीबन 50 रिश्तेदारों को बुलावा भेजा गया था जो ऑस्ट्रेलिया, बेल्जियम, ओमान, पाकिस्तान, बॉम्बे, दिल्ली, शिमला, रामपुर, बरेली और बाक़ी जगहों से आए। नए साल की इस पार्टी के अलावा हर रोज़ ही लखनऊ में रहनेवाले कभी किसी चाचा, मामा तो कभी किसी भतीजी के घर दावत होती थी। हम लोगों ने घी-तेल से भरपूर लजीज़ खानों का भरपूर लुत्फ़ लिया। सुजाता और मैं 1 जनवरी, 1989 को दिल्ली वापस लौट गए, कुछ दिन बाद साबरा भी आ गई। साबरा 12 जनवरी, 1989 को लाहौर लौट गई।

जनवरी में सफ़दर की मौत और ज़मीन ख़रीदने के लिए नोएडा के चक्कर लगाने के अलावा ऐसा कुछ नहीं हुआ जिसकी चर्चा की जाए। रोबू (रवि शंकर) और सुकन्या की शादी 8 फरवरी को हुई और इस मौक़े पर उनके दिल्लीवाले घर 95 लोधी एस्टेट में एक ज़ोरदार पार्टी हुई। रोबू काफ़ी चुस्त और जवान दिख रहा था और उसकी दुल्हन काफ़ी बातूनी और सुन्दर दिख रही थी। मैं लन्दन में उसे कुछ सालों से जानती थी। फ़िलहाल क्योंकि मेरे पास कुछ करने को नहीं था तो मैंने कामेश्वर के बड़े भाई लिलम सहगल और उनकी पत्नी कुंजबाला से मिलने बनारस जाने का फ़ैसला किया। लिलम भाईसाहब कामेश्वर से केवल डेढ़ साल बड़े थे और दोनों भाइयों में बहुत अच्छी दोस्ती थी। लिलम और कुंजबाला मुम्बई में अक्सर हमारे साथ आकर ठहरते थे। किरण और मैंने यहाँ तक कि उज़रा ने भी उनके साथ कई ख़ुशनुमा दिन बिताए जब वे इन्दौर में रहते थे। कुंजबाला बहुत ही बढ़िया रसोइया थीं और हमने हर रोज़ स्वादिष्ट खाने का मज़ा लिया। मैंने उनके साथ सात दिन बिताए और हर दिन खाने में एक बिल्कुल नई चीज़ बनती थी। लिलम की आवाज़ और हावभाव कामेश्वर से बहुत ज़्यादा मिलते थे (केवल फ़र्क़ यह था कि जहाँ कामेश्वर हमेशा जोश से भरे रहते थे वहीं लिलम बहुत ही शान्त रहते थे)। उन्हें देखकर मुझे बार-बार अपने पति की याद आती रही।

दिल्ली लौटने पर मुझे थिएटर रॉयल स्ट्रैटफोर्ड ईस्ट की ओर से उनके आगे होनेवाले नाटक 'डाउन एवरी स्ट्रीट' में काम करने का बुलावा आया था। मेरा किरदार ख़ास मुझे ध्यान में रखकर लिखा गया था, मुझे बताया गया कि निर्देशक ने इस नाटक को शुरू करने के लिए दो साल का इन्तज़ार किया ताकि मैं इसके लिए फुरसत निकाल सकूँ। थिएटर ने मेरे आने-जाने का हवाई टिकट और इधर-उधर जाने के लिए गाड़ी का बन्दोबस्त किया लेकिन वह मेरे ठहरने का खर्चा नहीं दे रहे थे। मैंने बाबर और एम्मा को चिट्ठी लिखकर इसके बारे में बताया और उन्होंने खुली बाँहों के साथ अपने हैम्पस्टैड वाले सुन्दर घर में मेरा स्वागत किया। मैंने 12 अप्रैल को लन्दन के लिए उड़ान भरी और 1987 के अपने पुराने परिचितों से दोस्ती नई करने में जुट गई, क्योंकि मेरे पास 24 अप्रैल से रिहर्सल शुरू होने से पहले का समय ख़ाली था। नाटक की रिहर्सल चार हफ़्ते तक चली और उसके बाद के चार हफ़्ते इसके प्रदर्शन हुए।

'डाउन एवरी स्ट्रीट' चार बूढ़ी औरतों की कहानी है जिनमें से तीन दूसरे देशों से आकर यहाँ बसी हुई हैं और एक-कोकनी-है, जो लन्दन के ईस्ट एंड में रहती है। ये तीन अप्रवासी औरतें ऑस्ट्रिया, जमैका और भारत की हैं। मैंने गुजरात के एक पिछड़े गाँव की एक मुसलमान औरत का किरदार निभाया जो लन्दन में काम कर रहे अपने पति और बेटे के पास रहने के लिए अपनी बेटी के साथ 20 साल पहले यहाँ आई थी। उसका पति उम्र में उससे बहुत बड़ा और बीमार होने की वजह से अपनी बीवी पर शक करता है और उसके साथ बहुत बुरा व्यवहार करता है और आख़िरकार उनकी ज़िन्दगी से ग़ायब ही हो जाता है। बीना नाम की यह औरत इस नए देश के तौर-तरीक़ों के साथ सामंजस्य बैठाते हुए अपने दोनों बच्चों की परवरिश करती है। तमाम तरह की मुश्किलों का सामना करते हुए भी वह अपनी हिम्मत और हँसना-हँसाना नहीं छोड़ती और अपने बच्चों की शादी कर उनकी ख़ुशगवार गृहस्थियाँ ज़माने में कामयाब रहती है।

नाटक की शुरुआत पैसे वाली कम्पनियों द्वारा पूरे ईस्ट एंड इलाक़े को तोड़ने की बात से होती है जो वहाँ ऊँची इमारतें और बिंगो हॉल बनाना चाहती हैं। मंच के चारों कोने इन चार बूढ़ी औरतों के रहने की जगहें दिखाई गई थीं। एक जवान अंग्रेज़ लड़की अपनी रिसर्च के लिए टेप-रिकॉर्डर के साथ इंटरव्यू लेने के लिए इन बूढ़ी औरतों के पास आती है। हर किरदार से जुड़ी कुछ दिल छू जानेवाली और कुछ मज़ेदार बातों को छोड़कर नाटक में तनाव या विरोध जैसा कुछ नहीं है, इसलिए इसकी गति बढ़ ही नहीं पाती। नाटक की डॉक्यूमेंटरी जैसी शैली और इसके डायलॉग बहुत एकरस से हो जाते हैं। नाटक के किरदारों के बीच मुश्किल से ही कोई दूसरी कहानी चलती है, केवल आख़िर में जब गुंडे उन्हें डराकर वहाँ से भगाने के लिहाज़ से एक-एक को धमकाने आ जाते हैं। ये सब औरतें एक फ़्लैट में इंटरव्यू लेनेवाली लड़की के सामने जमा होती हैं, जो उन्हें सफ़ाई देती है कि उसे ख़ुद नहीं पता था कि उसकी रिसर्च का उन्हें डराने के लिए इस तरह से ग़लत इस्तेमाल किया जा सकता है। उसने सोचा था कि उसकी रिसर्च से जमा हुई जानकारियों से कम्पनियों से जुड़े लोगों को अहसास होगा कि उनके काम से लोगों की ज़िन्दगियाँ किस तरह से तबाह हो सकती हैं। चारों औरतें उनके घरों को तोड़े जाने की लड़की की ख़बर पर अलग-अलग तरीक़े से ग़ुस्सा ज़ाहिर करती हैं, जबकि मंच सहयोगी टुकड़े-टुकड़े करके चारों कमरों को तोड़ देते हैं और ख़ाली पड़े मंच के पीछे एक बोर्ड दिखता है जिसमें भविष्य में वहाँ बननेवाली इमारत दिखाई गई है।

सभी तीनों बूढ़ी औरतें काफ़ी तजुर्बेदार जानी-मानी कलाकार थीं लेकिन इंटरव्यू लेनेवाली का किरदार निभानेवाली लड़की, हालाँकि उस समय टी.वी. पर चल रहे 'द ईस्टएंडर्स' की लोकप्रिय तारिका थी, को थिएटर का तजुर्बा बहुत कम था। वह अपने मुख्य किरदार को मज़बूती से उभार पाने में नाकाम रही थी। अर्नोल्ड वेस्कर, जो नाटक खुलने की पहली रात वाला शो देखने आए थे, आधे नाटक के बाद चले गए। माफ़ी लिखते हुए उन्होंने कहा कि यह पूरा नाटक देख पाना उनके बस का नहीं था। ज़्यादातर समीक्षकों ने नाटक की बुराई करते हुए धज्जियाँ उड़ा दीं। मेरा ख़ुद का किरदार बहुत ग़लत लिखा गया था लेकिन लेखक विंसेंट फ़ॉक्सहाल और निर्देशक जेफ टियर ने मुझे अपने हिसाब से डायलॉग लिखने की मंजूरी दे दी थी। मेरे ख़याल से यही वजह थी कि ज़्यादातर समीक्षाओं में मेरे काम के बारे में अच्छा लिखा गया था।

नाटक ख़त्म होने तक मैं बाबर, एम्मा उनके बेटे चंगेज़ और बेटी अरुणा के साथ रही। मुझे एक कमरा दिया गया था जिसमें एक शॉवरवाला बाथरूम पूरी तरह से मेरे पास था। इस दौरान मैंने उनके बेहतरीन खानसामे कृष्णा के हाथ से बने स्वादिष्ट खाने का लुत्फ़ लिया। उनके घर में अक्सर रात के खाने में मेहमान होते थे, मैं ईस्ट एंड से लौटकर चुपचाप इस भीड़ में शामिल होकर तरह-तरह के खाने और बढ़िया लोगों के साथ का मज़ा लेती थी। एम्मा बहुत ही शानदार बीवी थी जो अपना घर और बच्चे बहुत अच्छी तरह से सँभालती थी। वह अपनी घरेलू ज़िन्दगी के साथ सामंजस्य बैठाते हुए टाउन-प्लानर के रूप में काम करती थी और एशियाई औरतों के रीति-रिवाजों पर किताबें भी लिखती थी।

1 जून, 1989 तक मैं एस.डब्लू.वन में सिमकी की बेटी के फ़्लैट में रहने आ गई थी, जो विक्टोरिया स्टेशन से काफ़ी नज़दीक था। मिनी (मीनाक्षी चेरियन) सेंट जेम्स कोर्ट होटल के पास एक ख़ूबसूरत छोटी सी जगह पर रहती थी, जहाँ वह वाइस प्रेसिडेंट की निजी सचिव के तौर पर काम करती थी। मिनी और किरण बान्द्रा के एक ही कॉन्वेंट स्कूल में पढ़े थे और हम अक्सर मिलते रहते थे, लेकिन जब से मैं हॉर्नसे में रहने लगी थी और मुझे पता लगा कि वह लन्दन में नौकरी कर रही है तो मैं अक्सर उससे मिलती थी, या तो उसके घर पर या मेरे घर पर। मेरे सारे दोस्तों को वह बहुत ही प्यारी लगती थी।

मैं 27 जून को मैनचेस्टर चली गई जहाँ मैंने अपने ताऊ जी के बेटे सैफ़ुल्लाह, उसकी ख़ूबसूरत बीवी आफ़रीन और उनके बच्चे असद के साथ 10 बहुत मज़ेदार दिन बिताए। उन्होंने बहुत ही प्यार के साथ मुझे रखा और कई जगहें घुमाने ले गए जिनमें नॉर्थ वेल्स में शाही घर 'ब्रॉडनेंट', डेरवेंट वैली झील, हीटेन पार्क शामिल हैं। सैफ़ अब्बाजान के बड़े भाई के दस बच्चों में से एक था जो उनकी तीसरी बीवी से जन्मा था। सैफ़ का बड़ा भाई नासिर अपनी बीवी ज़ाम्मो के साथ कई सालों से लन्दन में रह रहा था, जहाँ वह खाने की चीज़ों का स्टोर चलाता था। हाल ही में उन्होंने एम्सवर्थ, हैम्पशायर में एक होटल ख़रीदा है।

दिल्ली लौटने से पहले एक सप्ताहान्त मैंने उनके ख़ूबसूरत घर में बिताया। मैनचेस्टर से मैं 9 जुलाई को लन्दन वापस आई और ख़ुशकिस्मती से मुझे थेम्स टेलीविज़न के लिए इस समय चल रही सीरीज़ 'द बिल' के दो एपिसोड में काम मिल गया। दो एपिसोड के बीच पड़नेवाले सप्ताहान्त में मैं एक टी.वी. प्रोग्राम की शूटिंग के लिए कोवेंट्री गई। यह कार्यक्रम द रॉयल सोसाइटी फॉर प्रीवेंशन ऑफ़ एक्सीडेंट्स के लिए था। इसकी कहानी एक बुजुर्ग की देखभाल से जुड़ी थी। मैंने एक बूढ़ी पेंशनयाफ़्ता औरत का किरदार किया था जिसके पैर गठिया की वजह से तक़रीबन नाकाम हो चुके थे। वह एक ज़िमर फ्रेम की मदद से ही अपने छोटे-से फ़्लैट में इधर-उधर घूम सकती थी। हाल ही में एक दौरा पड़ने की वजह से उसे अपनी टाँगों में कुछ महसूस नहीं होता था, इसलिए जब वह एक गैस की आग के क़रीब बैठी होती है तो उसकी त्वचा और पैर की चप्पलें बुरी तरह से झुलस जाती हैं। सोसाइटी की ओर से उससे मिलने आनेवाली लड़की बूढ़ी औरत का ध्यान इस ओर दिलाती है और उसे जल चुकी चप्पलों की जगह नई चप्पल लेने के लिए कहती है। बूढ़ी औरत उन चप्पलों को छोड़ना नहीं चाहती क्योंकि वे उसे बहुत आरामदायक लगती हैं। मेकअप करनेवाली लड़की ने बहुत कमाल का काम करते हुए मेरे पैरों में ऊपर तक और घुटनों के नीचे जलने के बिल्कुल असली दिखते घाव बनाए थे, जिन्हें देखकर रीढ़ की हड्डी में एक सिहरन दौड़ जाती थी। शूटिंग के लिए मैं एक मोटी पुरानी सिल्क की साड़ी, एक घिसा हुआ सा कार्डिगन और ऊपर से एक शॉल पहने हुए थी और गैस की आग के बिल्कुल क़रीब बैठी थी यह दिखाने के लिए कि मुझे कितनी ज़्यादा ठंड लग रही थी। किस्मत देखिए कि 21 जुलाई का वह दिन उस मौसम का सबसे गर्म दिन था–जब मैं बुदबुदा रही थी, "ओह कितनी ठंड है!" तो दरअसल उस वक़्त मैं पसीने से तरबतर हो रही होती थी। हर शॉट के बाद मेकअप वाली

लड़कियाँ यूडी कोलोन में डूबे फाहे से मेरा माथा और गर्दन तर करती थीं और जितनी देर लाइटों को सही जगह पर लगाया जा रहा होता था, मेरे दोनों ओर खड़े होकर बैटरी से चलनेवाले छोटे पंखे हाथ में लेकर उनका रुख़ मेरे चेहरे पर किए रखती थीं!

मैं 9 अगस्त को भारत के लिए रवाना हुई। इंग्लैंड में बीता चार महीने का यह छोटा अरसा हिम्मत बढ़ानेवाला साबित हुआ। मुझे अहसास हुआ कि पेशेवर कलाकार के रूप में मेरी माँग अब भी है (मेरे इतने इंटरव्यू पहले कभी भी नहीं हुए थे) साथ ही पुराने दोस्त और साथियों ने भी मुझे भुलाया नहीं है। अब तक मुझे इस बात का अहसास हो चुका था कि मुझे सरकारी मकान नहीं मिलेगा, जो वैसे भी केवल मेरे ज़िन्दा रहने तक मेरे पास रह सकता था, जबकि अगर मैं ख़ुद का मकान ख़रीदूँगी तो वह मेरे बाद मेरे बच्चों को मिलेगा और उनके लिए फ़ायदेमन्द साबित होगा। तो मैंने एक बार फिर ज़ोर-शोर से मकान की तलाश शुरू कर दी, जिसके लिए कई सारी एजेंसियों से मिली। मैं एक ऐसा छोटा घर देख रही थी जो मेरे बजट में आ जाए, जो ऊपरी मंज़िल पर हो (मुझे हमेशा से ही आसपास की चीज़ों को ऊपर से देखना अच्छा लगता है) और जो पवन या किरण के घर के पास हो। ख़ुशकिस्मती से बहुत छानबीन के बाद मुझे अलकनन्दा कॉम्पलेक्स के गंगा अपार्टमेंट में बिल्कुल ऐसा ही फ़्लैट मिल गया जो किरण के फ़्लैट से दस मिनट पैदल की दूरी पर ही था। फ़्लैट का यह सौदा 11 सितम्बर, 1989 को पूरा हुआ। मैं दिसम्बर आख़िर तक अपने इस नए फ़्लैट में रहने जा सकती थी लेकिन टेलीविज़न सीरीज़ 'मुल्ला नसरुद्दीन' में हिस्सा लेने की वजह से ऐसा नहीं कर सकी। हिन्दुस्तान टाइम्स टेलीविज़न द्वारा बनाई जा रही इस सीरीज़ का निर्देशन आमाल अल्लाना ने किया था। नसरुद्दीन एक सूफी भिक्षुक था, जो दिखने में बेवक़ूफ़ लगता था। वह शहर-शहर और गाँव-गाँव घूमता रहता था लेकिन असलियत में वह बहुत समझदार और दयालु था। वह बेईमान अमीर लोगों को बुद्धू बनाकर ग़रीब लोगों की मदद करता था। यह एक बहुत प्यारा सा किरदार है जिसकी कहानियाँ चीन, भारत, तुर्की और मेसोपोटामिया की पुरानी लोककथाओं में कही जाती हैं। इस टेलीविज़न सीरीज़ में सारी कहानियों को जोड़कर दिखाया गया था। उर्दू पटकथा वाली इस सीरीज़ की घटनाएँ तुर्की में दिखाई गई थीं। नसरुद्दीन का किरदार हमारे बहुत ही होनहार अदाकारों में से एक रघुवीर यादव (जिन्होंने 'मैसी साहेब' और 'सलाम बॉम्बे' से काफ़ी शोहरत कमाई) ने किया था। एक दूसरे जाने-माने कलाकार मनोहर सिंह भी इसमें थे। मैंने गाँव की औरत का एक छोटा-सा किरदार किया था जो मेहमान के रूप में आए नसरुद्दीन को पहचान जाती है और उसकी चालाकियों में उसका साथ देती है।

हमने 30 नवम्बर को शूटिंग शुरू की, जिसके लिए हम दिल्ली से डेढ़ घंटे का सफ़र करके हरियाणा के घसेरा गाँव में गए। यहाँ की ज़्यादातर आबादी मुसलमान किसानों की थी जिनके लिए कहा जाता था कि वो सोने और हीरे की स्मगलिंग करते थे। गाँव में एक तालाब था जहाँ मैदान, मिट्टी के घरों, रेत के ढेर, ऊँटों और खजूर के पेड़ों के बीच जहाँ-तहाँ कई सारी मस्जिदें बनी हुई थीं। यह हमारी ज़रूरत के लिहाज़ से बिल्कुल सही जगह थी। शुरुआत में तो टी.वी. के कर्मचारियों को शूटिंग के दौरान लोगों को शान्त रखने और उन्हें थोड़ा दूर रखने में बहुत मुश्किल होती थी। लेकिन जब लोगों को कहानी सुनाई गई और

उन्हें समझाया जाता था कि हर शॉट में क्या हो रहा है तो उन लोगों का व्यवहार बहुत ही अच्छा हो गया और वह धैर्य के साथ शूटिंग में हिस्सा लेने लगे थे। हमारी युवा नायिका समीना मिश्रा लोगों के बीच ख़ासी चहेती बन गई थीं। जब वह वैन से उतरकर शूटिंग वाली जगह तक जाती थीं तो तमाम लोग पीछे 'समीना, कट, समीना, कट!' चिल्लाते हुए चलते थे, क्योंकि यह बात वह कई बार सुनते थे और सोचते थे इस सुन्दर लड़की के नाम के साथ यह सही फबता है। मनोहर सिंह और रघुवीर यादव जिस किसी भी सीन में होते थे उसमें देखनेवालों का दिल लूट लेते थे, उन दोनों के साथ काम करना बहुत ही बढ़िया तजुर्बा था–कलाकारों में पेशेवर रवैया देखने को मिला आख़िरकार!

14 एपिसोड में से अधिकांश 5 दिसम्बर से पहले ही पूरे कर लिये गए और बाक़ी के छोटे-मोटे हिस्से राजस्थान में सिंघानिया नाम के एक गाँव में 12 और 18 दिसम्बर को फ़िल्माए गए, जो दिल्ली से पाँच या छह घंटे की दूरी पर था। इसका मतलब था कि हमें वहाँ रात बितानी थी जो हमने धांडलोट क़िले में बिताई। यह क़िला और महल मेरे एक दोस्त बृजेश सिंह का था, जो एक समय में सांस्कृतिक सलाहकार भी रह चुके थे और संगीत नाटक अकादमी से काफ़ी क़रीब से जुड़े थे। उनका महल बहुत बड़ा था जिसमें 20–30 बेडरूम और बाथरूम थे, इसके बड़े-बड़े छज्जे कलाकारों और तकनीशियनों के खाने की जगह की तरह इस्तेमाल किए जा सकते थे। इसके काफ़ी बड़े गोदाम और हॉल का इस्तेमाल कॉस्ट्यूम और मेकअप विभाग की तरह इस्तेमाल किए गए। तालाब के किनारे फ़िल्माया गया एक सीन ख़राब रोशनी के चलते फिर से किया जाना था जिसके लिए हम जनवरी की शुरुआत में एक बार फिर घसेरा लौटे।

शूटिंग की जगहों पर कलाकारों के आराम का बन्दोबस्त बहुत ही ख़राब होता था। दोपहर के खाने का कोई तय समय नहीं होता था, कभी-कभी हम धूप और रेत के बीच बिना एक गिलास पानी पिए शाम साढ़े पाँच बजे तक शूटिंग करते थे जहाँ न कोई ऐसी जगह होती थी न कोई कुर्सी जिस पर बैठकर कुछ आराम किया जा सके। 'महिलाओं' के लिए किसी तरह की कोई सुविधा नहीं होती थी। एक बार एक सीन फ़िल्माने के लिए मेरी और समीना की ज़रूरत थी (जो रात डेढ़ बजे तक चला)। हम दोनों को उस रात होटल में बिना खाना खाए भूखे ही सोना पड़ा क्योंकि सारा खाना शूटिंगवाली जगह पर भेज दिया गया था और लोग मुझे और समीना को खाना देना भूल ही गए।

दिल्ली से शूटिंग की जगह आने-जाने में दोनों बार दो से छह घंटे लगते थे, सुबह पौ फटते ही निकल पड़ना और देर रात को वापस आना, बहुत ही थका देता था। 16 दिसम्बर को मैं शूटिंग ख़त्म करके रात आठ बजे घर पहुँची तो देखा किरण तैयार होकर बैठी है और एक डिनर में साथ ले जाने के लिए मेरा इन्तज़ार कर रही है! मैं सोच रही थी कि घर पहुँचते ही बिस्तर में घुस जाऊँगी और जल्दी सो जाऊँगी क्योंकि उस दिन हमने शाम साढ़े पाँच बजे तक कुछ भी खाया-पिया नहीं था। लेकिन मैं एक अच्छी शाम बिताने का लोभ रोक नहीं सकी और तैयार होने के लिए फटाफट ऊपर चली गई। विरेंद्र और कुसुम भट्ट के यहाँ हुई वह पार्टी सचमुच बहुत मज़ेदार रही, हम लोग देर रात को लौटे, थके हुए लेकिन सन्तुष्ट।

अगली सुबह मैं जागी तो बहुत बड़ा झटका लगा–जब मैंने महसूस किया कि मेरा सिर घूम रहा है और मैं मुश्किल से बिस्तर से बाहर निकल सकी। घंटों तक मुश्किल हालात में काम करने और थकान का असर एकाएक सामने आया था और मेरा शरीर ठीक तरीक़े से काम करने के क़ाबिल नहीं था। फ़ौरन एक डॉक्टर को बुलाया गया, जिसने चक्कर आने और जी मिचलाने की दवा लिख दी और तीन दिन तक बिना हिले-डुले पूरी तरह से आराम करने की हिदायत दी। हालाँकि तीन दिन के बाद मेरी हालत काफ़ी कुछ सुधर गई थी, लेकिन मुझे फिर भी पूरी तरह आराम नहीं लग रहा था। इसलिए एहतिहात बरतते हुए मैं डॉक्टर के पास गई, तमाम तरह के परीक्षण करवाए, ईसीजी, छाती का एक्स-रे, पेशाब की जाँच, ब्लड प्रेशर, डायबिटीज़ और भी बाक़ी चीज़ों की जाँच करवाई और सब कुछ सामान्य निकला! डॉक्टर ने इस उम्र में भी मेरी बढ़िया तबीयत को लेकर तारीफ़ की जिसमें मेरा ब्लड प्रेशर बहुत हल्का-सा बढ़ा हुआ था जो दवाइयों के बाद ठीक हो गया।

इस तरह बैठ जाने से लगता है कि मैं काम और सफ़र के लिहाज़ से काफ़ी मसरूफ़ रही होऊँगी, जबकि लन्दन में बिताए चार महीनों के अलावा, जिसमें मैंने ज़्यादातर काम ही किया, दिल्ली में मैंने केवल एक नाटक, टी.वी. पर एक नाटक, एक फ़िल्म और एक टी.वी. सीरीज़ में काम किया था। पूरे दो सालों में! अब सवाल यह है कि क्या मुझे इसका दुख है? ज़रूर, मैं और ज़्यादा काम करना पसन्द करती, लेकिन मैं यह भी जानती हूँ कि दिल्ली में मुश्किल से ही कोई पेशेवर थिएटर होता है। कई सारे शौकिया थिएटर ग्रुप्स ने मुझसे अपने साथ काम करने के लिए कहा, लेकिन जैसे ही उन्हें पता चलता है कि मैं बिना पैसे लिये कोई काम नहीं करती, वे अपना हाथ खींच लेते। ज़्यादातर फ़िल्में और टी.वी. सीरीज़ बॉम्बे में बनते हैं और निर्देशक चाहते हैं कि अगर उन्हें जल्दी में काम कराना हो तो उन्हें कलाकार आसपास मौजूद मिलना चाहिए। अगर मैंने बॉम्बे में रहने का फ़ैसला किया होता तो हो सकता है कि मुझे कुछ और काम मिल जाता, लेकिन क्या मैं ऐसा करूँगी? मैं तक़रीबन 25 साल भारत की थिएटर हलचलों से दूर विदेश में रही और दो साल दिल्ली में लगभग छुपी रही।

कमउम्र, ज़्यादा प्रतिभाशाली और बेहतर तालीमयाफ़्ता महिला कलाकार आज मौजूद हैं, यह कुदरती बात है कि निर्देशक उन्हीं कलाकारों को चुनेंगे जिनके साथ वह काम कर चुके हैं और जिन्हें वह जानते हैं, क्योंकि वह ख़ुद उनकी पीढ़ी के लोग हैं। बहुत कम कहानियों में ही बुज़ुर्ग किरदार होते हैं तो मुझे ज़्यादा काम मिलने के मौक़े वैसे भी कम हो जाते हैं–जब तक कि कोई मुझे ध्यान में रखकर ही कोई किरदार न लिखे, जैसा कि लन्दन में 'तन्दूरी नाइट्स', 'नेवर से डाय', 'पार्टीशन', 'डाउन एवरी स्ट्रीट' जैसे कई कामों के लिए किया गया। तो क्या मैं निराश हूँ? हाँ भी और ना भी। हाँ, क्योंकि कोई भी मन से अपने बूढ़े होने की बात नहीं मानता, और नहीं, क्योंकि मेरे कन्धों के ऊपर एक समझदार सिर है जो अपनी सीमा जानता है। 'बाज़ार' के लिए इंटरव्यू लेते वक़्त श्रीला घोष ने मुझसे पूछा था कि क्या मैंने अपना लक्ष्य पा लिया है। सच बोलूँ तो मैं बहुत कुछ और कर सकती थी। मुझमें कुछ हुनर था और मुझे वह मौक़े मिले जो मेरी पीढ़ी की बहुत-सी औरतों को

नहीं मिले। मैंने उनका क्या किया ? ज़ोरेश में भागीदार के बतौर काम करने के अलावा, मैंने कभी भी अपना ख़ुद का कोई काम शुरू नहीं किया। अपनी सोच और अपने तज़ुर्बों के हिसाब से सिखाने और निर्देशित करने की पूरी जिम्मेदारी लेने के लिहाज़ से मैं बहुत आलसी थी। पहले मैं उदय शंकर और उसके बाद पृथ्वीराज कपूर जैसे कलाकारों के साथ जुड़ी और उनकी मशहूरी की रोशनी का ही लुत्फ़ लेती रही क्योंकि उनके साथ काम करते हुए सारे नाटक, सारे दौरों की तैयारियाँ कोई और मेरे लिए करता था, मुझे उसके लिए न कोई परेशानी उठानी पड़ती थी और न कोई जिम्मेदारी मुझ पर थी। यह सच है कि मैंने शारीरिक और मानसिक तौर पर बहुत कड़ी मेहनत की, लेकिन मैं अपने लिए और भी बड़ा नाम कमा सकती थी अगर मैंने अपना कोई थिएटर ग्रुप या स्कूल शुरू किया होता। मुझे लगता है, यह करने के लिए मैं बहुत आलसी थी। हालाँकि मुझे लगता है कि मुझे कुछ कम मिला, लेकिन मैंने अपने लिए थोड़ी सी पहचान बनाई, बहुत सारा तजुर्बा कमाया और कड़ी मेहनत के बावजूद अपने काम से बेपनाह खुशिया पाईं। और क्या चाहिए, मैं इसे ऐसा ही चाहती थी!

ज़ोहरा सहगल (बाएँ से दाएँ) मध्यमा, किरण, सुजाता के साथ, 2009

ज़ोहरा सहगल का काम
26 सितम्बर, 1987 के बाद से

विदेश में

नाटक

1. डाउन एवरी स्ट्रीट, स्ट्रैटफोर्ड ईस्ट, लन्दन, 1989
2. एक थी नानी, निर्देशक मदीहा गौहर, अजोका थियेटर, लाहौर और कराची, 1993
3. द यर्निंग, लिरिक थियेटर, लन्दन और मिडलैंड्स का दौरा, 1995
4. एक थी नानी, लाहौर, इस्लामाबाद, कराची, 1995, 1996 और ब्लूम्सबरी थिएटर लन्दन, 1999
5. एन इवनिंग विद ज़ोहरा सहगल, निर्देशक जॉन हैरिस, लन्दन, स्ट्रैटफोर्ड सर्कस, 2001 का पहला शो
6. राइस बॉय, निर्देशक मिशेलाइन शेरस, कैनेडियन स्टेज कम्पनी, टोरंटो, 2003

फ़िल्में

1. मसाला, निर्देशक कृष्णा श्रीनिवास, टोरंटो, 1990
2. भाजी ऑन द बीच, निर्देशक गुरिंदर चड्ढा, लिवरपूल, 1992
3. लन्दन, निर्देशक गुरिंदर चड्ढा, लन्दन, 1997
4. द मिस्टिक मैसॉर, निर्देशक इस्माइल मर्चेंट, त्रिनिदाद, 2000
5. अनीता एंड मी, निर्देशक जॉन मेटिन, नॉटिंघम, 2001
6. लैंड मार्क, निर्देशक जेम्स गिब्सन डॉक्यूमेंटरी, मिडलैंड्स 2001
7. बैंड इट लाइक बेखम, निर्देशक गुरिन्दर चड्ढा, लन्दन, 2002
8. चिकन टिक्का मसाला, निर्देशक हर्मेज सिंह कलिराय, मैनचेस्टर, 2004

टेलीविज़न सीरीज़

1. फर्म फ्रैंड्स, निर्देशक डेविड, न्यूकासल.अपोन.टायने, चार एपिसोड, 1992
2. फर्म फ्रैंड्स, दूसरी सीरीज़, निर्देशक साराह विलियम्स, न्यूकासल–अपोन–टायने, छह एपिसोड, 1993
3. लिटिल नेपोलियंस, लन्दन, चार एपिसोड, 1993
4. तन्दूरी नाइट्स, दूसरी सीरीज़, लन्दन, छह एपिसोड, 1994

भारत में

नाटक

1. मोटे राम की सत्याग्रह, निर्देशक हबीब तनवीर, दिल्ली, 1988
2. दिन के अँधेरे, निर्देशक इब्राहिम अल्काज़ी, दिल्ली 1990
3. माय फेयर लेडी, निर्देशक अमीर रज़ा हुसैन, दिल्ली, चेन्नई और बंगलौर का दौरा, 1993
4. लेजेंड ऑफ़ राम, निर्देशक अमीर रज़ा हुसैन, दिल्ली, 1994
5. स्किरमिशेस, निर्देशक सोहैला कपूर, दिल्ली, 1996
6. हार्वेस्ट, निर्देशक जॉय माइकल, दिल्ली, 1998
7. स्पिरिट ऑफ़ एन फ्रैंक, निर्देशक रोएंस्टन ऐबल, दिल्ली, अहमदाबाद, और कोलकाता का दौरा, 2002
8. एक थी नानी, निर्देशक मादीहा गौहर, मुम्बई, बेंगलौर और अमृतसर का दौरा, 2004
9. सिटी ऑफ़ जिंस, निर्देशक रुद्रदीप चक्रबर्ती, दिल्ली, 2007

फ़िल्में

1. ऑफ़ टू विमैन, निर्देशक, नीना सिंह, दिल्ली, 1994
2. फ़िल्म ऑन लिटरेसी, निर्देशक एम.के. रैना, दिल्ली, 1995
3. तमन्ना, निर्देशक पूजा भट्ट, मुम्बई, 1995
4. हम पंछी एक डाल के, निर्देशक सुशील नैयर, मुम्बई, 1996
5. दिशा, निर्देशक सबा मुमताज़, दिल्ली, 1997
6. दिल्लगी, निर्देशक सनी दियोल, मुम्बई, 1997
7. दिल से, निर्देशक मणि रत्नम, फोर्ट निमराना पैलेस, राजस्थान, 1998
8. हम दिल दे चुके सनम, निर्देशक संजय लीला भंसाली, मुम्बई, 1998
9. चलो इश्क लड़ाएँ, निर्देशक साजावली, मुम्बई, 1999
10. तेरा जादू चल गया, मुम्बई, 2000
11. साया, निर्देशक अनुराग बोस, दिल्ली, 2002
12. कल हो ना हो, निर्देशक निखिल आडवाणी, मुम्बई, 2003
13. वीर ज़ारा, निर्देशक आदित्य चोपड़ा, मुम्बई, 2003
14. मिस्ट्रेस ऑफ़ स्पाइसेस, निर्देशक पॉल एम.बर्जेस, केरल, 2005
15. चीनी कम, निर्देशक बालाकृष्णन, मुम्बई, 2006
16. सांवरिया, निर्देशक संजय लीला भंसाली, मुम्बई, 2006
17. चेतन आनन्द पर एक डॉक्यूमेंट्री, निर्देशक केतन आनन्द, 2006
18. भगत सिंह पर एक डॉक्यूमेंट्री, निर्देशक गौहर रज़ा, दिल्ली 2007

टेलीविजन सीरीज़

1. मुल्ला नसीरुद्दीन, निर्देशक अमाल अलाना, दिल्ली, 1990, नौ एपिसोड
2. बुआ फातिमा, निर्देशक बलवन्त गार्गी, 1992, छह एपिसोड
3. एक था रुस्ती, निर्देशक फैजल अल्काज़ी, 1993, तीन एपिसोड
4. आखरी पड़ाव, 1995, तीन एपिसोड
5. अम्मा एंड फैमिली, निर्देशक वसीम देहलवी, दिल्ली 1996, बत्तीस एपीसोड
6. मियाँ खोजी, निर्देशक बलवन्त गार्गी, 1996, तीन एपिसोड
7. लुटियेंस डेलही, 1997, एक एपिसोड
8. ख्वाहिश, निर्देशक मनु गार्गी, 1999, तीन एपिसोड
9. ज़िंदगी कितनी ख़ूबसूरत है, निर्देशक वसीम देहलवी, 2001, छह एपिसोड
10. पार्तियाना, निर्देशक सई परांजपे, 2002, चार एपिसोड

विज्ञापन फ़िल्में

1. 'गोबेन ग्लास' 2004
2. 'टाइटन घड़ियां' 2006
3. 'लहर स्नैक्स', 2006
4. 'कैडबरी चॉकलेट', 2007
5. 'मिरिंडा कोल्ड ड्रिंक', 2008

एकल कविता पाठ कार्यक्रम

1. बसन्त उत्सव, भूली भटियारी खँडहर, दिल्ली, 1993
2. स्वतंत्रता दिवस, शरीफ जूनियर स्कूल, पुरानी दिल्ली, 1994
3. हिन्दी अकादमी उत्सव, श्रीराम सेंटर, दिल्ली, 2001
4. संगीत नाटक अकादमी पुरस्कार समारोह, कमानी, दिल्ली, 2002
5. द अदर फ़ेस्टिवल, चेन्नई, 2003
6. ज़िन्दगी मिली, जयपुर, 2003
7. पीस फ़ेस्टिवल, अनहद, प्रगति मैदान, दिल्ली, 2004
8. फेलोशिप अवार्ड, अभिमंच थियेटर, दिल्ली 2005